The

[美] 德莱塞 著

凌珊 译

欲望三部曲 II

# 巨 人

Titan

Theodore Dreiser

中国出版集团 现代出版社

**图书在版编目（CIP）数据**

巨人 /（美）德莱塞著；凌珊译 . -- 北京：现代
出版社，2021.10
ISBN 978-7-5143-9463-4

Ⅰ.①巨… Ⅱ.①德… ②凌… Ⅲ.①长篇小说—美
国—现代 Ⅳ.①I712.45

中国版本图书馆 CIP 数据核字 (2021) 第 227600 号

# 巨人

著　　者：〔美〕德莱塞
译　　者：凌　珊
策　　划：王传丽
责任编辑：张　瑾
出版发行：现代出版社
通信地址：北京市安定门外安华里 504 号
邮政编码：100011
电　　话：010-64267325　64245264（传真）
网　　址：www.1980xd.com
电子邮箱：xiandai@vip.sina.com
印　　刷：大厂回族自治县彩虹印刷有限公司
开　　本：880mm×1230mm　1/32
印　　张：18.25
字　　数：434 千字
版　　次：2022 年 1 月第 1 版　　印　　次：2022 年 1 月第 1 次印刷
书　　号：ISBN 978-7-5143-9463-4
定　　价：58.00 元

# 目录

# 第一章　新城市

从费城东区监狱出来的时候，弗兰克·阿尔杰农·考珀伍德就意识到，他在这个城市所过的旧生活已经结束了。他的青春已成为过去，这一时期美好的事业前途也一并失去了。他必须重新开始。

至于那次杰伊·库克公司可怕的破产以及随之而来的第二次金融恐慌，怎样使他第二次又发了财，自然不必赘述。这些失而复得的财富或多或少使他心里轻松了一些。命运之神似乎在操纵着他的个人幸福。不管怎样，他再也不想吃证券交易所这碗饭了，他决定从此洗手不干。他想去做别的生意，诸如电车路轨、房地产，或者别的什么行当，好在西部多的是机会。费城，他不再留恋了。他现在虽说获得了自由，而且富有，但是那帮伪君子却依然把他当成一个声名狼藉的人，再说金融界和社交界也不打算接纳他。他必须自寻出路，因为没人肯帮助他或者最多只是暗地里替他寻找机会，而他从前的朋友们则对他避而不见，冷眼旁观。想到这一点，有一天他便来到火车站，给他送行的是他美丽的年仅二十六岁的情妇。他非常温存地望着她，认为她是某一类女性美的典范。

"再见了，亲爱的。"他笑盈盈地说道，这时车铃响了，车快开了，"我俩不久就可以结束这种局面了。不要悲伤。过两三个星期我就回来，或者派人来接你。这次我本想带你去，可我还不清楚那个地方的情况到底怎样。我们先得选定一个地方，之后我才能解决这一命运攸关的问题。我俩绝对不能永远过这种倒霉的生活。我一定要离婚，随后我们就结婚，事情才能顺利。有钱就好办事。"

他那双锐利而冷静的大眼睛盯着她，她用双手捧着他的脸。

"哦，弗兰克，"她叫道，"你走了，我可真要想死你了！我的心里只有你呀！"

"过两个星期，"他笑着说，这时火车已经启动了，"我会拍电报给你，或者回来。乖点儿，宝贝。"

她用崇敬的神情目送着他（她是个痴情的女人，被宠坏的孩子，家庭的宝贝，热情又可爱，这类女人确实够味，男人定会爱如珍宝）。她把那泛红的金红色头发往后一甩，给他一个飞吻，然后，就迈着优美矫健的步伐走了，婀娜多姿的她绝对是那种能引得男人频频回首的女人。

"就是她，这就是巴特勒姑娘啊！"一名铁路职工对另一名职工说，"天哪！这就是我们男人心目中最理想的美人哪！不是吗？"

这是情不自禁脱口而出的赞美之词，是对健康美丽的女人油然而生的爱慕之情。世界正是环绕着这个轴心转个不停。

在此次出门以前，考珀伍德从未到过匹兹堡以西的地方。他虽然具有商业投机的赫赫声名，却仅局限在死气沉沉的费城。这个城市各种帮派划分严密，自以为是，认为费城在美国社交方面出类拔萃，在商业活动中高居传统的领导地位，它还有光辉的过去、积累的财富、华丽的外表，以及这一切所包含的趣味。据他回忆，他几乎征服了那个现代社会，闯入了它的禁区，但正在这时灾难却从天而降。事实上，上流社会已接纳了他，可是目前，他虽是个百万富翁，却成了一个被社会唾弃的人，一个蹲过监狱的人。但是等着瞧吧！捷足先登！他一再自言自语。是的，胜利永远属于强者。他要看看上流社会到底能不能把他踩在脚下。

第三天早晨芝加哥终于出现在他的眼前。他在那时铁路上才有的华丽的普尔门式厢车（这是一种想用过分考究的丝绒和反光玻璃，弥补它设备上的某些不足的车厢）内过了两夜之后，这个草原都市最前面的一些孤零零的郊区村落渐渐出现了。火车在铁路上飞驰着，路基两侧的支轨越来越多，电线杆上的横架也越来越多，架着稠密的电线。远处，朝向城市的方向，到处都是零星散落的工棚。这是冒险者的家，他们把光秃秃的小屋盖在离城市这么远的地方，只不过是为了要得到随着城市发展而来的、微小却靠得住的利益。

在平坦得像桌面的地上，去年留下来的日渐枯萎的褐色野草在晨风中微微摇曳。野草下面已有新的绿意，正是草木知春的征兆。不知何故，有一层透明的大气笼罩着那个城市，它遥远而模糊的轮廓好像一只埋在琥珀里的苍蝇，有一种微妙的艺术意味，使他深受感动。他已经是一位美术爱好者，但希望做一个美术鉴赏家，他曾在费城得而复失的美术珍藏里面体验过快乐和悲哀，因受过美术熏陶，他几乎对大自然每一幅可爱的画面都很欣赏。

并行的轨道越来越多了。成千上万的货车从全国各地聚到这里，黄的、红的、蓝的、绿的、白的，各色都有（他想起来，芝加哥已是三十条铁路的终点站，世界的尽头似乎就在这里）。一些一两层楼的房子又小又矮，木料本来很新，却往往还没上油漆就已被烟熏黑了，有些地方甚至很脏。铁路与街道交叉的地方，行驶缓慢的市内有轨马车、四轮篷车和车轮沾满污泥的二轮马车都在那儿等着客人。他注意到，街道是怎样平坦，怎样未铺路面，人行道怎样有规律地一起一伏。这儿有一段台阶通向房前的平台，那儿有一条长长的木板平铺在烂泥地上。多么奇怪的城市呀！一会儿，一条肮脏的芝加哥河的支流进入了他的视野。许多啪啪响的拖轮，黑黝黝的河水，红色的、褐色的、绿色的高大粮仓，以及黑色的大煤库和黄褐色的木场，全都收入眼底。

这儿生机勃勃，他一眼便看出来了。这是一个正在发展中的繁华城市。连空气中都充满活力，勾起了他的幻想。究竟是什么原因，使得这儿和费城有如此大的差异？费城也是一个热闹的城市，有时他以为它好极了，简直是个人间天堂；眼前这个城市，虽然表面上看来比费城差远了，实际上却比它更好。这个地方更年轻，更有希望。这时火车停了，铁路桥吊了起来，以便让桥两边运粮食和木材的六艘大船驶过。他看见两座煤库中间有一片闪耀的阳光，一群爱尔兰脚夫在木场边的河岸上休息，木场的墙紧贴着水边。他们身强力壮，身着蓝色或红色的衬衫，腰上束着结实的皮带，嘴里衔着短烟斗，都有上好的、能吃苦的、栗褐色的皮肤。他们为什么这样合人意呢？他自问道。这个新辟的污秽城市似乎处处都是图画，优美而动人。哎呀，它简直在纵情高歌呀！这儿的世界是年轻的。生活有了新的气象。或许他最好不再前往西北部，以后再决定这个问题，他想。

现在他带着几封写给芝加哥重要人物的介绍信，他想把信送去。他盼望着同几位银行家、粮商和经纪人谈谈。他对芝加哥的证券交易所颇感兴趣，他完全了解这种生意的复杂情形，何况有些巨额的粮食交易就是在证券交易所里进行的。

火车最后轰隆隆地从一些肮脏的屋后空地旁驶过去，开进了长长的只有破烂屋顶的月台。然后他就在一些运衣箱的吱吱响的手推车、一些喷着气的机车和匆忙来往的旅客中间挤了出去。他来到运河街，在那一长排体现都市气派的车辆中雇了一辆候客的马车。他选定了那家最大的、最适于交际应酬的大太平洋旅馆，便吩咐马车把他送到那儿去。在路上，他研究着那些街道，好像在研究一幅画的艺术特点。街道上，行驶着许多小小的有轨马车，它们颜色不一，有黄、有蓝、有绿、有白、有褐，那些疲乏的瘦马脖子上的铃叮当作响，使他心有所动。这些车子的材料都很单薄，本是引火用的，只是考究地刷上了漆，安上了一块块擦光了的黄铜和玻璃。不过他发现，只要城市发展起来，这些车子便蕴藏着极大的财富。他自己明白，市内有轨马车是他真心喜爱的行业。跟证券经纪业、银行业、投资公司相比，他更热爱市内有轨马车以及与它有关的一切。

# 第二章　实地调查

　　弗兰克·阿尔杰农·考珀伍德这个人物不久便要同芝加哥城的发展明确地联系起来了。桂冠会落在谁的头上呢？使他成为这个西部佛罗伦萨的桂冠诗人，这个城市的火焰，这个地道美国式的，混在年轻人和穿着鹿皮衣的人中间的诗人、这个粗蛮的巨人、这个美国化的彭斯呀！他躺在波光荡漾的湖畔，像一个一文不名的文人、一个嘴里唱着英雄诗的放浪的乡村歌手、一个浪迹江湖，来往于各大城市的流浪汉，满脑袋装着恺撒的智慧，灵魂里有欧里庇得斯的戏剧才华。这个城市的真正的歌唱者，歌唱着伟大事迹和远大抱负。希腊有雅典！意大利有罗马！这是青年时代的巴比伦、特洛伊、尼尼微。张口发呆的西部人和满怀希望的东部人都到这儿来打量。饥饿的人们，纷纷从别的城市和乡村赶来，脑子里装着牧歌和传奇，要在这泥淖里重建起光荣的帝国。

　　从纽约、佛蒙特、新罕布什尔、缅因来了一帮怪人，他们热切，坚决，有耐心却缺乏教养，他们渴望着一种东西，可是当他们得到了那种东西的时候，他们甚至不知道它的意义。他们很想被称为伟大的人，决心要变得伟大，却从来不知道怎样才可以伟大。到这儿来的还有那些丧失了遗产却热爱梦想的南部绅士；还有那些满怀希望的耶鲁、哈佛、普林斯顿等大学的学生；还有加利福尼亚和落基山的有公民权的、手里拿着成袋金银的矿工。这儿还有对当地语言莫名其妙，感到迷惑的外国人。匈牙利人、波兰人、瑞典人、德国人和俄国人，他们都害怕和别国人住在一起，只寻找着本国人的侨居区。

这里有妓女、骗子、赌徒，还有杰出又浪漫的冒险家。这个城市本地人很少，它挤满了全国各个城镇的流氓坏蛋。妓院灯火通明；酒吧间传出五弦琴、绥冉琴、瓢琴叮叮咚咚的响声；当代所有的梦想家和人面兽心的家伙仿佛全都聚拢来享受（他们的确是在享受）西部都市生活中这种新发现的奇迹。

考珀伍德找到的第一位出色的芝加哥人，就是湖市国民银行行长。这家银行是本市最大的金融机构，存款超过一千四百万美元。银行坐落在迪波恩街，正在蒙罗街口，离他住的旅馆只隔着一两条马路。

"弄清楚那个人是谁。"银行行长朱达·阿迪生先生看见考珀伍德走进行长私人会客室的时候吩咐道。

阿迪生先生办公室的玻璃窗安装得很巧妙，在人家没有看见他之前，他一伸脖子就可以看见所有走进他的接待室的人。考珀伍德的神情和气派打动了他。考珀伍德生来就具有从容和大方的气度，加上与金融界及一般大企业有过长期来往，气宇更加轩昂。作为一个三十六岁的人，阿迪生未免太胖了。他和蔼可亲，沉着而又机敏，眼睛像纽芬兰狗或柯利狗的眼睛一样敏锐而天真可爱。这是一双奇异的眼睛，有时温和，露出精通人情世故的光芒，马上又可以变得冷酷，快如闪电。这一双骗人的眼睛叫人看不透，但是对形形色色的男女都极富诱惑力。

阿迪生行长所吩咐的那个秘书，拿着考珀伍德的介绍信回来了，考珀伍德随即跟着走进来。

阿迪生先生本能地站了起来（这在他是一件不常有的事情）。"非常高兴见到你，考珀伍德先生，"他客气地说道，"我刚才看见你走了进来。你看我通过这扇窗口能够看清整个世界。请坐，吃个苹果好吗？"他拉开左边抽屉，拿出几个光亮的红苹果，伸手递了一个过去，"我每天坚持吃一个。"

"谢谢你，我不吃，"考珀伍德一边愉快地回答，一边估量着主人的性情和智力，"我从来不吃点心，不过我很感激你的好意。我恰巧路过芝加哥，这封信我与其以后送，不如现在就送给你。我想你完全可以从投资的观点来告诉我一点儿有关本市的情况。"

考珀伍德说话的时候，阿迪生一面嚼着苹果，一面打量着他。阿迪生身材很矮，体形肥胖，脸色血红，灰褐色的连鬓胡子一直长到耳边，明亮的灰色眼睛闪烁着冷酷之光。他是一个骄傲、容易满足而又快乐的人。同生活中常有的情形相似，他对人往往一见倾心或者顿生恶感，而且深以识人自豪。就一个像他那样保守的人而言，他简直是愚蠢地被考珀伍德这个比他高明得多的人迷住了，并不是因为德莱克塞的信上说考珀伍德是一个"不可怀疑的理财天才"，让他住在芝加哥绝对会对芝加哥大有好处，而他还有充满神奇的眼睛。考珀伍德在保持着一种始终如一的含蓄表情的时候，显示出一种十分亲切的意味，这一点打动了他的这位金融界同行。这是两个不可思议的人物，各有所长，而这位费城人相形之下更为狡猾。阿迪生外披一张教会教友的皮，全然一个模范公民，他所代表的观点考珀伍德绝对不能接受。两人都异乎寻常地冷酷无情，都贪图物质生活，但阿迪生比较软弱，因为他仍然非常害怕发生意外的风波。他面前的这个人却全然没有畏惧之心。阿迪生别有用心地给慈善机构捐款，表面上赞成一套无聊的社会常规，假装很爱他的妻子，却在暗地里寻欢作乐。而他面前的这个人什么都不赞成，除非对他的亲信，他才肯吐露心声，而他的亲信精神上受他控制，并且由他任意支配。

"哎呀，我来告诉你，考珀伍德先生，"阿迪生答道，"在芝加哥，我们这帮人自视过高了，有时我们害怕把我们的想法全都表达出来，因为恐怕有狂妄之嫌。我们就像家中最小的儿子一样，明知自己能够超过一切人，却暂时还不愿这样干。我们并不像我们能够办到的那样打扮得特别漂亮——你看得出来这是一个正在成长的孩子打扮自己吗——但是我们有绝对把握，我们将来定会打扮得漂亮无比。每过六个月，我们的裤子、鞋子、上衣和帽子穿戴起来就显得太小了，因此我们并不很时髦，但是服装里面却有又大又硬的结实筋肉和骨头，考珀伍德先生，你去四下望一望，就会看出来的。看了以后，你便不大注意服装了。"

阿迪生先生那双圆圆的、坦率的眼睛冷酷地眯了一下。他的声音里有一种刺耳的生硬的腔调。考珀伍德看得出，他是真诚地倾心于他所选定的城市。芝加哥如同他最心爱的情人。过了一会儿，他眼圈的肌肉皱起了，他的态度缓和了，他继续说道："有许多有趣的事情可谈。"

考珀伍德大加鼓励地报以笑容。他询问了各行各业的情况。这里的气氛比较活泼，比较爽快，和费城有些不同。喜欢唠唠叨叨夸耀本地优越的气质是西部特有的。可是，不管他是否愿意加入，他都欣赏这种气质，认为它是生活的另一方面。这于自己的前途大有裨益。他有一段坐牢的历史要清除；还有一个妻子和两个孩子要摆脱（至少在法律意义上得摆脱，他无意解除对他们的抚养义务）。对于习俗，他不闻不问，也不受其影响，他的这种魄力与狂放不羁，是需要别人具有这种无所谓的、狂热的西部态度才能够饶恕的。"我行我素"是他的个人信条，但要这样办，他就必须缓解和控制别人的成见。他觉得虽说还不能支配这位银行家，却可以结成一种有益的深厚的友谊。

"我对本市有着极好的印象，阿迪生先生，"他过了一会儿说道，不过他在内心却不这样认为；他并不能肯定，他到底能不能最后住在这到处是脚手架、路面坑坑洼洼的地方，"我坐火车来到这里，虽只看见本市的一部分，却喜欢那种蓬勃生气。芝加哥是大有前途的，我相信这一点。"

"我想你是经过威恩堡来的吧，"阿迪生高傲地答道，"你看见的是最坏的一段。我带你去看看几处最好的地方。顺便问一句，你住在哪里？"

"住在大太平洋。"

"你要在这里住多久？"

"不过一两天。"

"让我想想，"阿迪生先生便把表掏了出来，"我想你不妨去见一见我们的几个主要人物，我们在联合会俱乐部里有一个小餐厅，我们经常顺便进去坐坐。如果你愿意的话，我想在下午一点陪你去。我们肯定能够遇到几位律师、实业家和法官。"

"那太好了，"这个费城人简洁地说道，"你过于客气了。这段时间之内，我还要去与一两个人会面，而且——"他站起来，朝自己的表看了一眼，"我会找到联合会俱乐部的。请问阿尼尔公司在什么地方？"

一听他提到这个专营牛肉罐头的大批发商，阿迪生便表示赞许地微微有点儿激动，因为阿尼尔是这家银行的最大存户之一。这个年轻人，起码小他八岁，在他眼中仿佛是一位未来的金融巨头。

在联合会俱乐部的午餐中，考珀伍德同体格魁梧、生性保守而又敢作敢为的阿尼尔，以及一位精明机敏的证券交易所理事谈过话之后，还会见了各式各样的人，他们的年龄从三十五到六十五岁不等，都聚在一间专用餐室的餐桌周围，餐室用胡桃木精雕细刻，墙上挂着芝加哥先辈公民们的肖像,窗户安上了彩色玻璃,给人风雅之感。这伙人身材高矮不一,胖瘦有别,皮肤有白有黑,眼睛和嘴巴各式各样;他们有的像老虎,有的像山猫,有的像熊,有的像狐狸,有的像温顺的看家狗,有的像凶恶的牛头犬。在这一帮上等人中没有一个弱者。

考珀伍德很赞赏阿尼尔先生和阿迪生先生,认为他们精明老练。另一个名叫安森·梅里尔的人也让他感兴趣,梅里尔身材矮小,举止优雅,一见之下就叫人联想到他一定拥有豪华住宅、仆人和各种珍贵物品。阿迪生指出他是芝加哥著名的绸缎呢绒大王,就零售和批发两方面来讲,他确实是数一数二的商人。

还有一位雷保先生,是铁路的创始人,阿迪生向他滑稽地微笑着说道:"考珀伍德先生是从费城来的,雷保先生,他想研究一下要不要在这儿扔点儿钱。你能把西北部那种不好的地皮卖一块给他吗?"

雷保身材瘦小、脸色苍白、胡子黑黑的,是个严谨而神气十足的人,他的服装在考珀伍德看来,比一般人雅致得多。他温文尔雅而又敏锐地看着考珀伍德,和蔼的脸上带着谜一样的笑容。他瞥到了对方回他的一个眼神,这眼神令他永世不忘。考珀伍德的眼神是绝非语言所能形容的。于是雷保先生决定要介绍西北部的一些情形,而不再随意打趣了。这或许能激起这位费城人的兴趣。

一个人假如曾在某一个大都市里经历过复杂的生活和斗争,并体验过至少在美国每个大城市里都有的那种操纵集团中各种各样口是心非、自尊、同情和狡诈的手段,那么,另一个大城市的另一操纵集团的脾气和意味,在他看来就没有什么了不起的了。考珀伍德早已放弃了如下观点:人类在任何方面或在任何情况下(环境方面的或其他方面的)都是完全不同的。他认为,人类最显著的特性就在于,非常容易发生变化,有所成就或一事无成,全由时间和条件决定。他在不做实际打算的闲暇之时（这种时候并不多），时常思索究竟什么是人生。假如他不是一个大金融家，更不是一个出色的企业管理者，那么他原本可以成为一位极端个人主义的哲学家。不过哲学这一行，假如他在这时略微想到的话，也会认为它不值一提。他认为，他的本分是同生活中的物质打交道，说得更准确一点儿，是同那些支配着物质因而代表着财富的低级定理和推论打交道。如果可能的话，他在这儿要研究中西部庞大的一般需求，要抓住一些财富和权力的来源，并且上升到公认的权威地位。从上午的谈话中，他了解了各种行业的范围和性质的情况：畜牧场的企业、巨大的铁路轮船利益、房地产日益增长的重要性、粮食投机、旅馆业、铁器业等。他还听到了一些大制造业公司的情况，它们有的造汽车、有的造起重机、有的造打包机、有的造风轮机、有的造引擎。显而易见，任何新工业在芝加哥似乎都很发达。他带着一封给芝加哥农产品交易所某位理事的信，从会谈中，他得知本地股票并不是在交易所进行买卖的，即使有，也很少。小麦、玉米和各种粮食是主要的投机买卖。东部的一些大股票只能借着直达纽约证券交易所的专线来作投机生意。

考珀伍德面对这帮人，不知道自己在这里将怎样混下去。他发现所有的人都和颜悦色、彬彬有礼，所谈的无非是一些总的原则，每个人都把自己的宏伟计划安全地深藏于胸。他面前有一些非常困难的事情要办。所有这帮人在商业交际方面都是令人愉快的，可是他们全都不知道，他最近还蹲过监狱。那件事对他们会产生多大影响呢？他们无人知晓，他虽是一个结过婚并且有了两个孩子的人，却在盘算着同妻子离婚。

"你真想详细了解西北部的情况吗？"雷保先生在午餐结束前很感兴趣地问道。

"现在我这样想，把这里的事情办完后就去。原先我只想去那儿随便走走。"

"我来给你介绍一些很有意思的人，他们一直要跑到法戈和德卢斯。星期四有一辆私人汽车去那里，他们大多是芝加哥人，也有几个来自东部。我很乐意你同我们一道前往。我要一直跑到明尼亚波利斯。"

考珀伍德表示感谢地答应了。接着一阵冗长的谈话便开始了，他们谈到了西北部的情形，谈到了那里的木材、小麦、土地买卖、牲畜和可能兴办的工厂。法戈、明尼亚波利斯和德卢斯市政方面和金融方面的发展前途成了他们谈话的主要内容。无疑，雷保先生对这个地区的前景充满信心，因为有一些贯穿这个地区的铁路干线都归他管理。考珀伍德几乎出于本能地收集各种信息。煤气、市内铁路、土地投机、银行，都是他考虑的对象，无论是在什么地方。

最后他离开俱乐部，去赴别的约会，但是他的风度却给人留下了难忘的印象。尤其是阿迪生先生和雷保先生，他们坚信他是多年来难得一见的有意思的人。虽然他只是在听，几乎没说什么话。

# 第三章　芝加哥的黄昏

在第一次去了阿迪生掌管的那家银行，又在阿迪生家里吃过一次便饭后，考珀伍德便决定不再对阿迪生隐瞒什么了。阿迪生势力强大，好朋友又多。考珀伍德太喜欢他了。他发现阿迪生特别倾心于他，简直对他着了迷，所以他从法戈回来（他是依照雷保先生的建议前往那里的）后的一两天，在回费城之前，进行了一次午前正式拜访，决定主动委婉地讲述自己早年的不幸，凭着阿迪生的兴趣，让他用一种同情的眼光来看待这不堪回首的往事。他把他在费城怎样因挪用公款被判刑，以及在东区监狱刑满释放的始末都详尽地告诉了他。他也提及了他准备离婚和再娶的事情。

阿迪生是他们两人中较弱的一个，然而却也有其强有力的一面，他钦佩考珀伍德的勇气。这唤起了他的戏剧感。眼前就是这么一个人，他显然被沉至深渊，脸被按在污泥里，然而现在他又浮了上来。他坚强勇敢、满怀希望。这位银行家与芝加哥许多备受尊敬的人相识，他深知，他们的早期经历都经不起仔细调查，但大家对这点都毫不介意。其中有些人是交际场中人，有些人不是，然而他们人人都很有力量。为什么不让考珀伍德东山再起呢？他不动声色地看着他，看着他的眼睛，看着他那结实的身体，看着他那光滑的、蓄着胡子的漂亮面孔。随即他便伸出手来。

"考珀伍德先生，"他最后说道，尽量把握说话的分寸，"不用说，我很欣赏你的坦诚。这与我的心意一致。我很高兴你向我说了这些。以后不管什么时候都不要再提了。那天看见你走进那个门廊，我便断定你是一个不同寻常的人物，现在我得到了证明。你不必向我道歉。我并非一个在这个世界白活了五十多岁的傻瓜。只要你肯光顾，本行和舍下都会欢迎你。我们将来要看情形办事。我很高兴你来到芝加哥，因为我喜欢你这个人。如果你有意在这里安家，我敢肯定我对你有好处，你也会对我有帮助。你用不着再想那件事了，在任何情况下我都不会走漏半点儿风声。你有你自己的事情要做，我预祝你成功。你定会从我这儿得到我所有真诚的帮助，要洒脱一点儿，把你告诉我的那件事情彻底忘掉吧，你把婚事办妥后，请和尊夫人一道来看我们。"

办完这些事情，考珀伍德便乘火车回费城去了。

"爱琳，"当他俩又在火车站见面的时候，他说道，"我想西部对我们来说是合适的。我跑到法戈那儿看了看，不过我认为我们没有必要跑那么远。那地方只能看到大草原的荒草和印第安人。你觉得住在一间小木板房里怎么样呀，爱琳？"他开玩笑地问道，"只有油炸的响尾蛇和土拨鼠做早餐，你说你受得了吗？"

"受得了，"她快活地答道，搂着他的肩膀，因为他们已经进了一辆关上的马车，"只要你受得了，我就受得了。随便哪里我都愿同你携手前去，弗兰克。我要买一套漂亮的插满羽毛、缀满珠子的印第安服装，还要买一顶他们缝制的那种羽毛帽子，还要——"

"你说得对极了！住在一间矿工的小木屋里，首先就得穿漂亮衣裳，确实是这样。"

"我不穿上漂亮衣裳，你就不会永远爱我的，"她活泼地答道，"啊，见到你回来我真高兴！"

"麻烦的是，"他继续说道，"那里远不如芝加哥有发展前途。命运决定我们要住在芝加哥，我想这别无选择。在法戈我投资了一笔钱，我们必须常去那里，但是我们最后还是要在芝加哥定居下来。我不想再独自去那里。那样我毫无快乐可言。"他把她的手捏了捏，"如果我们来不及马上办婚事，我也要暂时向人介绍你就是我的太太。"

"从斯达格先生那儿你没再听到什么消息吗？"她插了一句。她在想着斯达格努力使考珀伍德太太同意离婚的事。

"没听到。"

"真是太糟了！"她叹息道。

"喂，别伤心。这事虽糟，也许算不上最糟。"

他想着他蹲监狱的那些日子，她也这样想过。他说了一通芝加哥的特色后，就同她一起决定，只要情况允许，他们便搬到那个西部大城市去。

我们只需概述一下此后三年的情形，细细道来就寡然无味了。这三年之内发生了诸多变化，考珀伍德只能被迫退出费城，来到芝加哥。有一个时期，他只是来往旅行。开始，大多是只到芝加哥去，后来大多是只去法戈。在法戈，他调去的秘书在他的筹划下经管建造法戈商业区一个露天市场，以及一小段市内有轨马车运输线。这种有趣的冒险事业取名叫法戈建筑运输公司，弗兰克·阿尔杰农·考珀伍德亲任总经理。他的费城律师哈巴·斯达格先生暂时担任营业部主任一职。

曾有一个短暂的时期，他住在芝加哥的特雷蒙饭店，一方面由于爱琳在身边，暂时避免同他初次会见的那帮要人发生任何超出点头之交的接触；另一方面暗地里细细研究着筹备芝加哥经纪生意的事情。他同一个老经纪人合伙，这人并没有太大的野心，不过通过他考珀伍德能了解芝加哥证券交易所的业务和人事，以及芝加哥种种投机生意的情形。有一次他带着爱琳到了法戈，在那里她以一种自傲厌烦的冷淡态度来观察那个日趋发达的城市。

"哦，弗兰克！"她喊道，当时她看见了那家简陋的木材建造的四层楼旅馆，一条长长的不美观的商业大街，全是五花八门的木搭砖砌的店铺，房子东一片西一片，没有向四面八方铺修的街道。爱琳爱慕虚荣，身着考究的服装，花枝招展，显得十分神气，而这个新都市的大多数男男女女却衣着朴实，不修边幅，从不注重个人形象，因而双方形成了一种奇异的对比。"你并非真想住到这里，是吗？"

她不知道哪里会有她的社交机会，让她出出风头。假设她的弗兰克将来发了大财，假设他真的赚了很多钱（比他过去赚的钱还多），那她住在这里还有什么意义呢？从前在费城，在他惨遭失败之前，在她被怀疑和他姘居之前，他起码曾经大显阔绰地款待宾客。如果那时她成了他的夫人，她或许已经很时髦地活跃在费城的交际场中了。可是在这里，上帝呀！她漂亮的鼻子厌恶地"哼"了一声。"这地方太可怕了！"这就是她对这个很热闹的西部新兴城市的评价。

不过，讲到芝加哥以及它那令人眼花缭乱、日渐繁荣的生活情景，爱琳却特别感兴趣。考珀伍德虽然忙于许多经济事务，也要留出空闲，使她不至于孤单寂寞。他让她去逛逛本地的商店，再把情况告诉他。她照做了，盛装打扮，乘着一辆敞篷马车满街跑，一顶褐色的大帽子把她白里透红的脸庞和泛红的金色头发衬得更加鲜明。他们逗留期间，他常在下午带着她驾车去逛主要的大街。在爱琳第一次看到雄伟豪华的草原大街、北岸路、密执安大街和阿希兰大道上的那些新建的四周是草坪的大厦时，未来芝加哥的精神、希望和气派开始令她热血沸腾了，就像它曾使考珀伍德热血沸腾一样。所有这些富丽堂皇的建筑都是崭新的。芝加哥的富人，好像跟他俩一样，全都是暴发户。直到今天她还不算是考珀伍德夫人，她忘记了这一点。她倒以为自己真是考珀伍德夫人了。大街两旁大都铺着好看的淡褐色石板，新栽的小树像列着队，空地上长着绿油油的青草。房屋窗户上撑着色彩艳丽的灰色沙石路，所有这一切全都触发了她的幻想。在一次驾车漫游中，他们沿湖边北岸路驶去，爱琳凝视着白垩似的有点发蓝的绿水，遥望远帆、沙鸥，后来又看到了那些漂亮的新房子，她想总有一天她会成为这里的一座豪华大厦的女主人。到那时，她的举止必定是高贵无比呀！她会怎样打扮哪！他们会拥有一幢很阔绰的房子，显然比弗兰克在费城的旧房子漂亮许多，内有豪华的舞厅和餐厅，她可以开舞会，设家宴，在这里，弗兰克和她将以这些芝加哥富翁的同等身份款待客人。

"你想我们会有一幢如此漂亮的房子吗，弗兰克？"她满怀期待地问。

"我把我的打算告诉你，"他说，"如果你喜欢密执安大街这一段，我们现在就在这儿买一块地皮，掌握在手里。只要我在这儿找到关系，决定了做生意的方向，我们就建造一幢真正漂亮的房子，你不要发愁。我先把离婚的事处理好，随后我们就可以着手进行了。在这段时间内，假使我们非到这里来不可，我们最好还是稍稍隐蔽一点儿。你说是吗？"

现在正值五六点钟，属夏日最美的一段时光。天气本应炎热，但现在却凉爽下来了，西边一排楼房的阴影把马路遮暗了，灰蒙蒙的烟雾弥漫在马路上。一眼望去，全是马车，这可是芝加哥唯一足以自豪的娱乐方式，除此之外，许多人就几乎没有机会炫耀他们的腰包了。那时社会势力还不分明，也不和谐。镍质的、银质的甚至包金的马具叮当作响，即便不能显示个人的实力，也能证明社会大有希望。所有那帮想暴富的人都从市区的营业所和工厂出来，沿着这条特殊的"南边大道"急驰回家。那些只偶尔在交易中会面的富翁们在这儿互相点头致意。打扮时髦的女儿们，社交训练有素的儿子们，漂漂亮亮的太太们，驾着两轮弹簧马车、双人四轮马车、一般马车和各种最新式的车辆，来到商业区，接他们做生意疲倦了的父兄或亲朋回家。社会的希望、青春与爱情的美景以及那种炫耀物质生活的行乐消遣，形成了一派欢乐的气氛。单独或成双的驯良漂亮的骏马顺着两旁长满青草的又长又宽的大街合着步子向前跑去，路旁是两排漂亮的房屋。

"哦！"爱琳突然叫了一声，她看见那些充满生气的男人、漂亮的太太和年轻的男女互相点头致意，便感到了一点儿风流情调并惊奇不已，"我喜欢住在芝加哥。我相信它比费城更好。"

考珀伍德能力超群，却在费城一败涂地，现在他紧咬着两排整齐的牙齿，他那漂亮的小胡子此时好像有意傲慢地翘了起来。他驾驶的两匹马健壮有力，体格上几乎十全十美，脸上满是娇生惯养的神气。劣马可叫他受不了。只有一个爱马的人才能像他那样驾马，他的身体挺得很直，他的精力和脾气使得牲口也充满了活力。爱琳坐在他身边，十分骄傲，也故意挺着身子。

"她很美，不是吗？"一些女人向北走去，经过他们旁边时说道。"真是妙龄女郎啊！"男人们想着或说道。

"你看见她了吗？"一个弟弟问姐姐。

"没关系，爱琳，"考珀伍德说道，带着那种非胜不可的、铁一般的坚决神气，"我们必定能够加入进去。不要发愁。你会在芝加哥得到你想得到的一切，甚至比这还要多。"

他的手指在颤动，一种神秘的颤动着的电流流进了缰绳，流进了马的身躯。这种电流是他体内产生的化学物质，是他的精神电池散发出来的能量。它使他雇来的骏马一下子腾跃起来，像个小孩儿一样。它们暴躁地高昂起头，喷着鼻子。

爱琳的希望、虚荣和欲望几乎达到了极点。哦，但愿能在芝加哥成为弗兰克·阿尔杰农·考珀伍德夫人，拥有一幢豪华别墅，能使她的请柬变成不可忽视的命令！

"哦，上帝呀！"她心里暗叹道，"但愿这一切现在全成为现实。"

人生就是这样在最美好的希望中伴随着烦恼、痛苦，遥远的世界永远是不可企及的地方，无限的诱惑与无限的痛苦如影随形。

啊！人生！青春！希望！岁月！

那生着痛苦羽翼的空想啊，已怯生生地展翅飞去。

# 第四章　彼得·拉弗林公司

考珀伍德最后同芝加哥农产品交易所的一个旧派经纪人彼得·拉弗林进行合作，对此他心满意足。拉弗林是一个高瘦的投机商，少年时就从密苏里西部来到芝加哥，他一生的大部分时光都是在芝加哥度过的。他是一个典型的芝加哥农产品交易所的旧派经纪人，长有一副类似安德鲁·杰克逊的面孔和一种类似亨利·克莱、戴维·克罗克特、约翰·温华斯的身材。

考珀伍德从青年时代起就对古怪人物具有一种特别的兴趣，而他们也感到他有趣，他们"喜欢"他。如果他不怕麻烦，他简直能适应任何人的古怪心理。起初他在拉萨尔街闲逛时，曾向一些做证券交易的精明商人们问好；为了同他们混熟，他接连委托他们代做了几笔小生意。于是在一天早晨他就偶然碰见了这位做小麦和玉米生意的老彼得·拉弗林。拉弗林在拉萨尔街紧挨麦迪逊街的地方有一个写字间，他替自己也替别人谨慎地做着粮食和东部铁路股票方面的投机生意。他是一个精明机敏的美国人，或许有苏格兰血统，也具有美国人固有的各种缺点：说话粗鲁、嘴里嚼烟、亵渎神明以及其他小毛病。考珀伍德从他的外表判断，他一定对当时每一个芝加哥要人的情况了如指掌，仅这一点就颇有价值。此外，这个老头子待人直率、说话坦诚、外表老实，而且毫不做作。所有这些品质，考珀伍德认为都特别可贵。

　　过去三年内，拉弗林曾有一两次在他搞的私人"囤积"上损失惨重，一般人都认为他现在变得谨小慎微了，或者说缩手缩脚了。"这个人再合适不过了。"考珀伍德想道。于是在一天上午他便前去拜访拉弗林，打算向他开一个小户头。

　　"亨利，"他走进拉弗林那很大但灰尘也很多的写字间时，听见那个老头子向一个神情严肃的年轻职员（彼得·拉弗林的得力助手）说道，"请把匹兹堡和爱利湖股标（票）交给我。"他看见考珀伍德在等着，便又问道，"找我有什么事吗？"

　　考珀伍德微笑着。"原来他把股票叫作'股标'呀，不是吗？"他想道，"很好！我想，我一定会喜欢他。"

　　他自称是从费城来的，接着又说，他对芝加哥的各种投机生意兴趣浓厚，打算买进看涨的股票，而且特别想买进某家大公司的，最好是公用事业公司的股票。因为随着城市的发展，这种公司一定会发达起来的。

　　老拉弗林现已整整六十岁，拥有交易所里的一个席位，私人财产二十万美元左右。他好奇地打量着考珀伍德。

　　"哎呀，如果你在十年或十五年前来这里的话，你就可以在诸多生意上居于有利地位了，"他说道，"早先这里有些煤气公司，奥特韦和阿帕森这帮年轻人得到了优先权，现在这里只有电车路轨了。嗨，原来就是我告诉埃迪·帕金森的。我对他说，如果他来修造那条北州街电车线，他可以做成一笔很好的生意。他曾答应我，如果他真的大功告成了，会送给我一沓股标（票）的，但是他至今未给。不过，我本来就没有对此抱啥希望，"他眼珠一转，又聪明地补充道，"我太老了，那种交易干不了啦。好歹帕金森现已退出了。他上了迈克尔－

肯内利那帮人的当。的确，如果你在十年或十五年以前来到这里，你或许能得到优先权。不过，再想那件事已徒劳无益了。他们股标（票）的售价将近一百六十美元啦。"

考珀伍德微微一笑。"嗯，拉弗林先生，"他说，"你在这里做证券交易肯定很久了，你好像了解过去的许多事情。"

"不错，从一八五二年起。"老头子答道。他那长得很密的头发直竖着，看上去像公鸡的鸡冠似的，下巴长长的，最后也许会变成傀儡戏中小丑那样的下巴，鼻子有点钩，颧骨高高的，褐色的面颊向里凹着。他的眼睛如同山猫的眼睛一样明亮、锐利。

"对你直说了吧，拉弗林先生，"考珀伍德继续说道，"我来芝加哥的真正目的就是找个经纪生意上的合伙人。现在我正在东部做金融和经纪生意。我在费城有一家公司，并且在纽约和费城两地的证券交易所里都拥有席位。我在法戈也有些业务。所有代理店家都可以告诉你有关我的情况。你在这里的交易所里拥有一个席位，很显然你在从事纽约和费城的证券交易。如果你愿意同我合伙的话，我们新的公司就完全可以直接处理这一切事情。我自己虽是个真正的门外汉，却想长久地住在芝加哥。现在你同我合伙好吗？你认为我们能在同一个写字间里合作下去吗？"

考珀伍德想显得快乐的时候有一种习惯，总是把两手的指头对碰，指尖对指尖。同时他微笑着，称得上是笑容满面。他的眼睛闪耀着一种热烈、迷人又似乎多情的光彩。

老彼得·拉弗林恰巧也处于那种心理状态，这时，他正希望出现这样的机会并加以利用。他是一个孤独的人，从不把自己的怪脾气交给任何一个女人摆布。事实上，他对女人毫不了解，他的男女关系仅限于同那些只有金钱能买到的（钱也给得极少）最廉价的女人的罪恶勾当。他住在靠近索罗普的哈里森西街的三间小屋里，有时自己做饭。他的唯一伴侣，是一条小小的长耳狗，它老实而又亲热。这条母狗叫珍妮，它跟着主人睡觉。珍妮是个温顺可爱的伴侣，白天在写字间里耐心地等着他，直到他晚上回家。他同它谈话，简直就像与人谈话一样（或许更加亲密），他把狗的眼神、摇尾巴和一般的动作当成回答。他的睡眠时间不长，一般四点半，有时四点钟就起床了。他早晨起来首先是穿裤子，跟珍妮谈话（他除了在商业区理发店里洗澡外一般是不洗澡的）。

"起来吧，珍妮，"他说道，"是起来的时候啦。我们现在该煮咖啡，吃些早点了。我早就看出你躺在那里是装睡了。快点，喂！你已睡够啦。你睡得像我一样久哇。"

珍妮用多情的眼睛瞅他，尾巴在床上轻轻拍着，耳朵上下扇动。

等他完全穿好了衣服，洗过了手脸，把窄的旧领带打成了一个松松的简单的结子，头发也往上梳理好了的时候，珍妮便起来了，扬扬得意地跳来蹦去，好像在说，"你看，我是多么敏捷呀"。

"对啦，"老拉弗林批评道，"你总是后起来。绝对不会先起来的，是吗，珍妮？你总是让你的老朋友先起来，不是吗？"

在严寒的日子里，车轮嘎嘎作响，人的耳朵和手指都有冻僵的危险。老拉弗林却身着一件旧式的满是灰尘的学生大衣，头戴一顶方帽，把珍妮装入一只有点发绿的黑色口袋，连同他正在考虑的若干可爱的"股标（票）"，一起带到商业区去。只有这种天气，他才带珍妮坐车。平时，他们一般走路，因为他喜爱运动。他总能在上午七点半或八点到达写字间，虽说生意一般要到九点以后才开始，而且他一直待到下午四点半或五点才离开。没有顾客的时候，他不是翻翻报纸，就是算算账。下班后，他不是带着珍妮去散步，就是拜访那些生意上的熟人。

他居住的房间、报纸、证券交易所的经纪人席位、他的写字间和大街是他仅有的消遣。他绝不关心戏剧、书籍、美术和音乐。就连他关心的女人，也只是点到为止，毫无情调可言。他具有明显的局限性，在考珀伍德这个喜欢怪人的人看来，他让人着迷，但考珀伍德却只利用怪人，他不会像研究艺术似的在他们身上浪费许多时间。

考珀伍德推测，有关芝加哥的金融情况、买卖、机会和诸多人物，只要是老拉弗林不知道的，就差不多用不着知道了。他是一个天生的生意人，既不是公司的领导者，也不是总经理，他从来没能运用他的知识发挥建设性的作用。他镇定自若地对待得与失。失败的时候，他便接连喊道："呸！我原本就不该这样干呢。"并把指头一弹。在他大赢或即将赢的时候，他把烟草嚼得嘎嘎直响，露出一副天使般的笑容。有时正在交易中他就喊道，"你们这帮家伙最好加入进来呀。还有一阵大雨。"任何小赌局都不会使他轻易陷进去，只有在市场上那种自由的公开的竞争中，或者在他玩弄着小诡计的时候，输赢才会出现在他身上。

这件合伙的事虽说双方没有商谈多久，却也并非马上就达成了协议。老彼得·拉弗林虽然很快便喜欢上了考珀伍德，然而他还得再三考虑。从某一点来看，刚开始，他就沦为了考珀伍德的牺牲品和仆人。他们每天见面，商议各种细节和条件。最后，老彼得露出了原形，他提出要全部利益的整整一半。

"啊，你别要那么多呀，拉弗林。"考珀伍德特别温和地提议道。下午四点到五点的时候，他们坐在拉弗林的私人写字间里，拉弗林嚼着烟草，感到面前摆着一个很好的有趣的问题。"我在纽约证券交易所拥有一个席位，"考珀伍德继续说道，"那就值四万美元。我在费城证券交易所的席位比你这里的席位还要值钱。这些无疑全都算作本公司的主要资产。公司还要用你的名字。不过，我一定会对你十分大方。算你三分之一就很公平了，我却算你百分之四十九，并且我们要把公司命名为彼得·拉弗林公司。我欣赏你，我想你对我的益处定会很多。我知道你利用我能赚比你单干更多的钱。我本可以与这里许多富人合作，然而我不愿那样。你最好马上决定，让我们开始干起来。"

老拉弗林大喜过望，青年考珀伍德竟然想与他合作。近来他发现，所有那些年轻自大的新到交易所来的人都把他当成一个老顽固。现在却有了一位刚强勇敢、年富力强的东部人，比他小二十岁，显然像他自己一样精明，或许比他更加精明，拉弗林真想同他合伙。另外，考珀伍德那种年轻、健康、进取的模样简直就像一阵春风。

"我倒并不是很在乎公司名称，"拉弗林回答说，"如果你要那样，你可以那样决定，给你占百分之五十一，也就是让你经管这家店铺。不过好吧，我并不反对。我想来到我面前的生意我总能唾手可得。"

"那么，就这样决定了，"考珀伍德说道，"我们还得另找新写字间，拉弗林，你想是吗？这写字间的光线暗了些。"

"随你怎样安排吧，考珀伍德先生，反正对我都一样。我倒乐意看你怎样行事。"

一星期内，琐事全都办完了；两个星期以后，经营粮食和代理商业务的彼得·拉弗林公司的招牌便已挂在一套漂亮房间的大门上，这房间就在拉萨尔街和麦迪逊街拐角的底层，正处于芝加哥金融区的中心。

"你清楚老拉弗林的情况吗？"一个经纪人向另一个经纪人说道。当时他们正从那家有着漂亮的玻璃橱窗、装修得特别豪华、新开张的代理店经过，并看到那大街拐角上的大门两边都挂着沉重而华丽的铜招牌。"他交了什么好运？我老以为他快完蛋了。他的合伙人是谁？"

"不太清楚，我想可能是从东部来的什么人。"

"哎呀，他确实是发财了。你看那玻璃橱窗。"

弗兰克·阿尔杰农·考珀伍德就这样有声有色地开始了他在芝加哥的金融生涯。

# 第五章　关于妻子儿女

如果有人一时认为考珀伍德在商业上走的这一着棋轻率、考虑不周，那只能说明他不甚了解这个精明老练的人罢了。他根据"人生与控制"的观点（东区监狱里十三个月的反省使他的观点得到证实，不可动摇）确定了一个固定的方针。他应该而且总能独断专行。除非向他恳求，否则谁都无权向他提出半点儿要求，他再也没有必要冒险同斯特纳等人合伙了，因为斯特纳的缘故他在费城损失惨重。从金融知识和勇气的角度，他完全能证明自己是首屈一指的。别人必须围着他转，就像行星绕着太阳一样。

再说，在费城丢脸后他便想，他基本上不奢望能在交际上"受欢迎"，这是大城市的所谓上流社会对这个词的解释；他空闲之时考虑着这点，便感到他未来的合伙人绝不会是在社会上占重要地位的富翁，即社会上的宗派势利之徒，而是已从或正从底层爬上来的创业者或金融能手，他们没有丝毫野心，这样的人很多。如果凭运气和努力，他在金融界拥有了较强的实力，到那时他或许有希望向社会发号施令。他在性格上是个人主义的，甚至是无政府主义的，并没有一点点真正民主的气息，可是在脾气上他同情下层民众甚于同情上流人士，而且他能更清楚地了解民众。也许这点略微可以证明他为何想同彼得·拉弗林那样朴实却又有些怪癖的人物合作。他占有了他，如同一位外科医生挑选一把特别的刀子或工具去动手术一样。老拉弗林虽然精明，可是在考珀伍德强有力的控制中注定只能作为一件工具，当一名忙忙碌碌的听差，甘心接受这个具有最灵活头脑的人的命令。考珀伍德很满意暂用彼得·拉弗林公司的名义做生意（事实上，他宁愿这样）；因为这样他就能充分隐蔽起来，避免别人过分注意，同时逐渐干出一两件一鸣惊人的事，想借此在芝加哥未来的金融界里站稳脚跟。

为了给自己和爱琳在芝加哥的交际界和金融界打下基础，考珀伍德的律师哈巴·斯达格始终都在尽力取得丽莲的信任，可是她对律师们就像对她那难以驾驭的丈夫一样，是从不相信的。现在她是个身材高大、相貌一般、态度严厉的女人，只不过仍带着那一度曾使考珀伍德着迷的娴静的余韵。她的鼻旁、嘴边和眼角的皱纹日渐明显。她冷漠而苛刻、克制而自负，甚至像受到了伤害的样子。

斯达格像一只暗中行动的雄猫默然沉思，正是能应付她的合适人选。没有比他更会阿谀奉承、见机行事的人了，他的座右铭大概就是：谨慎说话，小心走路。

"亲爱的考珀伍德夫人，"一个春天的下午，他坐在她的西费城的朴素的客厅里劝说道，"不必说，你的丈夫是一个很了不起的人，也不必说，与他争斗是白费劲。即使他全都错了，当然，他的错误确实也不少，"丽莲气愤地动了一动，斯达格先生使用一种不赞成的态度张开他那双纤细的手，"考珀伍德先生是怎样一种人，他到底能不能被人牵制？他并非庸常之辈，考珀伍德夫人。没人能经历他所经历的事，又能达到他今天的地位，并且能做一个普通的人。如果你听从我的劝告，你就会由他去了。同意跟他离婚吧。他愿意甚至很想对你和你的孩子们做好安排。我有把握，他定会非常爽快地关心他们的前途。但是由于你不愿按法定手续同他离婚，他变得十分急躁。我特别担心，你不这样做，事情会闹到法庭上去。如果事情还没有闹到这种地步之前，我能提出一种很合你心意的方案，我倒是非常高兴。你知道，事情的全部经过令我痛心不已。我很难过，事情竟闹到如此地步。"

斯达格先生显出一种特别难受的不赞成的态度，抬起眼来。他对这个混乱世界的易变的潮流深为惋惜。

丽莲大概是第十五次或第二十次耐心地听完他的话。考珀伍德是不会回来的。在律师中，斯达格算得上是她最好的朋友。另外，他在交际方面也令她满意。即使他的职业就是玩弄手段，她也仍然有点儿相信他的话。他又圆滑而详细地谈了许多其他方面。最后，在第二十一次拜访时，他装出很苦恼的样子对她说，她的丈夫决定同她在经济上断绝关系，不再替她付账，而且在法院判决之前，他什么责任也不负了，并且说，他斯达格也对这件事撒手不管啦。考珀伍德夫人感到自己必须让步了，于是她提出了她的最后要求。如果他肯答应给她和孩子们二十万美元（这是考珀伍德自己的提议），以后在商业上再替他们唯一的儿子小弗兰克帮些忙，她便放过他。她非常不愿意这样办。她清楚，如果这样的话，实际上便意味着爱琳·巴特勒得胜了。但是，毕竟那个下贱货已在费城受到了相当的侮辱，不一定还能在所有交际场合抬起头来。她答应提出申请，这个申请斯达格会替她写的。靠着这位善言而狡猾的绅士的策划，这事最后就以极其秘密的方式慢慢地通过了当地法院的批准。大约过了六个星期，三家费城报纸上很简略地刊发了一条准许离婚的消息。考珀伍德夫人看到报纸时大吃一惊，这事怎么竟这样不被人注意。她原来特别担心登出更详细的议论文章。她不了解她丈夫的这位有趣的律师曾在司法界和新闻界像猫一样钻来钻去。考珀伍德有一次到芝加哥去，读到这条新闻的时候，大大松了一口气，终于解决了，现在他能让爱琳做他的夫人了，他给她发了封谜一样的贺电。爱琳看到电报，浑身都发抖了，啊，很快她就要做新获得市民权的芝加哥金融家弗兰克·阿尔杰农·考珀伍德的合法新娘了，以后——

"哦，"她在费城的家里读着电报的时候，说道，"真是太好了！现在我就要成为考珀伍德夫人了。哦，上帝呀！"

第一位弗兰克·阿尔杰农·考珀伍德夫人认真思索着她丈夫的通奸、破产、坐牢、在杰伊·库克公司破产前的投机买卖和他现在经济上的飞黄腾达的种种情形，对人生的不可捉摸感到惊异。绝对有上帝，《圣经》上就是这样说的。她的丈夫虽然恶劣，却不能算是绝对地坏，因为他替她想得非常周全，而且孩子们也喜欢他。说实在的，在那场刑事诉讼期间，他并不比另外几个已被释放的人更坏。可是他却被判了刑，她当时，而且永远为那件事情难过。他是一个能干而又无情的人，她不清楚该如何看待这一切。她真正要斥责的人只有一个，那就是下贱、轻浮、愚蠢、邪恶的爱琳·巴特勒，她是勾引他的坏女人，而现在她大概要做他的老婆了。毫无疑问，上帝定会惩罚她的。他也肯定要惩罚她。所以她每个星期日都到教堂去，她相信，不管怎样，事情总会变好的。

# 第六章　家庭的新皇后

考珀伍德和爱琳结婚了。婚礼在宾夕法尼亚西部，靠近匹兹堡的一个叫作达斯顿的偏僻村庄里举行，他们是中途下火车来办这件事的。结婚那天，他对她说："我向你宣布，亲爱的，我俩要真正开始过新的生活啦。现在，我们的事业能否成功，就要看我们的手段玩得如何了。如果你肯听我的话，我们在芝加哥就暂时不必在社交上大张旗鼓。当然，我们势必要会见几个人，那是免不了的，阿迪生先生和夫人非常想会见你，实际上这事我耽搁得太久了。但我是说，如果我们在此类社交中走得太远的话，并不合适。我们如果这样，别人必定要探究我们的底细。我认为要稍等一下，之后我们就造一幢真正的好房子，免得以后重新建造。如果事情进展顺利，明年春天我们就到欧洲去，我们在那儿或许会受到一些启发。我要建一个很好的大画廊，"他最后说道，"我们旅行的时候，顺便也可以挑选一些名画之类的东西。"

爱琳满怀期望，心里怦怦直跳。"哦，弗兰克，"她几乎欣喜若狂地对他说，"你太了不起啦！你想到做到，不是吗？"

"也不一定，"他不以为然地说道，"但这并不是因为不想呀。这些事与运气有点儿关系，爱琳。"

她站在他面前，按她平常的习惯，把一双戴着戒指的丰满的手搭在他的两肩上，盯着他那双潭水般沉静而明亮的眼睛。若是另一个没什么名气却和他一样机智的人遇上这狡猾的凝视，也许就得反抗。可他面对所有质问和猜疑却装成一副坦然的模样，如同小孩儿那样天真。事实上，他相信自己，而且也只相信自己，从而勇气倍增，随心所欲。爱琳感到奇怪，却不能得到解答。

"哦，你这只猛虎！"她说道，"你这只了不起的雄狮！嗨！"

他捏了捏她的面颊，笑了笑。"可怜的爱琳哪！"他想道。她不太了解这个无法理解的神秘人物，就连他自己也不了解自己，甚至可以说，他最不了解的就是自己。

结婚后，考珀伍德和爱琳立刻奔赴芝加哥，暂时在特雷蒙饭店开了几间头等房。不久，他们得知在二十三街和密执安大街拐角上有一小幢备有家具的房子，连同免费的马车一同出租一两季。他们马上租了下来，雇了一个管事和几个仆人，又备齐了家里一应所需的东西。现在，因为他认为在这时进行一次社交活动才显得礼貌（他并不认为在这时来一次社交突击是必要的或聪明的举动），他就邀请了阿迪生夫妇，又邀请了他觉得肯定会来的另外一两个人，即芝加哥和西北部铁路公司总经理亚历山大·雷保和他的夫人，以及建筑师泰勒·洛德。考珀伍德最近才同洛德沟通过，觉得他在交际方面很令人满意。像阿迪生夫妇一样，洛德也是交际场中人，但只是个小角色。

请相信考珀伍德不会做错这件事吧。他们所租的是一幢灰色石头砌成的小巧可爱的房子，一段整洁的花岗石台阶连着有栏杆的阶梯向上直达宽阔的拱门，并且很得当地利用了彩色玻璃，使屋内显现出一种优雅和谐的气氛。刚好，原来的家具也很雅致。考珀伍德把宴会的事让一个厨师和装饰房间的人去办。爱琳尽力打扮得漂漂亮亮的，专候客人，别无他事。

"不用说，"他早晨出门时说道，"宝贝，我希望你今晚显得特别漂亮。我希望阿迪生夫妇和雷保夫妇喜欢你。"

对于爱琳，仅暗示一下就够了，这样明说其实用不着。她一到芝加哥，就找了个法国女仆。她本来从费城带来了许多衣服，却又叫芝加哥收费最高的一流女时装设计师特丽萨·多诺万给她另外准备许多冬季时装。昨天她欢喜地收到一件带深绿色花边的金色绸衣，映衬着她那泛红的金发与雪白的臂膀和脖颈，显得十分谐调。她的闺房琳琅满目，五光十色。只要能增添女性美的东西，诸如绸缎、花边、麻葛、发饰、香水、珠宝，一应俱全。每当煞费苦心化妆梳洗的时候，爱琳总变得又兴奋，又不安，真可谓手足无措，于是女仆法黛便不得不加快动作。她出浴时，仿佛绝妙的象牙雕出的女神维纳斯一般。她迅速穿上绸内衣、长筒袜和鞋子，然后忙着梳头发。法黛对发型有了一个主意，便问夫人愿意让她试一试她所见到的一种新式卷发吗。夫人说，好的。因此她那满头浓密而亮泽的长发便被如此这般地梳来梳去。但总是不理想。又试了试梳辫子的效果，却马上又放弃了。终于梳了一种双圈，不打辫子，低悬在前额上，用两根深绿色的带子往后扎住，在前额正中的上面交叉成 X 形，一枚朝阳形钻石卡针将它扣住，十分美妙。爱琳穿着那镶上花边的、薄膜一般粉红绸子的便装站了起来，对着穿衣镜打量自己。

"很好。"她说道，把头来回转动着。

随后多诺万设计的那件沙沙作响、波纹起伏的衣服被拿来了，她审视着，带着惊异的心情穿上它，同时法黛在她的背上、臂膀上、膝盖周围，忙着一些必要的小事情。

"哦，夫人！"她喊道。"哦，美极了！衣服跟头发搭配得真好哇。这儿多圆多美呀！"她指着臀部，花边在这儿仿佛形成了一件贴身的短上衣。"哦！真是特别漂亮啊。"

爱琳红光满面，却没有半点儿笑容，她是在担心。要紧的并不是她的服饰装扮，这方面无疑是尽善尽美的；要紧的是必须让那两个人喜欢她：一位是阿迪生先生，他是那样富有而又常在交际场中出入；另一位是雷保先生，弗兰克说他是很有势力的。真正让她担心的，是她现在务必给人家一个好印象。或许她必须在精神方面也像在外貌方面一样让他们产生兴趣，而且还要有交际手腕，可这并非易事。她在费城虽然富有，却从未涉足过最上等的交际场所，从未做过任何真正重要的交际应酬。弗兰克就是她遇见的最重要的人物。雷保先生无疑有一个严肃的旧式夫人。该如何同她谈话呢？还有阿迪生夫人，她会知道一切，明白一切。爱琳一边打扮着，一边像安慰自己似的自言自语起来，她的内心是那样紧张，但她还是继续打扮着，对外貌进行最后的修饰。

　　在她最后下楼去看看餐厅和客厅的准备情况，法黛开始把乱抛的衣服收拾起来的时候，她已打扮成一个光芒四射的仙女，如同一个耀眼的金光闪闪的画中人，头发美丽，臂膀光滑、柔软、匀称，如同象牙雕出来似的，颈脖和胸部也很迷人，真是雍容华贵。她感到自己很美，但又确实有点儿紧张不安。弗兰克本人就会说长道短的。她到处走着，检查餐厅的情况。由于厨师出众的技艺，餐厅变成了一座宝库，满眼是鲜花、金器、银器、彩色玻璃和雪白的台布。这辉煌灿烂的场面令她想起了一片柔光闪闪的宝石。她走进大客厅，那儿摆放着一架漆成粉红色和金黄色的大钢琴，由于很好地考虑到了她唯一的弹奏本领，所以她已把弹得十分不错的若干歌曲和乐谱放在钢琴上了。说实在的，爱琳并不是一位优秀的音乐家。她生平第一次觉得自己俨然是个女主人，仿佛她现在已不再是一个姑娘而是一个成年的女人了，身负若干严肃的责任，可是她又并不真正适合扮演这一角色。事实上，她的思想总是专注在人生的艺术性、社交性和戏剧性等方面，不幸的是，她的思想模糊，无法凝成任何明确的或具体的东西。她只能发生狂热的兴趣。这时快六点钟了，门锁被弗兰克用钥匙开得"咔嗒"一声响，他走了进来，很自信地微笑着，一副胸有成竹的样子。

"哎呀！"他说道。装饰得体的四壁烛光照着客厅，他在这种柔和的灯光中打量着她。"是哪个美人儿在我眼中飘来荡去呀？我简直不敢碰你啦。你的臂膀上扑了许多粉吧？"

他将她拉到怀里，她带着轻快的心情把嘴迎上去。无疑地，他必定认为她美极了。

"我想，我的粉是擦得多了些，不过也只好委屈你忍受一下了。不管怎样，你也得换换衣服哇。"

她用两只光滑而丰满的臂膀搂着他的脖子，他感到十分高兴，他要的就是这种美人哪。她的颈脖上光闪闪地绕着一串蓝宝石，手指上戴的宝石太多了，却依然很美。她身上发出一种淡淡的香草味。她的发型很合他的意，特别是她那件浓艳的、像透现出绿色波纹的、闪闪发光的金黄绸子衣服。

"太美了，小姑娘。你真是打扮得特别出色。我先前没有见过这件衣服呀，你是在哪儿买的？"

"就在芝加哥呀。"

他举起她那温暖的手，打量着她的拖裙，将她转过身来。

"你一点儿也不需要指教呀。你完全能办一所美容学校了。"

"我的装扮得体吗？"她俏皮地问道，露出不自信的神情，这全都因为他。

"真是完美无缺，没法儿再好了。好极啦！"

她精神振奋起来。

“我希望你的朋友们也这样认为。你最好快一点儿啊。”

他上楼了，她跟着走，又先去看看餐厅。餐厅至少是不错的，弗兰克当然也是个能干的主人。

七点钟的时候，马蹄“嘚嘚”声越来越近。过了一会儿，管事的路易就打开了大门。爱琳走下楼来，有点儿紧张又有点儿胆怯，尽量想愉快的事情，同时担心自己在招待客人方面不会大获成功。考珀伍德陪伴着她，就心情的镇定而言，他是个异乎寻常的人。在他看来，他的前途永远充满希望，而且爱琳的前途也是如此，如果他愿意这样做的话。顺着社交阶梯一级一级吃力地往上爬，这很叫她担心，他却不以为然。

就一般而言，此次宴会，从布置和审美的角度是成功的。考珀伍德有多方面的爱好和兴趣，能同雷保先生很明确而直接地商议铁路建设事业；能同洛德先生大谈建筑学，如同一个大有前途的学生跟一个教师谈话一样；而且对阿迪生夫人或雷保夫人那一类的女人，他也能讲出或谈及一些合适的话题。遗憾的是爱琳并不那么自在，因为她的性情与一种严肃的人生观，准确地说与一种正确的人生观距离很远。许多事情，除了凭想象隐隐约约地略知一点儿外，爱琳一概感到莫名其妙，就像是听到一串模糊而遥远的铃声。她对文学一无所知，只稍稍了解少数作家，而这些作家，对真正有修养的人来说，或许是十分平庸的。至于美术，她不过是从考珀伍德的谈话中听来几个名词而已。但是她可取的地方就是她实在太美了，就像一件光芒四射的动人的艺术品。像雷保那样的人，冷静、保守，又具有很强的判断力，一眼就看出了爱琳这样的女人在考珀伍德那样的男人的生活中所占的地位了。像她那样出众的女人，他也会爱如珍宝的。

性欲在所有强壮男人身上常常到老不衰，有时被一种禁欲思想抑制着。对这种吸引力能一试再试，就像他们所熟知的，但是又有什么结果呢？很多人都感到这种事情太苦恼了。可在今天晚上，像爱琳这样令人眼花缭乱的尤物出场，却暖了雷保先生昔日的野心。他近乎悲哀地看着她。他从前也很年轻，但遗憾的是，他从未引起过任何这种女人浓厚的兴趣。他现在一面琢磨着她，一面希望自己也能有这样的好运气。

与爱琳熠熠生辉、色彩鲜艳的新装相比，雷保夫人那件朴素的、衣领几乎伸到耳朵边上的灰色绸服太令人难堪了，甚至应当遭到谴责。但雷保夫人的彬彬有礼、落落大方却使得一切得到了补救。她具有大家风度，出身于新英格兰的知识界（"爱默森－索罗－查林·菲力普斯"哲学派）。事实上，她欣赏爱琳和她所表现的东方美。"这真是一幢可爱的小房子，"她笑盈盈地说道，"我们经常注意到它，我们与你们相距并不很远，简直可以说是邻居呀。"

爱琳的双眸表示着感激。虽说她并不完全了解雷保夫人的意思，她却有点儿了解她，并且喜欢她。雷保夫人或许有些像她自己的母亲，如果她母亲受过高等教育的话。他们向客厅走去，这时，仆人通报泰勒·洛德来了。考珀伍德拉着他的手，向其他客人介绍着。

"考珀伍德夫人，"这个身高体壮而又细心的洛德赞赏道，"让我代表大家欢迎你来到芝加哥。在费城居住习惯后，你初到此地会感到一点儿美中不足，但我们大家终于都喜欢上芝加哥了。"

"哦，我坚信我会喜欢的。"爱琳微笑道。

"几年前我也住在费城，但居住时间不长，"洛德补充道，"我离开了，来到了这里。"

这话使爱琳略略停顿了一下，但她心里并不太在意。对这些偶尔提及费城的话，她不必大惊小怪，或许还有更坏的桥要过。

"我认为芝加哥不错，"她活泼地说道，"它并没有什么不好的地方。费城不像这里生机勃勃。"

"我很高兴听到你说这话。我特别喜欢芝加哥，或许这是因为我发现这里有很多有趣的事情可做吧。"

他羡慕她美丽的臂膀和头发。总之，美貌的女人要学问干什么呢，他想道，他觉得爱琳或许缺少一些基本的修养。

管事又通报了一次，现在阿迪生先生和夫人进来了。阿迪生十分乐意到这里来。在芝加哥，他和夫人的地位都是稳固的。"你好吗，考珀伍德？"他把一只手放到考珀伍德肩上，满面笑容地说道，"你实在太客气了，今晚邀请我们来。考珀伍德夫人，近一年来我一直对你的丈夫说，应该把你带到这里来。他同你讲起过吗？"（阿迪生还没有向他的妻子吐露过考珀伍德和爱琳的真实历史）

"确实讲过了，"爱琳愉快地答道，她发觉她的美貌迷住了阿迪生，"我也一直想来呀！我没能早来，这只能怪他。"阿迪生目不转睛地看着爱琳，心想，她实在是一个容貌惊人的女人。可见是她导致了那桩离婚案的发生，这也难怪呀。多么漂亮的人哪！他拿她同自己的夫人相比，这于他的夫人是不利的，虽然她的夫人也许更有见识些，但是却从未像爱琳这样动人，这样坦率。啊！如果他今天能够得到一个像爱琳一样的女人，生活便要增添新的光彩了。当然，他暗地里却已有些其他女人，尽管他特别小心，处理得也特别隐秘，但是确有其事。

"看见你真高兴啊，"阿迪生夫人这个戴着珠宝首饰的肥胖贵妇人向爱琳说道，"我俩的丈夫无疑成了最好的朋友，我们一定要经常来往啊。"

她用一种浮夸的交际态度唠叨着，爱琳也感到自己似乎进步很快。

管事端来一大盘餐前的开胃品和甜酒，轻轻地放在远处的一张台子上。筵席摆上了，大家七嘴八舌地谈下去。他们讨论着本市的发展和洛德正在建造的、远隔十条马路的一座新教堂；雷保讲述着一些滑稽的地产骗局，谈话显得非常愉快。利用这个机会，爱琳极力表示对雷保夫人和阿迪生夫人有浓厚的兴趣。她更喜欢阿迪生夫人，只是由于跟她交谈较为随便些。爱琳清楚雷保夫人更聪明，更慈爱，可雷保夫人却有点儿令她害怕，她这时只得靠洛德先生帮忙。他大献殷勤地来解救她，尽量谈他能想起的一切事情。除了考珀伍德，这几个男人都在琢磨着：爱琳生得多么美妙，她的臂膀是那样白皙，她的颈部和两肩是那样丰满，她的头发是那样漂亮。

# 第七章　芝加哥煤气

老彼得·拉弗林正为公司赚着钱，考珀伍德转瞬之间的一个主意使得他恢复了青春。他从交易所带来许多有趣的闲话，以及关于某些团体和个人打算做什么生意的精明猜测，这使得考珀伍德作出一些极其出色的推断。

"的确！弗兰克，我觉得我确实清楚那帮家伙要做什么买卖，"拉弗林在哈里森街他那冷清的床上细想了大半夜之后，在早晨常常这样说，"牲畜场那一帮人（他主要是指大操纵户，像阿尼尔、汉德、希利哈等人），又在收购玉米了。目前我们得顺着那条路搞下去，不然就算我判断错了。你怎样想呢？"考珀伍德现在已受过很多西部奥妙的训练（这些他以前不知道），变得越来越聪明，自然能迅速作出决定。

"你说得对。冒十万蒲式耳 [1] 的险吧。我估计纽约总交易所几天内就要跌一两档的，我们最好做一档空头。"

拉弗林几乎永远弄不清是怎么回事，考珀伍德对本地的事情好像总能了如指掌，而且说办就办，简直像办他自己的私事一样快。他明白他有关东部股票和东部交易所交易方面的知识非常全面，但他怎么

---

[1] 容量单位，美制 1 蒲式耳合 35.24 升。

知道芝加哥的这些事情呢？

"你为什么那样想？"有一天拉弗林十分好奇地问考珀伍德。

"怎么，彼得，"考珀伍德很简单地答道，"昨天，小麦玉米银行理事安东·费德拉到这里来了，那时你正在交易所里。这是他告诉我的。"他将费德拉简略谈到的情况又讲述了一番。

拉弗林清楚费德拉是一位有钱有势的波兰人，他在前几年才逐渐发财。考珀伍德为什么毫不费劲就同这帮有钱人熟识起来，而且很快就获得了他们的信任呢，这太奇怪了。费德拉决不会变得跟他那么亲密。

"嘿！"他喊道，"好，如果他说这话，那便极可能是这样了。"

所以拉弗林就买下，于是彼得·拉弗林公司获利了。这种粮食和代理商生意，虽说获利，每个股东一年平均能赚两万美元左右，但考珀伍德认为，这不过是一种商业情报的来源罢了。

他想在某种企业大赚一笔，这种企业必须在短期内获得巨额利润，而且不会让他处在那次芝加哥大火时生意基础特别薄弱的境况中。他要使一小群盯着他的芝加哥人，诸如朱达·阿迪生、亚历山大·雷保、米勒德·贝利、安东·费德拉一起参与他的冒险事业，这帮人不管怎么说也算不上是最高贵的人物，都有空闲的钱。他明白，只要是确实可靠的企业，他都可以去找他们。对他最有吸引力的一件事就是芝加哥的煤气行业，因为只要一有机会，他就能直接闯进这个现在尚未被人占据的领域。一旦获得了特许证（读者完全能想得出他用什么方法获得）他便可以抛头露面了，像汉密尔卡·巴卡出现在西班牙的腹地，或者像汉尼拔出现在罗马城门口一样，威逼对方投降和分赃。

这时有三家煤气公司，在本市三个不同的区域，南区、西区和北区经营着，其中 1848 年在南区创办的芝加哥煤气·煤气灯·焦炭公司最重要，最发达。人民煤气·煤气灯·焦炭公司在西区营业，比南芝加哥公司晚创办几年，因为南区公司创办人和理事们的盲目自信，才被允许成立。他们认为不管西区还是北区，在以后若干年内的发展都不会很快，而且指望市议会允许他们将煤气管道随时延伸到本市其他区域去。第三家公司，即北芝加哥煤气照明公司，这家公司与西区公司几乎同时创办，所办手续也与其他两家公司成立时相同，他们公开宣布的意图，像西区公司一样，是要把他们的经营范围限制在创办者假定的居住区之内。

考珀伍德的首要计划就是要将本市三家老公司收买合并。他抱着这个想法，调查了这三家公司股东们的经济情况及社会地位。他想按他们股票市场价的三至四倍，把三家公司买下，并把三家公司的资本合在一起，随后利用发行相当数量的股票抵偿他的全部债务，他便可以大大获利，又能亲自管理。他先与朱达·阿迪生洽谈，把他当成这一方案筹划最有力的人。他并不很想同阿迪生合伙，只希望他作为一个投资人。

"那么，我来告诉你我对此事的看法吧，"阿迪生最后说，"你现在已想出了一个绝妙的主意。奇怪，以前竟无人想到。你必须严守秘密，否则别人会抢着干的。我们这儿喜欢冒险的人可多啦。可是我欣赏你、拥护你。现在我如果亲自参与此事，不是很恰当，因为无论如何，我不能公开介入。但是我绝对保证设法使你弄到你所需要的一部分钱。我赞同你设立控股总公司或联营的意见，由你做托管人，我很愿意你来经营，因为我认定你干得好。不管怎样，这事在表面上得撇开我，我只是个投资人。但你必须另找两三个人一起帮你担保。你心里有什么人选吗？"

"哦，当然有，"考珀伍德答道，"我只是先来你这里罢了。"他提到了雷保、费德拉、贝利等人。

　　"他们都行，"阿迪生说道，"即使你能将他拉拢到，我想你也不一定能说服那些家伙把公司卖掉哇。他们并非一般的投资人，他们是将这种煤气事业当成个人事业的。他们创办了它，喜欢它，他们生产了煤气灶，铺设了煤气管道。这并非易事呀。"

　　正如阿迪生所预料的，考珀伍德发现，要说服三家老公司的许多股东和理事们来参加这样的改组计划，并不那么简单。他确信他从没遇见过比他们更顽固的人。他以三倍、四倍作价迅速收买的办法，被他们拒之门外。各公司的股票售价大都徘徊在一百七十美元到二百一十美元之间，实际上价格年年都在上涨，因为市区日益扩大，煤气需求量也逐渐增加。同时他们特别疑心局外人提出的任何合并计划。他是谁？他代表谁？他能显示他有足够的资本，可他却不会讲明他的后台老板是些什么人。老职员和理事们都猜想，这是哪家公司的部分职员和理事们想出的计谋，想夺得管理权，再把他们赶出门去。为什么他们要卖掉公司呢？既然他们干得不错，为什么会因为股票利润较高而受诱惑呢？考珀伍德由于不熟悉芝加哥，对一些大业务感到生疏，最终不得不转向另一个计划，即在市郊创办几家新公司，并以此向市区强行渗透。湖景和海德公园这类郊区，都有自己的镇议会或村议会，具有授予特许证给那些依照本州法律法规创建自来水、煤气和市内铁路公司的权力。考珀伍德预料，如果他能给各村镇分别建造各具特色的公司，以后再在本市组建一个总公司，他就能向那些老公司发号施令了。在他的对手们尚未发觉这种情况之前，这仅属一个取得执照和特许证的问题。

　　一个困难出现了，他对煤气生意毫不了解，不懂得它的生产与供应，而且从未对它产生过特别的兴趣。城市有轨电车事业是他喜好的一种都市生财之道，并且他在这方面已经获得了无限丰富的专业知识，只是芝加哥这里并没有现成的可以利用的机会。他思考着这种情况，看了些有关煤气制造的书籍，于是突然间运气降临，他竟找到了一件马上能使用的工具。

好像在南区公司成立和发展期间，曾一度出现过一个规模较小的机构，是由一位名叫亨利·德·索托·西彭斯的人创办的。他采取某种欺骗手段进行登记，并且居然得到了一份特许证，可以在商业区生产和供应煤气，但他却被各种法律手续纠缠不休，最后被迫或被劝告放弃。他目前正在湖景做房地产生意。老彼得·拉弗林认识他。

"他是个精明的小鬼，"拉弗林告诉考珀伍德，"我一度认为他会干得挺不错的，但他们抓住了他的小辫子，他就只得撒手不管啦。靠河边的煤气罐发生过爆炸，我想他认为是他们那帮家伙干的。总之，他不干了。几年来，我没有见过他，也没有听到过他的消息。"

考珀伍德派老彼得去探访西彭斯先生，去打听他究竟在干什么，有没有兴趣回头再做煤气生意。几天以后，亨利·德·索托·西彭斯便走进了彼得·拉弗林公司的写字间。他是个十分矮小的人，三十岁左右，头戴又高又硬的四色呢帽，身着褐色短上衣（夏天就换上一身青灰条花衬衫），脚穿一双方头皮鞋，完全像个乡下药店或书店的老板，也许还加上乡下医生或律师的派头。他的衬衫袖口从上衣袖子里伸出来太长了，领带从背心里挺出来太高了，高帽子在头上戴得太靠后了。至于其他方面，他倒让人感到愉快而有趣。他的连鬓胡子短短的，褐里带红，硬挺挺地突出来，他的眉毛浓浓的。

"西彭斯先生，"考珀伍德温和地说，"你曾在芝加哥做过煤气制造和供应的生意，是吗？"

"说到煤气制造，我比谁都内行，"西彭斯几乎争辩似的答道，"我干过很多年了。"

"那么现在，西彭斯先生，我在想，在一个迅速发展的市外村镇里创办一家小煤气公司，看看我们能否从中赚一点儿钱，这说不定是件有趣的事。我并不是一个懂行的煤气商，但我想，我也许能找一位有实际经验的人合作。"他态度友好地注视着西彭斯，"我听说在芝加哥你在这方面的经验特别丰富。如果建一家这样的公司，有可靠的后台老板撑腰，你愿意负责经营吗？"

西彭斯先生正想说："哦，这煤气界的一切情形我全都清楚，没法办呀。"但他在开口之前，又改变了主意。"只要给我相当的报酬就成，"他谨慎地说道，"你知道你一定会遇到什么困难吧？"

"啊，知道，"考珀伍德笑眯眯地答道，"你以为怎样才是'相当的报酬'呢？"

"哦，如果一年给我六千美元，并且在公司里给我足够的股权，比方说，一半或差不多这样我便可以考虑。"西彭斯答道。他本是想用这过高的要求把考珀伍德吓跑的。他做生意一年也只能赚到六千美元左右。

"如果在几家公司里各拿四千，比方说，总共一万五千美元，而且在每家公司都有约十分之一的股权，你认为这样好吗？"

西彭斯仔细而周密地考虑着这件事情。很显然，他眼前的这个人并非一个无足轻重的生手。他老练地看着考珀伍德，不需任何多余的说明，就马上明白了，考珀伍德是在准备着某种巨大的战斗。早在十年前，西彭斯就预料到煤气事业前途远大。他曾发誓要搞下去，但是受指控，遭暗算，被查禁，又在经济上被封锁，最后煤气罐也被炸掉了。他一直怨恨他所遭受的不公正待遇，辛酸地痛恨自己无力复仇。

他原以为他致富发迹的日子一去不复返了。但是现在却出现了一个人，他巧妙地暗示了一场激烈的战斗，而且他像个猎人一般，吹响号角叫他去追赶野兽。

"好吧，考珀伍德先生，"他用略带不从却又带着更多依顺的态度答道，"如果你能明白告诉我，你掌管着一家合法的企业，那么我就甘做一个实际的煤气商。我了解有关煤气管道、特许证和煤气机械的全部事情，我在俄亥俄州德顿城和纽约州罗切斯特城创办和装配过这种厂。如果我稍微早一点儿来这里，我肯定早就发财了。"他用一种遗憾的口气说道。

"那么，现在你的机会已经来了呀，西彭斯先生，"考珀伍德巧妙地怂恿道，"你和我就要组建一家大规模的新煤气公司了，我们要让那帮家伙马上跑来求见我们。这还提不起你的兴趣吗？我们将来有的是钱，缺少的不是钱，而是一个创业者，一个苦干实干的人，一个富有经验的煤气专家来建厂、铺设煤气管道。"考珀伍德忽地站起，挺直身子，神态十分坚决，这是他想给人深刻印象的一种姿态。他似乎表现出力量、征服和胜券在握。"你愿意加入吗？"

"我很愿意，考珀伍德先生！"西彭斯叫道，猛地站起来，戴上帽子，并随手向后脑勺一推。他看上去恰如一只胸脯高挺的矮脚公鸡。

考珀伍德紧紧握住他伸出的手。"安排好你的房地产事务，我要你尽快帮我弄一份湖景地方的特许证，并替我建一个厂。我一定给你一切必要的帮助。只需一个星期我绝对能将所有事情安排得让你满意。我们还需要一两名好律师。"

西彭斯离开写字间时像着了迷似的笑着。啊，这种感觉太妙了，况且已时隔十年。现在他要让那帮骗子们另眼相看了。现在他背后是一位真正的勇士，一个像他自己的人。现在，鸡毛确实要飞上天去了！这个人到底是谁呢？奇怪！他需要打探一下。他明白从今天起，考珀伍德要他干什么，他就得干什么。

# 第八章　战斗开始

考珀伍德在向本市三家煤气公司提出的建议均告失败后，就把他在郊区创建几个竞争公司的打算直接告诉了阿迪生，这位银行家听了后，很是赞赏地瞪眼看着他。"他真是个能干的家伙！"他最后喊道，"你肯定行！我将支持你获得成功！"接着他就指点考珀伍德，说他需要在各村镇议会中取得若干有力人士的支持。"他们一概滑得像泥鳅，"他继续说道，"其中有两个人更是狡猾的带头羊。你找好律师了吗？"

"还没有找好，我目前正在四处物色合适的人。"

"啊，你当然清楚这事的重要性。有一个人，老将军贾德森·范·西克尔，在这类事情上受过足够的训练。他非常可靠。"

贾德森·范·西克尔将军加入进来，刚开始就对全局有了暗示。这位老军人已年过半百，内战期间曾任过师长，但他真正发迹，却是因为他先对伊利诺伊州南部的地产提出假契，随后在要好的老同事面前呈递诉状，用以证实他那虚假的权利。他现在是一个十分走红的掮客，替人办事总要索取大笔酬金。人们因此把他比作牧场里引羊上钩的羊圈子，它受过训练，混到羊群里，把那些被赶去屠杀而驻足不前胆战心惊的羊平安地领进屠宰场，而在羊群向前走去时，它却悄悄溜到后面准备逃走。他是一个态度暧昧的老律师，脑子里装满了乱七八糟的坏事：篡改遗嘱、撕毁契约、操纵法官、收买陪审团、贿赂市议员和立法人员、签订意义模糊的协议和契约，以及数不胜数千变万化的玩弄法律与制造借口的勾当。因为他从前的职务，他在一般政客、法官和律师中无疑有一些得力的关系。他对所有案件都喜欢插手，多半是因为有利可图而且可以不受牵连。在冬天非赴约会不可的时候，他总是先穿上一件破旧的灰斜纹呢大衣，然后戴上一顶用了多年、拉扯得不成形了的软呢帽，并把它拉得低低的，罩在那几乎没有生气的灰色的眼睛上面，慢慢向前走去。在夏天，他的衣服皱得仿佛穿了几个星期的睡衣似的。他喜欢抽烟。他的面貌倒有点儿像格兰特将军，双唇上下短短的白胡子，看上去总有邋遢之嫌，一簇灰白色的头发垂在前额上。他是位可怜的将军，既不十分快乐，也不十分悲哀。他是一个怀疑论者，对人类失去了信心和希望，对谁都毫无感情。

"考珀伍德先生，我来告诉你这些小村镇议会的情形，"初次见面的客套话讲完后，范·西克尔庄重地说道，"他们可比市议会更坏，而市议会已经不能再坏了。只要是牵扯到这些家伙的地方，若不花钱，任何事都办不通。我并不喜欢过分苛刻地批评别人，然而这些家伙——"他摇了摇头。

"我明白，"考珀伍德说，"哪怕你什么都答应他们，还是不能使他们十分满意。"

"在你以为他们已被你掌管的时候，"将军继续说，"他们大多数人还是不会言听计从。他们会出卖你。在你尚未将事情办妥之前，就是他们暗地里到北区煤气公司把全部事情告诉他们了，你也只好再给他们钱。竞争性的议案也会出台。"老将军板起脸。"但是，其中有一两个人还行，"他补充说，"只要你能激发他们的兴趣就可以了，这两个人就是杜尼威先生和杰里奇先生。"

"至于这事到底该怎么办，我可不管，将军，"考珀伍德温和地提醒他，"但是我希望必须办得迅速而又秘密。我不想为这些琐事费时耗神。你认为不大张旗鼓就把事情办妥，大约要用多少钱？"

"啊，在我尚未认真研究这件事以前，这很难说，"将军若有所思地说，"可能只用四千美元，也可能要用四万美元，甚至更多。我打算花上一点儿时间，认真研究一下。"这位老绅士想了解考珀伍德准备花多少钱。

"啊，这个我们现在倒是不必劳神。我情愿在必要的范围内尽可能大方些。我已派人去找湖景煤气燃料公司总经理西彭斯先生了，他不用多久就会到这里来。你可要同他尽量密切合作。"

过了一会儿，精神饱满的西彭斯来了。考珀伍德安排西彭斯和范·西克尔两人互相协作，并且别让他的名字牵扯到与这个计划有关的一切事情之内。不久，他俩就一道离开了，这两人真是古怪的一对。浑身灰蒙蒙的老将军，举止迟缓，感到人生无常，需要抓紧利用；西彭斯则精明活泼，决心通过在遥远的北区悄悄创办公司的阴谋，来对他昔日的仇敌南区煤气公司实施一种理想的报复。十分钟后，两人便十分投机了。将军向西彭斯介绍村议员杜尼威缺乏政治度量又无耻，雅各布·杰里奇友好却花钱如流水。生活就是如此。

在海德公园公司的组织机构中，考珀伍德因为不想孤注一掷，便决定再找一个律师，另请一个傀儡总经理，虽说他已提议德·索托·西彭斯当所有公司的实际总顾问。他正仔细考虑这件事时，一个比老将军年轻很多的人出场了，他就是肯特·巴罗斯·麦克吉本，本州最高法院前法官马歇尔·斯坎蒙·麦克吉本的独生子。肯特·巴罗斯·麦克吉本现年三十三岁，身高体壮，仪表尚佳。他在处理事务方面毫不含糊，却有些花花公子派头，有时还显得落落寡合。他在迪波恩街一个黄金地段有一家事务所。除非有要紧事情，否则他每天总是九点钟才到事务所，到后也一直沉默寡言，苦思冥想。恰巧正是他替出售三十七街和密执安大街的地皮给考珀伍德的那家房地产公司起草的契约，写好后他就来到考珀伍德的写字间，问考珀伍德有没有什么附带的细目要加。他被领进房内，考珀伍德那双敏锐的、善于分析的眼睛盯着他，马上便看出这是他所欣赏的人物。麦克吉本那种落落寡合的高雅神情正好合他的心意。考珀伍德欣赏他的服装、他难以把握的性格、他的社交风度，麦克吉本也很快感受到了高级金融界的气氛。他注意到了考珀伍德那套带红线条的淡褐色服装、栗色领带和小巧的玉石袖扣。他那压着玻璃的写字台，一尘不染而又气派非凡，房间里的木器全是樱桃木的，用手工磨光后，又上过油漆，有关美国生活的富有情趣的绘画复制品都装上了合适的镜框。那时刚开始流行的打字机很是显眼，新的证券报价机嘀嘀嗒嗒不停地报着现时的价格。考珀伍德的秘书是一个年轻的波兰女子，名叫安东纳蒂·诺华克，外表沉静，显得很精明，皮肤黑黑的，特别有魅力。

"你做什么生意呀，麦克吉本先生？"考珀伍德在谈话中很偶然地问了一句。他听了麦克吉本的讲述后，懒洋洋地补充道："你可以下星期来我这里。我有点儿事或许与你这一行有关。"

如果是另一个人说这话，麦克吉本绝对会厌恶这种遥遥无期的建议。现在正好相反，他却非常高兴。眼前这个人抓住了他的幻想，他那冷静的理智已经瓦解。当他第二次来到这里时，考珀伍德说出他早想干的那种工作的性质时，麦克吉本便像鱼儿吃饵一般地上钩了。

"我希望你能让我办这件事情，考珀伍德先生，"他满脸期待地说，"这事我从未干过，但我相信我能办好。我住在海德公园，认识大多数村议员。我能替你向他们施加一定的影响。"

考珀伍德微笑着，显得很愉快的样子。

于是，第二家公司便宣告成立，由麦克吉本挑选的傀儡们充当职员。考珀伍德没有告诉老将军范·西克尔，就邀请了德·索托·西彭斯当实际顾问。特许状申请书已经拟好，肯特·巴罗斯·麦克吉本在南区开始了不动声色的工作，逐渐获取了许多村议员的信任。

还有第三个律师巴顿·斯廷森，三个律师中他最年轻，但绝非本领最小，他是一个脸色苍白、头发乌黑、眼睛明亮、带有罗密欧气质的青年。考珀伍德曾碰见他为拉弗林办事。他受聘在西区公司工作，这家公司以老拉弗林为名义上的创办人，以雄心勃勃的德·索托·西彭斯为实际顾问。不过，斯廷森并非悠闲浪荡的罗密欧，而是一个热忱、机敏的人，他出身不高但很求上进。考珀伍德发现了知识分子的柔弱性，它虽能给某些人带来不幸，却给他带来了好运。考珀伍德需要有知识有才干的雇员，情愿给他们优厚的待遇，使他们终日忙碌，并且把他们当成上宾，但他们却必须极度忠心。斯廷森虽然有着冷静沉着的外表，却可能已吻过这位大主教的手了。玩弄手段的奥妙就在这里。

那么请看一看北区、南区、西区的情形吧，暗地里有人南来北往，东奔西走。在湖景，老将军范·西克尔和德·索托·西彭斯正和诡计多端的村议员兼药房老板杜尼威和选区领袖兼大屠宰商雅各布·杰里奇商议，这两人都很有礼貌，但却一味勒索，经常在内室和药房咖啡室畅谈着那些简直列成了详细表格的有关报酬和利益的细目。在海德公园，肯特·巴罗斯·麦克吉本先生神气十足，衣着漂亮，算得上律师中的契斯特菲尔德，伯格道尔跟他在一起，此人属高级雇员，名义上是海德公园煤气燃料公司的总经理，头发很长，神情暧昧。他们两人正同柳藤用具制造商兼村议员阿尔弗雷德·戴维斯和酒吧老板巴特里克·吉尔刚商议，拟订了将来的股份分配方案，提出了现金报酬，赠送地皮、礼物等。还请看一看，在西区的杜葛拉斯村和西郊公园，干瘦而幽默的彼得·拉弗林和巴顿·斯廷森在市区界线外面正在办着一件或几件相同的交涉。

市区几家煤气公司已分裂成三派，对目前快要到来的事情毫无准备。待消息最后透露出来，特许证申请书已向几个村议会递交时，那几家老公司就互相猜疑对方背信弃义、侵权和巧取豪夺。每家公司都派出一名小律师到几个有关地区的村议会去，但是尚无一家公司知道谁是这一切的幕后人及行动的总筹划。在任何一家公司能合理地提出异议之前，在它能决定甘愿拿出很多钱来使邻近它的郊区可以注意使用以前，在它能发起一场法律斗争以前，那些使申请公司如愿以偿的条例即村议会的条例已提出来了；每件提案按照法律程序经过宣读和一次公开听取意见后，便差不多一致通过了。郊区几家小报发出了一阵惊慌的叫嚣，这是由于他们在发放报酬时大概忘记了这些小报。市区大报开始并不怎么在意，因为这些地方全属郊外；它们仅仅评论说，这些村议会仿效市议会干得出色的罪恶勾当且一开头就学得很像。

考珀伍德在早报上看到授予他特许证时，便微笑了。此后他每天满意地听着拉弗林、西彭斯、麦克吉本和范·西克尔汇报别人要收买他们或接收他们的特许证。他与西彭斯共同制订开设各煤气厂的规划。现在要发行债券，出售股票，要给用户发供应煤气合同，要建造贮气库，采购煤气罐，还要铺设煤气管道，必须消除公众已被鼓动起来的反对情绪。所有这些事情，德·索托·西彭斯都显示出了一个能手的本领。有了范·西克尔、麦克吉本和斯廷森在各区当他的顾问，他们能向考珀伍德提出一些简单明了的建议；对这些建议，考珀伍德只需点头同意或说"不行"就可以了。考珀伍德同意后，德·索托·西彭斯就为买材料、造厂房、挖土埋管道而大忙起来。考珀伍德十分高兴，决定要永远留住德·索托·西彭斯与他合作。德·索托·西彭斯想到自己获得了一个报仇雪恨和成就大业的机会，也高兴不已，感激不尽。

"我们同那帮骗子们还不算完，"有一天，他扬扬得意地向考珀伍德说，"他们要同我们打官司，他们以后或许会合起伙来，他们曾经炸掉了我的煤气厂，他们也许会再炸掉我们两人的。"

"让他们炸吧，"考珀伍德说，"我们也会炸，而且还会控告他们。我就喜欢打官司。我们必须将他们卡得死死的，让他们求饶。"他的双眼开心地眨着。

# 第九章　追求胜利

与此同时，爱琳的社交也在小范围内进行着，因为正式社交显然不可能马上开始，这既不能奢望，但无疑也不应完全忽视。有件事对和谐的工作气氛很有帮助，就是考珀伍德显然爱恋他的夫人。虽然许多人也许觉得爱琳有点儿轻率、不够成熟，但他在考珀伍德这个坚强能干的男人手中，或许会变得有用。比如阿迪生夫人和雷保夫人就持这种观点。麦克吉本和洛德也有同感。如果考珀伍德爱她，如同他表面爱她那样，他大概能顺利地成全了她。他也的确爱她，以他的那种方式爱她。他绝不会忘记，当年她对他真是太好了，那时她完全知道他的家境、他的夫人、他的孩子们，以及她自己的家庭可能反对，可她不顾一切去追求他。她是多么慷慨地献出了她的爱情啊！她并不小气，不会因为一点儿小事而斤斤计较，从一开始他就成了"她的弗兰克"，他依旧强烈地感到她渴望同他在一起、渴望嫁给他，这种渴望曾孕育了那些最早的、美妙而又令人担心的日子。她可能会吵架、烦恼、争论、猜疑、大惊小怪，并斥责他跟其他女人调情。但就他而言，稍微越出常轨并不使她担心，他也曾表示不会使她担心。她从没抓到任何证据。她说，一切事情她都能原谅，实际上她的确是那样，只要他肯爱她就成。

"你这魔鬼，"她时常开玩笑地对他说，"我了解你，我看得出你在东张西望，你的写字间里有位漂亮的速记员，我估计就是她。"

"别胡思乱想，爱琳，"他答道，"不要那么粗俗，你知道我不会同一个速记员好的。写字间并不是干那种事的地方。"

"啊，不是吗？别把我当傻瓜。我了解你。不管什么地方对你都是合适的。"

他大笑起来，她也大笑。她没法忍住呀！她那么爱他。她的攻击并未包含什么特别的醋意。她爱他，他也经常把她搂入怀中温存地吻她，情话绵绵："你是我的心肝宝贝吗？你是我的红头发洋娃娃吗？你真的那样爱我吗？那么吻我吧。"说实话，这两个人的情欲之火燃烧起来，只要不被外来事情干扰，他们甜蜜的调情就好得不能再好了。可以说绝无什么不愉悦的事。在肉体方面，她总能让他满足。他能永远用一种和蔼而又带挑逗的甚至温柔的态度与她私语，因为她并不用一本正经的或世俗的见解触犯他的理智。她虽然有些傻气，却甘愿忍受粗鲁的斥责或修正。她能很冒失地提出一些模棱两可的建议，但却使他们做起事来有利可图。目前，他们主要考虑芝加哥的社交界、新房子（现已订合同），以及新房子对帮助他们走进社交界和提高地位起什么作用。爱琳想，没有哪一个女人的生活比她的更美好，这简直太好了，仿佛是在做梦。她的弗兰克是那么漂亮、那么大方、那么钟情。他没有什么心眼儿。即使他有时撇下她，又有什么关系呢？他在灵魂上依旧忠实于她，她至今还不知道他哪一次让她失望过。对他在这些事情上的花言巧语和善于表白，她似懂非懂。但他仍然爱她，而且他确实没有过分地走入迷途。

到目前为止，考珀伍德对他的煤气公司已投资约十万美元，前景十分乐观；那些特许证的有效期为二十年。到那时他已年近六十，可能会把那些老公司买下，同它们合并，或者以高价将自己的公司卖给它们。芝加哥的未来对他完全有利。他已决定，如果他发现了合适的画，就在这上面投资三万美元，并且要在爱琳仍旧这般貌美时，把她的肖像画出来。美术行业又开始令他兴趣大增。阿迪生有四五幅好画，包括一幅卢梭的画、一幅格勒兹的画、一幅沃韦曼的画和一幅劳伦斯的画，却没人知道他从哪儿弄到的。一个姓柯纳德的饭店老板，兼做丝绸织品和房地产生意的商人，据说家中有很多珍品。阿迪生告诉过他，一个名叫戴维拉斯克的铁器大王，目前正在收集名画。他知道，有许多人现在正着手收藏美术品。他也必须开始。

　　那些特许证到手后，考珀伍德便将西彭斯安排在自己的写字间里，暂时让他负责。在实际建厂的地方，又租了个小办事处，雇了一些小职员。各老公司已开始提出各种控诉，要求限制、禁止和取消他们的行动，但是麦克吉本、斯廷森和老将军范·西克尔却用特洛伊人的气魄和得意的心情同他们周旋着。这是有趣的一幕。仍旧没有人真正了解考珀伍德，他是个很小的人物，他的名字甚至尚未与此事联系起来。有点儿令他嫉妒的是，别人一天一天地出名了，他何时才能出名呢？现在快了，肯定的。所以考珀伍德夫妇在六月动身出国，舒服、快乐而又富有，他们身体强健，精神饱满，打算在国外尽情享受他们的第一个假期。

　　这是一次特别愉快的旅行。阿迪生很是礼貌，居然打电报到纽约，给考珀伍德夫人送花到船上去。麦克吉本送了些游记之类的书。考珀伍德原本不能确定是否有人会送花来，就自己定购了一对极好的花篮，连同阿迪生的，一共三个，这些花篮附着卡片放在甲板的走廊上等着他们。几个和船长同桌吃饭的人好不容易才找到考珀伍德夫妇。他们被盛情相邀去参加了好几个牌局和好几场非正式音乐会。不过这次航海风大浪高使考珀伍德夫人觉得不舒服。她很难使自己的美貌不受影响，因此她便闭门不出。她十分高傲，除了少数人外，对一切人都很疏远，而同这少数人谈话也非常小心。她感觉自己终于成了一个特别重要的人物。

她动身之前，把芝加哥多诺万店里的货差不多买光了。内衣、闺房服装、晚会服装、散步和骑马服装，这类东西她买了不少，她随身携带着一个首饰皮包，所装首饰价值三万美元。她的鞋子、袜子、帽子和零碎东西简直数不胜数。因为这一切，考珀伍德颇为她自豪。她生活的本领可真强。他的第一个妻子浑身苍白，严重贫血，可爱琳却充满了肉体的活力。她吟唱、打趣、化妆、作态。有些女人天生就是那种模样，并不需要预先排练或思考。历史悠久的世界在爱琳看来，不过是一种启示，如果看得见一点儿的话，也仅仅是模糊不清的。她或许听说过从前曾有恐龙和飞龙，但即便如此，这也并未给她留下什么深刻印象。有人曾说过或正在说，我们是猴子的后代。虽然可能是真的，但这言辞却非常荒谬。在海上，湛蓝的波浪此起彼伏，令人感到恐惧，却不是诗人心境的广大无边。船是平安的，船长告诉她。他坐在桌旁，身着有铜纽扣的蓝制服，很想向她献殷勤。说实话，她的信心是建立在船长身上的。而且在那里，考珀伍德总跟她待在一起，他用一种怀疑却十分谨慎的眼光，看着这动人的场面，沉默不语。

在伦敦，阿迪生给他们写的几封介绍信引来了几次邀请，请他们听歌剧，赴宴会，到赛马场过周末等。自备马车、大型四马马车、出差马车他们都坐过了。有人还请他们在周末到泰晤士河上的一艘家庭式小船上游玩。英国人把这一切全当成经济上的投机，显示出极高的赚钱的智慧。他们客气、礼貌，仅此而已。爱琳感到特别新奇，她注意着仆人、规矩和礼节，很快就觉得美国不够好了，美国缺少太多东西。

"喂，爱琳，我俩势必要在芝加哥长期居住下去啦，"考珀伍德说。"不要被伦敦迷住了。他们并不喜欢美国人，难道你看不出来吗？如果我们住在这儿，他们目前是决不会接纳我们的。我们只不过是过路人，受到客气的招待罢了。"考珀伍德看穿了爱琳的心思。

爱琳有点被宠坏了，但这是没办法的事。她不停地打扮着自己，英国人总是注意着她，在她骑马驾车的海德公园里；在他们下榻的克拉利吉斯饭店；在她购买东西的邦德街上，都是如此。大多数英国妇女冷漠、保守、生活简朴，他们都吃惊地看着她。考珀伍德感受到了这种情况，但一言不发。他爱爱琳，在他心中，她是令人满意的，起码目前是这样。不管怎样，她是美丽的。他在芝加哥与她完婚，作为一个开端这已经不错了。他们过了三个星期十分快活的生活。

这期间爱琳浏览了一些英国的名胜古迹，接着前往巴黎。在巴黎她猛地产生了一种孩子似的热情。"你知道，"第二天早晨她很郑重地对考珀伍德说，"英国人并不清楚怎样打扮。我原以为他们很会打扮呢，但他们中最漂亮的人都是模仿法国人的。比如昨晚我们在英格兰咖啡馆所见到的那些人，在我所遇见的英国人中，就没有一个可以同他们相比。"

"亲爱的，你的趣味是外国的，"考珀伍德答道，他边整理领带边愉快地望着她，"法国那些时髦的人们过于时髦了，像花花公子一样。我想那些年轻小伙子中有的人是穿着女人胸衣的。"

"那又有什么关系呢？"爱琳答道，"我喜欢这样。如果你追求时髦，为什么不打扮得特别时髦呢？"

"我知道这是你的看法，亲爱的，"他说道，"但不能过火呀，任何事情都不能走得太远，你必须留有余地，哪怕你显得不像你本来那样漂亮。即使你是正确的，你也不能过于明显地和别人不同啊。"

"你知道，"她停下来看着他说，"我想有一天你会变得极其保守，就像我的那些哥哥一样。"

她走过来，摸摸他的领带，又掠掠他的头发。

"哎呀，为家庭着想，我们两个总有一个应该这样啊。"他含着笑说。

"可是，我也不太相信那会是你。"

"今天天气真好。那些白大理石像多么美呀。我们是去克吕尼，还是去凡尔赛，或者去枫丹白露呢？今晚我们应该前往法兰西剧院看白娜的戏呀。"

爱琳确实快乐，终于能同她忠实的丈夫一起旅游，真是太好了。

在这次旅行中，考珀伍德对艺术和生活的兴趣以及占有它们的决心又彻底复活了。他在伦敦、巴黎、布鲁塞尔结识了一些重要的画商。他对大画家们和旧派绘画渐渐有了一些了解。伦敦的一个画商很快看出他可能是一个未来的主顾，便约他和爱琳看一些私人的收藏。到处都是名画家，例如莱顿勋爵、但丁·格布里尔·罗塞蒂、惠司勒，那位画商偶尔也给他介绍一下，说他是对画很有兴趣的客人。这帮人只看出他是个身强体壮、彬彬有礼、冷淡保守的人，而他看到的则是感情丰富的、自我主义的艺术家的灵魂。他马上察觉到，就个人交往而言，这帮人和他不会有多少共同之处，可他们还是能找到共同的话题，不管对什么东西，他都不愿做一个奴性的崇拜者，而只能是一个主宰者。他就这样走着，看着，想着，不知道自己飞黄腾达的美梦何日才能实现。

他在伦敦买了一幅鲁朋的画，在巴黎买了一幅米勒的犁地风景画、一幅简·斯蒂恩的小画、一幅梅索尼尔的战争画和一幅伊塞白的浪漫派的庭院风景画。于是，他从前对美术的兴趣便复活了。这些是他将来收藏的重点，这种收藏对他意义很大。

回国后，芝加哥新公馆的建造给考珀伍德和爱琳的生活增添了另一种乐趣。在法国看见了一些别墅的式样，经泰勒·洛德修改，他们便采用了。根据洛德先生计算，要一年或一年半的时间才能竣工，但时间长短并不太重要。在这期间，他们可以多参加社交活动，为那个有趣的日子做准备，到那时他们便能成为芝加哥的名流了。

这时芝加哥有好几种人，一种是由穷困潦倒忽然发财的人，他们一直念念不忘乡村教堂和乡村的社交规矩；一种是大笔财产的继承人，或是从东部迁来的老财主，他们更会耍手段；还有一种是年轻的富家子弟，他们看到一种日益时髦的美国生活，希望自己能在其中尽显风流。他们正梦想着金斯莱的舞会、定期的义卖市场和欧洲式的夏季娱乐，但这些至今尚未见到。第一种人虽然最迟钝、最笨拙，却仍旧最有势力，因为他们最富有，而金钱一直是最高标准。这帮人举行的盛大宴会真是愚蠢透了，其实那些盛宴不过是势力强大的斯昆达克和霍霍库斯的日常招待会和星期日下午聚会而已，唯一的目的就是要看人家和给人家看，不论在思想上还是在行动上，一概避免标新立异。事实上，他们所希望的乃是成为思想和行动的常规、习俗的典范。比如叫一个女演员来吧，这在东部或伦敦是偶尔会有的事，可在这里却坚决不行，就连一名歌手或一位艺人，他们都侧目而视，人们特别容易走极端。但如果有一位东部的金融巨头偶尔在此逗留一两班火车的时间，那么本地一些大财主就会竭尽全力前去迎接了。

考珀伍德来到芝加哥时就感受到了这一切，但是他想，如果他十分有钱有势，那么他和爱琳利用他们的漂亮房子，极有可能像酵母一样，使整块面团都发酵起来。遗憾的是爱琳显然过于谨慎而失去了可以得到社交上的承认与平等地位的机会。就像原始人缺乏有组织的自卫，任由令人恐惧、变幻莫测的大自然支配，她有时想到可能会失败就几乎要发抖。她很快便发现自己在性格上不适于同某些类型的社交界妇女交往。爱琳有一天在商业区的一家商店里看见了绸缎呢绒大王安森·梅里尔的夫人，对方给她留下了过于冷淡疏远的印象。梅里尔夫人性情高傲，受过高等教育，自认为很难在芝加哥找到合适的朋友。她在波士顿长大，曾好几次到过伦敦，很快便熟悉了那里的上流社会，在她眼中，芝加哥最多不过是一个龌龊的商场罢了。她宁愿住在纽约或华盛顿，但她不得不住在这里。这样她便对几乎所有她屈尊来往的人都摆出十足的架子，总是高昂着头，懒洋洋地垂下眼皮，把细细的眉毛往上一挑，表示这一切全都庸俗不堪。

把梅里尔夫人指给爱琳看的，是亨利·哈德斯顿夫人。哈德斯顿夫人是肥皂厂老板的妻子，住处与考珀伍德夫妇的临时住所相距不远，她和她丈夫是位于交际圈外围的。她得知考珀伍德夫妇是富翁，同阿迪生夫妇很友好，并且将要修建一幢价值二十万美元的公馆（房屋的造价在传说的过程中总是增加的），这就够了。他们彼此相隔只有三户人家，她来拜望，留下了名片。爱琳很愿意各处讨好，也就回拜了。矮小的哈德斯顿夫人相貌平平，却擅长交际，特别注重实际。

"说到梅里尔夫人，"哈德斯顿夫人就在这一天说道，"她就在靠近妇女儿童柜台那里。她总是那样，拿着那副长柄眼镜。"

爱琳转过脸来，用一种鉴定的眼光审视着西部上流社会的一位高个子、黑皮肤、纤细身材的女人，这个女人非常落落寡合、态度傲慢。

"你不认识她吧？"爱琳从容地观察着她，好奇地问。

"不认识，"哈德斯顿夫人应付地回答道，"他们住在北区，同圈子的人不大来往。"

事实上，这正是富人的荣耀，他们不受这种硬性的分区限制，能从所有的区域中选择他们的朋友。

"哦！"爱琳漫不经心地答道。哈德斯顿夫人居然认为有必要把梅里尔夫人当作一位上流人物指给她看，她暗中恼火了。

"你知道，她的眉毛画得太浓了，我想，"哈德斯顿夫人心怀嫉妒地说道，"他们说，她的丈夫并不忠诚于她。另外有一个女人，格拉登斯夫人，住得离他们很近，他对她有浓厚的兴趣。"

"哦！"爱琳小心地说。她在费城的那段经历，使她决心提防着，不要信口开河。这种暗箭向她射来是非常容易的。

"但她们那帮人的确是最时髦的。"爱琳的同伴恭维道。

此后爱琳发誓要同安森·梅里尔夫人交往，要让梅里尔夫人真心实意地接待她。可她并不明白这是永远不能实现的，虽说她也有点儿担心。

但另外有些人，曾到考珀伍德夫妇的第一个住所拜访过，或是考珀伍德夫妇想方设法结识了他们。其中有桑德兰·斯莱德夫妇，斯莱德先生是一条通向本市的西南铁路的运输总经理，是一位风趣、颇有修养而又富有的绅士。他的夫人是个颇有野心的小人物；有沃尔特·赖萨·科顿夫妇，科顿是一个咖啡批发代理商，更是一个本地交际文人，他的夫人是瓦萨学院的毕业生；有诺利·西姆斯夫妇，西姆斯是道格拉斯信托公司的总经理，是另一帮金融人士中的中坚人物，这一帮人与阿迪生和雷保所代表的那一帮人迥然有异。其余的还有皮毛富商斯坦尼思洛·霍克西马夫妇、珠宝商韦伯斯特·伊斯莱思夫妇和珠宝商布拉佛·坎达夫妇。这帮人在社会上的势力相当大。他们都家境殷实且收入丰厚，值得重视。爱琳和大多数妇女的区别就像自然主义与幻想主义之间的区别，但这点儿需要稍加解释。

要真正了解这个时代女性的心理状态，我们必须追溯到中古时代。那时教会兴盛，经过实际生活锻炼的勤奋诗人，给妇女罩上了神秘的光环。从那以后，太太小姐们都相信她们的本质比男人好，她们生来就是为了提高男人的，她们对男人的恩惠是无价之宝。这种浪漫的玫瑰色的迷雾，虽与个人道德毫不相干，却带来一种女人对男人甚至女人对女人的圣洁的态度。现在爱琳所处的芝加哥，就存在这种幻想。介绍给她的那些小姐太太们全是这种想入非非的上流社会的女人。她们自认为完美无缺，正像宗教的美术品和小说中所表现的那样。她们的丈夫必须是模范人物，与她们高尚的理想相配，而且其他女人也须毫无缺点。爱琳急切而天真，如果她能得知这一切，定会取笑的。由于不了解，她才在一些场合觉得心虚胆怯。

这方面的一个例子就是诺利·西姆斯夫人，她是安森·梅里尔夫人的追随者。她被邀请到安森·梅里尔家去，或由梅里尔夫人用车送到商业区去，这在西姆斯夫人心中已算是上了天堂。她喜欢重复她的偶像的名言，高谈她那惊人的文化程度，讲述人家有时如何不肯相信她是安森·梅里尔的妻子，就连她自己也那样说。这些社交场上的陈词滥调，肯定是从埃及和巴比伦王国流传下来的。西姆斯夫人属于无法形容的一类人，算不上一个真正的人物，不过是个聪明、漂亮、风趣又想往上爬的女人。西姆斯的两个女儿学会了当时所有社交上的仪容举止，如作态、假笑、屈膝等，很让她们的长辈高兴。保姆身着制服，家庭女教师备受轻视。高傲的西姆斯夫人眼睛只盯着那些比她地位高的人，对她屈居其间的平凡之人，则以一种冷静的态度藐视。

在她第一次招待考珀伍德夫妇的宴会上，西姆斯夫人便想探询爱琳在费城的历史，问她是否认识亚瑟·雷夫妇、特里佛·德雷克夫妇、罗伯特·威廉或玛丁·沃克夫妇。西姆斯夫人并不认识他们，但是听梅里尔夫人说起过，这就完全能作为一个借口，大张声势。爱琳很会对付她，为了自身利益她善于大胆撒谎。她对西姆斯夫人肯定地说她认识他们，因为她的确认识他们，虽然这相识很偶然，而且是在没有把她和考珀伍德牵连在一块的谣言传出之前。这令西姆斯夫人很高兴。

"我一定要告诉娜莉。"她说，她如此亲昵地称呼梅里尔夫人。

爱琳担心，如果这类事情继续下去，那么不久全市就都会传播开，说她在婚前曾做过情妇，说她是那件离婚案中未曾提到的有牵连的人，说考珀伍德曾蹲过监狱。似乎只有他的财富和她的美貌才能挽救她，可这些真能挽救她吗？

有一天晚上，他们在杜安·金斯兰夫妇家里吃饭，布拉佛·坎达夫人好像有意问她是否遇见过她的费城朋友斯凯勒·伊文思夫人。爱琳被这话吓住了。

"你不认为他们有些人肯定了解我们的过去吗？"她在回家途中问考珀伍德。

"我想是的，"他若有所思地答道，"我也不确定。如果我是你，我不会因为那种事而焦虑。如果你焦虑，就会让他们知道。我并不为我在费城蹲过监狱的事保密，也不打算保密。那事处理得并不公正，他们没有权力把我关在牢里。"

"我知道，亲爱的，"爱琳答道，"即使他们真的知道，也没有多少关系。我感觉不会有什么问题。我相信，并非只有我们在婚姻上遇到过麻烦。""关于这事，只能出现两种情况：他们接受我们，或者不接受我们。如果他们不接受我们，我们也奈何不得。我们要继续建造房子，给他们一个机会讲礼貌，如果他们不讲礼貌，还有其他大城市。在纽约，有钱能使鬼推磨，这点我是清楚的。只要资金充足，我们就能在那儿建幢真正像样的房子，以平等的身份融进去，而且我一定会资金充足，"他考虑了一会儿，补充说道，"别担心。在这儿我绝对能赚几百万。不管他们让不让我赚，而在那以后，我们想怎样就能怎样。你用不着焦虑，我还没有见过这个世界上有什么困难是金钱解决不了的。"他紧紧地咬着牙。每当认真起来的时候，他总是这样。

他拉过爱琳的手，轻轻握着。

"你用不着焦虑，"他重复道，"芝加哥并非唯一的城市，十年以后我们也绝不会是美国最穷的人。要有勇气。一切都会好起来的。"

爱琳眺望着灯光照耀下的长长的密执安大街，他们正乘车经过这条大街，许多静悄悄的大厦向车后退去。大街上白色的灯罩在黑暗中发光，向远方渐渐延伸，形成淡淡的白点。夜非常黑暗，但也非常凉爽、舒适。哦，但愿弗兰克的金钱能给他们在这个社会换来地位和友谊，但愿能够这样！她不太清楚，这种奋斗在很大程度上是靠他的个性来决定成败的。

## 第十章　考验

密执安大街住宅在一八七八年秋天十月下旬交付使用，那时爱琳和考珀伍德来芝加哥大约已有两年。他们在赛马场上、各种宴会和茶会上、联合会俱乐部和卡留麦俱乐部（考珀伍德经阿迪生的帮助加入）的招待会上所认识的人以及麦克吉本和洛德所拉拢的人中，一共发出约三百份请柬，其中约有三百五十人做了回复。由于考珀伍德只暗地里操纵着业务，至今并没有谈论他的过去，没有人对他从前的事情发生特别兴趣。他富有，待人友善，性格随和。本市的商人即他在交际场中所结识的那帮人，都认为他魅力无穷而又非常聪明。爱琳美貌温雅，惹人注目，总算被接纳了，不过他们对最上流的社会仍是可望而不可即。

在社交界没有地位的人，在运用机智和辨别力时会作出怎样的炫耀的事啊！这不能不令人吃惊。当时在芝加哥有一种社交周刊，从出版物的情况来看，是一份办得不错的刊物，考珀伍德由麦克吉本协助暂时将它利用起来。在事业的基础尚未巩固时，他能做的事极少。但是如果像考珀伍德现在这样具有受人尊敬的外表、令人羡慕的财富、不可动摇的势力和能吸引人的魅力，那么一切梦想都能变成现实。肯特·巴罗斯·麦克吉本认识该刊编辑霍顿·毕格斯，他是一个十分孤独而又心灰意懒的四十五岁的人，头发灰白，神情沮丧，可以说是人类的寄生虫，只有在完全必要的时候，他才感到似乎有点儿兴趣。当时，社交刊物的编辑被认为是社交界中的一员，事实上是当作客人招待而不当作访员的，不过就在那时，这种惯例已逐渐消失。麦克吉本现在正给考珀伍德做事，并且非常喜欢考珀伍德，便在一天晚上对毕格斯说：

"毕格斯，你认识考珀伍德夫妇吧？"

"不认识，"毕格斯答道，他像狗虱子一般专门巴结那些更高级的圈子，"他们是怎样的人？"

"他是拉萨尔街的一位银行家呀。他们来自费城。考珀伍德夫人是一位美人，她年轻、时髦，样样都令人着迷。他们正在密执安大街建造一幢房子。你应该与他们相识，他们想要进入社交界。阿迪生夫妇欢迎他们。如果你现在很好地对待他们，他们以后定会感激不尽的，我想。他很慷慨，是个好人。"

毕格斯的耳朵听得竖了起来。这种社交刊物最多不过使他赚点儿外快，他是没什么能力赚大钱的。那帮想进入和未完全进入社交界的人，因为想让他说些好话，只好给他的小报捐款，而且非常慷慨，这次简短谈话后不久，考珀伍德便收到了《礼拜六评论》营业处的一张空白捐款单，他立刻直接送了一张一百美元的支票给霍顿·毕格斯先生。此后，有些不很重要的人物便发现了一个秘密。只要考珀伍德夫妇在他们家里做客，这次宴会就能得到《礼拜六评论》的评述，否则就不会。显得好像考珀伍德夫妇是非邀请不可的，但是到底他们是怎样的人物呢？

出名——哪怕是最一般的交际上的成功——之所以危险，是因为人们造谣专门爱找一个有声有色的目标。当你在生活上有点儿与众不同的时候，鉴定专家们就想弄清你是谁、是干什么的和为什么来到这里。爱琳的热情与考珀伍德的天才相结合，促使他们的首次招待会成为一件极其特殊的事件。这样，整个说来是一种非常特殊的事。在社交上，芝加哥至今还是特别保守的。它的举动，正如上面所言，像牛一样愚钝。贸然举办什么十分辉煌灿烂的活动，是要冒很大风险的。芝加哥社交界比较保守的分子，哪怕并未到场，不久就会听说的，随后便能做出最后的评价和决定。

这次盛大集会先开了一个招待会，从下午四点持续到六点半。九点钟开始举行舞会，有芝加哥著名艺人的音乐节目，最后是豪华的晚餐，从十一点钟吃到凌晨一点钟，在仙境般的中国式灯光下，许多小餐桌摆满了底层的三个房间。作为一个锦上添花的小节目，考珀伍德把他在国外购买的一些名画挂了起来，还挂了一幅新画，即一幅特别漂亮的热纶杰作（那时热纶在国外声名正盛），这是一幅土耳其皇宫妃嫔的裸体画，画中美人们正在那彩石镶嵌的东方式的浴池旁嬉戏。在芝加哥，这多少算是放荡的美术品。虽说开明人士感到完全无害，但外行却感到震惊，它可以为画廊增色，这正是开明人士所需要的。还有新寄到、新挂起来的一幅爱琳的画像，这是他们去年在布鲁塞尔请荷兰画家简·范·比尔斯画的。他在九次当面写生中把爱琳画了出来。这是一幅十分漂亮的油画，格调特别高雅，在她身后衬托着夏季户外风景，可见一汪镶着矮矮石头花边的水池，砖砌的荷兰王宫的红色一角，一座郁金香花坛，一片湛蓝的天空衬着朵朵白云。爱琳坐在石凳弧度优美的扶手上，脚边全是绿草，她懒洋洋地拿着一把红白相间的花边阳伞有意将它偏向一边；她穿上了一身巴黎最新式的、蓝白图案的绸便服，健美丰满，风姿绰约；头戴一顶有蓝白带子的宽边草帽，轻飘飘地罩着她那生动明亮的双眸，这位画家非常准确地抓住了她的精神，炫耀自己、装模作样，以及因为幼稚或缺少真正的精明而显出的虚张声势。这件作品赏心悦目，有点儿夸耀，一切与她有关的东西都是这样，这容易使没有这份幸运的人产生嫉妒，但作为一幅人物画像却极为成功。在那些摇曳的暖洋洋的亮光之中，她越发显得漂亮、娇生惯养、逍遥自在，她真是养在家的人间宝贝。很多人驻足观看，议论纷纷。

这天从一开始，爱琳就有一种令她踌躇犹疑、心烦意乱的预感。她按照考珀伍德的提议，用一个可怜的女文人做交际秘书。她把所有的信都发了出去，将回信列成表，还要东奔西跑对诸多细节提出意见。她的法国女仆法黛正拼命忙着准备两套服装，今天一定要做好，一套至少要在两点钟做好，另一套要在八点前做好，她寻找衣服或擦拭装饰品、扣子、饰针的时候，嘴里不断说着"我的上帝"和"哎呀"。爱琳为追求十全十美殚精竭虑。她苦思冥想穿什么衣服最为合适，她的画像像争奇斗艳的刺激物挂在画廊的东墙上，她感到好像所有交际场上的人都要对她评头论足。本地的女服装师特丽萨·多诺万曾提出建议，但爱琳却坚决要穿一件深褐色的丝绒衣，这是巴黎的渥斯做的，它能改变她的容貌，使她的颈脖和臂膀看起来十分完美，并且能同她的肌肉和头发巧妙配合，达到高度和谐。她试了试紫水晶耳环，又换上黄玉耳环，穿上褐色长筒丝袜和带红珐琅扣子的褐色便鞋。

爱琳的毛病就是做这些事总是不能从容不迫，而从容不迫却正是一种社交能力的表现。她常常不能控制局面而被局面所左右。有时只有考珀伍德的那种老成稳重和翩翩风度才能使她渡过难关，情况常常是如此。他俩在一起，她感到自己简直就是个了不起的贵夫人，配做任何国王的王后。她独自一人的时候，勇气虽大，却时常像重心不稳，她那危险的往事一直占据着她大脑的某个角落。

下午四点钟时，肯特·巴罗斯·麦克吉本在大客厅里坐下，他穿着很整洁的晚礼服，那双敏锐灵活的眼睛并不完全赞成这里的铺张炫耀和费尽心机。他同泰勒·洛德谈话，那时洛德刚完成最后一次检查，正要离开，准备晚上再来。如果这两个人是更亲近的朋友，彼此非常亲密的话，那么他们便会讨论考珀伍德夫妇社交的前景。但是事实上，他们只谈些无聊的客套话。正在这时，爱琳走下楼来，光彩照人。肯特·巴罗斯·麦克吉本从未见过像她这样漂亮的女人。和那些乖戾的家伙相比，她大可赞美，那帮家伙在交际场上转来转去，狡猾、冷酷、骨瘦如柴，满脑子的小算盘，凭他们那可靠的地位做交易。可惜爱琳的架子摆得不够，她应该更厉害些，不要过于温和。但有考珀伍德在她身边，她可能会成功。

"确实，考珀伍德夫人，"他说道，"这全都特别漂亮。我正对洛德先生讲，我认为这幢房子是一个大获成功的典型。"

这话出自交际场中人麦克吉本之口，又有另一个场中人洛德站在旁边，这对爱琳恰似对待葡萄美酒一般。她欢喜得眉飞色舞。

先来的人中有韦伯斯特·伊斯莱思夫人、布拉佛·坎达夫人和沃尔特·赖萨·科顿夫人，她们是协助招待的。夫人们并不知道这是在考验她们的明智和鉴赏力，她们完全被爱琳家奢华的场面、考珀伍德在金融界蒸蒸日上的名望和这幢新房子的艺术性迷住了。韦伯斯特·伊斯莱思夫人的嘴形很特别，总让爱琳想起鱼嘴，但她并不太丑，今天还显得活泼、迷人。布拉佛·坎达夫人那件老式的、玫瑰色和银灰色相配的衣裳多少掩饰了一些她那瘦骨嶙峋的身架，但她也还算美。她是个有趣的人，因为她相信这件事非常有意义。沃尔特·赖萨·科顿夫人年轻，带有瓦萨学院生活的文雅，她不屑的事情很多。不知为什么，她觉得考珀伍德夫妇可能会失败，但他们正在大步向前，也许会超过所有其他想往上爬的人。她是应该显得愉快的。

生活有时会从个体和分离状态转入蒙提萨利式的色彩，在这里个体不算什么，闪光的全体才是一切。这幢新房底层有漂亮的法国式窗户、石花的镶边和雕花的大门，屋里不久便挤满五光十色的人。他们中的很多人，爱琳和考珀伍德根本不认识，全是由麦克吉本和洛德邀请来的，他们一一都被介绍了。附近的小街和屋前的空草坪全是咬着马嚼子的马和装饰华丽的马车。与考珀伍德夫妇比较疏远的那帮人都有意来得较早，他们感到场面富丽堂皇，十分有趣，便逗留了一些时候。负责伙食的金斯勒训练了一小队仆人，装配得如同哨兵一般，由考珀伍德的管事小心管理着。新餐厅富于古罗马庞贝式色彩，由于大量的玻璃器皿和美味珍馐的艺术布置而显得红通通的。妇女们的晚礼服，灰、紫、褐、绿相杂，同门厅的褐色墙壁、深灰与金黄的客厅、古罗马的红色餐厅、白色与金黄的音乐室、乌贼墨色的画廊，很和谐地搭配在一起。

考珀伍德在餐厅、图书室和画廊亲自接待客人，爱琳凭借她那勇敢的风度支撑着，以傲视群芳的美丽站了起来，体现了一切虚荣浮华，貌似富裕，实则不然。列队走着的这一群人感到新颖好奇而不是陡生兴趣，满怀嫉妒而不是深表同情，吹毛求疵而不是关怀备至，他们简直是专为观察而来的。

"你知道吗，考珀伍德夫人，"西姆斯夫人轻声说，"今天你的房子使我想起了一个美术展览。我几乎弄不清是什么缘故。"

爱琳遭受了隐约的嘲讽，却不能随机应变予以回敬。她在这方面的能力不强，她气得要命。

"你是这样想的吗？"她讽刺地说道。

西姆斯夫人对她的反应略感满意，扬扬自得地走了过去，一个下流的青年美术家跟在她后面陪伴着。

爱琳从这件事和类似这样的事情上发现，她还不算一位真正的交际场中人。这帮垄断交际场的人至今既不看重她也不看重考珀伍德。

她简直憎恨那个比较迟钝的伊斯莱思夫人了，那时她正站在她旁边，听到了那句话，然而伊斯莱思夫人却不比毫无价值的人强多少。西姆斯夫人曾屈尊向伊斯莱思夫人温和地说了声"您好"。

阿迪生夫妇、斯莱德夫妇、金斯兰夫妇、霍克西马夫妇等虽然光临了，也无作用，爱琳还是放心不下。不过宴会后，麦克吉本所拉拢的那帮青年人都来跳舞了，爱琳虽心存疑虑，却又十分得意。她快活、大胆而又魅力无限。肯特·巴罗斯·麦克吉本在不断变化的大进行曲舞场上是一位老手，他开心地在这种飘飘欲仙的行列中领着她，后面是挽着西姆斯夫人的考珀伍德。爱琳穿着一身银光熠熠的白缎子衣裳，戴着小项圈、手镯、耳环和束发的金刚钻首饰，更加光彩照人，富有异国情调。她容光焕发。麦克吉本殷勤备至简直被弄得神魂颠倒。

"真是太快乐啦，"他亲密地低声说，"你太美了！我好像是在梦中。"

"你会发觉我是个实在的人。"爱琳答道。

"但愿这样。"他快活地笑道。爱琳已猜出那潜在的含义，便故意装出生气的模样。西姆斯夫人被考珀伍德迷住了。

进行舞曲之后，爱琳被五六个轻佻的花花公子围住了，她陪他们一起去看她的画像。保守的人们议论饮酒过多，画廊这头挂着的裸体画，那一头又挂着光彩夺目的爱琳画像，不少青年人由于她的陪伴而热情高涨。愉快而又和蔼的雷保夫人对她的丈夫说，爱琳对生活非常有热情。考珀伍德夫妇物质上的铺张引人注目，在规模和实质上远远超过了阿迪生夫妇曾经达到的程度，这使阿迪生夫人有些惊讶。她对丈夫说，"他肯定暴发了。"

"这是个天才金融家，爱拉，"阿迪生简洁地说道，"他是一个主宰者，他一定能赚大钱。他们能否进入社交界，我并不知道。如果他是一个人，他绝对能进入的，只是她太美了。他需要的是另外一种女人，她过于漂亮了。"

"我也这样想。我喜欢她，但是我担心她将来不会理事，那就太糟糕了。"

正在这时爱琳从他们跟前走过，她的两边各有一个微笑着的青年，她满面红光，许多恭维话使她快乐又兴奋。舞厅是由音乐室和客厅合并而成的，现在吸引了众人的目光。舞厅在她面前闪耀着，里面的人跳动着，空气中充满了花香、音乐和人声。

"考珀伍德夫人，"布拉佛·坎达对社交周刊《礼拜六评论》编辑霍顿·毕格斯说，"她是我见过的最漂亮的女人之一。她实在太漂亮了。"

"你觉得她迷人吗？"毕格斯谨慎地问道。

"太迷人了，但是我担心她还不够冷静，不够聪明。这种场面需要的是一种比较庄重的女人，她太神气了。年龄大的妇女决不会买她的账，她使她们显得太老了。如果她不这么年轻，不这么漂亮，她会获得更大的成功。"

"我也这样想。"毕格斯说道。实际上，他完全不是这样想的，他不能作出这种准确的结论。但是由于布拉佛·坎达说了这话，他现在也认为是这样。

# 第十一章　大胆的效果

次日清晨，诺利·西姆斯夫妇的家里以及其他地方，吃早点时人们纷纷议论着考珀伍德夫妇热衷于交际的目的，并且认真而仔细地揣测社交界最终是否会接纳他们。

"考珀伍德夫人的毛病，"西姆斯夫人说道，"就是太笨，所有事情都太爱炫耀，居然把她的画像和那幅裸体画像那样布置，真令人不解，而且今早的《新闻报》又刊登了这条新闻！哟，你还真以为他们成了社交界的人呢。"西姆斯夫人已颇为不满，恨自己竟被两个朋友泰勒·洛德和肯特·巴罗斯·麦克吉本给利用了。她现在回忆起来，就是被人利用了。

"你如何看待那群来宾呢？"诺利一边问，一边往面包卷上涂奶油。

"哎呀，那当然毫无个性啦。我们应该是他们邀请到那儿去的最重要的人了，我现在想起来就后悔不已。伊斯莱思夫妇和霍克西马夫妇到底是怎样的人呢？确实是个令人讨厌的女人！"她所说的"讨厌的女人"是指霍克西马夫人，"我从没听过像她说的那样无聊的话。"

"昨天下午我与新闻报馆的海格宁谈话，"诺利说，"他告诉我来这儿之前考珀伍德已在费城破产，并且打了很多官司，你听说了吗？"

"没有。但她说认识那儿的德雷克夫妇和沃克夫妇。我原本打算就这一点向莱丽打听打听。我非常好奇，如果他那样顺风顺水，为什么要离开费城呢？按常理来说是不会那样做的。"

西姆斯已开始嫉妒考珀伍德了。此外，考珀伍德的风度显示出他超常的胆识和智慧，而这恰恰是招人嫉恨的，只有有求于他和其他行业的老板除外。最后，西姆斯确实希望更彻底更清晰地了解考珀伍德。

这种社交状况还来不及将顺就发生了另外一件事，而这件事尤为重要，尽管爱琳或许并不这样认为。新旧煤气公司之间的关系日趋紧张，旧公司的股东们倍感不安。他们很想弄清楚这几家新煤气公司的后台老板到底是谁，因为这些新公司气势逼人，很有可能占领他们垄断的地区。最后，为了与德·索托·西彭斯和老将军范·西克尔的操控作斗争，那些北芝加哥煤气公司雇用了几位律师，其中一位发现了湖景村议会向新公司授予了特许证，而受理上诉的法院也将给予支持，他就决定要控告村议员们彼此串通、集体受贿。他们收集到足够的证据，证明杜尼威、雅各布·杰里奇和北区其他一些人被人收买。这一起诉将会导致特许证的最后批准时间被拖延下去，旧公司就有足够的时间商讨对策。这位北芝加哥煤气公司的律师名叫巴森斯，一直都在极力打探西彭斯和范·西克尔将军的行踪，最后他断定，他们仅仅算是傀儡和爪牙，这一切行动的真正幕后策划者就是考珀伍德，纵使不是他，也是他所代表的那帮人。为了见到考珀伍德，一天巴森斯来到他的写字间。他没得到任何结果，于是只好着手调查他的履历和社会关系。这种调查和反攻计划的结果最终造成了列入十一月下旬美国巡回法庭的诉讼案，控告弗兰克·阿尔杰农·考珀伍德、亨利·德·索托·西彭斯、贾德森·范·西克尔等犯同谋罪。这件诉讼案几乎又立刻与西区和南区公司的诉讼衔接上，控告的罪名相同。在每件案子中，都认定考珀伍德是新公司的幕后操纵人，要阴谋收购旧公司。他在费城的部分历史被公开了，这是不久前他提供给报纸的做过许多修改的一篇说明书。尽管阴谋和贿赂听起来刺耳，但律师的控告依然不能证实任何事情。可是一段蹲监狱的经历（无论出于何种原因）和以前的破产、离婚和声名狼藉（虽说报纸的态度极为慎重），却足以刺激公众的神经，使得公众的眼睛仅仅盯着考珀伍德和他的夫人。

新闻记者要求考珀伍德亲自接受采访，但他却答复自己只是这家新公司的财务代理人，并不是投资人。各项关于他的控告全都失实，不过是法律上的误判，有人为了造成混乱的局面无中生有而已。他还威胁说，要控告对方诽谤罪。尽管这些诉讼案最终不了了之（在他的周密安排下，使自己在每件案子中只作为一个财务代理人出现，因而不受其他任何调查），可是控告既然已经提出，他现在显然被揭露成一个狡诈的、操控的代理商，而且有着一段惊人的履历。

"我弄清楚了，"有一天吃早餐时，安森·梅里尔对夫人说，"考珀伍德正在让他的名字出现在各个报端啦。"他面前的桌上摆着《时报》，他正浏览在当时流行的旧式金字塔形的标题："好几个芝加哥公民被指控同谋罪。弗兰克·阿尔杰农·考珀伍德、贾德森·范·西克尔、亨利·德·索托·西彭斯等在巡回法庭上被控告。"下面做了详细报道。"我认为他只不过是个经纪人。"

"我不太了解他们的状况，"他的夫人答道，"我只听贝拉·西姆斯说过。报上说了什么呢？"

他把报纸递给她。

"我一直认为他们就是往上爬的人，"梅里尔夫人继续说道，"我听说她这个人俗气得很。我从未看过她。"

"对一个费城人来说，他开头倒还不错，"梅里尔微笑道，"我在卡留麦俱乐部见过他，他看上去十分精明。无论如何，他干起事来精力旺盛、尽职尽责。"

　　同样，虽说诺曼·希利哈先生曾看见考珀伍德出现在卡留麦俱乐部和联合会俱乐部的大厅里，但他此前并未把他放在眼里，现在却也开始郑重地关注他是何许人也了。希利哈精力旺盛、体力充沛，身高六英尺，体格健壮而略微迟钝，像头公牛。他和安森·梅里尔不一样，报上议论开始后不久，有一天他在卡留麦俱乐部遇见了阿迪生，他坐进他身边一张很大的皮沙发里，问：

　　"阿迪生，这几天报上刊载的考珀伍德是谁？这些人都是你认识的，你不是曾向我介绍过他吗？"

　　"确实如此。"阿迪生轻快地回答道，虽然别人对考珀伍德肆意攻击，但他却觉得特别高兴。从与这一切斗争伴随而来的风波来看，很显然考珀伍德把此事做得相当精明，而最巧妙的是他把他的后台老板们的名字隐瞒了起来。"他出生在费城，几年前来到这儿，经营粮食和经纪业务，现在成了银行家。他很精明，也很富有。"

　　"报纸上说，一八七一年他在费城因为一百万美元破产了，是真的吗？"

　　"据我所知，情况确实属实。"

　　"那么，他在那儿坐过牢吗？"

　　"我认为他坐过。不过，我相信那并非因为什么真正的刑事案件。我听说，好像曾发生过与政治财务有关的纠纷。"

　　"他是像报上所说的，只有四十岁吗？"

　　"他的年纪，我倒认为差不多，你为什么要问这个呢？"

　　"哦，他的这种计划有些不知天高地厚，他想抢走这儿家老煤气公司的生意，他能做到吗？"

　　"这我可真不知道。我就知道报上介绍的事情。"阿迪生谨慎地答道。实际上，他根本不想谈及此事。考珀伍德此刻正忙着通过一个代理人使相关的各个公司和解并联合起来。可这事进展得并不顺利。

"哼！"希利哈流露出不满。他想不明白自己、梅里尔、阿尼尔等人为什么不早早经营这方面的生意，或是把几家老公司收购。他离开了俱乐部。次日清晨他就拟订出一个计划。他几乎成为另外一个考珀伍德，精明、固执而又冷漠无情。他绝对相信芝加哥，相信一切与他的前途有关的事情。而面对当前的煤气状况，既然考珀伍德认为有机可乘，那么他当然也对此清清楚楚。由第三者介入，凭借复杂的操控来获取所期望的报酬，即使现在也并非没有可能。也许连考珀伍德本人都可以争取过来——谁晓得呢？

希利哈先生控制欲很强，他不支持小股份、小投资。如果他参加这类的事情，他就喜欢加以操控。他决定请考珀伍德来写字间商讨一下。于是他让秘书写封信，以相当高傲的语气，邀请考珀伍德来谈一件重要的事情。

恰巧此时，尽管最近一段时间各方面对考珀伍德的造谣中伤使他余痛尚存，但他依然感觉到自己在芝加哥金融界的地位十分稳固。在这种形势下，他对任何人都表现出一种粗暴的轻蔑。他很明白，曾有人将他介绍给希利哈，但之前希利哈却从未留意过他。

"考珀伍德先生让我奉告，"安东纳蒂·诺华克女士按照他口授的话道，"当前他深感时间紧迫，没空拜访，但如果希利哈先生枉驾惠顾，则不管何时，一概欢迎。"

这个答复惹怒了地位优越、傲慢自负的希利哈，但他仍然坚信，这样的会谈是必需的，而且有利无害。于是他在一个周三下午去了考珀伍德的写字间，而且受到了最热情周到的招待。

"你好，希利哈先生，"考珀伍德伸出手去，亲切地说，"我十分高兴再次见到你。我认为几年前我们曾见过一面。"

"我也是这样认为的。"希利哈先生答道，他肩宽头方，眼睛黑黑的，上唇的小黑胡子短短的，帅气且坚毅。他的眼神冷酷深沉而又敏锐。"我从报上得知，如果报纸靠谱儿的话，"他开门见山地说，"你对本地煤气行业很感兴趣。是这样吗？"

"恐怕报纸不太靠谱儿吧，"考珀伍德十分殷切地回答，"请告诉我，你为什么想了解我是否对煤气行业有兴趣呢？"

"说实话吧，"希利哈看着这位金融家，答道，"我自己对本地煤气行业也很感兴趣。这是一个相当有利的投资方向，而且这几家老公司里的几位股东最近曾去过我那儿，请求我帮助他们联合起来。"（这压根儿就是假的）"我一直不明白，按照你现在的方式去做，你以为你能稳操胜券吗？"

考珀伍德笑了。"除非我能了解更多你的真正目的和商业上的关系，"他说，"我本来不大愿意讨论这件事的。老公司的股东们，请你帮助调解此事难道是真的吗？"

"确实。"希利哈说道。

"你认为你能将他们联合起来吗？依赖什么条件呢？"

"哦，我完全可以这样断言，这就是件可以轻松搞定的事，只要把新公司的两三股抵作各老公司的一股，送给他们每个人就行了。然后我们可以推举一批高级职员，弄一套写字间，撤回所有诉讼，这能让每个人都感到痛快。"

说这话时，他以一种从容不迫、高人一等的姿态，仿佛考珀伍德几年来从不曾想到这个办法。这倒使考珀伍德大为吃惊，看到自己的计划由人家神气活现地提出来，而且是一位在本地很有势力、至今还想无视他的人。

"你希望这些新公司以什么条件加入呢？"考珀伍德小心谨慎地问道。

"如果各新公司投资不多，就和其他公司的条件一样。我还没有来得及考虑所有细节。按照投资，一股算作两三股。当然，毫无疑问要考虑这些老公司的偏见。"

考珀伍德盘算着，他是否该接受这个意见。这是一次机会，借着出售股份给老公司的机会，能很快赚到一笔钱。不过那样的话，在这件操纵性的买卖上掌握大权的就是希利哈，而不是他了。其实，如果他等一等，等希利哈已想办法把三家老公司合并成一家时，他或许能得到更好的条件呢，然而他并没有十足的把握。最后他问，"如果每家新公司和老公司都按照这个条件提供股票，这个新成立的公司会有多少股份留在你手里，或创办者的手里呢？"

"哦，可能是百分之三十五到百分之四十，"希利哈满面笑容地答道，"出了力的应该拿工钱哪。"

"对，"考珀伍德微笑着答道，"但是，因为我是砍竿子打这棵柿子树的人，我觉得我应该占有很大一部分，你说是吗？"

"你究竟是什么意思呢？"

"就是我刚才说的意思。我一手创立了这三家新公司，才使这种假想的联合成为可能。你说的计划其实是我早已经提出来的。那些老公司的职员和理事们对我不满，认为我占领他们的领域。现在，如果因为这个原因，他们心甘情愿通过你而不是我来运转的话，那么我认为在盈余方面，我就应该拿到更多的一份，这三家新公司里我个人的股份并不很多，我确实只是个财务代理人，其他什么都是。"（这并非实情，考珀伍德却希望他的客人这样认为）

希利哈笑了。"但是，老兄，"他说道，"你忘了，这样干的话，我几乎要拿出全部资本哪。"

"你忘了，"考珀伍德反驳道，"我可不是新手，我自己能保证拿出全部资本，我还愿意给你一份相当可观的红利，如果你愿意接受的话。各新老公司的厂和特许证都是值钱的呀，你要记住，芝加哥正日新月异地向前发展。"

"那我知道，"希利哈含糊其词地答道，"但我也清楚，你将面对一场长久的、耗资巨大的竞争。按照现在的形势，你别指望单独使那几家老公司就范。据我所知，他们不肯与你合作。势必需要我这样有势力、名声大且认识这帮人的局外人来完成这次合并。你认为还有比我更适合做此事的人吗？"

"要找一个人，我完全能办得到。"考珀伍德十分淡定地答道。

"我并不这样认为，按现在的形势，当然不会这样。那些老公司不想通过你来经营，他们都有意通过我来经营。请你好好考虑一下，最好还是答应我的条件，让我办这件事。"

"按照你提出的条件是绝对不可能的，"考珀伍德回答得很简练，"我们已深陷这种境况，并且已收到了相当好的效果。无论你给那些老公司的股东们什么条件，一作三或一作四都是我关于新股票所要采取的最佳方案，而且不管剩余多少，我自己都要留一半。我还要与别人分。"（这自然也是假的）

"不行，"希利哈不停地摇着他的方脑袋，含糊其词地说，"这点办不到。风险太大了。我最多承诺给你四分之一，就这还说不定呢。"

"要么一半，要么全都不要。"考珀伍德毫不迟疑地说。

希利哈站起身来。"这就是你的最后条件，是吗？"他注视着考珀伍德说。

"是的，真正的最后条件。"

　　"那么，"他说，"恐怕我们没能达成协议，我感到十分遗憾。或许你能看得出来这将是一场耗时很长、耗资巨大的斗争。"

　　"我已充分估计到了。"这位金融家自信地说。

# 第十二章　新的门客

　　考珀伍德礼貌而果断地拒绝了希利哈，也许他将会尝到作茧自缚的滋味。他的那位聪颖而机警的律师本来在州议会静观其变，因为公司执照都是从那里颁发给市议会、村议会、法庭等机关的。这位律师很快就察觉到有一股强大的反对势力正在形成。老将军范·西克尔第一个跑来报告，说即刻要发生一件和北芝加哥煤气公司相关的事情。一天临近黄昏时，他走进来，那件灰色的大衣随意地披在肩上，那顶小小的软礼帽低低地压在他那双毛茸茸的眼睛上，考珀伍德说："晚上好，将军，有什么事吗？"西克尔神色不安地坐了下来。

　　"我认为你要为即将到来的真正的恶劣气候做好准备，队长。"他已习惯了这样客气地称呼这位金融家。

　　"出了什么乱子？"考珀伍德问。

　　"目前还没出现什么真正的乱子，但很可能就要发生了。我不知道是谁正在将那三家老公司合并成一家公司。在斯布林菲尔德有人替芝加哥联合煤气燃料公司申请公司执照，并且正在道格拉斯信托公司里举行理事会，我从杜尼威那里听说的，他好像有朋友知道这件事。"

　　考珀伍德习惯性地把手指并在一起，有节奏地轻轻拍着。

　　"让我想一下，道格拉斯信托公司。西姆斯先生是那家公司的总经理，他不会那么干练地去做那种事的，新公司的创办人是谁呢？"

将军取出一份名单，上面的四个名字里没有一个是那些老公司的职员或理事。

"全都是些傀儡，"考珀伍德简短地说，"我想我明白了，"他默想了几秒钟，"无论后台老板是谁，将军，你都不要烦恼。即使他们真能联合起来，也威胁不了我们。他们最终只能卖给我们，否则就得收购我们。"

但是，一想到希利哈居然能用某种条件说服那些老公司实现合并，他就感到生气。他原本打算让阿迪生装成一位局外人，即刻就去办此事。他能肯定，希利哈在他们会谈之后就即刻着手干了起来。他马上赶到湖市国民银行阿迪生的办公室。

"你听说这个消息了吗？"考珀伍德刚一露面，阿迪生就嚷道，"他们正在计划合并。这是希利哈干的。我一直担心发生这样的事。道格拉斯信托公司的西姆斯将是财务代理人。几分钟前我才得到这个消息。"

"我也刚刚得知，"考珀伍德平静地答道，"我们本该稍微早点儿去干的。可是，这并不全是我们的过失。你知道他们达成协议的条件吗？"

"他们打算把他们的股票按一作三的条件合并起来，把这个控股公司约百分之三十的股票留给希利哈，或出售或留，听他处理。他负责股息。我们替他干了活，好比把野物正好赶入他的猎囊里去了。"

"但是，"考珀伍德答道，"他还要和我们打交道的。现在我提议，我们去市议会申请一个总特许证，这是能办到的。如果我们得手，就能迫使他们屈服。有这几家小公司担任配角，我们就能真正立于比他们更有利的地位。我们可以自己联合起来。"

"那可要花费很多钱，不是吗？"

"并不是很多。我们或许无须铺设一条管道或建立一个厂。在我们铺管建厂前，他们就会提议出售或收购了。我们可以提出一定的条件，让我来办好了。你就没有任何机会与这位迈肯迪先生结识吗？他在本地相当有发言权，他就是约翰·迈肯迪呀。"

考珀伍德所提及的这个人曾是个赌棍，外界谣传他是多家妓院的老板或总管，能操控市长和市参议员选举，又是许多酒吧和合伙商号的经济后台，简言之，他就是芝加哥政治社会底层的大佬，甚至连本市和本州立法程序上的相关事情都不得不考虑他的意见。

"我不认识，"阿迪生说道，"但我能给你弄到一封介绍信，为什么要提到他呢？"

"现在不要问这些。你尽量给我弄到一封非常有分量的介绍信。"

"我今天保证给你弄到，"阿迪生非常有把握地许诺道，"我保证能及时给你送过去。"

考珀伍德出去了，阿迪生谋划着最新的行动。他相信如果考珀伍德挖了坑，敌人肯定会掉进去的。有时他对此人的聪明睿智深感吃惊。他对考珀伍德一旦行动起来就雷厉风行、不可阻挡，没有任何怀疑。

在一筹莫展时，考珀伍德想起的这个迈肯迪是一个人们渴望拜见、有趣而又强有力的角色，在当时是芝加哥和西部的代表性人物。他面带笑容，和蔼可亲，在魅力和阴险狡诈上很像考珀伍德，但在兽性猥亵（表面上看不出来）程度上又有些不同。考珀伍德对此一窍不通。在性格的魅力上他们也截然不同，迈肯迪能把那种社会底层的悲惨生活拖到他跟前来，而自己的灵魂就在其中得到了解脱。这种性格不是艺术性的也不是脱离世俗的，不是冲动的也不是过分哲学气的，它仍然是生活范围内的东西。也许不如水晶般透明，却也不完全黑暗，就像玛瑙一样朦胧而奇异。迈肯迪三岁时，父母在饥饿时期作为移民把他从爱尔兰带过来。他在本市南区外围的一个棚户里长大，棚户位于一片纵横交错的铁轨附近，孩提时，他经常不穿衣服就在棚外的泥地上爬。他的父亲在附近铁路上工作几年后，被提升为路段工头，而八个孩子之一的小约翰·迈肯迪很小就被打发出去打工：当商店的小伙计，做电报公司的报差，给一家酒吧临时打扫卫生，最后做了酒吧的伙计，最后这个职业才是他一生事业的真正开端，因为他被一个头脑灵活的政客发现了，这个政客让他参加州议会的竞选，并钻研法律。年轻时，他什么都学会了，诸如抢劫、乱塞投票箱、出卖选票、派遣头目、贪污、袒护亲戚、营私舞弊等，所有足以构成或曾构成美国政治生活和经济斗争的事情，他样样精通。上流社会中有一种固执的观念，认为下层社会没什么值得学习的。如果你探究过约翰·迈肯迪那博大宽阔而善于平衡的气度，你就会发现他有一种超常的智慧和超常的记忆力，他记得他所有严重错误的、不严重错误的和不道德的行为，而且他都能忍受，甚至为此感到高兴。他是一个善于吃苦却从不悲观的人，他的知觉、本能、嗜欲指引着他，可是这个人却以绅士的姿态和气派出现在世人的视野中。

迈肯迪现已四十八岁，是一位举足轻重的人物。在本市西区哈里森街和阿希兰大道上，随时都有人造访他那宽敞的房子，有金融家、商人、公务员、牧师、酒吧老板等，总之，那里有着一整套活跃的、微妙的政治生活。他们从迈肯迪那儿能得到他们急于得到的指教、智慧、保证和解决问题的方案，而且他们愿意采用一些合适的方法去报答他，不过常常是表示感谢和承认他的领导地位。对于一些警察队长和巡官因犯错误被撤职时，他有时去挽救他们；对于母亲们，他就去把她们犯法的儿女从监狱领出来，又护送回家；有些妓院老板由他罩着，可以不受贪婪成性的警察的侵扰；有些政客和酒吧老板，存在着这种或那种被骚扰被殴打的危险，也由他保护着。在这帮人眼里，危急时刻，他镇静、和蔼，几乎以艺术家的面孔对他们微笑时，仿佛就是一位从天上下凡的神仙或是一位西部的神，全能、全慈、全美。另外，也有些忘恩负义的人、不妥协的或伪善的宗教家和改革家、擅长阴谋诡计的竞争者却把他视为死敌。他的许多亲信几乎如同钦差一样按照他的旨意办事。他在服装和嗜好方面毫无追求，他已经结婚，表面看来十分幸福。他是一个名不副实的天主教徒，一个温善慈祥的佛爷，一个强劲有力而又难以琢磨的人。

一个春天的晚上，考珀伍德和迈肯迪第一次见面，在迈肯迪家里，这座大房子的几扇窗户敞开着，但却被窗帘遮着，窗帘随风轻轻飘动着。考珀伍德感到满眼都是嫩绿的草木，随风吹来一阵牲畜的气味。

由于阿迪生的信和范·西克尔从一位著名的政治审判官那儿弄来的另一封信的作用，考珀伍德被约见。他到达后，仆人给他送上烟和茶，之后他又被介绍给迈肯迪夫人，她缺乏正规的社交生活经验，却一直对会见上层社会的名流兴趣浓厚，甚至只要见一见就满足了。他眼光锐利，他发现迈肯迪夫人很胖，年过五十，可以说是衰老了的爱琳，但仍然能显露出昔日健美的余韵，而且把她一度当过妓女的迹象掩饰得天衣无缝。碰巧，这天晚上迈肯迪心情特别愉悦，近期并没有任何要紧的政治纠纷打扰他。正值五月初，屋外的树木正在发芽，麻雀和知更鸟啼鸣着，吟唱各自的心情，空气中的雾霭很淡，有些早出现的蚊子正在侦察那些遮挡门窗的帘幔。虽然考珀伍德各种麻烦接踵而至，但他的心境却很悠然自得。他热爱生活，即使生活中有特别困难复杂的事情也不会影响他的心情，或许他最喜欢的就是生活的复杂。大自然是美好的，有时温柔，但有时也给人设下重重困难，需要用心谋划、施展诡计来解决和克服它们，这些才是使生活富有价值的东西。

"现在就说吧，考珀伍德先生，"迈肯迪在他们最后走进凉爽而舒服的图书室的时候说，"我可以为你做些什么？"

"好吧，迈肯迪先生，"考珀伍德说道，逐字逐句推敲他的言辞，充分运用他的智慧，"并没有什么重大事情，只有一件小事情。我想从芝加哥市议会弄到一张特许证，如果你愿意，我希望你帮我弄到。你也许会问，为什么不直接找市议员呢？如果不是有些个别的人可能会找你，我一定会去的，很早我就听闻你这里是芝加哥政治纠纷的情报交换所，这么说不会让你见怪吧？"

迈肯迪先生笑了。"这太恭维了。"他冷淡地答道。

"现在，我对芝加哥十分陌生，"考珀伍德低声说，"我从费城来这里才一两年，我做了几家煤气公司的财务代理人和投资人，这些公司是在湖景、海德公园和市区外面其他地方创立的，最近你或许在报上看见了。我并不是这些公司的老板，不是给了公司全部资金或大部分资金的那种老板。除了挂名以外，我甚至不是那些公司的经理。我也许最多能称得上是这些公司的发起人。我是为别人也是为自己这样做的。"迈肯迪先生点点头。

"现在，迈肯迪先生，在我刚得到特许证到湖景和海德公园营业后不久，就遭到那帮控制本市三家老煤气公司的有关人士的对抗。他们竭力反对我们插进库克郡任何一个角落，你能想象得出，我们并没有真正挤入他们的势力范围，自那以后，他们就指控我大搞贿赂、阴谋活动，用诉讼、禁令来攻击我。"

"我清楚，"迈肯迪先生插嘴道，"这事我听到了一点儿。"

"对啦，"考珀伍德说道，"由于他们坚持反对，我就向他们提议把三家老煤气公司和这三家新煤气公司合并成一家公司，领取一个新执照，使全市统一得到煤气供应。他们不愿这样做，我觉得，多半因为我是局外人。从那以后，就出现了另外一个人——希利哈先生（迈肯迪点点头）插了进来，他建议将那三家公司合并，事实上他和这儿的煤气生意没有丝毫联系。他计划的正是我准备着手做的事情。不过他的下一步计划是把三家老公司合并起来后，凭着这些郊区的经营特许证，侵占我们这几家煤气公司的范围，抢夺我们的生意，或者逼迫我们出售我们的公司。想必你早已听闻有谣传说这些郊区要和芝加哥合并，这就使得三个商业区特许证和我们的特许证有同等效力。你十分了解，这就逼迫我们必须在几条路中选择一条，或是按照我们现在能得到的最好的条件把公司卖出；或是耗费很多资金继续斗争，丝毫不退让；或是钻进市议会申请在商业区营业的特许证，一份能同那些老公司光明正大不相上下地在芝加哥出售煤气的总特许证。这唯一的目的就是要保护我们自己，如同我的一个职员常说的那样。"考珀伍德幽默地补充说。

迈肯迪又微笑了。"我懂了，"他说，"不过，找一个新特许证难道不是一个很棘手的难题吗？考珀伍德先生。难道你认为普通市民会赞成本市增加一家多余的煤气公司吗？不错，那些老公司并不让人满意。我家使用的煤气就不怎么样。"他勉强微笑着，准备进一步听下去。

"哎呀，迈肯迪先生，我知道你是个实事求是的人，"考珀伍德不让对方插嘴，继续说，"我也是这样的人。我并不是到这来委婉地倾诉我的困难，以博得你的同情。我清楚，一项合法的建议提交到芝加哥市议会是一回事，它能通过并被当局批准却是另一回事。我需要的是指教和帮助，但我并不乞求。如果我能弄到一份像我所说的总特许证，那对我是十分有价值的。它能帮助我把这些新公司变成现金，这是完全合理而又必要的。它能帮助我阻止那些老公司把我吞并。事实上，我必须有一份这样的总特许证，用来维护我的利益，并且能给我一个继续斗争的机会，我清楚没有人进入政界或金融界仅仅是为了玩玩。如果我能弄到一份这样的特许证，其价值就等同于我个人赚得的全部利益的百分之二十五到百分之五十，只要新老公司能够合并，就价值三四十万美元（考珀伍德在此处不是很坦率，但很保险）。不必向你介绍，我就能操控大量资金，有了特许证就能办到。一句话，我想明确一下，就这件事你是否能在政治上支持我，并按照我的条件和我合作呢？首先我要让你了解谁是我的合作伙伴，我要把全部资料和细目都摆在你的办公桌上，你可以亲自查看实际情况究竟是怎样的。如果你发现我错了，你随时可以退出，我之前说过，我绝不是一个乞丐。我不会隐瞒任何事实，或通过掩饰真相来欺骗你，夸大其词地介绍这件事对我们的价值，我希望你了解事实，希望你按照你认为公平合理的条件帮助我。坦率地说，在当前形势下，我唯一感到麻烦的就是我并非一位有权有势之人。如果我是那种人，早就圆满地解决煤气斗争了。那些情愿借助希利哈的改组来反对我的绅士们，主要是因为对芝加哥而言，我是个局外人，不是他们的圈里人，如果我和他们是一伙的，"他把手轻轻一挥，"我认为今晚我就不会来这里请你帮忙了。当然，这并非意味着我不高兴来这里，也并非意味着我不乐意在任何可能的场合下与你合作，而是因为以前几乎没有运气遇到你。"

　　他说话时，两眼目不转睛地、几乎是天真地注视着迈肯迪。迈肯迪相当明白他的意思，一直觉得自己在听一个奇怪、能干、难以琢磨而又富有活力的人在讲述。这里并没有拐弯抹角，也没有吹毛求疵，但却十分微妙，这正是迈肯迪所喜欢的风格。当考珀伍德偶尔讲到那帮排斥他的有势力的人时，他感到好笑，这正符合了他的心意。他完全领悟到了他的意图。他觉得，考珀伍德代表一派十分招人喜欢的新式金融家。如果他相信那两位非常热忱地把考珀伍德介绍给自己的人，那么显而易见，考珀伍德在和一帮能干的人交往。考珀伍德深知迈肯迪同那些老公司并没有利害关系，而且对他们（尽管他并没有指出这点）也并不十分同情。对他而言，他们只是一些疏远的财团，如果有必要，他们会送上一点儿政治礼物，希望得到一些政治利益。现在每过几周，在议会里，他们就一个接着一个地要求煤气管道特许证（在某些大街上铺设管道的特权），要求得到更好的、更有利可图的煤气合同，要求拥有建立码头的特权以及降低税率等。迈肯迪并不太关注这些事情。在议会里，他有一个部下，是很有势力的亲信，名叫巴特里克·杜宁。杜宁一身横肉，精神饱满，是个爱尔兰人，是议会忠实的、贪污受贿的看家狗，他与市长、财政局长、税务局长等当时市政府的所有官员相互勾结，在上述那些事情上使大家利益均等。迈肯迪只偶遇过南区煤气公司的两三个高级职员，他并不喜欢他们。事实上，那些老公司的职员们觉得迈肯迪和杜宁之类的政客很坏，如果他们送上钱财或干其他这类坏事，那也是因为迫不得已。

"嗯，"迈肯迪若有所思地用手指抚摸着他那细细的金表链说，"你提出来的倒是一个有趣的主意。但是，那些老公司是不喜欢你申请一张和他们竞争的特许证的，一旦你弄到手，纵使他们反对，也没多大作用了，不是吗？"他笑了。迈肯迪的口音不带半点儿爱尔兰腔。"从某方面来看，这兴许被看作一件坏事，但并不完全如此。他们一定要大吵大叫的，尽管他们对公众没有丝毫仁爱之心，但如果你打算与他们联手，我也不反对。当然，从长远利益看，双方都是有利的。这只是让你做一笔更好的买卖而已。"

"对啦。"考珀伍德说道。

"而且你还对我说，你具备财力在本市各处铺设管道，如果他们不肯退步，你就与他们在营业上竞争，是吗？"

"我有这种财力，"考珀伍德说，"即使我没有，我也能弄到。"

迈肯迪非常严肃地注视着考珀伍德先生。两人彼此都产生了一种同情、谅解和钦佩，但这种情感却被私心完全地掩盖住了。迈肯迪认为，考珀伍德是个有趣的人，因为他是他所遇见的少数商人之一，他们与他交往时不沉闷、不拘谨，甚至也不伪善。"好，我来告诉你我怎么做，考珀伍德先生，"他最后说，"我要全盘考虑一下整个事情。无论如何，得容我仔细思考，周一再说。现在提出一个总煤气章程比晚提出来理由更充足，这点我是有把握的。你为什么不把你申请的特许证写出来让我看看呢？然后我们可以打听一下市议会其他几位先生的想法。"

考珀伍德听见"先生"这个词忍不住要发笑。

"我已经写好了，"他说，"就在这里。"

迈肯迪接过来，对这种迅速的办事效率既感到吃惊又感到高兴。他欣赏这类强有力的主宰者，特别是因为他自己不是一位主宰者，而他所认识的那帮人又大都不思进取、过分小心。

"让我拿着它吧，"他说，"如果你愿意的话，我们下周一再见。"

考珀伍德站了起来。"我早就想与你直接面谈了，迈肯迪先生，"他说，"现在我终于如愿以偿了，我十分高兴。如果你肯花费心思研究此事，你就会发现情况与我所预料的一致，我们能用各种方式赚大钱，只要肯下点儿功夫去实现它。"

迈肯迪了然于心。"是的，"他开心地说道，"当然喽。"

他们握着手，注视着彼此的眼睛。

"你在这方面想出了一个相当好的主意，"迈肯迪赞赏道，"的确是个极好的主意。下周一你再来，我会把我的意见告诉你，如果有什么事情需要我的话，你随时来，我都会欢迎的。今晚天气真是好极了！"当他们走到门口时，他向外看了看，补充了一句。"这月亮太美好啦！"他仰望夜空，又高兴地赞美了一句。这时一轮弯弯的月亮正悬挂在空中。"再见。"

# 第十三章　重新决定

　　此次拜访的意义很快就凸显出来。最顶层和大企业间突然发生了一些几乎解释不了的人事纠纷。因此迈肯迪先生似乎被唤醒，于是到处探听关于煤气的消息，并考虑加入希利哈那一方是否会更有利可图。但他最后却认为考珀伍德的计划（他已拟了草案），就政治目的而言最行得通，这多半缘于目前希利哈派无须向市议会提出任何要求，因此他们竟愚蠢得忘记主动向市议会的强盗们承诺给予他们好处。

　　考珀伍德第二次去迈肯迪家里的时候，迈肯迪内心已欣然接受了他。"嗯，"他稍做寒暄后说，"我已打听到事情的进展情况。你的建议相当公平，把你的公司组织起来，根据情况安排你的计划。随后公布你的章程，我们来看看该怎样办。"他们长时间地密谈着，关于未来的股票如何分配，股票如何让迈肯迪所满意的一家银行保管，直到最后履行那些老公司合并成新的联合公司的协商条件为止，以及诸多类似的细节。这是一项十分复杂的工作，考珀伍德感到并不满意，但他对获胜还是信心满满的，这需要范·西克尔将军、亨利·德·索托·西彭斯、肯特·巴罗斯·麦克吉本和市议会杜宁集中精力干上一段时间，最后他们充分准备了计划中的一切。

　　因此，在某个周四（在那天，按市议会的规定，一个这类性质的章程一定要提出）之后的周一的晚上，该计划在公布很短一段时间后就由市议会顺利通过。的确也没有进行公开讨论的时间，当然，这正是考珀伍德和迈肯迪想极力避免的。紧接着的周四，议会公布此章程并准备提出来要通过的第二天，希利哈就让他的律师们和老煤气公司的职员们跑到各个报社去，公开抨击此事，声称这是公然的抢劫。但他们又无计可施，宣传鼓动的时间不够了。不错，各报社都遵照了这个更大的经济势力的旨意，开始谈论"对那些老公司要公平"，并说既然一个已经足够了，就不必存在两家彼此竞争的大公司。但是，受到迈肯迪属下相反的宣传或鼓动的市民，并不相信报社的话。他们从未享受过那些公司的优厚待遇，因此不必去为他们奔走相告。

周一晚上这个议案最后通过时，南区煤气公司总经理塞缪尔·布莱克曼先生，他矮矮瘦瘦，满脸鞋刷似的连鬓胡子，站在市议会大门外郑重声明：

"这纯属流氓行为。如果市长要签署的话，就会被弹劾。今天晚上议会里面没有一张票没被收买，一张都没有，他们把一个真正的强盗引到芝加哥来了。咳，花费多年心血创办事业的人，却得不到保障！"

"没错，一个字都没错。"北区公司的总经理约旦·朱尔斯先生也跟着抱怨说。他又胖又矮，头像个直立的鸡蛋，头上只有一缕头发，一双蓝眼睛十分冷酷。他和西区煤气公司的总经理哈德森·贝克先生站在一起。贝克身材高大，走路缓慢。这帮人全都跑来抗议。"就是从费城来的那个流氓呀。一切麻烦都是他引起的。芝加哥的实业界人士现在该意识到他们要对付的是哪类人了。他应该被驱逐出去。看看他在费城的履历吧。他在那儿曾进过监狱，在这儿也应该把他送进去。"

最近贝克先生才成为希利哈的座上客，又是他的支持者，他当然十分愤慨。"这人就是个骗子，"他语气坚定地对布莱克曼说，"他的行动从不光明正大，显然不是上流社会的人。"

　　然而，无论如何，那个章程还是通过了。这对诺曼·希利哈先生、诺利·西姆斯先生以及那帮不幸牵涉其中的人，都是一个惨烈的教训。那三家老公司联合组成一个委员会去求见市长，但市长还是签署了章程，因为他是迈肯迪的傀儡，把自己的前途已交给敌人掌控。考珀伍德弄到了特许证，虽然他们叫苦不迭，但现在也只能甘拜下风了，唯有希利哈，他与考珀伍德的恩怨并未了结。他决定以后要在其他场合与他再一决高下。下次他要全力以赴地与他针锋相对大战一场，但眼下，以他的精明，他还是打算妥协退让了。

　　此后，他极力掩饰愤怒和憎恨，继续在他加入的那两个俱乐部中观察考珀伍德。但在这段激动人心的时期考珀伍德却避而不去。因此，在六月一个令人倦怠的下午，希利哈先生去了考珀伍德的写字间。他穿着一套漂亮的灰色新衣，戴一顶草帽。按当时所流行的，口袋里还露出一条整洁的蓝边绸手帕，脚上蹬着锃亮的浅口新皮鞋。

　　"过几天我就要去欧洲，考珀伍德先生，"他温和地说，"我觉得我得顺便过来看看，就煤气问题而言，看看你我能否达成协议，那些老公司的高级职员们当然不希望在煤气行业还有一家公司与他们竞争，而且我能肯定，你也没有心情进行一场毫无益处的价格战，这对谁都没有好处。以前你曾承诺按对半的条件与我妥协，我很想知道你现在是否还有此意。"

　　"请坐，请坐，希利哈先生，"考珀伍德轻松地说，用手示意请客人坐在椅子上，"我非常荣幸再次与你见面，我和你一样也不想进行价格战。实际上，我极力避免。但是，你看到了，自从我上次见到你后，形势发生了一些变化。这些创办和投资本市新煤气公司的先生们十分愿意，甚至几乎是相当迫切地想继续搞下去，共建一家合法的企业。他们对合作前景信心百倍，我跟他们的意见完全一致。

"新老公司有望达成一种协议，但不是按前些时候我所愿意的那种条件。自那之后，成立了一家新公司，发行了股票，当然也花费了许多钱（这是假的）。这种股票无论在哪项新协议中都绝对要计算在内的。我想各公司的大联合是令人向往的，但对于所有股票，势必一概都要照票面价格按一股作一股、作两股、作三股或作四股的条件来处理。"

希利哈先生脸色难看起来。"你不认为这有点儿过分吗？"他郑重地说道。

"一点儿都不过分！"考珀伍德回答，"你明白这些新花费并不是我自愿承担的呀。"（希利哈先生听出了讽刺的意味，但他只字不提）

"那我完全承认，但目前你的股票实际上一文不值，难道你不认为，如果按照票面价格把你的股票接受下来，你就该知足了吗？"

"我看不出有任何理由，"考珀伍德答道，"我们的前途是光明的。现在必须待遇平等，否则只好作罢。我想了解一下在所有的老股东们都满意之后，为了促进这家新公司的发展，你计划在保险箱里保留多少库存股呢？"

"嗯，按我先前所预料的全部发行额的百分之三十到百分之四十，"希利哈答道，他仍然想获得有利的条件，"这是可以按照那个条件办到的。"

"这归谁所有呢？"

"啊，发起人哪，"希利哈模棱两可地说道，"也许就是你和我。"

"你怎样分呢？对半，和以前一样吗？"

"我认为这样才公平。"

"这不够！"考珀伍德有力地答复，"自从上次与你谈话后，我就不得不承担责任，签订协议，这些事都是我那时不曾预料到的。现在我认为应该四分之三归我。"

希利哈坚决地、无礼地挺直身子。他认为这是荒谬至极的、绝不可能的！简直是不知羞耻！

"那绝对不可能，考珀伍德先生，"他丝毫不退让地答道，"事实上，你打算把很多不值钱的股票抛给老公司。那些老公司的股票现在的市价是一百五十美元到二百一十美元，这你清楚，但你的股票却是废纸。如果你打算把那种股票一股作两股或作三股，并且得到四分之三的保留股，我就成了与此事没有丝毫关系的人了。这么一来，是你操控公司，而公司也就泡在水里了。你就想干不劳而获的事情！我对那些老公司的股东们建议的办法最多只是对半。而且我还可以明确地告诉你，那些老公司不肯和你合作，让你去控制公司。他们十分愤慨，非常愤怒。这就意味着一场长期的耗费钱财的斗争，而且他们绝不会妥协。如果现在你能提出合情合理的条件，那么我会非常高兴地聆听。否则，我担心这次谈话会徒劳无功。"

"股与股相同，还有四分之三的保留股，"考珀伍德丝毫不肯让步地重复了一遍，"我并不想控制。如果他们愿意筹集资金，按照那种条件收购，我愿意出售。我只是为自己的投资获得公平的报酬。我一定要得到。尽管我不能代替我的后台老板表态，但只要他们通过我做交易，这就是他们所期盼的条件。"

希利哈先生愤愤不平地离开了，他简直愤怒到了极点。考珀伍德所提的建议，分明就是抢劫。他想，如果有必要，就退出那些老公司，把他持有的股票全部卖掉，让那些老公司去全力对付考珀伍德。只要他与公司存在一点儿关系，他就决不会让考珀伍德掌控煤气行业的局面。最好就按照他的提议向他发起攻击，筹款收购他，即使出一个过分的大价钱也行。然后老公司就可以按照之前的模式继续经营下去，以免惹出麻烦。这个强盗！这个暴发户！他是何等精明、果断而又强硬！这件事情极大地惹怒了希利哈先生。

事情的结果却只是妥协，考珀伍德接受了新的总发行额的剩余股票的一半，而他自己之前创办的三家新公司的每股股票都是一股算作两股，全部都出售给那些老公司。这是一笔最为划得来的买卖，让他不仅能慷慨地去酬谢迈肯迪和阿迪生，而且能大方地酬谢所有与他有关系的人。这是一个非同小可的胜利，正如迈肯迪和阿迪生向他承诺的。他现在已经获得了如此好的收益，于是就转向别处去征服新的领域。

但是，这里胜利了，那里却失败了，迄今为止，考珀伍德和爱琳的交际前景不大乐观。在交际场中希利哈是个有势力有影响的人，他与考珀伍德的交锋惨遭失败，现在当然拼命反对他。诺利·西姆斯无疑会偏袒他的老朋友。但最严重的打击却是来自安森·梅里尔夫人。新家落成的宴会后不久，而且就在煤气辩论和指控他搞阴谋闹得满城风雨时，梅里尔夫人在纽约遇见了一个熟人，即费城的马丁·沃克夫人，她是考珀伍德之前渴望加入而最终没能如愿的那个圈子里的人。梅里尔夫人得知考珀伍德夫妇引起了西姆斯夫人和其他夫人的兴趣，便抓住这个机会想打探出一点儿可靠的事情来。

"顺便打听一下，你听说过费城的弗兰克·阿尔杰农·考珀伍德或者他的夫人吗？"她问沃克夫人。

"哎呀，亲爱的娜莉，"她的朋友答道，她感到纳闷，梅里尔夫人这样时尚的女性居然会提到他们。"这两个人在芝加哥定居了吗？他在费城的所作所为简直令人吃惊。他与当地的财政局长互相勾结，盗用五十万美元公款，结果他们两个都进了监狱。这还不是最糟糕的事情！他还与一个名叫爱琳·巴特勒的年轻女子相好，顺便提一下，就是欧文·巴特勒的妹妹，目前他是那儿极有势力的人，而且——"
她抬了抬眼睛，"考珀伍德蹲监狱时，她的父亲死了，家庭也因此解体。
我还听说那位老先生是自杀。考珀伍德出狱后，就人间蒸发了，我的
确听人说过，他去了西部，离婚后又结婚。他的第一任妻子仍带着他
的两个孩子住在费城的某个地方。"

梅里尔夫人大为吃惊，但她并未流露出来。"这倒是一个相当有
趣的故事，不是吗？"

她平淡地说道，暗想，要收拾考珀伍德是易如反掌的事呀，而且
她十分高兴，她对他们从未产生过半点儿兴趣。"你见过他的新太
太吗？"

"我觉得见过的，但我忘了是在什么地方。她在费城经常骑马和
乘车。"

"她是红头发吗？"

"哦，是的。她是个极其惹人注目的美人。"

"我想，肯定就是这个女人。最近他们在芝加哥上报了。我本来
想验证一下。"

梅里尔夫人思考着将来能做出什么样的适当评论。

"我断定他们目前千方百计地想跻身芝加哥的社交界吧？"沃克
夫人带着轻蔑高傲的口吻微笑着，她嘲笑芝加哥的社交界，正像嘲笑
考珀伍德夫妇一样。

"也许他们曾在东部尝试过这种事情，并且成功过，但我不清楚
事实是否如此，"梅里尔夫人讨厌对方的揣测，就尖酸地答道，"但
在芝加哥，尝试和成功却完全是两回事。"

这次谈话就这样结束了。以后西姆斯夫人随口提起考珀伍德夫妇，
或者提到与考珀伍德有关的事情时，梅里尔夫人的观点就会十分清晰。

"如果你听从我的建议，"梅里尔夫人最后评论道，"你和你的这两位朋友越疏远越好。我完全掌握了他们的情况，从一开始你就应该发现这一点的，社交界决不会接受他们的。"

　　梅里尔夫人无须说明理由，但西姆斯夫人很快就从她丈夫口中得知全部情况，于是她自然很愤怒，甚至恐惧。她琢磨着，发生了这种事情到底该怪罪谁呢？谁把他们引荐过来的呢？当然是阿迪生夫妇。但阿迪生夫妇在交际场中纵使不是绝对权威，也是无可厚非的，因此她对这件事情也只能听之任之了。但从她和她朋友们的名单中，考珀伍德夫妇的名字马上被划去了，而且此事已经办到了。于是他们社交地位的骤然下降开始显现出来，尽管没有那么快，只是暂时让人有点摸不到头脑。

　　爱琳发觉状况改变的最初迹象是，招待会和诸如此类的事情的请柬及入场券在数目上突然减少，而近来这些东西本来是十分随便地送出去的，还有她每周三下午招待会的客人也逐渐减少，这种招待会原本就是冒险举办的，起初她根本弄不清是怎么回事，令她难以置信的是，在她家大宴宾客后，紧随其后的竟是在当地的威信迅速一落千丈。新屋落成宴会后的三个星期里，那些可能会来拜访或者留下名片的七十五人或五十人中，仅有二十人拜访过。又过了一周，减少到十人，很快不出五周，就几乎没有一个人了。当然，有少数无足轻重的人，像那帮盼望她帮助的人和在商业上对考珀伍德负有责任的、只求自保的泰勒·洛德和肯特·巴罗斯·麦克吉本仍旧忠实，但他们造访与否的确无所谓。爱琳沮丧、抗争、悔恨而又羞愧，被折磨得几乎发疯。世上有许多脸皮厚心肠狠的人，他们急于求成，为获取最终胜利能忍受任何挫败，他们脸皮太厚而丝毫没有察觉，但她却做不到。尽管她曾对社交界有看法、敢大胆地无视从前考珀伍德夫人的权利，可现在为了前途，为了往事可能对她的影响，她已被弄得神经分了。的确，她以前的一言一行完全归功于她青春的朝气热情和考珀伍德强烈的性的魅力。在还算幸运的情况下，她原本可以十分平静地结婚，就不会发生婚后被诋毁的事了，而现在，实际上，她在这儿正需要得体的社交，以便向自己并向他（她以为）证明她是不错的。

"把三明治放到冰箱里。"她在早期的一次家庭招待会失败后，对管家路易说。她认为不该准备粉红色和蓝色缎带的珍贵点心，这点心不是吃的，摆上去就是为了给几件精致的法国塞佛尔瓷器增光添彩的。"把花送到医院去。仆人们可以喝混合饮料和柠檬水。留点儿新鲜蛋糕晚餐时吃。"

管家点点头。"是，夫人。"他说。之后，看到这种尴尬的场面，他补充道："今天天气不怎么好，我想这多少有些关系。"

爱琳的脸即刻涨红了。她正要呵斥"少管闲事！"但又改变了主意。"不错，我也这么认为。"她一面回答，一面上楼走回自己的房间。如果仅仅为一次冷清的家庭招待会，仆人们就说三道四，那么事情就很糟糕了。她需要一直等到下周，看看到底是不是由于天气的原因，还是社交界确实有所改变。但这次比上次还要糟糕。她特约的歌手们还没开口就被打发走了。肯特·巴罗斯·麦克吉本和泰勒·洛德十分清楚现在流传的谣言，他们来了，但情绪冷漠，如坐针毡。爱琳也看出来了。类似的场合只有韦伯斯特·伊斯莱思夫人和亨利·哈德斯顿夫人到场，这可悲的场面表明出了问题。第三周，爱琳唯恐遭到比之前更为沉重的打击，不得不装起病来，她要看看客人留下多少张名片。只有三张，这下彻底完了。她意识到，她的家庭招待会是一场再明显不过的失败。

同时，在这种日渐萌生的不信任和社交界的反对之中，考珀伍德本人当然也不可能被轻饶过去。

　　第一次他略微弄清事情真相与一次宴会有关。那是一次旧日的邀请，在爱琳仍旧拿不准主意的时候，他们不幸去赴宴了。这原本是桑德兰·斯莱德夫妇安排的，在社交场中，他们的影响力一般，但当他们设宴后，并没有听说流传的种种难听的风言风语，或者至少不清楚社交界对考珀伍德夫妇已经有了新的态度。这时，几乎所有的人，包括西姆斯夫妇、坎达夫妇、科顿夫妇和金斯兰夫妇都清楚他们犯了一个大错误，都明白考珀伍德夫妇是绝对不能被接受的。

　　许多与考珀伍德结识的人都被邀请参加了这个宴会，但是他们听说了或想起考珀伍德夫妇会去赴宴，于是所有人在最后时刻送上写着"万分抱歉"字样的请帖，除斯莱德夫妇外，只有斯坦尼思洛·霍克西马夫妇一对来宾。考珀伍德夫妇并不很看好他们。这是一次沉闷得难以忍受的晚宴。爱琳不住地喊头痛，于是他们就回家了。

　　此后不久，在邻居哈斯特德夫妇举办的招待会上，大家明显地刻意回避他们。那种场面很不常见，尽管两家主人仍然友好如初。在此之前，著名的陌生客人出席此类宴会，总是非常高兴被引见给考珀伍德夫妇，因为爱琳天生丽质，他们夫妇总是引人注目。这一天，爱琳和考珀伍德都不知道是何缘由，客人全都拒绝做介绍。有许多人认识他们，偶尔也与他们交谈，但总的趋势都是要避开他们。考珀伍德很快意识到了这种窘境。"我觉得我们最好还是早点儿离开吧，"过了一会儿他向爱琳说，"这压根儿就没有任何乐趣可言。"

　　回家后，为了避免谈论此事，考珀伍德独自去了商业区。到现在为止，他还不想点明自己对此事的看法。

　　有一次在联合会俱乐部举行招待会之前，他遭受到了第一次真正的打击，而且是拐弯抹角得知的，有天早晨阿迪生在湖市国民银行与他谈话，十分机密而坦率地说：

"我打算告诉你一件事情，考珀伍德。到现在为止，你或许应该了解点儿芝加哥社交界的状况了。你也清楚，我与你初次相见的时候，我对你告诉我的一些往事所持的态度。但是，现在到处流传着许多关于你的那些事情的闲言碎语，我俩加入的那个俱乐部里面全是些心口不一的伪君子，他们对报刊登的有关阴谋的闲言激动起来了。那些老公司有四五个股东都是俱乐部会员，他们努力把你排挤出去。他们把你所告诉我的那段往事查清楚了，而且他们正筹划着向两个俱乐部的委员会告发。眼下，这两方面都不会有什么结果。他们已同我谈过了。但下一次招待会到来时，你肯定清楚应该如何处理。他们不得不给你发请帖，但他们并非诚心邀请。"（考珀伍德领悟了）"我认为，所有事情终究都会烟消云散的，如果我介入此事，一定能烟消云散的。但是目前——"

他友好地看着考珀伍德。

考珀伍德微微一笑。"说实话吧，朱达，我先前就曾预料到会有此类事情发生，"他不慌不忙地说道，"我一直都在估计会发生这类事。你大可不必为我担心。我掌握一切情况。我已看准了风向，明白该怎样见风使舵。"

阿迪生伸过手去，握住他的手。"但是，无论怎么处理，可千万不要退出，"他慎重地叮嘱道，"那样就示弱了，而且他们并不希望你退出。当然我也不希望你退出。好好站稳脚跟，整个事会烟消云散的。我认为他们就是嫉妒你。"

"我绝无退出的念头，"考珀伍德答道，"他们并未对我提出合法的控诉。如果给我充分的时间，我清楚，一切都是过眼云烟。"不过，一想到居然会有这样的谈话，他还是感到非常沮丧。

与其他行业一样，所谓社交界也能充分执行自己的命令和决策。

考珀伍德很久后才听说一件事情，为此很是愤怒：在诺利·西姆斯夫妇的门口，他们公开怠慢爱琳。她去拜访他们，仆人一见是爱琳就说西姆斯夫人不在家，但别人的马车就停在那条大街上。几天后，爱琳真的病了，这令他遗憾又惊讶，因为他当时并不了解真正的原因。

如果不是在控制煤气行业的竞争中考珀伍德把所有反对派彻底击败，从而获得经济上的胜利的话，这种局面的确令人难堪。实际上，爱琳被折磨得十分痛苦，她认为这种羞辱主要是针对她的，而且还会持续下去。他们最终不得不承认，他们那用纸板建造的房子，尽管外表显得光鲜耀眼、无比结实，可实际上却倒塌下来了。亲密结合的两人，却各怀心事，确实最折磨人。人的灵魂经常需要彼此透视对方，但却难以办到。

"你明白的，"有一次他对她说，当时他突然走进房里，看见她卧病在床，眼里湿湿的，而那天她的女仆又被打发走了，"我弄明白这一切是怎么回事了。实话告诉你，爱琳，我早就预料到了。我俩太急功近利了。我们把这件事情进展得太迅速了。喂，我不喜欢你这样对待这件事情，亲爱的。这一仗并没有败。哎呀，我还以为你很有勇气呢。让我来告诉你一件事，你也许记不得了，有时钱能解决一切问题。这次斗争我即将获胜，而且我在别的斗争中也会获胜。他们就快要找上门来了。哎呀，亲爱的，你不要悲观丧气！你太年轻了。我从不悲观丧气。你会胜利的。我们在芝加哥就能将此事安排妥当，而且等我们安排好时，我们同时就要算清许多账。我们有钱，并且我们将会越来越有钱。所有问题都能迎刃而解。喂，别这样愁眉苦脸的，要高兴一些，除了社交界，这个世界还有许多事物可以享受。现在起床吧，穿上衣服，我们驾车出去玩玩，然后去商业区吃饭。我陪伴在你身边，这难道不重要吗？"

"哦，很重要。"爱琳深深叹了口气道，但情绪马上又低落下去。她搂住他的脖子哭起来，这是因为他的宽慰引起的快乐，胜过她忍受的失败。"那件事对你或对我是一样的呀。"她叹息着说。

"我明白，"他安慰道，"但现在别再为那件事烦心了。你会成功的。我们两人都会成功的。好，起来吧。"可当他看到她那样懦弱，心里也非常难受。他发誓，有一天他要与社交界认真地清算这笔旧账。这时，爱琳情绪逐渐好起来。她看见他那么坚定顽强地面对着这一切，就为自己的懦弱感到羞愧。

"哦，弗兰克，"她最后嚷道，"你总是那么了不起。你真是可爱极了。"

"没关系，"他轻松地说道，"如果我们在芝加哥的这场赌局不能获胜的话，我们一定会在其他地方获胜的。"

他琢磨着与那些老煤气公司、希利哈先生周旋所采用的高超手段以及等到时机来临的时候，他要如何出色地处理几件别的事情。

# 第十四章　潜流暗生

在社交界惨遭失败后的那一年以及第二年、第三年，考珀伍德痛苦地感悟到，无论如何乏味，余生都要在与社交界的隔绝中度过，或者至少在这个小圈子里把自己的娱乐生活局限起来，他对这个小圈子经常感慨万分，他不被认为是上流人物或者至少被看作不是最重要的人物，这是何等令人难过呀！当初他企图把爱琳引进社交界，他认为，或许一开始索然无味，但只要他们跻身进去，就能变得乐趣无穷，甚至无比辉煌。但是，自从惨遭拒绝后，他们就意识到，如果他们想从交际上获得一丝的快乐，就只能依靠勉强认识的形形色色的小人物，比如过气的演员，他们有时可以被请去吃一顿；歌唱家等演艺界人士，他们经人介绍可以请到家里来；当然还有一些社交场中无足轻重的人，像哈斯特德夫妇、霍克西马夫妇、费德拉夫妇、贝利夫妇和其他依然友好而且愿意时常到他们家里拜访的人们。考珀伍德认为这样特别有趣，于是偶尔邀请一位生意上的朋友、一位美术爱好者或一位青年艺术家，到家里来用餐或消磨时光，这种场合爱琳总会抛头露面。阿迪生夫妇有时也来拜访或邀请他们。但这纯属一种无聊的活动，阿迪生夫妇越是如此，他们彻底失败的情况就越暴露无遗。

考珀伍德一直思考着，这种失败根本不是他的过失。就他个人来说，他干得风生水起。爱琳如果是另一种女人就好了。然而他决不打算遗弃她或责怪她。在他囚居监狱里的时候，她对他不离不弃。他需要鼓励时，她鼓励过他。他想帮助她，看看过段时间是否会有良策。但是，忍受这种社交上的拒绝和排斥，实在太痛苦了。再说，他本人好像越来越受欢迎了，他与所结交的男性朋友，都保持着联络，像阿迪生、贝利、费德拉、麦克吉本、雷保等。许多社交界的妇女并不因为看不到爱琳而觉得遗憾，相反看不见他却十分遗憾。社交界的人抑或也这样做过，邀请他却不邀请他的夫人。开始他一概回绝，后来他有时也单独行动私赴宴会，但是不告诉她。

在社交中断期间，考珀伍德第一次清醒地意识到，他和爱琳之间在知识上和精神上存在着显著差异。尽管他在诸多方面，比如在情绪上、在肉体上、在田园式的生活上可能与她一致，但是有很多事情，他能搞定，而她却不能；有一些高处，他可以爬上去，而她却不能跟着攀登上去。芝加哥的社交界里或许都是无足轻重的人，但他现在却拿她和欧洲最优秀的女性对比，因为在芝加哥交际上惨遭失败和经济上大获全胜后，他决定再度出国。在罗马的日本大使馆和巴西大使馆（因为有钱他才被介绍到这些地方），以及新建立的意大利宫廷里，他远远地看见了一些十分重要而又相当漂亮的女性，诸如意大利的伯爵夫人、地位很高的英国贵妇人、酷爱艺术和交际而又不乏才情的美国妇女。照例，她们一眼就发现他体态优美、反应敏捷、头脑聪慧，并且充分估计了他高尚的个性。他能觉察到爱琳并非那么尽如人意。她在周围环境中显得过于艳俗，过于招摇了。她的满面红光以及浑身洋溢出来的青春靓丽，对那些面色苍白、反应迟钝的人们，无疑构成了某种威胁，甚至是一种冒犯，这些人本身并非毫无魅力的。

"你看那不是标准的美国人吗？"在一次非常普通的宫廷招待会上，他听见一个女人说道。这类招待会可以随意参加，所以爱琳也去了。

考珀伍德站在一旁，同他新认识的一个住在大饭店里说英语的希腊银行家谈话，同时爱琳和那位银行家的夫人在散步。说话的是一个英国女人。"多么华丽，多么忸怩，多么幼稚呀！"

考珀伍德回头一看，原来她说的就是爱琳，说话的那位妇人当然很有教养、有主见，而且也相当漂亮。他不得不承认，她的话大概是恰如其分的，但无论如何，怎么可以对爱琳那样的女人评头论足呢？她压根儿就不应该受到非难，她只是个多血质的动物，因为热爱生活而红光满面，她对他具有吸引力。显然比较保守的人那样反对她是根本没有道理的。他眼里的爱琳，不过是有一种孩子气的热情，喜好奢侈，喜好炫耀，那也许是她在青春时期没有享受到她所需要、所渴望的社交机会才产生的，他们为什么对此视而不见呢？他只好替她难过。同时，他又感到，现在也许另一类女人会在交际方面更适合他，如果他拥有了一种与脆弱无缘的女人，一种具有更敏感的艺术气质又能很好地把握社交尺度的女人，那该多好哇！他回国时带回了泊鲁吉诺的画和鲁伊尼、普利维塔里、平图利乔等的名画（平图利乔那幅画是恺撒·保尔查画像），这些都是他在意大利偶然买到的。至于他在开罗找到的两只非洲大红瓶，在威尼斯弄到的路易十五时期的高高的镀金木雕灯台，他准备钉在墙壁上的两个华美的分枝烛台上，以及从那不勒斯买到的、准备装满他的图书室角落的一对意大利的火炬架子等，就更不必赘述了。他的美术珍藏就是这样日渐增多了。

同时，与女人和性相关的问题，他的观点和理解也产生了很大的变化。初遇爱琳时，在生活和性欲方面他有许多敏锐的直觉，特别是他有足够的自信心，坚信他有权随心所欲。在他出狱再度发迹后，曾有许多女人向他送来秋波。对女人他时常明显地盲目自信。尽管最近他才合法地得到了爱琳，但是作为一个情妇，她在他心中已是多年的旧人了，而且最初专一得简直全神贯注的激情早已退却。他爱她，不仅因为她的美貌，而且还有她忠贞的热情。但是，那种激起他的刹那兴趣甚至热情的女人的奇怪力量，他是无法理解、无法解释也无法掩饰的。事实就是如此，但他不想让爱琳了解到他的冲动就这样放纵地迷恋别的女人而伤害她的感情，但事实的确如此。

从欧洲回来后不久，一天下午他去州街一家上等织缎品店里买领带。他进去时，一个女人在他面前穿过通道，从一个柜台走到另一个柜台。这正是他欣赏的那种女人，但只是从很远的地方，看着她们在社交圈里游来荡去。这位女士朝气蓬勃、时尚、美丽、仪容整洁，头发和眼睛黑黑的，橄榄色的皮肤，小嘴巴，灵巧的鼻子，总之简直就是当时芝加哥的风流人物。并且，她的眼神里显露出对新知识特别好奇的样子，还有一种顽皮的傲慢态度，这触碰了考珀伍德的征服欲和占有欲。对她那瞬间向他投来的挑衅和轻蔑的眼神，他却有意新奇地瞪着眼睛注视着，无疑给她泼了一盆冷水。不过，这并非一种尴尬的眼神，只是一种热烈而又意味深长的眼神。她是一位当红律师的放荡的妻子，那位律师只专心在业务上，只关注自己的案件。她在瞟了他一眼后，装作冷淡，但她停留在附近，好像要挑选某种花边似的。考珀伍德的眼神追着她看过去，决定抓住第二次瞟来的满是诱惑的眼神。他本来是要去赴几个约会的，但此刻他却掏出笔记本，在一页纸上写下一个旅馆的名字，并在下面写道："二楼客厅，星期二下午一时。"他从她面前走过，把字条放在她那垂下的戴着手套的手里。她的手指自动地把字条握住了。她也已注意到了他的举动，尽管他并没有留下姓名。而在约定的时间，她已到了那儿，他虽喜欢这种私通，却并不很长久。这位太太非常有趣，遗憾的是心眼儿太活了。

与这种情形相类似，有一天晚上，在他们最初居住的密执安大街住宅附近的邻居——亨利·哈德斯顿夫妇家里举办的一个小宴会上邂逅一个二十三岁的女子，当时他就对她倍感兴趣。最后终于打听出来她的名字是艾拉·福·海比，这个名字并没有太大的吸引力，但她本人还不错。她最吸引人的地方就是那副笑容可掬的顽皮面容和一双淘气的眼睛。她是南沃特街一个代理商的女儿，考珀伍德的兴趣被她挑逗起来，是相当自然的。她年轻、单纯、敏感，很容易被虚荣心俘获，何况哈德斯顿夫人又盛赞考珀伍德和他的夫人，盛赞他现在的成就及将来要完成的伟业。当艾拉看到他时，发现他依然年轻有活力，仪表堂堂，眼睛还显出爱美的神情。而且对她一点儿也不严厉，她就深深地被吸引了。爱琳不注意时，她的眼神就不断地向他瞟去，大笑着表示友好和钦佩。这十分自然，等大家去客厅后，他就对她说，如果哪一天她路过他的写字间，请她顺便进去看看他。他看着她的眼神饱含深情，于是换来了同样的眼神，充满激情地闪着光。她来拜访他了，于是就开始了一段短期的私通，这非常有趣，但并不了不起。不过玩过一段时间后，这个姑娘就不再有什么吸引力了。

　　还有一个他认识的约瑟芬·勒德威尔夫人与他勾搭了较短的时间。她是个时髦的寡妇，原本是到芝加哥农产品交易所做投机生意的，但一经介绍她即刻意识到，与考珀伍德调情是多么令人心驰神往。在类型上，她有些像爱琳，尽管比不上她那么美丽，却具有比较精明的商人头脑。她之所以使考珀伍德产生了很大的兴趣，是因为她如此整洁、自负却又细心。她绞尽脑汁挑逗勾引他，最后终于成功了，她住的公寓就是他们发生关系的乐园。这种关系大约维持了六周。在此期间，他深知他并不真正喜欢她。在他的心目中，凡是同他结合的女人，都必须与爱琳现在的魅力以及他第一任妻子当初的美貌做一番比较。要超过她们两个可不是一件易事。

不过，就在这段社交上的苦闷时期（这期间同他第一任妻子一块度过的头几年有点儿相似，不过并不尽相同），考珀伍德最后遇见了一个注定要在他的生活中打上烙印的女人。他无法在短时间内忘记的就是她——莉苔。当时她是一个住在芝加哥的相当年轻的丹麦小提琴家哈罗德·索尔倍的妻子，但她并不是丹麦人，而他也绝对不是一位卓越的小提琴家，尽管毋庸置疑他具备音乐家的气质。

　　你或许看见过各行各业自命不凡的、相似的、假冒的名家们（全都是有趣的人）带着一种狂热的热情，专注地从事他们所愿意做的事情。他们在某些方面表现出职业传统的一切外表和标记，但实际上他们却像刺耳的黄铜乐器和嚓嚓响的铙钹一般。你只需认识哈罗德·索尔倍很短一段时间，就能发现他就属于这类艺术家。他有一双粗野的、暴风雨般的眼睛，满头蓬松、微带褐色的黑发从两鬓向上梳着，有一束头发像拿破仑那样垂在眼睛上；两颊有几分婴儿似的颜色；嘴唇很肥、很红，十分美观；鼻子生得很好，硕大丰满，只是稍稍有点钩；眉毛和胡子好像要展开的样子，几乎就像他那迷乱而傻气的灵魂，他从丹麦的哥本哈根被驱逐出国，一是因为他直到二十五岁还一事无成，二是因为他经常迷恋不愿与他发生任何关系的女人。他以一个音乐教师的身份待在芝加哥，每个月由他母亲寄给他四十美元微薄的津贴。他教了几个学生，仅凭着这点儿不稳定的收入（这使他有时穿得漂亮，有时挨饿），装扮出一种有趣的外表，渡过难关。他初遇堪萨斯州维契塔城的莉苔·格林鲁夫的时候，只有二十八岁。他们遇见考珀伍德时，索尔倍三十四岁，她二十七岁。

　　莉苔本是芝加哥美术学校的学生。在各类学生活动中她遇见了索尔倍，那时他演奏起来似乎很有才华，而且那时的生活充满了浪漫色彩和艺术气息。春天的湖面泛着波光，船上升起白帆。在那令人陷入沉思的午后，金色的雾笼罩着城市，经过几次散步几次谈话，事情就成功了。紧接着就是突然而来的星期六下午的结婚，跑到密尔沃基去度蜜月，回到两个人住的工作室，然后就接吻、接吻、再接吻直至爱情达到高潮或舒畅了为止。

　　但是，生活不能单靠爱情度过，各种困难逐渐暴露出来。幸而这些困难并不是缘于拮据。莉苔并不贫穷，她父亲在维契塔城经营着一个虽小却有利可图、备有装卸机的粮食仓库，在她突然结婚后，他决定继续给她提供津贴。不过他们那种关于优雅音乐美术的整体构想，他却以为是一种陌生的、遥不可及的东西。他是个浅薄的人，小心翼翼、性情温顺，只会对一些小的商业机会产生兴趣，刚好适合于维契塔城那种社交极少的生活。她父亲感到索尔倍几乎怪异得像颗炸弹，他宁可谨慎地对待他。不过，由于他简朴单纯而又十分通晓人情，所以渐渐对女儿的婚事也很得意了：他在维契塔城夸耀莉苔和她的艺术家丈夫，在夏季邀请他们回到家中，向左邻右舍炫耀，并在秋天带着他那近乎农民模样的妻子去看他们，一路旅游观光，最后还参加画室茶会。这是非常有趣而朴实的，完全是美国式的，从许多观点来看简直不可能。

　　莉苔·索尔倍是半黏液质、半多血质类型，她温柔又脆弱，是那种身体一到四十岁准会发胖的女人。但目前却袅娜多姿，颇有魅力。淡褐色的头发像丝一般柔软，仿佛撒上了一层明亮的金粉，眼睛灰蓝而湿润，皮肤白嫩，牙齿洁白而整齐，她很为自己的美貌而自豪。她有意像孩子般撒娇，装作不知道她已撩拨得诸多敏感的男人心跳加速，其实她内心很清楚自己在做什么，以及下一步怎样做，她把这当成无穷的乐趣。她深知她那光滑柔嫩的臂膀、让人遐想的迷人脖颈和丰满的身体充满了诱惑，她那服装的时尚和完美或至少她本人使服装显得优雅。她能用一顶旧草帽、一条缎带、一根羽毛或一朵玫瑰，加上一种天赋的匠心，把它变成女人的小饰品，而与她的气质恰好匹配而且相当和谐。她选白与蓝、粉红与白、褐与浅红、黄等颜色的衣服，这些仿佛暗示她自己的灵魂；再将褐色甚至红色缎条做的大腰带束在腰上，又把软边的、好像面部被光圈环绕着的帽子戴在头上。她是个优美的舞蹈家，会唱几支歌，琴弹得也很动听，而且还能绘画。不过，她的艺术仅仅限于一种社交手段，她并非真正的艺术家。她最重要的特点是她的情调和思想飘忽不定、随心所欲、有悖常规。从传统的角度来看，莉苔·索尔倍是个危险的女人，但她自认为一点儿也不危险，有的只是梦一般的甜蜜。

莉苔情况特殊，索尔倍逐渐令她悲痛地失望才是最重要的一点。坦率地说，索尔倍有一种致命的毛病，即心神不定和没有自知之明。有时他根本弄不清，他到底是适合做一位伟大的提琴家，还是做一位伟大的作曲家，或者是只做一个伟大的教师，最后这种职业他是压根儿不愿意承认的。"我是艺术家。"他喜欢这样说，"我的脾气不好，这使我吃了不少苦头！"又爱说："这些狗！这些牛！这些猪！"这是专门说别人的。他那演奏的性质极为反常，虽有时也曾达到一种微妙、柔和、迷人的程度，能引起人们的注意。不过，照例这种演奏却反映出他大脑的混乱情况。他经常激动亢奋地演奏，作出一种狂热的姿态，使他失去控制自己技艺的能力。

"哦，索尔倍呀！"莉苔起初会狂呼大叫，后来情绪就不再那么激动了。

生活和性格必须具备拥有让人羡慕的地方，但索尔倍确实没有任何让人钦羡的地方。他教音乐，发脾气，只会做梦，暗自啜泣。他一日三餐，却一无所成，莉苔已经发现了。而且他居然有时还对别的女人产生浓厚的兴趣，把自己从始至终地交付给这样一个男人，这是莉苔万万没有想到的，她也不会承认这就是她的人生价值。因此，年复一年地过下去，索尔倍在情绪上激动又在事实上不忠诚之后，她的心情也就变得危险起来。她历数事实，一个学音乐的女学生，一个学美术的女学生，还有一位银行家的夫人（索尔倍曾在她家社交会上演奏）。接着，莉苔奇怪乖张的脾气恣意发作，然后跑回娘家。索尔倍就去赔罪懊悔，于是双方流泪，又热烈地、情欲冲动地和好起来，然后相同的情节再重演一番。该如何对待呢？

莉苔再也不吃索尔倍的醋了，她对他的音乐家之梦失去了信心。但是令她倍感失望的却是，她的魅力竟不足以让他迷恋自己，使他忘记其他女人。这是最为扫兴的事情，这是对她的美貌的一种侮辱，因为她依然美丽。她体态丰润，并不像爱琳那么高大，但是比较丰满、温柔，更能勾人魂魄。她身体不很结实，也不那么强壮，但是她的眼睛和嘴、她易变的性格却有神奇的诱惑力。她的心机远远胜过爱琳，她对美术、音乐、文学和时事知识更为精通，而且在风流韵事这方面她也是信手拈来，很是迷人。有关花卉、宝石、昆虫、飞禽，诗歌、散文诗、小说，她都通晓。

考珀伍德夫妇和索尔倍夫妇最初相遇时，索尔倍夫妇的工作室仍然在新美术大楼，从外表上看一切都像五月的早晨那样恬适安静，只是索尔倍过得并不尽如人意。他没有固定工作。他们是在哈斯特德夫妇的茶会上相遇的（考珀伍德夫妇和哈斯特德夫妇仍然友好），那天的茶会上由索尔倍演奏。爱琳单独待在那儿，她看准了一个机会，能使自己的生活快乐一点，便邀请索尔倍夫妇去她家里参加音乐晚会，因为他们夫妇似乎比一般人地位更高。他们去了。

考珀伍德瞅了一眼索尔倍，就把他看透了。"一个喜怒无常却极易冲动的人，"他想，"大概因为缺乏恒心，不专心致志而不能混到相当的地位吧。"但是，他却有几分喜欢他的艺术家气质，他是有趣的，几乎和日本图片上的人物一样。他愉快地向他打招呼。

"还有这位是索尔倍夫人吧，我想。"他热情地说，他领会了她迅速而有节奏的暗示和天真自负的意思。她穿着一身朴素的白色衣服，裙子的花边褶皱上点缀着小小的蓝缎条。她那袒露的膀子和脖颈柔嫩可爱，她的眼睛灵活、柔和而又孩子气。

"你了解的，"她对他说，把漂亮的嘴巴翘成了一种特别的圆形，这是她谈话时的特色，"我以为我们来不了这儿了。十二街失了火呀；救火车都在那一带。哎呀，全是火花和黑烟！还有一些火焰从窗户里窜出来！火焰现出黑红的颜色，几乎成了橘色和黑色。火焰这样的时候，是特别壮观的，你说呢？"

考珀伍德对她着迷了，"确实，我想是那样的。"他殷切地说道，带着一种高傲而又同情的态度，这是他随时都能装出来的。他觉得，索尔倍夫人好像是他可爱的女儿，温柔、害羞，但他看得出来她十分果断、个性很强。他暗想，她的臂膀和面庞实在是可爱。索尔倍夫人发现站在她面前的是一个英俊、冷酷的男子，一双明亮、敏锐的眼睛，她认为他精明能干。她想，他跟索尔倍根本不一样。索尔倍不可能有大成就，甚至不可能出名。

"我真高兴你把小提琴带来了，"爱琳向坐在另一个角落的索尔倍说道，"我一直在盼望你来给我们演奏。"

"你实在是太客气了，"索尔倍甜蜜地、慢条斯理地答道，"你这地方确实不错，有这么多可爱的书籍、玉石和玻璃。"

他这种油滑柔和的语气，爱琳认为很可爱。他应该有一个有钱有势的女人照顾他，他仿佛是个性急的古怪的孩子。

用过茶点后，索尔倍就开始演奏，考珀伍德注视他的眼睛、他的头发，对他站立的姿势很感兴趣，即便如此，仍远远不及他对索尔倍夫人的兴趣，他不断地瞟向她。他盯着她那放在琴键上的双手、她的手指、她肘上的凹窝。多么可爱的嘴巴！他想知道，那究竟有多么轻飘柔软。但更可爱的，还有涌上心头的情调，这一切感染了他，使他对她产生了同情，甚至激情。她就是他欣赏的那种女人。她有些像六年前的爱琳（爱琳现在三十三岁，索尔倍夫人二十七岁），不过爱琳精力充沛，也强壮些，但有些缺乏含蓄。索尔倍夫人（他终于自己想明白了）就像南海蚝壳里温暖、娇嫩的蚝肉一般色彩明艳，但其中也有一点儿坚定的东西。在交际场中，他没有遇见过几位像她这样的，令人销魂、娇弱且性感的女人。他一直注视着她，直到最后她觉察出他在看着她，于是她回眸一笑，摆出一种调皮的样子，嘴巴抿成一道线。考珀伍德被她迷住了。她容易上钩吗？这就是他唯一的念头。她那浅浅的一笑，除带有一点儿交际上的礼貌外，还有其他含义吗？也许没有，但是一个这样多姿多彩的女人难道不能意识到他的情感挑逗吗？等她弹完的时候，他抓住时机说："你愿到画廊看看吗？你喜欢绘画吗？"他把一只臂膀交给她挽着。

"喂，你知道，"索尔倍夫人幽默地说道（他认为她说得太有魅力了，因为她是那样漂亮），"有时我以为自己还能成为一位大艺术家呢。真是好笑。我把我的画寄了一张给我的父亲，题着'献给栽培我绘出此画的人'。你得看看那画，看那是多么好笑。"

她低声笑着。

考珀伍德感到自己重拾对生活的乐趣。她的笑声对他来说如同夏天的风一样令人爽快。"看哪，"他轻柔地说道，那时他们正走进一个被柔光照得通红的房间，"这就是去年冬天买的那幅鲁伊尼的画。"他指的是《圣凯瑟琳的神秘婚礼》。她欣赏着这位消瘦圣徒的销魂表情时，他住口了。"还有这幅，"他继续说，"就是我目前所发现的最伟大的作品。"他们来到平图利乔所绘的恺撒·保尔查的画像前。

"这面孔实在是奇怪！"索尔倍夫人天真地点评道，"我以前不知道有人画过他，他本身就有点儿像艺术家，不是吗？"她从未阅读过关于此人复杂而邪恶的历史的书，只听别人谈及过他的阴谋和罪恶。

"他是他那一派的艺术家。"考珀伍德微笑着说，他有一本他的传记和他父亲罗马教皇亚历山大六世的传记，在购画时人家给他的。他最近对恺撒·保尔查产生了兴趣。索尔倍夫人并未领会他话里暗含的幽默。

"哦，是的，这位就是考珀伍德夫人？"她转过脸来对着范·比尔斯所绘的那幅画说。"格调很高雅，不是吗？"她高傲地说道，但高傲里却带着几分天真，恰好符合他的心意。他喜欢女人有风度，带点儿傲慢。"这色彩太鲜亮了，我喜欢花园和云的意境。"

她向后退去，考珀伍德的心思全在她身上，端详着她后背的线条和她脸的侧面，线条和颜色十分和谐。他本想说"那儿每个动作都很协调，仿佛唱歌一样"，但他却说，"那是在布鲁塞尔。云是后来加上去的，墙上的那只花瓶也是后来添的。"

"我觉得这幅画像很好。"索尔倍夫人评论道，接着就走开了。

"你觉得这幅伊斯莱思的画怎么样？"他指的是那幅《素餐》的画。

"我喜欢，"她说，"而且我也喜欢这幅巴斯辛·勒帕依的画。"她是指那幅《铁匠铺》。"但是，你的古代画家作品更有情趣。如果时间允许，你应该把它们全放在同一个房间里。你认为是这样吗？我不太喜欢你那幅热绘的画。"她说话时带着一种格外动人的有意拉长的腔调，他因此深深地陶醉其中。

"为什么不喜欢呢？"考珀伍德问道。

"哦，有点儿矫揉造作了。你认为是这样吗？那种色彩是不错的，但是，那些女人的体态过于完美了，但是，倒是极其美丽的。"

　　他承认女人具有对美术品的欣赏能力，不怎么相信女人有任何鉴赏能力，然而有时候，比如这一次，她们却展现出了一种可喜的洞察力，让他的眼力也得到了提高。他心里想，爱琳是没有能力作出如此评价的。她没有这个女人的魅力，没有她这样动人的单纯、天真和富有情调，也不如她这般聪明。他狡猾地想着，索尔倍夫人有一个傻瓜般的丈夫。她能对他发生兴趣吗？像她这样的女人除离婚和结婚外，能在什么条件下束手就范呢？他非常想尽早知道这一切。这时，索尔倍夫人也正在想着，考珀伍德简直太强劲有力了，他这样亲热地站在她身旁。她意识到他对自己产生兴趣了，在别的男人身上她时常看到这种现象，她当然十分了解他们的用意。她对自己美貌的魅力了如指掌，尽管她尽量大胆巧妙地强化她的魅力，却也故作平静保持距离，觉得好像她还从未遇见过一个令她心驰神往的人似的。她有一个重大发现，她明显意识到考珀伍德需要一个比爱琳更充满激情的女人。想到这里，她不禁一阵亢奋。

# 第十五章　不幸的插曲

考珀伍德被迷住了，简直无法自拔。他每一次约会都没有失约，并完全如他所愿地见到了她。她比他认识的所有女人都更温柔、更难以捉摸。他迅速在本市北区租下了一套豪华的公寓，一有机会就同她在那个乐园玩乐一个上午、一个下午或一个晚上。即使他用最苛刻的眼光看她，仍发现她就是一块无瑕的美玉。她无可比拟、无法替代的价值，是必须同时具有年轻和若无其事的态度才能表现出来的。特别有意思的是她的性格中不含忧郁的成分，而只有一种天生的怡然自得的韵味，她会把过去和将来的烦恼与不幸全都置之脑后。她喜欢美丽的东西，但从不浪费。而激起他兴趣的同时也令他起敬的是不管他怎样怂恿她享用奢侈品，都对她毫无作用。她知道她自己需要什么，花钱相当慎重，购买东西也很会挑选，将自己打扮得像鲜花一样使他心旌摇荡。他对她的感情是那样的热烈，有时他真想把这种感情毁灭掉，用以缓解自身的冲动，减少内心的犹豫，但几乎没有作用。她的魅力似乎与日俱增。他的狂欢常使她精神焕发，他感到她比从前更漂亮、更有魅力了。她把蓬乱的头发向后掠去，对着镜子向自己俏皮地做出可爱的鬼脸，同时也想着许多遥远的却很甜蜜的事情。

"你还记得前几天我们在画铺里看见的那幅画吗，阿尔杰农？"她慢慢地说道。她叫他的第二个名字，这是她的专利，因为这个名字她觉得更合乎他的情调，也是她喜欢的名字。考珀伍德虽然曾表示反对，但她仍然坚持这样叫。"你记得那个老人可爱的蓝色大衣吗？（那是一幅《三圣礼拜基督图》）那是不是美极啦？"

她拖长的声音是那样清脆，嘴巴依旧做出那种可爱的怪模样，让他忍不住要去吻她。"你这朵首蓿花，"他边说边走过去，拉着她的两只手臂，"你这枝樱桃花，你这个德累斯顿瓷器上的仙女。"

"啊！我刚把头发梳好，你又要来弄坏吗？"这是一种无忧无虑的、和蔼天真的语调。

"是的，我要那样，疯姑娘。"

"是的，但你不能弄得我喘不过气来呀！你得知道，你几乎把我咬伤了。难道你就这样不怜惜我吗？"

"不会的，宝贝儿。但我还是想咬伤你。"

"如果你一定要这样，那么你就咬吧。"

但是，无论他怎样心醉神迷，诱惑他的美人儿依旧在那儿。他认为，她仿佛是一只黄白色或金蓝色的蝴蝶，在长着野玫瑰的篱笆上翩翩起舞。

就在这频繁的亲密接触中，他很快了解到，她清楚很多的社交动向和趋势，尽管她不过是个局外人。她也迅速弄清了他的社交观点、艺术野心和事业之梦。她察觉到，他至今没有发现爱琳其实并不是适合他的女人，她或许更适合一些。过了些时候，她宽容地谈论她丈夫的瑕疵、缺陷和弱点。他认为她并不是冷酷无情，是她厌烦他不论在爱情上、能力上或眼光上都是一样的平庸。考珀伍德要她和索尔倍租一个比较大的工作室，把妨碍她和她丈夫的那些人或事物尽量丢开，并说这全是她娘家的慷慨支援。开始她并未答应，但考珀伍德相当老练，终于使他的要求变成了现实。不久，他又建议她劝索尔倍到欧洲去。

表面上又是同样的理由，娘家给了她额外的资助。索尔倍夫人数次被这样地怂恿、宠爱、调教后，终于发誓向他俯首称臣，心甘情愿接受他的支配。她变得像猫一样乖巧，她谨慎地接受他的慷慨赠款，尽量聪明地使用。一年多过去了，索尔倍和爱琳都没有发现他们两人之间的亲密关系。索尔倍轻而易举地上当了，他回到丹麦访问，然后又赴德国读书。而索尔倍夫人在下半年就跟着考珀伍德到欧洲去了。在亚斯雷班、比亚利兹、巴黎甚至伦敦，爱琳都不知道在身后还有另外一个女人。考珀伍德受到莉苔的熏陶，一些思想观念日趋转变。他开始学习音乐，研读书籍，思考一些问题和道理。他想收集一些有代表性的古代名画，她对此大力支持，又提醒他挑选近代画时要谨慎。他认为自己简直是如鱼得水。

当然这种局面也有棘手的地方，正如一个人像海盗一样在海洋上冒险，可能会遭受种种攻击，这完全是因为信错了人和已形成的有关妇女特性的伦理制度而引起的。不过在考珀伍德的观念里，这种可能发生的纠纷、愤怒、激动、痛苦等，并不是什么严重的问题。他就是他自己的法律，除了他缺乏判断能力而可能强加在他身上的那类法律以外，他再也不明白什么是法律。或许法律根本就不存在。一般人可能认为这种出轨的事情是非常难以处理的，但考珀伍德呢？我们已见过他先前几乎同时应付了好几件这样的事情，而且现在他又冒险干着另一桩。不过在这桩出轨事件中，他投入了更多的感情和热情。先前那些出轨事件最多只是感情上的临时发泄，是种调戏女人的无聊之举，并未触动他心灵深处的感情。但是，他对索尔倍夫人就截然不同了，至少在他心目中，他真正只爱她一个人。但是他对女人兴趣浓厚，对女人的美貌和女人的神秘，即使不是在情感上也是在艺术上拜倒，钦佩得五体投地，他这种天生的特性又将他引入了另一桩出轨事件，但结果却并不太幸运。

安东纳蒂·诺华克从本市西区一所中学和芝加哥商业学校毕业后前来找他，他就请她做他的私人速记员和秘书。这个姑娘已成长为一位品貌超群的女子，就像外国父母所生的美国孩子常有的情形。你绝对无法相信，以她那优美娇柔的身体，雅致的装扮以及处理商务琐事的本领，她竟然是一个为生活而挣扎的波兰人的女儿。她的父亲先在芝加哥西南钢铁厂工作，后来在波兰的大居住区开了一家第五等的香烟报纸文具店。这家店能维持下来，主要是靠纸牌生意和一间给客人消闲的临时赌博用的后房。安东纳蒂的头一个名字根本不是安东纳蒂，而是明卡（"安东纳蒂"是她从芝加哥一份星期日报上的文章里借来的）。她是个漂亮而喜欢沉思的黑人姑娘，她志向远大，充满自信。她上岗十天后，便开始爱慕考珀伍德，她盯着他的每一个举动，感到他有魅力极了。她想，要是做这样一个男人的妻子，哪怕仅仅是博得他的注意，哪怕得不到他爱的回报，那也绝对是美妙不已的事情。看过她已了解的那种无聊社会之后（那种社会同她通过考珀伍德而瞥见的上流社会相比，无疑显得无聊），看过她初次服务的、大街那边的房地产事务所里的那些平常人之后，一身帅气衣装的考珀伍德，他那冷淡而孤高的情调，他那从容而威严的态度，无疑拨动了她那春心萌动的心弦。有一天，她看见爱琳坐着马车匆匆外出，外穿暖和的褐色皮大衣和擦得发光的漂亮皮靴，内穿饰有凸花的褐色羊毛衫，头戴一顶无边皮帽，帽上还插着一根像短剑又像翻笔的深红色的长羽毛，将帽子衬得更加出色、显眼。安东纳蒂在心里诅咒她。她认为自己比她强，或者至少与她不相上下。为什么生活这样不公平呢？考珀伍德到底是一个怎样的人呢？有天晚上，她将他口授的一篇谨慎而真实的个人传记写完，并替他把这篇东西寄到芝加哥各报社之后（这是在他的芝加哥经纪商号开业后不久的事），她回家后仿佛在做梦，梦里想着他告诉她的话，当然肯定是有所改变的。她梦想着考珀伍德在拉萨尔街他那漂亮的私人办公室里站在她身旁，问她道："安东纳蒂，你对我怎么看呢？"安东纳蒂虽然语塞，但却十分勇敢。她在梦中想到自己对他兴趣盎然。

"哦，我不清楚该怎么看，非常令你失望，请原谅我。"这就是她的回答。于是他将一只手放在她的手上，另一只手又贴在她的脸上，她便醒了。她开始浮想联翩，感到遗憾，感到丢脸，这样优秀的人竟然会蹲过监狱。他简直太傻了。他结过两次婚，或许是他的第一任夫人太丑或者太下贱。她想着这些，第二天便怀着满腹心事前去上班。考珀伍德正专心在他的计划上，当时并没有看见她。他在考虑他那有趣的煤气战的下一步棋该怎么走。爱琳有一天看见她，也觉得她是个手下人。这个女人的情况不多，尽管她至今还落魄。事实上爱琳瞧不起安东纳蒂。

大约在考珀伍德同索尔倍夫人亲密了一年之后，他同安东纳蒂·诺华克的一些具体事务关系就带上了一种暧昧的色彩。我们对于这点该怎样解释呢？说他已对索尔倍夫人厌倦了吗？不，完全不是。他在用生命爱她。或者说，他竟然这样公开地欺骗爱琳是因为他看不起爱琳吗？不，根本不是，有时他感到她像从前一样可爱，或许更可爱些，因为她自己想象的权利竟受到了这样无礼的侵犯。他觉得愧对于她，但是他想证明自己这样做是情有可原的。因为他和这些女人的关系是不可能长久维持下去的（或许索尔倍夫人除外，如果同索尔倍夫人结婚具有可行性的话，他可能早就这样做了），他有时确实想过用什么办法能让爱琳离开他，但这多少有点儿荒谬了。他倒是幻想过他们白头偕老的，因为他能如此容易地欺骗她。至于像安东纳蒂·诺华克这个姑娘，她的倩影只出现在性的吸引的交响乐里，这种交响乐用独特的方式构成美的几何公式，支配着世界。她长得漂亮，她可以在不被人注意的地方一枝独秀，魅力无穷，一双眼睛燃烧着永不满足的情火。考珀伍德开始只略微为她所动，现在却渐渐变得对她有兴趣了。他为美国环境让人转变的惊人力量大吃一惊。

"你的父母是英国人吗，安东纳蒂？"一天上午他问她，带着他对所有手下人和知识分子装出的那种亲密态度，这种态度不会让人对他怀恨在心，而且通常还误认为这是一种恭维。

安东纳蒂穿着一件白衬衫，一条黑裙子，脖子上缠着一根黑丝绒带子，她那长长的秀美黑发编成了一条大辫子，低低地盘在前额上，被一把象牙白的梳子揉拢得紧紧的。她干净、清爽，好像使人沐浴在清新的春风之中。她用一种高兴而又感激的眼神看着他。她看惯了各种不同类型的男人，她在童年看见的是那种凶狠暴躁的、容易激动的、醉酒骂街的人，他们总是打人，甚至把人拖着走，然后在天主教堂祈祷；接着她又看见商界的人，他们被钱弄得神魂颠倒，甚至为钱疯狂。除了芝加哥少数事情和它那些临时的发财机会外，别的事情他们全不知晓。在考珀伍德的写字间里，记录他口授的信，听他干练而又不失和蔼地同老拉弗林、西彭斯等人谈话，她了解了原来做梦也想不到的一些生活情境。他简直就是一扇敞开的大窗户，她从这扇窗户望到了那仿佛没有边际的美丽风景。

"不是的，先生。"她答道，把一只纤纤素手放在笔记簿上，手里悠然自得地拿着一支黑色铅笔。她高兴而又天真地微笑着。

"我想也不是的，"他说，"可你却有十足的美国气息。"

"我也弄不清这是为什么，"她非常郑重地说道，"我有一个哥哥，他也像我一样带着美国气息。我们两人谁都不像我们的父母。"

"你哥哥是干什么的呢？"他随便问道。

"他是阿尼尔公司的过磅员，却梦想有一天能成为经理。"她笑了笑。

考珀伍德若有所思地看着她，她悄悄看了他一眼后，就把头低了下去。慢慢地，不由自主地透露心事的红晕泛上来，染红了她那褐色的脸颊，他看着她的时候她总是这样。

"把这封给范·西克尔将军的信记下来。"他说。在这个时候是很有好处的，过几分钟后她就渐渐平静下来。不过，她每次靠近考珀伍德的时间一长，便不由自主地骚动不安。他令她神魂颠倒，并使她心中总是充满了不能燃烧的情火。她有时很想知道，一个这么优秀强大的男人到底会不会对她这样的女孩儿产生兴趣。

当然，这种基本的兴趣总是以安东纳蒂的想象而宣告结束。她能做完白天所有的琐碎之事，以表面冷静而又实事求是的专心工作的态度，做着记录的工作。她听任他的吩咐，做着她写字间的枯燥工作，但这都毫无意义。实际上，这毫不影响工作的质量和精确度，她脑袋里始终想着办公室里面的那个人，那个奇怪无常的主人。他那时正接见他的那帮伙伴，而在这段时间内，有无数严肃的做买卖的人走来，递上名片，有时又会无休止地谈下去，然后才走开。不过她发现，与考珀伍德长谈的总是那种厉害的人，这就更能增加她的兴趣。他对她的吩咐极其简短，有些事仅仅暗示一下，这全要靠她的天赋来体会他的意思了。

"你明白吗？"这是他常说的话。

"是的。"她这样回答。

她仿佛感到她此刻做的事情比她先前做过的所有事情都重要百倍似的。

写字间干净、庄重而又明亮，如同考珀伍德本人一样。朝阳射过被淡绿色的卷帘遮着的厚厚的玻璃窗，她觉得有一种浪漫的情调洋溢在他的周围。考珀伍德的私人办公室同费城的一样，是一个由樱桃木板建造的坚固的小房间，他完全能将自己关在里面，外人看不见，也听不见。门关上后，这个房间便是神圣不可侵犯的。他通常尽可能让房门开着，哪怕是在他口授文件的时候，不过有时也关着。他和安东纳蒂女士这半小时的口授中门照例是开着的，因为他不想过分地隐秘。几个月过去了，由于他忙于应付上面所说的女人（这些她当然知道），她便有时感到气闷、有时感到处女的羞涩。她走了进去，但她不愿承认她渴望着考珀伍德向她求爱。一想到自己容易就范她就感到有些恐惧，但此刻他身上的一点一滴全都在她的脑子里熊熊燃烧着。他那厚厚的、总是分得很帅气的浅色头发，他那双明亮的、令人捉摸不透的大眼睛，他那两只仔细修了指甲的手，那样饱满、那样有力，他那样式与众不同的新服装，这一切使得她沉醉其中，无法自拔！除了工作以外，他似乎总是特别冷淡，而在有事情的时候，他却好像格外和蔼亲密，这令人不可思议。

　　有一天，经过多次互送秋波后，她的眼睛总是突然低下去。当时他正在口授信件，却站起来，把半开的门全关上了。她并不是很当回事，因为他先前也曾关过门，但是今天，他曾向她递了一个有深意的眼色，既不温存也不含笑，这让她感到就要发生什么特别的事情似的。她的身体时热时冷，她的脖颈和手也是这样。她的体形优美，比她自我感觉的还要优美，四肢和躯干令人赏心悦目。她的头轮廓分明，近乎古希腊货币上的浮雕，头发也编得像古代石刻上的样子，优雅无比。考珀伍德早就注意到了。他走回来，并没有回到自己的座位，而是把身体弯向她，亲昵地拉起她的手。

"安东纳蒂。"他说道，轻轻地拉她站起来。

她抬眼望了望，于是站了起来（因为他在慢慢地拉她）。她惊慌失措，那种干练的精神基本上已离她远去，她觉得四肢麻木、全身僵硬。她稍稍拉了拉自己的手，然后抬起眼睛，便被他那种犀利的、贪婪的目光盯住了。她的头眩晕起来，她的眼里充满了一种难以掩饰的混乱神情。

"嗯。"她咕哝道。

"你爱我吧？"

她力图镇定，想要表现出一点儿与生俱来的刚强，这种刚强她一直以为决不会失去，但现在却没有了。她脑袋里浮现的，是她出生在遥远的蓝岛路附近的一幅图画里的低矮的褐色小屋，接着闯入她脑袋里的，就是这个豪华的、坚固的办公室和这个强大又有魅力的男人。无疑，他是来自奇妙世界的大人物。她浑身的血液非常奇怪地沸腾起来，她神志不清、觉得全身发麻而又快乐。

"安东纳蒂！"

"哦，我不知道我的感觉是什么，"她喘着气说，"我，哦，是的，我爱的，我爱！"

"我喜欢你的名字。"他简单地说，"安东纳蒂。"于是他把她拉到了身上去，一只手臂滑下去紧搂着她的腰。

她害怕起来，浑身麻木，眼泪忽然涌了出来，这与其说是因为羞涩，不如说是因为惊恐。她转过身去，一只手搭在桌上，低头啜泣起来。

"哎呀，安东纳蒂，"他躬身向她低声说，"你这样不适应这个世界吗？我原本认为你说过你爱我。难道你想让我忘记这一切，继续像先前一样吗？如果你能够忘记的话，我当然也可以做到，这你很清楚。"

他知道她爱他，需要他。

"你希望那样吗？"他让她有时间平复下来，过了一会儿才说道。

"哦，让我痛哭一场吧！"她完全恢复了，十分任性地说，"我不知道我为什么哭。大概由于我太过激动了。请你现在不要逼我。"

"安东纳蒂，"他又叫道，"看着我！不要哭了好吗？"

"哦，不行，我现在不能看你，我的眼睛太不美了。"

"安东纳蒂！看哪，"他用一只手托住她的下巴，"看，我并不是那样的可怕。"

"哦，"等她的眼光同他的眼光相遇时，她呻吟着，"我……"她用双臂牢牢地抱着他的胸部，同时他抚摸着她的小手，紧紧地搂着她。

"你瞧，我并不是那样坏,安东纳蒂。你同我一样。你真的爱我吗？"

"是的，是的，哦，是的！"

"你不介意吗？"

"不。这一切多么奇妙。"她的脸寻找着躲避之处。

"那么，你为什么还不吻我呢？"

她仰起嘴来，两只手臂滑下来抱住他。他紧紧搂着她。

他嘲笑地要她讲清楚为什么哭，同时他想着如果爱琳和莉苔知道了，她们会怎么想呢？但是，她开始不肯说，后来才承认，有一种罪恶感压迫着她。真是奇怪，她也想到了爱琳，想到她飘然进出的身影。现在她正与既自负又傲慢却又总是打扮得漂漂亮亮的考珀伍德夫人，同享他那不同寻常的丈夫。虽然看起来十分奇怪，她现在却把这件事情当作一种荣耀。她对自己的评价提高了，对生活的认识提高了。现在的她比过去更了解生活，更了解情爱和性欲的区别。美好的前途似乎被希望之星照耀着，她回到打字机那里后，很长时间都在回想着这件事。这样下去将会出现什么结果呢？她急于了解这一切。她的眼睛看不出哭过的痕迹，她那褐色的面颊上反而增添了一抹鲜润的红光，使她显得更加姣美。安东纳蒂属于年轻派人物，私下里已对当今的伦理道德表示过怀疑，她当然不会对爱琳有什么顾虑。拥有自主权的她想要走她自己的路，想干什么就干什么。考珀伍德的吻依旧新鲜地留在她的嘴唇上，令她回味无穷。现在，命运之神是否还会垂青于她呢？未来的世界又会向她显示出什么景象呢？

# 第十六章　结识新欢

考珀伍德和莉苔·索尔倍的关系日渐亲密，这全归功于爱琳意外的培养，因为她对索尔倍产生了一种盲目的兴趣，这没有任何价值。她喜爱他，在有女人，特别是有漂亮女人的场合，他殷勤备至、善于献媚而且感情丰富。她打算极力给他介绍几个学生，并且始终觉得拜访索尔倍工作室是很有趣的事情。实际上，她的社交生活非常沉闷，几乎就是一潭死水。她爱去那儿，而考珀伍德也惦念着索尔倍夫人，所以两人就一同前往。他极其精明，不断鼓励爱琳对他们延续自己的兴趣。他让她邀请他们来赴宴，开家庭音乐会，使索尔倍通过演奏获得报酬。另外在各剧院订下包厢，赠送音乐会门票，在星期天或其他日子邀请他们同车郊游。

奇妙多姿的生活仿佛对这种局面很有利，似乎天助一般，一旦考珀伍德思之如焚，莉苔也同样念他心切。逐渐地，他变得更吸引人，成了一个奇异的、让人难以割舍的男人。她被他的情绪搅得晕头转向，她跟自己的良知斗争得不可开交。这并不是说，他曾承诺过什么，他只是围攻她，并缩小包围圈，可能出现的生路被一一堵死。一个星期四的下午，爱琳和他都不能赴索尔倍的茶会，索尔倍夫人接到了一大束艳丽的大红玫瑰。"聊作点缀"，纸片上写道，然而不知道这是谁送来的，它价值多少钱呢？这束花要五十美元，这使她第一次嗅出了那种金钱的味道。她每天都从报纸广告栏里看见他的银行和经纪商行的名字，有一天中午她在梅里尔百货商店里遇见了他，他请她共进午餐，但她谢绝了。他总是用那双有神的眼睛直视着她。她想到她的美貌居然造成了或正在造成这种状况！她差点儿得意忘形了，将来的某个时候，也许这个热情而富有魅力的男人会用一种索尔倍从未梦想到的方法去约束她。但是，她继续学画、练琴、购物、访友、读书，一想到索尔倍的无能她就不由自主地停下来思考，而考珀伍德仿佛在用无形的双手抓住她。他那双手多么有力，多么美好哇。还有那双大大的、温柔而敏锐的眼睛。维契塔的清教主义（实际上后来被芝加哥的艺术生活改变了）正和这个人的传统思想进行着一场激烈的斗争。

"你知道，你特别难以捉摸。"有天晚上他在剧院里对她说。当时正在幕间休息，他坐在她后面，索尔倍和爱琳去外厅散步了。全场喧闹，人声嘈杂，什么话都听不清楚。索尔倍夫人身着镶花边的晚礼服，格外惹人注目。

"不。"她高兴地答道，他的关注使她分外开心，而且她敏锐地感觉到他身体的靠近。渐渐地她被他感染了，融化了，他说的每句话都使她的心里一阵发抖。"我自以为我非常坦诚，"她继续说道，"我确实是很实在的。"

她凝视着自己放在膝上的那只丰满光滑的手臂。

考珀伍德大为动心。他正感受着她身体的一切，再加之她那奇异的风情，比爱琳更加多姿多彩。她那无以言表的微妙心意传递给他，她心中微风似的情感和憧憬引诱着他，她在肉体方面绝不比爱琳逊色，而且在精神上更为甜美、精巧和丰富。难道他目前对爱琳厌烦了吗？他有时自问道。不，不，不会因为这个。莉苔·索尔倍的确是他结识的女人中最令他着迷的。

"是的，但我还是认为你难以捉摸。"他渐渐向她靠拢，继续说。

"你让我想起一种恍然一现又难以形容的东西，就像一抹色彩、一种芳香或一阵音乐。现在，我一直在我的想象中追着你，你的美术知识使我兴趣盎然。我欣赏你的演奏，那仿佛就是你。你使我想到与我的生活毫无关系的一些特别愉悦的事物，你了解这一切吗？"

"如果我能那样的话，"她说道，"那倒不错。"她戏剧性地轻吸一口气，"你让我浮想联翩了，你知道（她的嘴唇噘成了一种十分有趣的 O 字形）。你描绘出了一幅很有观赏价值的画面哪。"她浑身燥热，满脸红涨，突然充分暴露了自己的本质。

"你是像那样的，"他固执地继续说道，"你使我一直感到你是像那样的。"他靠着她的椅子，补充说，"你知道，我有时想，你从未真正地享受过人生。成就你的才艺还有许多事情需要做呀。我想送你去国外，或是带你去，无论如何，你应该去。我认为你不同寻常，你对我有兴趣吗？"

"是的，可是，"她犹豫了一下，"你知道，我怕这一切，而且还怕你。"她的嘴巴做出了第一次迷住了他的那种形状。"我们最好别谈这些，你说是吗？索尔倍的嫉妒心很强，或者将来也会嫉妒的。你的夫人又会怎样看我们呢？"

"我都清楚，但是，我们眼下不必在这方面浪费时间，不是吗？我告诉你，这并不妨碍她。生活是个人的私事，莉苔。我俩情趣相投，你难道视而不见吗？你真是我所认识的最富有情调的女人。你给我带来了我从不知道的东西。难道你还不明白吗？我要你坦率地告诉我一件事情。看着我。你并非表面那样幸福，是吗？你并不真正幸福。"

"是的。"她摩挲着她的扇子。

"你有幸福可言吗？"

"以前我一度感到幸福。现在看来，我算不上幸福。"

"原因十分清楚，"他说，"你的才华大大超越你的地位所及的活动范围。你个性很强，绝不是一个替别人捧香炉的小和尚。索尔倍先生尽管很有情趣，但你继续那样生活下去是不会幸福的。你居然没有发现这一点，这使我大吃一惊。"

"哦，"她有点儿不高兴地喊道，"或许我看出来了。"

他锐利的目光盯着她，她的心怦怦直跳。"我想我们最好不要在这里这样谈话，"她答道，"你最好——"

他把一只手放在她的椅背上，差不多碰到了她的肩头。

"莉苔，"他又叫着她的乳名，"你这个非凡的女人哪！"

"哦！"她吸了一口气。

考珀伍德整整十天没能见到索尔倍夫人了。一天下午，爱琳驾着一辆新式的二轮弹簧马车来接他，那时她已先将索尔倍夫妇接到车里了。她和索尔倍坐在前面，留下后座让考珀伍德同莉苔坐在一起。她丝毫没有发觉他对莉苔产生了浓厚兴趣，因为他伪装得相当巧妙。爱琳自以为占有明显优势，她长得更漂亮，穿得更华贵，因此就更加迷人。她意料不到，这个女人对考珀伍德居然有如此大的魅力。考珀伍德活跃异常，朝气蓬勃，好像并不浪漫。但是，他却在外表的掩盖下隐藏着一种内在的风流与情火。

"太美了，"他说道，在莉苔这边坐下，"多么美妙的黄昏！还有你插着玫瑰的漂亮草帽，还有你漂亮的麻葛衣裳，哎呀，哎呀！"玫瑰是艳红的，雪白的衣裳到处镶着细的绿缎条。她当然特别清楚他这般热情的原因。他和索尔倍似乎有着天壤之别，他是那样健康、那样活跃、那样能干。而如今索尔倍却为命运、生活和自己的一事无成大发脾气。

"哦，如果我是你的话，我不会那么怨天尤人的，"她曾尖酸地对他说，"你该多工作，少发脾气。"

这就引起了一场口角，这场口角她出去散步才算平息。她刚回来，爱琳就来邀他们了。这是一条出路，她高兴地答应了，就开始打扮起来。

索尔倍也是如此。他们微笑着，表面上相当快乐，驾车郊游去了。现在，考珀伍德说着话，她心满意足地左顾右盼。"我肯定是招人人喜爱的，"她想，"而且他也爱我。如果我们敢作敢为的话，那该是多美妙哇。"但她却大声说道："我并不怎样漂亮，只不过是天气好，你说是吗？这衣裳很朴素。不过，今晚我也不会十分愉快。"

"怎么啦？"他安慰地问道，路上来往车马的辚辚声影响了他们的交流。他向她靠去，急于想解决她可能遭遇的困难，心甘情愿地用恩惠诱惑她。"有什么事情需要我帮忙吗？我们现在做长途郊游到杰克逊公园的亭子上去，饭后我们趁着月色回来。这难道不好吗？你现在要微笑起来，像以前那样快快乐乐的。你没有理由不这样，这瞒不过我。凡是你想办的事，只要能办得到，我都会替你效力。凡是我能够给你的东西，你要什么，就有什么。你需要什么呢？你知道我是多么多么想念你。你要是把你的事情交给我办，你的烦恼就会烟消云散的。"

"哦，这并非你能办到的事情。无论如何，现在办不到，我的事，哦，是的。是什么事情呢？一切都十分简单。"

她仍然带着那种有趣的无所谓的神气，甚至对她自己也是这样，他被迷住了。

"但我认为你并不简单，莉苔，"他轻声说道，"你的事情也不简单，与我很有关系。你对我是特别重要的。这层意思我已对你说过了。难道你看不出这是千真万确的吗？在我看来，你令人惊讶难以捉摸。我简直为你发狂。自从我上次见你以后，我天天在想，如果你有烦恼，一定要让我与你分担。你对我是那样重要，你是我唯一魂牵梦萦的人。我能安排你的生活把你的生活与我的生活结合在一起。"

"是的，"她说道，"我明白，"她停了一下，"并没有大不了的事，"她继续说，"只不过是一场口角。"

"因为什么事情引起的？"

"说实在的，是因为我，"那张小嘴有趣极了，"正如你说过的，我不能总是捧香炉哇。"他这个观点刻在她大脑的深处了。"不过，现在没事了。天气真是太好了，美极了！"

考珀伍德望着她，摇摇头。她真是个宝贝，多么矛盾哪。爱琳正忙于驾车和谈话，看不到也听不见。她正对索尔倍发生兴趣，而密执安大街上向南拥去的车辆也使她分心。当他们驾车路过冒芽的树木、泛绿的草坪、新建的花坛、敞开的窗户，驶过整个迷人的春天世界的时候，考珀伍德感到生活又重新拉开了帷幕，如果看得见的话，他的吸引力便会像发光的大气一般笼罩着他。索尔倍夫人觉得这将是一个美妙的夜晚。

晚餐是在公园里吃的，有马里兰州名菜露天子鸡、窝伏尔饼和香槟酒。爱琳因为索尔倍被她迷住了而欢喜不已，分外愉快，她打趣、敬酒、欢笑，在草地上奔跑。索尔倍用一种愚蠢的、不合时宜的方式向她调情（许多男人易犯这种错误），她却开心地用"傻孩子"和"别这样"把他推得远远的，她对自己充满自信，她后来坦率地对考珀伍德说，索尔倍是多么容易动感情的人，她实在不得不拿他取笑，考珀伍德坚信她是忠诚老实的，对这一切没有丝毫怀疑。索尔倍太愚蠢了，正是他能利用的一件巧妙的工具。"他并不坏，"他评论道，"我倒非常喜欢他，虽然我认为他并不是一个了不起的小提琴家。"饭后，他们沿着湖边驱车，并向外穿过一小块树林环绕的空旷草坪，月亮在晴空中照耀着，在湖面上洒下一片银光。索尔倍夫人身上正流淌着考珀伍德给她注射的毒素，而这毒素正在产生致命的效果。无论她的态度怎样冷淡，一旦情绪被挑逗起来就会马上发生作用。她本来就富有生气、充满热情。考珀伍德在她的心目中渐渐显示出他的威力。如果被这样一个男人爱着，那真是再好不过了。那么，他们两人就会有一种热情奔放、毫无拘束的生活。这正如黑夜中的一盏明灯，使她畏惧，又深深地吸引着她。为了控制自己的情绪，她就谈艺术、人物，谈法国、意大利，他也用同样的语调回应。但他一直抚摸着她的手，而且有一次在树荫下，他的一只手穿过她的头发，把她的脸转向自己，将自己的嘴轻轻地贴在她的脸上。面对这种突然袭击，她脸上红一阵、白一阵，浑身发抖，但她却保持平静。真是太美妙了，上帝！她的旧生活显然已经土崩瓦解了。

"听我说，"他小心地说，"明天下午三点你在拉希街桥那边等我，好吗？我会迅速接你上车，你一刻也不用等候。"

她停下来，思考着，憧憬着，犹如置身于一个奇异的幻想世界。

"好吗？"他热切地问道。

"等一下，"她轻轻地说道，"让我想想可以吗？"她犹豫了。

"好的，"过了一会儿，她深深地吸了一口气，又说，"好吧。"好像她刚才在心里安排了什么事情。

"宝贝，"他低声说，紧紧地揽着她的一只臂膀，同时看着月光勾勒出她的侧面，那线条令人陶醉不已。

　　"但是，我好像做得过分了些。"她轻声回答，有点儿气喘，脸色也有点儿发白。

# 第十七章　开始冲突

对考珀伍德来说,这种情感的默契并没有像对安东纳蒂那么重要。在某种朝三暮四的心境中，他发现了她灵魂的秘密。这个灵魂犹如一团火那样炽热，但他认为，这个灵魂却是没有前景地令他盲目崇拜着。无论他令她多么伤心，安东纳蒂都决不肯干涉他的个人幸福，这是他后来听说的。但她无意间成了第一次打开爱琳疑心闸门的工具。爱琳认为，考珀伍德一直在欺骗她。

造成这种情况的是一些琐碎的偶然事件。实际上，一天下午，爱琳不过是偶然看见别人全都离开了，却意外发现安东纳蒂还在办公室里与考珀伍德亲密地交谈，而且爱琳一到，她似乎还有点儿慌乱。以后她又发现（不过对此事，爱琳并无十足把握），考珀伍德和安东纳蒂在十一月某个暴风雨的下午在州街上同乘一辆有篷的马车，那时他本不该在市区。当时她刚从梅里尔百货商店里出来，碰巧向那辆靠近街边疾驶的马车扫了一眼。尽管爱琳不确定，却大为震惊。难道他确实没有离开市区吗？她迅速跑到他的写字间，声称自己要把刚买的一个漂亮项圈送给老拉弗林的狗珍妮，实际上呢，她要弄清楚安东纳蒂当时是否也出去了。她一直不敢相信，考珀伍德竟然会对自己的速记员产生好感。写字间的人都说他去市外了，安东纳蒂也不在那里，这使她大为吃惊，旋即不安起来。老拉弗林十分郑重地告诉她，他认为安东纳蒂是去图书馆定报告了，这使她满腹狐疑。

爱琳该如何判断此事呢？她的身心和希望都极其密切地与考珀伍德的爱情和事业连在一起，因而只要一想到她可能会失去他，就情不自禁地心烦意乱起来。当考珀伍德在男女暧昧的网状小路上左冲右突的时候，他有时也在暗想，万一她发觉了他的种种不轨行为，她要怎么处理。事实上，当他与基特利吉夫人、勒德威尔夫人以及其他女人风流的时候，她与考珀伍德也曾偶尔发生过一些小小的口角，尽管并不厉害，却也有所暗示。可以想象得出，他常常不在家，这很好解释，他情欲冷淡，却不那么容易解释，还有其他一些情况。但由于他的爱情并不真正与任何这类事件有关联，因此他能特别巧妙地把事情掩饰过去。

"你为什么要说那样的话呢？"当她提及某一次旅行或某一天她没有与他在一起，可能会有其他女人陪他的时候，他质问道，"你明白我并没有那样的事，我要是沉醉在那种事上，你很快就会知道的。即使我做了那种事，也并不意味着我在精神上背叛了你。"

"哦，不是吗？"爱琳心怀悲愤而且精神有点儿错乱地喊道。

"好，你能维持精神上的忠诚，但我却不能因为有了某种甜蜜回忆就感到满足。"

考珀伍德也像她一样大笑起来，认为她说得有道理，而且他感到有愧于她。同时她的讥讽和幽默也使他高兴。他清楚，她并没有真的怀疑他有具体实际的不忠行为。显然他是十分爱她的，但她也明白，他天生招女人喜爱，而且知道有不少风流女人想勾引他误入歧途，成为他生活的累赘。她也知道，他或许是个甘心上当的人。

性及其享受的确是结婚和其他一切性关系当中一个不可分割的因素，多数女人总喜欢周期性地探究一下，如同一个关注天气的人（比如一个海员）研究晴雨表一样。爱琳也不例外。她那样美丽，而且在肉体上对考珀伍德相当重要，使她带着极度的兴奋盯着他那情感上的相关证据，接受他性欲的循环爆发以此证明她自己长久无穷的魅力。不过，长期以来（这在索尔倍夫人或别的任何女人出现以前很早的时候），原来的性欲强度就表现出了一种衰减现象，只是尚未达到显而易见令人失望和烦恼不已的程度而已。爱琳再三斟酌，却并未着手调查。确实，作为一个社交上的失败者，她自身的情况已相当糟糕，因此她不想弄得一清二楚。

由于先出现了索尔倍夫人，紧接着又来了个安东纳蒂·诺华克，作为大杂烩的素材，使局面就变得更难捋清了。尽管考珀伍德还喜欢爱琳，加上是他的过失而极想对她表示关切，但是眼下他对她基本上是貌合神离了。他那秘密勾当的放纵或热烈使他对她逐渐疏远了，不过这并不影响他牢牢掌握的经济事务，爱琳已意识到了一点。这使她分外烦恼。她是那样自负，她简直不能相信考珀伍德会这样长久冷淡下去，曾经有一段时间，她对索尔倍的前途和精神不快所产生的同情心使她的判断力变得模糊起来。但是最后，她还是看清了事情发展的趋势。这一切情形的可悲之处就是它那样快速地下降到了使人不满、俗气虚伪的地步。爱琳很快就感觉到了她的内心一直想抗议。"你并不是按从前的样子吻我的，"不久又说，"整整四天你几乎没有关注过我。你该怎么解释呢？"

"哦，我没意识到，"考珀伍德从容不迫地回答，"我认为我还是像以前一样离不开你，我不知道我有什么不同。"他把她搂在怀里，与她亲热，抚摩她，但爱琳却疑虑重重，心神不安。

遇到这些感情纠纷、内心起伏的时候，人类的心理便和所谓的理性或逻辑没有多大关系了。面临爱情、性欲和生活的变化，一切指导我们行动的计划和理论都全线溃败了，实在让人震惊不已。爱琳就是其中之一。她在入侵丽莲·考珀伍德家园的时候，曾大胆谈及她的"弗兰克"必须要找一个适合他的需求、口味、能力的女人，但是如今同样适合他或者比她更适合的女人也许会随时出现在她面前，尽管她并不清楚那是谁，然而她却不能像从前那样深有感触了。只有上帝清楚，她的牛正在被其他的牛用角顶着。如果他居然发现有一个胜过她的女人那该如何是好？上帝！那会何等的恐怖！她该如何是好呢？她陷入了沉思。一天下午，她被郁闷笼罩着，几乎要哭了，但却难以说出理由。还有一次，她想着她将要做出的一系列可怕的事情，无论是谁，只要侵犯了她的爱的禁区，她就会让她感到困难重重。不过，她还不能最终确定。如果她发现了有另一个女人，她会挑战吗？她知道她最后肯定会的，但同时她也知道如果这样做，考珀伍德会大为光火，甚至可能与她彻底疏远，那将对自己十分不利。这简直太可怕了，但是她有什么妙计能让他回心转意呢？关键就在这里。不过，她那质疑的询问给考珀伍德提了醒，他比过去更加小心了。他竭力掩饰他那已改变了的心境，他对索尔倍夫人的狂热，他对安东纳蒂·诺华克的兴趣，而这样，是多少有些益处的。

　　但是，最后却有了一种较为显著的变化，在他们从欧洲回来差不多一年后，爱琳才第一次注意到这种情况。那时，她仍然对索尔倍感兴趣，但仅仅停留在调情的初级阶段。她认为他在肉体上或许更加有趣，但他会像考珀伍德一样惹人喜欢吗？绝对不会！她一想到考珀伍德本人可能正在变心，就立刻迷途知返了。等到安东纳蒂出现时（马车事件），索尔倍就随之失去他一定程度上的吸引力。她想，如果考珀伍德离她而去，那就太可怕了，而她在交际上又一无所获。也许这事与他的变心多少有些关系。但是，她还是不信，经过他在费城立下的那些爱情誓言之后，经过她在他受辱判刑的那些灰暗的日子里对他表现的一片忠心之后，他真会同她分道扬镳吗？不，他或许只是暂时误入歧途，但如果她极力反对，恣意吵闹，他可能不会那么轻易伤害她，他会记住她的，会再爱她的，会再诚恳待她的。她看见他（或者以为看见他）坐在那辆马车内之后，起初，她想责怪他，但是后来她决定暂时放弃，而要更加密切地监视他。或许他正和别的女人调情，情敌众多，这点她是清楚的。她的心受到了严重的伤害，尽管还不曾破碎。

# 第十八章　大打出手

莉苔·索尔倍以她特别的方式，一般情况下能消除别人的疑心，或者多少能减少疑心，这是她的特性，尽管她是一名新手，却有一种不同寻常的勇气和镇静，使她在最困难的情况下不露声色，沉着冷静。面临最危险的境遇，本来可能被人看穿，但她却总看上去不慌不忙，信心百倍，若无其事的样子，因为她并不感到此事是道德堕落，并没有因为这种关系而使情绪产生波澜，并没有任何关于自己灵魂、罪孽、舆论等的顾虑。她对艺术和生活有着浓厚的兴趣，事实上她是个不信宗教的人。有些人就是以此大胆地武装自己的思想，这是此类人的最明显的特征，他们并不一定是最著名或最成功的人。你也许会说，她的灵魂格外单纯，不会感受到他人失败的痛苦。她可以用惊人的沉稳把所有挫败扛在自己的肩上，自负和魅力能促使她憧憬更好更美的事物。

过去她十分准时地拜访爱琳，有时和索尔倍一起去，有时独自前往，还经常与考珀伍德夫妇一起驾车郊游，陪他们一道去看戏或去别的地方。她与考珀伍德私通后，就决定再去学美术，这是一种很不错的障眼法，因为这需要在下午或晚间去上课，可她却时常逃课。再说，自从索尔倍手里的钱多起来以后，他就发生了变化，对女人更放荡、更轻率、更狂热了，而考珀伍德就故意劝她去鼓励他与别的女人私通，事情一旦暴露被他们抓住把柄，那就有效地堵住了他的嘴。

"要劝他去私通，"考珀伍德告诉莉苔，"我们要派密探跟踪他，将证据弄到手，日后他就无话可说了。"

　　"我们根本没必要那样做，"她甜蜜而又天真地反对道，"实际上，已经很难为他了。他已交给了我几封女人写给他的信。"

　　"但是，万一我们有需要的话，我们就会把握确凿的证据了。等他再与人私通时，你只要告诉我就可以了，其余的事不用你管。"

　　"你明白的，我认为，"她有板有眼地说，"现在他就正与人私通。前几天，我看见他在街上与他的一个特别漂亮的女学生在一起。"

　　考珀伍德极其兴奋。在这种情况下，他几乎愿意（并非特别愿意）爱琳屈就索尔倍，好让他也进入圈套，这样他就能无所顾忌了。可是最后琢磨起来，他实在不希望这种事情发生，如果她离开他，他会觉得痛心的。不过，索尔倍那里考珀伍德已雇用了密探，索尔倍与那个轻浮女学生的勾当已被发掘出来，并由证人宣誓为证。此事结合莉苔手里的那些信便构成了充足的材料，能用来堵住那个音乐家的嘴，如果他恣意喧闹的话。所以，考珀伍德与莉苔就十分安全了。

　　爱琳仔细琢磨着安东纳蒂·诺华克的事情，她好奇、质疑、焦灼，几乎快抓狂了。考珀伍德在费城已有过那段不堪回首的辛酸经历，她实在不想伤害他，但当她一想到他竟如此见异思迁就怒火中烧。她的虚荣心像她的爱情一样受到了伤害。用什么办法来证实她的怀疑，或者使她的疑团烟消云散呢？亲自监视他吗？她又不屑在街角、写字间或旅馆的某个角落潜伏窥探，那绝对有损她的高贵和自尊。不，决不能这样做！如果没有别的证据就吵闹起来那未免太孩子气了。既然她已提过此事，以他的精明，决不会让她得到进一步的证据。他会矢口否认的。她烦躁地绞尽脑汁地思考，不久，她痛心地回忆起来，她的父亲十年前曾一度派密探跟踪她，果真就弄清了她与考珀伍德的关系及他们幽会的地方，这种回忆虽说辛酸，甚至痛苦，但鉴于目前的情况，使用这个老办法并非不可以。她推测，上次考珀伍德并没有从那种发现中受到什么特殊的伤害（这并不真实）。但是，你需要原谅一个伤心欲绝、十分暴躁的人的一些错误判断。她想，首先要弄清心爱的人在做什么，再决定采取相应的对策。她知道自己在冒险而且她对可能发生的后果也有些害怕，如果她与他斗争得太激烈了，他或许会离她而去。他可能会像对待他第一位夫人丽莲那样对她。

最近她十分好奇地研究着她的国王，怀疑他是否真的已将她抛弃，和十三年前抛弃他第一任夫人那样，怀疑他是否真的爱上了像安东纳蒂·诺华克那样普通的女孩子，质疑，再质疑，还是质疑。她有时惶恐，有时又大胆。该怎么处理这样的事情呢？只要他仍然爱她，一切都会很不错的。

经过几周的苦思冥想，最后她决定找一家侦探代理所，它是有扰乱性的人类工具之一，有许多人对待受伤的感情或危及利益的棘手问题束手无策时，就偶尔用一下。显然爱琳很有钱，于是立马就被丢脸地勒索了一笔钱，当然也完全办妥所谈的事。经过几个星期的侦察后，结果令她大吃一惊、悔恨交加、痛苦不已。据他们报告，考珀伍德不仅与她所疑心的安东纳蒂·诺华克私通，而且也经常与索尔倍夫人偷情，并且这两件事竟然是花开两朵，这一下真叫爱琳有苦难言，喘不过气。

这时，莉苔·索尔倍对她的意义比从前或以后的任何女人都更为重要。在所有的生物中，女人终究最怕的还是女人，而且在所有的女人中，最怕的又是聪明与美貌并存的女人。爱琳本来渐渐地把莉苔·索尔倍当作一位人物，因为她在过去这一年里显得越来越滋润了，也惊人地越来越美了。爱琳有一次在路上看见莉苔坐在一辆崭新的轻快两轮马车里，她曾与考珀伍德谈论此事，他却说："她父亲肯定赚了不少钱。索尔倍决没有本事给她挣来。"

索尔倍性情温柔，爱琳对他深表同情，她也明白考珀伍德的话不假。

还有一次在剧院包厢席里，她注意到索尔倍夫人那件漂亮的外衣特别精致，白绸上面有无数的褶皱，那无数结成玫瑰花状的小缎条和那种刺绣简直太精美了。这意味着格外费工费钱。

"这衣服多么优美呀！"她评论道。

"是的，"莉苔轻松地回答，"你不明白，我以为我那个裁缝永远完不了工呢。"

这件衣服总共花了二百二十美元，考珀伍德心甘情愿地付了账。

爱琳当时回家后回味着莉苔的审美情趣，她的衣服材料和她本人配合得多么和谐呀，她实在是美丽极了。

但是，既然现在这种美与她的心意完全一致，也使考珀伍德称心如意，她立马对她产生了一种愤怒的、狂野的敌意。莉苔·索尔倍！等她知道了（她不久就会知道的）考珀伍德把属于她的爱情盛宴分出一部分免费送给了安东纳蒂·诺华克（不过是个速记员），她就太满意啦！而等安东纳蒂·诺华克这个下贱的性爱暴发户知道了（她会知道的）考珀伍德对她的感情那么平淡吝啬，他肯给莉苔·索尔倍租豪华公寓，却只让她住低档旅馆或私人旅店，她也就太称心啦！

但是，尽管她满怀着这种残忍的狂喜，她的思绪却不停地转到自己身上，不由自主地转到自己的苦境上来，于是她开始折磨自己，甚至要毁灭自己。考珀伍德你这个大骗子！考珀伍德你这个伪君子！考珀伍德你这个老淫棍！她一会儿想起从前他对自己的爱情誓言而倍感这个男人的可怕，一会儿又感到愤怒、悲痛、自负，一会儿又可怜地觉得自己的地位改变了。无论如何，要把考珀伍德的爱情从爱琳手里抢走，就好比让鱼离开水搁浅在陆地上，使帆没有风的鼓动，这简直要了她的命，无论她以前认为自己靠着他而拥有了多高的地位，现在却陷入困境了。不管她作为弗兰克·阿尔杰农·考珀伍德夫人时是如何快乐、如何荣耀，现在却显现出厌倦的神情，迷人的嘴角第一次显现出皱纹，往事和前途在她脑海里痛苦而又模糊地旋转着。她猛然站起来，死盯着梳妆台上考珀伍德的相片，他那双依旧动人的眼睛注视着她，她一把抓起来，扔在地板上，用她那小巧的脚践踏他英俊的面孔，内心燃烧着对他的怒火。狗！畜生！在她的脑海里，莉苔的两只白嫩臂膀搂着他，他的嘴唇吻向她的嘴唇。莉苔那些翩若惊鸿的长裙，诱人垂涎的装束，一幕幕展现在她的眼前。不能让莉苔得到他，不能让她得到任何与他有关的东西。而安东纳蒂·诺华克就那件事情来说也是不准许的，这个下贱的性爱暴发户真是不可理喻，他竟然屈就一个写字间速记员！一想到这里她就决定再不允许他雇用女职员，她曾关照过这个胆小鬼的一切，他就应该爱她，而不应青睐其他女人，一些奇怪的念头在她的脑子里飞速地旋转着。她目前确实有些神志不清，这一切大大地刺激了她，使她只能想出一些轻率而不能付诸实践的毁灭性的事情来。她匆忙而兴奋地穿上衣服，叫了一辆有篷马车，吩咐车夫去新美术大楼，她要使出手段给这个美女蛇似的女人、这个总是发出淫荡笑声的女人、这个魔鬼一样的女人看看，看她到底还要不要把考珀伍德勾引走。她一面坐着马车飞奔而去，一面咬牙切齿地想着。她不愿退缩，让别人把自己的男人抢走；不愿像丽莲一样，将自己的男人拱手让出。决不！他不能那样对待她。她宁死也不退让！她宁愿把莉苔·索尔倍、安东纳蒂·诺华克、考珀伍德和她自己都杀死。她宁愿那样去死，也不愿失去他的爱情。真的，就是为此死上一万遍她也无怨无悔！

　　幸而，莉苔·索尔倍并不在美术大楼，也不见索尔倍的人影，他们去参加一个招待会了。她也不在本市北区那个公寓里，爱琳从密探那里得知，索尔倍夫人和考珀伍德以雅布夫妇的名义时常在那里幽会。爱琳犹豫着，想到等待也不会有什么结果，就马上吩咐车夫去她丈夫的写字间。现在大约下午五点钟，安东纳蒂和考珀伍德都走了，可她并不知道。不过，她没有到达写字间前，就临时改变了主意，因为她想先找莉苔·索尔倍，于是吩咐车夫又回到索尔倍工作室去，但他们依旧不在。她忍住无名的怒火回到家里，琢磨着她怎样才能首先独自找到莉苔·索尔倍。仿佛是在转眼之间，猎物就跑到她的袋子里来了，她狂喜不已。索尔倍夫妇在下午六点钟从远在密执安大街那边的什么招待会返回家，按照索尔倍的意思中途下了车，仅仅为了要同考珀伍德夫人寒暄一下。莉苔穿着一身淡蓝色和淡紫色相间的衣服，上面镶着一些银光闪闪的带子，显得十分优雅。她的手套和鞋透露出风流的色彩，她的帽子有着梦一般优美的线条。爱琳这时还在门厅里，亲自开了门，一见是她，便大动肝火，想抓住她的脖子揍她。但是，她极力控制住自己，说道："请进来。"她还有足够的理性和镇定来掩饰她的愤怒。她关上了门。索尔倍站在夫人旁边，穿戴着当时流行的礼服礼帽，令人作呕，沾沾自喜而又毫无本领，但到目前为止他对此事还具有约束力。他一面鞠躬，一面微笑着说：

　　"呜，"这个发音既不是"哦"，也不是"唉"，而是一种丹麦语变化了的"呜"，但听来并不令人讨厌，"再问一次，你好吗，考珀伍德夫人？又看见你，真让人高兴呀。"

　　"你们两位请到客厅去一下吧。"爱琳近乎嘶哑地说道，"我很快就过来。我要去拿一样东西。"于是，仿佛演戏似的，她十分甜蜜地喊道："哦，索尔倍夫人，请你上来到我的房里坐一下好吧？我有样东西想给你看看。"

莉苔马上答应了。她总觉得自己理应对爱琳特别友好，仿佛义不容辞似的。

"我们只能稍坐一会儿，"她伶俐而甜蜜地答道，"但我一定上来。"

爱琳站着，让她先走，然后快速稳健地跟着上楼，在莉苔之后走进房去，随手把门关上。带着一种野兽般的绝望和愤怒，她转身把门锁紧，接着她又迅速转过身来，眼冒怒火，两颊惨白，随即又涨得通红，双手奇怪地、不知不觉地在抽搐。

"原来，"她对莉苔怒目而视，气冲冲地跑到她面前，"你要偷我的丈夫，是吗？你要住在一个秘密公寓里，是吗？你要到我这儿来假装笑脸跟我撒谎，是吗？你这个愚蠢的畜生！你这个下流的巫婆！你这个卑鄙的婊子！我现在要给你点儿颜色看看！我现在知道你是什么东西了！这一次我一定要把你教训好！我揍你，揍，揍！"

说着就动起手来。爱琳如同旋风和野兽一样扑向她，连打带抓，掐住她的喉咙，把她的帽子从头上扯下来，把饰带从她颈上扯掉，打她的脸，拼命抓住她的头发和脖子，如果可以的话，她要掐死她，毁她的容。她当时真是气得发疯了。

面对这突如其来的攻击，莉苔·索尔倍彻底吓坏了，这一切来得那么猛烈，那么可怕，在大祸来临之前，她压根儿没弄清楚到底发生了什么。争辩、央求，随便什么都来不及。她恐惧、羞愧、惊慌失措。在这种闪电式的攻击下，她彻底屈服了。爱琳攻击她的时候，她也想自卫，但却根本不起任何作用，同时她发出刺耳的尖叫，满屋都听得见她尖厉的怪叫声，仿佛垂死挣扎的野兽。这时，她那一切优雅、文明、动人的姿态统统抛到九霄云外去了。她从甜蜜高雅的招待会的优雅状态（她那殷勤的喁喁私语、故作姿态，面孔滑稽，看来那么可爱，那么迷人）迅速降到了由于恐惧而表现出的动物状态。她的眼睛令人想起枪口下猎物的眼睛，她的嘴唇和面颊苍白，像是被拉得很长。她跌跌撞撞地、动作十分不雅地后退着，在狂怒而又强壮的爱琳的强有力的控制中，她扭来扭去，尖声喊叫。

就在喊声开始前，考珀伍德走进了下面的门厅。他几乎从写字间一出来就跟上了索尔倍夫妇。他向客厅里瞥了一眼，看见索尔倍正微笑着，精神焕发，表现出一种讨好的、善于溜须拍马的难以捉摸的神情。他那长长的黑色礼服穿得十分得体，手里拿着礼帽。

"呜，你好，考珀伍德先生，"他的长满鬈发的头友好地晃动着，他说，"真高兴又见到你。"这时一声恐怖的尖叫突然刺入耳鼓，谁会模仿这种声音呢？几乎难以用语言形容，这令人毛骨悚然的尖叫和痛哭的声音传到了门厅、图书室、客厅，甚至更远的厨房和地下室都能听到。

考珀伍德天生注定与优柔寡断毫无关系，他是一个特别果断的人。他立马精神振作，像绷紧的钢丝一般。上帝！这是怎么回事呢？这喊声太可怕了！面对各种激动的场面，艺术家索尔倍就像一条变色龙，他的呼吸迅速急促起来，脸色惨白，不能把控。

"上帝！"他双手高举大声喊道，"这是莉苔呀！她就在楼上你夫人的房里呀！肯定发生什么事情了。哦！"这时他吓呆了，发狂了，浑身颤抖，彻底惊慌失措了。考珀伍德恰恰相反，他毫不犹豫，把上衣摔向地板，冲上楼去，索尔倍紧跟其后。这是怎么回事？爱琳在什么地方？他奔上楼去的时候，就明白发生了什么不幸的事情。这真是令人烦恼令人恐惧。尖叫！尖叫！尖叫声不断传来。"哦，上帝！别杀我！救命啊！救命啊！"又是尖叫！这最后一声简直就是拖长的恐惧刺耳的哀号。

索尔倍由于心脏衰弱几乎要倒下了，他非常惶恐。他的脸色一片灰白。考珀伍德用力地抓住门把，却意外发现房门锁上了，他咣当咣当咕咚咕咚地晃着门，又砰砰地猛捶。

"爱琳！"他严厉地叫道，"爱琳！里面到底发生了什么事？把门打开，爱琳！"

"哦，上帝，哦，救命啊！救命啊！哦，饶命。哦、哦、哦！"

这是莉苔在哭喊。

"我就是要给你点儿颜色看看，你这个女魔鬼！"爱琳在狂叫，"我就是要教训你，你这个愚蠢的畜生！你这个卑劣的恶婆，你这个下流的婊子！"

"爱琳！"他声嘶力竭地叫着，"爱琳！"他却得不到回答，尖叫声又继续穿门而出，他气愤地转过身来。

"往后站站！"他对索尔倍喝道，索尔倍正哭得一塌糊涂。"给我搬一张椅子或者一张桌子来，随便什么东西都行。"管家连忙跑去照办，但在他赶回前，考珀伍德已找到了一件工具。"在这儿！"他说道，并抓住了一张放在楼梯平台上的又高又细、精雕细刻的橡木椅子。他使劲地把椅子抓起来在头上一转，就向房门撞去！这撞声比房里的尖叫声还大。

撞呀！椅子轧轧响，几乎要撞碎了，但门却仍然撞不开。

撞呀！椅子撞碎了，门这才打开。他把锁敲松，跳进去，跑到爱琳身边。爱琳正将莉苔按在地板上，跪在她身上，掐住她的喉咙，把她打得不省人事，他像发情的野兽一般向她猛扑而去。

"爱琳！"他用嘶哑难听的喉音凶狠地呵斥道，"你这个傻瓜！

你这个白痴！放手！魔鬼缠住你了吗？你要干什么呀！你发狂了吗？你这个疯狂的白痴！"

他抓住她那双有力的手，将它掰开。他把她用力向后拖，半扭半摔地把她放在他的膝上，将她那抓紧的手松开。她疯狂地发怒，她拼命地挣扎，她高声狂喊："我要掐死她！我要揍她！我要教训她！你不要抓住我，你这条骚狗！我也要给你点儿颜色看看，你这个畜生！"

"把那个女人抱起来，"考珀伍德果断地向走进来的索尔倍和管家叫道，"马上把她抬走！我的女人发疯了。我告诉你，赶快把她抬走！这个女人不知道自己干了什么。把她抬出去，快找医生来。这是为什么呢？"

"哦。"莉苔哼了一声，她被折磨得头晕目眩，几乎不省人事了。

"我要杀死她，"爱琳尖叫起来，"我要杀死她！我也要杀死你，你这条狗！"她开始打他，"我要教训你，你和别的女人调情，你这条骚狗，你这个畜生！"考珀伍德只得抓住她的双手，不断用力地摇着她。

"你到底在胡言乱语些什么？你这个白痴！"等他们将莉苔抬出去后，他对她严厉地说道，"你到底要怎么样？要杀死她吗？你希望警察到这儿来吗？别再尖声怪叫了，冷静点儿，不然我会把一条手帕塞到你的嘴里！住口，我告诉你！住口！你听不见我的话吗？这已经够了，你这个大傻瓜！"他用一只手拍她的嘴，又紧紧捂住，迫使她向后靠着他。他残忍地、愤怒地摇着她。他的力气大得超乎寻常。

"现在你能住口吗？"他又说，"你想让我把你闷死吗？如果你不住口我就会这样做的。你疯了！住口，我告诉你！事情稍不顺意，你就这样干吗？"她啜泣着，挣扎着，呻吟着，尖叫着，完全失去了理智。

"哦，你这个疯狂的白痴！"他说道，将她扭转过来，费力地掏出一方手帕强行蒙在她的脸上，塞到她的嘴里。"好了，"他放心地说，"现在你肯住口了吗？"他用铁腕紧紧地抓住她，任她挣扎扭打，必要时他也许准备让她喘不出气来。

她已被他制服了，他继续紧紧地抓住她，一条腿跪着，在她身边弯着腰，听着，琢磨着。她的脾气实在令人难以控制，就某种角度而言他不能责怪她。她的愤怒非同寻常，她的爱情也超乎寻常。他对她的性情了如指掌，本来可以预料到此类事情。这种可怕事情的不幸、羞耻和丢尽颜面扰乱了他一贯的镇静。想一下吧，谁能忍受这样的恣意打闹！想一想，爱琳竟能做出这样的事来！想一想，莉苔竟然受到了如此残忍的虐待！她很有可能受了重伤，终身残疾，甚至丧命。这事太可怕了！紧接着就会引起强烈的公愤！或许还免不了一场审讯！那么他的整个事业就在一场苦恼、愤怒、死亡的恐怖中彻底完蛋了。

他点点头示意管家走过来，管家把莉苔送出去才赶回来。

"她怎么样？"他关心地问道，"伤势很严重吗？"

"不，先生，并不十分严重。我想她只是发晕而已，过一会儿就会好的，先生。我能帮什么忙吗，先生？"

若是平常，考珀伍德对这样的一出活话剧会付之一笑。现在，他却表现得异常严肃、镇静。

"暂时用不着。"他答道，欣慰地叹了一口气，但仍然牢牢地抓住爱琳，"你出去，把门关上。请医生来，你在门厅等着。医生来了就喊我。"

爱琳清楚他们正在照料莉苔，正在向莉苔表示同情，就努力要站起来，再尖声喊叫。但是她站不起来，她的丈夫死死地抓着她。门关上后，他又说，"喂，爱琳，你能安静下来吗？你想站起来与我交谈，还是整夜都这样待在这里呢？你希望今晚以后我永远把你抛弃吗？我完全了解这一切，但我现在必须控制着，而且我一直要这样。你要恢复理智，明白道理，不然我明天就要离开你。"从他的语气判断像是不容置疑。"喂，是我们心平气和地谈谈呢，还是固执地继续闹下去，丢家庭的脸，让你和我成为仆人、邻舍乃至全市的笑柄呢？你今天的表演实在是出色。上帝！的确是一场出色的表演！在这屋里放肆吵闹，大打出手！我原本以为你比较懂事，比较自重，我本来的确是这么想的，这次你严重地威胁到我在芝加哥的发展机会了。你把一个女人打成重伤，或许已把她打死了。你可能会因为这事受绞刑的。你听见我的话了吗？"

"哦，让他们绞死我吧，"爱琳呻吟道，"我想死，我想死呀！"

他把手从她的嘴上拿开，松开了她的臂膀，让她站起来。她仍然激愤，狂躁，准备责骂他，但刚一站起来，与他四目相对，她就发现他正用无情的目光冷酷地、威严地射向她。此刻他的神情是她前所未见的，是一种严厉、冷漠、激昂的怒气，只有他生意上的仇人才看见过这种神情，而那些仇人也只偶尔见过罢了。

"现在闭嘴！"他叫道，"不要再说了！不要说！你听见了吗？"她动摇起来，退缩了，屈服了，她那狂暴的灵魂发出的一切愤怒都平息下来，就像大海在风暴后的平静一样。她心里、嘴上本想大叫，"你这个骚狗！你这个畜生！"以及其他可怕难听的谩骂，但不知为什么在他那威逼注视和铁石心肠的压迫下那涌到嘴边的话一个字也说不出来了。她游移不定地看了他一会儿，就转身倒在身边的床上，抓住自己的脸、嘴、眼睛，伤心苦恼地来回摇晃，失声痛哭：

"哦，上帝！上帝！我的心！我的命！我想死！我想死！"

考珀伍德站在那儿凝视着她，猛然深刻地感到她的灵魂受到了强烈刺激，她的心受到了莫大伤害，他震撼不已。

"爱琳，"过了一会儿，他走过去，很温柔地抚摩着她，说道，"爱琳！别这样，我还没有离开你，你的生活并没有完蛋。别哭。这事糟糕透了，但或许还有补救的办法。啊，请你镇静点儿，爱琳。"

　　她只是抽搐着，哭泣着，无法控制也控制不住。

　　考珀伍德还担心另外的人和另外的事，就来到门厅里。他神态自若地出现在医生和仆人们面前，他必须前去照顾莉苔，还要顺便向索尔倍解释一下。

　　"喂，"他对一个仆人喊道，"把那扇门关上，注意照管好。如果女主人有什么动静，马上叫我。"

# 第十九章　没有冤魂

莉苔没有生命危险，只是遭受了严重的殴打、抓伤和掐伤。她的头皮有的地方被弄破了。爱琳持续不断地抓住她的头向地板上猛撞，如果不是考珀伍德及时赶来，后果可能会更加严重。当时索尔倍以为爱琳完全失去了理智，发疯了，认为她的那些无耻的控诉，完全是因为脑筋混乱而编派出来的。她所说的话始终回荡在他的脑海里。他的情况也很糟，如同一个需要医生诊治的病人。他嘴唇泛青，脸色发白。莉苔被抬到隔壁房间的床上，冷水、药膏、药酒搞来了。考珀伍德出现的时候，她已经神志清醒，但她非常软弱无力，精神上和肉体上都还隐隐作痛。医生来了，他们对他说，有一位女客人，从楼梯上跌了下来。考珀伍德进来时，医生正在包扎她的伤口。

医生刚走，考珀伍德就对服侍的女仆说："你快给我弄点儿热水来。"女仆们一离开，他便弯腰吻了吻莉苔受伤的嘴唇，他的一只手指放在自己的嘴唇上，以示警诫。

"莉苔，"他轻轻问道，"你的神志彻底清醒了吗？"

她费劲地点点头。

"你听我说，"他俯身对着她，缓慢地说着，"你要仔细听着，注意力集中地听我说的话。每个字都要听清楚，并且还要按照我的话去做，你的伤并不严重，你一定会好的。这件事马上就会过去。我又请了一个医生到你们的工作室给你看病。你丈夫去取干净的衣服了，他很快就回来。等你稍微恢复一点儿，我的马车就送你们回去。你根本没有必要担心，一切都会好起来的，但是你必须否认全部的事情，你听清了吗？全部的事情！爱琳的确发疯了。明天我还要与你的丈夫谈谈。我要给你派去一个护理周到的护士。你必须注意你的言辞。要绝对镇静、沉稳。不要担心。你在这里是十分安全的，你在那里也会相当安全的。爱琳不会再伤害你了，我会留心的。我十分抱歉，但是我爱你。我一直都是亲近你的，你不能让这件事情影响你。你再也不会见到她了。"

他清楚这肯定是起作用的，他对莉苔的情况放心后，就回到爱琳的房里，如果可能的话，再央求她，哄骗她，他发现她起来了，正在打扮自己，她想出了新的主意和决定。自从她躺在床上呻吟后，心情逐渐发生变化，她开始推测，如果实在支配不了他，不能让他及时醒悟，她还是走为上策。她认为他显然不再爱自己了，他对莉苔百般呵护，格外关心，却那么野蛮地束缚她。但她还是不愿意相信事情已经发展到这种程度。以前，他对她太好了。她从未放弃战胜他和战胜那两个女人的一切希望（她爱他爱得太热烈了），然而只有分居才能办到。那样可能会使他恢复理智，他再也不会见到她了，她坚信，她已把他同莉苔·索尔倍的私通关系破坏了，至少暂时破坏了。至于安东纳蒂·诺华克，她以后会找机会教训她的。她悲愤交加，现在再也哭不出来了。她的心在痛。她站在镜子前，手指发抖，重新梳妆，换上一身上街的服装。考珀伍德看见她这种出乎意料的表现，感到心烦意乱，无计可施。

"爱琳，"最后他来到她身后说，"难道现在我们不能好好地谈谈吗？你希望做出将来会后悔的事情吗？我当然不希望你那样做。我很难过。你并非从内心里相信我不再爱你了，是吗？我爱你，这你清楚。这件事情不会像表面看起来的那么糟糕。我倒认为，在我们经历所有患难后，你同情我。你并没有抓到任何坏事的真凭实据，但你为什么这样怒气大发呢？"

"哦，我没抓到吗？"她喊道，从镜子前转过身来，她原来在那里悲伤地、辛酸地梳拢自己鲜亮的泛着红光的头发。她两颊发红，眼睛也红红的。他察觉她此时像多年前他第一天看见她时那样美丽动人，那时他在费城她父亲家里看见她，她还只是一个十六岁的女孩儿，披着一件红色的短斗篷，顺着台阶跑上来。那时她太可爱了。这让他的心软了下来。

"你只清楚这些，你这个骗子！"她说道，"你一点儿也不了解我所掌握的事情。我派密探跟踪了你几个星期并不是徒劳无功的。你这个偷偷摸摸的浑蛋！你现在倒想掩饰过去，刺探我知道些什么事情？我了解得一清二楚，让我来告诉你。关于你的莉苔·索尔倍和你的安东纳蒂·诺华克、你那些豪华公寓和你那些私人旅店，你再也瞒不过我了。我很清楚你是个什么东西了，你这个畜生！而这些，全是在你对我发了一切山盟海誓之后！呸！"

她愤怒地转过身去做自己的事情，考珀伍德看着她，她的愤怒感动了他，她的气势打动了他。她是一个富有戏剧性的角色，看起来太妙了。在许多方面她的确值得他爱。

"爱琳，"他轻轻说道，仍怀着希望讨好她，"请你别对我这样苛刻。难道你竟然不懂人生之旅该怎样走完吗？对它一点儿也不表示同情吗？我原本认为你更为宽宏大量，较为体贴人呢。我并不是那么坏呀。"

他仔细地、温柔地凝望着她，想以他对她的爱情来感动她。

"同情！同情！"她火冒三丈地反驳他，"关于同情你晓得格外多，我想，你在费城蹲监狱时，我给你的同情太多了，那对我有很多好处，不是吗？同情！呸！你竟然到芝加哥勾引那么多婊子，那下贱的速记员和音乐家的老婆！你已给了我许多同情，不是吗？躺在隔壁房里的那个女人足以证明！"

她伸直她那柔软的腰，耸耸肩膀，准备戴上帽子，整整外衣。她打算就这样走出去，随后派法黛回来取她所有的东西。

"爱琳，"他央求道，决心要达到自己的目的，"我认为你很傻。我真的有这种感觉。你的所有举动没有丝毫理由。你在这里放开嗓门大声吵闹，让周围的邻居都感到气愤。你打人，离家出走，这非常可鄙。我不希望你这样。你爱我，难道不是吗？你清楚你是爱我的，我也明白你的言不由衷。你不可能那样。你确实不可能相信我不再爱你，是吗，爱琳？"

"爱！"爱琳发火道，"关于爱，你知道得太多了！你到底真爱过哪个女人呢？你这个畜生！我清楚你是怎样爱的。我原以为你只爱我。哼！我现在才明白你原来怎样爱我！这就正像你爱过五十个其他女人一样，正像你爱那个傲慢的小莉苔·索尔倍一样！那个可恶的女人！那个肮脏的畜生！正像你爱安东纳蒂·诺华克这个下贱的速记员一样！呸！你并不清楚这个字的真正含义。"但是她的声音却拖成了一种哭腔，眼睛里饱含泪水，她激动、愤怒、痛苦。考珀伍德看到这些，便走过去决定对这种情形加以利用。他现在感到十分难受，他很想让她再度对他体贴。

"爱琳，"他央求道，"请别这样严厉。你不应该对我这样严厉。我并没有你说的那样坏。难道你就一点儿也不讲理吗？"他伸出一只手去抚慰她，但她却闪开了。

"你休想碰我，你这个畜生！"她生气地吼道，"你别把手放在我身上。我不会让你靠近我。我决不与你住在一起了。我决不同你和你的姘头待在一幢房子里。只要你愿意，你就去同你亲爱的莉苔共同住到北区去。我不管。我想你已到隔壁的那间房里安慰过那个畜生了！我要是把她打死了该有多好哇！"她狂怒地在自己喉咙上扯着，想要把一个纽扣扣好。

考珀伍德大吃一惊。他从未见过她发如此大的脾气。他也不曾料到爱琳竟然能够这样。他不禁有些佩服她。然而，他却恨她对莉苔、对自己那样放肆野蛮地攻击，而这种情感就在最后一句不幸的话里发泄了出来。

"如果我是你的话，爱琳，我就不会对情妇们那么厉害和凶狠，"他大胆央求道，"我倒认为你自己的经历会……"

他马上住口了，因为他意识到自己将酿成大错，就像揭破旧伤疤一般，这样提到她过去也做过情妇是极为难堪的。她触电般挺直身子，眼神显得万分痛苦。"原来你就这样同我谈话是吗？"她问道，"我早就知道！我早就知道！我早就知道我会听到这种话的！"

她转身对着一张与她胸脯等高的抽斗橱（里面放着一些银器首饰盒子、刷子和梳子），两只手臂放在上面，头伏在上面痛哭起来了，最后那句要命的话，把她少女时代的私情当作一种罪过，如今对她进行讥讽和嘲笑。

"哦。"她哽咽着，绝望而悲愤地激动起来，浑身颤抖。

考珀伍德匆忙走过去，他烦恼、痛苦地解释着，"我并不是那个意思，爱琳，"他努力地辩白道，"我根本没有那个意思。是你逼我说出那话的，但我说那话并没有责怪你的意思。你做过我的情妇，但是上帝，我从没有因为这而稍微减少对你的爱，而是在不断增加。你知道我是那样的，我希望你相信这点，这是千真万确的，任何事情对我来说真的都不那样重要。"

当她避开他的时候，他百般无奈地看着她，他烦恼而狼狈，特别难受。当他走到房间中心时，她的感情又猛然骤变，变得更加愤怒。这可不堪忍受。

"原来你就这样与我谈话，"她喊道，"我已为你竭尽全力了，以前你蹲过近两年的监狱，我等着你，为你痛哭，为你伤心，现在你居然对我说这种话？你的情妇！这就是你对我的回报，是吗？"

她的注意力突然转移到她的首饰盒，那里面全是他在费城、在巴黎、在罗马、在芝加哥送给她的东西，她一时性起，对那些东西憎恨至极，猛地把盒盖打开，成把地抓起里面的东西，朝着他的脸摔去。一把一把的装饰品抓出来了。全是他在真正爱她时送给她的：有镶着金边、带着白象牙钩子的淡绿色玉项圈和玉镯；有用一些大小匹配而且颜色相配的珍珠做成的、在夜光中闪耀着彩色珠光的珍珠项圈；有用翡翠做的项圈；有钻石发饰；一大把的戒指、饰针、钻石、红玉、蛋白石、紫水晶等。她愤怒地向他甩去，撒在地板上，打在他的颈上、脸上和手上，"拿去！拿去！拿去！全都在这里！我再也不要你的东西了，我不想再和你发生任何关系了。我不要与你沾边的任何东西，感谢上帝，我还有足够的钱生活！我恨你！我看不起你！我绝不想再见到你！"她努力还想说出什么来，但想不出，就快速冲到门厅，跑下台阶。考珀伍德站着稍稍犹豫了一下，束手无策，紧随着她急忙追去。

"爱琳！"他叫道，"爱琳，回来呀！别走，爱琳！"但是她却走得更快了。她将门打开又顺手关上，在茫茫黑暗中跑了出去，她的眼中饱含泪水，她的心简直要爆炸了。这就是青春美梦的结果。

她并不比别的女人好多少，只不过是他许多情妇中的一个罢了，为了替别的女人辩护，他居然拿她过去的事情嘲讽她！他竟然说，她并不比她们强！这最后一句简直是致命的话。她一面走着，一面哽咽着，哭泣着，发誓不再回去，决不再见他了。但就在她这样离去时，考珀伍德却跑着追了过来，尽管他行为不检点，但这一次只能这样了。爱琳弃他而去这绝不应该是事情的结局。他追忆着她曾爱过他的那些日子，她曾把一切热情和爱的礼物全都放在她的爱情祭坛上。说心里话，这的确不公平，必须让她留下来。在深秋树木的浓荫下，他终于追上了她。

"爱琳，"他抓住了她，搂着她的腰，轻轻地说，"爱琳，最亲爱的，你纯粹是在发疯。你神经错乱啦！别走！别离开我！我爱你！难道你真的不知道我爱你吗？难道你真的看不出来吗？别这样逃走，别哭。我真的很爱你，这你知道。我将永远爱你。现在回去吧。吻我呀。我会改好的。我一定会改好的。求你再给我一次机会。等着瞧吧。来吧，好吗？这才像我的爱人、我的爱琳。来呀。求求你！"

她不停地挣脱着，但他抓住她，抚摩着她的臂膀、颈子和脸。

"爱琳。"他央求道。

她拼命地挣脱着，他最后只好把她掉转身来搂在怀里，于是她哽咽着，哭泣着，苦恼地站在那里，却又像有点儿快乐。

"可是，我不想回去，"她反对道，"你再也不爱我了。让我走吧。"

然而他抱着她，劝告她，最后她像过去一样把头靠在他的肩上，说："不要逼我今晚回去。我不愿意，也不能够。让我去商业区。或许，我以后会回去的。"

"你非得这样的话，我与你一起去，"他想表现出一种宽容和亲近，"这是不对的。我还有许多事情需要处理，我不想让这桩丑事传出去。尽管如此，我还是得陪你去。"

于是，他们两人一同去找了一辆有轨马车。

# 第二十章　人与超人

除非是真心实意的情况下的如胶似漆的结合，那些注定是悲惨结局的浪漫之花，是经受不住经常突袭而来的狂风暴雨的。这是关于一切男女结合的伤心结语。莉苔·索尔倍这种女人，对考珀伍德的感情表面上似乎十分热切，但实际上并没有彻底被他迷住，因而这次对她自尊心的狠命打击竟成了一副特效的镇静剂。这种私情的暴露对她产生的沉重压力，这种即使并非由于计划欠周全而暴露出来，但其本身也是一个大笑话，这种事先没有预料到的报复，几乎把她击垮。她一想起那样快乐无忧地走进了考珀伍德夫人的魔掌之中，被她殴打侮辱并成为笑柄，就痛不欲生，几乎要发疯。她就是畜生，就是魔鬼！在这种情形下，对自己软弱的身体她并不感到悲伤，那无非是对她傲慢性格的一种安慰。但她被打得十分严重，她的美貌被糟蹋得像一个衣衫褴褛的叫花子，而这就已经够她承受的了。她被送到湖滨疗养院去，她彻夜在院里思考一个问题，等所有都结束的时候，她要远走高飞，给自己疲惫的大脑放一段时间假。她再也不想看见索尔倍了，她再也不想看见考珀伍德了。索尔倍已有所怀疑，决定查清原委。他询问她，爱琳为什么要打她，爱琳应该不会无缘无故地出手。当门房报告考珀伍德来了时，索尔倍的态度略有改变，因为无论他如何起疑，也不打算与这个特殊人物吵闹。

"对这件不幸的事情，我的确十分抱歉，"考珀伍德精神焕发地走了进来，"我从来都不知道我的女人什么时候变得如此怪异，这样神经错乱，等我醒过神来，就闯了进去，这真是不幸中的万幸。至于你们两位，凡能办到的赔罪办法，我肯定都将一一照办。索尔倍夫人，我真诚地希望你没有受重伤，只要我能办到，你们两位无论谁提出什么要求（他有所顾虑地回头望了一下索尔倍），我都十分乐意答应，你把索尔倍夫人带走，休息一段时间，行吗？关于她恢复健康需要的所有费用，我全部负责。"

索尔倍心情凝重，一直沉思着闭口不语，心中却燃烧着怒火，莉苔见考珀伍德来了，感到高兴和慰藉，但并未完全放心，时而感到惶恐。她担心他们两人会发生可怕的口角。她声明她好些了，而且会彻底好的，她用不着走开，但她宁愿独自待在这里。

"这真奇怪，"索尔倍过了一会儿，愤然地说，"这我就糊涂了！这我彻底糊涂了。她怎么干出这种事情来呢？她怎么说出这样的话来呢？在这儿我们一直都是最要好的朋友。可她忽然打骂我的女人，说出那些不着边际的话来。"

"但是，我已如实相告，亲爱的索尔倍先生，我的女人神志不清。她过去犯过这种毛病，只是没有今天晚上这样严重。她现在已恢复了正常，并不记得了。但是，如果我们现在需要交流的话，也许我们到门厅里去要好一些。你的夫人需要休息。"

走到外面，考珀伍德怡然自得地继续说："现在，亲爱的索尔倍，我能说什么呢？你希望我做些什么呢？我的女人所说的话全是胡言乱语，无中生有，更何况她十分严重、非常无耻地伤害了你的夫人，我已说过，我无法表达我的歉意。我敢担保考珀伍德夫人患了一种十分严重的精神错乱症。据我所知，绝对是无话可说、无计可施的，唯有把这整个事情冷处理一段时间，不再提起。你同意吗？"

索尔倍的心正钻在牛角尖里备受折磨。他明白自己的地位并不巩固。莉苔曾再三斥责他不忠实。他开始激动地大叫大嚷起来。

"你说得倒轻巧，考珀伍德先生，"他挑衅道，"但我能怎么样呢？我还可以有自己的立场吗？我真不清楚该怎么去评价这件事了。这就奇怪了。如果你夫人所言属实呢？如果我的女人确实和某人有染呢？这恰恰正是我要查明白的事情。如果她真那样，就和我所想的一样，我就要……我就要……我还没想好怎么去处理呢，我过于狂躁不安了。"

考珀伍德不想让此事公开，就笑了笑。就体力而言，他并不怕索尔倍。

"听我说，"他突然喊道，严厉地面对着这个音乐家，并决定当机立断，"你好好考虑一下，就清楚你的情况和我一样不怎么样，这事如果张扬出去，不仅牵涉到我和考珀伍德夫人，而且也会影响你和你的夫人，如果我没弄错的话，你的事情也不一定就光彩。你不能够污辱你的夫人而让自己毫发无损，这是不可避免的，世上没有人能够十全十美。至于我，我就只好证明她疯癫，这对我来说易如反掌。如果你过去有过什么并非十分规矩的事情，那这种保密期也是不能够长久的，如果你肯让这件事情到此为止，我保证给你们两人做好妥善的安排；如果你要找麻烦，硬将这件事情张扬出去，我就要千方百计保护自己，尽力将此事掩盖过去。"

"什么！"索尔倍喊道，"你在恐吓我吗？你的女人发现你与我的女人私通后，你还想吓唬我吗？你还谈什么我过去的事情！这倒有趣！哈！我们来研究研究这回事！你知道我的什么事情呢？"

"哦，索尔倍先生，"考珀伍德平静地答道，"比如说，我就知道你的夫人早已不爱你了，你像个拿津贴的人一样依赖她生活，你在六七年之内就与至少六七个女人私通过。我当了几个月你夫人的经济顾问，在此期间，感谢密探的帮助，我听说了安娜·斯特玛克、吉塞·拉斯卡、贝赛·黎斯、乔雅·杜·柯因，还需要我再说下去吗？实际上，我是你许多书信的保管员。"

"竟然这样！"索尔倍喊道，考珀伍德正盯着他。"你在与我的女人私通吗？那这是真的了。居然真有此事！你现在还到这里来，厚着脸皮对我说这些恐吓的话。真是荒唐，哈！我们来研究研究。来看看我会怎么对付你。等我先与律师商议一下。然后我们走着瞧。"

考珀伍德镇静而又气愤地观察着他。"真是头笨驴！"他想。

"听我说，"他说，为了保守秘密，他立即逼迫索尔倍到下面门厅里来，然后到疗养院前的大街上，两盏煤气灯在黑暗中随风摆动着，"我看得十分明白，你是一心想找麻烦。我向你实话实说了，其中没有丝毫的隐瞒。这我已向你保证了，还不够吗？你真要进一步追究下去吗？那么，好吧。如果考珀伍德夫人并未发疯，她所言句句属实，我曾与你的夫人通奸，又能怎么样呢？你想怎么办呢？"

他镇静且嘲讽地望着索尔倍，索尔倍恼羞成怒。

"哈！"他装模作样地嚷道，"怎么办？我要杀死你，我就是要这样办。我还要杀死她。我一定要制造一桩血案。你试试让我查清事情的真相，走着瞧！"

"不错，"考珀伍德严厉地答道，"我是这样认为的。我相信你。正因为如此，我才有备而来，正按照你希望的办法效劳。"他从大衣里掏出两支小手枪，这是他为此事从家中的抽屉里拿来的。手枪在黑暗中熠熠发光。"你看见这玩意儿了吗？"他继续说，"我要让你免去进一步调查的麻烦，索尔倍先生。今晚考珀伍德夫人所说的每句话都是真的，而且我说这话时已完全清楚这话对你和对我意味着什么。她和我一样，并不疯癫。你的夫人的确曾与我在本市北区的一个公寓里住了几个月，尽管你并不能证明。她不爱你，但却爱我。现在如果你要杀死我，枪就在这里。"他伸出手去，"这由你选择。如果我得死，那么你就得与我一起死。"

他说得如此冷静，如此决绝，吓得索尔倍脸色惨白。他天生就是个胆小鬼，他不想自取灭亡，这和任何健康的动物一样。面对钢枪冷酷的样子，他心惊胆战。逼他接枪的那只手强硬坚决得无可控制。他握住了一支，但他的手指颤抖不止，耳边回荡着的钢铁般的铮铮话语在剥蚀着他仅剩的一点儿勇气。这时，考珀伍德现出几分魔鬼的相貌。他吓得要死，转过身去。

"我的上帝！"他喊道，浑身颤抖得像一片树叶，"你想杀死我是吗？我不愿意再同你僵持了！我不愿再同你谈话了！我要去见我的律师。我首先得与我的女人谈谈。"

"哦，不，你不能，"考珀伍德答道，当索尔倍转身要走时，考珀伍德拦住他，用力地抓住他的臂膀，"如果你不想杀死我，我也不想杀死你。我决不会让你做这种事情。这一次我要让你服从道理。现在我还要说几句话，说完我就不再多言。我并非对你不友好，尽管我不太关心你，却想为你做一件有利的事。首先，我女人的那些指责都是莫须有的，纯属胡言乱语。我刚才所说，只是看看你是否当真。你再也不爱你的夫人了。她也不爱。你对她几乎没有作用。现在我对你有一个非常友好的建议。如果你愿意离开芝加哥，在别处住三年或者更久些，我愿让你每年一月一日就领到五千美元，五千美元！你听见了吗？或者你就留在芝加哥，不得声张，我就给你三千美元，按照你的意愿按月领或是按年领。这就是我让你记住的事情。如果你不离开本市或者不愿装聋作哑，你对我来一次粗鲁的举动，我就杀死你，只要我一见你就要杀死你。现在，我希望你迅速离开，讲点儿规矩。不要去管你的夫人。你在一两天内来见我。你随时可以把钱拿走。"

他闭口不言，索尔倍瞪着无神的眼睛，这是他平生经历的最骇人的历险。这个人不是魔鬼就是大王，或者既是魔鬼又是大王。

"上帝！"他想，"他会那样做的。他真会杀死我的。"于是，那个惊人的一年五千美元的办法跃入他的脑海了。哎呀，为什么不呢？他的沉默就表示了同意。

"如果我是你，我今夜就不再上楼去了，"考珀伍德严厉地说道，"别打扰她。她需要休息。到商业区去，明天来见我。你要是回去，我就愿意奉陪到底，我要把我对你说的话也对索尔倍夫人重复一次。但是，你必须记住，我告诉你的话要刻在你的大脑里。"

"我不回去了，谢谢你，"索尔倍软弱地答道，"我马上就到商业区去。再见。"他匆忙地向前走去。

"十分遗憾，"考珀伍德似乎为自己辩解，"这并不太好，但我别无良策。"

# 第二十一章　隧道问题

　　简洁又冷酷地处理好索尔倍事件后，考珀伍德的注意力就转到索尔倍夫人身上。但并没有任何打紧的事需要去做。他安慰她，他已经完全制服了爱琳和索尔倍，索尔倍不会再惹出事端，他已把他收买了，爱琳至此也能平静下来了。对于此刻的莉苔，他表示出最大的关切，但莉苔现在却十分讨厌这种纠葛，她想，她曾爱过他，但由于爱琳的激怒，她对他的看法大为改变，她打算离他远去。他有很多钱，但钱对她并不像对某些女人那样具有吸引力。金钱只能成就奢侈的生活，就算没有它，她也完全能生活下去。在她眼中，他的魅力也许就在于那种稳若磐石的气度，这种气度仿佛是一种风流的幻影萦绕着他。由于这次令人恐惧的打击，这种幻影破灭了。他和其他男人一样容易遭到打击，一样存在着相似的船破舟亡的危险。只是他比大多数水手精明一些罢了。她逐渐恢复了，回家后就去了欧洲。经过再三权衡利弊和几番交火之后，索尔倍按照考珀伍德的建议回到丹麦。爱琳接连吵闹了好几天，待他同意解雇安东纳蒂·诺华克后，就回家了。

　　这种不欢而散，考珀伍德是极其不满意的。在他心里，爱琳并没有增加对自己的吸引力，但说来也怪，他对她也不是不同情。至今他并没有要抛弃她的想法，尽管有时他私心认为，莉苔更适合做自己的夫人。但是，求而不得的人，是不能勉强的。他振作精神，把注意力转到业务上。但同时他却情不自禁地经常回顾那些美妙时光，莉苔站在他面前任由他搂抱，那时他从全新的艺术视角欣赏人生。她如此天真可爱，如此摄人魂魄？但现在他又能做什么呢？

之后几年，考珀伍德以越来越浓厚的兴趣致力于研究芝加哥市内铁路的形势。他十分理智地告诉自己思念莉苔·索尔倍起不到任何作用，她不会回来了，但他却控制不住。于是他就拼命地工作，这才是至关重要的事情。对市内铁路事业天生的爱好和才能他早就有所表现，现在他更是忙个不停。完全可以这样描述，车铃的叮当声和马蹄沉重的嘚嘚声在他的血液里作响。在市区各处走动时，他几乎是用饥饿的双眼观察着那些延长的路轨和路轨上叮当作响的车子。芝加哥正在飞速地发展着，街上那些小小的有轨马车迟早会使街道拥挤不堪，如果处在路段高峰期就更不必说了。他认为，如果自己能获得一家或所有市内铁路公司的支配权就好了，把它们整合并且牢牢操控在自己手里就好了！绝对是一笔财富！这种想法足以消除部分苦恼。一份巨额的财产，分毫不差。他一直专心研究市内铁路方面的状况，必须操控这些市内铁路！他心里这样想着。

与煤气行业相同，芝加哥市内铁路也分成三个部分，三家公司分别代表并相当于本市的三个区。芝加哥市内铁路公司掌管南区，向南远远地延伸到三十九街，它创立于一八五九年，本身就是财富的标志。它控制着七十英里的轨道，而且每年都在印第安纳大街、华贝西大街、州街和阿奇尔大街上延伸下去。它拥有一百五十多辆铺草、没有火炉的旧式车厢和一千多匹马，它雇用一百七十名售票员，一百六十名车夫，一百多名马夫和一定数量的铁匠、马具工和修理工。冬天它的扫雪机在街上铲雪，夏季它的洒水车冲洗街道。考珀伍德估算着它的股票、债券、车辆和其他财产，一共值两百多万美元。这家公司的麻烦就在于已售出的股票大都由诺曼·希利哈和安森·梅里尔把控着，前者现在坚决抵制考珀伍德和他计划做的一切事情，而后者也从未向他表示过友好。他不清楚怎样才能将这份财产据为己有。目前它的股票售价在两百五十美元左右。

北芝加哥市内铁路公司和南区公司是同时创办的，却由另一帮人发起。其经营模式较为落后，质量不高，又缺乏创新，其设备也大都一样。芝加哥市西区有轨电车原为芝加哥市南区公司所有，但现已独立，至今还远没有其他两区赚钱，但本市各区都正极力地发展着。随处都能听见马铃愉快地叮当作响。

如今，考珀伍德置身局外，默默思考着它的发展前景，他在经济上与这些市内铁路前景的联系比任何人都更加紧密，他对它们未来发展的蓝图（如果芝加哥继续发展）的印象极为深刻，并关注那些可以促进或阻碍它们发展的种种因素。不久前，他察觉到了主要阻碍北区和西区的市内铁路公司发展的原因之一，就是芝加哥河吊桥上的交通过于拥挤。紧靠河沿连接两边市区的街头之间，这条河肮脏发臭、令人作呕。一大片黑压压的、始终拥挤移动着的各种各样的船只，你来我往让各个吊桥随时吊起，中断河两岸的市街交通，闹得有时感觉好像马车和船只的纠纷根本无法厘清似的。这种景象实在有趣，富有人情味，也相当自然，像极了狄更斯的小说，的确是适合于杜米埃、泰纳和惠斯勒的好画题。逍遥自在的看桥人凭自己的感觉去判断，何时让船只等，何时让马车等以及需要等多久。除了需要经过的行人外，还有一群闲人在那里好像在欣赏风景，似乎完全被那林立的帆樯、拥挤的马车和如画的拖轮吸引住了。坐在轻便的敞篷马车里，考珀伍德有时因交通中断感到郁闷，有时趁桥吊起之前加速向前猛冲，他早已发现了北区和西区的市内铁路的发展受到极大的阻碍。而南区较为完整，没有一条河从中穿过，就没有此类问题，所以发展特别迅速。

因此，有一天他在街上巡游时，十分自然地发现在芝加哥河下面有两个地方有隧道通过。第一个位于拉萨尔街，隧道南北向。第二个位于华盛顿街，隧道东西向，里面湿漉漉的，老鼠成患，黑暗潮湿，从来没有人使用，只有油灯模糊地照着，水不断地渗出。他经过调查得知，多年前修建这两条隧道，正是为了缓解马车交通的堵塞，然而并没有缓解桥头的拥塞。为了利用隧道权且收取少量隧道通行费，似乎投资人和市民都十分愿意利用这条隧道通行，因为它能节约时间，但是，和诸多写在纸上的或脑子里谋划的漂亮的商业计划一样，此计划并没有彻底付诸行动。如果这两条隧道修建得好，坡度又低，有宽敞的道路，还有充足的光线和流动的空气，可能就会有利可图。但事实上，隧道并没有让本市得到显著的收益。诺曼·希利哈的父亲和安森·梅里尔是这两条隧道的投资人。他们花费一百万美元，经过很长一段时间运营却没有任何收益，事实证明这两条隧道没有利润可赚。他们就把隧道卖给了市议会，每条隧道正好卖了花费的数目。当时理想的观念认为，一个发展中的城市能够比它的任何谦虚的、有志气的、受尊敬的公民更承担得起损失这笔巨款。尽管那是多年前市议员们借以赚钱的一件小事，但那要另当别论了。

发现这两条隧道后，考珀伍德在里面走了好几个来回，现在尽管隧道已用木板钉起来了，但还留有一条无障碍的人行道。他特别好奇，为什么不把隧道加以改造利用。他认为，如果有轨马车令交通十分拥挤，那么花上一笔可观的款项把隧道的坡度降低，现在妨碍北区和西区发展的问题就能轻松解决了。但该如何运作呢？现在隧道并不属于他，而且市内铁路也不属于他，更何况租用和重建隧道要付出巨额的费用。以有轨马车的马匹为唯一的运输工具，还要花费很多钱来延长隧道坡道，他没有绝对把握使这个冒极大风险的生意盈利。

但是，在一八八〇年秋天，或者更早一点儿（即在他深深陷入与莉苔·索尔倍私通的初期），他获知一种新型牵引方式，这同弧光灯、电话等发明同时问世了，仿佛注定彻底改变城市生活的本质。旧金山是一个多山的城市，这使有轨马车在拥挤的市里行驶十分困难，因此那里最近采用一种新式的钢缆牵引的运输工具。在地下管道里的槽轮有一根滑动的钢丝索在滚动，由巨大的引擎作为动力，而引擎安装在附近的车站或动力房里，十分便捷。车辆装有一根操纵灵活的颜杆（或者叫钢脚），它通过一条狭缝向下插到地下钢缆的管道里，抓住滑动的钢缆。这种发明彻底解决了拖拉载重的市内有轨马车上下陡坡的难题。大约与此同时，他又听说，以希利哈和梅里尔为主要股东的芝加哥市南区铁路公司计划在它的铁路线上采用此种牵引方式。公司计划在州街铺设钢缆，并延伸到无利可图地区的铁路线的车辆上，作为拖车，他立马就想到了北区和西区问题的解决方式就是使用钢缆。

除了以上所描述的隧道之外，考珀伍德也注意到还有一种特殊状况。这就是北芝加哥市铁路公司的状况，它的理事们目光短浅，没有解决困难的上乘之策。这家铁路公司经济基础不扎实，很容易受到意外的打击。最初它被认为无利可图，因为它的服务区域人口很少，离商业中心又很近。不过后来，这个地区人口逐渐增多，他们的营业状况才有所好转，这时才出现了马车在桥头拥塞的问题。理事会认为这些线路根本不会有任何生意，就随意铺上可怜的小小的轻磅铁轨，运营着一些简陋的车辆。那里冬天如冰窟一般寒冷，夏天如火炉一般炎热。他们并不打算把几条线路的市区终点站延伸到商业中心去，就打算修到北区河沿为止（在南区，希利哈先生的服务很周到。他已在梅里尔百货商店周围为他的钢缆铺设了环线）。和西区一样，冬天所有的车辆底下只铺了一点儿草，以便让乘客的脚取暖，夏天也只有少数的敞篷车。理事们反对采用敞篷车，因为怕浪费钱。他们打算就这样维持下去，只在十分有把握赚钱的地方增加线路，铺上从前用过的那种便宜铁轨，使用同样的老式车辆，跑起来嘎吱嘎吱响而且摇摇晃晃，乘客们气得不顾后果地胡乱吵闹却又无计可施。只是因为最近不断有各种控告和申诉，公司才颇伤脑筋，但他们并不知该如何处理这种问题。尽管有几个人思路清晰，比如总管特伦斯·马坎隆，理事爱德文·卡夫拉斯，建筑工程师威廉·约翰森，但其他人，如总经理奥尼亚斯·斯凯勒和副总经理沃尔特·巴克尔却都是守旧者，保守、多疑、吝啬，而最可怕的一点是没有勇气做巨大的冒险事业。说来十分可怜，老年人必然失去对新事物的兴趣，并常把知足常乐挂在嘴边。

考珀伍德已察觉到这点，心里萌生出一个宏伟计划。有一天作为普通应酬他邀请约翰·迈肯迪来他家里吃饭。迈肯迪由他的夫人陪同，爱琳向他们甜蜜地微笑着，对迈肯迪夫人表示热情，这时考珀伍德说："迈肯迪，你了解华盛顿街和拉萨尔街河下那两条隧道的情况吗？"

"我清楚的是市议会接收那两条隧道的时候公众并不需要它，而且那两条隧道基本上毫无利用价值。但是，那是在我过问地方事情之前，"迈肯迪小心地说道，"好像市议会曾付出了一百万美元的代价。你为什么打听此事呢？"

"哦，没什么，"考珀伍德答道，他对此暂时避而不谈，"我想了解一下那两条隧道是否真的一无是处。我看到报纸上提过它们一两次。"

"恐怕那两条隧道的情况确实很糟糕，"迈肯迪答道，"最近几年来无论哪条隧道我都没有去过。尽管原计划让马车通过隧道，以缓解桥头拥挤的状况，但事实上并未达成愿望。坡修得太陡，通行费又很贵，因此马车夫宁愿等待从桥上通过。马通过隧道十分困难。我就知晓这一点。按常理来说市议会决不应该接受修建隧道的建议，可这是一桩秘密交易。我不知道哪些人参与其中。当时市长是卡莫迪，阿德里奇主管公共建筑工程。"

他缄口不言了，考珀伍德也就把隧道之事搁了下来，直到饭后，他们转到图书室时才重新提起。在那儿他把一只手很友好地放在迈肯迪的肩膀上，当时这个政客十分喜爱这种亲密的举动。

"你对去年煤气事件的结果格外满意，是吗？"他询问道。

"相当满意，"迈肯迪热情地答道，"再满意不过了。我当时就对你说过。"这个爱尔兰人特别欣赏考珀伍德，那几十万美元让他迅速致富，他感激不尽。

"喂，迈肯迪，"考珀伍德突然说道，好像前言不搭后语似的，"你考虑过市内铁路的情况即将产生巨大的变化吗？我看得出，变化即将来临，一两年之内，南区就要采用一种新的马达动力，这件事你听说过吗？"

"我在报上看到一点。"迈肯迪答道，他大为吃惊，疑惑着点了一支雪茄，计划听他往下说。考珀伍德从不吸烟，就拉了一把椅子坐下。

"好，我来告诉你这意味着什么，"他说着，"这意味着，必须按照全新的标准改造本市每一英里市内铁路的铁轨。这自然不包括在这种变化还未发生前还要另外建的铁轨，我的意思就是统统都要安装这种新型的地下钢缆管道系统。当今这些老公司还用老式设备勉强维持，替代是势在必行的。他们必定要投资几百万美元，甚至更多，才能使他们的设备现代化。如果你曾对这件事情加以留心，你一定能看出北区和西区的铁路线是处在一种怎样的形势之中。"

"糟糕极了，这我很了解。"迈肯迪评论道。

"正是如此，"考珀伍德严肃地答道，"现在因为研究这两家公司的理事会，我摸清了他们的一点儿情况，凭他们自身的力量更新设备十分困难。至少需要两三百万美元，让他们筹措这笔钱并非易事。他们可能不会像我们起来那么轻松，如果我们愿意从事市内铁路事业的话。"

"是的，如果我们想做的话，"迈肯迪开心地答道，"但你怎么才能插手呢？他们并没有出售股票，这点我了解。"

"没关系，"考珀伍德说，"只要我们真的想干，我们就可以办到，我完全可以告诉你该如何操作。但在眼下，我非常希望你帮我办一件事。你是否有办法，让我们操控刚才谈的那两条老隧道中的一条。如果可能，最好控制两条。这件事情能办得到吗？"

"啊，没问题，"迈肯迪答道，但同时也觉得好奇，"但那两条隧道与这件事有联系吗？它们可是没有任何价值的呀。有些年轻人不久前还建议要把隧道封死或炸掉。警察也认为里面可能躲藏着坏人。"

"尽管如此，还是别让别人动那两条隧道，也别出租，什么都别干，"考珀伍德有力地答道，"我会把我想干的事如实相告的。我会尽快控制北区和西区所有市内铁路线的新老特许证。然后你就能明白这两条隧道有何价值了。"

他停下来，看迈肯迪是否能领悟到他说的要点，但很遗憾，迈肯迪却没有理解。

"你不会当真打算这样做吧？"他开心地说，"尽管我不明白你想怎样利用那两条隧道。但是，如果你认为隧道相当重要的话，我当然能替你保护它们。"

"我就是这个意思，"考珀伍德亲切地说，"只要你按照我的建议做，我保证让你成为我所控制的所有冒险企业的优先股东。按当前形势，这些市内铁路，在未来的八九年之内，肯定会被彻底封存，最后扔到废品堆里去。你看看现在南区公司正在做些什么。等到西区和北区公司出现这个问题时，它们不会那么容易解决的。现在它们每天的营业收入没有南区公司多，并且还要过桥，那对钢缆线路极为不利。首先必须重建那几座桥，才经得住额外的重量和过多的马车。那么问题就马上随之出现了，由谁投资呢？市议会吗？"

"那就得看是谁要求重建了。"迈肯迪亲切地答道。

"十分正确，"考珀伍德附和道，"其次，从正规的市内有轨马车事业的观点来看，这种河上交通是不被允许的。现在那些拖轮和船只通过时，不得不等八分钟到十五分钟。芝加哥今天有五十五万人，一八九〇年会达到多少人呢？到一九〇〇年呢？等芝加哥有八十万或一百万人的时候，状况又会是什么样呢？"

"你说得非常正确，"迈肯迪插话道，"那肯定糟糕至极。"

"是的。但更糟糕的是那些钢缆线中需要从各支线带些拖车或单车来。那就不仅是单车在那些吊桥边等着了。那将会有许多拥挤的列车。船只从吊桥通过时，就会致使一列钢缆车延误八到十分钟，这可绝非明智之举。市民的忍耐是有限度的，你说是吗？"

"市民可能不会无所作为。"迈肯迪估计道。

"那么这意味着什么呢？"考珀伍德问道，"难道交通拥挤会变得宽松一点儿吗？难道芝加哥河会干涸吗？"

迈肯迪先生呆若木鸡般地思考着。忽然，他的脸色明朗起来。"哦，我终于领悟了！"他机灵地说，"你打算利用那些隧道呀！可是用什么方法把它们利用起来呢？"

"完全可以对它们进行改造，并且比修建新的还便宜些。"

"你说得很对，"迈肯迪说，"如果对那些隧道稍微改造一下，就正好符合你的需要了。"他加重语气，开始自鸣得意起来，"那两条隧道属于市议会，每条大约值一百万美元。"

"我清楚，"考珀伍德，"那么你能看出来我会怎么操作吗？"

"我的确看出来了！"迈肯迪微笑着说，"考珀伍德，你的这个主意太妙了！我应该向你脱帽致敬。你说你计划怎么办吧。"

"嗯，那么第一步，"考珀伍德和蔼地答道，"我们约定好，无论出现任何情况，市议会当前不能脱手那两条隧道，等我们考虑好下一步该做些什么，行吗？"

"第二步，从今天起，你要尽你所能阻止北区和西区公司弄到延长路线的特许证，可以吗？我想申请几条支线和外围线路的特许证。"

"把你的章程拿出来，"迈肯迪答道，"我就按你说的去做。我之前同你合作过，我清楚你说话算数的。"

"谢谢，"考珀伍德热情地说，"我明白信守承诺的价值。同时我得尽快去看看其他事情该如何处理。我不清楚应该让多少人参与此事，这个组织究竟采取何种形式。但你完全可以相信，你的利益是受到妥善关照的，而且无论怎样操作，都会使你充分了解并得到你的首肯。"

"实在是棒极了。"迈肯迪一边答，一边想象着呈现在他们面前的新的商业领域。他和考珀伍德在此事上亲密合作，对双方都一定会大有裨益，由于他们之前愉快的合作，他对自己的利益不会受到伤害是深信不疑的。

"我们去看看能否找到两位太太，好吗？"考珀伍德喜悦地说，并很亲切地拉住那位政客的手臂。

　　"好的，"迈肯迪开心地表示赞同，"你这里的房子真是很美，你的夫人又是我见过的最漂亮最有魅力的女人。请原谅我的冒昧。"

　　"她确实十分惹人喜爱，我毫不怀疑。"考珀伍德答道。

# 第二十二章　市内铁路

北芝加哥市铁路公司有个叫爱德华·卡夫拉斯的理事,他年纪不大,但却富有远见。他父亲原是该公司的大股东,最近才逝世,所有股份和理事职务实际上都已由他这个独生子继承了。

卡夫拉斯自认为,如果给他一个机会他能把市内铁路办得特别不错,但他并不是一个有实际经验的市内铁路专家,在五千股份中他掌握了八百股,但其余股份却十分分散,使他只能操纵很小的势力。但从他进入公司之日起(即在考珀伍德开始认真考虑铁路情况的前几个月),他便力图改进,希望延长路线、得到更多的特许证、买更好的车辆和马匹、冬季在车内生火炉等,但所有这些提议在其他理事们心中,仅仅属于年轻人的轻举妄动,而差不多遭到了全体的反对。

"车辆有什么毛病?"在卡夫拉斯出席并提出他那一贯主张的一次会议上,年纪大的理事阿伯特·瑟西说:"我没有发现车辆有什么毛病。我自己乘坐的就是这些车子。"阿伯特·瑟西是一个身体笨重、态度暧昧、浑身沾满烟草的六十六岁的老光棍儿。他有点儿沉闷,但非常和蔼。他做油漆生意,喜欢穿一套淡青灰色的衣服,屁股和臂膀上皱得厉害。

"也许毛病就在这里,阿伯特。"他的好友尖声叫道。索隆·凯泼费尔这句俏皮话引起了一阵哄堂大笑。

"哦，我不知道。我看见你们有的人也经常坐在车上。"

"那么，我告诉你车辆的毛病，"卡夫拉斯答道，"车辆很脏，而且单薄，车窗哗啦哗啦响得连自己的话都听不见。轨道不平，我们在冬天铺在车里的那种草脏得令人作呕，而且我们并未将轨道修好，难怪人家经常抱怨。连我都要抱怨了。"

"哦，我以为事情并不是那样糟糕。"六十八岁的总经理奥尼亚斯·斯凯勒插嘴道，他的面孔温和得像中国的菩萨，连鬓胡子很短。

"那些车辆不算是世界上最好的，但却仍然可以算是好车。其中有部分急需油漆上光，除此之外，那些车辆还能用许多年。如果我们可以使用新车辆我当然相当高兴，但这需要很多的经费，我们必须继续铺的延长路线和标价五美分的长途拖运已将利润耗尽了。"长途拖运外围线路最多不过两三英里，但在斯凯勒先生看来，这已经很长了。

"那么看看南区吧，"卡夫拉斯坚持道，"我不清楚大家怎么想。费城采用了一种钢缆系统，旧金山也已经采用。据我所知，还有人发明了一种车辆，要用电力操纵，但我们却还使用里面铺草的车子，我把它叫作牛棚。我倒觉得现在我们有些人应该清醒清醒了！"

"哦，我不知道，"斯凯勒先生说道，"我认为，我们在北区干得很不错。我们已干了许多年了。"

索隆·凯泼费尔、阿伯特·瑟西、以撒·怀特、安东尼·埃威、阿诺德·本杰明和奥托·迈杰斯诸位理事都是老成稳重的绅士，他们只是坐在那儿静观默察。

不过，精力旺盛的卡夫拉斯并不是容易压下去的。一有机会，他就要重发他的牢骚，报纸上也常有针对北区公司服务的控诉，这倒有点使他快慰。或许这种控诉能使它改进一下。

这时，由于考珀伍德同迈肯迪之间的默契合作，北区公司想获得尚未铺设线路的街道的特许证，甚至要利用拉萨尔街的隧道，已无半点可能。卡夫拉斯对此并不清楚，该公司的理事们或高级职员们也不知道，可这却是事实。另外，迈肯迪通过北区的那帮对他唯命是从的市参议员编造怨言和控诉，以此损害现任理事会的名誉。因为某人的提议，要迫使北区公司将那些旧车辆抛弃，并且要铺设更好、更重的铁轨，市议会里曾引起了一场很大的骚动。令人不解的是这个提议并未应用于西区和南区，而它们的情况毫无差异。本市一般市民并不了解在政治上为要达到某种目的所经常使用的诡计，因而被这种所谓公众骚动大大鼓舞起来。他们并不清楚他们只是棋盘上的小兵或小卒，也不清楚那种最初的冲动全是虚张声势。

相当偶然地，有一天阿迪生在联合会俱乐部里向卡夫拉斯自我介绍。因为他想着北区公司里有可能被考珀伍德利用的各色人等，最后选中了卡夫拉斯，认为他是理想的代表。

"这是你们北区和西区市内铁路公司眼前急需解除的一个很大的负担。"他乘机说道。

"为什么呢？"卡夫拉斯好奇地问道，他很想知道所有关于业务发展的事情。"如果我没有完全弄错的话，你们不久就要担负起你们铁路线的全部改造费用，以便使用现在南区正在搞的这种新的马达式或钢缆式街车。"阿迪生想努力达到这种目的，就是市议会，或者舆论，或者其他什么力量要强迫北芝加哥公司一心投入这种耗费巨资的、一系列的重大改建工作。

卡夫拉斯听得耳朵都竖起来了。市议会究竟要怎么办呢？他急于了解一切详情。他们讨论了整个情况，诸如钢缆管道的性质、动力房的费用，新铁轨的需要以及必须要有更大的吊桥或是用其他方法使车子从上或从下过河，阿迪生特别有意地指出芝加哥市南区铁路公司因为没有过河问题，自然要比其他两家公司的情况好得多。于是，他又对北区公司那种困难重重的情况深表同情。"我想你们公司有太多事情要做。"他反复说道。

卡夫拉斯对他的话印象深刻，觉得沮丧不已，因为这样一来公司必须花费巨资来挖隧道并做其他改造工作，他的八百股份，就势必要跌价了。可想到这点倒有些许安慰，若照阿迪生所说的这种改善办法，从长远看会使那些路线更加有利可图。但在此期间也可能会有风波。他感到老理事们现在就该紧急行动起来。既然南区公司已在改造，他们就必须跟着学。但是，他们肯吗？他怎样才能使他们明白，即使必须把铁路线抵押出去几年，从长远来看还是合算的呢？他对那些陈旧保守的谨慎做法极为讨厌。

几个星期后，阿迪生代替考珀伍德与卡夫拉斯做了第二次私人会谈。他先发制人，在要求对方答应暂时保守秘密后，他才说，自从他们上次谈话以来，他了解了一些新的情况。在此期间，有好几个外地的长期与市内铁路有联系的人曾去看他。他们访问了许多城市，想给他们的资金找一个理想的出路，最后挑上了芝加哥。他们查看了这里的各条铁路线，断定北芝加哥市内铁路是最好的投资方向。于是，他把考珀伍德对他大致谈到的计划非常细心地详细叙述出来。卡夫拉斯开始还半信半疑，最后终于被他说服了。他对旧理事会那种暧昧的不死不活的态度早已气愤至极了。他不清楚这些新人是谁，但这个计划却是与他的意见一致。正像阿迪生所指出的，这需要几百万美元的经费，除了将铁路线大量抵押外，如果没有外界的帮助，他不知道这笔钱如何筹措到位。如果这些新人除了进行铁路改革外，还愿意对百分之五十一的本公司股票出高价，为期九十九年，并且对所有股票按现价保证一种满意的利率，为什么不让他们干呢？这就等于把旧财产的重要部分抵押掉一样，而且不管怎样，这个旧理事已毫无价值可言。卡夫拉斯看不出这些投资人如何从附属的建筑和设备公司（考珀伍德将会对此感兴趣）中赚到钱，也看不出他们如何只要必需的开办资金（他喜欢叫"口头资本"）有保证，就能专靠发行新旧铁路线的虚股赚钱，几乎用不着投资一分钱。考珀伍德和阿迪生现已约定，如果此事获得成功，就组建芝加哥信托公司，用几百万美元撑腰操纵他们所有的买卖，卡夫拉斯只能看出他的股票可以得到更多的利润，只能看出他可能得到一个机会根据新公司大体方案进入新公司。

"过去三年我一直向那些人说的就是这些话，"他最后向阿迪生叫道，阿迪生的亲切关怀使他受宠若惊，阿迪生背后的强大势力使他敬畏不已，"但他们从来不听，这家北区公司的经营方式简直就是犯罪。一个小孩儿也能比我们办得好些。他们在铁轨和车辆上节省，却流失了大量的顾客。我们需要的就是顾客，要想招徕更多的顾客，我知道只有一个方法，那就是给他们相当好的车辆乘坐，我实言相告，这点我们从未办到。"

此后不久，考珀伍德又与卡夫拉斯做了一次简短的谈话，他答应卡夫拉斯，不仅给他每股六百美元收购或租用他所有的股票，并且还要送他一份新公司股票的红利。卡夫拉斯为他也为他的公司高兴，喜滋滋地回北区去了。经过深思熟虑后，他觉得采取迂回办法最合适，即用一个表面上没有什么关系的人运用微妙暗示的方法。他就叫总工程师威廉·约翰森去接近最容易攻破的一个理事阿伯特·瑟西，声称他私下里听说，有人向以撒·怀特、阿诺德·本杰明和奥托·迈杰斯三个理事和最大股东出了一个十分可观的价钱，来收购他们的股票，并且说他们就要把别人置之不顾，私自卖出了。

瑟西特别伤心。"你这话是什么时候听说的？"他问道。

约翰森告诉了他，但暂时对他的消息来源保守秘密。瑟西马上赶到他的朋友索隆·凯泼费尔那儿，索隆·凯泼费尔转而又到卡夫拉斯那里去探听虚实。

"我也曾听到一点儿风声，"这就是卡夫拉斯仅有的说明，"但是，我实在不清楚详情。"

于是，瑟西和索隆·凯泼费尔就认为卡夫拉斯参加了私卖股票的阴谋却不让他们得到一点儿特别的好处。这太遗憾了。

同时，考珀伍德按卡夫拉斯的嘱咐直接去接近以撒·怀特、阿诺德·本杰明和奥托·迈杰斯与他们一道商量，仿佛他只想同他们三位打交道似的。稍迟一点儿，考珀伍德又用相同的方式访问了瑟西和索隆·凯泼费尔，他们非常担心地同意出卖或者说按考珀伍德提出的十分有利的条件出租，只要其他人也能照办就行。这就使得考珀伍德在理事会里获得了强有力的支持。最后，以撒·怀特在一次会议上说，有人向他提出了一个有趣的建议，他还当场述说了这个建议的大概。他说，他拿不定主意，但理事会或许愿意考虑。瑟西和凯泼费尔立即便深信约翰森所说的一切全都是真的。会上决定要考珀伍德来向全体理事说明他的计划到底是怎样的。于是，他就做了一次眉开眼笑的长时间的谈话。他把事情讲得相当明白，他说，在不远的将来铁路势必要铺得像样，而且他所提的这个计划也不必他们操劳、烦恼和忧虑。另外，他还担保不久后付给他们的利息要多于他们在今后二三十年内翘首盼望的利息。于是大家便同意给考珀伍德和他的计划一次机会。因为如果他到期不付利息，公司财产便又回到了他们的手中，而且他还得担负一切义务，诸如捐税、河边地租费、过去的赔偿费、少数养老金，这在他们看来似乎是一个十分理想的计划。

"喂，伙计们，我认为这是一项很好的工作，"安东尼·埃威说道，把一只手友好地放在阿伯特·瑟西先生的肩上，"我相信我们大家可以一起预祝考珀伍德先生成功。"埃威先生的七百十五股原来的价值是七万一千五百美元，现在升值到四十二万九千美元，他自然喜气洋洋了。

"你说得对，"瑟西答道，他从自己总共七百九十股中卖掉四百八十股，看到它们的价格一律都从二百元跳到六百美元，"他是个有趣的人，我希望他大获成功。"

考珀伍德当天晚上与迈肯迪、阿迪生、费德拉等谈了许久，很晚才回来。他第二天早晨在爱琳房中醒来，他拍拍爱琳的颈子，说："喂，宝贝，昨天下午我把北芝加哥市内铁路的生意做好了。只等我的理事会一组织起来，我就成了北区新公司总经理。一两年后，我们就要在这个村庄里有些真正的结果了。"

他不想谈别的事，特别是这件事情总会让爱琳对他的态度软化起来。近些天来，她始终抑郁。她疏远他、厌烦他，自从她给了莉苔可怕的打击后一直这样。

"是吗？"她冷淡地微笑了一下，揉着她那初醒的眼睛。她穿着件白色和粉红色的泡沫状睡衣。"那相当不错，是吗？"

考珀伍德用一只肘撑起来，看着她，抚摩着他一向喜欢的她那裸露的浑圆臂膀。她那光泽浓密的秀发从未失去过魅力。

"这意味着我在一年以后也能对芝加哥西区公司照此办理，"他继续说道，"但是，我担心关于此事将会有许多议论，目前我可不想出现这种局面。这件事情肯定会成功的。我看得出希利哈、梅里尔以及其他人很快就会注意到的，他们在芝加哥煤气和铁路这两件最大的事业上全都失败了。"

"是的，弗兰克，我真为你高兴，"爱琳相当阴郁地说，她虽说为他变心而难受，却仍然为他继续向前发展而欣喜，"你总是一帆风顺。"

"我不希望你那么不痛快，爱琳，"他以一种爱护的心情反对道，"难道你不想与我一起过幸福的生活吗？这事对你就如同对我一样，你甚至比我更能报仇雪恨。"他胜利地微笑着。

"是的，"她责备地但却温柔而又有点悲哀地答道，"钱对我早已是够多的了。我现在最需要的是你的爱情。"

"但是你已经得到爱情了，"他坚持着，"我已反复对你说过了。我确实一直都是爱你的。你清楚这一点。"

"是的，我清楚，"她答道，这时他已将她紧紧地搂在怀里，"我知道你是怎样爱的。"但这并未影响她热烈地迎合他，因为在她那激烈反抗的最后是痛心疾首，是渴求他的爱情完美无缺，是希望恢复她从前认为的纯洁无瑕、永恒不变的爱情。

# 第二十三章　报纸的力量

　　不久之后，各家报纸整版刊登着"北芝加哥"有所变动的谣言，尽管考珀伍德与朋友们竭力保守秘密，却于事无补，以前从未与芝加哥市内铁路有任何关系的弗兰克·阿尔杰农·考珀伍德，居然被指为总经理奥尼亚斯·斯凯勒的可能的继任人，而旧理事之一爱德华·卡夫拉斯也被指为未来的副总经理。这桩交易的背后人物被推测为"可能是东部资本家们"，考珀伍德坐在爱琳房里浏览着各种报纸，他发现，不出今日，他就会被记者们找到，要求他发表一些意见，解读具体细节。他打算让记者们等几天，等他与各报社发行人面谈并获取他们的信任后，再宣布方针，这应该是一项能使本市，尤其让北区居民高兴的政策。同时，他也不愿意给任何不易实行和无利可图的事情做担保。他既要名，也要利。

　　考珀伍德自认为他始终生活在一个小金融圈子里，这种高升简直就是突如其来的收获，这样他就跻身于更显著的高级金融界和控制阶层，的确格外令人鼓舞。在较小的范围内长期活动已经铺平了道路，他不断地在私下里琢磨、商议和谋划，所以现在当他真正实现了自己的目标时，他几乎对此难以置信。芝加哥果然是一个十分棒的大都市。它的发展如此迅猛，机会俯仰皆是。这些人傻呵呵地把自己的股份无限期出租，的确不清楚自己在干些什么，芝加哥市这项市内铁路事业，一旦被他牢牢掌控，他就能使它产生巨大的利润。他可以组建公司，又可以超出实际价值来估定资本，迈肯迪能十分便宜地给他弄到许多附属路线，这些路线将来要价值好几百万美元，这都属于他。而且这些路线，他又不必付老北芝加哥公司的理事们半点儿利息。随着本市的日益更新发展，这些路线目前虽仍由这个老公司操控着而事实上却成了他的，这些路线将来在其周围铺设的规模更大的新路线系统中，不过是一个项目、一个核心而已。之后是西区铁路和南区铁路，啊！这是做梦吗？他也许很快就能成为本市最具权威的金融人物，甚至成为全美少数金融巨头之一。

他十分清楚，无论哪一类公共事业，要想得到人民的支持，首先必须见报。至今考珀伍德还在用贪婪的目光盯着那两条隧道，一条要抓在手里，因为他最终将芝加哥西区公司牢握在手；另一条要给他现在组织的北芝加哥市内铁路公司，这样的话，就必须与各报界发行人交朋友。可这事该如何操作呢？

最近，因为大量本国人和外国人（成千上万的人涌进芝加哥找工作，由于本市日益发展，看上去容易找工作），并且外国的激进分子到处散布关于无政府主义的蛊惑人心的言论，芝加哥市民的思想变得格外激进。就在同年五月，考珀伍德正千方百计使事情对自己更有利时，却发生了一次影响全国的可怕骚乱。当时在芝加哥西区通称为干草市场的一个巨大的公共场所里，在一次工人大会上（此处已开过多次工人大会，某几个演说人提出主张，因此被统称为无政府主义者大会），一个激动的狂热分子扔下一颗炸弹，炸死几个警察，另外还有好几个人受了轻伤。这仿佛一道闪电使人真正意识到了反对阶级的问题，并使这个问题彻底暴露，这在以前是不可能的。因为美国精神原本是快活且乐观的，对这样的问题根本不会加以重视。它如同火山爆发一样，迅速改变了商业形势的全貌。此后人们就要更加认真地思索国家和公民的事情了。什么是无政府主义？什么是社会主义？普通民众到底在经济和政治发展上有什么权利？这都是一些很有意思的问题。炸弹事件之后（像一块大石头投在水里），这些思想波澜还在起伏着扩大着，直到它们传播到被认为关系疏远的、无法侵入的地方，如编辑部、银行和一般金融机构以及政治要人和他们的女人常去的地方，等等。

尽管面临这种情况，考珀伍德并不惊慌。尽管他对个别人士的状况深表同情，却既不相信群众的力量，也不相信他们的权利，而仅仅相信像他这样的人本身是上帝派到世界上来改善世界结构和维护社会秩序的。现在，在公司筹备期间，他经常看到一大群一大群的人带着马匹聚集在公司的几个车棚里面，他对他们的情况感到奇怪。其中的大多数人看起来是那样呆笨。他们就像牲口一样，只有耐心，却没有希望，更无艺术性可言。一想到他们破烂的家，漫长的工作时间、低微的工资，就断定如果说对他们有什么帮助的话，那就是付给他们维持生活的工资，这正是他们需要的，仅此而已。他们当然不知道他的美好梦想和他的高瞻远瞩，也不可能去分享他所渴望的那种荣华富贵和社交上的优越地位。他最后决定还是去拜访各报社的发行人，与他们仔细谈谈这种情况。当他就此和阿迪生商量时，阿迪生有些踌躇不定，他对报社缺乏信心。他看见过他们玩弄一些小的政治手腕，他们念念不忘私仇旧恨，有时候甚至为很少的报酬就把别人出卖了。

"我告诉你这些报纸的情况，弗兰克，"阿迪生说道，"事实上，这一切事情你必须特别当心。你十分了解煤气公司那帮老人还在记恨你，尽管你是他们的最大股东之一。希利哈绝对谈不上友好，而《纪事报》实际上就是他的私产，黎克兹几乎就是希利哈的传声筒。《晚邮报》和《转录报》的赫索卜是个独立自主的人，但他是长老会教友，又是个冷酷的、自以为是的道学家。布拉克斯顿的《全球报》事实上属于梅里尔，不过布拉克斯顿倒是个好人，《调查者》的老将军迈克特纳真是一位老将军，一切都取决于他早晨起来时的心情。如果他恰巧喜欢你这样儿的，就能永远支持你，直到你在某方面违反了他的道德观念。他是一头十分不错的老海象。我喜欢他，除非出于自愿，否则无论是希利哈、梅里尔，还是其他别的人，都不能从他那里得到任何好处。不过，他或许活不了几年啦，而我对他那个儿子不信任。《新闻报》的海格宁倒不错，我知道他对你是友好的。如果没有其他原因，我认为，只要是他认为公平合理的事情，就都会支持的。好，他们的状况现在你都了解了。如果你办得到，你就将他们全都拉到你这边来。不过对拉萨尔街隧道不要太操之过急，把它作为一件事后斟酌的事情，作为公众的急切需要提出来。最为关键的就是要避免惹起其他公司与你斗争。请相信我的话，从现在起，希利哈会苦思冥想整个铁路的营业情况。至于梅里尔只要你实在地指给他看，在什么地方能让他的商店得到一点儿利益，我估计他都会赞成你。"

这是一种生活中相当壮观而又相当危险的力量，我们无法探知影响某一只船八面来风的起源，所有那些偶然吹过来的风，有的将我们的帆吹得鼓起来，有的使我们的帆黯然垂下。我们苦思冥想，但谁能凭借着思考就给自己的身材加高一尺呢？尽管我们能做一番大事业，但谁能战胜或者帮助主宰我们命运的上帝呢？考珀伍德正开始干一项巨大的公共事业，本市各报编辑和知名人物都带着浓厚的兴趣看着他，而最感兴趣的却是奥古斯达·海格宁，作为《新闻报》的自由经理人他没有绝对的自由，因为他必须使他的报纸有利可图。

他虽缺少迈克特纳那种人的显赫威望，但他诚实、善良，考虑问题仔细、周密。自从考珀伍德的煤气交易成功后，他就对他的事业产生了兴趣，他预感到考珀伍德注定要成为一位重要人物，不过现在只是个喜欢无情地玩弄权术（如果仅仅是权术的话）的初露头角的新人，似乎对墨守成规的人有极大的吸引力。这位中产阶级的谨小慎微的公民，用他那仿佛真实的旧眼光观察一切，时常首先原谅或宽恕主张优胜劣汰的那种可怕的刽子手理论。海格宁关注着考珀伍德，认为他可能功过对等，因为他对人忠诚，在非常时期还能作为依靠。碰巧海格宁夫妇与考珀伍德夫妇是邻居，自从考珀伍德夫妇试图走进芝加哥社交界失败后，这家人也和那些依旧与考珀伍德夫妇保持友好的人们一样受到欢迎。

因此，圣诞节的前一天，考珀伍德冒着暴风雪来到新闻报社的时候，海格宁特别欢迎他。"现在的确是冬天了，不是吗？"他高兴地说，"北芝加哥市内铁路生意好吗？"几个月来，他同其他报社发行人都已听说，整个北区铁路都将改造，要换上好的钢缆轨道、动力房和漂亮的车辆，并且已有人议论说就要把乘客一直送到商业区去，他们还议论说这已翘首可待了。

"海格宁先生，"考珀伍德笑容满面地说，他身穿一件海獭皮领的厚皮大衣，戴着狗皮长手套，"我们在北区市内铁路问题上已达到了这种地步，我们需要报纸帮忙，或者至少需要报纸予以友好的支持。眼下我们的主要困难就是，所有我们到商业区去的路线都到湖街为止。这意味着，凡是到湖街以南大街去的人都必须绕一段很长的路，你可能听说过，这已引起了很多抱怨。另外，这种河上交通已变成一种无法容忍的障碍了，而这么多年来一直不能解决，让我们大家都吃尽了苦头。从来没人去努力改善它，而河上的交通如此频繁，我不知道是否有什么令人满意的方法使它变得井然有序。从长远来看，最佳方案还是要在河下开隧道，但这却相当费钱，按照当前的状况，我们承担不起。北区公司的经营情况并不能保证重建我们现在州街、迪波恩街和柯拉克街所使用的三座桥的费用，但如果我们采用我们现在所提出的钢缆式，这三座桥就势必要重新改造。因为市民对这项事业简直和我们一样的关心，我感到，只有市议会支付这笔建筑工程费用才是公平合理的。所有靠近这些路线的地皮和受益的产业都会大大涨价，本市税收也会随之大幅度增加。我已与芝加哥几位金融家谈过，他们都表示同意。但正如这类事情常会遇到的情况那样，我发觉有几个政客和我过不去。我负责北芝加哥公司以来，有一两家报纸的态度一直缺乏善意。"（在希利哈控制的《纪事报》上，已多次提过这种可能性，说既然考珀伍德和他的朋友们掌握了局势，那么从前湖景、海德公园等煤气组织的价格猛涨策略现在肯定又会故技重演。表面上属布拉克斯顿而实际上归梅里尔所有的《全球报》含糊其词地说希望在这里不要再使用这种方法）"也许你知道，"考珀伍德继续说，"我们有一个宏伟的改进计划，只要我们能得到公众适当的体谅和帮助，我们就可以行动起来。"

说到这点时，他将手插到口袋里掏出几张绘制精巧的地图和蓝图，这是专为这次会谈而准备的。图上画着北柯拉克街、拉萨尔街和威尔士街的主要钢缆线路。这些同商业区相连的线路都集中在北区的伊里诺街和拉萨尔街，尽管考珀伍德当时并未指出这一点，图上却用红线表明在拉萨尔街从河上或河下通过（那里并没有桥），又从何处出来，再沿着一条环形路线从拉萨尔街到蒙罗街、迪波恩街再到伦道夫街，然后从那里又进入隧道。考珀伍德停了下来，海格宁明白这一切意味着很有趣的交通。

"海格宁先生，我在地图上标明了这个计划，如果我们能得到市议会支持的话，就能避免关于重建那三座桥的花费巨大的争论，并且能把当前对本市毫无作用、但却能使它成为对市民极为便利的一份财产加以利用。你看，我说的是（他用一根手指指着海格宁先生双手拿着的地图），拉萨尔街的旧隧道现在全用木板钉着，对谁都没有益处。他们建筑这条隧道时，显然对一般载重马车所能越过的坡度产生了误解。一旦他们发觉无利可图，就把它卖给市议会并封锁起来了。如果你曾经从那条隧道走过，你就知道它是怎么回事。我的工程师们告诉我，隧道壁正在渗水，必须尽快加以修缮，否则就有塌陷的危险。他们还说，要把它改造得能够使用，需要约四十万美元的资金。我的想法是，如果北芝加哥市内铁路是为了解决桥头拥挤不堪的问题，为了使北区居民能乘直达列车到商业中心去，肯花费这笔资金的话，那么，本市就应该愿意暂时把这条隧道送给我们，或者最多只是象征性地收点儿租金，并且要长期租给我们。"

　　考珀伍德停顿下来，想听听海格宁怎么说。海格宁认真地研究地图，心里质疑考珀伍德这种要求的公平性，怀疑市议会是否应该无偿地将隧道让给他，怀疑吊桥交通问题是否像他说的那么严重，怀疑这整个行动是否是一个白手赚钱的聪明诡计。

　　"这是什么？"他手指放在前面所说的环形路线上，问道。

　　"那是我们为商业中心区和北区服务并解决这个桥梁问题所能想出来的唯一办法。"考珀伍德答道，"如果我们得到这条隧道，那么北区这些路线的所有车辆都会出现在这里（他指着拉萨尔街和伦道夫街），然后绕一个圈子，也就是说，如果市议会给我们通行权，我们就能这样办。当然，我认为不会有任何理由反对这件事情。为什么北区市民不能像西区或南区的市民一样，拥有一条舒适的直达商业中心的通路呢？这是完全没有道理的。"

"确实没有道理，"海格宁先生只好承认道，"不过，难道你认为市议会会同意把这样一条环形路线送给你，而不收取费用吗？"

"我感觉不到他们有什么理由不这样办，"考珀伍德有点儿生气地答道，"以前有人给本市提出建议进行某些改革时，从未付过什么报酬。南区公司曾经得到允许修一条绕着州街和华贝西街的环线。芝加哥市乘客铁路公司在亚当斯街和华盛顿街也有一条环线。"

"确有此事，"海格宁说，"但这条隧道你认为应该列入同类的公益事业吗？"

他边看着图上所标明的预定环线边思考着，这条新电缆路线，以及它那一长串的拖车，会赋予商业区的芝加哥一种真正的大都市气派，并且为北区提供一条相当便利的路。涉及的这几条大街一概都是繁华的商业中心，就在这个时期，五层、六层、七层甚至八层高的大楼一幢幢拔地而起，巍然林立，吸引着热爱生活的人，他们年轻乐观，朝气蓬勃。因为区域狭小而本市商界又都想挤进去，这条环线和这几条大街都极具价值，完全可以划入全市最有价值的财产之列。他也看到，如果这条环线真的修到这里来，那么它的车辆在归程中沿着迪波恩街开去，就会经过新闻报社的门口，因此他自己的那份财产也会陡然增值。

"我也认为确实应该这样做，海格宁先生，"考珀伍德对他的询问郑重地答道，"就我个人看来，我倒认为芝加哥会愉快地付出一笔奖金，进一步改善它的市内铁路，特别是因为有一家公司出面，拿出这样一种大方而稳妥的规划。这将给北区的财产增加几百万美元，如果把这种环线铁路系统按照我的提议铺设起来，将给商业中心的财产增加几百万美元。"

他的手指一直按在自己带来的那张地图上，海格宁也认为这个计划显然是个美好的事业规划。"我个人不会反对的，"他补充说，"因为这条路线从我的报社门口通过。同时据我所知这条隧道花了八十万至一百万美元。这是一个棘手的问题。我很想知道其他编辑对这事的看法，还有市议会对这事怎么看。"

考珀伍德点点头。"当然，当然，"他说，"我特别高兴。如果我不认为这是完全合法的事情，同时也是本市报界将一致拥护的事情，我根本就不会来到你这里。既然像我们这样的公司面临着巨大的开支，而这些开支又必须要由外界资金予以支持，那么我们希望事先消除那些毫无益处且毫无根据的反对，这是十分自然的。我希望我们能得到你的支持。"

"但愿如此。"海格宁先生微笑着说。他们分手的时候，已成了最要好的朋友。

其他报社的发行人（实为本市特权的监护人）对考珀伍德的计划并不像海格宁那样友好。一条隧道和几条最重要的商业区大街，对实施考珀伍德的北区计划或许很有必要，但把它们作为礼物赠送给他却是另外一回事。实际上，希利哈、梅里尔等早已访问了各报社发行人和编辑，想打探出他们对这项新的冒险事业的意见，以及他们到底会不会支持考珀伍德，希利哈在煤气战中所受的创伤余痛尚在，所以他就用一副猜忌和嫉恨的眼光关注着考珀伍德的行动。他比别人更强烈地感受到这将意味着市内铁路来了一个危险的新敌人，虽然芝加哥所有的普通市民都对此事产生了浓厚的兴趣。

有一天晚上，他在联合会俱乐部遇见了《转录报》和《晚邮报》的发行人兼编辑沃尔特·梅尔维尔·赫索卜先生，就对他说道："考珀伍德这个家伙打算在市内铁路方面制造一次大骚乱。他就是那种人。我认为从编辑的观点来看，他的政治关系特别值得注意。"外面已有谣言，说迈肯迪可能与这个新公司有牵连。

赫索卜中等身材，讲究仪表，是个思想保守的人，他并不怎么相信。"考珀伍德先生手头有什么方案，我们马上就能打听出来，"他说，"据我所知，他是个志向远大而脚踏实地的人。"

赫索卜和希利哈，正如希利哈和梅里尔一样，是交际场中多年的朋友。

考珀伍德拜访海格宁后，他的有关自然选择与自我保护的观点使他接着前往老将军迈克特纳的调查者报社去，在那里他才知道老将军因为患风湿症，又加上芝加哥天气严寒，几天前已乘船去往意大利。他的那个敢作敢为、有商人风采、年仅三十二岁的儿子和名叫克利福德·杜·博尔斯的总编辑代理着他的职务。他的儿子名叫杜鲁门·莱斯利·迈克特纳，是个热情冷静、眼光锐利的青年。考珀伍德总算碰见了一个和自己一样的人，一个在生活中以自我为中心的人。他，杜鲁门·莱斯利·迈克特纳能从一种特定的局面中获得些什么呢？他怎样才能使《调查者》的财产比先前他父亲经营时更多呢？他并不想生活在老将军盛名的阴影之下，同时他又想摇身一变成为赫赫有名的富翁。作为在北区成长起来的、年轻潇洒的一帮小伙子中的一个活跃分子，他喜欢骑马、驾车，在组织一个新的地方俱乐部中起到了很大的作用，他眼光很高，看不起一般人，认为他们不适合他所追求的那种高尚氛围。总编辑克利福德·杜·博尔斯先生年已四十，假装绅士，却纯属无赖，即便是在老将军面前，他也巧妙利用《调查者》来实现他个人的野心。他瘦骨嶙峋，头发黄里带红，眼睛蓝蓝的，鼻子尖得可怕，下颚极为坚实。克利福德·杜·博尔斯小心翼翼，绝不让他的左手知道他的右手在做什么。

老将军不在报社时，接待考珀伍德的就是这两个自以为是的宝贝。他们先在克利福德·杜·博尔斯先生的房里，然后又到迈克特纳先生的房里。迈克特纳先生已听说过许多与考珀伍德有关的事情。与从前煤气战有关系的人，如前北芝加哥煤气公司总经理约旦·朱尔斯和前西芝加哥煤气公司总经理哈德森·贝克，很久以前就大骂他是海盗，因为他夺去了他们十分舒服的挂名美差。现在他又想入侵北芝加哥市内铁路，怀揣改造市内商业中心的勃勃雄心和惊人计划。市议会为什么不该得到一些报酬呢？或者，这些帮助制造舆论对实现考珀伍德计划大有裨益的人们为什么不该得到一些报酬呢？杜鲁门·莱斯利·迈克特纳完全不从他父亲的角度来观察生活，他一直思考着这笔好买卖，趁老头子不在家的大好时机他可以同考珀伍德讨价还价，老将军却浑然不知。

"我理解你的意思，考珀伍德先生，"他高傲地说，"但市议会有什么好处呢？我看得特别清楚，这对北区市民、商业区的商人和房地产生意人将会何其重要。但是，比这重要十倍的却是对你呀。这无疑地会有利于本市，而本市总需要发展，这自然对你人有帮助。我一直在说，这些公共特许证比以前更值钱了。好像至今仍没有人十分清晰地看出这点，可这却是明摆着的事实。那条隧道目前的价值远远超过它当初建造时候的。即使市议会不利用它，也会有人利用它。"

他的意思是指有一条竞争的市内铁路线。

考珀伍德很是愤怒。

"你这些话似乎都很有道理，"他说，表面上装得平静，"但是为什么要厚此薄彼呢？南区公司有一条环线，它从来没为那花过一分钱。芝加哥市乘客铁路公司也是如此。北区公司正在筹划着某些改革措施，这些措施比以前任何一家公司的规模都大。这时只对这一家公司提出补偿费和特许税问题，我认为有失公平。"

"嗯，不错，其他的事情，或许是事实，南区公司很久以前就搞到了那几条大街，他们只是把那几条大街连起来而已。但这条隧道则是一件不同的事情，不是吗？本市把它买下来，付了钱，不是吗？"

"太对啦，那是要救那帮看出自己不能从中再赚一分钱的人，"考珀伍德尖锐地指出，"但它对本市并没有任何益处。如果不加以整修的话，它很快就会塌陷。只要这条环线沿线的业主们同意就能筹措到一笔巨款。我认为，公众不但不应该阻挠这类工程，反而应该竭尽一切力量加以协助。这将给这个商业区带来一种全新的大都市气派。芝加哥早就应该脱离襁褓时代啦。"

迈克特纳先生摇摇头。考珀伍德观点的意义他看得清清楚楚，但他却嫉妒考珀伍德，尤其是嫉妒他的成功。这个环线特许证和白送的隧道就等于无偿给某人几百万美元。为什么他不应该分享一点呢？他把博尔斯先生叫进来，同他一起探讨这件事情。博尔斯不费吹灰之力就弄清此事的趋势了。

"这是件相当不错的事情，"他说，"不过，我并不认为市议会不应该得点儿报酬。眼下这个时候是不赞成白送公司东西的。"

考珀伍德听懂了迈克特纳的弦外之音。

"那么，你认为给本市多少报酬合适呢？"他慎重地问，很想知道这个有为青年到底会不会作茧自缚。

"至于这点嘛，"迈克特纳无所谓地把手一挥，答道，"我讲不明白。这应当同这种东西目前的实用价值产生合理的比例。我要认真地思考。

我倒不愿意让市议会要求任何不合理的事情。不过，当然，有一种特权，是颇为值钱的。"

考珀伍德已经怒火中烧。他的最大弱点（若他有的话）就是容不下任何一种反对意见。这个年轻的暴发户，有一副瘦削镇静的面孔和一双尖刻无情的眼睛。他本想说，滚远点儿，你这个愚蠢的贪婪者。但他离开了，打算等老将军回来时，再用其他的方法来影响《调查者》。

第二天上午，他坐在北柯拉克街他的写字间里的时候，他后面墙上的电话（最早应用的一种电话）铃声唤起了他的注意，秘书告诉他有一个与《调查者》有关的先生想同他通话。

"这儿是《调查者》，"考珀伍德把耳朵贴着听筒，听出来是那位将军的儿子杜鲁门·迈克特纳的声音。"早些时候你想知道那条隧道到底需要付多少钱，我的话你听得见吗？"

"听得见。"考珀伍德答道。

"那么，我不想千方百计地阻挠你。但如果你问到我的意见，我愿告诉你，价值五万美元的北芝加哥市内铁路股票就可以了。"

那个声音听起来清晰、年轻、斩钉截铁。

"你说这得付给谁呢？"考珀伍德十分友好地轻声问道。

"我想，这点也可凭高见酌情处理。"

声音就此终止。听筒挂上了。

"啊，真见鬼！"考珀伍德若有所思地看着地板，脸上绽开了神秘的笑容。

"我不能这样被人家敲竹杠。我根本用不着这样。这不值得。无论如何，现在都不值得。"他几乎是咬牙切齿地说。

考珀伍德低估了杜鲁门·莱斯利·迈克特纳先生的实力，主要原因是他有些讨厌他。他认为他的父亲回来后一定会把他撵走。这正是他生平所犯的最大错误。

# 第二十四章　美人出场

在经济和商业的发展期间，暂且可以这么称呼吧，爱琳和考珀伍德的事情在某种范围内算是解决了。每逢夏季，一方面为了让爱琳散散心，另一方面为了实现自己要游览世界和收集美术品（他对这些东西的兴趣越来越浓）的愿望，考珀伍德常常携夫人去欧洲或美洲其他国家短期旅行。近两年，他们游历了俄国、斯堪的纳维亚、阿根廷、智利和墨西哥。他们的计划是，五六月出国旅游高峰时离开，九月底或十月初回来。他尽最大努力安慰爱琳，使她脑海里满是愉悦和欢乐，希望在某个地方，不是在芝加哥就是在纽约或伦敦，获得社交上的胜利，这样就使她强烈地感到，他虽然在肉体上曾抛弃过她，可在精神上对她仍然忠贞不贰。

现在考珀伍德变得相当精明了，他居然能装出一种恩爱的样子，相当自然地献殷勤，而其背后并没有真诚的热情。他就像是殷勤的化身。他经常给她买鲜花、宝石、小玩意儿和饰品；他千方百计地把她照顾得无微不至，尽量使她感到舒服。但也许就在同时，他却常常暗中寻觅着什么，看看生活中是否有什么不公开的娱乐供自己享受享受。爱琳对此也略知一二，虽说她并不能证明什么。同时，她爱慕、崇拜考珀伍德，她就是不由自主地被他控制住了。

也许你能揣摩出一个打了败仗的将军的感觉，或者一个忠实服务多年之后被解雇了的雇员的心情。当有情人的爱情不再具有任何价值的时候，生活对有情人哪里还有意义可言呢？哲学吗？就把它交给洋娃娃思考吧。宗教吗？让它去找玄学家吧。爱琳不再是一八六五年考珀伍德初遇时那个身材灵巧、充满朝气、浑身上下洋溢着青春气息的女孩子了。不错，她仍然美貌，年龄也不过三十五岁，而且看上去只有三十岁，是一位充分发育、风韵犹存而又端庄高贵的太太，可叹的是，她却还自以为是一个姑娘，还像以前那样迷人。一个女人，不论她身处多么幸运的环境，如果意识到自己在不知不觉中变老，而爱情这个唱着歌却捉摸不定的东西也逐渐在最后的黑暗里销声匿迹时，那么这对她来说就是一件恐怖的事情。在最春风得意的时候爱琳就看见爱情死了。于是只能自欺欺人地默念着爱情也许能回来、会复活，可那不能解决任何问题，最后她那现实主义的气质无情地告诉她，爱情不可能重回她的身边。尽管她已将莉苔·索尔倍赶跑了，她却十分明白考珀伍德原来的忠实一去不复返了，她再也不能幸福了。爱情可以说是死去了。那种用珍珠般粉红色浸染的美丽幻影，那种用爱神的芳唇和迷离的双眸来勾引人的笑盈盈的天使，那种低吟浅唱着青春永驻的生活藤蔓的嫩须，那种双脚累得疼痛紧随其后的频频呼唤，这一切已一去不复返了。

　　眼泪徒劳地流着，她怒火中烧，折磨自己；她徒劳地对镜自怜，认真欣赏那依然鲜美动人、丰满可爱的仪态。有一天，她一看见眼下现出倦怠的黑圈，就一把扯下系在颈上的那条好看的褶带；她倒在床上，哭得心都要碎了似的。何必还要梳妆呢？何必还要打扮呢？她的弗兰克并不爱她了呀。密执安大街上的精美住宅、精心布置的法式房间、用全套裁缝技术缝制的时装、如同一行行盛开着的兰花的帽子，可这一切现在对她又有什么意义呢？全没有用，全没有用！此时此刻，悲哀的回忆就像栖息在门楣上的乌鸦，严肃地穿着寡妇的丧服，叫着"永不再来"。爱琳清楚，那个她把考珀伍德拴住的美好时光已一去不复返了。他在这里，房间里早晚都有他的脚步声。连晚上大把大把的无聊时间，她都能听见他在她身边呼吸着，把手放在她的身上。也有一些夜晚，他不在那里，他到"外地"去了，她让自己只理解字面意义，认可他的借口。有什么可吵的呢？她经常自问。又有什么办法呢？她等着，等着，但是她的等待还有什么意义呢？

考珀伍德也觉察到时间在每个人身上所引起的神奇而无法扭转的变化，皱纹的显现，青春活力的减少，有时他或许会叹息，但他却把脸转向光明的青春的地方。他并没有诗人的浪漫，依靠回忆取代青春美满的爱情，或者把回忆当作可以产生幸福的爱情和欲望之光，那些像一连串凝结在一起的朝露似的水晶般的回忆，因为往日欢乐的结束而使人感到慰藉或痛苦。在莉苔·索尔倍离他而去，连同她所表现的那种美妙的洒脱气派（这是爱琳始终不懂得的）也一起消失了之后，他孤独难眠，度日如年，因为他非常需要像她那样的气派。说得直白些，他永远需要青春活泼的朝气，需要女性浮华靓丽的幻影，需要新奇的不曾尝试的女性，就和他需要绘画、古董瓷器、音乐、住宅、权力、彩色的弥撒书和广大社会的盲目赞赏一样。

这种乱七八糟的态度，正是考珀伍德长期在生活上杂乱无章、在意志上不坚定、在哲学上又是无政府主义的气质的必然后果。从某一观点来看，也许可以说他在追求一种理想的实现，但令人惊讶的是，我们的理想时常在变幻，使我们在黑暗中反复摸索。理想究竟是什么呢？不过是一个幽灵、一片迷雾、风中的香味、水里的幻影罢了。就如同对安东纳蒂·诺华克那种女孩儿的刻骨相思，对他而言，难免让人紧张些。那太充满激情、太缠绵缠绵了。于是他就逐渐地（并非很轻松）从那种纠缠中摆脱出来。自那以后，他又与其他几个女人相好，但并不十分如意，她们是多萝西·奥姆斯比、杰西贝尔·亨斯道、朵玛·刘易斯、希尔达·朱厄尔等。但她们也不过是逢场作戏罢了。一个是女演员，一个是女速记员，一个是他公司股东的女儿，还有一个是教会女职员（为孤儿院向他请求救济的募捐人），这有时是一种感情上的胡来，但所有具有反抗性的、离开常规的行为都是这样。拿破仑曾断言，不把许多鸡蛋打破，就永远做不出蛋卷来。

对于考珀伍德来说，斯蒂芬妮·普娜塔的出场是人生中的一件大事。她的父母一个是俄国犹太人，一个是美国西南部人。她身材修长，高雅漂亮，青春勃发，像莉苔·索尔倍那样乐观，但却有一种奇怪的宿命论束缚着她。他对她越了解，就越深受感动。他在去哥德堡的船上邂逅了她。她的父亲伊沙多·普娜塔在芝加哥是相当有钱的毛皮商。他身材肥大，浑身多肉多油，是典型的慢吞吞的胶质式人物，具有犹太人特有的善于经商的本能，但是他的哲学观点捉摸不定，他可以先信仰这种主义，然后立马又信仰那种主义，只要两者都不显著与自己的生意发生冲突就行。他是亨利·乔治的崇拜者，又是罗伯特·欧文那样利他主义的忠实追随者，而且还是他自己那一派的社会势利之徒。但他还是娶了那个曾经做过他的管账员的得克萨斯州的女子苏姗·奥斯本。普娜塔夫人行动敏捷，态度和蔼，精明能干，一双眼睛一直注视着重要的社交机会，事实上她是个一心只想往上爬的女人。她十分精明，了解到书籍、美术和时事知识都很有用处，因此她就"探究"这些东西。

父母的气质如何在子女们的身上融合和复活是十分奇怪的。当斯蒂芬妮长大后，与父母差别很大的身体上却重现出她父母的某些特性，这实在是一种有趣的变化。她身材细高，皮肤黝黑，身体柔软，情绪变化无常，一双栗褐色的、几乎是黑里带褐色的眼睛内含一种闪电般的潜在光芒。她天生一张丰满的、美感的、能引来爱神的嘴巴，一副春梦般的、含情脉脉的表情，颈子优美，脸上略带愁思，但却非常惹人喜爱。她爱好美术、文学、哲学和音乐。她十八岁时就已梦想着绘画、唱歌、写诗、著书、演戏，什么都做。她清醒地自我判断，任何事情都是值得下功夫的，喜欢在看来有些傻气或奇怪的事情上花费时间，认为这是高雅的事。最后，她成了极为淫荡的女人，起初梦想着狂欢热恋，然后又梦想着与美术家、诗人、音乐家，甚至与全部艺术界和富有感情的人狂欢热恋。

6 月的一个早晨，考珀伍德在"百夫长"号船上第一次邂逅她，那时船正停靠在纽约码头旁边。他和爱琳正前往挪威，斯蒂芬妮和她的父母正往丹麦和瑞士去。她伏在右舷栏杆上，欣赏着一群展翅翱翔的海鸥围着厨房的舷窗飞。她满怀深情地遐想着。他对她并未格外关注，只不过看她个儿很高，身材优美，穿一件深灰色的格子花呢衣服，身披一条印度式灰绸披巾，披巾很大，披在双肩和腰部，好像特别适合她，她面部似乎缺少血色，眼周现出了黑眼圈，显得有些消化不良。她那顶别致的帽子下面的黑发并未逃过他那双挑剔的眼睛，后来，她和她的父亲到船长的餐桌吃饭，考珀伍德夫妇同时也受到了船长的邀请。

考珀伍德和爱琳并不清楚该如何评价这个女孩子，尽管她让他们两人都产生了兴趣。他们对她的精神上的反复无常毫无察觉。她是个艺术家，像水一样不稳定。支配着她的只是一种转瞬即逝的悲哀。考珀伍德喜欢她那犹太人的容貌，她那有些丰满的脖颈，她那乌黑惺忪的眼睛。但他认为她过于年轻，态度暧昧，因而就置之不理了。在这次持续十天的旅行中，他经常发现她处在各种不同的心境当中，有时与一个年轻犹太人散步（她似乎对他很感兴趣），有时玩掷木盘游戏，有时在海风和浪花所不能及的角落里一本正经地读书，常常显得质朴、天真、郁郁寡欢、耽于憧憬。其他时候，她又似乎超乎寻常地生气勃发，眼睛放光，精力充沛，好像她的灵魂在猛烈燃烧。有一次他看见她正弯腰，用一把薄薄的小钢刀刻图书印章。

因为斯蒂芬妮缺少所谓迷人的玫瑰般的美丽，爱琳对她特别友好。斯蒂芬妮尽管年轻却远比爱琳精明，爱琳给她留下了深刻印象，并且她知道如何对待爱琳。她与她交朋友，给她刻了一枚图书印章，又给她画了一幅写生画。她公开对爱琳说，她认为自己是注定要当演员的，只要她的父母同意就可以。爱琳邀请她回国后去欣赏她丈夫的画。她万万没有想到斯蒂芬妮在考珀伍德的生活中将产生巨大的影响。

考珀伍德夫妇在哥德堡下船，一直到 10 月底，才又遇见普娜塔一家，爱琳那时十分寂寞，就去拜访斯蒂芬妮。从那以后斯蒂芬妮有时便到南区来拜见考珀伍德夫妇。她喜欢在他们的屋子里走来走去，在那琳琅满目的屋内的某个角落里梦一般地沉思，看一本书或与爱琳做伴。她喜欢考珀伍德的画、玉石、弥撒书以及光芒四射的古玻璃。她与爱琳谈话时了解到，爱琳对这些东西并不真正喜爱，她的兴趣和快乐完全是假装的，她将那些东西当作财产来看待。而对斯蒂芬妮而言，彩色书和一块块玻璃却具有一种巨大的、能引起美感的吸引力，这是只有真正爱好艺术的人才能感受到的。它们给她呈现出一片神秘的梦境，展现出一番美丽的景象。她产生了共鸣，她留恋它们，从它们那里，像从管弦乐丰富多变的音乐中，回味着一种神奇的情调。

在这种情况下，她不时想到考珀伍德。他是真正喜欢这些东西，还是仅仅买来就算了呢？她听说过许多喜欢用艺术品装饰门庭的附庸风雅的人。她回想考珀伍德在"百夫长"号甲板上走动的模样，她记得他那双含意丰富的灰蓝色大眼睛，好像闪耀着聪慧和才华。她感觉到他显然是个比她父亲更有势力也更重要的人，但她却说不出原因。他总是穿得十分整洁，十分得体。尽管他的言行甚少，可他的一言一行都充满了一种友好的温情。她觉得他的眼睛在嘲弄人，他的灵魂里藏有一种对事物的情绪，这种情绪对于她来说不易理解。

斯蒂芬妮刚返回芝加哥的六个月内，很少见到考珀伍德，因为他正忙着他的市内铁路计划。六个月后，她又卷入另一种兴趣的旋涡之中，这段时间她也不大与考珀伍德和爱琳来往。在本市西区她母亲的朋友圈子里，成立了一个业余剧团，其旨意是要提高舞台艺术。这个自古以来就存在的问题一直吸引着新人和缺乏经验的人的兴趣。这完全是从西区暴发户之一廷白勒克夫妇家里开始的。他们在阿希兰大道的住宅里有一个舞台，而乔治娅·蒂贝雷克这个头发淡黄、活泼浪漫的二十岁女孩儿又对自己的演技笃信不疑。她那位溺爱她的胖母亲蒂贝雷克夫人十分赞同她的意见。他们演出过弥尔顿的《库默斯的假面具》《皮拉玛思和瑞丝碧》和由一个剧团团员编剧的男女双丑戏，经过几次随意的演出之后，整个计划便转到当时设在新美术大楼里的那些艺术家工作室里去了。一位名叫莱克恩·克罗斯的画家（实际上只是个画像师）被拉来主持这些戏剧演出的事情。与其说他是个画家不如说他是个导演，其实他两样都不很内行，但他却借此哄骗别人以维持生计。

随着时间的流逝，在表演各种古典的和半古典的戏剧上，这些喜欢自称为"卡里克剧团"的演员们学会了很多本领和技巧。尽管道具不多，他们却演出了莎士比亚的《罗密欧与朱丽叶》、莫里哀的《女学者》、谢里丹的《情敌》和沙弗克里斯的《伊蕾克特拉》。他们的种种才能都得到了较好的施展。这个团体包括两个后来在美国剧坛久负盛名的女演员，其中之一便是斯蒂芬妮·普娜塔。在活跃分子中约有十个女性，男人大概也有这么多，他们扮演着各种各样的角色，这里不必赘述。有一位年轻的名叫加德勒·诺莱斯的戏剧评论家，十分整洁潇洒，与芝加哥《新闻报》有些关系。他喜欢用他那漂亮的小手杖敲着他那穿着洁净的裤腿，他时常出现在演员们举行的星期二、星期四和星期六的茶会上，讨论演出的优劣。这样，卡里克剧团的演员们就渐渐地被刊登到报上去了。负责人莱克恩·克罗斯是个皮肤白皙、灵魂肮脏的艺术家，特别擅长勾引女人，相当风流，只是表面上老老实实，尚未被人识破。他的兴趣集中在乔治娅·蒂贝雷克、伊爱玛·奥特莱（一个玫瑰般美丽而又富于进取心的少女，她通常演滑稽角色）和斯蒂芬妮·普娜塔这类姑娘身上。这几位姑娘和另一位情感丰富、举止浪漫、能歌善舞的姑娘埃塞尔·塔克曼成了朋友，十分亲密。于是很快就发生了通奸的事情，他们并不是为了结婚，而是为了放纵性欲。于是埃塞尔·塔克曼就成了克罗斯的情妇，伊爱玛·奥特莱与一个名叫布利斯·布里吉的年轻的上流社会的浪荡公子夜夜风流，而加德勒·诺莱斯则迷恋着斯蒂芬妮·普娜塔。一天下午，她在家里被他逮住了，当时他是以记者的身份采访她，其实打算强行占有她。她喜欢他，但并不钟情。可由于她天性大方，行为随意，待人热情，容易感情冲动却缺乏经验，少言寡语，而又常常产生无意义的好奇心，丝毫不懂得在这类事情上的社会舆论，居然允许这种兽性的事情发生了。她相当随性又有股劲头，这就决定了她不会成为胆小鬼。她的父母从来不知道这些，可一旦这样下水，她便开始沉湎于满足性欲的世界。

这群青年人很坏吗？让社会学家去解答好了。有件事情是肯定的，他们并没建立家庭生儿育女的打算。恰恰相反，过了将近两年愉快而淫荡的生活，然后他们之间就出现了裂痕。剧团因为角色的大小不一，个人才华的高低不同、领导权力不均等问题而经常争吵。埃塞尔·塔克曼与莱克恩·克罗斯不和了，因为她发现他向伊爱玛·奥特莱频传秋波。伊爱玛与布利斯·布里吉分道扬镳了，因为布里吉把爱情之种播到乔治娅·蒂贝雷克身上去了。斯蒂芬妮·普娜塔是她们之中最为特殊的一个，与加德勒·诺莱斯第一次合二为一时她还不满二十岁。过了一个时期，莱克恩·克罗斯对艺术演出的热情和他在年龄上的优势（他已四十岁，小诺莱斯近二十四岁）使斯蒂芬妮感到他更为老辣，他当然快速地反应过来。随后斯蒂芬妮就与这个人开始了一段无聊的热恋，这看起来相当重要，其实远不是那么回事。而就在这时斯蒂芬妮开始模模糊糊地感觉到，幸福就在于追求不止、不知疲倦，也许在什么地方有个男人比他们两个都出色呢？但是，这仿佛只是一个美丽的梦。她有时会不由自主地想到考珀伍德。但她又感到他似乎过于埋头在一些可怕的大事里面，好像脱不开身，他与她的业余剧团的浪漫世界太遥远了。

# 第二十五章　东方气派


考珀伍德和爱琳一起看了卡里克剧团演出的《伊蕾克特拉》后，格外欣赏斯蒂芬妮饰演的角色，他认为斯蒂芬妮十分美丽。不久后的一天晚上，他注意到她在他家里端详着他那些玉石，尤其是那一串手镯和翡翠耳环。他喜爱她那匀称的身材，走起路来真是婀娜多姿。他深深地陶醉了。他忽然感到她是个格外出色的女子，也许注定将会有锦绣前程。斯蒂芬妮也正想着他。

"你认为这些东西有趣吗？"他在她身边停下来，问道。

"我感到这些东西太奇妙了。那些翠绿的玉石和那块淡淡的脂肪似的白玉石！我感觉，如果在中国式的背景下这些东西会显得更美。我一直渴望我们什么时候能找到一个中国剧本或日本剧本来演出。"

"正确极了，你那黑亮的头发，那些耳环会衬托得相当漂亮的。"考珀伍德说。

以前他从不屑于评论她的容貌。她那双深棕色的眼睛转动着，然后她盯着他，那双眼睛仿佛天鹅绒似的，闪烁着黑色的光芒。现在他发现那双眼睛妙不可言，而且她的一双手那样精巧，那种棕色，几乎和马来人的手一样。

他没有再说其他的事情。但第二天，一个未贴标签的盒子就送到斯蒂芬妮家里了，里面装着一副翡翠耳环、一只手镯和一根刻有中国字的饰针，斯蒂芬妮欣喜万分。她把这些宝贝捧起来，亲吻着，然后戴好耳环、手镯和饰针。尽管她有和亲朋、同事、情人相处的经验，但至今仍未见过大世面。她的心带着诗意的单纯。没有人送过她贵重物品，甚至包括她的父母。至今她生活中的补助（除服装外）只有那可怜巴巴的每周六美元。在闺房里她私自赏玩着这些珍贵东西的时候，她奇怪地思考着考珀伍德到底是不是越来越喜欢自己。这样一位有势力而又严肃的实业家难道会对她产生兴趣吗？她听她父亲说过，他将要变成大富翁了。她真的像有些人所赞美的那样是一个了不起的演员吗？像考珀伍德那样实力非凡才能杰出的人会爱她吗？她曾听说过拉雪儿、纳儿·格温和天才的萨拉的恋爱故事。她收起这些宝贵的礼物，锁在一个专门装她的小件首饰和私密东西的黑铁盒子里。

仅仅默默地接受这些东西，就已向考珀伍德充分表示了她的友好。他耐心地等待着。有一天一封信寄到了他的写字间（并不是寄到他家），信封上写着"弗兰克·阿尔杰农·考珀伍德亲启"。她的小巧、工整的字，写得非常仔细、认真，几乎和铅印的一样。

> 对于您的令人震惊的礼物，我不知该如何表达谢意。我根本没有想到您会把这些东西送给我，可我明白是您送的。我要快快乐乐地把它们珍藏好，高高兴兴把它们戴起来。您这样做，真是太客气了。
>
> 斯蒂芬妮·普娜塔

考珀伍德琢磨着她的笔迹、她的信纸和她的措辞。对一个刚满二十岁的女孩子来说，这封信写得聪明、委婉而又老练。否则，她就会将信寄到他的家里去。他给了她一周的时间，后来就在一个星期日下午发现她就在他的家里，爱琳出门拜望朋友去了，斯蒂芬妮装作等她回来。

"看见你坐在窗户那里，真是太美啦，"他说，"你与背景搭配得极其和谐。"

"真的吗？"那双深棕色的眼睛热情洋溢，燃烧着诱人的光彩。她背后的嵌板靠背是黑色橡木做的，把冬日下午的阳光照得亮晃晃的。

为此次见面，斯蒂芬妮·普娜塔特意进行了一番装扮。她那浓厚秀美的、又黑又短的头发用一条孩子气的鲜红的缎带束着，头发被低低地拢在两鬓和耳朵上。那柔软丰满而富有弹性的身体，仿佛雕像似的圆润，格外匀称。她穿着一件苹果绿的紧身胸衣，束着一条周围边上带着红三角的黑裙子，肘部以下露出她那光滑的臂膀。一只手腕上戴着他送给她的玉镯。她的长筒丝袜也是苹果绿的。尽管天气严寒，她却穿着一双带铜扣的迷人的浅口便鞋。

考珀伍德退到门厅去将大衣挂好，然后微笑着走回来。

"考珀伍德夫人不在家吗？"

"管家说她出门看朋友去了，我想我应当再等一会儿。她也许会回来的。"

她冲他仰起笑脸，用一种含情脉脉的、不可捉摸的眼神凝视着他，于是他终于充分地、清楚地看清这位艺术家了。

"我看出来你喜欢我的手镯，是吗？"

"它漂亮极了，"她答道，眼帘低垂，朦胧地欣赏着手镯，"我并不经常戴它。我把它放在我的皮手筒里。我刚戴上一小会儿。我总是随身带着它们，我特别喜爱它们，我喜欢抚摸它们。"她打开身边一只小小的羊皮包，里面放着手帕和她常带着的写生簿，她把耳环和饰针拿了出来。

她表现出的这种坦诚的兴趣，激起了考珀伍德赞许和狂热的奇特感情。他非常喜欢玉石，但更喜欢另一个人身上也表现出对玉石的激情。这个女孩子的美丽与野心相结合的青春感动了他。他十分热衷于迎合她希望在这个世界上有所作为或成名成家的冲动，无论未来能成为什么家。他用一种关切而包容的、差不多是父亲的眼光看着许多女孩子那种追求时髦、追求自我的虚荣心。生长在生命之树上的可怜的朵朵小花呀，它们很快就会耗尽芳华凋谢零落。他不知道过去的玫瑰之歌，如果他知道的话，那会符合他的心意的。他并不想强行占有她们，但如果她们因为性情或趣味而爱他，她们就不会因为他而在生活上大受其害。实际上，这个人在与女人有关的地方还是极其大方的。

"你太好了！"他微笑着说。"我喜欢那样。"于是他看见他身边放着的写生簿和铅笔，便问，"你在干什么？"

"正在写生。"

"我可以看看吗？"

"当然，"她答道，"只是我画得不太好。"

"天才的姑娘！"他拿起写生簿赞叹道，"彩色画、写生画、雕刻、弹琴、唱歌、演戏你样样都精通。"

"样样都不精通，"她叹息后说道，兴味索然地把头转过去，往边上看。她把她全部最好的画都放在写生簿里。其中有一些写生画，如裸体女人、舞女、人体躯干，还有一些小品画，如连续的人物画像，面孔微扬、眼帘低垂的睡美人的落落寡合的画像，还有一些习作，如她的兄弟姐妹、她的父母的画像。

"太有趣了！"面对新发现的宝物，考珀伍德十分兴奋地喊道。上帝呀，这段时间他的眼光落到哪里去了呢？一块洁白无瑕的宝石，就放在自己的门口哇！这些画暗示出一种情感之火，悄悄地冒着烟，使他的心怦怦地跳动起来。

"我看这些画美极了，斯蒂芬妮。"他简洁地说，一种满含爱意的、捉摸不定的感情潜入了他的心里。他最大的爱好就是艺术，艺术对他具有催眠作用。"你学过美术吗？"他问。

"没有。"

"你从来没有学过演戏吗？"

"没有。"

她用一种缓慢而略带哀愁的迷人神情摇着头。她那遮住了耳朵的乌黑发亮的头发神奇地打动了他的心。

"我了解你的表演才华格外出众，你还有一种天生的艺术天赋，是我刚刚才发现的。以前我怎么没有发现呢。"

"哦，不，"她叹了一口气说，"我不过是每样东西都随便玩玩而已，我有时想起自己就这样混日子，几乎要放声大哭。"

"在二十岁时就这样吗？"

"这就已经够大了。"她调皮地微笑着。

"斯蒂芬妮，"他认真地问道，"你的实际年龄是多大？"

"到四月就二十一岁了。"她答道。

"你父母对你要求很严格吗？"

她做梦似的摇摇头。"不。你为什么打听这个呢？他们并不怎么关注我。他们总是更喜欢露塞尔、吉尔贝和阿尔蒙。"她的声音有一种被忽视的忧伤。这是她在舞台上表演她最拿手的场景时所用的腔调。

"难道他们没有发现你格外有才情吗？"

"我想，或许我母亲认为我有点儿才情。我相信我父亲并不这样认为。为什么问这话呢？"

她抬起那双忧伤的眼睛。

"为什么，斯蒂芬妮，我认为你的确是了不起的。那天晚上你看着那些玉石时，我就这样认为。这种想法完全控制了我，你是个真正的艺术家。我一直忙来忙去，居然没有发现，请告诉我一件事情。"

"好的。"

她轻轻地吸了一口气，使肺部充实，胸脯坚挺，同时她从乌黑亮泽的头发下看着他。她的双手懒洋洋地搭在膝上。随后她装作贤淑地垂下了眼帘。

"看，斯蒂芬妮！抬起头来看！我要你告诉我一件事情。你一年多来对我或多或少也有点儿了解了。你喜欢我吗？"

"我认为你是非常了不起的。"她低语道。

"仅仅这样吗？"

"这还不够吗？"她微笑着说道，用她那专注的、黑宝石一般的眼睛向他看了一眼。

"你今天戴着我送给你的手镯。你收到它高兴吗？"

"啊，当然高兴。"她叹了一口气说道，随后发出吐气的声音，假装气闷的样子。

"你真是太美了。"他站起来，低头看着她，说道。

她摇摇头。

"没有。"

"是很美。"

"来，斯蒂芬妮！站在我的身旁，看着我。你身材如此苗条，姿态如此优雅，就像是亚洲出生的美人。"

当他滑动臂膀把她搂在怀里的时候，她叹了一口气，柔软而富有弹性地转过身来。

"我认为我们不该这样，不是吗？"过了片刻，她从他怀里挣脱开，满脸天真地说。

　　"斯蒂芬妮！"

　　"我想，你现在最好让我走吧。"

# 第二十六章　恋爱与战争


　　就在考珀伍德与芝加哥市内铁路产生联系的初期，他对斯蒂芬妮·普娜塔产生了浓厚的兴趣，已发展成为迄今为止最为感兴趣的私通事件。他和她有过几次秘密约会后，就马上采取了他在此类事情上的惯用伎俩。他在商业区租下单身公寓以便幽会。与斯蒂芬妮的几次谈话后，好像并未达到期待的那种明朗程度，尽管她了不起，是沉闷的西部环境中天生的风流女子，但却像一个神秘莫测、不可捉摸、没法猜破的谜一样。他在一连几天与她会面吃饭的谈话中，很快就知道了她的野心，了解到她需要有人给她精神上和艺术上的支持，这个人必须对她充满信心并赋予她足够的信任。他也完全了解了她的亲友、卡里克剧团和剧团里日渐增多的争吵等一切情况。当他们坐在他找到的那个隐蔽的惬意之处，两人之间由热情而不是由理智支配的时候，有一次他问她是否曾经有过那种事情。

　　"一次。"她坦率地承认道。

　　这个回答让考珀伍德大为吃惊。他原以为她令人喜爱且纯洁无瑕。但她解释这完全由于偶然和无意。她仔细地叙述那件事情，谨慎、深情、感伤，还带着那么一种郁郁寡欢的沉思的反省态度，令他吃惊而感动。太遗憾了！她承认，就是加德勒·诺莱斯干的。但也不能全部怪罪于他，那不过是偶然发生的。她原本想提出抗议，但是，她不是还生气了吗？

是的，但是，她又不忍伤害加德勒·诺莱斯。他的确是个有趣的青年，而他的母亲和妹妹又那么可爱，等等。

考珀伍德极为震惊。他已是情场老手，并不看重一个女子是否失去童贞。但对于斯蒂芬妮失去童贞却感到有些可惜，因为她本来是如此无可挑剔、十全十美。他认为普娜塔夫妇就是一对大傻瓜，竟然准许斯蒂芬妮置身于这种风流环境之中，却不严加看管。但是，就他目前观察来说，他倒认为斯蒂芬妮也许是难以监视的。显然，她的恣意妄为已根深蒂固，她那么风流，那么不注意自我保护，竟继续同这个流氓做朋友！然而她还坚持声称在那以后他们从未有过那回事。考珀伍德对这话几乎是不相信的，她一定在撒谎，可他却喜欢她这样。她描述这一切事情所用的话语既富于浪漫情调而又前后矛盾，这让考珀伍德既吃惊又开心，甚至着迷。

"但是，斯蒂芬妮，"他好奇地问，"这种事情肯定有些后果。发生了什么事吗？你是如何处理的？"

"没有什么事。"她摇摇头。

他不由得一笑。

"但是，哦，我们不要谈这件事了吧！"她恳求道，"我不愿谈。这太让我伤心。再也没有其他的事了。"

她叹了口气，考珀伍德沉吟着。既然一切已经发生了，如果他有一点儿爱她的话（他是爱她的），那么他的最佳选择就是弃之不理了。他奇怪地、吃惊地注视着她。她是如此可爱！那样单纯，那样安静，那样富有艺术的天赋！他真的愿意放弃她吗？

他十分明白，除非用一种有吸引力的感情去控制住她，否则和这种女人调情是很危险的，特别是她曾体验过男女关系的滋味。斯蒂芬妮在过去两年里饱尝过阿谀和爱慕，原本不易受到吸引。但不管怎样，她暂时还是被考珀伍德的重要地位迷住了。有这么好、这么有势力的男人爱她，可真是美妙极了。她认为与其说他是实业家，还不如说是他那一帮人里的大艺术家，他不久以后就会领悟到这一情况，并且会为此感激不尽。令他高兴的是，她在身体方面比他预料的更加美妙，更加快活，一个浑身充满情欲的女孩儿，带着一种尽管压抑但却远远超过他自己的欲火来迎合他。她在满怀柔情地接受他的一切赠礼方面，不同于他所认识的任何女人。她比莉苔·索尔倍更为老练，只是时时不可捉摸地少言寡语。

"斯蒂芬妮，"他不停地喊，"说话呀。你在想什么呢？你一直处在梦境中，像个非洲土人似的。"

她坐在那里，不可思议地微笑着，要不就把他当模特儿给他画像。她经常用铅笔勾勒着什么，直到她因心血来潮激动起来的时候，她就坐着凝望着他或者静静地凝思着，眼帘微垂。于是，他就用两手去拉她，叹一口气说道，"好的，好的！"

那些日子，是他与斯蒂芬妮快乐的美好时光。

考珀伍德与阿迪生、迈肯迪一起商量迈克特纳提出要五万美元股票的问题，还有其他极爱挑剔的编辑们如赫索卜、布拉克斯顿、黎克兹等人的态度问题。

"那可是个有前途的孩子，"迈肯迪听说此事后简短地说，"无论如何，在某一方面他比他的父亲能干。他或许能赚更多的钱。"

迈肯迪与老将军迈克特纳只见过一次面，就特别喜欢他。

"我想知道，如果老将军得知此事会怎么想，"阿迪生说，他特别推崇那位老主笔，"恐怕他会睡不安宁。"

"但是还要考虑一件事，"考珀伍德谨慎地提醒说，"这个青年人总有一天会掌管《调查者》的，据我观察，他好像很记仇。"他冷笑着，迈肯迪和阿迪生也冷笑着。

"无论如何，"阿迪生说，"至少目前他还不是主管。"迈肯迪除了考珀伍德，从未对任何人透露过他的真实想法，他等到与考珀伍德单独在一起时才说：

"他们会有什么办法呢？你的请求相当合情合理。本市为什么不该把那条隧道给你呢？实际上，它对谁都没有用处。环线也只是其他铁路公司现已占有的东西。我认为攻击你的人就是芝加哥市铁路公司和州街那帮富豪们，也就是煤气公司那帮人，以前我就听他们说过。把他们想要的如数奉上，那就是很好的义举。如果给其他人，肯定就会出事。我不太注意他们。我们有市议会。让市议会通过章程好了。目前并没有办法验证他们不乐意这样做。市长是个明白人，他一定会签署。迈克特纳要发表言论，那随他吧。如果他说得太多了，你可以与他的父亲谈谈。至于赫索卜，反正他和老太婆一样。除非希利哈、梅里尔、阿尼尔或者那一帮人中别的什么人来要求，我还从来没见过他赞成过任何一项对芝加哥有益的公共改良事业。我早就知道他们。我的意见是做下去，甭管他们。让他们滚蛋，有朝一日你会像他们一样有力量，那可就痛快至极了，将来他们如果不肯出钱，就什么都弄不到手。在帮助我所期待的事情方面，他们的作为少之又少。"

但是，考珀伍德却仍然镇静地琢磨着。他是否该给迈克特纳钱呢？他问自己。阿迪生经过再三斟酌，最后决定按照原定计划做。于是有两帮记者得到通知，说有两项法令不久就要在市议会里提出来了。一帮记者常来市政厅和市议会会议室，他们同迈肯迪在市议会里的领袖即市参议员托玛斯·杜宁经常联系；一帮记者经常到北芝加哥市铁路公司办事处（考珀伍德在本市北区十分舒服的新写字间）。这两项法令，一项就是授予拉萨尔街隧道的无限期自由使用权（事实上等于白送），另一项就是授予那个预定环线所需的拉萨尔街、蒙罗街、迪波恩街和伦道夫街的通行权。考珀伍德召开了一次规模盛大的记者招待会，在招待会上他热情洋溢地介绍了北芝加哥公司正在做和打算做的事情，并且讲得明明白白，该公司可以保证北区和商业中心会有远大的发展前景。

希利哈、梅里尔以及几个与芝加哥西区铁路公司相关的人，马上开始在报馆和俱乐部里向黎克兹、布拉克斯顿、迈克特纳和其他编辑们大发牢骚，抱怨嫉恨这个飞黄腾达的人。考珀伍德曾嘲讽地指出，芝加哥其他稍微重要的公司都曾不花钱、没有付出丝毫代价地申请和得到特许证，都没有任何问题。不知什么原因，他的芝加哥煤气事业不断发展，他挤进芝加哥社交界的大胆尝试，他自己坦白的那段费城历史，竟使一帮极端保守而且敏感的人极为害怕。希利哈的《纪事报》上刊登了一条标题为"公开抢夺本市隧道案已提出"的新闻。这种提法极端粗暴，激怒了考珀伍德。另外，海格宁先生的《新闻报》却热衷于环线的计划，只是似乎有点儿不能断定隧道究竟是否无偿授予。编辑赫索卜认为应该坚持，本市应该从这条隧道得到比名义上的补偿更多的补偿，并且环线法令里应该加进一些"附带条款"，让北芝加哥公司负责对那些大街进行彻底修整，使得灯光充足。迈克特纳先生与博尔斯先生主持下的《调查者》则公开表示反对。该报公开宣称，反对免费授予隧道；反对免费授予商业中心区特权的法令，它对于考珀伍德个人却只字不提。布拉克斯顿先生的《全球报》坚持声明不能授予自由使用隧道权，并且说这条环线能找一条更好的路线，一条更大的、对公众更便利的环线，可以包括州街或者华贝西大街，或者两条都包括在内（因为梅里尔先生的百货商店就在那里），大致情况就是这样，人们可以看得十分明白，这些观点中市民的利益究竟占了怎样的地位。

尽管考珀伍德个性很强，充满自信，完全不顾任何人的反对，但他还是被这次报纸上发表的反对他的提案激怒了，他认为解除困难的最好方案就是遵循迈肯迪的意见，要先拥有力量。如果他把地下钢缆管道铺设起来，让新的车辆跑起来，让隧道重新修缮起来，让灯火辉煌地照亮起来，而且解决了桥头的堵塞拥挤问题，那么市民就会清楚地看到，事情有了多么大的改观，于是也就能顺理成章地拥护他了。等最后所有事情都准备好了，法令也就不得不通过了。迈肯迪原本对结果并无多大把握，在两项法令提出讨论期间，他让人将一把摇椅直接搬到会议室里去。他坐在这把椅子上，装作一个好奇的旁观者，事实上却是指挥正在进行的扫荡大战的将军。考珀伍德或其他人都不知道迈肯迪的这一举动，等他们知道了已为时太晚，无法劝阻。阿迪生和费德拉看到报纸新闻栏里满篇讥讽地发表出来的消息，只能皱皱眉。

"我认为，这是极为鲁莽的举动，"阿迪生评论道，"我原以为迈肯迪相当老练。这是他早年所受的爱尔兰式的训练哪！"

亚历山大·雷保是考珀伍德的崇拜者和忠实信徒，他琢磨着报纸到底是不是在撒谎，这事到底是否可靠：考珀伍德与迈肯迪有一种重要的政治协定，因而他才能置一切舆论于不顾，横冲直撞。雷保认为考珀伍德的计划相当合乎情理，他总是不清楚到底是什么原因使考珀伍德遭到如此严重的反对，为什么考珀伍德和迈肯迪竟然会运用这种手段。

但是，市议会已经批准了那条环线所经过的几条大街。那条隧道出租九百九十九年，每年象征性地收取五千美元租金。当然，州街、迪波恩街和柯拉克街的旧桥已翻修或拆除，但在条文中却暗藏伏笔，让这点最终无效。《纪事报》《调查者》和《全球报》马上就发出激烈的抗议，考珀伍德看到报纸时只是付之一笑。"让他们发牢骚去吧，"他自言自语道，"我把一个很合理的计划放在他们面前，可他们为什么要埋怨呢？我现在所做的事情远远超过芝加哥市铁路公司，这只是嫉妒罢了。如果是希利哈或梅里尔做的，就不会有什么怨言了。"

迈肯迪到芝加哥信托公司来祝贺考珀伍德。"我早已预料到那些家伙会那样做。"他说，"不过，我还要去那里一趟，因为我听说，那里大概有十个人计划在最后关头拆我们的台。"

"干得不错，干得不错！"考珀伍德愉快地答道，"这场闹剧会曲终人散的。无论何时，一旦我们有所求，结果会如此。天空一定会晴朗的。我们要给他们全优的服务，让他们忘记这些牢骚，并且使他们为把隧道给了我们而感到庆幸和高兴。"

但是，在那两个授予特权的法令通过后的第二天早晨，在一些很重要的场合还是出现了很多诋毁性的评论。诺曼·希利哈先生通过他的报社发行人，曾采取守势以静制动地痛骂了考珀伍德，当他碰见黎克兹先生时，就瞪大眼睛严肃地盯着他。

"好啦，"这位富豪说，他认为他已意料到将会对他的芝加哥市内铁路公司的势力范围发动一场猛攻，"我发现我们的朋友考珀伍德先生可以随意掌控市议会了，我的确相信，他用金钱去买他所追求的东西就如同消防员用水那样随便。他滑得如同鳝鱼一样。如果我们能证实，他和市政厅这帮政客之间或者他和迈肯迪之间有某种共同的利益，我就开心了。我坚信他已着手在政治上进而在金融上控制本市，需要经常监视他，如果能够坚持发动舆论反对他，长此以往，他就可能被赶走。芝加哥或许会令他大伤脑筋。尽管我认识迈肯迪，我却不愿跟他那种人打交道。"

希利哈先生在市政厅的谈判是通过南区公司雇用的几个有名气但

行动迟缓的律师进行的，可他们从未与迈肯迪先生搭上关系。黎克兹表示了由衷的赞成。"你说得很对，"他说，装出猫头鹰一样自命不凡的模样，把一个松开了的背心纽扣扣好，又将袖口拉挺，"他是政客中的头目。如果我们真想把他引诱到圈套里来，我们就必须认真观察。"黎克兹如果不是深感希利哈的厚恩，本来是心甘情愿地把自己出卖给考珀伍德的。他对考珀伍德并没有什么特殊的好感，可他却发现他是个前程远大的人。

小迈克特纳在《调查者》报社里与克利福德·杜·博尔斯谈着话，回忆着他的私人电话等于白打了，此刻的心境真是气恼不已，无计可施。

"啊，"他说，"好像我们的朋友考珀伍德并未采纳我们的意见。他或许出名了，但《调查者》不会因为一次失败善罢甘休。他将来还会向本市要求其他东西的。"

克利福德·杜·博尔斯用一双好奇的眼睛打量着他那有些尖刻的年轻上司。他对迈克特纳打给考珀伍德私人电话的事情一无所知；但他却知道，如果他处在迈克特纳的地位，他将怎样与那位狡诈的金融家周旋。

"是的，考珀伍德十分狡猾，"这就是他的评价，"我们的政治家蒲力查说，市政厅的路子全被他买通了，一直买通到市长和迈肯迪，考珀伍德想要什么，就能弄到什么。托玛斯·杜宁吃他的饭，你清楚那意味着什么，老将军贾德森·范·西克尔在某一方面正在为他奔波着。如果树林里没有什么死东西，怎会有秃鹫飞来飞去呢？"

"他是个奸诈的家伙，"迈克特纳说，"至于考珀伍德，他不可能心存侥幸把这种事情永远干下去。他太急功近利了，太贪得无厌了。"

杜·博尔斯暗自好笑。他看到考珀伍德干脆对迈克特纳和他的反对论调置之不理，像暂时不需要《调查者》的帮助，感到十分有趣。杜·博尔斯深信，如果老将军在家肯定会支持那位金融家的。

考珀伍德在抓住拉萨尔街隧道并抢得商业区四条主要大街作环线之后八个月，就把目标转向实施第二步计划，就是准备接管华盛顿街隧道和芝加哥西区铁路公司，这家公司仍然依靠旧的马车制度混日子。显而易见，这是北区公司故事的翻版。某些普通股东害怕了，感到极为紧张和敏感。好像他们是那种特别的双壳的蛤蜊，稍微感受到有一点不愉快的压力，就迅速缩回壳里，停止一切活动。本市税务局开始对西区公司提起诉讼，敦促他们缴纳各种未付的市内有轨马车的捐税，这些税一直都被忽略不计。本市公路局不断地责怪他们不认真从事街道的改造工作。本市自来水局也利用转移注意力的方式，发现他们一直在偷用自来水。另外，考珀伍德面带笑容的代表们，比如卡夫拉斯、阿迪生、费德拉等，在一个又一个理事或股东面前说得天花乱坠，只要芝加哥西区铁路公司愿意按每股六百美元这个诱人的价格出租它那百分之五十一的保有股份，即一千二百五十股中的百分之五十一原票面价值每股二百美元的股票，而且一切不在此数的股票都有百分之三十的利息，那么本公司就能过上相当滋润的日子了。

有谁会反对呢？一方面让狗挨饿被打；另一方面又安抚它、抚摩它，并在它前面摆上一块肉，当然无须多久就能将它驯服。考珀伍德非常清楚这一点。他的密使们都在不停地干下去，结果并没有花费太多功夫，芝加哥西区铁路公司的理事和主要股东们就让步了。于是，请看吧！芝加哥西区铁路公司把它的所有财产统统出租给了北芝加哥市内铁路公司，然后后者又承租芝加哥市乘客铁路，这正是考珀伍德做好准备打算接管的华盛顿街隧道的一条铁路。他如何完成这件事呢？针对这个问题，金融家们议论纷纷。是哪些人或哪一个团体准备了足够的现款，支付老西区公司一千二百五十股中六百五十股每股六百美元的租金和所有其余的股票每年百分之三十的利息呢？铺设这些路线的钢缆钱又是从何而来的呢？只要想想，其实简单极了。考珀伍德只不过是把期货化作资本罢了。

在报纸或市民还没能进行反对之前，大批人马已在本市的商业中心区不分昼夜地开工了，那个地区被熊熊燃烧的火和四处回荡的锤声变成一片喧闹的世界。他们正在铺设第一条大钢缆环线，并在改造拉萨尔街隧道。北区和西区也是如此，人们正在铺设混凝土地下管道、建造新的抓缆车和拖车、建筑新的车棚，还有人正在营造一些巨大的动力厂。多少年来，人们总是在旧的桥头等待，总是在不平的铁轨上坐着铺草的、没有火炉的马车，现在都迫切关注这种新的车辆到底有多好。不久拉萨尔街隧道就呈现出雪白刺眼的墙和电灯彼此辉映的情景。那些漫长的大街和马路都铺下了混凝土、地下管道和重磅的市内铁轨。甚至当西区的转让契约正在过户时，各动力厂就已宣告竣工，新的铁路便正式开始运行了。

这种迅速的行动把希利哈和他的伙伴们弄得晕头转向，这变幻莫测的金融调度使人们倍感震惊。在芝加哥保守的市内铁路业主的心目中，这位东部来的青年暴发户简直就要彻头彻尾地把全市都吞掉了。他、阿迪生和迈肯迪等人组建的芝加哥信托公司的业务发展起来了，这家公司操控着当地证券发行的主要部分，外面谣传就是他操控着这家公司。显而易见，他现在能开出百万美元的支票，他对芝加哥一些较老的、较保守的百万富翁，统统不领情。最令人尴尬的是，考珀伍德这个暴发户、囚犯、陌生人，他们曾极力在经济上打压他，在社交中排斥他，而他现在竟然在芝加哥市民眼里成了引人注目的、颇有威望的人物。

无论任何问题，只要是他发表的观点和意见，人们就大量引用；各家报纸，即使是最敌对的报纸都不敢无视他的存在。报社老板们现在已充分意识到，这位新的强有力的竞争者在金融界上升了，他完全有实力与他们抗衡。

# 第二十七章　暗自生疑

　　精明的考珀伍德的确很有趣，他得密切关注影响涉及成千上万人利益的庞大的市内铁路事业，而斯蒂芬妮·普娜塔的气派和言行却能极大地安慰与满足他。也许，他认为莉苔·索尔倍的精神和人格在她身上复活了。不过，莉苔本不想背叛他，她也从来没有想过不忠于考珀伍德，只要他爱她的程度超过她对索尔倍不忠实的程度，即使他闹出那些玩弄女性的行为。斯蒂芬妮却不这么认为，她的想法有些奇怪，她认为爱情与肉体上的忠实不一定要保持一致，她可以爱考珀伍德，也可以去欺骗他，这是因为她对他依然缺乏真正的热情。她爱他，又不爱他。她的态度与她那严重的蜥蜴式的动物性并不一致，尽管与她的态度也有些关系。她的态度与她的仁慈心肠一致，这种仁慈心令她感到在加德勒·诺莱斯和莱克恩·克罗斯对她那样好后，她很难与他们决裂。加德勒·诺莱斯到处赞扬她，打算在来到本市的那些正式剧团中宣扬她的名声，以便将她吸收进去并成为重要角色。莱克恩·克罗斯以一种不合适的方式狂恋着她，也使她难与他彻底决裂。可他又坚信她最终会离他而去。另外还有一个名叫福布斯·格里的男人，他高大、俊美、热情，这个青年剧作家兼诗人也向她求爱，或者确切地说，在她闲暇时向他求爱，因为她的时间全由自己支配。她一心向往艺术家的浪漫气质，不像她妹妹一样进学校却四处闲逛，在她看来她是在尽一切力量发挥她那艺术家的天才。

考珀伍德得知很多有关她的情况后，起初对此半信半疑，认为这不过是那些热衷于艺术界风流韵事的人们的流言。但渐渐地，他对她的随意行动，对她的逍遥悠闲，对她的到处游荡产生了好奇心。她有时去莱克恩·克罗斯的画室；有时去布利斯·布里吉的单身住所，布里吉好像总在那里接待卡里克剧团演戏的朋友们；有时去附近北区加德勒·诺莱斯的家里（诺莱斯经常散戏后在家里请客）。考珀伍德认为，至少可以说，斯蒂芬妮过着一种自由浪漫的生活，可这种生活却反映出了真实的她，反映出了她灵魂的本质。于是，他开始怀疑、奇怪起来。

"昨天你在哪儿呀，斯蒂芬妮？"当他们一起进餐的时候，或在黄昏见面的时候，或在她到他的北区新写字间去的时候（她有时到那里与他一道出去散步或驾车出游），他常常问她。

"啊，昨天上午我在莱克恩·克罗斯的画室里，试披了几条印度围巾和面纱。他那些东西太多了，有很漂亮的橘黄色的和蓝色的。你真该看看我披着那些东西时的模样。我希望你欣赏一下。"

"你一个人吗？"

"我一个人待的时间不长，我原以为埃塞尔·塔克曼和布利斯·布里吉会去的，但他们是后来才去的。莱克恩·克罗斯的确可爱。他有时有点傻里傻气，可我喜欢他。他的画像确实与众不同。"

她随后就细谈他那自命不凡的艺术，但事实上一无是处。

考珀伍德惊诧了，不是对莱克恩·克罗斯的艺术，也不是对他的围巾，而是对斯蒂芬妮出入的这个群体。他还不能彻底了解她。他从来没有能够让她满意地说清楚她与加德勒·诺莱斯发生的那第一次唯一的关系，她以前声明那种关系是十分冒失的。自那以后他就开始起疑了，因为他天性多疑。但这个女孩子是那样甜蜜、天真、自相矛盾，就像一阵飘荡的微风、一朵淡色的鲜花，使他几乎不知道她在想什么。爱好艺术的人是不可能与一束诱人的鲜花争吵的。他感到她如天仙一样走进来（她有时在他独自一人时走进来），带着妩媚的笑，彰显出一派青春的气息委身于他。她总是说一些艺术性的话，如暴雨、风云、灰尘烟雾的形状，建筑物的轮廓、湖泊舞台等。她常常紧贴在他的怀里，从《罗密欧与朱丽叶》《宝洛与法兰色丝卡》《圣爱格妮比的前夕》中引出大段的话来。他根本不想与她发生争执，因为她就像一朵野玫瑰或某种天然的艺术品，在她的写生簿里总是画满了新鲜的玩意儿。在她的皮手筒里，在她夏天披的淡色绸围巾里，有时仿佛藏着一尊雕像，取出时的神态仿佛一个怀着疑心的孩子，而且如果他需要它，如果他喜欢它，他就可以拿去。考珀伍德绞尽脑汁地想着，不知如何是好。

他经常被逼得处于一种怀疑猜测的纠结之中，这逐渐使他苦恼生气。她和他在一起时，小鸟依人，可一旦她离开他，却又十分高兴和开心。他的地位比不上她先前恋爱过的人，不用多久他就问她是否还爱他，而以前与此恰恰相反。

他认为，就凭自己的财产、地位和前途，但凡被他吸引的女人，他都有能力束缚住，但斯蒂芬妮过于年轻，过于诗人气，居然不能被他的金钱和名誉所迷惑，他的魅力没有真正地把她吸引住。她仍然按照自己那奇特的方式去爱他，但最近新来的福布斯·格里也使她产生了兴趣。这个青年穷困潦倒，有着褐色的眼睛和淡褐色的头发，高大忧郁。他来自明尼苏达州南部，他想做一名新闻记者，又想写诗，还想从事戏剧工作，将来到底走哪一条路，他好像还不能确定。他现在给一家家具公司做分期付款收账员，这样的话他下午三点钟后就有时间自由行动。他茫然地争取与芝加哥报界发生联系，正巧被加德勒·诺莱斯发现了。

在卡里克剧团附近，斯蒂芬妮遇见了他。她注视他，那略长的脸，那柔软的弯曲的头发使他的脸庞仿佛一个光轮，那宽宽的好看的嘴巴，那双深陷的眼睛和漂亮的鼻子，还有那渴慕的气质打动了她。有一次福布斯·格里带来他的一首诗给大家朗读。斯蒂芬妮、埃塞尔·塔克曼、莱克恩·克罗斯和伊爱玛·奥特莱都在场。

"听我读这首诗。"福布斯·格里从口袋里把诗掏出来，忽然说。

这首诗描写月光下的花园，花园中氤氲着白色鲜花的香气，一个神秘莫测的池塘，几个古代的快乐人物一起唱一首带颤音的歌曲。

鼓声咚咚，笛声呜咽，有节奏地拨弄那低沉的琴弦。

斯蒂芬妮·普娜塔静静地坐在那里，被这种与自己相同的情调吸引了。她把诗拿过来，默默地读着。

"我认为十分美妙。"她说道。

此后她就常在福布斯·格里四周游走，她也说不出是什么原因。绝非卖弄风情，她就是想靠近他，和他谈舞台工作、自己的戏和自己的抱负。她给他画像，如同给考珀伍德等人画像一样。有一天，在她的笔记簿里考珀伍德发现了三张福布斯·格里的画像，画得栩栩如生，透露出一种浪漫情调。

"这是谁呀？"他问道。

"哦，他是一个青年诗人，到剧团来玩的，叫福布斯·格里。他非常可爱，他的脸色特别苍白，喜欢空想。"

考珀伍德好奇地凝视着这几幅速写画像。他的视线开始模糊。

"又是一个崇拜斯蒂芬妮的人，"他风趣地说道，"我加入了这个长长的、仿佛没有尽头的行列。这里面有加德勒·诺莱斯、莱克恩·克罗斯、布利斯·布里吉、福布斯·格里。"

"你在说什么呢！布利斯·布里吉、加德勒·诺莱斯！我坦白我喜欢他们,不过仅仅是喜欢而已。他们只是亲切可爱。你也会喜欢莱克恩·克罗斯的,他就是一个傻乎乎的老鹦鹉。至于福布斯·格里,他不过是偶尔夹在人群里到那里玩玩而已。我和他并不怎么熟识。"

"不错,"考珀伍德难过地说,"但你却给他画了像。"

不知什么原因,考珀伍德并不相信她的话。他内心里压根儿不相信斯蒂芬妮,对她缺乏信任。但他却格外爱她,或者正因为如此才更加爱她。

"老实告诉我,斯蒂芬妮,"有一天他迫不及待却又很有外交手腕地对她说,"我根本不计较你过去的事,我俩已亲密得到了完全谅解的程度。不过,你并没有告诉我你和诺莱斯的真实关系,不是吗?现在你坦率地告诉我,我决不会介意的。我相当理解是如何发生的。那与我毫无关系。"

这一次斯蒂芬妮真是没有预料到,的确未加防备。她时常为自己的种种关系而感到苦恼,急于想与考珀伍德或者与她打心眼里喜欢的每个人处理好关系。与考珀伍德和他的事业相比,克罗斯和诺莱斯的确微不足道,可她却认为诺莱斯特别有趣。与考珀伍德相比,福布斯·格里只能算是一个年轻乞丐,但格里却具有考珀伍德所不具备的那种忧郁的诗人气质。他激发了她的同情心。他是一个何等寂寞的青年。考珀伍德却那样强壮英俊,有吸引力。

也许她打算把自己的道德立场加以澄清,最后才说:"哎呀,我的确没有把那件事的真实情形告诉你。我是有点害羞呀!"

她的坦白只提到诺莱斯一个人,可仅这一件事也没有说完,等她一停下来,考珀伍德就极为愤慨地发起脾气来了。为什么要与一个撒谎的妓女调情呢?她在二十一岁就是一个朝秦暮楚、风流放荡的情妇,这显然是一清二楚的事实。然而这个女孩子却有一种十分奇怪的慷慨,极具吸引力，而且按照她那一派的观点看来，她相当美丽，这就使他很难放弃她。她令他联想到自己。

"哎呀，斯蒂芬妮，"他说，把自己打算要羞辱她或责备她一顿就把她打发走的冲动压制下去了，"你的确奇怪。为什么你以前不把此事告诉我呢？我曾反复问过你。难道你真如你所说的那样爱我吗？"

"你怎么能问出这种话呢？"她责怪地问道，同时意识到自己的坦白实在是太傻了。现在她也许就要失去他了，她原本不想如实相告的。看到他的眼睛燃烧着妒火，她就哇的一声哭了起来。"唉，我真不该告诉你！也确实没什么可说的。原本也是我不情愿的。"

考珀伍德感到有些狼狈。他理解人的本性，特别是女人的本性。他的经验告诉他，这个女孩子不靠谱，可他却被她深深地吸引住了。也许她并没有撒谎，这些眼泪也是真的。

"你必须向我保证，只有这件事吗？之前没有别的人，之后也没有别人吗？"

斯蒂芬妮把眼泪抹去。他们在南道夫街他所租的那一套单身公寓里。这是他给自己准备的作为种种恋爱关系的一个偷情之所。

"我不认为你是真的爱我，"她带着责怪的口吻痛苦地说，"我不相信你理解我。我觉得你不相信我。我告诉你怎么回事，你并不理解。我没有撒谎，我也不会。你现在还要疑神疑鬼的话，你最好别再见我了。我想对你坦白，但如果你不让我……"

她郁闷、悲哀地住了口，考珀伍德用一种渴望的神情注视着她。她对他有一种难以言表的吸引力，他并不信任她，可他却不能让她离开。

"哦，我不清楚该怎么看此事，"他愁眉苦脸地说道，"我实在不愿意因为你告诉我真话而与你吵嘴，斯蒂芬妮。请你不要骗我。你是一个超乎寻常的女孩子。如果你让我给你帮忙，我可以大力帮助你。你应当明白这一点。"

"可是我并没有骗你呀，"她厌烦地重复道，"我本以为你看得出来。"

"我相信你，"他极力违背良心自欺欺人，"可你却过着那样放纵、不合常规的生活。"

"唉，"斯蒂芬妮想道，"或许我说得太多了。"

"我太爱你了。你格外称我的心。真的，我爱你。你不要骗我，你别和那一帮傻小子们来往了。他们真的配不上你。过几天我就能离婚了，随后我就相当开心地与你结婚。"

"但是，我并没有按你所想象的那种情景与他们来往啊。我只是觉得他们有趣而已，哦，当然，我也喜欢他们。莱克恩·克罗斯有他的可爱之处，加德勒·诺莱斯也是这样。他们都对我十分不错。"

一听到她说莱克恩·克罗斯可爱，考珀伍德就感到恶心。他愤愤不平，却隐忍不发。

"请你答应我，在你与我相好时，决不与那帮人发生任何不正当的关系，好吗？"他几乎在央求她，他非常不习惯扮演这种角色。"对于你，我决不愿与别人共享的。我决不愿意！我不介意你过去做了些什么，但我却不希望你将来对我不忠实。"

"好一个提议呀！我当然不会的，但如果你不相信我……唉，上帝！"

斯蒂芬妮痛苦地叹了口气，考珀伍德面带一丝愠色，而疑心和醋意已被很好地掩盖了。

"好，我告诉你，斯蒂芬妮，我现在相信你了，我相信你的话，但是如果你确实欺骗了我，而且又被我发现了，我当天就要与你决裂。

我不愿和其他人分享你。我就糊涂了，如果你爱我的话，为什么你竟然会对那些人产生那么大的兴趣呢？这自然不是由于对艺术的追求才使你这样做的，是吗？"

"哦，难道你要与我争个不停吗？"斯蒂芬妮天真地问道，"既然我说我爱你，难道你还不相信我吗？或者……"可说到这里，她又使出了演戏的本领，起伏地哽咽起来。

考珀伍德紧紧地把她拥入怀中。"不要在意，"他安慰道，"我真的相信你。我真的认为你爱我。我只是希望你别像蝴蝶似的，斯蒂芬妮。"

于是暂时地这种特殊的创伤就算医好了。

# 第二十八章　奸情暴露

　　斯蒂芬妮考虑如何调整自己的关系，以避免发生对考珀伍德不忠诚的事情暴露。任何人都不能和斯蒂芬妮·普娜塔争吵，她是一种不稳定的化合物，极其风流，浪荡成性，她的家庭既不了解她，也没能很好地监督她。她对考珀伍德的兴趣、对他的势力和本事的兴趣都十分强烈。她对福布斯·格里身上那种诗人气质的兴趣也相当强烈。每次相遇，她都会新奇地琢磨他，她发现他害羞、退缩，就打算实施勾引他的计划。她觉得他寂寞、抑郁而且贫穷，于是她那女性的同情心就油然而生驱使她温柔体贴起来。

　　目的很容易就达到了。一天晚上，他们乘着布利斯·布里吉的独桅船出去玩，斯蒂芬妮和福布斯·格里坐在船桅前面，欣赏船头的一道月光照耀下的航迹。其他人都坐在船尾笑着，唱着，大家看得一清二楚，斯蒂芬妮渐渐对福布斯·格里感兴趣了。但因为他格外可爱，而她又十分任性，所以没有人去打扰他们，除了偶尔和他俩开个玩笑。格里在恋爱和风流韵事方面纯粹是个新手，他不太清楚该如何把握大好机会，又如何迈出第一步，他对斯蒂芬妮讲他在西北部产麦区的家庭生活，讲他三岁时他们从俄亥俄州搬走了，以及他经常干的活是多么辛苦。无数次，他常常在耕地时停下来，站在树下写诗，或者凝视着飞鸟，或者希望自己能读大学或到芝加哥去。她用一种迷离的神情凝望着他，她浅黑的皮肤在月光下变成了青铜色，她乌黑的秀发仿佛发出一种奇异的蓝灰色的光。福布斯·格里对各种各样的美是极为敏感的，最后他大胆地去碰她的手，那曾被诺莱斯、克罗斯和考珀伍德摸过的手，她浑身战栗起来，这个青年实在是太可爱了。他的鬈曲的褐色头发使他显出一种古希腊人的单纯和气质。她一动也没动，静静地等待着，渴求他的更进一步。

"我要是能按我的感受与你交流就好了。"他最后说道，喉咙有些哽咽。

她主动地将一只手放在他的手上。

"你这个可爱的笨蛋！"她说道。

他明白自己现在可以了，他欣喜万分。他抚摩着她的手，随后一只臂膀滑下去搂着她的腰，接着又冒险地去吻那迷梦一般转过去的浅黑脸庞。她的头老练而巧妙地靠在他的肩上，于是他疯狂地低语着，说她是多么神圣、多么风流、多么诱人哪！现在看来，必然走上那最后一条路。她设法勾引他到她家里去拜访，在顶楼起居室里读她的书籍和剧本，听她歌唱。一旦完全被拥在他的怀里，其余的事情借着调情就很容易啦。他当然清楚她已经不纯洁了。

就在此时，考珀伍德的大脑里混乱起来，一方面考虑着关于企业上的一些事情，比如建造那些大的动力厂和安装巨大的往复式发动汽机问题、现有两千职工的工资等级问题（其中有一部分人威胁要罢工）、对拉萨尔街隧道与拉萨尔街、蒙罗街、迪波恩街、伦道夫街的环线提供保证抵押和设备问题；另一方面内心又在怀疑着和想象着斯蒂芬妮·普娜塔可能在做些什么，他只能偶尔与她约会。他也及时觉察到了，在他开始引诱她无意说出的、有关她每天的行踪和她那自由交往的信息后，她就很少提及加德勒·诺莱斯、莱克恩·克罗斯和福布斯·格里，而更多提到的是乔治娅·蒂贝雷克和埃塞尔·塔克曼了。这种突然的闭口不谈意味着什么呢？有一次，她确实说到福布斯·格里，"他非常困难，他的衣服都不整齐，好可怜的乖孩子！"斯蒂芬妮因为考珀伍德送了她一些礼物，最近装扮得漂亮起来了。可她接受的礼物，也刚好能够按照她的兴趣把她的全部服装装扮整齐。

"你为什么不让他到我这里来呢？"考珀伍德问道，"我也许能给他找点事干。"他倒很想给他安排一个位置，那样就可以随时了解她的行踪。但是，格里先生从没有去找他安排工作，并且斯蒂芬妮也不再提及他的穷困了。六月考珀伍德送她两百美元后，不久就在华盛顿街偶然遇见她和格里在一起。格里先生脸色苍白，精神振奋，穿得十分得体。他佩戴一根饰针，考珀伍德清楚那本来是斯蒂芬妮的。她毫不慌张。最后斯蒂芬妮说出来，莱克恩·克罗斯去新罕布什尔避暑去了，把他的画室交给她照管。于是考珀伍德决定监视这个画室。

这时考珀伍德雇了个青年新闻记者，名叫弗朗西斯·肯尼迪，这个二十六岁的英俊小伙子颇有野心。他曾给星期日《调查者》写了一篇文章，文笔十分潇洒，描述考珀伍德和他的计划，并指出他是个了不起的人物。这当然使考珀伍德极为高兴。有一天肯尼迪来拜望他，坦率地声称，他很想放弃采访工作，并且询问他能否在市内铁路界找点事情干。考珀伍德就发现他是一个可能有用的工具。

"我让你做一段时间的秘书试试，"他高兴地说道，"有几件特殊的事情，如果你能做好，以后可以让你做其他事情。"

肯尼迪为他工作后不久，有一天考珀伍德在他的私人办公室里问肯尼迪，"弗朗西斯，在报界你听说过福布斯·格里这个名字吗？"

"没有，先生。"弗朗西斯轻快地答道。

"你听说过卡里克剧团吗？"

"是的，先生。"

"那好，弗朗西斯，你能给我做一次小小的侦探工作，而且做得又巧妙又保密吗？"

"我认为能。"弗朗西斯说，这天早晨他装扮得相当漂亮，穿着一套褐色衣服，系着大红领带，佩戴着赤玉髓袖扣。他的皮靴擦得锃亮，他那年轻而健康的面容精神焕发。

"现在我告诉你相关情况。有个年轻的女演员，事实上是个业余演员，名叫斯蒂芬妮·普娜塔，她经常到新美术大楼里姓克罗斯的一个美术家的画室去。他不在家时，她也许占用了那个房间，但我不能确定。你给我调查清楚，格里先生与这个女人到底是什么关系？因为某些业务上的关系，我需要了解这件事。"

肯尼迪用心地听着。

"你能否告诉我，首先我能在什么地方打听到一点这位格里先生的情况吗？"他问道。

"我认为他是这里一位名叫加德勒·诺莱斯的评论家的朋友。你可以去问他。不用多说，你决不能提到我。"

"我明白，考珀伍德先生。"

肯尼迪琢磨着，走了。他该怎样来办这件事呢？他拿出了新闻记者的本领，首先向另外几个新闻记者零星地打听出卡里克剧团的性质和女演员的情况，他谎称是在写一部独幕剧，并希望它上演。

同时，他又装作新闻采访记者去莱克恩·克罗斯的画室。克罗斯先生离开本市了，他的画室关闭了，开电梯的人这样说。

肯尼迪思索了一会儿。

"夏季里有谁使用过他的画室吗？"他问道。

"经常有一个年轻女人到这里来，没错。"

"你知道她是谁吗？"

"我知道。她姓普娜塔，但你为什么要打听她呢？"

"听我说，"肯尼迪大声说道，他用一副柔和的、诱人的眼神观察着这个衣衫褴褛的人，"你想不费力气赚到五美元或十美元吗？"

这个电梯工人一周才挣八美元，他竖起耳朵倾听着。

"我想知道谁和普娜塔女士一起到这里来，他们什么时候来等详细情况。如果你能把这些事情告诉我，我就给你十五美元，现在我先预付五美元。"

这个人当时口袋里只有六十五美分。他半信半疑而又充满希望地看着肯尼迪。

"哎呀，我有什么办法呢？"他反复说道，"我六点后就不在这里了。六点到十二点由房屋管理人负责这部电梯。"

"那个画室附近有没有空房间呢？"肯尼迪试探性地问道。

他想了一下。"不错，有的。走廊对面有一间。"

"一般来说她什么时候来这里呢？"

"晚上是否来，我不知道。白天呢，有时上午来，有时下午来。"

"有人和她一起来吗？"

"有时和一个男人，有时和一两个姑娘一起来。说实话，我并没有特别注意她。"

肯尼迪吹着口哨走开了。

从这天起，肯尼迪先生成为特别环境的监视人。他不断出来进去，主要是观察着格里先生的来与去。他观察到，格里先生和斯蒂芬妮总是利用特殊时机在这里共度一段时间。比如说，在一帮朋友联欢后，大家都走了，格里也走了，可之后格里又偷偷摸摸地回来；如果有时斯蒂芬妮与别人一起走了，他就和她一起回来；如果她留下没走，他就单独回来。他们逗留的时间长短不一。为了绝对准确，他记录下天数、日期、逗留时间，然后装入信封，封好，次日早晨交给考珀伍德。考珀伍德很气愤，但他对斯蒂芬妮的兴趣特别浓厚，他并不准备采取措施。他想看看她这种欺骗的把戏到底能耍到什么程度。

这种新奇的状况以及对他产生的影响是令人吃惊的。尽管他白天忙于工作，思想紧张，但他却经常想到她。她在什么地方呢？在做什么呢？她撒起谎来那种无所谓的样子让他想到自己。想想吧，她竟然宁愿爱别人却不爱他，特别是在他正以本市建设巨商的地位大出风头时，这太令人尴尬了。这就意味着他年龄大了，年轻人终究要取代他了。这是何等的痛苦和悲伤。

一天早晨，因为一整夜考虑她的问题，他显得很生气，他对肯尼迪说："我提一个建议。我希望你能通过那位电梯工人配一把那个画室的钥匙，还要看看门里面有没有门闩。你办好后，就把钥匙送给我。下一次，她晚上与格里先生一起在那里时，你就出来给我打电话。"

这个让人生气的调查开始后几个星期，一天晚上，高潮来了。这天夜里一轮惨淡的黄月挂在天空中，舒适的夏季暖风柔和地吹着。下午四点左右斯蒂芬妮曾到考珀伍德的写字间里看他，解释说她不能按他俩原来的约定在商业区与他待在一起，因为她要回西区去，参加乔治娅·蒂贝雷克家里举行的一个游园会。考珀伍德用一种可怕的眼神盯着她。随后他表现得十分开心，亲切愉快地开着玩笑，但他心里却始终想着她可真是个卑鄙无耻、不可理喻的女人，实在是太会演戏了，她一定把他当作一个大傻瓜。他对她的青春、激情、魅力和她天生混乱的灵魂都给予了极大的信任，但他不能饶恕她不像许多别的女人那样实心实意地爱他。她身穿黑白相间的套装，戴着一顶迷人的褐色意大利草帽，一朵鲜红的罂粟花装饰在左耳上面的宽檐帽上，帽顶上绕着黑白相间的别致的褶边，使她看上去分外年轻，漂亮得活像希伯来和美国血统女子的画像。

"痛痛快快去玩一场，是吗？"他温柔地、好像耍着政治手腕似的问道，带着他那谜一样的、不可捉摸的神情凝视着她，"想在你交往的那帮可爱的人中出出风头吧？我认为你的那些忠实跟班布利斯·布里吉、诺莱斯先生、克罗斯先生都会前去奉承你吧？"

他唯独没有提格里先生。

斯蒂芬妮十分开心地点点头，似乎带着一种天真烂漫的郊游的情调。

考珀伍德微笑着，同时考虑着就在最近几天里，他一定要痛快地报复她一下。他一定会在她的一次谎言中，在某处令人丢脸的处境下，或许就在那个画室里，一举把她活捉，然后一脸不屑地与她绝交。他一直微笑着，摩挲着她的手。"祝你开心。"她离开时，他说道。后来，他回到自己家里。快到半夜的时候，肯尼迪给他打电话。

"是考珀伍德先生吗？"

"是的。"

"你知道新美术大楼里那个画室吧？"

"知道。"

"现在已有人住上了。"

考珀伍德让一个用人把他的小马车拉来。他曾让商业区的一个锁匠做了一个圆钥匙柄，末端有一个带孔的钩子，即一个空心的齿，正好咬住那个画室的门锁的键，从外面就能轻松地把门打开。他摸着口袋里那个圆钥匙柄，跳上他的小马车，快速离去。到达新美术大楼时，他发现肯尼迪在走廊里，就让他走开。"谢谢，"他粗声地说道，"我来处理这件事。"

他没乘电梯，急忙走上楼，到了对面的空房间里，开始侦察画室的门。正像肯尼迪所说的，斯蒂芬妮的确在那里，而且与格里在一起。那个脸色苍白的诗人被她带到那里去，陪她共度春宵。此时大楼分外安静，他模模糊糊听见他们两个在轮流说话，斯蒂芬妮一度还唱着一支歌曲的叠句。他相当生气，却又格外感激：她曾做出格外亲密的姿态，看上去就像不怕麻烦似的去看他，并请他放心，说她要参加一个夏季游园会。他想象着她会大吃一惊，因而冷酷地、嘲讽地笑了笑。他轻轻地掏出钥匙，插进去，对准里面的锁键，接着扭了几下。没有发出任何声音，锁就被打开了。这时房内发出一阵特别熟悉的咯咯笑声，于是他就悄悄地把门打开，走了进去。

一听见他那粗鲁的、果断的咳嗽声，他们即刻一跃而起，格里藏到帘子后面，斯蒂芬妮躲到长沙发的帷幔后面。她说不出话来，好像不相信自己的双眼。格里壮着胆子，努力显得理直气壮，问道："你是谁？你到这里来有什么事？"考珀伍德笑着简短地回答："没有多大的事，或许那位普娜塔女士会告诉你的。"他朝她那个方向点点头。

面对他那双冷酷的、审视的眼睛，斯蒂芬妮紧张兮兮地缩成一团，完全顾不上格里了。格里即刻明白了，他得对付她的一个以前的奸夫，一个发怒的被侮辱的情人，但他并没有打算机智地或者妥善地采取行动。

"格里先生，"考珀伍德冷漠地瞥了斯蒂芬妮一眼，以一种蔑视的态度使她难堪后，就满意地说道，"我和你没有任何关系，而且过一会儿就走，我并不想采取任何行动去打扰你或普娜塔女士，我并不是没有任何理由到这里来的。这位年轻女人自始至终在欺骗我，她经常对我撒谎，假装清纯，可我并不相信。她告诉我，今晚她要参加西区的一个游园会。她做我的情妇已经好几个月了。我给她钱，给她首饰，她要什么我给什么。顺便说一句，那一对翡翠耳环就是我送她的。"他得意地向斯蒂芬妮那边点了点头。"我来到这里，就是向她证明，她不能再欺骗下去了。从前我每次为这种事责怪她时，她就哭泣、撒谎。我不清楚你对她知道多少，你爱她到了什么程度。我仅仅希望她知道，（他转过脸瞅着斯蒂芬妮）她对我撒谎的日子就到此为止了。"

他进行这一段不同寻常的训斥的时候，斯蒂芬妮显得有些紧张、害怕，她纹丝不动，但依旧很美，仍然在那富于情调的、东方式的长沙发的角落里蜷作一团，目不转睛地盯着考珀伍德，用意十分明显，尽管她与别人偷情，却还十分爱他。他那强劲坚定的态度，他那样冷酷无情地面对着她，把她那幻想的翅膀抓住了。她尽力遮住了部分身体，但她那褐色的臂膀和肩头、迷人的胸部、漂亮的膝盖和一双脚，却裸露出了一部分。她的黑发和天真的面庞此刻显得沉重、痛苦和悲伤。她真的被吓住了，因为考珀伍德一向是令她畏惧的一个奇怪、可怕而又迷人的男人。现在，她坐着，看着，仍然想方设法用她那可怜的脸色和神态去引诱他，可考珀伍德却蔑视她，公开藐视她的情人和她可能作出的反抗举动。他站在他们面前微笑着。现在她猛然意识到，她要失去这个可怕而了不起的男人了。与他相比，那个苍白的诗人格里是何等软弱，只不过有一点浪漫气息而已。她想乞求一番，但很明显，考珀伍德是绝没有耐心听的，何况格里又在这里。她的喉咙哽咽了，眼睛泪汪汪的，最初的敌对情绪之后就产生了一种神秘的、烈火一般的情绪。考珀伍德十分了解她的这种神情，于是他更认为自己胜利了。

"斯蒂芬妮，"他说，"现在，我只告诉你一句话。当然，我们绝对不会再见面了。你是个十分不错的女演员，去专注你的职业吧，如果你不想利用你的恋爱把你的天赋彻底埋没的话，你一定会大出风头。你可以随你的意去做别人的情人，那与你的本色或许并不合适，但是你继续在交际场上这样下去的话，绝没有半点好处。再见。"

他转过身，大步走了出去。

"哦，弗兰克！"当着她那震惊的情人的面，斯蒂芬妮用一种奇怪、痴迷而又绝望的语气叫道，格里顿时目瞪口呆。

考珀伍德丝毫不理会。他穿过黑暗的走廊下楼去了。仅仅这一次，一个美丽的、不道德的、谜一样的、放荡的女人，像一朵有毒的花，曾经迷住了他。

"该死的女人！"他咬牙切齿地叫骂道。"总之，这个该死的小畜生！"接下来他骂得更加难听，甚至不堪入耳。仅仅因为这一次，他体验到了恋爱与失恋是什么滋味了，他愤怒地想得到她，却无论现在还是以后都得不到。他发誓，决不让自己与斯蒂芬妮·普娜塔再见面。

# 第二十九章　发生口角

特别巧合的是，这种不正当关系结束前不久，一个惹人烦恼的消息由斯蒂芬妮·普娜塔的母亲直接告诉了爱琳。有一天普娜塔夫人去拜访考珀伍德夫人，讲述斯蒂芬妮在艺术上日臻成熟，卡里克剧团历经种种困难，又炫耀斯蒂芬妮很快就要登台饰演一个新的角色，大概要扮演一个中国女人。

"你送给她的那一对翡翠耳环实在太精美了！"她亲热地说道，"我前几天才第一次看到，之前她从来没和我说过这件事。她把它视为至宝，我认为我应当亲自谢谢你才对。"

爱琳瞪大了眼睛。"翡翠耳环！"她大为吃惊，很纳闷地说，"什么，我好像不记得呀。"她马上想起考珀伍德的习性，就起了疑心，暗暗激动起来，脸上流露出困惑的样子。

"怎么？不错呀，"普娜塔夫人答道，爱琳的表情使她不安，"耳环和手镯，这你知道的呀。她说是你送给她的。"

"不错，"爱琳答道，在这千钧一发之际改变了口吻，"我现在才记起来了。但是，那是弗兰克送她的。我希望她喜欢那些东西。"

她甜蜜地微笑着。

"她觉得那些东西十分美，再说她戴起来也的确特别合适。"普娜塔夫人开心地说道，满以为自己全都弄清楚了。实际上，斯蒂芬妮有一天把她的化妆盒敞开着丢在了家里，她母亲在她房间里寻找什么，无意间发现了这些首饰，就拿到她的面前，因为她知道翡翠的价值。斯蒂芬妮当时十分狼狈，尽管外表如常，心里却失去了镇静，临时瞎编，说从前在考珀伍德家的晚会上，爱琳出场时将这些首饰客气地非得要送给她不可。

爱琳实在是不幸，这件事情当然不会就此完结。有一天下午她去赴泰勒·洛德介绍给她的一个喜欢交际的青年雕刻家利格力尔举行的招待会，在招待会上她饱尝在公众心目中做一个被忽略的妻子的味道。她进去时，恰巧听见两个女人在一个屏风后的角落里谈话。"哦，考珀伍德夫人来了。"一个女人说，"她是市内铁路大王的夫人。去年冬天和今年春天她丈夫都在与那个姓普娜塔的姑娘私通。"

另一个点头称是，嫉妒地探究着爱琳华贵的绿丝绒长外衣。

"她对他是不是忠实呢？"她问道，同时爱琳也拼命努力去听。

"她看上去胆儿够大的。"

后来那两个女人看见她时，爱琳刻意地瞥了她们一眼，脸上显出了愤懑的神气，但这并没有什么用处。这两个讨厌的碎嘴女人强烈地伤害了她。她极其悲伤、愤怒和狼狈。考珀伍德招蜂引蝶的性情竟使她遭受到了这种闲言的羞辱！

在与普娜塔夫人谈话后不久，一天爱琳碰巧站在自己的房门外，而房外楼梯平台是能俯瞰下面门厅的，无意间她听见她的两个女用人议论着考珀伍德的家庭杂事和在芝加哥的日常生活。一个二十七八岁又高又瘦的姑娘，是个侍女，另一个四十岁，又矮又壮。她们两个装作在掸灰尘，其实她们碰在一块却是为了低声地扯闲话。那个高瘦的姑娘最近曾在阿玛尔·柯琪兰家里帮工，柯琪兰原来曾是芝加哥西区铁路公司的董事长，现在是新的西芝加哥市内铁路公司的理事。

"我真奇怪，"爱琳听见这个姑娘说，"我居然到这里来了。他们告诉我时，我以为我听错了。哎呀，弗洛伦斯小姐这个星期跑出来见他有两三次了，奇怪的是她母亲从未想到过这一点。"

"哎呀！"另一个答道，"遇到女人的时候，他真是坏到极点了。从前有一个小姑娘经常到这里来。她父亲就住在这大街上。他姓海格宁，《新闻报》就是他的，离这里不远，他有一幢十分漂亮的房子。最近我不大见到她，但我曾不止一次地看见他在这个房间里吻她。当然他的妻子全都知道。请相信我。有一次就在这里，她曾和一个女人大闹一场，我听说是他经常来往并且带回家里来的一个女人。我还听说，她打她的样子很吓人，那女人尖声叫喊，她打个不停。哦，遇到女人的时候，这些男人真是坏到顶点了。"

听到某个地方传来的一阵细微的沙沙声，这两个闲谈的女人就各自走开了，但爱琳已听得十分清楚了。她该如何是好呢？她从未听说过她们。她马上开始怀疑弗洛伦斯·柯琪兰，因为她知道这个女仆曾在柯琪兰家里干过活。随后又疑心塞西莉·海格宁，他们最要好的那位主笔的女儿。考珀伍德竟然亲吻她！难道他的通奸，他的不忠实，竟然没有办法停下来吗？

她带着满腹烦恼和忧伤回到房里，再三斟酌，是否要离开他，是否需要公开责骂他或者要不要雇用更多的密探。她曾经雇用过密探，可又有什么用呢？难道那阻止了斯蒂芬妮·普娜塔事件吗？根本没有。难道那能阻止将来的通奸吗？根本不可能。显然，她和考珀伍德的家庭生活已接近不幸的边缘。事情再也不能这样继续下去了。她把他从第一位考珀伍德夫人手中夺过来，可能就错了，不过她不太相信这点，因为丽莲·考珀伍德与他是那样的不匹配，但这真是报应啊！如果她真的相信宗教，对《圣经》有所了解（她并不了解），她也许会为自己引用《新约》上那句极为宿命的话："你们用什么量器量给人，也必用什么量器量给你们。"

事实上，考珀伍德继续在女人堆中陶醉沉迷、自由浪荡，长此以往必然会得到一些不愉快的结局。在和斯蒂芬妮·普娜塔绝交的同时，他就开始闹出各种插曲，特别是像海格宁主笔那样高尚的人（对他最真诚最同情的新闻界支持者）的可爱的女儿和阿玛尔·柯琪兰的女儿都成为人们所说的被他欺骗的牺牲品。实际上，大多数情况下，不只是他勾引别人，别人也在勾引他，因为挑逗与调情完全是双方互动的一种行为。

他与塞西莉·海格宁好起来的方式极其简单。作为这个家庭的老朋友，又是她父亲的常客，他觉得把这个心目中的特殊女孩儿弄到手简直就是举手之劳。这时她二十岁，精力旺盛，圆润微胖，生来一双大大的紫罗兰色的眼睛，脑子格外机灵，也是个难得遇见的金发美人，考珀伍德认为消遣她是十分有趣的。当她还是个中学生时，他们就建立了一种好玩的嬉戏关系，之后在她读大学的几年里，每逢她回家度假，他们都还照旧。最近，考珀伍德有时在海格宁图书室里与这位报社社长商讨他计划公之于世的某些行动，见到塞西莉的机会就更多了。有一天晚上，她父亲出去查看市议会以前有关特许证问题的诉讼案，一连串含有好感和默契的眼神突然使塞西莉对着考珀伍德的脸好玩地摇着一本新小说（这书她碰巧拿在手里），于是他就爱抚地抓住她的两只臂膀作为回答。

"你不可能就那么轻松地阻止我的。"她像是开玩笑。

"哦，我能的。"他答道。

随后一阵轻轻的挣扎，他凭着她那一半有意的默许，把她搂在怀里，她的头很自然地往后靠在他的肩上。

"好啦，"她说道，用一种半羞涩、半调情的眼神凝望着他，"现在怎么办呢？你永远不松开我吗？"

"不过，你不要慌。"

"哦，你要放的。我父亲不久就回来了。"

"可不到那个时候，我决不放开。你慢慢长成一个可爱的大姑娘啦。"

她并不抵抗，但依旧半带羞涩半像做梦似的凝视着他，他端详着她的脸庞，然后亲吻她。她父亲回来的脚步声宣告这事告一段落。但以此为基点，上升或降到一种完全原谅的地步是能轻松做到的。

在这个时期的第二场恋爱，即对芝加哥西区铁路公司董事长阿玛尔·柯琪兰的女儿弗洛伦斯·柯琪兰，他的猎取手段稍微不同，但结果一样。对这个姑娘他只产生了一种简单的印象，她是与塞西莉不同类型的金发美人，娇美，如画，如梦。这时已渐有学识，正忙着读十六世纪英国诗人玛洛和琼森的作品；考珀伍德正为西芝加哥市内铁路公司的事与她父亲商量，她认为他是伊丽莎白时代的大人物。她用一种试验的方式抵抗着父母硬塞给她的那种规矩生活。考珀伍德看出了这一切，就大胆而自信地取笑她，盯着她的眼睛，于是看到了他所希望的反应。无论是老阿玛尔·柯琪兰，还是他那十分可敬的夫人，都从未察觉这一点。

爱琳琢磨着这些事情最近的进展，从某一点来看，竟然感到高兴和安慰，对于女人，考珀伍德总是多多益善，而且她认为，如果他继续这样下去的话，他绝不可能对某一个女人永远保持浓厚的兴趣。因此她仔细琢磨每件事后，觉得他或许会和她继续保持婚姻关系，尽管事实上与离婚无异。

但是，她却不由自主地想到，这对自己的魅力是个何等绝妙的嘲讽！本以为一定会白头偕老，然而这种所谓的理想结合是个多么糟糕的结果！她，爱琳·巴特勒在年轻的时候，曾自以为妩媚、朝气和美貌，能超过任何女子，却在四十岁就被年轻一辈的女人推到一边去了，何况她们又是些那么傻的小姑娘，像斯蒂芬妮·普娜塔，还有塞西莉·海格宁，还有弗洛伦斯·柯琪兰。很有可能还有另一个面孔苍白的黄毛丫头！但一想到自己，那样活泼，漂亮，脸和身体都光滑无比，前额、下颚、颈子、眼睛都没有一道皱纹，金黄的头发微微泛着红光，脚步轻快，体重不过一百五十磅，正合乎她那十分标准的身长，又有完备的化妆室的诸多便利条件，有首饰，有时装，有审美力，有选择材料的本领，竟然让这些初出茅庐的女孩子占了上风。这实在让人无法相信。这太不公平。生活是这么残忍，考珀伍德的脾气又是这么捉摸不定。上帝！想想看，这竟然是真的！他为什么不爱她呢？她不时对着镜子研究自己的容貌，不住地感到气愤。为什么她的芳容玉体不够他消受呢？为什么他竟认为别的女人比她更美呢？为什么他竟不忠实？他一再提出的永远爱她的誓言呢？别的男人对女人都是忠实的。她父亲对她母亲就十分忠实呀。一想到父亲对自己行为的意见，她就退缩了，但这并未改变她对自己现在权利的观点。看她那金红色的头发！看她那迷人的眼睛！看她那滑润的臂膀！可为什么考珀伍德竟然不爱她呢？这一切究竟是为什么呢？

不久以后，一天晚上，她正坐在房里看书，等他回家，电话铃响了，他说他有事不得不在写字间里待到很晚。他接着又说，他或许需要到匹兹堡去三十六小时左右，但他一定在第三天回来，连今晚在内，爱琳觉得非常沮丧，她的声音里已表现出来了。他们两个原来约好与霍克西马夫妇一起吃饭，然后去看戏。考珀伍德让她自己去，但爱琳很严厉地拒绝了，她挂上听筒，连一句客套的"再见"都没有说。后来到了十点钟，他又在电话里说他改变主意了，如果她有兴趣要去什么地方吃一顿夜宵，她得打扮一下，不然他就回家来，希望她留在家里。

爱琳当即断定，他的某种消遣计划失败了。他已浪费了她这一晚的时光，现在就要回家来抓紧时间快乐一下，似乎以此作为补偿。这让她非常生气。他的爱情总是飘忽不定，这使她的神经受到了刺激。暴风雨已经形成，而且马上就要来临。不久，他慌忙地走了进来，她迎过去，他就伸出两臂搂着她、亲吻她。他装作温存地摸着她的臂膀，拍拍她的肩头。他见她皱着眉头，便问道，"小宝贝，为什么发愁？"

"哦，没什么，"爱琳气呼呼地答道，"让我们暂且别谈这个。你吃饭了吗？"

"吃了，我们让人送饭来吃的。"我们是指迈肯迪、阿迪生和他本人，而且属实。这一次他总算是诚实了一次，他认为需要稍微说明一下，"今晚确实不可避免。我十分难过，这事花费了我如此多的时间，但不久我就会将它摆脱的。事情有时也必须放松一下。"

爱琳从他的怀里挣脱出去，来到梳妆台前。她一眼便看出头发有点歪了，就把它拢拢，使其恢复原状，她看一下下巴，随后回去看书。他看得出来她很不高兴。

"啊，爱琳，什么事使你烦恼哇？"他问道，"难道你不喜欢我来这里吗？我得知你最近十分难过，难道你不肯让往事成为过去，而对将来充满信心吗？"

"将来！将来！不要和我说什么将来，我根本没有将来！"她答道。

考珀伍德看得出来她就要情绪激动地大闹一场，但他却凭借自己的说服本领和以她对他的爱情，安慰她，让她平静下来。

"我希望你不要这样，宝贝，"他继续说，"你知道我一直是爱你的。你也知道我会永远爱你。我承认，眼下许多小事情妨碍我不能如愿地经常在家里，但是，这并不能改变这种事实，即我的感情始终如一。我以为你看出来了呢。"

　　"感情！感情！"爱琳突然冷笑着骂道，"是的，我清楚你的感情大量过剩，你有足够的感情给别的女人们成套的翡翠和宝石，一遇见愚蠢的小姑娘你就和她调情。你用不着在晚上十点钟无处可去时跑回家来，还对我大谈什么感情。我清楚你有很多感情，呸！"

　　她气愤地在椅子上往后一倒，翻开自己的书。考珀伍德凌厉地看着她，因为有关斯蒂芬妮这一嘲讽本身就是一种揭发。这些女人的事有时让人变得格外恼怒。

　　"你到底什么意思？"他小心又坦率地说，"我并没有给谁什么翡翠或宝石，也没和什么你所说的'愚蠢的小姑娘'调情。我不明白你在说些什么，爱琳。"

　　"啊，弗兰克，"爱琳不耐烦地说，"你就是一个彻头彻尾的撒谎专家。你为什么要站在那儿撒谎呢？我真的听厌了。我都听得恶心了。如果不是真的，用人们怎么会知道如此多的事情，并且经常议论呢？我并没有邀请普娜塔夫人到这里来问我，为什么你给了她女儿一副翡翠耳环。你为什么要撒谎呢？你想糊弄我，想保守秘密。你担心我会到海格宁先生、柯琪兰先生和普娜塔先生那里去。就这一点上你大可放心。我不会那样做的。我对你及你的谎话已讨厌透顶。斯蒂芬妮·普娜塔那个瘦瘦的木头人！塞西莉·海格宁那个小橡皮糖！还有弗洛伦斯·柯琪兰那条死鱼！如果不是因为我以前在费城对我娘家做出的那种行为，因为此事可能会引起流言蜚语，因为这事会在经济上对你有伤害，我明天就要付诸行动。我要离开你，我就是要这样做。难以置信的是我竟相信你会真心爱我，相信你会永远爱一个女人。我实在是太傻了！但我已顾不了这么多。继续做你的好事吧！但是我也要告诉你一件事情，你不要认为我会像过去一样继续忍受这一切，我决不会的！你不能总这样欺骗我，我也不会继续忍受下去了。我还不老呢，如果你对我献殷勤没有兴趣，有很多男人对我大有兴趣，我以前曾告诉过你，如果你对我不忠实，我就不会对你忠实，决不会！我要做出来给你看看，我会与别的男人交往。我一定要！一定！我发誓。"

"爱琳，"他看出在这种情况下，再撒谎也没有任何意义了，就低声央求道，"难道你不肯饶过我这次吗？暂且宽恕我吧。我有时就是不了解我自己，我并不像别的男人那样。我们生活在一起已经很久了。为什么不能再等一等呢？给我一次机会好吗？看我能不能改。我一定会改的。"

"啊，不错，等着！改，你会改的。难道我没有等吗？难道你不在这里时，我没有一夜又一夜地在地板上踱来踱去地等你吗？宽恕你，不错，不错！可在我伤心不已时，谁来宽恕我呢？啊，上帝！"

她忽然激动地说道，"我可怜！我太可怜了！我痛心！痛心哪！"

她抱着胸口，大摇大摆地走出房去，步伐有力，那种步伐先前很合他的意，此刻仍然如此。这使他感动了，但是，他只不过把这当作变化无常而又冷漠残忍的世界的一部分罢了。他匆忙冲出房去追她，而且（像莉苔·索尔倍事件发生时那样）伸出一只膀子搂着她的腰，她却愤怒地挣脱了。"不，不！"她叫道，"别管我。我讨厌你这种样子。"

"这对我不公平，爱琳，"他做出一副很坦诚的样子，"一点小事就把你的整个观点迷惑住了。我向你发誓，我并没有和斯蒂芬妮·普娜塔或任何哪个女人发生关系而对你不忠。我可能和她们调过情，可那确实算不了什么，你为什么就不能理解呢？我并没有你想象的那样坏。我正忙着一些大事情，不仅为了我，也同样为了你的幸福和前途呀。你要想清楚一点宽宏容忍一些吧！"

随后就是一场指责与反驳的争论，但最后由于她心烦意乱，加上他的拥抱和亲吻，而这一切一时又不可能被解决，她就暂时让他说服了，相信他还有些余情未了。她感到悲痛，感到伤心。他想安慰她时，就连他自己也清楚，要让她相信他的爱情，他就必须做更大的努力，让她开心，使她宽慰，但以他目前的心境和他对女人的嗜好，这事实上是办不到的。暂时的和平也许可以勉强维持，但从她对他所抱的希望、从她的热情和自私的个性来看，长久和平是永远办不到的。他不可能止步不前或痛改前非，他一定会重蹈覆辙，而她也势必要离他而去。他用情不专，又太英俊、太特殊，任何女人都没法控制他。

# 第三十章　扫除障碍

一项大事业在其日益发展的过程中，难免会遇到各种各样令人预料不到的障碍。在某些情况下，在人生的逆流之中，只有强悍的游泳高手才能有勇气去征服它。但也有些人却会幸运地得到一个机会，或一股力量；或者他们无意当中利用了这种机会或力量，因而顺应潮流一帆风顺，勇往直前。是偶然得到吗？不一定。然而却是不可理喻的。是鬼使神差吗？有很多人相信这个观点，使他们完全毁灭了。是一种倾向正义、道德、义务的趋势吗？这是人为的宣传。所有这些都无法验证，却又全都可能。

比如说，考珀伍德接管西区公司后不久，一个名叫莱蒙·巴蒂的市民与公司产生纠纷，闹得芝加哥尽人皆知。巴蒂是房地产投资人、地产商兼放债人。拉萨尔街和华盛顿街那两条隧道，现在正常使用，但由于西区的南北面积很大，必须在范布伦街和蓝岛路铺设钢缆，因而就需要在华盛顿街南边开辟第三条隧道，最好是在范布伦街，因为这样能更直接地到达商业中心。考珀伍德非常想尽快开通这条隧道，只是不清楚怎样才能从市议会获得范布伦街下的通行权；现在那里有一座吊桥，桥上十分拥挤。办成这事并不轻松。首先，若要在河下开隧道，必须得到华盛顿陆军部的准许。其次，如果直接在桥下开凿也特别麻烦，必须将桥封锁或者拆去。由于报纸吹毛求疵的（确切地说是仇视的）态度（自拉萨尔街和华盛顿街隧道授予考珀伍德后，报纸就像探照灯一样监视着他的一举一动），考珀伍德决定这次不向市议会申请特权，而在桥北收购足够多的地皮直接开掘隧道。

最适合此种用途的那块地皮有一百五十英尺见方，距离河岸不远，地皮上有一座七层高楼，就是莱蒙·巴蒂的产业。他个子很高，瘦骨嶙峋，是个卑鄙的家伙，戴着赛璐珞硬领和赛璐珞袖口，说话鼻音较浓。

考珀伍德委托相关人员按照惯例向业主提出，尽量用公平的价格收购那块地皮。但巴蒂吝啬得胜过守财奴，机敏得像捕鼠机，他已听说了修造隧道计划的风声，就想借此发一笔横财。当考珀伍德的无孔不入的地皮经理人希尔威斯特·杜美先生的代表们与他交涉时，他不耐烦地再三声明："不行、不行、不行！我不想卖。走开！"

希尔威斯特·杜美先生最后黔驴技穷了，就到考珀伍德那里诉苦，考珀伍德立马派人去找屹立在黑暗的波涛汹涌大海里的两座灯塔——范·西克尔将军和肯特·巴罗斯·麦克吉本先生。范·西克尔将军现如今逐渐变得有点痴呆了，考珀伍德正打算给他养老金叫他退休。而麦克吉本却正当壮年，他干净、英俊、厉害、圆滑。他们与杜美先生细谈一番后，就回到考珀伍德的写字间来，拿出一个很有希望的方案。本州最高法院法官之一内厄姆·迪肯西兹先生早已领悟考珀伍德的意图，他们曾劝他用他那博大而高深的专门知识来对付这个紧急事件。按照他的建议，隧道工程立刻开始了。先在东头即富兰克林街头开掘，八个月后，又在西头即运河街头开掘。离巴蒂先生的大楼后面约三十英尺的地方已挖下了一个井穴（在大楼与河道之间）。巴蒂先生以诧异的眼光关注着这种挑衅行动。他完全相信，等事情发展到必须吞并他的财产时，北芝加哥市内铁路公司和西芝加哥市内铁路公司就不得不花很高的价钱收购他的地皮。

"好，我下定决心。"他偶尔地自言自语，因为他不能发现对方如何能逃避他的致命勒索，但有时他也感到不安。考珀伍德对这块地皮垂涎已久，最后不能再拖延时，他就派人请来巴蒂。巴蒂高兴地前来，他估计这次谈话会有利可图。这对他来说将是一笔不小的收入。

"巴蒂先生，"考珀伍德开诚布公地说，"河那边你有一块地皮，正是我需要的。你愿意卖给我吗？我们现在能用友好的态度谈妥这件事情吗？"

他微笑着，巴蒂却用狼一般狡猾的目光环顾四处，盘算着他究竟能勒索多少钱。那座大楼，连同内部所有的设备、地皮，一切在内，大约值二十万美元。

"我干吗要卖呢？那座大楼是极其好的大楼哇。它对我就像对你一样有用。我正在用它赚钱呢。"

"太对了，"考珀伍德答道，"但我愿意出高价给你，这与一项伟大的公共事业息息相关，这条隧道对西区大有裨益，你可以在那儿另买一块地皮。用我付给你的钱，你可以在那附近或其他地方买到更多的地皮，以此获利。我们需要在这个地方修隧道，否则我就不会来和你商谈了。"

"正因如此，"巴蒂坚定地答道，"你之前并未和我商量，就开始直接挖掘隧道，现在你却想将我赶走。我可不会只为了让你高兴，就匆忙从那儿滚开。"

"但我要是给你出高价呢？"

"你给我多少钱呢？"

"你要多少？"

巴蒂先生抓着自己狐狸般的耳朵说道："一百万美元。"

"一百万美元！"考珀伍德喊道，"你不觉得这太多了吗，巴蒂先生？"

"不，"巴蒂严肃地回答，"它的确值那么多钱，一点也不多。"

考珀伍德叹了一口气。

"对不起，"考珀伍德若有所思地回答，"但这个价钱的确太高了。你现在不打算拿三十万美元现款，把此事了结吗？"

"一百万美元。"巴蒂答道，严肃而坚定地看着天花板。

"好吧，巴蒂先生，"考珀伍德答道，"十分遗憾。我非常清楚我们不能按我原来的计划谈成功的。我愿多付你一笔钱，但你要的实在太多了，这不太正常，难道你不认为你最好重新考虑一下吗？其实现在我们还能把隧道移开。"

"一百万美元。"巴蒂说道。

"办不到，巴蒂先生。你那大楼不值那么多钱。你为什么就不能公道一些呢？三十二万五千美元现款吧！我开今晚的支票。"

"在今晚或以后任何时候，纵使你给我五六十万美元，我也不乐意拿，考珀伍德先生。我清楚我的权利。"

"那好吧，"考珀伍德答道，"我只能说到这种程度了。如果你不愿意卖，那就只好悉听尊便。也许你以后会改变主意的。"

巴蒂先生出去了，考珀伍德就让他的律师们和他的工程师们进来。一两周后，在一个星期六的下午，那座大楼那天正空着，三百个工人赶着一些运货马车，带着鹤嘴锄、铲子和炸药棒来了。到第二天（第二天是星期日，属法定假日，既不开庭也不会颁布禁令）日落时，这座属于莱蒙·巴蒂私产的漂亮大楼就被彻底铲平了，只剩下一个大坑。这个戴着赛璐珞硬领和赛璐珞袖口的绅士于当天上午九点左右才得知自己的大楼已被彻底铲平，简直惊恐万分。他火冒三丈地赶到，还残留尚未拆除的部分墙头，于是他就向警察呼吁。但说来奇怪，警察根本不理睬，因为他们曾看到内厄姆·迪肯西兹先生主持的最高裁判法庭发出的一道禁令，禁止所有人干涉此事。（后来另一个法庭追究时，这个奇怪的文件却不见了，就像这张禁令根本就不曾存在过，根本就没有发出过。）

　　拆除和挖掘的工作热火朝天地进行着。于是律师们开始匆忙地跑到一个又一个友好法官的门上去。他们的脸在抽搐，眼睛冒火，嘴里喘着粗气，与此同时四处对于这种无法无天的罪行议论纷纷。不过，法律是法律，手续也仅仅是手续。在法定假日，既然不开庭，那么所有禁令都既不能发出也不能收回。不过在下午三点，还是找到了一个热心的保安法官，他答应发布禁令，制止这种罪行。可此时，大楼已经全部拆除，挖掘工作也结束了。只剩下西芝加哥市内铁路公司需要获得一个新的禁令来撤销前一个禁令，请求不要干涉它的权利、特权、自由权等，所以就引起了一场诉讼，很自然地就把这件事情闹到本州上诉法院去，而在那里就能名正言顺地耽搁下去了。闹了几年，经过无数的禁令、认为有错或可疑发出复审令、申请重新考虑、威胁要将此事当作侵犯宪法特权问题从本州法院移到联邦法院去等。最后，这件事情还是私下和解了，因为巴蒂先生后来已明白了。不过，报纸却得知了私下和解的详尽情况，随后就发表了大量攻击考珀伍德的文章。

　　与莱蒙·巴蒂事件相比，更麻烦的却是一家新成立的芝加哥市内铁路公司。起初这件事情好像只是那个从加利福尼亚州来的果断的年轻人詹姆士·法利瓦·伍尔森的个人想法，后来逐渐发展成本市西南最远地区各个街道三分之二居民的一致诉求了，因为他提出在那里铺设新铁路线。这位詹姆士·法利瓦·伍尔森雄心勃勃，不是轻易就能压制下去的。除了居民一致的同意和请求（这点考珀伍德不能轻松从他手中夺去）外，他还有一种新式电车，当时正在几个小城市里试办着，这种借着顶上电线和滑动杆电力推进式的新车，据说十分实惠，比地下线管好，比马车便宜。

考珀伍德先前听说过这种电力新车的所有情况，并且曾带着浓厚的兴趣研究了好几年，因为它可能会促使整个市内铁路事业发生革命性的变化。但是他认为最近才完成那段优良的地下钢缆，如果放弃它也不合适。触轮式电车太新奇了，在他还没准备好要采用之前，就让它在芝加哥使用显然不合适。他计划先在外围支线上采用，随后再大面积推广。

但在他还来不及采取合适措施对付伍尔森之前，那个极具想象力、伶牙俐齿、神情迷人的青年却与杜鲁门·莱斯利·迈克特纳、约旦·朱尔斯那帮别有用心的投资家们联起手来。迈克特纳终于觅到了一个惩罚考珀伍德的天赐良机。如朱尔斯曾是北芝加哥煤气公司总经理，曾在煤气战中因为考珀伍德的缘故而损失了一些钱。杜鲁门·莱斯利·迈克特纳生着一双深沉、刻薄、多疑而嫉妒的眼睛，身体瘦高而精力旺盛；约旦·朱尔斯身材矮胖，皮肤黄里带红，头发稀疏油光很难看，一直披在衣领上面，前额和头顶秃得发亮，蓝蓝的眼睛饱含着追寻、探求和复仇的神情。你再也想不出比他们两个更好的傀儡，来驱逐他们公认的仇敌了。他们先后又拉入南区煤气公司前总经理塞缪尔·布莱克曼、本地经营铁路和股票投资的名人桑德兰·斯莱德和道格拉斯信托公司总经理诺利·西姆斯，不过西姆斯只能算是一个财务代理人。一般人都认为，这相当容易遭到考珀伍德防御战术的抵御，这会使市议拒绝付诸行动。

"唔，我们马上就能把此事确定下来，我认为，"一天清晨，小迈克特纳在会议上喊道，"我们应该把他们公之于众。只需要宣传一点就够了。"

　　他恳求父亲（《调查者》主笔），但父亲发现自己的儿子参与此事，就暂时不肯付诸行动。对市议会那种不予理睬的态度，小迈克特纳十分愤懑，他闯进市议会质问市参议员杜宁（他仍是领袖），为什么芝加哥总章程虽然摆在那里，却不加以考虑。杜宁先生身材高大，是个懦弱、温顺的人，蓝眼睛，身体健壮，常露出憨厚的笑容。他对小迈克特纳说，尽管自己是街道委员会主席，却对此事一无所知。"近来我不太管事。"他答道。

　　小迈克特纳先生去找这个委员会的其他委员。可他们的态度全都不明朗。他们必须调查这件事情。也有人说申请书中有疏漏。

　　显然，有人在玩弄阴谋。毫无疑问，考珀伍德应该对此负责。小迈克特纳与布莱克曼、约旦·朱尔斯商量后作出决定，一定要闹到迫使市议会尽其职责为止。这是一家合法的企业。一种更好的新式运输方法居然不能引入本市。希利哈收到了一份他们奉送的礼物，而且因为他更有可能控制这家新企业，就认为市议会对这些章程应当加以考虑。因此，报纸上又开始重新叫嚣起来。

　　利用希利哈的《纪事报》、赫索卜和梅里尔的报纸，还有《调查者》，他们指出对这种状况决不能袖手旁观。如果执政党听从考珀伍德那样的恶势力指挥，要停止所有市区外围运输事业的立法，那么剩下的办法只有一个，就是呼吁本市的选举人将这帮流氓议员赶出市议会。没有哪个政党使出这样的政治阴谋和经济欺骗后还能存在下去。迈肯迪、杜宁、考珀伍德等被形容为不讲道理的绊脚石和恶势力。但考珀伍德仅仅一笑了之。这些全都是敌人的叫嚣，后来，当小迈克特纳恐吓说，要提出诉讼迫使市议会尽责时，考珀伍德与他的朋友们就不太高兴了。

上级法院对下级法院发训令的行动，不管怎样无用，也会给报纸一个嚼舌根的大好时机。再者，本市的选举期又一天天临近了。不过，迈肯迪和考珀伍德绝对不会束手无策的。他们有公司、有职权、有资金、有同心协力的派系、有豪华酒吧、有下等酒馆，还有一些暗房，深夜就能在这里将投票箱塞满。

所有这一切事情，考珀伍德并没有亲自参加，迈肯迪也没有参加。他们身穿漂亮的花呢外衣和衬衫，经常在芝加哥信托公司、北芝加哥市内铁路公司总经理办公室以及考珀伍德的图书馆商议。那些地方一直都在上演黑幕。但到公布选举结果时，希利哈、西姆斯和小迈克特纳在社会上的联合阵线还是全线溃败了，当选的是迈克凯提一派。不错，有些臭名远扬极其堕落的市参议员落选了，但市参议员都是一个样，新选的甚至选举前的保证和宣誓言犹在耳旁，就能十分容易地被收买或说服。因而考珀伍德的反对派还是毫无进展，可他们对考珀伍德的厌恶却日益增加了，即使普通百姓也有些情绪，他们对考珀伍德控制市内铁路的方法不满。

# 第三十一章　逐渐失利

　　与这些风波同时发生的还有一件事情，并且很快就对这些风波产生了推波助澜的作用。即海格宁主笔发现了考珀伍德与塞西莉之间的事。这事可以说与爱琳没有丝毫关系，她再也不想在这件事上和考珀伍德较劲了。此事是由海格宁的社交栏女编辑引起的，她在社交界听到一些流言蜚语，因为她受到海格宁的照顾，就直言不讳地把此事对他如实相告。尽管海格宁在新闻界是知名人士，却并不精通人情世故，他根本不相信这事。考珀伍德是如此斯文，如此富有经济头脑。有关考珀伍德的过去，他听说过很多，但鉴于考珀伍德目前在芝加哥的情况，他认为不可能发生这类无聊的事情。可因为牵涉到他女儿的名声，他于是向塞西莉询问此事，她在压力之下承认了。她按惯例进行了辩解，声称自己成年了，希望过独立生活，这多半是她依据考珀伍德的态度推断出来的逻辑。海格宁开始对此事未采取任何行动，只是打算把塞西莉送到内布拉斯加州的姑母那里去，但他发现她非常执拗，又担心考珀伍德有什么相反的劝告或报复（因考珀伍德曾给他担保了十万美元的票据），他就决定先来商讨问题。这就意味着和考珀伍德断绝关系，并将一些难办的经济问题另作安排，因为别无选择。他正要去考珀伍德那里，恰好考珀伍德打电话来请他吃便饭，考珀伍德还不了解有关塞西莉事情的最新进展，同时他的市议会计划也略有改变，需要与海格宁商谈一下。海格宁非常吃惊，但在某一点上却放心了。"我正忙着，"他十分沉重地说道，"你今天能到报社来一下吗？我想找你谈一件事。"

考珀伍德满以为是编辑方面或本地政治方面的事有新的进展，也许与他还有关系，他就约定四点钟一过就来。他乘车来到这位社长在新闻大楼的办公室，他看到了社长一脸严肃而失望的神情。

"考珀伍德先生，"海格宁首先说道，这时这位金融家刚踏进门，他英俊、整洁，充分流露他那亲切与自信的神情，"我认识你大概有十四年了，在此期间，我对你始终以礼相待。不错，最近你在经济上曾几次帮助我，我原本以为那多半是出于你对我真诚的友谊，而不是由于别的什么原因，但我极其偶然地听说了你和我女儿之间所发生的事情。最近我同她谈过这事，凡是我要知道的事，她都承认了。我认为，按照礼节，你也应当清楚，你不应该把我的孩子列入你引诱堕落的那帮女人的名单之内，既然你不讲道义，那么我就只好对你说（这时海格宁的脸色发白，显得特别紧张），你我间的关系到此结束了。你给我担保的十万美元，我会尽快另想办法，我希望你把拿着当作附属担保品的本报股票还给我。如果是另一种人，或许我会用另一种方法打击你，考珀伍德先生，我认为你不会有孩子的，即使你有，你也一定缺乏父母的责任，否则，你不会如此伤害我。我相信总有一天你会明白，你这种做法不管是在芝加哥还是在其他地方都不会有好结果的。"

海格宁慢慢转身走向他的写字台。考珀伍德非常耐心、相当坚定地听着，眼睛都没有眨，只是说：

"此事看来我俩没有办法取得一致观点，海格宁先生。你不能理解我的想法，我也不能按你的观点行事。但是，我还是尊重你的意见，等我收到我那些担保的票据后，我就把你的股票还给你。除此以外，我不想多说一句。"

他转过身，漫不经心地走了出去。他觉得，自己竟然失去了这样有威望的人的支持，实在太可惜了；但转念又想，没有他的支持也照样能干，做父母的逼着女儿做她所不愿做的事，也确实太傻太固执。

考珀伍德走后，海格宁一直站在写字台旁，他不清楚自己能从哪里快速弄来十万美元，也不清楚他该怎样做才能使女儿认识到自己行为的过失。这种骇人的打击竟来自他的朋友。他想起了沃尔特·梅尔·维尔·赫索卜两家报纸的营业情况很好，他也许可以援助他，等《新闻报》日后销路更好时，他就能偿还他。抱着对生活和命运的担心，他忧心忡忡地走回家。同时，考珀伍德则去芝加哥信托公司与费德拉商讨事情，后来又回到自己家里，筹划着如何来弥补这种损失。塞西莉·海格宁的境遇和命运这时在他心里并不像其他许多事情那般重要。

还有个问题更为严重。最近他曾冒险去勾搭霍思迈·汉德夫人，这个闻名的投资家兼金融家的妻子。汉德属黏液质，稳重而迟钝，在几年前丧偶，他对原配夫人本来十分忠实。自那以后，好几年他都是个寂寞的投机商人，经营着自己的那些大买卖。后来由于他的财富、外貌和社会地位，他就被吉塞·德鲁·巴莱特夫人看中，在交际场上对他殷勤款待，诱使他与她的女儿卡罗琳结婚了。卡罗琳是个极为活跃的女孩子，聪颖、伶俐、工于心计、浪漫风流。她在交际上野心勃勃，没有多少情感，只是想得到汉德几百万美元的家产，想到他死后自己的地位将会何等有利，她就对他笨拙而衰老的外貌忽略不计了，把他当作自己的爱人看待。当然批评也是有的。大家认为汉德是个牺牲品。卡罗琳和她母亲则被认为是居心叵测的轻佻女人和刁妇。但因为这位富有的金融家果真上了圈套，朋友和未来的食客们对她还是应当讲礼貌的，而实际上也是如此。婚礼举行时宾朋满座。汉德夫人从此就开始极为慷慨地举行宴会、茶会、音乐会和招待会。

考珀伍德第一次遇见她和她的丈夫，是在他着手搞市内铁路计划期间。因为急需二十五万美元，而他在芝加哥信托公司、湖市国民银行和其他金融机构又都已押借很多款项，他就灵机一动想到汉德。考珀伍德始终是一个大的债主，他的票据大量地流散在外。他不断以这种方式向有势力的人介绍自己，按或高或低的利率取得长期或短期的借款，而有时就找到了可以合作或者能利用的人。虽然汉德属于敌对阵营，即希利哈、联合煤气公司和道格拉斯信托公司这一派的，可考珀伍德却丝毫没有迟疑地去了他那里。他希望克服或避免产生任何不好的印象。尽管汉德这个精明而坦率的一本正经的人已听闻许多对考珀伍德不利的谣传，但他却心存公道，往最好的地方去想。他认为，或许考珀伍德仅仅是那些嫉妒的竞争者的牺牲品。

考珀伍德第一次去鲁史利大楼他的写字间拜访时，他的态度相当真诚。"请进，考珀伍德先生，"他说，"我听说了许多关于你的事情，而且大多数是从报上得知的。我能帮你做些什么呢？"

考珀伍德取出了价值五十万美元的西芝加哥市内铁路公司的股票。"我想知道，我拿这些股票能否在明天上午借用二十五万美元现款？"

沉稳的汉德镇静地看着那些抵押品。"你自己的银行呢？"他是指芝加哥信托公司，"难道它不能替你抵押吗？"

"刚刚抵押了别的东西。"考珀伍德有点不自然地微笑着说。

"嗯，如果我相信报上所说的一切，那么，你正打算将这些铁路、将芝加哥或将你自己搞垮。但是，我并不是以报纸为生。你打算用多久呢？"

"六个月。如果你愿意，就用一年。"

汉德把那些证券翻过来，看着上面打的金印。"价值五十万美元，股息六厘。西芝加哥优先股，"他说道，"你是赚六厘股息吗？"

"我们目前正赚着八厘股息。你一定会看到那一天，这些股票每股要卖两百美元，而且还要付一分二厘股息。"

"你是把老公司的股票发行额增到四倍了吧？好，芝加哥正在发展。你把股票先放在这里，我们明天再说，要不然你就带走，明天让人送过来或者打电话给我，我会告诉你的。"

他们谈了一会儿市内铁路和公司的事，汉德想知道一点有关西芝加哥与勒凡斯乌毗连地区的地皮情况，考珀伍德提出了很好的意见。

第二天他就打电话，汉德告诉他可以接受股票。他打算送一张支票过来。就这样，一种暂时的友谊随之开始了，一直持续到考珀伍德和汉德夫人之间的关系达到高峰并被发现为止。

考珀伍德遇见了这个叫卡罗琳·巴莱特（她偶尔这样签名）的女人，她和他一样不安于现状，朝三暮四，但她远不及他精明。她在交际上野心勃勃，但在具体行为上却决不拘泥习俗，而且她并不爱汉德。刚结婚时，她就计划过一种极其放荡的生活来弥补自己的损失。她和考珀伍德的私通始于一次吃饭，就在汉德那所位于北岸大道俯瞰湖景的、富丽堂皇的公馆里。考珀伍德去与她的丈夫商谈几件芝加哥的事情。对他那风流荒淫的名声汉德夫人感到振奋不已。她身材矮小，头发棕黄，牙齿洁白，嘴唇从不忘记涂满口红，一双褐色小眼睛闪烁着一种淫荡、渴求和挑衅的目光。她极力显得有趣、聪颖和机智，而实际上她也确实如此。

"无论如何，我久仰弗兰克·阿尔杰农·考珀伍德的大名。"她高声说道，伸出一只小巧白皙戴着宝石戒指的手，指甲染上了指甲花的颜色，手掌上略微擦了一层胭脂。她的眼睛发亮，牙齿洁白。"芝加哥的报纸上几乎看不到其他的新闻了。"

考珀伍德微笑着，扬扬得意。"真高兴与你相识，汉德夫人。我在报上也看到了你的新闻。但是我希望你不要相信报上说的与我相关的所有言辞。"

"即使我相信，我认为那对你也没有丝毫妨碍呀。现在要做事，就得让人议论。"

因为考珀伍德打算请汉德帮忙，所以态度十分友好。他不让谈话超出常规，但却一直与汉德夫人交换着秘密、会心的微笑，而且他很快看出来她就是为了财富才嫁给汉德的，尽管处在防范和监视之下，却一直专注于寻欢作乐，风流快活。凡是被监视而又渴望逃避的人都有一种渴求，一旦遇到解脱的机会他们就会心花怒放。汉德夫人目前就有这种热望。考珀伍德这个情场老手，端详着她的手、头发、眼睛和微笑。经过一番观察后，他认为如果没有其他问题，汉德夫人会十分有意思的，如果她对他产生了浓厚的兴趣，他也会兴趣倍增。过了不久，她那眉目传情的微笑，她那双颊泛起的红晕，就表明一切都在自己的意料之中。

在他们第一次见面后不久，有一天她在大街上偶遇他，就对他说，她要去威斯康星州看望朋友。

"我认为你在夏天从未往北走到那么远的地方，是吗？"她装腔作势地问道，微笑着。

"是的，我从未到过，"他答道，"但如果有人要挑逗我，我或许会去的。你会骑马和划船吗？"

"啊，会的。我还会打网球和高尔夫球呢。"

"但像我这样的游客住在什么地方呢？"

"啊，有几家极好的旅馆。住从来不是问题，不存在任何麻烦。我觉得你也会骑马吧？"

"不太熟练。"考珀伍德答道，他原是一位骑马能手。

一个星期日的早晨，弗兰克·阿尔杰农·考珀伍德与卡罗琳·汉德在威斯康星州风景如画的山中又一次相遇。逍遥地并肩慢跑；富有情调地闲谈关于人、风景、生活等话题，最后，在他那直率的挑逗和调情后，接着上演的一幕并没有超出人们的想象。

算账的日子（如果能这样说）以后才来到。

卡罗琳·汉德也许是太轻率了，她非常倾慕考珀伍德，却并不真心爱他。他想到的是她的有趣，特别是她的年轻、洒脱、自负，她完全是一位新式女性。不久，他们就不在威斯康星州而在芝加哥约会了。后来又在底特律约会，因为她在那里有些朋友；然后又在罗克福德约会，因为她姐姐住在那里。从时间和金钱方面来讲，这对他是轻而易举的事情。

后来在一个夏日里，杜安·金斯兰在威斯康星州第一次遇见了汉德夫人和考珀伍德，以后在靠近考珀伍德那单人房间的南道夫街上又碰到了他们。他是面粉批发商，信宗教、讲道德、守习俗，他认识考珀伍德，了解他的名声。金斯兰是这样一个人，又与汉德相当熟悉，他就决定问问汉德，他的夫人是否与考珀伍德非常熟识。于是，汉德的家里就大闹了一场。汉德夫人被她丈夫质问时，当然不肯承认她和考珀伍德之间有什么不检点的行为，从她那掩饰不住的愤怒和激动的态度来看，她那年老的丈夫并不相信她的话，他曾打算当面质问考珀伍德，但因为他是个严肃而重实际的人所以最后就决定同他断绝所有商业关系，并用其他方法打击他。汉德夫人受到严密的监视，一个被收买的女仆发现了她写给考珀伍德的一封旧信，汉德竭力劝她去欧洲，就像多年前老巴特勒曾经让爱琳到欧洲去一样，这引起了她的强烈反对，但最终她还是去了，汉德从以前即使不太友好也算中立的态度，立马变成了考珀伍德所有芝加哥仇人中最危险、最有力量的人。他是一位强大而有势力的人。他满腔的愤怒之火。现在，他认定考珀伍德是个狡诈卑劣而又凶狠危险的家伙，芝加哥真应该尽快除掉这样的败类。

# 第三十二章　晚宴相遇

　　爱琳自从被考珀伍德冷落后感到很孤独，泰勒·洛德和肯特·巴罗斯·麦克吉本两人忠心耿耿地照料爱琳。他俩都只是一般地喜欢她，觉得她在容貌和性格上都相当不错。但因为他们都蒙受那位大王的诸多恩惠，他俩对她的态度都十分小心，他们清楚，早些年考珀伍德对她格外宠爱。后来，他们便不那么小心了。

　　在以后一段时间，爱琳经过他俩的介绍，渐渐融入了一种中等层次的社交圈，这种生活也有些乐趣。每个大城市都有一种交际性的中等层次，艺术家和那些在交际上不拘泥习俗、举止轻浮、乐于冒险的人都在这里相聚，交换一些物品，这不仅是出于交际上的形式和礼貌，也是狂荡不羁的艺术家的习惯。在这里，仅凭一些异想天开的事，就使舞台、画室和各派艺术活动富有情趣，新鲜别致。在芝加哥的若干画室（像莱克恩·克罗斯的画室和利思·格力尔的工作室），都能找到这类小圈子。利思·格力尔就有一大批追随者，他原本是一个纯粹的空头艺术家，具有那帮人的一切气质、习惯和社交上的习气。泰勒·洛德和肯特·巴罗斯·麦克吉本带爱琳轮流到这里和其他几个地方去。他俩这样做都是趁考珀伍德不在家的时候，很有礼貌地向她提出建议并得到她同意的。

　　这时他俩的朋友中有个叫波尔克·林德的，原来是位有趣的社交家，他父亲有一个庞大的收割机工厂，他的时间和精力都耗费在闲逛、赛马、赌博和交际上。总之，他简直就是为所欲为。他身材高大、皮肤黝黑、体格健壮、肌肉发达，还有浅黑的小胡子，黑褐色的眼睛，鬈曲的黑头发和一种英俊的、具有军人风采的仪表，而这种仪表始终对他特别有利，作为一个玩弄女性的高手，他从不炫耀自己的胜利，不过内行的人瞅他一眼，就能够了然。在利思·格力尔的工作室爱琳第一次看见了他。这本是极其偶然的邂逅，可她却强烈地感觉到，她遇见了一个迷人的男子，他正用热烈贪婪的目光凝视着她。当时她甚至有点退缩，因为他那种凝视太过分了，但她还是喜欢他的整体形象。他是她极为倾慕的那种时髦社会里的人，而这种社会目前她显然毫无希望跻身进去。他的那种潇洒大胆终于使她在考珀伍德之外发现了一种男人，她愿意让他去适度地喜欢她。如果她要变成坏女人，她乐意从他那样的男人开始。他善于勾引人，善于哄骗，但同时他又强硬坦率、凶得很有味道，就如她的弗兰克。他还具有考珀伍德所缺乏的东西，一派交际的风度或神态，这是由于长期无所事事、到处游荡、交际上的优越感和安全感而形成的，这是一种心不在焉的态度，对别人的意思和兴致完全不在意。

几周后，她参加洛德的朋友柯特莱·达堡夫妇的宴会时又看见了他，他喊叫道：

"啊，不错。上帝！你是几周前我在利思·格力尔工作室里遇见的考珀伍德夫人。我对你念念不忘。走遍芝加哥你一直在我的心里。泰勒·洛德介绍你我相识。哎呀，你确实是一位美人！"

他百般献殷勤，想入非非，满怀倾慕地靠近她。

爱琳发现虽然天色尚早，但他却热情得有些过头儿，事实上，他已在别处喝了几巡酒，几乎要醉了。他的眼睛发亮，面带铜色，态度高傲，无所顾忌地耍着酒疯。这让她心存戒备。但她却非常喜欢他那严厉的褐色脸庞、漂亮的嘴巴和像克罗马朱庇特主神一样的鬈发。他的奉承并不特别出格，但她还是装作羞涩地试图回避他。

"来呀，波尔克，这里有一位你的老朋友塞迪·博特维尔，她想和你再幽会幽会。"一个人抓住他的臂膀说。

"不，你不要拉我。"他友好却又有点生气地叫道。这是一种说不出缘由的气愤。一个饮酒微醺的人，被他人打岔时，很容易这样。"我踏遍芝加哥都在琢磨着我在某个地方看见过这位女士，现在我真的遇见了，我当然不愿意被别人拖走，我必须得先和她谈谈。"

爱琳大笑起来。"你真是太可爱了，但我们也许能再见面的。再说，这里还有一位呢。"洛德机智地把他的注意力转移到另一个女人那里。利思·格力尔和麦克吉本也到这里了，他们这时都上来帮她。接着在一片喧闹声中，爱琳暂时被拖了出来，林德也老练而巧妙地避开了她。在这第二次见面后，林德十分冷静认真地考虑了这件事，他决定，必须花上一些功夫，于是和爱琳更加亲密起来。尽管她不如其他女人那样年轻，但恰恰与他现在的心境相符合。她体态丰满妖娆、圆润。她不属于正式社交中人，但这又有什么关系呢？她就是著名金融家的妻子，那位金融家曾经勉强跻身社交界，她也有同样戏剧性的经历。他对此深信不疑。想让她就范，他认为并非难事。他了解该如何与她调情，得手是易如反掌的事情。

于是不久以后，林德就更加大胆地邀请她，还一起邀请了洛德、麦克吉本、利思·格力尔夫妇和格力尔夫人的一个相当美丽的年轻女友克丽丝·朵贝·兰曼女士一同去看戏和吃晚饭。预定的程序是，先到好莱戏院看一出流行的滑稽戏，再去里奇留饭店用晚餐，最后到当时南区十分兴隆的一家高等赌场去，那是演员、社交界赌徒常去的地方，那里的环境极其考究,可以赌轮盘、赌红黑、赌法国纸牌、赌一般扑克牌,其他各式各样的赌博就更不用提了。

这次聚会相当令人开心,尤其是在大家来到里奇留饭店之后,餐桌上摆着丰盛的菜肴,有小鸡,有龙虾,还有一瓶香槟酒。后来在奥珂特俱乐部赌场,按照林德的意见,爱琳学了赌法国纸牌,赌一般扑克以及她感兴趣的其他赌博方式。"你听我的话,考珀伍德夫人,"他在吃饭时(因为他是主人,他把她安排在他和麦克吉本之间)得意地说,"我告诉你如何把你的钱赢回来,这在别人是办不到的。"他神采飞扬地补充道。回想起最近有一次,他和麦克吉本与朋友们在外面玩,麦克吉本随便出了个主意,他看到他的主意出错了。

"你一直在赌博吗,肯特?"爱琳调皮地问道,转脸面对她那位长期的顾问和朋友。

"没有,我没有赌过,"麦克吉本一脸殷切的笑容,"也许我想过赌博,但我承认,我不清楚如何赌。目前波尔克是常胜将军,不是吗,波尔克?你跟着他赌好了。"

听到这话,林德脸上浮现出苦笑,有一天晚上,他输掉一万美元,他甚至有输掉一万五千美元的纪录。他也有过一次新纪录,他赌法国纸牌连续一天一夜赢了两万五千美元,后来又输光了。

整整一个晚上,林德始终对爱琳投去调情的眼神。她不能够躲避这种眼神,而且她也感到自己没有必要躲避。他是如此的可爱。在戏院里,他有一半时间都与她谈话,但却并不明显地对着她说,甚至也不去看她。爱琳对他的脑子里的想法可以说是了如指掌。有时,简直就像她当初遇见考珀伍德的那些时光一样,觉得浑身血液里涌动着一股情不自禁的开心。她的双眼发光,也许她可能就是爱这样一个男人,虽然有一定难度。考珀伍德不把她放在心上了,就只好让他活该如此。

可就在此刻，考珀伍德的影子还徘徊在她的心底，但重获爱情和充分性生活的希望之光也在她脑海里不时萦绕。

赌房里聚着一大群有趣而时髦的人，他们是男女演员、俱乐部会员、本地上流社会的一两个思想特别开放的女人和众多有点绅士气质的青年赌徒。洛德和麦克吉本向爱琳建议头几盘押在哪些数字上，林德则亲热地依靠在爱琳迷人而浑圆的肩上。"让我替你把钱押在首位红四上。"他提议道，随即扔下了一块做筹码的二十美元金币。

"哎，但要放上我的钱哪，"爱琳埋怨道，"我要用我的钱赌。如果不是这样，我认为那不是我赌的。"

"好的，但现在你办不到。你不能用钞票押呀。"她正从钱袋里掏出一卷钞票。

"过一会儿我得替你兑换金币，到时你再还我好了。他现在要出球了。你看，他出球了。等一会儿。你或许能赢。"于是他住口，紧盯着那个小球，小球正在接球囊上面不停地打圈子旋转。

"让我考虑一下，如果我赢了首位红四，我能得到多少钱呢？"她努力回忆她在国外的经验。

"一美元赔十美元，"林德答道，"但你没有赢到，让我们再试试运气，它总会出来的。"

"十盘或十二盘中总有一盘，我常常在第一盘就碰上了，上盘红四出来有多久了？"他向他认识的一位邻座问道。

"我认为有七盘了，波尔克。六盘或七盘。有什么奥妙哇？"

"啊，还好。"他又转脸面对着爱琳。"现在它应该马上就出来了。我总是按照老规矩每盘加押一倍，指不定哪一次就能把输的钱全都捞回来。"他押上了两块二十美元的金币。

"啊呀！"她叫道，"这就有两百了！我几乎忘了呢。"

就在此时,庄家让大家停押,爱琳把注意力全都集中在那个小球上。小球转得让人眼花缭乱,忽然停了下来。

"又输了,"林德说道, "那现在我们要押八十美元了,"他就扔上了四块二十美元金币,"索性碰碰运气,我们要押些钱在'三十六、十三'和'九'上。"他不慌不忙地在每个数字上都押了一百美元。

爱琳欣赏他的风度。和考珀伍德如出一辙,林德具有赌徒的淡定镇静。他父亲了解他的脾气,就每年拨出一大笔专款给他。她发现他像考珀伍德一样富有冒险精神,他只是用在了另一方面。林德也许注定要闹出一种非常草率的乱子,但那又有什么关系呢?他是位绅士,生活地位十分稳固,这种想法始终是爱琳暗暗担忧的。她的地位似乎一直不稳固,而现在这么一来,可能永远都不会稳固了。

"哦,我已快被弄糊涂了,"她叫道,开心地恢复了少女时期的拍手习惯,"如果我赢了,我能赢多少呢?"就连球落下去时,她的姿势也还是分外引人注意的。

"你真的赢了!"林德叫道,他正看着管钱的人,"八百,二百,二百,但我们在'十三'上输了。这很好,我们已先弄到了大约一千美元,我们已经押上的还不在此列,这个开局真是不错,你说是吗?如果你现在听我的话,就暂时别再押红四。如果你在'十三'上多押一倍,假设你押上又输了,那么就去赌白提斯公式。我告诉你该如何赌。"

大家都了解林德是一位赌徒,他背后已围上了几个看客,爱琳被迷住了,她对这些赌博的秘诀知之甚少,只好看他。赌到一个阶段,林德伏下身子,看她微笑了,就低声说:

"你的头发和眼睛实在太可爱了!你像朵红玫瑰那样光鲜。你容光焕发,令人惊叹。"

"哦,林德先生!你说些什么呀!难道赌博会使你变成这样吗?"

"不,就是你让我变成这样的。显然,是你让我变成这样的!"于是他死死地盯着她那双往上翻着的眼睛。他仍然在表面上替爱琳赌着,现在他在押的数字上将赌注增加了一倍,放上一千美元金币。爱琳劝他替自己赌,她只在旁边看着。"我只押上点钱在一些单数上,你爱赌哪一套就赌哪一套,行吗?"

"不行,绝对不行,"他动情地答道,"你就是我的运气呀。我和你一起赌。你给我管着钱。如果我赢了,我要送你一件好礼物。输了钱就算我的。"

"那随你吧。我实在不会赌博。如果你赢了,我真的会得到好礼物吗?"

"无论输赢,你一定能得到的,"他低语道,"现在你把钱押在我所说的数字上。'七'上押二十;'十三'上押八十;'三十'上押八十;'九'上押二十;'二十四'上押五十。"他完全按照他自己的那一套来赌,爱琳那只白白胖胖的手臂照着他的话伸到这里,又伸到那里;看客们看出这两人比谁都赌得大,也就停押了。实际上,林德是为摆场子而狂赌的。转眼之间他就输了一千零五十美元。

"哦,所有的钱都输光啦。"当管钱人将钱都收去时,爱琳装作可惜地喊叫道。

"没关系,我们会赢回来的。"林德喊叫道,摔出两张一千美元的钞票给现金出纳员。"换成金币给我。"

那人给他一大捧金币,他全都放在爱琳那两只白胖的手臂之间的桌面上。"在'二、四、六、八'这些数字上各押一百。"

这些金币都是五美元一枚的,爱琳快速摞起一些小小的金黄的赌注,然后推到押的地方去。其他赌徒又住手了,用奇怪的目光看着这两个怪人，爱琳那泛红的金黄色头发、粉红的面颊、水灵灵的双眸，那裹在绸衫和艳丽花边里的玉体；林德身体直挺，衬衫洁白，面孔微黑，还有黑眼睛，黑头发。他俩确实是十分相称的一对。

"怎么回事？怎么回事？"格力尔走来问道，"谁又赌疯啦？你吗，考珀伍德夫人？"

"这并不是赌疯了，"林德冷静地答道，"我们只是在计算一个公式，考珀伍德夫人和我一起干的。"

爱琳微笑了。她终于出风头了，终于引人注目了。

"在'十二、十八、二十六'上各押一百。"

"上帝，你在干什么呀，林德？"洛德离开了利思夫人，走过来大声喊道。她也跟着来了，一些陌生人也开始向这边聚拢。这地方的生意火爆极了。现在是午夜两点，房间里挤满了人。

"太好玩了！"台子那头的兰曼女士说道，她停手不赌了，但两眼仍盯着赌桌。她身边的麦克吉本也住手不赌了。"他们几乎赌疯啦。看看那些钱吧！上帝，她的胆子太大了，他也一样。"爱琳那只裸着的手臂灵巧而炫耀地移来挪去。

"看他那止在打开的钞票哇！"林德掏出厚厚的一沓崭新的黄色钞票兑换金币。"他们就是惊人的一对，不是吗？"

台子上现在押满了林德的金币，一小注一小注的，十分有趣。他按那称作"玛萨林"的赌法来押，赔五，还可能赢倒庄家。一大群人都挤在台子周围，他们的面孔在灯光照耀下闪闪发亮。随时都能听见有人在低声惊叹，"狂赌哇！""狂赌哇！"林德仍然沉稳镇静，富有魅力。他的身体灵活而直挺，他的眼睛光芒四射，牙齿叼着一支未燃的香烟，爱琳兴奋得如同一个小孩儿，为自己又成为谈论的中心而格外开心。洛德用同情的眼光看着她。他喜欢她。那好吧，就让她欣喜吧。有时这对她有些益处，但林德要摆阔气，赌那么多的钱，真是个大傻瓜。

"封台啦！"管钱人喊道，小球又开始旋转起来了。所有的眼睛全都紧盯着它。它转了又转。爱琳像其他人一样热切地注视着。她两颊发红，眼睛放亮。

"如果我们这次输了，"林德说，"我们就加倍再赌一次，如果再次输了，我们就离开这里。"他已输了近三千美元。

"哦，是的，确实如此。不过，我认为我们现在就应该离开了。如果我们不赢，这一次就要输两千。难道你认为这还不够吗？我没能给你带来好运气，不是吗？"

"你本身就是好运哪，"他低声说，"你就是我需要的唯一的运气呀！再来一次。帮我再试一次，好吗？如果我们赢了，我抬脚就走。"

她刚一点头，小球就嘀嗒一声停了下来。于是管钱人赔了这里那里几小注后，就把所有剩下的赌注全都收到钱洞里去了，叽叽喳喳的议论声音随即四起，含着同情和不满的意味。

"他们押了多少钱？"兰曼女士吃惊地问麦克吉本，"一定很多吧？"

"哦，可能有两千美元。不过那在这里并不算什么。曾经有人狂赌到八千或一万。那得看情况。"麦克吉本用一种轻蔑的口吻说。

"哦，是的，不过这可能是常有的事。"

"看在上帝的分上，波尔克！"利思·格力尔走过来拉着他的袖子，叫道："如果你想扔钱的话，那你就扔给我吧。我完全可以像那位管钱人一样好好地把钱收起来，随后我就用一辆卡车把它拖回家去，在家里能派上些用场。你这样胡闹下去实在太可怕了。"

对于输钱，林德泰然自若。"现在来加倍押，"他说，"将我们输的钱全捞回来，否则就下楼去吃块面包，喝点香槟酒。你最喜欢什么礼物呢？但这也不重要。因为我知道这次应该送一件什么纪念品。"

他微笑着，又买了些金币。尽管爱琳有点后悔，却炫耀地把金币摞起来。她并不赞成他的狂赌，却又有些欣赏，她不由自主地同情他。很快钱便押上了，同样的数字配合同样的赌注，只是加了倍，一共四千美元。管钱人出球了。小球转着，又落下了。除回来三百美元以外，庄家把钱全赢进去了。

"好，现在去吃一块面包吧，"林德淡定地喊道，转身对着站在他背后笑着的洛德，"你一个人吗？哎呀，坏运气全被我们碰上了。"

林德暗地里有些不悦，因为如果他赢了，他想拿一部分赢的钱给爱琳买一条项链或其他什么礼物。现在他必须自己掏钱了。但他却又有些满意，因为他给人留下了深刻的印象，尽管他是个大输家但却是个沉稳镇静而丝毫不在乎的输家。他把一只臂膀给爱琳挽着。

"好，夫人，"他说，"我们是输了，但我认为我们却从中得到了乐趣，那种配合的押法，如果押上了的话，定会使我们大出风头。下次运气会好些吧，嗯？"

他亲切而自信地微笑着。

"是的，但我本该成全你的好运，可我却没做到。"爱琳答道。

"要是你愿意做我的好运，明天与我一道去里奇留饭店吃饭，好吗？"

"让我考虑一下，"爱琳答道，她看出他那直爽而又坚定的热情，便起了疑心，"我办不到，我还有别的约会。"

"那星期二怎么样呢？"

爱琳猛地意识到自己把情况看得太严重了，这完全应当巧妙地应付。她就答道："好的，星期二。不过你要先打电话给我，没准儿我会改变主意或更改时间的。"于是她开心而友好地微笑了。

从这之后，林德就没有机会与爱琳私下谈话了，但在说再见时，他大胆挑逗地捏了捏她的臂膀。这让她的神经产生了一种特殊的不安，但她却觉得她既然因为渴望新的生活和急于报仇而将这事招惹上身，就必须下定决心。到底自己是否愿意继续这样下去呢？这是首要的问题，她认为必须当机立断。不过在一般情况下，环境有助于她的决定。当泰勒·洛德殷勤地将她送到家门口时，毋庸置疑，她的脑子里正在思索着这些问题。

# 第三十三章　拯救自我

　　像波尔克·林德这样的男人出现在爱琳的爱情生活里，也算是命运之神赐予的意外插曲。当前，一方面爱琳似乎正在默默地思考着她的命运，思考着她的所谓冤枉和不幸；另一方面，波尔克·林德是本市既有趣又有势力的好色之徒，此时，除考珀伍德以外，也许只有他最适合她的情调和品位了。

　　在诸多方面林德都是一个极其可爱的人。他比较年轻，甚至还没有爱琳大。在美国最好的大学里，即使没有受过正规教育，也算受过训练。对服装、朋友和他喜欢的那些生活杂事，具有不同寻常的鉴赏能力，虽然在本质上是一个风流浪子。他从青年时期就酷爱赌博，在某一方面好走极端，也算得上是个豪饮之徒，但他绝不是自伤身体的酒鬼。他天生体质坚强，能消受烈酒，副作用很小。他好色，这是大家所惯称的"我们最可爱的恶习"，而且他不喜欢父亲建立的庞大的收割机事业（他被认为继承人）所需要的那种冷漠的耐心、苦行僧的方式，仿佛他不喜欢古代迦勒底人神秘的宗教仪式或神权一样。他也清楚收割机事业本身是一件相当不错的事情。他有时又喜欢想到它和它那宽广的场地，纯色的红砖大厦，高耸入云的烟囱和不时长鸣的汽笛。但是，他对那种过于平淡的日常管理工作没有一丁点儿兴趣。

　　在这些情况下，爱琳的主要困难当然就是她那极度的自负和羞涩。

从来没有一个女人比她更自负或更感到性的苦恼与郁闷了。她扪心自问，为什么自己就应该日复一日地坐在这里思念着考珀伍德，孤单无聊，忧心忡忡，而他却在别处任意游逛、寻欢作乐呢？为什么她不可以把自己那尚存的风韵和魅力，当作一种安慰和娱乐，奉献给其他愿意欣赏自己的男人呢？这种做法不是很公平的吗？但至今她都很看重考珀伍德，认为他特别了不起，所以即使是现在，她对不贞的事几乎想都不敢想。考珀伍德对自己好的时候，是那样可爱，那样了不起。起初，林德千方百计地亲近她、请她进餐时，她都一概回绝了。如果情况稍微有变化，这事本来可以到此为止了。但是，碰巧就在这段时期，爱琳几乎每天都有新的证据和暗示证明考珀伍德不忠实，这让她痛苦不已。

比如说，有一天她去拜见海格宁夫妇。只要他们还没有查清事实，她当然乐于保持和谐的假象。那家用人却对她说，海格宁夫人不在家。不久，始终支持考珀伍德而爱琳也因为它的友好评论常看的《新闻报》，突然转变风向开始对他发起攻击，起初有些郑重暗示，指出他的方针和意图或许与本市最大利益不太一致。稍后，《新闻报》就发表了一些社论，指考珀伍德是"破坏家""费城的冒险家""没良心的推销商"等。爱琳立马就猜出这其中的缘故了，但由于自己所处的地位，也只能徒增苦恼和悲痛，无言以对。她不能消除嫉妒考珀伍德的那些人的威胁与恫吓，正如她不能从她自己那可怕的困境中解脱出来一样。

有一天，她仔细查看《礼拜六评论》这份芝加哥社交活动的如实记录时，意外发现一条新闻，这绝对是最后的重击。该条新闻中描述道："在上流社交界，关于某一个拥有巨额资产和虚假的社会威望的人的桃色事件和通奸的猜测已盛极一时，这个人一直渴望堂堂正正地跻身芝加哥的社交界。无须指出此人的姓名，但凡熟悉芝加哥最近发生的事件的人都会清楚我指的是谁。最近又风起的谣言更加影响到他那臭名昭著的名声，这与两个女人息息相关，一个是别人的女儿，另一个是别人的妻子，相关的一父一夫都是芝加哥有声望有地位的人。在最近这两种情况下，他大概已受到了那些在交际界和金融界举足轻重势力的一致反对，因为涉及此事的丈夫和那一个女人的父亲都是有权有势的，绝非等闲之辈。曾有人一再提议，芝加哥应该而且最终不会宽容他在金融上和社交上的海盗式行为，但至今为止，却没有任何明确的措施把他驱逐出去。最令人称奇的是，那个由他从东部带到这里来的妻子，为了与他同居而可耻地牺牲了自己的名誉地位以及另一个女人的爱情和家庭，他们竟然继续这样生活着。"

爱琳完全弄明白了，所谓的"那个女人的父亲"应该就是海格宁或柯琪兰，很可能是海格宁。但"此事的丈夫"到底是谁呢？她还不曾听说过他与谁的妻子发生关系的丑闻。因为这不大可能是莉苔·索尔倍和她的丈夫，那事早已平息了。肯定又发生了什么新事情，她还没听到半点风声。她坐在那里思考着。现在她想如果林德再次邀请她，她就一口答应。

仅仅几天的工夫，爱琳就和林德在里奇留饭店的金屋中相会了。有些奇怪的是，她作为一个很不在乎的人，却精心把自己打扮成一副迷人的样子。当时正值二月，地上铺着白雪，天气十分寒冷，她挑选了一件天青石扣子在胸前排成 Y 形的、崭新的、深绿色厚呢长服，戴一顶插着一根鲜绿羽毛的海豹皮无边帽，一件有许多精巧银扣子的海豹皮短上衣和一双古铜色的皮鞋。为了装扮得更加完美，爱琳又戴上了一对小花朵形的翡翠耳环和一只无花的沉重的金手镯。林德欢喜地迎上去，他那漂亮的褐色面孔上露出一副格外赞赏的表情。

"请允许我表达，你实在是太美了！"他一边说，一边坐到对面的椅子上去。"在颜色的挑选与搭配上，你显现出了超凡脱俗的审美力。你的耳环和你的头发搭配得完美无缺。"

他置一切于不顾的态度令爱琳有点害怕，但她却被他的花言巧语和那种在社交假面孔下的坚强态度所吸引。他那双褐色的手长而灵巧，坚强有力，表示有足够的力量能运用在许多方面。那双手与他的牙齿和下颚极为相称。

"你终于来了。"他继续说，死死地盯着她。她也大胆地与他对视，不久，又回避了，向下看去。

他仍然认真地研究着她，欣赏着她的下颚、嘴巴和有趣的鼻子，他从她那剪裁得体的服装所显示出来的强壮的手臂及两肩上，看出了他在女人身上最渴望的那种生命的冲动。他叫了一种旧式的威士忌鸡尾酒，邀请她一起喝。他看出她十分固执任性，便从口袋里掏出一个小盒子。

"上次夜里我们赌博时，我说过给你买个纪念品，不是吗？"他说道，"你猜得出是什么纪念品吗？"

爱琳看着那个小盒子，有点不好意思，她清楚盒子里装的是什么。"哦，你不应该这样做，"她反对道，"当时的前提是我们赢了。但结果输了，所以那个约定当然失效了。我本该分摊输的钱，你却不让我分摊，我还没有原谅你呢，这你了解的。"

"那样可显得我太小气了！"他微笑着说，一面摆弄着那个细长的漆盒子。"你不希望让我显得小气，不是吗？让我做个好汉吧，正如人们所说的，做一个堂堂正正的男子汉。猜吧，它就是属于你。"

听到这种热情的表白，爱琳噘起嘴来。

"哦，猜猜倒也不要紧，"她骄傲地说道，"但是，我不会接受的。

那可能是一根饰针，也许是一副耳环，说不定是一只手镯。"

他笑而不语，把盒子打开，露出了一条葡萄藤似的精雕细刻的金项链，设计极其精巧，上面有一簇精工雕刻的叶子；作为胸饰，簇叶中间还镶有一块黑蛋白石，闪烁着迷人的光彩。林德十分清楚，爱琳对首饰了如指掌，只有那些设计精美、价值贵重的才能使她称心如意。在她研究着项链的细微部分时，他密切地关注着她的脸色。

"真是太妙了！"她说，"多么好看的蛋白石呀！多么精妙的设计！"

"啊！"她仔细地端详着那一片片叶子。"你实在太傻了。我当然不会接受的，事实上，我的东西实在太多了。再说……"她想，如果考珀伍德偶尔问她这是从哪儿得来的，她该如何交代呢？他的直觉能力很强。

"再说怎样呢？"他追问道。

"没什么，"她答道，"但是，我真的不能接受。"

"难道你不肯收下留作纪念吗？即使……"

"即使什么？"她追问道。

"即使毫无下文的话。那就是一件纪念品，确实只算一件纪念品。"他用平静而有力的大手捏着她的手指。

一年前，或在半年前，爱琳都会微笑着把自己的手抽出来。现在，她犹豫起来，既然考珀伍德那样冷落她，她为什么还要对其他男人拘谨无情呢？

"告诉我，"林德看出了她的踌躇不定，就轻轻地但却牢牢地捏住她的手指，"你究竟喜不喜欢我？"

"是的，我喜欢你。但我不能说，这有点超出了那种程度。"

她的脸不由得红了。

他用他那双咄咄逼人的、发红的眼睛专注地凝视着她。那在许多人身上伴着风流韵事而来的性欲在她心里猛然间冲动起来，她暂时把考珀伍德抛在脑后了。这对她来说是一次惊人的生活巨变。她回答时心里发热，林德甜蜜而带有鼓励地微笑着。

"亲爱的，为什么你不愿意和我做朋友呢？我了解你并不快乐，这点我看出来了。我也一样不快乐。一种难改的怪脾气使我陷入各式各样的苦恼中。我需要有人照顾我。你为什么不愿意呢？你正是我所需要的那个人。我看得出。你确实十分爱他。这甚至让你不能再爱别的人，对吗？"

"啊，他！"爱琳愤愤不平地叫道，带着一种不贞的语气，"他再也不爱我了。他当然不会介意的。"

"哎呀，你究竟是怎么回事呢？你为什么不愿意呢？我还不够有趣吗？你不喜欢我吗？或者你认为我真的不能让你满意吗？"他的手轻轻地摸着她的手。

爱琳接受了这种抚爱。

"哦，并不是那么回事。"她有些动容地答道，她回味着她和考珀伍德在一起的时光、他以前的爱情和灼热的誓言。她原本期待与他的结合是何等的美满，可如今她却置身于一家公共酒馆，和一个相识不久的男人调情，博取他的同情。这让她格外伤心，她沉默不语，甚至泪水也涌出来了。

林德看得出，她的美貌让他迫切地想趁机而入，但他却真正替她难过。"你为什么要哭呢，亲爱的？"他轻声问道，看着她那发红的面颊和那双迷离的眼睛。"你美丽、年轻、可爱。世界上的男人并不是只有他一个，他对你不忠实，你为什么非得要对他忠实呢？汉德这件事已闹得满城风雨。你遇上了一个真正爱你的人，可你为什么还对他念念不忘呢？如果他不要你，还有别的男人呢。"

他一提到汉德事件，爱琳就振作起来了，"汉德事件？"她奇怪地问，"那是怎么回事呢？"

"难道你还不知道吗？"他有点吃惊地说，"我原本以为你了解了，否则我就不会提起。"

"哦，我听说过是有这么一回事，"爱琳明智地答道，而且还带着一点嘲讽的幽默，"这种事情太多了。我认为这肯定是芝加哥《礼拜六评论》提到的那件事情，那位著名金融家的妻子。他一直在与汉德夫人私通吗？"

"好像是吧，"林德答道，"但是，非常抱歉我说出了这话，实在抱歉。我本无意搬弄是非。"

"你们是战友吧，嗯？"爱琳嘲讽道。

"哦，并非如此，的确不是。请你别把人看扁了。我可没有那么坏。不过我们大家都有些小的毛病。"

"是的，我清楚。"爱琳答道，但她却在琢磨着汉德夫人，大概她就是最近的那位了。"嗯，无论如何，就这件事情来说，我倒佩服他的趣味，"她调皮地说道，"不过，已有很多了。她只能算是新增加的一个而已。"

林德笑了笑。他也佩服考珀伍德的品位，于是他不打算再继续这个话题了。

"让我们忘记那件事情吧，"他说，"请你不必为他烦恼了，你无能为力的。你要振作起来。"他紧紧地捏着她的手指。"你愿意吗？"他扬起眉毛问道。

"愿意什么？"爱琳沉思地反问道。

"啊，你应该明白啊。项链是一件事，另外还有我。"他的眼睛紧盯着她，引诱着，大笑着，央求着。

爱琳微笑了。"你是个坏小子。"她并不生气地说道。汉德事件的泄露使她非常想报复，"让我想一下。你今天别叫我拿项链。我不能拿，反正我不会戴的。下一次再见你吧。"她踌躇不定地移动着她那只丰满的手，他抚摩着她那白皙的手腕。

"我不清楚你是否打算出去转转，到这里的一幢高楼里我一个朋友的画室去转转？"他似乎很心不在焉地说道。"他收集了一些很可爱的风景画。我了解到你对画是十分感兴趣的。你丈夫有一些好的画。"

爱琳马上就明白他是什么意思。这完全凭她的直觉，他所说的画室肯定是秘密的单身汉住处。

"今天下午不行，"她答道，心里感到十分激动和紧张，"今天绝对不行。改一个时间。现在我要走了。但我还会找你的。"

"那还有这件东西呢？"他拿起项链问道。

"你保存着，等以后再说，"她答道，"到时我可能会拿的。"

她忽然感到一阵轻松，她为自己能平安地走出来而欣喜，但内心深处却并不反感。她的情绪乱糟糟的，像风卷残云一般，她需要的是时间，一点儿时间，仅此而已。

# 第三十四章　强手介入

考珀伍德的身边正在逐渐形成一种危险的氛围。汉德的盛怒，海格宁的悲愤，加上逢人就讲楼房被毁的莱蒙·巴蒂的愤慨，小迈克特纳和他的芝加哥总公司朋友们的愤懑，所有这一切，大有一触即发之势，甚至很有可能造成戏剧性的结果。现在最严重、最棘手的是霍思迈·汉德，因为他相当富有，又担任本市诸多主要商业和金融机构的理事，仅凭他个人的地位和势力就能在经济上给考珀伍德以严厉的打击。汉德最爱自己的年轻妻子。他对女人的经验极少，像考珀伍德这样的人，竟敢如此粗鲁莽撞地侵入他的禁区，竟敢如此无视他的尊严，这使他极为震惊、愤怒至极。目前他正在慢慢地积聚力量伺机报复。

但凡对金融界及大规模投机活动稍微有点了解的人，都会明白，诚实、团结一致和按规矩办事是诸多企业成功的主要因素，名誉是何其宝贵。即使人们自身并不绝对诚实，但却希望和相信别人的诚实。金融界的人彼此都很清楚，于是他们最大可能地收集着那些足以在某方面影响他人的经济、社交或情感的流言蜚语，他们对自己的事保持沉默，对别人的事却唯恐知之甚少。之前考珀伍德的名誉十分不错，因为大家清楚，他在芝加哥市内铁路界有一个容易赚钱的渠道，付息又格外迅速，并且组织的一帮人目前都在他的操控下管理着芝加哥信托公司和西北两家芝加哥市内铁路公司，而阿迪生仍然在做行长的湖市国民银行也认为他的附属担保品是靠谱的。同时有一种反对势力，这是由希利哈、西姆斯和道格拉斯信托公司里其他非常重要的人物所组成的，他们逢人就讲，考珀伍德是一个侵占者，他的行为即使不是以经济上的欺诈闻名，也是以政治上和社交上的伎俩和蒙骗著称。实际上，之前与汉德、阿尼尔等一起作为湖市国民银行理事的希利哈早就辞职了，并且带走了他的所有存款，因为据他所说，阿迪生贷款给考珀伍德和芝加哥信托公司根本没有必要，那对该银行完全无利可图。那时阿尼尔和汉德与考珀伍德在任何方面都没有私怨，都认为希利哈的反对带有显而易见的偏见。阿迪生坚持认为，贷款数目既不过大，也不是与一般贷款不相称，对方提出的附属担保品也极为可靠。"我不想同希利哈争吵，"阿迪生当时坚决声称，"但我担心他的刁难是不公平的，他借湖市国民银行发泄私愤。这种做法和选择的地点都不合适。"

老成持重的汉德和阿尼尔都赞同这一点，对阿迪生也表示佩服，因此必须继续维持当前的状况。不过，希利哈却时而向他们两人暗示，考珀伍德不过是牺牲湖市国民银行的利益借此发展芝加哥信托公司，目的就是使芝加哥信托公司资金日渐雄厚，足以独立活动直至不需要任何帮助；等到那时，阿迪生就得自动辞职，对湖市国民银行置之不理了。在这种暗示下，汉德还没有采取任何行动，但他的确在考虑。

直到考珀伍德和汉德夫人的奸情败露时，在经济方面和其他方面，考珀伍德才身陷困境。汉德的自尊心受到了严重伤害，他一心一意地琢磨如何去严厉报复。在事情发生后不久的一天，在理事会议上他遇见了希利哈，他说：

"诺曼，几年前，你对我提起考珀伍德这个人时，当时我只认为你心怀不满、心存嫉妒，他仅仅是个商业竞争者而已。最近我关注了几件事，使我不得不改变从前的认识，现在我深知，那个人坏极了，从头顶一直坏到脚底。本市也只好受他的气，实在太遗憾了。"

"最近你才看出来吗，霍思迈？"希利哈答道，"唉，我早就告诉过你，或许现在你会赞成我的意见，芝加哥有责任感的人士都应该对此事付诸行动。"

汉德是个非常稳重和少言寡语的人，只是盯着他。

"我要看看该干些什么，"他说，"我当然十分乐意参与。"

不久，希利哈碰到了杜安·金斯兰，才得知汉德对考珀伍德反感的真正原因，他急忙把这条奉若至宝的信息传给梅里尔、西姆斯等人。尽管考珀伍德曾拒绝延长拉萨尔街道环线使之路过州街和梅里尔的百货商店，但如今梅里尔却有几分喜欢他，有点佩服他的勇气和胆量，现在听到此消息却震惊不已。

"哎呀，"诺曼·希利哈说，"那个人简直就是狼心狗肺，是个坏蛋，是个笑面虎。你了解他怎样对待汉德吗？"

"不清楚。"梅里尔答道。

"嗯，我听说是这么回事。"希利哈就把身子凑过去，神秘地在梅里尔的左耳朵低语着。

梅里尔扬起眉毛。"消息可靠吗？"他说。

"他就是这样与她相遇的，"希利哈不屑地补充说，"起初他是去汉德那里，用西芝加哥市内铁路股票抵借二十五万美元。生气吗？这个字眼还不足以证明那种情况。"

"不一定吧，"梅里尔冷淡地说道，不过他内心里产生了兴趣而且着迷，因为他一直觉得汉德夫人很迷人，"我并不觉得奇怪。"

他回忆起来，他的妻子近来曾一度坚持邀请考珀伍德。

同样，不久后汉德遇见了阿尼尔并告诉他，考珀伍德企图破坏一个神圣的协议。阿尼尔倍感心痛和震惊。这足以使他了解到，汉德的确受到了严重的伤害。他们两人暗地里决定向湖市国民银行行长阿迪生宣称，该行必须斩断和考珀伍德与芝加哥信托公司的所有联系。不久，阿迪生十分礼貌地答应给考珀伍德合适的警告，敦促他把所有借款计算清楚，随后阿迪生就辞职了。七个月后，他当上了芝加哥信托公司的总经理。当时这个结果曾引起一阵轩然大波，让那些本以为这种事不可能发生的人大为震惊。一些报纸整版地刊登此事。

"好，就让他走吧，"阿迪生把辞呈交给湖市国民银行理事会的当天，阿尼尔对汉德生气地说，"如果他宁愿与这样一家银行断绝关系而与那样一个人合作，那纯粹是他个人的事情，他肯定会为这种选择后悔的。"

就在此时，下一届选举又要在芝加哥举行了，汉德和希利哈、阿尼尔一起（阿尼尔因为汉德的友谊而和他们联合起来），决定利用选举与考珀伍德斗争到底。

霍思迈·汉德意识到自己肩负重任，决定立即付诸行动。一旦行动起来，他就是一个果敢而又能干的战士。这场势在必行的政治斗争急需一位能干的代理人，最终他想起了一个人，此人最近在芝加哥政坛上混出了一点名气，他就是巴特里克·乔尔刚，即考珀伍德以前在海德公园煤气战中拉拢的那位巴特里克·乔尔刚。如今乔尔刚先生已经比较富裕了。因为他与生俱来的善于交际的本事，又有一张擅长保密的嘴，丝毫不关注重大公共事件，从而也就毫无良心可言，因此他就成为在政治上平步青云的人物。在整个温图斯路，他的大客厅最为奢华。在斜面和小平面镜子的反射下，新式的白炽灯把满屋照得灯火通明，客厅越发显得富丽堂皇。他居住的地区都是些低矮且被风雨侵蚀的小房子，沿着没修好的大街拥挤在一起。但是，如今巴特里克·乔尔刚是一位州参议员，下届国会选举的候补人，而且只要共和党当权，他就极有可能接替约翰·迈肯迪先生成为本市的独裁者（合并到本市之前，海德公园一直是共和党的，合并后，尽管这个扩大的都市通常属民主党，但乔尔刚的地位却不再改变）。从选举前的政治讨论中，汉德听说本市南区选出的是最有势力的政客乔尔刚，就派人把他请来。汉德一向认同海格宁、赫索卜等斯文之士的举止，他们喜欢宣扬道德，并打算通过好人好事来取胜，他们远不如他对诸如考珀伍德那类人的冷静的政治推理。如果考珀伍德能通过迈肯迪达到那样的效果，他汉德也可以找到其他人，让他像迈肯迪一样有效。

"乔尔刚先生，你兴许不认识我。"汉德在这位爱尔兰人进来时说。乔尔刚身材适中，肌肉结实，一双熠熠发光的灰色眼睛闪烁着机敏的神情，一双手毛茸茸的。

"不，我对你非常了解，"这位爱尔兰人微笑着说，带着一种悦耳的土腔，"你和我谈话，不必这般客气。"

"太好了，"汉德伸出手去，"我对你也有所了解。我们开始吧。我想和你探讨芝加哥的政治局势，我本人并非政治家，但我对局势的发展却有点兴趣。你觉得目前本市局势的结果可能会是什么样的？"

在任何动机不明的人面前，乔尔刚都不表明自己的政治观点，他只说："哦，我认为共和党或许有一个十分不错的表现机会，我发现除一两家报纸外，其余所有报纸全都支持他们。但是，除了从报纸上看到的和从人们谈话中听到的以外，我了解的事情并不多。"

汉德先生知道乔尔刚谨言慎行，而且也看出这个人深谋远虑，机智严谨，对此他特别满意。

"你完全能想象得出，把你请到这里，并非只是对一般政治状况空泛而谈，乔尔刚先生。我要和你谈一个特殊问题。你认识迈肯迪先生或考珀伍德先生吗？"

"我从来没有和他们交流过，"乔尔刚回答，"我与迈肯迪仅仅面熟而已。考珀伍德我只见过一次。"他不再说了。

"那么，"汉德先生说，"假如在芝加哥有一群颇有势力的人联合起来，保证提供足够的资金，进行全市性的竞选运动；如果你还有报纸和共和党组织的鼎力支持，现在你能在此组织成反对党，在今年秋天击败民主党吗？我并不仅仅指市长和本市主要官员，也包括市议会及市参议员们。我会安排妥当一切事情，即使他们选举出来了，迈肯迪、考珀伍德集团也不能弄倒一位受贿的市参议员或市政府官员。我希望民主党彻底失败，一败涂地，让所有人都毫不怀疑地认为民主党已面临末日。如果你能向我或向我所想的这一帮人证明此事能够办到，那么供你使用的钱会源源不断地流入你的腰包。"

乔尔刚先生老练地眨着眼睛。他搓搓膝盖，把两个大拇指夹在衬衣的胳肢窝里，然后取出一支雪茄点燃，仰望着天花板。他苦思冥想着。他清楚考珀伍德先生和迈肯迪先生是极其有势力的人。他在自己的选区和几个邻近选区以及他所代表的第十八参议员选举区，一直在想尽办法击败迈肯迪，但要让他在整个芝加哥市击败他，那情形可就不一样了。但是，一想到将有由他支配的大量现款，再借助本市的所谓道德势力向迈肯迪宣战，夺取本市领导权，他又备受鼓舞。乔尔刚先生颇有手腕。他最喜欢策划阴谋，谈判交易，对此非常精通。此刻他却摆出一副严谨的面孔，不过这种面孔遮掩着的却是一种极为欢喜的心情。

"我听说，"汉德继续说，"你在自己的选区建立了一个强大的组织。"

"我绞尽脑汁地把自己的地位保住了，"乔尔刚圆滑地兜着圈子说，

"但是这种在整个芝加哥大获全胜的事情，"他顿了一下，又继续说道，"哎呀，这要有一个极其强大的阵容。这次选举，芝加哥共有三十一个选区，除八个选区外，在名义上全都是民主党党员的。现在我认识那些选区里的大多数重要人物，其中有几个还相当精明，比如市议会的杜宁，这个人，谁都愚弄不了他。还有杜凡尼基、安格里奇、蒂南和克利刚全都是有手腕的人。"他提到了本市四个最有势力又最奸诈狡猾的参议员。"汉德先生，你看当前的局面，民主党人把握着所有政府机关，仅有一些小差事分配给别人。这首先就给他们提供了足够的政治工作人员。这样，他们就能向那帮在职人员筹钱来帮助他们自己的选举。这又是一个很大的特权，"他笑了笑，"而且考珀伍德现在已雇用了足足一万人，选区领袖只要支持他，就可以介绍一个失业者给他，他能给失业者安排工作。这在拉拢同伙上是一种特别大的帮助。此外，像考珀伍德那样的人在选举期间能捐出钱来。无论你说什么，汉德先生，在最后的关键时刻，还是在酒吧间和投票处付出两美元、五美元和十美元钞票起作用。你提供给我足够的钱，"（转到了这个高尚的话题，乔尔刚就挺直身子，用一只拳头轻轻地打在另一只手上，同时为了避免烧到手，他把那烧了一半的雪茄调整了一下）"我就能不出意外地在芝加哥每个选区获胜。只要我有足够的钱。"他特别强调最后四个字。他又把雪茄放在嘴里，无视一切地眨着眼睛，向后靠在椅背上。

"太好了，"汉德兴奋地说道，"需要多少钱呢？"

"唉，那是另一个问题了，"乔尔刚又挺直身子答道，"有的选区需要的多，有的少。除了靠得住的共和党的八个选区外，你必须在其他十八个选区外获胜，才能在市议会里获得多数支持。我认为，如果在一个选区不花上一万或一万五千美元，就不能绝对保证竞选获胜。

大约花上三十万美元较为保险，不管怎样，这个数目也不算多。"

乔尔刚先生又吸起雪茄来，噗噗地大口喷着烟，同时向后仰去，又一次抬起眼睛盯着天花板。

"那笔钱究竟怎样精确地分配呢？"汉德先生问道。

"哦，如果过分精细具体地研究此类事情，那不是明智之举，"乔尔刚先生轻松地说，"在政治上，有种说法是裁衣不要太紧。有选区队长、地段队长、工作人员。他们全都需要用钱对付，以此煽动他们的情绪。至于他们到底如何去做，你不要刨根问底。有的花在酒馆里，有的替母亲买煤，有的为孩子买一套新衣。到处都得花钱，还有火炬游行、租俱乐部房间、雇临时工等，都得考虑到。说实话吧，需要花钱的地方多着呢。有些人可能还得搬到这些选区去住，在提供食宿的公寓里住上一个星期或十来天。"他有些不以为然地摆着手。

汉德先生从未经历过政治上的琐碎杂事，这时微微地睁开了眼睛。他认为这种移入选民的计划有点过分了。

"由谁来具体分配这笔钱呢？"他最后问。

"在名义上，如果共和党县委员会想管，那就让它去分配，但事实上，是由领导斗争的那个人或那几个人分配的。民主党那方面由约翰·迈肯迪分配，请你别忘了这点。在我的区里，当然由我分配，并没有其他人。"

汉德先生稳重，有时却反应迟缓，甚至迟钝，此刻正眉头紧锁地思考着，一直以来他都是与一帮出手阔绰的人交往，对于政治上秘密勾结的卑鄙行径他们颇不以为然，当然人人都会多多少少地猜到投票箱有时被人塞进了黑票，选区公寓移入了选民等。众人（至少精通世故的人）皆知，政治资金来自那些钻营职位的人、在职官员和在市政府管辖下的各种各样受益人那里。为了已得到的和即将得到的利益，汉德先生曾捐款给共和党。作为一个坚决干一番大事业的人,他不愿为此等小事继续费神。三十万美元是一大笔款子,他不想单独认捐,但他却认为经他推荐,凭他建议,这笔钱还是能筹集起来的。乔尔刚能与考珀伍德抗衡吗?他观察着,斟酌着,如果没有其他问题,他还是可以的。于是,这桩交易马上确定下来。作为共和党的一个主要委员(还可能是主席)乔尔刚得去访问每一个选区,和共和党所有有用的势力联合起来,挑选强有力的、合适的反对考珀伍德的候选人,想办法把他们选举出来;同时汉德又组织发动有钱人,筹募现款。钱交给乔尔刚一个人。他必须得到本市共和党所有高层人士的一致(哪怕是暗地的)支持。他的任务就是不惜一切手段确保胜利。作为一种报酬,他会得到共和党的支持而选进国会,或者,如果这点办不到,也将获取共和党在本市和本县的实际领导权。

"无论如何,"汉德在乔尔刚先生离开后自言自语道,"考珀伍德的事情将来绝对不会像以前那样轻松办到了。等他把自己的那些特许证延长有效期时,如果我还没死,我倒要看看,他究竟会有怎样的结果。"

汉德这位大金融家大声地自言自语,像一阵低低的怒吼。他对那个夺去了他年轻美貌妻子的爱情的浑蛋感到无以言表的憎恨和极度的厌恶。

# 第三十五章　政治协定

此刻，在芝加哥第一选区和第二选区（包括商业中心、柯拉克街、河滨区、河埠等处）有两个人格外突出，一个是绰号叫微笑迈克尔·蒂南的，另一个是绰号叫翡翠巴特·克利刚的，就性格的活跃程度和品质的卑鄙来说，他们两人在本市乃至在全国，都无人可匹敌。微笑迈克尔·蒂南骄傲地拥有这个选区里四家最大又最下流的酒吧。他身材高大，性格温和。他身高大约六英尺一英寸，两肩宽而相称，仿佛一头牛，从某个角度看好像一颗子弹，毛茸茸的双手粗大壮实，脚也很大。他做过很多事情，从挖壕沟到代表他心爱的选区在市议会里占据一议席（他常常因各种目的出卖自己的选区），但是，眼下他主要的娱乐是坐在柯拉克街他那最大的名叫银月的旅馆后面的一张花梨木写字台坚固的红木栏杆后面。在那里他计算他的酒吧、赌场和妓院产业的收入（依靠当局的默许或视而不见，他巧妙地经营着这些产业），聆听着他的部下的诉求和客户们的意见或建议。

克利刚先生是蒂南先生在这个地区的唯一对手，他的特征有些不同，他矮小精明，面容憔悴，又瘦又瘪，但身体却没有病；一抹胡子，一头茂密的乌发油光光地分开来，一双棕黑色的眼睛机敏而柔和。他是个可爱的男人，一点也不叫人生厌。他那两只耳朵很大，如同蝙蝠的翅膀突兀在头的两侧，灵活的眼睛闪耀着一种令人难以捉摸的光芒。

他比蒂南更富有经济头脑，也比他有钱，年仅三十五岁，而蒂南先生却有四十五岁了。和蒂南先生在第一选区一样，克利刚先生是第二选区的铁腕人物，而且他操控着一批最有作用同时又最难以把控的流动票。他的酒吧里窝藏着本市能找到的、最大数量的流动分子，如码头工人、铁路工人、搬运工人、流浪汉、杀手、小偷、妓院老板、酒鬼、侦探等。他十分自负，自以为特别英俊，对女人们来说是个迷人精。他早已结婚，妻子年轻又恬静，还有两个孩子，可他经常更换情妇，甚至包括一些类似情妇的女孩子们。他的服饰极为惹人注目，可却以不戴珠宝为傲——除了一块价值一万四千美元的大翡翠，有时他把它戴在领带上，这块翡翠在整个迪波恩街和市议会的人中传为奇谈，令他赢得了"翡翠巴特"的绰号。起初他确实喜欢这个头衔，就如他喜欢那枚黄金和钻石奖章一样，那是芝加哥一家啤酒厂送给他的，因为在芝加哥他的酒吧售出的啤酒桶数量最多。近几年，由于蒂南先生和他都顺风顺水，又各有特色，报纸开始很滑稽地注意他们，他就开始讨厌这个民间授予的头衔了。

在当前政局形势下，他俩的位置很特别，结果证明他们成为考珀伍德、迈肯迪竞选运动中的一个薄弱环节。首先，蒂南和克利刚既是邻居又是朋友，他们在政治上和商业上全力合作，有时一起研究，互相帮衬。彼此经营的都是不体面的下等企业，因而需要商量和安慰。理解生活，操控政治，他们远在迈肯迪那种人之下，但当他们发达起来时，就有些嫉妒迈肯迪和他那高高在上的地位。他们用一种思考的、带着嫉妒的眼光，看到迈肯迪与考珀伍德联合之后如何飞黄腾达起来，以及他如何千方百计在诸多方面达到了目的，比如取得收税权，向本市煤气和自来水部门格外关照的厂家榨取每年选举活动的最大笔捐款。迈肯迪原本是一个投机钻营的天才，危急时刻，他知道在什么地方能找到政治经费，而且毫不犹豫地去索取。蒂南和克利刚总是在政治发展需要时才受到他的公平待遇，但他们却从未参加过他那内部密谋策划的会议。迈肯迪有时因为有事到商业区，就顺便在他们的地方逗留一下，和他们握握手，过问一下他们的生意状况，问他们是否有事需要帮忙，但他却从没有低三下四地向他们寻求过帮助，或亲口承诺任何方式的酬报。那属于杜宁等人的事他是通过他们办成的。

　　蒂南和克利刚都是那种性情暴躁、执拗又粗鲁的人，当他们的能力与日俱增却得不到充分发挥的时候，他们当然都在琢磨着，采用何种手段增加他们的收入。他们的两个选区，在积累选票的能力上逐渐增加并超越本市任何选区，而实在的合法选票并没有那么多，但在移入选民、重复和私塞投票箱等诸多方面提供的机会却是很大的。在一场未决的市长选举运动中，仅在第一和第二两个选区，加上毗邻的第三选区的那一部分就能登记充分的不合法的选票（必要时还可以在投票时间后统计），可以彻底改变本市一般官员提名的状况。在选举期前后，民主党县委员会给蒂南和克利刚送来大笔现款，都由他们两人处理，他们只送去一份他们所需款项的预算，却总是领到比他们要求的还多一点。他们事后从未算过账，也没人让他们算账。蒂南通常领到一万五千美元到一万八千美元，而克利刚有时竟领到两万到两万五千美元，因为在此类情况下，他的选区正是关键所在。

　　迈肯迪最近意识到，对这两个人必须立刻进行更加全面的考虑了，因为他们逐渐羽翼丰满有些势力了。但是，到底该怎样做呢？不必说他们那两个选区的名声和他们采用的方法了，他们的人品很难赢得公众的信任。同时，由于本市的迅猛发展，由于他们自己私人业务的发展，并且因为他们要求的往投票箱塞黑票、重复投票等的数量不断增加，他们变得越发贪婪了。现在他们经常自问，为什么他们不能被提名做高级官员呢？蒂南特别希望被提名任警察局长或财政局长，他以为自己十分够格。克利刚在本市上届常务大会时曾私下向杜宁强烈要求，把他提名做公路和下水道专员，因为他听闻该机关能弄到商业上的津贴，就很想谋取那个职位。但在所有选举年份中，仅仅这一年，因为需要提出一个没有瑕疵的候选人名单，用以击败共和党，这种提名就成了泡影。因为那样的话，就会引起本市所有著名人士的攻击。结果，蒂南和克利刚对他们过去和未来的效力左思右想，都感到极为不满。除了某些方面的活动外，他们对本党实在是太至关重要了。

　　乔尔刚和汉德商议后，就在本市各地游说，满口承诺付给现款，竟使共和党的主张引起极大的反应。在所谓贤德之士占优势的选举区好像是有把握的，因为报纸大肆宣传仁义道德，高尚的选票这次几乎会共同反对考珀伍德。在较贫穷的选区，事情就不是那样好办了。不错，用足够的现款可能找到一些无耻的流氓，使他们暗地里打击自己的兄弟，但结果如何并无绝对把握。乔尔刚听一些人说，克利刚和蒂南都心存不满；他又想到自己尽管是共和党员，可与迈肯迪或杜宁相比，却更像克利刚和蒂南那类人。于是他决定去拜见这两位强有力的人物，看看是否有办法能让自己脱离现在的当权派。

　　经过反复斟酌后，乔尔刚首先到迪波恩街中央商场酒吧去找翡翠巴特·克利刚，他本来认识克利刚，但在政治上与他没有什么关系。这家特殊酒吧相当大，是芝加哥政治活动的重要场所，除了其他一些奇妙的固定设施外，还有一张直径长达十二英尺、樱桃木做的圆形餐桌，光彩耀眼如同一座小山似的，摆满了各种浅色和彩色的玻璃杯、瓶子、标签和镜子。地面铺着一些没有光泽的小块红绿大理石；天花板上是一幅巨大的拙劣绘画，涂满了粉红及肉色的裸体女人，在透明的烟雾中浮动；四面的墙是由一些嵌在花梨木框里的隔板做成，樱红和褐色的隔板交替排列。克利刚先生休闲时，一般都是站在酒吧里和几位朋友聊天，欣赏着眼前令人吃惊的生意氛围，这种生意是相当不错的，乔尔刚先生到访的那天，克利刚真可谓西服革履。他穿着一套深褐色的衣服，上面带着细细的红条子，脚蹬一双哥德华皮鞋，颈上打着葡萄酒色的领带，配上了那块特别著名的翡翠，头上戴着一顶新颖的喇叭形草帽。他没穿背心，腰间束着一条机制的绸腰带，这在当时是稀奇之物。他和乔尔刚先生形成了鲜明而有趣的对比。乔尔刚跑来，大汗淋漓，满脸通红，心里发热，他穿着一身漂亮的浅奶油色花呢衣服，戴一顶草帽，穿一双黄皮鞋。

"你好吗，克利刚？"他亲切地问道，他们之间并没有政治上的隔阂，"第一选区情况怎样？生意好吗？你那块翡翠还没有遗失吗？"

"没有。并没有那种危险。哦，生意也很好。第一选区情况也不错。乔尔刚先生，你好吗？"克利刚真诚地伸出手去。

"我有句话对你说，你能抽出一点时间吗？"

克利刚先生没有回答就带他去了后面的房间。他已听闻在未来的选举中要遇到共和党激烈反抗之类的风声。

乔尔刚先生坐了下来。"说实话，我是为今秋选举的事来看你的，"他微笑着开口道，"你我按照惯例应该站在相反的一方。但我不清楚这次我们是否还需要这样。"

克利刚先生外表老实可心里却十分精明，他用一种关切的眼光端详着他。"你想怎么办呢？"他说，"我一向乐于接受良好的意见。"

"哎呀，是这么回事，"乔尔刚先生试探性地开始说，"我们都了解，在这里你控制一片很大的选区，如同装在你的背心口袋里，蒂南也如此。我们还清楚，如果不是你和他的力量，本市就不会总选出一个民主党的市长。现在，我调查后才明白，你与蒂南至今并没有从中获得你们应该得到的好处。"

对此克利刚先生十分谨慎，不肯发表意见，即使乔尔刚先生一直在等着。

"我现在有一个计划，至于是否采纳，完全取决于你自己，我毫无恶意。我认为今年秋天共和党定能大获全胜，无论是否有迈肯迪，也不管第一、第二和第三选区是否拥护我们，他们随便。迈肯迪那个大家伙和北柯拉克街另一个家伙的勾当现在正在进行。你看报纸的立场是什么。我恰巧听说一些巨大的金融财团会有大笔金钱花在这次竞选上，他们对这个市内铁路商人丝毫没有兴趣。据我所知，这是拉萨尔街和迪波恩街强大的联合阵容。至于他们为什么这么做，我并不清楚。可事实确实如此，也许你比我知道得更多。无论如何，这就是我们面临的现实。另外，加上实际上属于共和党的八个选区，还有一向有争取机会的十个选区，你就能看出来我是如何打算的了。不过，我们暂且不算这十个选区，仅用那一定靠得住的八个选区来打赌，这就剩下二十三个选区，那是我们共和党员们一直让给你们那帮人的，但我们如果能在其中十三个选区获胜，再加上那八个选区，我们在市议会中就占了多数，那么（他啪地打了个响指），迈肯迪，考珀伍德和所有其他人就只能滚蛋了。再也没有特许证了，再也没有铺路合同了，再也没有煤气交易了，一切都烟消云散了，至少有两年一无所有了，或许时间还会更长一些，一旦我们获胜，我们就接手一些工作和赚钱的买卖啦。"他住了口，兴致盎然而旁若无人地观察着克利刚。

"现在，我刚刚跑遍了全市，"他继续说，"去了每一个选举区段，因此我掌握了一点信息。我有人也有钱，这次要进行全线大决战。今年秋天我们一定要获胜！我和拉萨尔街那里的一些大家伙们、全体共和党员以及凡是加入我们这方面的民主党员们、禁酒党员们或者其他不管是谁，所有这些都是我们的人，你清楚我的意思吗？我们要进行一场芝加哥从来没有过的最大的政治决战。现在我还不能说出任何人的名字，但等时机一到，你就全清楚了。现在我向你要求的就是一点，我决不闪烁其词，也决不拐弯抹角。你和蒂南愿意加入我同爱德斯特罗姆这方面，把本市接收过来，在今后管理两年吗？如果你们愿意，我们就能不费吹灰之力地获胜。在所有事情上我们都会平等分配，如警察、煤气、自来水、公路、市内铁路，总之，一切事情我们都要事先分好，白纸黑字写下来。我知道你与蒂南是通力合作的，否则我不会商谈这件事情。爱德斯特罗姆有瑞典人支持他，今年秋天他会得到两万张选票，还有安格里奇操控着他的德国人，以后我们需要一个人和他打交道，他要什么位置，就给他什么位置。如果我们这次获胜了，我们就能在市议会里占多数，即使市长的位置也是囊中之物。"

"如果……"克利刚先生冷淡地说。

"如果，"乔尔刚先生紧接着简短地回答，"你说得很对。我承认，这里面有一个大大的'如果'存在，但如果你和蒂南的这两个选区能让共和党员当选，这就等同于另外四五个选区也可以了！"

"完全正确，"克利刚先生答道，"如果这两个选区能让共和党员当选的话。但是，那办不到。你究竟打算要我怎么办呢？丢掉我在市议会的议席，被逐出民主党吗？你到底要要什么花招？你不是把我当成一个地道的傻瓜吧？"

"把翡翠巴特当作傻瓜的人，那可真该倒霉了，"乔尔刚答道，"我绝对不会的。但并没有人让你丢掉你在市议会中的议席，而且被赶出民主党，你为什么不能让自己当选后把其余的票子丢掉呢？他差不多说出了你可以秘密地给反对党投票这个意思。"

克利刚先生笑了笑。虽然他以前对芝加哥的政治局面十分不满，却并没有料到乔尔刚先生的谈话竟扯到这上面来。这是一个很有意思的提法，他先前也曾反投过票，因为偶尔碰到了一个他想让其落选的候选人，如果在今年秋天民主党有任何失败的危险，又如果乔尔刚在平分职位和管理上真心诚意，这也许不是一件太坏的事情。无论考珀伍德、迈肯迪还是杜宁都从来没有给过他额外的关照。如果他们因为他而失败，而他依旧能保住权位，那他们一定会向他妥协。他就没有被他们赶出去的危险。他为什么不反投票呢？这事至少值得考虑。

"你说得都特别好，"他想完后，冷静地说道，"但我怎么认定你以后不会翻脸不认人呢？（乔尔刚先生开始有些激动。）德夫·摩利塞在四年前找我帮忙，后来我可真是得到不少好处。"克利刚是指因为他的帮助而当上了县政府秘书的一个人，当克利刚要求德夫·摩利塞支持他当公路专员时，德夫·摩利塞却反对他。摩利塞已成了一个有名的政客。

"这种情况也许常有，"乔尔刚生气地说道，"但我可绝不是那种人。你可以到我那个选区调查调查。你可以向认识我的人打听。如果你愿意把你的条件写下来，我也就可以把我这方面的条件写下来。如果我不照办，以后你就揭发我。我可以带你去见支持我的人，我还可以拿钱给他看。这次我可找到后台了。你到底有什么损失呢？他们不能因为你选票减少就把你驱赶出去。他们没法证明。我们完全可以把警察带到这里来，这看上去像是光明正大的投票。我一定把他们为了在这个区域获胜肯花的钱全部拿出来，而且还要多一点。"

现在克利刚先生忽然心生妙计。他可以向民主党索要两万到两万五千美元，在这里进行肮脏的选举工作，乔尔刚也会提供给他这么多钱，甚至更多的钱，因为局势瞬息万变，无法控制。不管哪方要得到必需的票数，大概都得花上一万五千美元到一万八千美元。在关键时刻，在未塞票箱之前，他可以掌握本市选举的进展情况。如果形势对共和党有利，那么他就能易如反掌地促成这种胜利，而同时抱怨他的副手们被收买了。如果形势对民主党有利，他又可以撒开乔尔刚，而使他的选举经费落入腰包。无论何种情况，他都能得到两万五千美元到三万美元，而且他仍旧能担任市议员。

"真是棒极了，"克利刚答道，装出一副无所谓的表情，"但至少这是一件十分棘手的事情，即使我们能够获胜，我也不希望与这事有什么关系。正如你所说的，市政厅那帮人从来没有给过我什么额外的好处；但是，这是民主党的区域，我又是一个民主党员。这事一旦传出去，说我出卖了党，那我就要彻底完蛋了。"

"我是一个讲究修养、信守盟约的人，"乔尔刚先生站起来，郑重地声明道，"我有生之年从来没有失信或赖账过，你看看我在第十八选区的历史就会明白的。你听谁说过我失信吗？"

"没有，我从来没有听说过，"克利刚友好地答道，"可你提议的是一件大事，乔尔刚先生。我不能轻易表达我对此事的观点。这个选区应该是民主党的，不制造一些麻烦，不想出一些办法，共和党是不能轻易得手的。你最好先问问蒂南，看他是什么态度。以后我再做进一步的商议。不过，现在不行，现在的确不行。"

听了这番话，乔尔刚先生毫不泄气。他扬扬得意、稳操胜券地离开了。

# 第三十六章　在选举期

克利刚先生很快就去拜访蒂南先生了。蒂南先生也回访了。不久，为了避免被别人看见他们凑在一起，蒂南、克利刚和乔尔刚就躲在米尔沃基一家小旅馆的会客室里秘密商谈。最后，蒂南、爱德斯特罗姆、克利刚、乔尔刚四个人会面了，并拟出一个分配计划（此计划过于复杂，在此不便详述）。这自然包括了瓜分各机关秘书长位置，按比例分配警察贪污收入，赌场和妓院津贴，煤气公司、市内铁路公司和其他团体的报酬等。他们同时启用了许多郑重的诺言予以保证。如果这个计划能够实现，这个四人小组将持续多年。法官、县长、自来水局长、税务局长等大小官员，都包括在计划范围之内。这是一个十分美好的政治美梦，很值得认真地对待和考虑，但是，这终究不过是一场政治美梦罢了，就是那些参加者本人也有这种感觉。

当前竞选运动正在激烈而紧张地进行着。整个夏天与秋天，随处可闻民主党和共和党的进军俱乐部乐队的乐曲声，公园、街头、木屋、会堂、帐篷和客厅里，口若悬河的政治演讲和雄辩之声不绝于耳，任何地方，但凡能吸引来一小群人，就会有人演讲。报纸上大声呼吁，"这是那帮受金钱指使的公理"与"正义"的辩护士与保卫者们的传统作风。芝加哥市几乎每个地方都有人抨击考珀伍德与迈肯迪。街上到处拖着运货马车和带车轮的标语牌，上面贴着标语："打破市内铁路公司与市议会的合作关系。""你愿意更多的街道被人占领吗？"你希望芝加哥归考珀伍德私有吗？考珀伍德早晨到商业区或晚上乘车回家，经常目睹这些。他看见一些巨大的标语，听着抨击他的演讲，一笑了之。现在他十分明白这种骚动是从何而来，他清楚汉德就是此事的幕后人，迈肯迪也很快看出是汉德，而且和汉德一起的还有希利哈、阿尼尔、梅里尔、道格拉斯信托公司、一些报纸编辑、杜鲁门·莱斯利·迈克特纳、老煤气团伙、芝加哥总公司等，他们全都参与了。他甚至还怀疑有几个市参议员也可能被人收买进而背弃他，尽管他们表面上都表示忠诚。迈肯迪、阿迪生、费德拉和他尽量详细而有效地筹谋着防御措施。考珀伍德完全觉察到，如果在第一次必须全力以赴的竞争的选举中失败，就可能影响到一系列的严重事件。但他并没有感到过分不安，因为他完全能用金钱，用市议会的优越地位在法院里与对方斗争，而且还有市长和市检察官帮忙。

这次竞选运动有趣的地方就是，迈肯迪的那些"演员们"奉命要像共和党员们一样竭力鼓吹改革，他们指出希利哈的芝加哥市铁路公司贪得无厌，指出对方这种虚张声势的改革宣传事实上是一种阴谋，目的就是打算替该公司弄到一份为考珀伍德路线和希利哈、汉德、阿尼尔路线至今还没有包括进去的所有街道的总特许证。这是个十分巧妙的论据，民主党们还能得意地指出，过去的共和党政府对很多难以忍受的星期日法令加以随意解读，恰恰因为这种解读，在共和党和它的改良政府的统治下，有时安分守己的工人即使在星期日也一滴啤酒都很难喝到。另外，共和党的演讲人还指出，为了迈肯迪的利益，一些下等酒店和酒吧正在各处经营，而在共和党的市长候选人那极为高尚的管理下，就一定会制止这种市政府与恶习罪行同流合污的现象。

"如果我当选了，"共和党候选人尊敬的查斐·萨尔·司路士先生宣布，"无论弗兰克·阿尔杰农·考珀伍德，还是约翰·迈肯迪都将不敢在市政厅露面，除非他们洗净双手，心存正当的目的。"

群众欢呼。

"我认识那头笨蠢驴，"阿迪生在《转录报》上看到这段新闻时说，"他以前是道格拉斯信托公司的一个小职员，最近他在纸张生意上赚了一笔小钱。他只是阿尼尔、希利哈一伙的傀儡。他的胆识远远比不上一条两英寸长的蚯蚓。"

迈肯迪看到这则新闻时简短地说："除了亲自去外，还有其他方法去市政厅。"他指望至少在市议员方面占多数。

但是在这种喧闹之中，并没有人发现乔尔刚、爱德斯特罗姆、克利刚和蒂南之间的秘密。可以说你从来没有见过还有谁比克利刚和蒂南这两个宝贝哄骗人的手段更为高明。尽管他们与乔尔刚和爱德斯特罗姆沆瀣一气，把他们的政治方案巧妙地泄露了出去，但同时又与杜宁、杜凡尼基甚至迈肯迪进行协商。迈肯迪显然并不了解这些情况，对这次选举的结果也没有十分的把握。有一天他邀他们两人去见他。蒂南先生接到信以后，就闲逛到克利刚先生那里去，看他接到信没有。

"当然，当然！我接到了！"克利刚先生开心地答道，"就在我的外衣口袋里。亲爱的克利刚先生，"他念道，"恭请光临，明晚七时来敝处用餐，好吗？安格里奇先生、杜凡尼基先生，还有另外几位，七点钟后也会顺便前来。我还邀请了蒂南先生。约翰·迈肯迪谨启。他就是这样写的。"克利刚先生补充道。

"就这样。"

他嘲讽地吻了一下那封信，就又塞回了口袋。

"当然，我也接到了一封，差不多也就是这些话。"蒂南先生亲密地说道。

"他开始清醒了吧，嗯？怎么样？"

"啐！"克利刚先生用一种明显嘲讽的语口气对蒂南先生说，"那种结合不会永远持续下去的。"

"你说得很对，"蒂南动情地答道，"这条路确实很漫长，人人都清楚这是本市的两个大选区。如果我们在最后的紧要关头与他们翻了脸，他们会去往何处呢，嗯？"

他把一个肥胖的指头按在自己那微红的大鼻子旁边，睚眦着克利刚先生。

"你说得相当准确。"这个小政客兴奋地喊道。

他们各自前往赴宴，这样就丝毫看不出来他们事先商量过，而且他们一到就彼此问候，好像很久没有见过面似的。

"生意好吗，迈克尔？"

"哦，还好，巴特。你的状况怎样？"

"还行。"

"关于十一月的选举，你的选区情况不错吧？"

蒂南先生皱起肥肥的前额。"眼下还不很乐观。"这些话全都是说给迈肯迪听的，他对他们卑劣地结伙背叛丝毫没有觉察。

这次聚会并无效果，只是大家坐在一起，象征性地讨论选区超过票数、泽格莱对第十二选区大约要做什么、平斯基到底能否在第六选区获胜、希隆包姆是否会在第二十选区获胜等。共和党新竞选人在那些可靠的民主党老选区里竞选让事情变得复杂起来。

"第一选区的情况怎么样，克利刚？"安格里奇问道，他瘦瘦的，深沉而精明，是个德裔美国人。安格里奇巴结了迈肯迪，现已爬得比克利刚和蒂南地位还高。

"哦，第一选区没有什么问题，"克利刚诡异地答道，"当然，这也很难预料。斯库力这家伙或许有一手，但我认为没有什么大不了的。如果我们有同样多的警察加以保护的话。"

安格里奇满意了，他正在自己的选区艰苦奋斗着，那里有个名叫格洛弗的竞选人花钱如流水。他想要获胜，就必须花费比平时更多的钱。杜凡尼基的情况也大致如此。

迈肯迪最后和他的助手们告别了。他对克利刚和蒂南比以往任何时候都更动感情。他对这两个人并不完全信任，也不会真正欣赏他们及他们那些极其粗鄙的手段，但却不能少了他们。

"我十分满意，"他在分手之际说，"据说你的情况很好，巴特，还有你的情况也不错，迈克尔，"他依次向每人点头，"我们需要每人尽最大的努力争取选票，我指望你们两位各显其能，拿出你们最大的本领。到以后分享利益时，我们是不会忘记二位的。"

"哦，你完全可以信赖我，我总会竭尽全力去干。"克利刚先生一本正经地说。

"今年十分艰苦，可我们还没有失败过。"

"还有我！这话也是替我说了。"蒂南像是急不可耐地说，"我想我能干得像从前一样好。"

"干得太好了，迈克尔！"迈肯迪安慰道，一只手亲切地放在他的肩上，"还有你，也干得棒极了，克利刚。你们的选区可是重要选区呀，这点我们都清楚。我一直深感遗憾，各位领导人没能赞同给两位比市议员更好的位置，但下次如果我有一点力量的话，那绝对没有问题。"他走进去，关上了门。

十月的秋风，吹着人行道边的落叶和野草。蒂南和克利刚尽管一起离开，却彼此不言语，直到他们顺着这条马路向范布伦街走了两百英尺才开口。

"话说得十分好听，不是吗，嗯？"蒂南先生说，在路边煤气灯的闪光中向克利刚先生看了一眼。

　　"这很自然。他们遇到困难时，总说出那套十分真诚的废话，不是吗？"

　　"可这是在我们十年千辛万苦之后哇！嗨，时候快到了吧？嗨，也真怪，他在去年六月大会期间并没有想到这点。"

　　"啐！迈克尔，"克利刚先生狞笑道。"你这个坏小子。太急于吃点心了。再耐心地等待机会，两年、四年或六年后再说，像巴特里克·乔尔刚等人一样。"

　　"好，我一定不等到第六年了。"蒂南怒吼起来。

　　"我也一定不再等了，"克利刚语气坚定地说，"嗨，我们知道破坏明年事情的阴谋了。"

　　"你说得太好了。"蒂南格外赞同地说。

　　于是他们安静地回去了。

# 第三十七章　爱琳反击

一天早晨，波尔克·林德刚一起来就下定决心，他和爱琳的关系，尽管实际上两情相悦，却必须就在今明两天，按照唯一能让他满意的方式达到高潮。自从那次吃饭后，过去较长一段时间了，尽管他曾尝试用各种办法把她请出来，但是爱琳要顾及某种感情因素及自己的前途，就始终回避他。她看得清清楚楚，她处在千钧一发之际，机会正响亮地敲打她的心扉，她既特别害羞又精神恍惚。考珀伍德昔日的力量还在不由自主地控制着她，她深信他是世上了不起的显贵，这使得她难以名状地心烦意乱、胡思乱想。要是换成另一种女人，受过像她那么多的苦恼，早就上钩了，特别是在听到了汉德夫人的那些奸情以后。爱琳却不能这样，她不能完全忘记他们两人早年的誓约，也不能没有那些时常破灭了的幻想，幻想他或许有朝一日彻底悔改。

另外，波尔克·林德这个猎艳高手、社交冒险家、情场大海盗又是不容易丢开、拖延和拒绝的。他和考珀伍德一样，强硬果断，格外有威力，而在对付女人上，他甚至比考珀伍德还要胆大。与女性的长期交往和调情使他了解，女人是羞涩的，游移不定，心情像白痴似的前后矛盾，即使是对她们心中最想念的人。如果想俘获她们，就必须采取强硬的方式。

就是这种态度给他带来很不好的名声。爱琳和他一同吃饭的那天就觉察出来了。他那一本正经的黑眼睛狡猾得令人喜爱。她似乎感到她也许会大开方便之门，到后来遇到他冲动起来就无计可施，但她还是来了。

但是，林德考虑到爱琳的拖延，这天就下定决心，必须得到一个确切的答复，而且还应该是赞同的答复。上午十点钟他给她打了电话，恼怒她踌躇不定，三心二意。他迫切想知道，她是否愿意到他朋友的画室来看画，是否能下决心参加他的几位单身朋友布置的谷仓舞。当她借口身体不舒服时，他就鼓舞她振作精神，"你太让爱慕你的人为难啦。"他可爱地暗示道。

爱琳认为已用外交方式把这种斗争略微拖延了一小段时间而没有回绝它。可在下午两点钟，门铃响了，林德的名片送了上来。"他说他知道你在家，"仆人说，因为林德给了他一美元，"你肯见他一小会儿吗？他不会久留在这里的。"

爱琳对这种贸然登门造访没有防备，吃不准他要说的事究竟是否重要，同时埋怨自己优柔寡断，她确实被求爱的林德迷住了，又想起了他在上午开玩笑的、诱惑性的言辞，便决定下楼去看看。那时她十分无聊，穿着一件带貂皮领子和貂皮袖口的淡紫色的家常便服，正在用心看书。

"带他去音乐室。"她对用人说。她进去的时候，呼吸好像有点困难，因为林德影响到她了。她明白，她以前不去他那儿就表现出一点害怕，而事先公开显露怯弱不会增强人的抵抗力。

"啊！"她喊道，带着一种不由自主的、装出来的勇气，"在接到你的电话后，我并没有料到这么快就能与你见面。你以前从来没有到我们家里来过，是吗？请你将大衣和帽子挂起来，到画廊里来，好吗？那里光线明亮，而且你还可能对某些画产生兴趣呢。"

林德正在想方设法寻找什么借口延长逗留的时间，并改变她那有些畏缩的心理，于是就答应了，不过却装作只是路过，抽出了一点时间。

"我想，我只需再看上你一眼，就不由自主地进来了。房间太好了，很宽敞，哈，那是你！是谁画的？哦，我知道，是范·比尔斯画的。这真是一幅杰作，也极为可爱。"

他审视着她，又回头看画，画面上的她年轻十岁，快乐活泼、充满自信，举着她那把红白相间的阳伞，坐在长石凳上，衬着荷兰的天空和白云的背景。他被她本人和她的画像迷住了，赞不绝口，不停夸奖。如今她更健康、更红润了，她的身体变结实了，很多女人年纪大起来时都是这样。但她仍然是盛开的鲜花，尽管仲夏已过，但风韵犹存。

"哦，是的。还有这幅伦勃朗的画，真是太让我吃惊啦！我不了解原来你丈夫的收藏这样有代表性。伊斯莱思的，我知道还有热纶的和麦索涅的！上帝！这是一种很有代表性的收藏，不是吗？"

"其中有些是顶好的，"她学着考珀伍德等人的样子说道，"但有一些，等到更好的名画进入市场时，最终就要被淘汰了，比如那幅保罗·波特尔的，还有这幅戈雅的。"

她多次听考珀伍德这样说过。

爱琳与他进行与个人私情毫无关联的话题时变得十分自然而充满兴趣，他那小心而可爱的态度也令她高兴。显然他并不想做出超越顺便拜访以外的举动。另外，林德却在琢磨着她，非常想了解他那轻松而冷静的态度对她有什么影响。他匆匆地将画廊浏览一通后，说道：

"我一直很想欣赏这幢房子。当然我知道是洛德建造的，我常听别人说造得特别好。我想，那该是餐厅吧？"

尽管事实证明这幢房子在交际上没有多大作用，爱琳却总是特别引以为荣，所以她十分高兴地领他去看其他房间。林德当然看惯了各种豪华的房子（他自己的房子就挺不错），他假装兴趣浓厚的样子，其实他并不感兴趣。他一边走，一边评论着室内装饰和木刻的独特风格、布置得优美和谐，一眼看上去就清爽整洁，等等。

"等一下，"当他们走近她闺房门前的时候，爱琳说，"我忘了我的房间整理好了没有。我希望先看看。"

她打开门，走了进去。

"好的，你进来。"她招呼道。

他紧随其后进去了。"哦，是的，确实太美了，那些花边上的小小的舞蹈人物精致极了，不是吗？这颜色的设计独具一格，让人赏心悦目。这与你真是相称极了。"

他住口了，欣赏着那宽阔而厚实的地毯，全是温暖的天蓝色和奶油色，又欣赏着那镀金的铜床。"好哇。"他说，突然转变了话题，丢下了关于室内装饰的谈话，"现在告诉我，今晚你为什么不肯去参加谷仓舞呢？那可是特别有趣的呀。你去了一定会高兴的。"

爱琳看出了他的这种变化。她清楚，因为领他看房间，竟使自己陷入了一种容易产生误会甚至造成混乱的局面。他那双迷人的眼睛证明了这一点。

"哦，我不想去。我最近对许多事情都不感兴趣。"

她开始冷漠地绕过他向房门外走去，但他却用一只手拦住了她。"不要这么快就走，"他说，"我要与你谈谈。你一直这样胆怯地躲着我，难道你一点也不喜欢我吗？"

"哦，我喜欢你。但是，难道我们不能在下面音乐室里谈话，就和在这里一样吗？难道我不能在下面，就像在这里一样告诉你我为什么躲着你吗？"她迷人地笑起来，现在已很难找出害怕的阴影。

林德露出了两排整齐的白牙。他的眼睛里荡漾着一种淫荡的企图。

"当然可以，当然可以，"他答道，"可你在你的房间里太美了，我不想离开这里。"

"但是，"爱琳说，仍然十分高兴，但有点心慌意乱了，"我觉得下去我们一样可以谈。你会发现我在楼下也一样有趣。"

她动了一下，但他的力量简直同考珀伍德一样，对她来说那种力量实在太大了。他是个格外强壮的人。

"你应该清楚，"她说，"你在这里不能这样做，有人会进来的。你有什么理由能这样对我呢？我没有给你这样的权利。"

"什么理由？"他问道，把身体弯向她，用两只褐色的手抚摩着她那丰满而白皙的臂膀。"啊，也许并没有什么恰当的理由，你本人就是一个最好的理由。在奥珂特俱乐部那天晚上我就曾告诉你，我感觉你太可爱了。难道当时你不知道吗？我以为你十分清楚的。"

"啊，也许我知道你喜欢我，如此而已。谁都能那样的。至于说与我调情的事，我可连做梦都不曾想到。你听！我觉得好像有人来了。"爱琳猛地挣扎想要摆脱他，然而没有成功，就说，"请让我走，林德先生，说实话，勉强束缚一个女人，这对你并不怎么光彩。我可没给你什么特殊的理由。过一会儿我可要生气啦。"

林德仍是微笑着露出两排整齐的白牙，眼神邪恶。

"真是的，你说些什么呀！似乎我完全是个没有丝毫关系的局外人。难道你忘了你吃饭时对我说的话吗？你并没有守约。你已经明显地暗示我，你会来的。你为什么不来呢？你害怕我吗？你不喜欢我吗？还是两种情形兼而有之呢？我觉得你有趣极了，好极了，我特别想知道这一切。"

他变换了一下姿势，用一只臂膀搂住她的腰，再把她往怀里拉，紧紧地注视着她的眼睛。他的另一只臂膀拉住她那一只还算自由的胳膊。猛然地吻她的双唇，又吻她的两颊。"你是爱我的，是吗？如果你不爱我，那么你又说你或许会来的，这是什么意思呢？"

他把她搂得十分紧，爱琳挣扎着。这是一种全新的感受，其他男人的感受，而这人是波尔克·林德，是她在考珀伍德以外动情的第一个男人。但是，现在，在这里，在她的房间里，考珀伍德也许会回来，仆人们也许会进来。

"啊，你想想，你干的是什么事，"她似乎有点生气地说，还没有真正惊慌起来，她认为他只是企图让她爱他，在目前他并没有其他的想法，"在这里，在我自己的房间里！如果你不马上让我走，那你就不是我心目中那种人了。林德先生！林德先生！（他弯腰对着她，又开始吻她。）你不应该这样对我，我那时说，我也许会来的，但那绝对不是说我真的会那样做。可竟然使得你跑到这里来，这样欺负我！我觉得你让我害怕。我可以对你说实话，如果我曾经对你有一点兴趣的话，现在也完全没有了。除非你马上让我走，我对你发誓，我决不再与你见面了。我决不！决不！这是真的呀，请你让我走哇！我要大叫啦，我告诉你！从今以后我永远也不想再看见你了！啊！"这是一场紧张激烈却没有丝毫作用的挣扎。

大约过了一周，一天晚上考珀伍德回到家里，发现爱琳在快乐地哼着歌，可还是一副若有所思的样子。她刚化好晚妆，显得年轻光鲜，就如当年满怀热情地追求他的模样。

"哟，"他高兴地问道，"今天什么情况？"

爱琳觉得，正如人们有时所认为的，如果她做了坏事也是有正当理由的，而且正因如此，有朝一日她也许能令考珀伍德回心转意，因此她认为对他要多一点亲切。"啊，十分不错，"她答道，"今天下午在霍克西马夫妇家里待了一段时间。十一月他们要去墨西哥，有一辆最可爱的、新的篮式马车，可惜她坐在里面有些不像样。艾达已准备进布林莫尔学院。她因为要丢下她的小猫小狗而心烦意乱。随后我又去参加莱克恩·克罗斯的招待会，又到了梅里尔的大百货商店，然后才回来。我还在华贝西大街看见了泰勒·洛德和波尔克·林德在一起。"

"波尔克·林德？"考珀伍德说道，"他有趣吗？"

"是的，很有趣，"爱琳答道，"我从未遇见过一个像他那样礼貌体贴的人。他是那样令人着迷。他完全就是个孩子，可只有上帝知道，他的处世经验好像相当丰富。"

"我也曾听说，"考珀伍德说，"他不就是几年前牵扯到卡门·陶丽芭案子的那个人吗？"考珀伍德是指在美国旅行的一位西班牙舞蹈家的事情，林德以前拼命地爱着她。"啊，是的，"爱琳不怀好意地答道，"但那对你不应该有什么影响，无论如何，他是可爱的。我喜欢他。"

"我并没说那对我有什么影响不是吗？你并不反对我提起这事吧？"

"啊，我了解那回事，"爱琳开玩笑地答道，"我也明白你的意思。"

"你说这话是什么意思？"他问道，观察着她的脸色。

"啊，我明白你的意思，"她亲切而毫不示弱地道，"你以为你与别的女人调情，我就该无怨无悔地独守空房，做一个甜蜜可爱的妻子吗？去你的，我不会的。我知道你为什么这么说林德，这可能使我对他格外感兴趣。但是，如果我愿意那样，我就会那样的。我告诉过你，我会的。而且我一定会那样。对这事你想怎么办就怎么办。你并不需要我，那别的男人是否对我发生兴趣，你为什么不安呢？"

实际上，考珀伍德并没有敏感意识到林德和爱琳可能发生什么关系，他想林德和爱琳最多只是一般关系，和其他人一样，但他却隐隐约约地意识到了什么。爱琳认为他是这样的，而这引起了她那没来由的批评。考珀伍德清楚地明白到那种含意，鉴于目前这种情况，他想竭力表现得殷勤一些。

"爱琳，"他轻声细语地说，"你说些什么话呀！你为什么会说出那种话呢？你清楚我是爱你的。我不能阻止你想做的事情，而且我相信你明白我也是不愿那样的，我只想使你满足心愿、开心愉快。你明白我是关心你的。"

"是的，我明白你是怎样关心的，"爱琳答道，心情随即变化了，"请你不要进行那一套表演了吧。我讨厌极了。我明白你是怎样调情的。我对汉德夫人的事情知道得清清楚楚。报纸也都把那件事情说得很明白了。这八天，你只有一个晚上回来，我想要多看你一眼都那么不容易，陪伴我的只有孤独、寂寞。不要和我说话、不要假装亲热。你别以为我不清楚你最近的情妇是谁。但如果我东游西逛，对其他男人发生兴趣，你可不要怒火中烧，与我争吵，我一定要那样做的。如果我那样做，那完全是你的过错，这你最清楚。你可别抱怨，那对你没有任何好处。我不想坐在这里被人愚弄了。我再三告诉过你，你不相信，但我不想这样了。我告诉过你，说不定哪一天，我会找一个人的，我一定会找到。实际上我已经找到了。"

听着这些话，考珀伍德观察着她，平静、反感而又略带同情。但他还来不及说出什么，她就旁若无人、大摇大摆地走出房间，下楼到音乐室去了。一会儿，从下面大厅里传来雷鸣似的第二《匈牙利狂想曲》的曲调，弹得极富感染力，甚至令人怦然心动。爱琳将自己的一部分悲哀和苦痛糅合到音乐里去了。考珀伍德当时憎恶这个念头，一个像林德那样自以为是的人，一个那样英俊、那样殷勤的交际场上的浪子，竟然能使爱琳产生兴趣，但如果注定是这样，那也没有办法。他没有合适的理由大发其火。同时，一阵回忆的悲哀就像一只飞鸟掠过他的心头。他记起，她在费城做学生时，在她父亲家里，穿着红披肩出去骑马，驾车游玩，那时她真是一个极可爱的姑娘，她是那样甜蜜、那样痴情。难道她真能决心不再把他放在心上了吗？难道真的会有这回事，她会找到别的男人使他对她产生兴趣，而且她对他也产生强烈的兴趣吗？这对他来说，几乎不可思议。

后来，在她走进餐厅时，他看着她穿着一身带有铜锈色花纹的绿绸衣服，头发高高地绾着，他情不自禁地对她产生了爱慕。她显得特别年轻，可还是闷闷不乐，像是钟情于某人。他沉吟片刻，情欲和爱恋是多么可怕、可恶呀，它们愚弄我们所有的人。"我们所有的人都被一种巨大的创造性冲动支配着。"他对自己说。他谈了一些其他的事情，谈到选举期快到了，谈到他看见的一辆宣传车，上面写着"本市将归考珀伍德私有吗？""我说那是十分低劣的政治宣传。"他评论道。接着他就讲他曾顺路走进州街和十六街一个所谓共和党的宣传棚，那是一所随便搭成的没有油漆的大木棚，里面有一些座位，并且他还听见那位赫赫有名的演说家猛烈地抨击他。"有一次我很想问那头笨驴几句话，"他补充道，"但我决定还是不要那样做。"

爱琳不得不笑了。虽然他有这样那样的错误，他却真是个了不起的人，居然能把一个大城市闹得沸沸扬扬。"可是，如果他对我心怀鬼胎，我为什么要对他开诚布公呢？"

"除林德以外，你还遇见过其他什么你喜欢的人吗？"他最后诡异地问道，他想不引起她过度的反感，而又能收集到更多的信息。

爱琳一直在琢磨着他，确信他又会回到这个话题的，就答道：

"我没有遇到，我也用不着。一个就够了。"

"你这话是什么意思呢？"他温和地问道。

"这就是我说的意思。一个足矣。"

"你的意思是说你爱上了林德？"

"我就是那个意思，"她住了口，挑衅地观察着他，"我什么意思，和你有什么关系？是的，我就是爱上了他。但你一个劲儿地关心什么呢？你为什么坐在那里总问我呢？我怎么做，与你没有半分关系，你并不需要我。你为什么坐在那里百般打听、留心观察呢？至今约束我的，并不是什么对你的顾忌。如果我是爱上了呢？这和你又有什么关系呢？"

"啊，我当然关心，你也清楚我是关心的，你为什么那样说呢？"

"是的，你关心，"她声音高起来，"我清楚你是怎样关心的。好吧，我干脆挑明了吧（他的冷淡把她气得一直说下去），我爱上了林德，并且，我还是他的情妇呢。而且我还要继续做下去、你关心什么呢？呸！"

她双眼冒火，满脸通红，呼吸困难。

长久的冷淡产生了怨恨和愤懑，在怨怒的顶点她作出了这种声明。听到这种声明，考珀伍德挺直身子坐了片刻，他的眼睛冷酷起来，对她怒目而视，好像面对着仇人一样。他即刻意识到，他能有许多办法让生活不幸，并报复林德；但过了一会儿，他就改变了主意。使他动摇的并不是懦弱，而是一种位高居人上的优越感。他为什么要吃醋呢？刹那间，他的心情改变了，他为爱琳伤心，为自己难过，为人生悲哀，为人生的欲望与需求的纠缠纷争而感慨不已。他不能责怪爱琳。林德确实有吸引力。他并不想与她分手或与林德冲突，他只想暂时与她断绝一切亲密关系，让她的心情自行安定下来。也许她会主动地要求离开他。如果他能找到合适的女人，也许这事就能成为他抛弃她的充分理由。合适的女人在哪里呢？他还没有找到。

"爱琳，"他十分和气地说，"我希望你别介意这件事，也不要为此感到痛苦。你为什么要那样呢？你什么时候做的？你能告诉我吗？"

"不，我决不会告诉你，"她悲痛地答道，"这与你无关，我决不告诉你。你为什么要问呢？你并不关心。"

"但我的确是关心的，我告诉你，"他生气而有些粗鲁地说，"你什么时候做的？至少你可以把这点告诉我。"他的双眼充满冷漠无情，不过又渐渐消失，变成了亲切的询问语气。

"就在不久以前。大约一个星期。"爱琳答道，仿佛受到逼迫似的。

"你认识他多久啦？"他好奇地问道。

"到现在已有四五个月了。我在去年冬天遇见他的。"

"你是有意这样做吗？是因为你爱上了他，还是因为你想伤害我呢？"

就他俩的旧情来说，他不能相信她不再爱他了。

爱琳不耐烦地动了一下。"你倒说得出口，"她带着怒气说道，"我做那件事，是因为我要做，我对你没有什么爱情可言，这点我可以坦率地告诉你。在你那样不理睬我后，你不怕难堪，竟然坐在这里，还这样来问我。"她把她的盘子往前一推，像要起身似的。

"等一等，爱琳。"他急忙地喊道，把刀叉放下，隔着漂亮的餐桌望过去，桌上摆着法国塞弗尔瓷器、银器、水果和美味食品，在灯光下，他们面对面坐着。

　　"我希望你别那样与我说话。你明白我并不是一个最卑鄙下流的傻瓜。你清楚，不管你干什么，我都不会与你争吵的。我了解你的苦恼是什么。我明白你为什么要做出这样的举动，我还知道，如果你继续这样胡闹下去，你以后会后悔不已。这根本与我要做出什么举动无关。"他的感情一阵波动，不再说话。

　　"啊，是吗？"她怒道，竭力压制自己内心翻涌的情绪。他那副镇定自若的神情使她回想起往事。"呸！你把你的同情留给你自己吧。我并不需要。我要按我自己的方式生活下去。我希望你不要和我说话。"

　　她带着怒气用力地把她的盘子一推，一杯香槟酒被打翻，酒泼溅在白桌布上，呈现出了一摊淡黄色的污迹。她站起来，匆忙地向门前走去。她生气、难受、悔恨，甚至喘不过气来。

　　"爱琳！爱琳！"他大声叫道，匆忙去追赶她，管家听见椅子移动的声音走进来，他也毫不在意。管家对这类家庭争吵已司空见惯了。

　　"你希望的是爱情，并不是报复。我明白你希望有人全心全意地爱你。我万分抱歉。你不要对我太狠心了。我不会对你那样的。"他一面抓住她的一只臂膀阻拦她，一面与她一起向隔壁房间走去。此时，爱琳的情绪极为激动，既不能正常地谈话，也不明白他在干什么。

　　"让我走！让我走哇！"她生气地高声大喊，眼含热泪。"让我走呀！我已告诉过你，我再也不爱你了。我恨你，我恨你！"她挣脱了，面对他挺身站着。"我不要你和我说话！我不愿意你和我说话！我的所有痛苦全都是你造成的。不管我做什么事情，全都是因为你，难道你能否认吗？你会看见的！你会看得见的！我要让你亲眼看看我会做出什么事来。"

　　她拼命挣扎着，但他把她抓得死死的，弄得她在他那强有力的控制中无能为力地恸哭不已。"哦，我哭了，"她热泪滚滚，自言自语，"但不会有任何改变。太晚了！太晚了！"

# 第三十八章　暂时失败

秋季竞选如期而至，听到锣鼓喧天，群情热烈，同时考珀伍德又得知爱琳背叛了他，这比知道整个芝加哥社交界联合反对他更让他痛苦。那段甜蜜时光令他难以忘怀；当时爱琳很年轻，爱情和希望简直就是她生命之中的两大支柱。这种记忆横穿他的一切努力和思考，好像远处演奏的管弦乐低沉的音调。一般来说，虽然他性格外向，但他还是一个喜欢反思的人，而他对美术、戏剧和随理想破灭而产生的同情也并不陌生。他对爱琳并没有丝毫怨恨之心，只是为自己那无法控制的性情、那内心趋向自由的意愿而产生必然的结果感到悲哀。变化，变化！不可避免的变化。有谁能在失去一件完美的东西后不自怜呢？即使只是一种盲目的爱情。

在一种喧闹的氛围中，十一月六日选举正式开始，而选举的结果却是一场惨败。在提名的三十二名民主党市参议员中，仅有十人当选，而反对党在市议会中占了足足三分之二的人数，当然蒂南先生和克利刚先生是确保其位的。和他们一起，一个共和党市长和在候选人名单上的他那所有的共和党同伙都来了，现在这帮人应该遵从并实施高尚的、有道德的人的意见了。考珀伍德明白这意味着什么，即刻就准备向敌人提出建议。他从迈肯迪等人的口中逐渐得知蒂南和克利刚背叛的全部细节，但对他们并没有怀恨在心。生活就是如此残忍和无情。

将来必须更加小心地关照他们，否则一旦堕入陷阱，他们就彻底完蛋了。按他们的说法，他们好不容易才勉强对付过去。

"看我自己，我仅凭三百票就获胜了。"克利刚先生在各种时机诡诈地声称道。

"说实话的吧，我差不多把自己的选区都丢掉了！"

蒂南先生也同样强调。"警察对我并不起作用，"他坚决地声称，"他们派人殴打我的人。本应该有九千票的，可最后我只得了六千票。"

但是，并没有人相信他们所说的。

迈肯迪琢磨着自己在两年内怎样才能击败对方的这种暂时性的胜利，考珀伍德却认为，和解是当前最好的对策。而在此时，希利哈、汉德和阿尼尔与小迈克特纳联合起来，正筹划着他们如何才能更好地使这次共和党的胜利让考珀伍德一蹶不振，使他永远不能恢复元气。接着就是一场长期复杂的斗争，这包括（在考珀伍德或许能收买新市参议员之前）准备重新提出并通过那个遭到强烈反对的电车总特许证、对数家小公司授予在郊区的特权，以及设计一个章程授予南区某一家公司修建和经管高架铁路的特权。最后这件事情最糟糕，之前考珀伍德认为它没有半点可能性。这才是迄今为止考珀伍德受到的最严重、最惨痛的打击，因为这引起了芝加哥市内铁路的新纠纷，之前的情况虽有重重困难，可与如今相比却都不算什么。

为了把此事彻底弄清，还得交代一下，在十八年或三十年前，纽约曾设计并修建了一系列高架铁路，以缓解狭长岛屿较低地区的交通拥挤状况，结果获得了巨大成功。一开始考珀伍德就对这些高架铁路和其他一切属于市内公共交通的事物产生了浓厚的兴趣。每次去纽约，他都详细地亲自考察。关于那些铁路公司的后台老板、相关的费用、利润等，他都摸得一清二楚。对纽约来说，他认为高架铁路在那个拥挤的岛屿上是一种理想的交通方式。在芝加哥，到目前为止，人口还比较少，现在接近一百万，分散在一个广大的区域。他认为高架铁路不会有多少利润可图，至少最近几年肯定是没有什么利润的。高架铁路的运输生意，必须从地面铁路竞争而来。如果他建造高架铁路，那只是耗费成倍的开支却只换来一半的利润，他考虑到其他人可能会建造高架铁路，但他们首先必须弄到特许证，而在最近一次选举前，这种可能性并不大。关于这点，他曾对阿迪生说："让他们去丢钱吧，大概到了人口足够维持那些铁路时，那些铁路就要送到收购人的手里去了。他们自然会将猎物赶到我们的猎袋里，我会以十分低廉的价格收购那些铁路。"阿迪生对此表示同意，但自从这次谈话后，随着形势的发展变化，建造这些高架铁路变成轻而易举的事了。

　　首先，市民对高架铁路的兴趣日益高涨。高架铁路是一种新鲜事物，在纽约生活必不可少，而在此时，芝加哥普通市民又都想和那个伟大的国际都市一决雌雄。这种群众激情无论如何幼稚或没有价值，却依然足以使任何高架铁路在芝加哥暂时得到普遍的欢迎。其次，非常巧合的是，由于西部的这种新生事物，在这次竞选运动之前不久，芝加哥最后被选为举办盛大的国际博览会的幸运都市，可以说这个国际博览会是美国有史以来最大的博览会。汉德、希利哈、梅里尔和阿尼尔这类人（各报社社长和编辑们更不用说）都热烈拥护这项计划，在这方面考珀伍德是与他们意见一致的。只是真正批准下来时，考珀伍德的仇人们立刻就会利用这种局面来对付他。

　　起初，反对考珀伍德的新市议会帮助把博览会的会址设在南区，就定在希利哈铁路线的终点，这样就使全市都得或多或少给那家公司一些好处。同时，希利哈派突然意识到，如果现在就把纽约高架铁路的交通方式借鉴到本市来，绝对是一笔极好的生意，并不是为了立刻就能赚钱，而是为了要让那位可恨的大王明白，他有了一个强大的、可怕的竞争者，很有实力侵入他如今垄断的领域，削减他的利润，这样就逼迫他最好还是卖掉他的财产滚得远远的。就这个问题，希利哈先生和汉德先生之间、汉德先生和阿尼尔先生之间的商谈非常融洽而富有情趣。他们初步计划在南区修一条高架铁路，地址是预定的博览会会场南面。一旦这条铁路生意兴旺起来，他们就抽空修其他铁路，他们先把包括全市西、南、北三区的特许证弄到手。这样，就能微笑着向考珀伍德先生告别了。

在选举一个月后，新市议会才召开第一次会议，考珀伍德不想安静地等待，他把周围那些亲密的代理人，即他的公司的法律顾问一一召集过来，他立刻就得知了对方修建高架铁路的新计划，这让他颇为震惊。显然，汉德和希利哈正在拼命地活动。他口授秘书写信给乔尔刚，请他速到自己的写字间来。同时他又急忙恳请他的顾问们详细研究，看看是否能运用某种手段去影响新市长、尊敬的查斐·萨尔·司路士先生，万一那些章程送到他面前时，请他一票否决。说实话就是要让他彻底变心。

在这种形势下，尊敬的查斐·萨尔·司路士先生的态度起着决定性作用。他身材高大、体形适中、说话略微夸张。他自认为在社交和商业上得到的机会及其他的作为都是最正派的，也是最高尚的。也许你们认识这一类的男人或女人，他们生活在比较舒适的和较小的社交环境中，缺少人类大脑里的那些灰白色的脑（这东西能让人看出人生的一切偶然性和不确定性），又因为没有什么迫不得已的事，所以就缺少人生经验，竟以为自己及一切所为都是最虔诚的，最能得到上帝的庇佑。查斐·萨尔·司路士先生自认为出身名门，并以此为荣，在本质上当然是个正派的人。他父亲在马具批发生意上积累了一小笔财富。他的妻子是个漂亮而无能的女人，二十八岁时与他结婚，她父亲是腌菜厂的老板，他的腌菜销路甚好，附近的人就认为他的女儿也是个"畅销商品"，而查斐·萨尔·司路士先生以前就住在那附近。他们的婚礼特别传统。婚后又前去诸神花园和大峡谷做蜜月旅行。随后这个油滑的查斐（因为抱负不凡，立志要出人头地，很得两家喜欢）就回到他那纸张经纪人的本业，格外细心地为自己积攒一份可观的财产。

姑且可以这样认为，尊敬的查斐先生的人品并没有特别明显的瑕疵，就是有点骄傲自大，有点过于关注自己的前途和机会。但却有一个弱点，由于自己的年轻妻子持有严格和有些清教徒式的理念，而且他父亲与岳父特别信奉宗教，这种弱点对他就非常有害。对女性他有一种不俗的审美眼光，特别是对那些丰满的白肤金发的漂亮女人，虽然他已有了一个理想的妻子和两个可爱的孩子，但他却经常在那些模样迷人的女人背后陷入沉思，那些女人在路上走路时，好像不用学习，就会用默默的暗示去巧妙地勾引男人。

司路士先生婚后，在他被公认为走上了正派的道路时，他才暗地里扮演了放荡的洛萨利阿这个角色。他和一个不太淫荡的妓女有了一两次经验，又和他写字间里一个惯于卖弄风情的姑娘发生了试验性的恋爱关系之后，开始逐渐堕落了。开始他傻乎乎地假装真心谈恋爱，但从一个又一个精明内行的年轻女人那里，他逐渐明白，她们已默认为可以得到相应的报酬。但是，有一个却例外，那个被他弄到手的姑娘迫使他不得不赔偿五千美元，而且之后他始终感到畏惧和伤心（好像他的妻子的家庭和那姑娘的家庭，以及自己的魔影都昭然地出现在他面前），他永远戒除了与一般速记员和雇员调情的嗜好。从那以后，有很长一段时间他都严格要求自己，只与那些有生意来往的、有时请他参加某种酒会的代理人、经纪人和厂主介绍的女人打交道。

日复一日，他变得越来越聪明了，同时也更加热衷此事了。因为和商人们、与他偶尔碰到的若干高级政客结交，又由于他住的那个选区恰巧是个关键选区，有时他公开流露并且模糊地推测那种逻辑的意义，那种逻辑认为，人生就是一种异教徒的野蛮形态，宗教和习俗不过是形式罢了，是人跟随时代的脚步或取或舍，来满足自己的幻想、情绪和兴致的各种形式。查斐·萨尔·司路士不能理解这一切的真实意义。他的思想有些狭隘，视野也不够开阔。是的，人们过着二重生活，但随你怎么认为，面对自己的错误行为，这感觉是很不好的。星期日，他和妻子一起去教堂的时候，就意识到宗教是必要的，是圣洁的。在自己的生意中，他认为经常碰到关于非法利润、说假话等方面的种种不合理的小缺点，但归根结底，上帝就是上帝。听任自己的冲动是不对的，尽管那样干令人着迷。人应该比自己的邻人好些，或者装作好些。

对这样的破烂货和道学气的笨驴，有什么办法可想呢？虽然他常因担心那些调情行为被人查出来而紧张，但在商业上却发达起来，并在他所处的团体中升到了一定的地位，他一面变得更随意，一面也变得更和气、更包容，也就更受人欢迎了。作为共和党员，他的确很不错，心甘情愿地追随着诺利·西姆斯和杜鲁门·莱斯利·迈克特纳。他的岳父富有，还有一定的势力。他曾致力于竞选演说和一般的党务工作，表现得十分出色。由于这一切，包括他的能力（虽然不过如此）、他的圆滑和他那特别彬彬有礼的风度，他就在共和党中被提名为市长候选人，接着就当选了。

从司路士市长的竞选演说中，考珀伍德弄懂了他那不友好的态度。

他与他的雇员、前州参议员乔尔·亚弗利先生谈话时已讨论过这一点了。最近亚弗利从事各种各样的公司工作，他明白法院的底细，了解律师、法官、政客的状况，就像掌握他修正的法案一样。他身材很矮小，不过五英尺一英寸高，前额很宽，头发和眉毛呈橘黄色，褐色的眼睛像猫眼一样，他思考时，软软的下唇有时包着上唇。多年磨炼后，亚弗利先生学会了微笑，但却笑得十分奇怪。他经常呆呆地看着，下唇包着上唇，并用阿迪生派的缓慢语调表达他那几乎不可更改的结论。面对当前的危机，仅有亚弗利先生提了一条意见。

"有件事情，我认为是可行的，"有一天，在一个特别机密的交谈中他对考珀伍德说，"就是要调查一下查斐·萨尔·司路士先生的桃色事件。"亚弗利先生那双像猫一样的眼睛嘲讽地闪耀着。"如果我没有弄错，仅从这个人的外貌来判断，他这种人一般来说是曾经有过（如果没有，却能简单地使他有）与女人的纠缠不清的艳遇。这需要花一定的代价才能掩饰起来。我们都是人，都是脆弱的，"（亚弗利先生下唇往上一翘，包住了上唇，随即又松下来）"我们谁都不应该过于苛刻地讲究道德和自以为是。司路士先生是个好心人，但我认为，他好像也有些多情。"

亚弗利先生不言语时，考珀伍德端详着他，他的相貌正如他的建议一样，使考珀伍德觉得很有趣。

"这主意不错，"他说，"尽管我并不喜欢把桃色事件和政治混为一谈。"

"是的，"亚弗利先生十分热情地说，"也许这其中有些道理呢。这谁都拿不准。"

此次谈话的结果，就是把获得有关司路士先生的生活习惯、趣味和嗜好的任务交给那位现在地位很高的法界人物巴顿·斯廷逊先生，巴顿又把这个任务分派给助手马奇班克斯先生。从某些方面来看，这确实是一种令人吃惊的情况，但凡是稍微了解那个繁荣时代经常发生的关于政治、金融和公司管理的复杂纠纷的人，对这些情况是绝对不会惊讶的。

巴特里克·乔尔刚先生也立即应考珀伍德的函邀而来。不管他的政治关系和性情脾气如何，他都不想怠慢这样有势力的人。

"现在我能为你做些什么呢，考珀伍德先生？"他问，他在选举获胜之后前来，精神显得分外饱满、爽朗。

"听我说，乔尔刚先生，"考珀伍德开门见山地说道，目不转睛地注视着这位共和党的县主席，十指相扣，两个大拇指旋动着，"你要使市议会强行通过电车章程和那条南区高架铁路章程，却不给我留一个说话或想办法的机会吗？"

考珀伍德清楚乔尔刚先生不过是那个支配本市的临时成立的四人小组中的一员，但他却假装坚信他就是最后的决定者、一位掌握全权的人，如同迈肯迪一样。

"我的好先生，"乔尔刚圆滑地答道，"你真是高看我了，但市议会可不是我的私有财产哪。不错，我是县主席，并且帮忙选出了几个人，但他们可不是我的私有财产。他们为什么不应该通过电车章程呢？据我所知，那是一个正当的章程，所有的报纸都支持它。至于这个高架铁路章程，我不明白是怎么回事，当然也就与它毫无瓜葛。小迈克特纳和希利哈先生管那件事。"

实际上，乔尔刚先生所言句句属实。小迈克特纳的一个追随者，那个姓柯兰的市参议员正在学习玩弄政治手腕，他们想让他扮演一个类似元帅的角色。而要去拉拢那些难以掌控的市参议员，给他指派任务的是小迈克特纳，并不是乔尔刚、蒂南、克利刚或爱德斯特罗姆。乔尔刚四人小组的机器没有正常运转，尽管他们正竭力要做到这一点。

"是的，这些人被选出来我的确是出了一些力，但并不是说我完全能操控他们、指挥他们。至少目前还不能。"

听到最后一句时，考珀伍德微笑了一下。

"不管怎样，乔尔刚先生，"他老练地说，"目前你是这场反对我的运动的名誉领袖，同时你也是我唯一的希望。现在共和党的全部情况都掌握在你的手中，如果你愿意，你就能随心所欲。如果你愿意，你可以建议市议员们在通过这些章程时，故意拖延时间，我对此深信不疑。乔尔刚先生，我认为你应该知道，这种反对我的斗争纯属是一种打击、排挤和报复，企图把我从芝加哥驱逐出去。嗨，你深明大义、明辨是非，并且是个商业经验极其丰富的人，我问你，这公平吗？十六七年前，我来到这里从事煤气事业。我致力于发展开放地区，那些北区、南区和西区的边缘村镇。但我刚刚开始行动，那些保守的公司就反对我，尽管当时我并未侵入他们的领域。"

"那情景还犹在眼前，"乔尔刚答道，"我就是帮你弄到海德公园特许证的那些人中的一个。如果没有我，当初你决不能如愿以偿。麦克吉本那个家伙，"乔尔刚咧嘴一笑，"是个有希望的人。他一直走路都好像穿着橡皮鞋似的。我想他还和你在一起吧？"

"是的，他站在我这边，"考珀伍德骄傲地答道，"现在我们回过来再谈另一件事情，这个电车章程和这个高架铁路特许证的幕后人物基本都是原先煤气界的人，比如布莱克曼、朱尔斯、贝克、希利哈等。他们心怀不满，就是因为我侵入了他们的领地，而更加令人生气的是，因为他们最终还不得不收购我的那些公司。他们生气，由于我在这里改组了旧式的市内铁路公司，并把它们发展起来。梅里尔生气，是因为我没有在他的百货商店附近修一条环线。别人也生气，因为不管说什么，我还是搞到了一条环线。他们大家都生气，因为我千方百计来到这里，做了一些他们很早就该做却没有做的事情。总而言之，就是因为我到芝加哥来了。我不得不促使市议会支持我，让我做一点事，也就是因为我使得市议会态度友好，并将可能继续维持下去，他们就极力反对，并大耍政治手腕。这一切，我心里清楚得很，乔尔刚先生，"考珀伍德接着又说，"我清楚谁是你这次斗争中的后台老板，我也了解那笔钱是从何而来的。你胜利了，胜得很漂亮。我从来不忌恨别人的胜利，但我现在想知道你是否打算帮他们把反对我的斗争持续下去呢？你是否也打算给我提供一个斗争机会呢？两年后就要改选，政治并不是玫瑰花坛，一旦建造了它，就原封不动了。你结交的那帮人全是富翁，他们对你或对所有像你这样的人根本没有同情心可言。他们现在对你不错，是因为你还有可用之处。但从此以后，你觉得他们还会利用你多长时间呢？"

"也许没有多久了。"乔尔刚若有所思地答道，"但这就是世界，我们不得不遵照我们发现的去看待它。"

"太正确了，"考珀伍德说道，他并没有气馁，"但芝加哥就是芝加哥，只要他们在这里待一天，我就一天不离开。他们修高架铁路来瓜分我的利润、给竞争的公司发特许证，通过这种方式与我争斗，这样做是不能赶我走的，也不会让我受到任何严重损失。我一定要留在这里。如今的政治格局不可能一成不变。你雄心勃勃，这我看得很清楚；你并非为了玩玩才进入政界，这点我也清楚。实话告诉我你需要什么，看我是否能办得到，即使不比其他浑蛋快，至少能和他们一样迅速。我能为你效劳什么才能使你感觉我也像他们一样友好，甚至更好呢？在芝加哥我从事着合法的事业，我创建了相当好的市内铁路事业。我不想每一刻钟都有一家竞争公司进入这个领域来自找没趣。那么，有什么办法能把这个问题圆满解决呢？难道让你我友好合作而不是对抗下去，就真的无计可施了吗？难道你就不能提出折中的方案，让我们双方遵守，使事情进展得更痛快些吗？"

考珀伍德停了下来，给乔尔刚一点时间思考。不错，正如考珀伍德所说，他绝不是为了玩玩才进入政界。根据现在的形势，对他之前拟定的那个漂亮计划的实施并不一定有利。到目前为止，蒂南、克利刚和爱德斯特罗姆还算友好，但他们提出的要求已经很过分了，而那帮改革家们即被报纸宣传得相信考珀伍德是流氓、相信他的所作所为都很卑劣的那帮人，也正在要求市议会的所有行动都必须坚持一种严格的道德纲领，而且任何一种工作、合同或交易，未经报纸和市民的充分了解就不能通过。乔尔刚甚至在选举后与同事们开了第一次会后，就感到进退两难，但他在摸索，并不想急于行事。

"你倒是开门见山，"不久，他和气地说道，"你的意思是说，在刚刚帮助朋友们获胜后我就把他们撇下？这可不是我搞政治惯用的方式。你说的话可能是正确的。但人却不是装在袋里的猫，可以随性乱跳，某些时候他必须忠实于某人。"乔尔刚先生停了下来，他对自己的立场感到手足无措。

"那么，"考珀伍德仿佛同情地说道，"你就好好考虑考虑吧。这种政治上的事情真的很难，作为一个圈内人我感受颇深。一旦你想出了办法，使你可以帮到我，或者使我可以帮到你，就请告诉我。同时，也请你对我刚才说的话，不要进行恶意的理解。我现已无计可施，我是为保全性命而斗争。但是，你我完全不必因为这事使交情恶化。我们还能成为最好的朋友。"

"我知道，这十分不错，"乔尔刚说，"我愿意与你做最好的朋友。

但是即使我能照顾到市参议员这些人，可这事我单独行动还是不行的，不要忘了还有市长呢。我除了偶尔与他说声'你好'，打打招呼外，与他根本不熟识。而据我所知，他极其反对你。他可能会四处游走，甚至在报纸上公开表明态度，这种人能干出许多想不到的事情来。"

"对那件事情我已做了安排，"考珀伍德说道，"也许司路士先生能够拉拢过来。也许他并不像想象中的那样反对我。情况到底如何，谁也没有绝对把握。"

# 第三十九章　新的政府

奥利弗·马奇班克斯东奔西走，企图采用一种违法的行为诬陷司路士先生。这只年轻的狐狸对斯廷逊言听计从，他最后拼凑了一个故事，一旦司路士先生变成考珀伍德的仇人们格外驯服的工具，这个故事就能让他难堪不已。这件事情中的主角是科劳迪雅·卡尔丝达。她是个女冒险家，天生爱当侦探，既是一个擅长嬉笑的妓女和雇员，也是一个极其漂亮、经验丰富的女人。当然考珀伍德没有掌握这些细节，只是在开始时亲切地点头认可，这一点头就使这台非法侵害的机器轰隆隆地高速运转起来。

尊敬的查斐·萨尔·司路士先生的红颜祸水，这位科劳迪雅·卡尔丝达年仅二十六岁，娇美多姿，容貌美艳；她的残忍冷漠，只有贪婪而没有思想的女人才能达到那种程度，若想了解她为什么会这样，就必须看看她的出生地：她生于毫无生机的南哈斯特街。那里房屋破烂不堪，街上有一群挥舞着啤酒瓶的邋遢女人，拖着沉重的脚步颠来倒去。科劳迪雅年轻时就被迫拿着酒壶去酒吧间卖啤酒，在南哈斯特街和哈里森街的拐角处卖报并去离家最近的药房买可卡因。她的衣服及内衣肮脏破旧，都是用粗糙不堪的料子勉强拼成的，破旧的长筒袜常常露出她那瘦弱的白腿，鞋子也是破烂的，冬天时常常被水和雪浸透。她的伙伴就是相邻的一些可怜的街头男孩儿，她和他们混在一起，学会了骂人，懂得而且染上下流的习惯；尽管一般人常常因此开始走向堕落，但她却没有。十一岁时她母亲死了，后来她从一个悲惨的孤儿院逃了出来，并编出一连串凄惨动人的谎言，一个爱尔兰人的家庭把她藏匿在西区，那家有两个女儿都在一家大零售商店里当职员。经她们介绍，她在店里做了送货员。后来的生活曲折多变，这是她从未经历过的。实际上科劳迪雅天生聪颖。二十岁时，她想办法通过与一个鞋厂老板的儿子和一个富有的珠宝商人的关系攒下了一点现钞和一些服装。当时，有一位新当选的年轻而英俊的西部国会议员邀请她去华盛顿一个政府机关工作。这工作需要速记和打字，她很快就学会了。后来，一位西部参议员把她推荐到一种与合法的政府无关，却有利可图的特务机关。她善于在一般贿赂不起作用的地方，用奉承、引诱的手段得到机密。为了调查一位伊利诺伊州国会议员的秘密经济情况，她返回芝加哥，遇见了年轻的斯廷逊。从他那儿她得知那种反对考珀伍德的政治经济阴谋，很快就着了迷。她又从国会议员朋友那里大概了解了一些司路士的情况。斯廷逊明确表态，如果让这位市长顺利妥协了，除去所有花费，还给她三千美元。就这样，科劳迪雅·卡尔丝达逐渐地到司路士热衷的生活里去了。

要办此事并不很难。马奇班克斯通过乔尔·亚弗利的关系，从司路士先生的政界朋友那里弄到了一封信，介绍一位年轻寡妇，信中称她是位聪明能干的速记员，暂时经济上有点困难，希望在新政府里找一份工作。经过一番精心准备后，科劳迪雅就前往市长办公室，她身穿一件花纹别致的迷人黑绸服，颈部和手指上都戴着朴素的珠宝，金黄的秀发在两鬓上梳理成很美的鬈儿，司路士先生格外繁忙，但还是约定了时间见她。第二次来时，她胸上又有意缀了一朵黄红相间的丝绒玫瑰。她风姿绰约，正值鲜花盛开的年龄，按照华盛顿高等妓女的标准学会了行走、静坐、站立和弯腰的艺术。司路士先生很快就对她产生了兴趣，但还是有些慎重和小心。目前他是这个大城市的市长，是公众和舆论关注的显要人物。他似乎记起来了，他曾在哪儿会见过这位自称为布拉丹夫人的女人，于是她提醒说，两年前在里奇留饭店的烤肉室里。他即刻遥想着那次有趣的邂逅场景。

"唉，是的，我听说，从那以后你结婚了，后来你的丈夫死了。真是太不幸了。"

司路士先生做出一副外交家的高雅风度，自以为很符合他的身份。

布拉丹夫人恭顺地点点头。她的眉毛和睫毛化了淡妆，脸庞轮廓格外迷人，她还用桔梗在面颊上点了酒窝，犹如弱柳扶风的画中美人，凄美娇艳，同时她显然还是一位商业高手。

"我认为，遇见你的时候，你和华盛顿政府机关有联系。"

"是的，我在财政部工作，但本届新政府把我给辞了。"

她眉目含情，身体略微向前倾斜，这样她的身材就形成了一种令人着迷的姿态。她的神态充分表达，除了能做财政部的工作外，还可以干许多别的事情。她发现，她身上任何一个细节司路士先生都注意到了。他看到了她那双布面的黑羊漆皮扣襻鞋；那副手背有白线缝、纽扣深红、色泽光滑的黑色羊羔皮手套；他还注意到她这次所戴的珊瑚项圈和黄红相间的丝绒玫瑰。尽管她最近丧夫，但仍然是一位美丽而充满自信的寡妇。

"容我考虑一下，"司路士先生若有所思地说，"你住在什么地方？我要把你的住址记下来，巴利先生的信写得很客气。请给我几天时间，让我想想办法好吗？今天是星期二，你星期五再来。我看看是否还有什么工作让你做。"

他漫步送她到办公室门口，发现她步履轻盈。临别之际，她对他充满温情地投送秋波，他立马决定，如果可能，他一定要给她找份工作。到目前为止，在申请工作的人当中她是最有魅力的。

从此，查斐·萨尔·司路士的厄运就开始了。布拉丹夫人如约而至，这次她服装更为艳丽，身穿红绸裙子，在那亮闪闪的黑多罗呢衣裾下要尽可能露出它那迷人的荷叶边。

"喂，你注意到了吗？"一个前任留下来的看门人对另一个留下的看门人说，"新政府真时尚啊！我们也不太落后，是吗？"

他整理一下上衣，摸着领子，使自己也显出一副时尚的姿态，愉快地看着他的同事，他们两人都六十多岁了，都有一种灰溜溜的怪模样。

他的伙伴戳戳他的肚皮："要耐心点，比尔。不要那么慌啊。我们还没真正开始呢。六个月后，让我们走着瞧。"

司路士先生十分高兴地会见了布拉丹夫人。他已向新税务局长约翰·巴斯提安莱利交代过了。税务局在市政府院内，就在同一条走廊的正对面。这位局长考虑到自己将来可能需要市长帮忙，就满口答应关照这位夫人。

"我非常高兴能把这封给巴斯提安莱利先生的信交给你，"司路士先生一边按铃叫一个速记员来，一边对布拉丹夫人说，"不仅是为了我的老朋友巴利先生，更是为了你呀。你与巴利先生十分熟吗？"他好奇地打听道。

"不太熟悉，"布拉丹夫人承认，她认为司路士先生如果得知她与介绍她来的那帮人并没有十分亲密的关系，一定会特别高兴的，"是位名叫亚麦曼的先生叫我去找他的。"（她临时顺口编出一个人物。）

司路士先生彻底放心了。把信递给她时，她又用那双感激、诱人、动人的眼睛含情脉脉地注视着他。这种眼神几乎让他发晕了，他的血液里好像起了一种化学变化，把时刻提醒自己小心谨慎的判断力全都抛到九霄云外去了。

"你说你住在北区。"他问道，软绵绵地、近乎有些痴傻地微笑着。

"是的，我租了一个很小却很不错的公寓，在房间里就能俯瞰林肯公园。我本来不知道自己是否能继续住下去，但现在我有了这份工作，你对我实在是太好了，司路士先生，"她带着从前那种要人爱的表情说，"我希望你不要把我忘了。无论何时我都乐意为你效劳。"

司路士先生看着这个可爱的风流女人如此柔顺和亲切，一想到她现在马上就要走了，或许以后再也不能见面了，他几乎要发狂。在他们向门前走去时，他鼓足勇气说："有一天我一定去看看你的小房间，看看你是如何生活的，我也是从那样的生活闯过来的。"

"哦，一言为定！"她兴奋地叫道，"那太好了。实际上，我一个人住。或许你还玩牌吧。我会调制一种最好的饮料。我非常高兴你来看看我住得多么惬意。"

听到这些话，已被对手抓住弱点的司路士先生已经缴械投降了。"我会去的，"他说，"我一定会去的。而且可能比你想象的还要快。你一定要让我知道，你是怎样生活的。"

他拉住她的手，她也非常亲热地握着他的手。"现在我就把你说的话当成承诺了。"她带着一种喉音和引诱的腔调说道。几天后的一次午餐，他在市政府里遇见了她，果然她悄悄地在那里等他，又一次邀请他。于是，他就名正言顺又兴致益然地去了。

那些在市政厅和市长办公室做相关工作的留用人员，此后就得到吩咐，要作为见证人，记录布拉丹夫人和司路士先生来去的时间。司路士先生写给布拉丹夫人的一封短信被小心地珍藏起来，他们去旅馆和酒馆的确凿证据也都被收集起来了，以便拼凑成一个破坏性的案件。整个事情大约耗时四个月。有一天，布拉丹夫人忽然接受了重返华盛顿的建议，决定离开此地。此后，司路士先生给她的信也自然成了一部分资料。所有的资料最后全都集中到斯廷逊先生的写字间，一旦司路士先生胆敢来反对考珀伍德，他们就要用这些东西对付他。

与此同时，乔尔刚先生和蒂南先生、克利刚先生、爱德斯特罗姆先生计划的组织却面临着种种困难。他们发现，因为新议员的脾气不同，因为他们政治上后台老板的刚愎自用，无论哪种特许证，如果不能得到汉德、司路士和其他改革家们的支持，都绝对不能通过，特别棘手的是，谁也不能为任何事情接受人家用任何方式送来的财物。

"你究竟怎么评价那些该死的吹牛家和骗子？"克利刚先生问蒂南先生。克利刚与乔尔刚商谈后即刻就去找蒂南，因为蒂南太忙没能参加那次商谈。"他们草拟了一份高架铁路章程，整个城市全都包括在内，可没给任何人一丁点好处。你觉得他们到底把我们看成了什么人呢？嗯？"

蒂南先生和爱德斯特罗姆商讨后，就急着去窥探形势了。通过调查得知，北区有一位姓柯兰的市参议员，聪明而又受人尊敬，是德裔美国人，将在市议会里担任共和党的领袖，他和其他十到十二个人决定，为了道义，只有正当的议案才能通过，这太让人意外了。

克利刚先生原本计划随时依靠自己的选票捞上几千美元，听到这个消息，就难以置信地瞪圆了眼睛。"那，那我是决不赞成的！"他说，"他们胆量太大了！"

"我和第二十选区的这个家伙交流过，"蒂南先生讥讽地说，"哈，看上去他十分真诚。他在特莱蒙饭店与福拉涅克谈话时，我遇见了他，他和人握手就像死鱼一样。你想想看，他竟厚着脸皮对我说什么'这不是第二选区的蒂南先生吗？'"

"我没有什么变化。"他说道。

"'既然如此，你看起来并不像我曾经想象的那样野蛮'，他说。哈，哈！我当时很想说，'如果你还不滚开，我一定要在你的手腕上拍一下。'我想在一条偏僻的胡同里刺那个死尸一下。"（蒂南先生好像已痛苦地呻吟起来。）"于是他说，他就是弄不明白，有什么正当理由反对各新公司介入市内铁路行业。这是显而易见的，他说道，市民是反对任何一种形式的垄断的。"（蒂南先生模仿着柯兰先生的腔调和语气。）"哎呀！等他试试把那种糊涂观念灌输到冈布尔、平斯基和希隆包姆的脑子里去吧，哈、哈、哈！"

想到这帮贪得无厌的市参议员们长期凭着贪污和回扣获取额外收入的惯用伎俩，克利刚先生把身子往后一靠，忽然哈哈大笑起来。"让我告诉你是怎么回事，迈克尔，"他诡异地说，往上提了一下他那条十分优雅的英国紧身裤子，"在这个乔尔刚集团里我们遇到了一伙胆小鬼，必须把他们教训一番才行。这种情形他是最清楚不过了。这种基督教的骗局是蒙骗不了我的。这正如考珀伍德所说，他们那帮家伙只晓得妒忌和抱怨。如果考珀伍德愿意花上足够的钱来抵抗他们，那么也让他们拿出足够的钱来保住他们的地位吧。这并不是慈善性质的摸彩票。我们应该能够使这帮新家伙的人数越来越多，好让希利哈和小迈克特纳为了他们的事情掏出更多的钱来。从乔尔刚所说的话来看，我觉得他是在与一些大人物打交道。他们花钱竞选得胜了。现在如果他们希望得到一份满意的特许证，就让他们花钱去吧，怎么样？"

"你说得棒极了，"蒂南附和道，"我特别赞成你的话。"

这次谈话后不久，杜鲁门·莱斯利·迈克特纳先生由市参议员柯兰代表开始计算人数，让他吃惊的是，他发现并不像他之前想象的那样势力强大。政治上的事情真是反复无常，让人捉摸不透。有若干姓名奇怪的市参议员，如霍贝客、福卡提麦格兰、萨姆斯基等，显然是被人收买了。他立刻跑到汉德、希利哈和阿尼尔那里去，报告这个不好的消息。他们本来在庆幸，最近的胜利即使没有结果，至少总能得到一份高架铁路总特许证，仅凭这一点就足够考珀伍德头疼的了。

一听到迈克特纳的消息，汉德立马派人去找乔尔刚。当他质问柯兰先生提出的芝加哥电车总特许证何时能表决通过时，乔尔刚声明自己无能为力，各方面的反对意见已经没法操控了。

"这是怎么回事呢？"汉德有点恼怒地说，"有关这点我们不是已经讲好了吗？你要的钱全都拿到了，你不会不认账吧？你以前满口应允，你能给我二十六个参议员，会按照我们约定的办法投票的。你应该不会要取消协议吧？"

"协议！协议！"乔尔刚反驳道，因为对方的强大攻势，他生气了，"我答应选出二十六个共和党参议员，这点我已办到了。可我并不能把他们的身体和灵魂都买来让我随心所欲。我并不能让他们一切都听我调遣。我在各选区交往的人都是有前途的、最好的并且是最受市民拥护的。至于在我背后所进行的任何不老实的事情，我概不负责，难道这不对吗？如果他们心怀不轨，那责任并不在我。"

乔尔刚先生的面孔像是一个受委屈的问号。

"但是，你对这些人完全拥有选择权，"汉德先生挑衅地坚持道，"他们每个人都是由你做担保的，由你直接和他们打交道。你的意思并不是说，他们不会不遵守他们之前答应极力与考珀伍德斗争的神圣诺言吧？他们对选举他们出来干什么是不应该有半点误会的，报纸上有时长篇累牍都是这样的意见，但凡对考珀伍德有利的议案都不能通过。"

"这没有毛病，"乔尔刚先生说，"但是，你不能让我对每个人的诚实都打包票。当然是我挑选了这些人，当然这都是我干的！但我挑选他们，是因为得到了其余的共和党员和众多民主党员的帮助。我只能竭力创造最好的条件，挑选那些能够获胜的人。据我所知，他们大多数都相信自己不会给考珀伍德以任何帮助。惹出事端来的，是要他们通过这些对别人有利的章程。"

汉德先生那宽宽的额头上出现了一大片皱纹，他那双蓝眼睛质疑地审视着乔尔刚先生。"究竟这些人是谁呢？"他问道，"我要得到一份名单。"

在玩弄手段的多样性上，乔尔刚先生绝对是万能的，他快速准备好了一份有嫌疑的顽抗分子的名册。他们必须自行作战。汉德先生记下了他们的名字，当机立断要施加压力。他同时也决定要监视乔尔刚先生。如果最终能证明这个计划出现了问题，他们就要吩咐各家报纸做出相应的反应去大声呼吁。这帮不忠于人民重托的市参议员们就会被驱逐出市议会，回到各自的选区，在选民的众目睽睽之下曝光。报纸也要公布他们的名字让人唾骂。关于考珀伍德的阴谋手段更是要持续不断地提醒和揭发。

但与此同时，斯廷逊、亚弗利、麦克吉本、范·西克尔等却在极力为考珀伍德奔波，分别去拉拢各个中立的而在立场上却长期与改革思想毫无瓜葛的市参议员们，并使他们明白，如果他们能在此后两年不支持反对考珀伍德的议案，马上就能得到一笔不错的报酬，或是付给两千美元年薪，或是用另一种方式送礼，或对其抵押贷款代为结清并附带保证，决不会让公众知晓。而且这种提议都不直接向对方提出，而由朋友、邻居或讨好的身份不明的陌生人传送秘密的口信。他们用这种手段共收买了大约十一位市参议员。这些人与那十位正式民主党员没有丝毫关联，那些民主党员受到迈肯迪势力的影响，完全可以信赖。希利哈、汉德和阿尼尔他们并不清楚，他们的计划刚刚制订好就被不露声色地破坏了。虽然他们已经竭尽全力，但他们梦寐以求的总特许证的章程却仍然杳无音信，他们只得暂时满足于在南区希利哈自己势力范围内的一条高架铁路线的特许证和只包括一条并不重要路线的电车总特许证（即使是这条路线，考珀伍德以后也能相当容易地接收过来，如果他继续当权，也只能暂时给他们些许安慰）。

# 第四十章　意外之行

在这以后，考珀伍德在经济上面临的困难程度已超过政治上的。起初，阿迪生是湖市国民银行的行长，他可以利用那家银行作为他的芝加哥市内铁路企业的主要资金来源。后来，阿迪生被迫从湖市国民银行辞职去了芝加哥信托公司，考珀伍德又让该公司成为被指定的中心储备银行，并诱使许多乡村银行把特别存款放入该公司的保险库里。但是，自从汉德和阿尼尔（他们在操控芝加哥其他几个中心储备银行上势力最强，并和纽约的金融大王们关系紧密）掀起的反对他的势力斗争日益猛烈后，在芝加哥信托公司存款的若干家乡村银行时常受到外界敌对势力的强大施压而提取存款，另外一些乡村银行也接踵而来。

过了一段时间，考珀伍德才幡然醒悟，反对派极有可能想在经济上把他逼上绝路。这种情况出现伊始，他就必须迅速赶到纽约、费城、辛辛那提、巴尔的摩、波士顿去，有时甚至还要赶往伦敦，希望可以借到流动的现款。也就是在这次旅行中，他遇到了一个奇怪的人物，从此在他的生活中惹出了情感上以及其他方面的种种纠纷，这是他不曾想到的。

在本国诸多地方，考珀伍德遇见过众多富人，有人严肃有加，有人很不讲究，他和他们都有业务往来，尤其值得一提的是，其中有个叫纳撒尼尔·吉里斯的上校，他们是在肯塔基州路易斯维尔城里碰上的。此人特别有钱，又是个骑手、投资家和花花公子，考珀伍德偶尔向他借款。这位上校是肯塔基州交际场中一个特别有趣的人物，他特别喜欢考珀伍德，在他们短暂相聚期间，他经常带他到处游玩。有一次在路易斯维尔，他说："弗兰克，今晚如果你感兴趣，我给你介绍一位我认识的最有情趣的女人。或许她并不算好，但特别有趣。她的经历十分不幸。她是我的两个最好的朋友的前妻，他俩都死了，又是我另一个最好的朋友昔日的情妇。我喜欢她。我早就认识她的父母，而且她以前本来是个聪明的女孩儿，现在也依旧美丽，虽然有点老了。她在这里为她的几个老朋友准备了一种提供方便的房子。你今天晚上没有什么特殊的事情要办吧？我们顺便去那里看看，好吗？"

考珀伍德欣然同意了，因为他和富翁们的相处一直都很融洽而且玩得很开心，如同一只蹦蹦跳跳的牧羊犬，而且对那些于他有用的人，他也乐意奉陪。

"我一听就觉得有意思，当然要去，多说一些她的事情吧。她漂亮吗？"

"这还用说吗？但还有更漂亮的，她和那些女人经常联系。"上校留着一小撮灰白的山羊胡子和一双有些滑稽的黑眼睛，他向考珀伍德严肃地眨了眨眼。

考珀伍德站起身来。

"现在就带我去那里。"他说。

那天晚上下着雨。他找上校原本是为了借款，而此事却需要再过一天才能办妥。此刻无事可做。在路上，上校又将兰妮·海登的身世娓娓道来，并说明这是她结婚之前的姓名，后来她先做了约翰·亚历山大·弗雷明的夫人，离婚后又做了伊拉·乔治·卡特尔的夫人，而如今呢，她在自己接触的那些风流成性的人（他也在其中）中通称海蒂·斯达尔，一个半公开的妓院老鸨。没看见她之前，考珀伍德对此并没有产生兴趣，以后感兴趣也仅仅是因为上校告诉他有关她的两个孩子，一个女孩儿叫伯里莱茜·弗雷明，第一次结婚生的，现在纽约的一所寄宿学校里；另一个是名叫罗尔夫·卡特尔的男孩儿，在西部某地的一所青年军校里上学。

"她那个女儿，"上校说，"如果我判断无误，长大后会与她妈妈一样美，几年前我到东部去，在她母亲的夏季别墅见过她两三次，对于一个十岁的女孩子而言，我也认为她的魅力不同寻常，她是天生的千金小姐，这是我从未见过的。她母亲怎样做到使她规规矩矩，我无处得知。她能一直在那所学校读书，这本来就有些不可思议。这里随时都会谣言四起。我确信那个姑娘对自己母亲的事情一点都不知道，她从来不让她到这里来。"

"伯里莱茜·弗雷明，"考珀伍德想着，"多么动听的名字，真是个世间的尤物。"

"那女孩儿现在多大？"他问。

"哦，她一定有十五六岁了，大概这样的年纪。"

她的房子位于一条十分阴暗、两边没有树木的大街上。他们到达时，考珀伍德大为震惊，屋内非常宽敞，陈设也相当雅致。社交界一般通称的卡特尔夫人、不大满意的社会通称的海蒂·斯达尔很快就出场了。考珀伍德立刻感到，眼前的这个女人无论目前从事何种工作，都有一种高雅气质。她即使不是很有学问，也格外聪明，活泼，决不俗气。她走起路来那种生动可见的一起一伏的姿态、她对自己社会地位那种似乎十分满意和不问世事的模样、她对文雅的环境显然早已司空见惯的表情，这些都正中他的心意。她的头发梳成法国式蓬松的样子，模仿法兰西帝国时代的典雅风度。她两颊通红，气血好像太旺，却并非完全不合适。她生就一双友好的蓝灰色眼睛，与她那淡褐色的头发极为匹配。她身着一件粉红色缀花的家常便服，与她那丰满的体形特别相称，她还戴着珠宝首饰。

"两次丧夫的寡妇，"考珀伍德想道，"两个孩子的母亲！"上校从容介绍后，他们就开始了愉快的谈话。卡特尔夫人文雅地坚持说她曾认识考珀伍德。她对他那经营惨淡的市内铁路事业了解一二。

"既然考珀伍德先生来了，"她提议，"我们如果请格雷斯·邓明来，一定会特别有趣的。"

格雷斯是上校宠爱的女人。

"如果我能和卡特尔夫人谈谈，我将十分荣幸。"考珀伍德殷勤地说，他自己也不明白为什么要这样。他非常想多了解一点她的身世。在后来几次见面及与上校的进一步谈话中，他了解了她的具体身世。

兰妮·海登是弗吉尼亚州和肯塔基州海登家族和卡特尔家族的后裔，周围四五个州的一半贵族都和她有着或近或远的亲戚关系。尽管目前她仍风情万种，却成为这个大概有二十万人口的小城市的一个高级幽会场所的女主人。这是怎么回事呢？她又是怎样高升到这种地位的呢？年轻时她是位美人。她生长在富家，也嫁到富家。她的首位丈夫约翰·亚历山大·弗雷明是弗吉尼亚州上流社会的风流人物，从蓄奴和种烟草的弗雷明家族承继了财产、爱好、特权及恶习。他曾学过法律，计划跻身外交界，但由于他天性懒惰，一直没有成功。他的时间都花费在养马、调情、跳舞、打猎等娱乐上了。举行婚礼时，肯塔基及弗吉尼亚社交界都公认他们是郎才女貌。他们的婚姻本来就是在无聊的交际场的应酬中促成的，婚后这种应酬就更加频繁。甚至特别过分的调情都无所忌讳，至少在某种程度上，欺骗是很有必要的。作为一种自然而然的结果，在北卡罗来纳州的大山里，在一次有趣的秋游期间，一个名叫塔克·唐纳的放荡的纨绔少年出现了，年轻貌美的兰妮·弗雷明就临时与他共浴爱河。好朋友们很快把弗雷明先生没有看见的事情告诉了他。一天晚上，在一条山路上花花公子弗雷明遇见了年轻的唐纳先生，就威胁他说："今夜你就给我滚出这个团体，否则明天早晨我就要一枪打死你。"塔克·唐纳认为，不管这种南部的浮夸骑士作风有多么愚蠢和不公，结果还是会靠枪弹解决问题的，于是他很快就离开了。尽管弗雷明夫人很恼怒，却不思悔改，觉得自己受到了奇耻大辱。于是就产生了许多风言风语。接着他们夫妇就发生口角，两人都借酒消愁，最后以离婚告终。塔克·唐纳先生并无意恢复爱情，但伊拉·乔治·卡特尔，一个一文不名，与她年龄相仿，地位相同的人向她求婚，她就一口答应了。后来，在孩子们还未长大，卡特尔夫人还未弄明白之前，伊拉·乔治·卡特尔就以各种可笑的理由把她父亲威克翰·海登少校遗留给她的大部分财产都挥霍光了。在她丈夫饮酒放荡最终离世后，贫穷就如约闯入了她的生活。不管实际生活如何，卡特尔夫人仍然富于热情并逐渐学会放纵自己。不过，伊拉·乔治·卡特尔那种盲目愚昧的自我毁灭、那依稀可见的孩子们的渺茫前途，以及日益增长的对孩子的慈爱与责任，终于让她幡然悔悟。爱情与生活的诱惑并未消除，但她啜饮甘泉的机会却日趋减少了。一个女人已经三十八岁却依旧漂亮，她不甘心于粗茶淡饭糊口度日。一想到最底层人所遭受的冷落，而这种情况却还被没受过苦的人作为谈资，她的心里就变得难受起来。周围那群人对她白眼相向，体面的人极力回避她，她的财产也挥霍得一干二净，但她却仍旧不想成为后街的一个女裁缝，不愿靠昔日朋友的恩惠成为一个领救济金的女人。为了友谊和一时的情欲她不自觉地与人发生不正当关系，然后就形成了一种介于上流时髦社会和半娼妓之间的奇怪情况，直到最后她在路易斯维尔尽管没有公开却实际上成了妓院的老鸨。有些男人明白这类事情该如何去做，他们只顾自己快活却不顾她的幸福，就向她暗示这种做法是完全可取的。有三四个像吉里斯上校这样的朋友都希望有房间，有方便的地方可以玩、赌，还能带女人去。现在她的名字是海蒂·斯达尔，警察也大概了解到她的情况，认定这个女人的生活似乎过于放荡。

因为喜欢猎奇，喜剧或悲剧对考珀伍德来说一概无所谓，他都欣赏，于是情不自禁地对这个堕落的女人产生了兴趣，而这个女人如同在大海中十分迷茫地航行的船，想把握住任何机会。吉里斯上校曾说过如果有个强有力的人替她撑腰，兰妮·海登就完全有可能重返社交界。她有一种非常有趣的吸引力。自从去过几次卡特尔夫人家后，无论何时来路易斯维尔，考珀伍德都与她长谈。有一次，他们两人一起走进她的卧室，她忽然把梳妆台上她女儿的照片随手放进抽屉里。以前考珀伍德从未见过这张照片。这是一个十五六岁的少女的照片。他只无意间瞥了一眼。但由于他与生俱来的抓住事物本质的直觉，那照片给他留下了极其刻深的印象。那是一个柔弱乖巧的女孩儿，脸上的笑容格外可爱，脖子细细的，美丽的头高昂着，又带着一种高傲的神气，与此结合起来的是那傲然低垂的眼睑四周的一点厌倦的气息。考珀伍德着迷了。由于她女儿的关系，他假装对这位母亲倍感兴趣。

动心后不久，考珀伍德就付诸行动，因为他在路易斯维尔一家照相馆的橱窗里发现了他所见到的伯里莱茜的第二张照片。这是一张很大的照片，是卡特尔夫人把女儿不久前寄给她的相片放大的。伯里莱茜站着，在一个旧式的壁炉架的拐角那里十分随意地摆着姿势，一只手懒洋洋地拿着一顶出游时戴的软草帽，臀部的一边略低，小嘴周围微微地流露出一种难以捉摸的微笑。实际上，那种微笑不能算是微笑，最多只是微笑的幻影。一双眼睛大大的，有些刁蛮，看得出，她的老实是装出来的。这张照片因为朴实无华而让他满意。他并不了解，卡特尔夫人从不同意陈列。"真是个美人哪！"考珀伍德由衷地赞美着，他走进照相馆，看有什么办法能把它取下来，并把底片毁掉。他打听到，五十美元就能搞定此事，包括底片、照片等所有手续。用这种手段把那张照片弄到手以后，他就马上用相框把它装起来，挂在他芝加哥的房间里，有时下午他匆忙换衣服时，就停下来欣赏它。每观察一次，他的好奇心就随之增加一些。他认为也许这位少女才是真正的社交界的明星、出身高贵的小姐，梅里尔夫人和众多贵夫人所暗示的就是这样的人。

过了一段时间，在路易斯维尔他极其偶然地得知，社会环境对卡特尔夫人相当不利，她遭受到了严重挫折。哈金贝克这个十分有地位的少校非常怪异地死在她的家里。他极为富有，结过婚，名义上与他的妻子一起住在莱克星顿。实际上，他住在家里的时间很少，他因心脏停搏而死去时，正和女演员特伦德女士玩得热火朝天，他曾把她介绍给卡特尔夫人，说是他的朋友。这是警察从一个爱说话的助理验尸官口中掌握的全部情况。特伦德女士、卡特尔夫人、哈金贝克少校和他的妻子四个人的照片以及关于卡特尔夫人家里诸多奇怪的小事就都要成为报上的猛料，这时，吉里斯上校和其他在政治上有势力的社会名流出来加以阻止，事情总算掩盖下来，但卡特尔夫人仍烦恼不已。

此事出乎预料，她以前的朋友暂时都被吓跑了，她本人也失去了勇气。考珀伍德见到她时她两眼红红的，正伤心地啜泣着。

"好啦、好啦！"他看见她穿着一件沉闷的灰色衣服，"你愿意告诉我什么事使你发愁吗？"

"哦，考珀伍德先生，"她伤心地说，"自从我见到你后，我就惹出了一连串的麻烦。我想你已听说过哈金贝克少校死去的事情。考珀伍德点点头，他确实曾听吉里斯少校说过那件事。"唉，刚才警察通知我，要我必须搬家，房东也通知了我。我完全是为了我的两个孩子。"

她伤心地抹着眼泪。

考珀伍德饶有兴致地沉思着。

"你无处可去了吗？"他问。

"我在宾夕法尼亚有一所夏季住的房子，"她十分坦率地说，"但在二月我去那里并不合适，再说，我担心的就是我的生活，这是我的唯一选择呀。"

她笼统地指了指并向各个房间挥挥手。

"宾夕法尼亚那所房子完全属于你自己吗？"他问。

"是的，但那已不值钱了，再说我又卖不掉。我已想尽办法卖了很长时间，伯里莱茜也很讨厌它。"

"你没有什么积蓄吗？"

"我所有的钱都用来经营这个场所和供孩子们读书。我一直努力着，要给伯里莱茜和罗尔夫提供一个独立工作的机会。"听她一再提起伯里莱茜四个字，考珀伍德就想到自己对这件事情帮助她一下应该不会很麻烦，而且这样做完全有可能最终使他与她女儿见面。

"你为什么不从此事摆脱出去呢？"他说道，"如果你稍微考虑你的孩子们，无论如何，干这种生意都是不合适的。他们对这样的事情绝对接受不了。你希望你的女儿回到交际场里去，是吗？"

"哦，是的。"卡特尔夫人几乎带着乞求的口吻说。

"对。"考珀伍德说，他心里考虑事情的时候，总是不自觉地表现出一种急躁、冷漠和草率的神态。可这次他是心怀好意。

"那么，你为什么不暂时住在你的宾夕法尼亚的房子里呢？或者，如果不去那里，为什么不去纽约呢？你不能再待在这里了，把这些东西运走或者卖掉。"他指了指那些房间。

"我特别想这样做，"卡特尔夫人答道，"可我要清楚有什么解决办法呀。"

"暂时去纽约吧，听我的话。你要把这里的开销摆脱掉，其余的我来帮你，无论如何，目前我都会帮助你。你完全可以另起炉灶。你的两个孩子都十分不幸。那个男孩儿我可以关照他。至于伯里莱茜呢，"（他轻声地提到她的名字）"如果她能在学校待到十九岁或者二十岁，她就可能发展一些社交关系，那样对她很有好处。你要做的事情就是，如果你能办到，将来要回避这里的这帮老朋友，包括所有人。等她离开学校后，就带她去国外待一段时期，这或许是十分不错的。"

"是的，但愿我能办到。"卡特尔夫人仿佛缺乏自信地叹息道。

"那么，眼下就按我的话做吧，以后的事我们再看，"考珀伍德说，"你的两个孩子如果因为这些意外的事情而把他们的一生糟蹋了，那实在太可惜了。"

卡特尔夫人意识到，如果考珀伍德肯这样关心体贴、慷慨解囊，那可真是她摆脱地狱般的凄惨境遇的一条出路，她很想表达一下自己的感激，但她一面对他那捉摸不定的冷漠态度，就情不自禁地约束住自己。尽管他的态度有时非常慷慨热情，但有时却又让人感觉很疏远。

此刻，考珀伍德正在想着伯里莱茜·弗雷明以及她可能具有的价值。

# 第四十一章　初见少女

　　考珀伍德第一次与她母亲谋面时，伯里莱茜·弗雷明还在纽约河滨大马路上的布鲁斯特女子学校上学。这是一所美国最贵族化的寄宿学校。凭借海登家、弗雷明家和卡特尔家的社会名望与社会关系完全可以让她进入这种学校，尽管她母亲的社交命运此时已是强弩之末。她身材高挑，正如他所想象的那样，娇弱可人；头发呈微红的古铜色，与爱琳的头发色泽极为相似；她和考珀伍德认识的所有女人截然不同。她在十七岁时就崭露头角，流露出一副难以言表的高傲神气，吸引了一些不起眼的同伴对她狂热的、超乎寻常的注意，她们那种涌动的情感，在对她顶礼膜拜时找到了发泄的机会。

　　的确是一个奇怪的少女！正值妙龄，虽然只是一个瘦长的姑娘，却早就清醒地感觉到她的身体、她的性别、她的重要性以及她可能获得的社交地位。她天生皮肤白皙，只有几点雀斑，有时脸色红润，一双深蓝色的猫眼，长而高挺的鼻子，优美的嘴巴，无可挑剔的牙齿，美妙动人的下巴，走起路来总是带着猫一样的文雅，体态洒脱、高傲、婀娜多姿，却又十分协调，动起来也极有节奏感。趁教师不注意，在食堂里她喜欢仿效亚洲人和非洲人的样子，把六个盘子和一把水壶全都优美而平稳地放在头顶上走路，臀部扭动着，而肩膀、脖子和头部纹丝不动。有些女同学几乎一连几周都死乞白赖地央求她表演这种绝技。她还喜欢把两只臂膀放在身后，突然向前一冲，模仿长着翅膀的胜利女神，图书馆里就挂有复制的胜利女神像。

"你知道，"一个年纪小的两腮红红的追随者常满怀膜拜的心情讨好她说，"她很像你。她的头就像你的头。你那种姿势，实在是可爱透顶了。"

那双深蓝色的眼睛看着她的崇拜者，伯里莱茜用一种不高兴的表情作为回答。她总是以没说出口的话来吓唬别人。

几位贵妇人掌管那所学校，这在伯里莱茜心中不过是笑话罢了。这些贵妇端庄却无经验，像猫头鹰一样凶狠却又拘泥于传统，谨小慎微地恪守秩序和礼节。她承认这所学校存在的价值在于它的社交意义，但早在十五六岁时，她就超出她的前辈，超越那些被认为在社交上十全十美的处女。她们都聚拢在她的周围，听她谈话，听她唱歌，听她演讲或模仿别人的腔调。她能深刻而强烈地意识到自身的价值，这与任何继承的社会地位都毫无关系，而正是因为她与生俱来的价值、她身体的美妙和魅力。她极其喜欢独自在房间踱步，有时在夜间，灯已熄了，或许月光正淡淡地照着她的卧室，她做出各种姿势，欣赏自己的身体，天真、优美而轻柔地跳着希腊风格的舞蹈，这种舞是唯一不带性意识的,可果真如此吗？她欣赏自己那象牙一般洁白的身体，欣赏自己身体的每一个部位。她常常偷偷地写秘密日记，这是一种艺术冲动呢，还是一种做作？她曾写道："我的皮肤太美妙了，它颤抖着，充满了活力。我爱我的皮肤，我爱皮肤里面的结实肌肉。我爱我的手、我的头发和我的眼睛。我的手细长而白嫩；我的眼睛是深蓝色的；我褚红色的头发浓密而柔软。我修长而白皙的双腿能通宵跳舞而不知疲倦。哦，我爱生活！我爱人生！"

没有人认为伯里莱茜·弗雷明风流，那是因为她克制着自己。她的眼睛会欺骗所有的人。那双眼睛饱含着镇静的机智、嘲讽的蔑视，一眼就能把人看穿，这一切都表现在她微微上翘的嘴唇上，似乎在向人宣称你猜不透我，你就是猜不透我。她把头歪向一边，微笑着，含蓄地哄人，装作没有任何意思。但却也有点意思，那就是她内心的信念，她格外谨慎地把这些信念隐藏起来。人们哪！人们究竟能了解多少呢？人们究竟能真正了解多少呢？

考珀伍德第一次见到这个相当不幸的母亲的迷人的女儿，是在他认识卡特尔夫人后的第二个春天，他去纽约时，伯里莱茜正要参加布鲁斯特女子学校的结业典礼，由于有考珀伍德陪伴，卡特尔夫人就决定去纽约。考珀伍德住在尼德兰饭店，让卡特尔夫人住在比较低级的格伦诺布尔旅馆，他们一起来看望这个不可等闲视之的姑娘。早在几个月前他就已把她的照片挂在自己芝加哥的房间里了。他们被引进布鲁斯特女子学校那间有点阴暗的会客室里，不久，伯里莱茜便一声不响地走了进来，她身材苗条，婀娜多姿。考珀伍德第一眼就看了出来，她和照片上一样妩媚，这让他欣喜不已。他认为，她那种奇怪、机敏而聪明的微笑，显然带着一种女孩子气。她甚至不向他瞥一眼，就直接奔向她的母亲，像演戏一样张开双臂，用一种训练有素却又自然而富于变化的音调喊道："妈妈，亲爱的！你可算来啦！你不知道，我整整一个上午都在想着你呀！我想办法确定你今天来还是不来，因为你是那样易于变化。我昨天晚上甚至还梦见了你呢！"

她裙子的下摆很长，有着绸子的沙沙响声，这在当时是十分时髦的。她还违反校规喷了一种淡淡的香水。

考珀伍德发现，尽管卡特尔夫人由于这个女孩儿高傲的个性和他的在场而有点害羞，却是十分以她为荣的。他也很快看出来，伯里莱茜正从眼角里审视着他，她从长长的睫毛下扫了一眼，但就是这一眼已把考珀伍德的年龄、势力、风度、财富和处世的本领全都准确地揣测出来了。她毫不犹豫地认为，他是一个在某一领域里势力超群的人物，可能是在金融界，好像是她母亲认识的许多能人中的一位。她一直觉得她的母亲有些奇怪。考珀伍德那双灰色的大眼睛正像闪电一样扫射着她，他吸引了她，使她觉得那是一双招人喜欢而又才华横溢的眼睛，尽管她年轻，却敏锐地感觉到他喜欢女人，而且也许他会认为她可爱。但他是否会对她格外垂青呢？那是她所不了解的，她宁可专门留意她亲爱的母亲。

"伯里莱茜，"卡特尔夫人愉快地说道，"我给你介绍一下考珀伍德先生。"

伯里莱茜转过身来，用考珀伍德认为是深蓝色海水一般的眼睛，坦然而恭顺地瞄了他一眼。

"你母亲经常提到你。"他愉快地说道。

她缩回了那双软弱无力的纤纤素手，又转身面对她的母亲。她一句话也不说，却也毫不忸怩，似乎没有把考珀伍德当回事。

"如果我在纽约过冬，"卡特尔夫人谈了几句家常话后就接着说道，"你认为怎么样呢，宝贝？"

"如果我能住在家里，那倒是不错的。这所无聊的寄宿学校，我早就厌烦透了。"

"为什么呢？我一直以为你喜欢这所学校呢。"

"它太沉闷了。我恨它。这里的女孩子都太傻气。"

卡特尔夫人的眉毛向上一扬，好像是对她的护送人说。"那么你觉得如何呢？"考珀伍德只是严肃地站在旁边，现在他当然不便发表意见。他发现，不知是出于何种原因，卡特尔夫人在与她的女儿玩着礼貌游戏，她始终保持着一种高傲而浪漫的姿态，伯里莱茜却十分自然地流露出一种自负的高傲气质。

"这儿是一座特别可爱的花园。"他说道，撩起窗帘，向外欣赏着鲜花盛开的校园。

"是的，花特别美丽，"伯里莱茜说道，"等一会儿我给你摘几朵来。这是违反校规的，但她们顶多就是开除我，我正巴不得呢。"

"伯里莱茜！回来！"卡特尔夫人制止着。

女儿蹦蹦跳跳地跑了出去，姿态极为优美。

"你认为她怎么样？"卡特尔夫人转过来，问自己的朋友。

"年轻，很有个性，精力旺盛，各方面都不错。我不认为她有什么不对。"

"但愿我能想方设法使她不失去每一次机会。"

伯里莱茜开始往回跑，这真是一个画家的好素材，就像是一个经过精心构思的画稿。她捧着被她无情地采摘下来的香豌豆花和玫瑰花。

"你的确是个任性的姑娘！"她母亲用一种宽容的态度责怪道，"我要对你的老师解释一下。我究竟该怎样对待她呢，考珀伍德先生？"

"把她全身戴满雏菊花环，送到西西里岛去。"考珀伍德说道，他曾去过这座浪漫的岛屿，因而晓得它的意义。

伯里莱茜站住了。"这主意真是太棒啦！"她兴奋地喊道，"就为这句话我想送给你一朵特殊的鲜花，而且我一定要送。"她于是把一朵玫瑰花献给他。

考珀伍德暗想，对一个刚才羞涩地溜进来的特别文静的少女来说，她的心情的确需要改变了。但是改变却是这个天生的女演员似的姑娘的特权。现在，他审视着伯里莱茜·弗雷明，同时意识到她就是一位天才的女演员，爽朗而又高傲，敏锐而又冷淡，根据她自己见到的世界来对待这个世界，并希望世界服从她，就像一条爱犬一样坐在她的身边，向她乞求。这是多么可爱的人哪！如果这朵鲜花不得不在伪装的花园里默默地开放，那实在是太可惜了！太可惜了呀！

# 第四十二章　做监护人

　　初次与伯里莱茜谋面后，过了一段时间，考珀伍德又见到了她，第二次见面在波珂诺山卡特尔夫人的夏季别墅里，一共也只相处了几天。这里距离斯特鲁兹堡约三英里，是山坡上颇具田园风光的地方，位于排列得极为别致的群山之间，从正面阳台上格外舒适的幽静之处看，正如卡特尔夫人常说的，那些山就像远远地排着队的大象和骆驼。那些山峰巍然屹立，葱葱郁郁，有些甚至高达一千八百英尺。往下能看到一英里以外，一条尘土飞扬的白色道路通向斯特鲁兹堡。卡特尔夫人在这里居住的几个夏季，曾用在路易斯维尔赚的钱雇了一名园丁，让前面倾斜的草坪上开满应季的鲜花。他们有一辆漂亮的二轮弹簧马车和一匹骏马，而且罗尔夫和伯里莱茜两人各有一辆矮轮自行车，这是当时最时尚的新奇东西了，这种车在当时刚刚取代旧式的高轮车。伯里莱茜还有放着古典乐谱和歌曲集的乐谱架子、钢琴、摆满喜爱的书的书架、绘画材料、各种运动器械和她自己设计的各种式样的希腊舞装，包括凉鞋和发带。她是一个既懒散又喜欢沉思的多情女子，经常产生一些不可捉摸的梦想，梦见一种近在咫尺而又遥不可及的交际场上的最高地位，其余时间就忙于遇到的各种社交机会。伯里莱茜·弗雷明可谓是最会打算而又最任性的姑娘。因为善于思考，她表现出很强的预见性，在把握社交时机方面也能做出准确判断，同时又能巧妙地隐藏自己的真实动机和感情。但是，在精神上她绝不是势利小人，也不是完全只为自己着想的人。在她的生活和她母亲的生活中有些事情让她苦恼不已，她七岁到十一岁那几年，母亲常与继父吵架。继父经常喝得酩酊大醉还乱发酒疯，他们要到处搬家，这尽是些让人不快的事情。伯里莱茜原本就是个敏感的女孩儿，她把某些事情已经牢牢铭记在心里。比如，有一次她的继父，当着她的女教师的面，把一张桌子踢翻，并且仿佛着魔似的抓住那盏摇摇晃晃的灯，狠狠地把它摔到窗外。还有一次在他发脾气时，她也被他摔倒在地，当时周围的人都吓得尖叫起来，他却嚷道："让她摔下去！摔断几根骨头，这个小东西没有什么关系。"这是她对继父最痛苦的记忆，而这却减轻了她对母亲的责怪，当她想要埋怨她母亲时，却又同情她了。关于自己的生父，她仅仅知道他和母亲离婚了，但为什么呢？她也不清楚，她有若干个理由喜欢她的母亲，尽管她并不真正爱她，因为卡特尔夫人有时太愚昧，有时又太拘谨。卡特尔夫人称这所房子为林边，它经过了一种特殊的方式处理。只在六月到十月才有人居住。以前每逢十月卡特尔夫人就回到路易斯维尔，伯里莱茜和罗尔夫也各自回学校。罗尔夫是个斯文的快乐青年，很有教养，待人亲切、礼貌，却不十分聪明。初次见他，考珀伍德就作出判断，一般情况下，他能在银行里当个机要秘书。可伯里莱茜却截然不同，这个孩子思想不同寻常，情感深藏不露。在布鲁斯特女子学校的会客室，考珀伍德第一次与她接触之后，就强烈地感觉到这个含苞待放的少女的独特意义。迄今为止，他对各种各样的女人都已了如指掌，因此在他心中，对这个特殊女子的印象极其深刻。就像相马师眼中一匹特别的马一样。这好比一个雄心勃勃的赛马师，在一间较大的赛马房里，希望在一匹能寄予希望的小母马身上看到未来的大赛马会胜利的景象。考珀伍德身处布鲁斯特女子学校安静的校园里，他从伯里莱茜·弗雷明身上，看到了未来的纽波特游园会上或某一伦敦客厅中的中心人物。为什么呢？就是缘于她具有那种风度、那种门第和那种血统，因此，她如此称他的意，之前几乎还没有发现哪一个女人曾令他这般心满意足。

现在，考珀伍德饶有兴致地欣赏着林边草坪上伯里莱茜的倩影。伯里莱茜曾让园丁竖起一根高竿子，用绳子将一个网球拴在上面，她与罗尔夫正在兴致勃勃地玩着系绳球的游戏。考珀伍德给卡特尔夫人发了一封电报，她就去波珂诺车站去接他。见面之后他就急忙驾车到她家里来了。山峰苍翠，盘旋着上升的黄色道路，还有那隐约可见的盖着褐色木瓦的银灰色的小房子，他对这一切倍感兴奋。此刻正值下午三点钟，落日的光辉洒满大地。

"现在他们在那儿，"卡特尔夫人微笑着说，此时他们正从那路边低低的岩层下面跑出来，在那幢小房子不远处，伯里莱茜飞快地跑着，用球拍打着系绳球，"他们像平时一样在尽兴地玩呢，这两个淘气的小家伙。"

她用一种愉快的慈母的眼神注视着他们，考珀伍德清楚这给她增光不少。他在想，如果她寄予两个孩子的希望不能实现，那可真太不幸了。也许那种希望不能实现了。世界和人生都是极其残酷无情的。而眼前这种女人实在太奇怪了，她既是满怀爱心的慈母，又是男女苟合的牵线人。她竟会有这样的两个孩子，这多么让人感到惊奇呀！

伯里莱茜身穿白裙、淡黄色的绸短衫，这件衣服显得十分宽松。因为运动的关系，她的面部完全呈粉红色，她那微红的带有灰尘的头发被风吹来荡去。尽管他们转进了篱笆门跑向房屋西面的入口，游戏却仍然没有停止，伯里莱茜连一眼都没看他，她是那样专注。在她看来，他只是她母亲的朋友而已。考珀伍德怀着特别浓厚的兴趣观察到，她呈现出的那种转瞬即逝的动作线条和姿态充满了一种奇妙的自然美，实在是难以言表。他很想告诉卡特尔夫人，但却控制住了自己。

"这是一种轻松的游戏，"他说道，高兴地向她看了一眼，"你也喜欢打球，对吗？"

"哦，我从前打，现在不怎么打了。有时我与罗尔夫或贝菲打一次，但他们两个都把我打得落花流水。"

"贝菲？贝菲是谁？"

"哦，是伯里莱茜的简称。这是罗尔夫小时候称呼她的名字。"

"贝菲！我倒认为这个名字特别好听。"

"我一直也有同感。这个名字似乎非常适合她，可我也说不清楚为什么。"

吃饭之前，伯里莱茜又出现在考珀伍德面前。沐浴后的她越发光鲜靓丽。浅色的夏服，在考珀伍德眼里仿佛衣服上全是褶子似的，而且因为似乎没穿紧身胸衣，线条就显得越发优美迷人。她的脸庞和双手都符合他的理想标准。面庞瘦长而美丽地内陷，双手纤细却富有弹性。他隐约地想到了斯蒂芬妮。这个姑娘的下巴虽然圆得略微过分了一点，但却更坚毅，更娇嫩。她的眼睛虽然十分微妙，却更加伶俐，从不回避他。

"我又遇见你了，"他用一种有些平淡的语气说道，这时她正在游廊上，懒洋洋地坐在一张柳条椅子里。"上次我遇见你时，你还在纽约用功啊。"

"破坏校规？不，我忘了，那对我不算什么。哦，罗尔夫，"她心不在焉地回过头去，喊道，"我看见你的小刀掉在草地上了。"

考珀伍德适当地调整了一下情绪，过了一会儿问道："那场游戏谁赢啦？"

"当然是我呀！打系绳球总是我赢。"

"哦，真的吗？"考珀伍德说道。

"当然，我是指与弟弟打呀。他打得实在是糟糕。"她把脸转过去，面向西方，眺望着从斯特鲁兹堡来的那条路。"我相信那肯定是哈利·肯布，"她补充道，纯属是自言自语，"如果是他，只要有信，一定会有我的。"她又站起来，向屋里走去。一会儿又出来了，悠闲地走到有一百多英尺远的大门那儿去。在考珀伍德眼里，如同漂浮在水上似的，她是那样健康而优美。一个穿着蓝哔叽上装、白裤子和白鞋的英俊青年，驾着一辆高座二轮弹簧马车从这里经过。

"有你两封信哪，"他高声喊道，几乎是用假嗓子在嚷着，"你会有八九封信呢。天气实在是热得要命。"他态度友善，只是有些女人气，考珀伍德马上把他看作一头笨驴。伯里莱茜迷人地一笑，把信收下了。她看着信，从他身旁漫步走过，甚至没有看他一眼。一会儿，他就听见她的声音从屋里传出来。

"妈妈，海格特夫妇约我去过八月的最后一个星期。我打算做件晚礼服就去。我喜欢贝丝·海格特。"

"由你自己决定，亲爱的。他们是在塔里唐还是在隆湖呢？"

"当然是在隆湖啦。"伯里莱茜得意的声音传出来。

考珀伍德暗想，她进入了一个很好的社交活动圈子。这是个很好的开端。海格特家是宾夕法尼亚州经营煤矿的大富豪。她提到的大概就是哈里斯·海格特家，那个人至少有六百万到八百万的财产。他们活动的社交界都是高等级的。

饭后，他们就驾车到塞德里牧场的塞德里酒馆去，那儿晚上要举行舞会和月夜游园会。途中，因为伯里莱茜的冷漠态度，考珀伍德生平第一次觉得自己老了。虽然他身心健壮，但他经常想起他已是五十二岁的人了，而她却只有十七岁。这种青春的魅力为什么竟然继续使他痴迷呢？她穿着白色花边和丝绸合织的服装，露出光滑浑圆的肩膀和女王般的格外艳丽、细长的颈项。从她那臂膀的线条来看，他明白她是多么强健。

"也许太晚，"他自言自语道，"我的确老了。"

夜色朦胧，清新的山岗轮廓黯淡下来。

十点钟后，他们到达塞德里牧场的时候，那儿早已挤满了附近的小伙子与美人。卡特尔夫人穿一身银色和老玫瑰色的舞装，格外招人喜欢，她热切地盼望考珀伍德和她跳舞。他和她跳着舞，但眼睛却始终盯着伯里莱茜。晚会过程当中，伯里莱茜被一个衣冠楚楚的翩翩少年抓住，在华尔兹舞和肖提希舞的旋律中有节奏地跳起来。当时有一种流行的新式舞步，需要用一种轻快的连续步子，就是先向前踢一只脚，然后又向前踢另一只脚，转身跑回再踢，最后用一种潇洒的姿态与自己的舞伴背对背地摇摆。伯里莱茜在她那柔和而又有节奏的动作中犹如优美奔放、悠然自得的灵魂，忘记了周围的一切人和事，全身心地陶醉在舞步当中，把跳舞当成一种乐趣，当成迷茫而快乐的梦。他觉得惊奇，深受感动。

"伯里莱茜，"在舞曲暂停时，伯里莱茜来到考珀伍德和卡特尔夫人面前（在月光下他们正谈着纽约和肯塔基的社交生活），卡特尔夫人说，"你能和考珀伍德先生跳一曲吗？"

考珀伍德的情绪一时还带着不满，推辞说他不想再跳了。他认为卡特尔夫人就是个笨蛋。

"我想，"她的女儿带着疲倦的语气说道，"我的时间已经全部约定好了。不过，总有一处我可以辞谢。"

"不过，请你别为我这样做，"考珀伍德声称，"我不想再跳了，谢谢你。"

当时他几乎把她视为一个冷酷的坏女人。但是，他并没有记恨。

"哎呀，贝菲，你说什么呀！我觉得你今晚的行为特别不对。"

"得啦、得啦，"考珀伍德尽量缓和氛围，"不要再说了，真的，我不想再跳了。"

贝菲奇怪地看了他一眼，这是唯一一次意味深长的一瞥。

"但我有一次可跳哇！"她温和地解释说，"我刚才只是开个玩笑。你与我跳，好吗？"

"当然，这个要求，我还是不能拒绝的。"考珀伍德冷淡地回答。

"就在下一支曲子。"她说。

他们开始跳舞了，但一开始他的态度非常生硬，他十分生气。因为刚才的一切，他总觉得自己笨拙而且不自然。这个顽皮的姑娘影响了他那天才的交际才华。但是，当他们继续跳下半节时，他被她飘然的舞姿深深地迷住了，他顿时觉得神态自若，舞步特别合拍。她贴近身子，与他跳得极其协调。

"你跳得太好了。"他说道。

"我对跳舞有一种特殊的偏爱。"她说道。她的身高已和他匹配了。

很快就跳完一支曲子。"我希望你能陪我去吃点冰激凌。"她对考珀伍德说道。

他领着她，一半高兴，一半又因为她的态度而感到心烦意乱。

"你嘲讽我，还觉得格外开心，是吗？"他问道。

"我只是有点累，"她答道，"今天的晚会让我讨厌。真的让我讨厌。我希望我们都回家去。"

"只要你想走，我们当然无话可说。"

他们来到吃冰激凌的地方，她从他手中拿了一份。这时她那双冷冷的蓝眼睛注视着他，那眼睛的色调犹如没有上釉的荷兰瓷。

"我希望你原谅我，"她说，"刚才我太无礼了。我实在是没忍住。我恨我自己。"

"我并未觉得你无礼。"他友好地撒谎，态度完全改变了。

"不，是我无礼，我希望你能原谅我。我从内心深处希望你原谅。"

"好，我百分之百地原谅你，这并没有什么大不了的。"

考珀伍德带伯里莱茜回去，让她和一位等着她的青年共跳一曲。他目送她轻快地跳着舞离开了，最后，他和她的母亲上了马车。伯里莱茜因为有他人陪伴，就没有与他们一起回家。考珀伍德急切地想知道她何时回来，她的房间在什么地方，她的懊悔究竟是否出于真心，等等。他躺在床上，满脑子都是伯里莱茜·弗雷明和她那双蓝灰色的眼睛。

# 第四十三章　火星之光

　　金融界对考珀伍德的仇视，迫使考珀伍德从一开始就去肯塔基和其他地方去借款。紧接着，他还要筹措修建高架铁路的资金。芝加哥修建这种新式交通工具的时机已经日臻成熟。考珀伍德发现，南区支线的高架铁路正在建设中，另外西区干线的高架铁路也正在规划中，据他所知，这多半是为了培养社会对建造高架铁路的感情，这样使考珀伍德对总特许证的反对日趋困难。他非常清楚，如果他不想修，别人也会修的。终于电力作为一种最好的牵引力出现了，短期内他全部的铁路线都必须重修，以适应这新的发展。否则，他就要耗费巨资，运用政治手段去防止出现这种危险局面。此外，现在他必须尽快修建高架铁路，而且应该使用最粗暴、最阴险的政治贿赂方式获得特许证，而这种事情最大的困难并非政治上的，而是经济上的。因为大部分地区人口稀少，所以在芝加哥修建高架铁路是一件需要慎重考虑的事情。单说钢铁、筑路权、车辆和发电厂等的花费就异常惊人。考珀伍德一向的态度是，只要股票能抛售给公众而控制权和管理权仍把握在自己手里，他就不肯投入自己的资金，现在他出现问题了，在他还没能从车票收入那儿拿到半文钱之前，他要去哪里借到几百万现款，来支付建筑所需的钢铁费用、工程费用、设备费用和工资呢？由于国际博览会将在此处举行，南区高架铁路的生意一定会很好。（出于安全的考虑，他最后让他们弄到了这条铁路的特许证。）但是，这条铁路的投资却并没有赚回像纽约高架铁路那么高的利润。他计划建造的那些新路线途经的地段人口更加稀少，获取的利润或许会更低。资金必须迅速筹齐，大概需要一千二百万到一千五百万美元，而且这全靠一家纸张公司的股票和债券，这家公司也许若干年后都没有称心如意的红利，阿迪生发现芝加哥信托公司收进的债券已经太多了，就请本地各家资金非常雄厚的小银行接收这些新债券，但各家银行却统统拒绝，这使他吃惊和懊恼。

"我告诉你这件事的原委，阿迪生，"一位银行行长特别神秘地对阿迪生说，"我们欠提摩西·阿尼尔至少三十万美元，只需付三厘利息，这是活期贷款。再说，到了银根紧缩时刻，湖市国民银行就变成了我们的主要支持者，而他对此是一清二楚的。我听一两个朋友说，他和考珀伍德不和，可我们不敢得罪他。我本想遵命，但我实在是别无选择，至少目前是这样。"

"啊，西蒙斯，"阿迪生说，"这些家伙完全是凭一时的愤怒害人害己。这些股票和债券都是很好的投资，没有人比你更清楚。报纸上宣传的反对考珀伍德的一切言论都没有丝毫作用的。他绝对有偿付能力。芝加哥定会日益发达。他的铁路将一年比一年值钱。"

"我当然知道，"西蒙斯答道，"但那些和他竞争的高架铁路的议论又怎样呢？如果那种铁路出现了，无论如何，暂时都对他的铁路很不利。"

"如果我了解一点考珀伍德的状况的话，"阿迪生干脆地答道，"根本不会出现什么与他竞争的高架铁路。是的，他们让市议会搞到一份在南区修一条高架铁路的特许证，但无论如何，那都不在他的范围之内，而给芝加哥总公司的那条高架铁路的特许证不值一文。要使那条铁路赚钱，得等很多年，而且一旦时机成熟，如果考珀伍德愿意，他很可能会把它接收过来。两年后又要选举，到那时，市政府或许会友好一些。实际上，他们凭借市议会的力量并没能如愿以偿地伤害他。"

"是的，可这次选举他却失败了。"

"这的确是事实，但这并不意味着他下一次或以后每次都失败。"

"可是，"西蒙斯非常诡秘地说，"我知道，他们正准备联合起来把他赶走。希利哈、汉德、梅里尔、阿尼尔他们都是我们这里非常有势力的人物。我记得汉德说过，除非考珀伍德接受那个让他的铁路无利可图的条件，否则决不能使他的特许证延长期限。如果情况属实，这里很快将出现一次可怕的破产。"西蒙斯先生的表情显得很有智慧而且严肃。

"决不要相信那件事，"阿迪生嘲讽地说，"汉德、希利哈、阿尼尔代表不了芝加哥，考珀伍德是个相当有头脑的人，他不会轻易被人家打倒的。你清楚这一切纠纷的真正原因吗？"

"我听说过。"西蒙斯答道。

"你相信吗？"

"哦，是的，我相信。可我不理解那件事与这件事有什么关系。金钱上的事情足以使得任何人争斗，汉德这个人是相当有势力的。"

这次谈话后不久，考珀伍德信步来到芝加哥信托公司总经理办公室，问道："喂，阿迪生，西北高架铁路债券怎么样？"

"正如我所料，弗兰克，"阿迪生得意地回答，"我们要去芝加哥以外的地方筹措那笔资金。汉德、阿尼尔以及其余的那帮人已联手对付我们，这是秃子脑袋上的虱子明摆着的。到底是何缘故让他们对我们穷追不舍呢？我认为或许我的辞职与此有关。总之，只要与他们有一丝一毫关系的银行，都统一口径拒绝接收债券。为了验证我的想法，我甚至想到了那家规模极小的老湖景第三国民银行和四十七街的牲畜银行。就是查理·华林的银行。我在湖市国民银行时，他经常在后门游荡，跟我索要债券，随便什么可靠的都可以给他。可现在他却说，理事们不允许他接受我们的东西。所有地方都众口一词，他们口口声声说不敢，我问华林是否了解那些理事们到底是何原因如此憎恨芝加哥信托公司，如此恨你，开始他说不了解。后来他才说，改天约我吃饭。他们真是一群傻得不能再傻的老鸵鸟。似乎他们不肯借给我们钱，我们就无处可借。如果他们愿意，就让他们带着他们那些小得一匹马就能拉的老银行去耍把戏吧。如果我们需要钱，我可以去纽约，三十六小时之内就能弄到两千万。"

阿迪生有些激动起来，他从未遇到过这种情况。考珀伍德捻着他的小胡子，冷笑着，"算了，没关系，"他说道，"是你去纽约，还是我去？"

经过商量，决定让阿迪生去。他到纽约后大为震惊，不知什么原因，芝加哥反对考珀伍德的运动竟然蔓延到了纽约。

"我告诉你事情的原委吧。"约瑟夫·海克赫姆说。他是海克赫姆—高洛布公司这家国际银行的总经理，矮矮胖胖，有些自以为是，阿迪生求助于他。"我们听说了关于考珀伍德在芝加哥的一些奇怪经历。有人说他非常可靠，有人说他靠不住。他掌握着许多特别好的特许证，包括芝加哥市的大部分地区，但那些特许证却只有二十年的期限，最迟到一九〇三年就到期。据我所知，他竟然激怒了全部当地人，其中还包括几个相当有势力的人。他打算把自己的特许证延期一定非常困难。当然，我没有住在芝加哥。对此事我了解得并不多，但我的朋友告诉我，事情的确如此。据我了解考珀伍德先生是一个特别精明能干的人，但如果这些有影响的人都反对他，就会给他带来诸多麻烦，而公众的情绪很容易被煽动起来。"

　　"你对一个杰出的人极不公平，海克赫姆先生，"阿迪生反驳道，"凡是从一开始就把事情干得顺风顺水的人，一般情况下都会引起许多人的反感。你所指的那几个人，他们俨然是芝加哥的主人，以为芝加哥是属于他们的。实际上，是那个大城市成全了他们，而不是他们造就了那个大城市。"

　　海克赫姆先生的眉毛扬了起来，把两只又短又胖的手放在他那隆起的背心的扣子上。"在所有的企业中，公众的拥护是一个不可小觑的因素，"他叹息道，"你明白的，一个人的才能应该包括避免树敌。或许考珀伍德先生有足够的力量来克服这一切困难。但我并不了解，我从未见过他。我只是把我听到的话转告给你。"

　　海克赫姆先生的冷漠态度预示了一种新的趋势。这个人颇为富有。海克赫姆—高洛布公司代表着美国众多大铁路、大银行的势力，他们的势力绝对不可小觑。

　　显而易见，这些在纽约流传的不利于考珀伍德的谣言，必须用芝加哥快速发生的有利事件予以消除，否则，或许这就意味着考珀伍德以后发出的一切证券都要遭到拒绝，至少在大的银行是如此，甚至可能导致一些小银行停业，并让个体投资者畏惧起来。

　　阿迪生的这些汇报，让考珀伍德特别烦恼。他意识到希利哈、汉德等人所做的坏事，就是竭尽全力损害他的名誉。"由他们去说吧，"他气愤地说道，"我还有这些市内铁路在手里。他们是不能把我赶走的，如果有必要，我就把股票和债券直接卖给公众。在这些事业上想投资的人可多啦！"

　　仿佛就是命运之神的安排，就在这些微妙的关键时刻。火星和一所大学出现了。多年来这所大学原本是教会办的一所最简陋、最糟糕的学院，而近几年在一位石油大王的资助下，竟突然发展成为一所极具规模的大学，引起了整个教育界的轰动。它已成为一种最为引人注目的景象，成为本市的一处名胜。这里耗费了几百万美元，几乎每月都在修建一些壮观漂亮的新大楼。还特地从东部请来了一位有威望有能力的人物担任校长。这所大学还需要许多建筑设施，如寝室、试验室、图书馆等，尤其需要一架巨型望远镜，这架望远镜要极为敏感，能向天体探索前人的眼力和脑力根本辨不出的奥秘。

考珀伍德一直对天体兴趣浓厚，对解释天体需要的伟大的数学和物理方法，也很感兴趣。恰巧正在此时天空中出现了象征战争的火星，因此极大地搅动了极易受煽动的浅薄舆论。仅仅用一个巨大的望远镜就能探索火星上难以捉摸的奥秘，从而获得新的知识，这不仅会让芝加哥，而且会让全世界兴奋起来。一天，考珀伍德在西麦迪森街，在新发电厂前面的空地上，看到了明亮的火星低悬在傍晚的天空中，它在一片银海中是一个温暖灿烂的橘黄色的小光点。他驻足遥望，难道那上面果真有运河和人吗？宇宙真是太奇妙了。

此后不久，有一天亚历山大·雷保打电话给他，滑稽地说：

"听我说，考珀伍德，我刚才替你开了一个小小的玩笑。大学的霍帕尔博士几分钟前来我这里，请求我参加他的组织，共同去分担一个望远镜透镜的费用，他需要用望远镜来经营他那所简陋的大学。我告诉他，你有兴趣。他的意思是要找一个人承担四万美元，或者找十个八个人，每人分担四五千美元，我马上就想到了你，因为我经常听到你讨论天文。"

"就让他来吧。"考珀伍德答道，在慷慨大方这方面他从来不愿意被人瞧不起，特别是在重要的领域里出力的时候。

不久，霍帕尔博士来了，他身材矮胖，脸色红润，一双灵活机敏的圆眼睛躲在一副明亮的金边眼镜后面。他浑身都散发出丰富的想象力，精力充沛，自以为是。他们两人彼此端详着，一个运用广泛的观察力，这种观察运用在事物的无尽的变化之中，甚至认为大学都是没有丝毫作用的；另一个却怀着权利平衡的信仰，这种信仰甚至使金融巨头都愿意为他的理想服务。

"我想说的并不多，考珀伍德先生，"博士说，"现在我们的天文工作遇到了一些问题，简单地说就是我们没有透镜，没有真正的望远镜。我想给学校在天文方面做一些创造性的工作，并且最大规模地做起来。我以为，这样做的唯一办法就是要做得比别人出色。你认同我的观点吗？"他露出了一排发亮的白牙齿。

考珀伍德斯文地微笑着。

"四万美元一个的透镜是最好的吗？"他问道。

"杜尔切斯特的阿普曼兄弟公司制造的透镜最好，"这位新就职的大学校长答道，"考珀伍德先生，原因就是这两兄弟是经验丰富的透镜制造者。制作一个巨大的透镜，首先要寻找合适的水晶石。你大概了解，无瑕的巨大水晶石是不易找到的，最近有人发现了这样一块水晶石，现在就在阿普曼先生的手里。把它磨平擦光就要花费四五年的时间。你是否了解，擦光的工作基本上是用大拇指和食指把它擦光。这样就需要时间，需要一名透镜专家的鉴定和技术。不幸的是，这在今天很贵。不过我认为，从事此项工作的人应该得到这样的报酬。"他把自己那柔软白胖的手一挥，"而且仅有四万美元是不够的。如果本大学能拥有这个世界上最大、最方便、最完美的透镜，那就是极大的光荣。我认为，促成此事成功的人也会得到至高无上的荣誉。"

考珀伍德喜欢这个人富有涵养的姿态，显然，他能力不凡，很有头脑、富于感情，并且是个热爱科学的人物。他见过许多才华出众的人，他们无论对自己还是对别人都很真诚，他认为他们很了不起。

"四万美元就能将这事办成吗？"他问道。

"是的，先生。不管怎样，四万美元就能使我们把透镜弄到手。"

"那地皮、房子、望远镜架子安排得怎么样？这一切你都准备好了吗？"

"还没有，但是，由于至少要花费四年的时间来磨透镜，那么等透镜快磨完时，肯定有足够的时间来筹办附属的东西。不过，我们已选好地址了，就在日内瓦湖，如果我们能从那儿弄到地皮和附属设备，我们就会着手做。"

他又露出了一排整齐发亮的白牙，敏锐的目光透过镜片射了过来。

考珀伍德意识到一个大好时机即将到来。他询问预算资金是多少。霍帕尔博士认为三十万美元就能把这一切办得妥妥当当的，包括透镜、望远镜架、地皮、机器、房子等，这是一件伟大的纪念品。

"透镜的费用你筹到了多少？"

"到现在只筹到一万六千美元。"

"什么时候付款呢？"

"分期付款，一共四年，一年付一万。刚够使透镜制造者动工。"

考珀伍德思考着。一共四年，一年付一万，不过一份工资而已，到第四年年底，他就有十足把握轻松地提供其余部分。到那时，他一定会有更多的资金，他的计划也会日臻成熟。现在，他能毫不迟疑地捐助一架价值三十万美元的望远镜，凭借这架考珀伍德望远镜所带来的声誉，毫无疑问，他就能在伦敦、纽约和别的地方为他的芝加哥信托公司筹措资金。全世界都会知道他。他停了片刻，他那谜一样的眼睛没有流露出丝毫幻象带来的荣誉。终于有办法了！终于有办法了！

"这样行吗，霍帕尔先生？"他亲切地说，"如果不按你原来的计划找十个人，每人给你四千美元，而是由一个人给你四万美元，每年分期付款一万。这么办也可以吗？"

"我的考珀伍德先生，"博士兴奋地嚷道，他的眼睛发光了，"你是说你个人愿意为这个透镜支付所有资金吗？"

"是的，我愿意。但霍帕尔先生，如果我做这种事情，我一定需要一个保证。"

"什么保证？"

"我需要有权捐助地皮和房屋，也就是整个望远镜的一切费用。我要求，除非这件事情能顺利地进行下去，否则不得漏出半点风声！"他谨慎地用外交辞令补充道。

这位大学校长站起身来，用极其满意和感激的目光注视着他。他本人过于劳累，而且工作繁重。像现在这样卸下他肩上的重担对她是一种莫大的安慰。

"考珀伍德先生，现在，我正式以本大学的名义表示同意，并且感谢你的慷慨解囊。在程序上，我一定要把此事在大学理事会提出来，但我对结果充满信心。我估计大家只会感激和赞许。让我再一次谢谢你。"

他们热情地握过手后，这位纯粹的学者就匆忙离开了。考珀伍德安静地坐在椅子上，手指攥在一起，让自己进入冥想状态。不久他就叫来一个速记员，口授给他一段话。他甚至不愿想这一切会给他带来多大的利益。

几周之后，大学理事会就正式接受了捐助，并且得到考珀伍德的正式同意，公开发表与此事相关的报告。有关火星的巧合赋予此事一种最好的新闻价值。世界其他地方也在应用巨型反射望远镜和折射望远镜，但都没有这架望远镜大。这种捐赠足以使考珀伍德成为一位大学的捐助者和科学的倡导者。不仅在芝加哥，而且在伦敦、巴黎和纽约，实际上，在世界各大首都，无论任何地方，只要学术界的人聚集在一起，就会热议这位美国大富翁的捐助的深远意义。金融界人士特别关注这位捐款人，这之后当考珀伍德派人去各银行提议用即将投票表决给他的高架铁路五十年特许证作为债券抵押贷款条件时，都受到了热情的接待。一个人在极其困难时都能捐助价值三十万美元的望远镜，其经济情况肯定十分不错。他肯定有一笔雄厚的资金。稍做准备之后（在准备期间，考珀伍德快速地拜访了伦敦的斯莱德尼多街和纽约的华尔街），很快他和一家英美银行公司达成了一项协议，根据这项协议，该公司接受他所计划的高架铁路的大部分债券，在欧洲和别处销售，并给他提供足够的资金进行建筑工程。随后，他的那些地面铁路的股票仿佛一夜之间就涨价了，而那帮企图击垮考珀伍德的人只能在一旁咬牙切齿，甚至连海克赫姆公司—高洛布也对考珀伍德产生了兴趣。

几周前，安森·梅里尔才捐助了一大块地皮给大学作运动场，可眼下却为自己的荣光转瞬即逝而愁眉不展。霍思迈·汉德曾捐助一栋化学实验室，希利哈也曾捐赠一幢宿舍，他们都闷闷不乐地暗想，由于手段的奸诈和刁钻，一项比他们花钱少的捐助居然那样引人注目。考珀伍德别有用心却吉星高照，这个好运相伴的人，与他们的一切计划水火不容，势不两立。

# 第四十四章  办特许证

考珀伍德如此高明又巧妙地就把建造高架铁路所需的资金弄到手了，但是，要获得特许证却绝非易事。最大的问题是制服查斐·萨尔·司路士。司路士压根儿不知道人家收集了对他不利的证据，因此在各个秘密的政治场所，只要有人提出一项新的章程，而考珀伍德大受其益时，他就大为恼火。"你千万要阻止他们那样做，司路士先生。"汉德先生说道，出于礼貌，他坚持邀请市长去吃饭。"只要你有办法，你就绝对不能允许他们通过那个章程。"（作为市议会的主席，司路士先生对议事程序的操纵有一定的权力。）"你完全可以大闹一场，让他们必须顾忌你的主席地位而不能强行通过。你的政治前途的确需要你这样去做，需要你和芝加哥人民共进退。你这样做，舆论媒体和金融界、交际界那些有身份的人都会坚决支持你。否则，他们会彻底抛弃你。如果人们宣誓当选后来实行既定任务，却又竟然反对他们的支持人，并且出卖他们，那样的话，事情就不好办了。"汉德先生异常恼火。

司路士先生穿着宽幅黑呢服和白衬衫，看上去十分整洁。他对自己能完全贯彻汉德先生的所有提议深信不疑。他要抨击将要提出的那项章程，他要在议会里竭尽全力反对，不让它在立法方面获得任何利益。

"我绝对不会饶恕他们！"他郑重地宣称，"我了解那项计划的内容，他们也清楚我知道。"

他望着汉德先生，如同一个正义拥护者注视着另一个正义拥护者一样，于是，这位财产颇丰的后台老板满意地离开了。确信市政府的大权牢牢掌握在可靠的人的手里以后，司路士先生立即召开新闻发布会发表公开讲话，警告所有市参议员和市众议员，所有有问题的章程，作为市长他一律不会签署。

报上刊登那篇谈话的当天上午十点半钟，也就是司路士先生往常到达办公室的时候，他的私人电话铃响了，秘书问他是否愿意与弗兰克·阿尔杰农·考珀伍德通话。司路士先生料到将会获得崭新的胜利桂冠，早晨一些报纸的头版发表了他的谈话，这让他非常满意，对本届政府的前途产生了足够的信心。

他心情颇佳地说："好的，给我接上。"

"司路士先生，"考珀伍德在电话的另一端说道，"我是弗兰克·阿尔杰农·考珀伍德。"

"是的。请问有何贵干，考珀伍德先生？"

"从一些晨报上，我看到了你的谈话，看来要给我签署一份特许证允许我在北区或西区修建高架铁路，你都不予考虑，是吗？"

"相当正确，"司路士先生高傲地回答，"我决不考虑。"

"司路士先生，难道你不觉得公然抨击纯属谣传的事情有点为时过早吗？"（考珀伍德得意地微笑着，就像一只猫玩弄着一只老实的老鼠。）"我认为在你采取无法挽回的态度前需要先谈一谈整个事情。你听了我的话后，也许就不会那么反对我了。我曾屡次叫我的几个朋友去见你，可你却不愿接见他们。"

"的确如此，"司路士先生高傲地回答，"但你不要忘了，我很忙碌，

·390·

考珀伍德先生。再说我也没有什么理由为你的目的服务。无论道义上还是性格上，我都反对你的那一套做法。当然我以另外的方式去做事。我没有发现，我们有什么相同立场能够进行交谈。实际上，我真的看不出来，我在哪方面对你有用。"

"请稍等，市长先生，"考珀伍德回答道，依然很得意，除了担心司路士将耳机挂断，他的语调是如此高傲，"也许有什么其他地方你还不知道呢。你愿意来我家里吃饭，或者我到你府上去吃饭吗？不然我去你的办公室，把这件事情好好唠唠。我相信，你一定会发现这样做不仅比较友好，也相对妥当。"

"今天我不可能和你一起吃饭，"司路士拒绝道，"而且我也不能见你。我有很多事情急需料理。我还要告诉你，我不会和你或你派来的人进行私下谈话。"

"太好了，司路士先生，"考珀伍德高兴地答道，"我绝对不会去你的办公室，否则，明天中午就会有人控告你破坏婚约，而且，你给布拉丹夫人写的信随后就会公开发布出来，我还提醒你，选举期临近，芝加哥是拥护一个既有公德而又有私德的市长的。再见。"

考珀伍德先生吧嗒一下把电话耳机挂断，毫无疑问此刻的司路士先生一定身体僵硬，脸色惨白。布拉丹夫人！那个迷人、可爱而又小心的布拉丹夫人，她不久前突然离开了他！她为什么竟然想到控告他毁弃婚约呢？而且他给她的信怎会落到考珀伍德的手中呢？上帝呀！那些甜言蜜语的信哪！他的妻子！他的孩子！他的教堂以及教堂里面严肃庄重的牧师呀！芝加哥，以及芝加哥被习俗束缚和讲究道德宗教信仰的气氛！仔细想想，布拉丹夫人连半句话都没留下来。他甚至都不知道她到底从何而来。

他想到了司路士夫人，她那双凌厉而冷漠的蓝眼睛浮现在他的脑海里，于是他站起身来，用一只手捋着头发，精神恍惚地来到窗前，弹着大拇指和中指，紧紧地盯着地板，他意识到在他私人办公室外面的女孩儿按照惯例在那儿听着。哦，这个令人胆战的社会，糟糕至极的世界呀！如果北区的汉德、小迈克特纳和各家报社得知此事，他们会保护他吗？不会。他们会再提名他为市长候选人吗？绝对不会！既然所有的教会都严厉谴责私欲邪行，谴责伪君子、假道学，难道公众能够被引诱去给他投票吗？上帝！上帝呀！何况他又是那样深受人们的敬重和仰慕。而这一点又是最糟糕的，考珀伍德这个魔鬼缠住了他，而他竟然自以为有绝对的把握。他甚至对考珀伍德特别不友好，如果考珀伍德对他进行报复，那又该如何是好呢？

　　司路士先生走到椅子前，但他却坐不下去。他去取大衣，拿下来，又挂上去，又拿下来。然后，他电话通知秘书，他不想见任何人，于是他从侧门走出去，顺着北柯拉克街垂头丧气地走去，注视着川流不息的车马，凝望着肮脏拥挤的河面，仰望天空、烟雾和灰色的房子，不知道该如何是好。世界有时太残忍、太冷酷。他想到了他的妻子、他的儿女、他的政治前途。他不能昧着良心替考珀伍德签署任何章程，因为那样做，就是不道德、不诚实，就会成为本市的奇耻大辱。考珀伍德先生是一个臭名昭著的自私自利的小人。但他又不能名正言顺地拒绝他，因为现在有了布拉丹夫人这个迷人而无聊的女人在为考珀伍德的利益服务。如果能遇到她，那就向她求情好了。但是，她现在在哪里呢？几个月以来，她仿佛消失了一般。他会去汉德那里如实相告吗？而汉德是如此冷漠无情却又口口声声仁义道德的人。上帝！上帝呀！他惊讶、沉思、慨叹、焦虑，可这一切显然没有丝毫用处。

　　可怜的世人陷入道德的罗网不能自拔。也许在另一个国家，另一个时代，遇到这种情况是有办法解决的，既不会彻底毁灭司路士先生，也不会完全对考珀伍德那种人有利。但是，现在是在美国，是在芝加哥，社会将会搬出一整套伦理道德来反对他。湖景方面会怎么看呢？他的教区牧师会怎么看呢？汉德和他那一些看重道德的朋友又会怎么看呢？唉，这一切可怕的结果都源于他那违反道德的行为。

下午四点钟，司路士先生早已在冰天雪地里踟蹰了几个钟头，他为自己的傻气和流氓行为深感愧疚，而考珀伍德就在写字台边签署文件，看着熊熊燃烧的炉火，不知道市长是否会到这儿，这时，门开了，一个漂亮的女速记员走进来，通报查斐·萨尔·司路士先生来拜访。司路士市长走了进来，神态凄凉、郁闷而退缩，这位绅士与五个半钟头以前在电话里异常傲慢的那位绅士截然不同。阴沉的天气，彻骨的严寒以及对一些看似无法调和的矛盾的诸多考虑，使他格外沮丧。他面无人色，心神不宁。精神的痛苦令他萎靡和痴呆，司路士市长似乎比从前矮了一截，轻了一点儿，瘦了一圈。考珀伍德在各种政治性的讲坛上，不止一次见过他，但从未与他正式谋面。当这位苦恼不堪的市长进来时，他礼貌地站了起来，伸出手示意请他坐下。

"请坐，司路士先生，"他亲切地说道，"外面的天气不太好。我觉得你是为今天上午我们讨论的那件事来的吧？"

这种恳切的态度不是完全伪装的。无论如何诡谲与狡诈，但考珀伍德从不打落水狗，这是他天生的个性之一。在他居上风时，他总是客气、殷勤、和蔼，甚至同情敌人。他今天就是这样，并且的确出于真心。

司路士市长把高帽子从头上取下来，堂而皇之地（即使凄惨的时候，他的态度也如此）说："你看，我来了，考珀伍德先生。你究竟想要我怎样呢？"

"请你放心，绝对没有任何不合理的事情，司路士先生，"考珀伍德道，"你今天早上对我的态度有点过分，因为我一直希望与你进行一次平心静气的私人谈话，我采用这种方法来达到这个目的，我希望你快速从脑子里抹掉这种思想，认为我一定会趁机打击你。我现在绝没有要发表你与布拉丹夫人通信的想法。"他边说边从抽屉里拿出一捆信，司路士市长马上就认出那是他前不久亲笔写给美丽的科劳迪雅的狂热的情书。司路士先生看到这些，有一种被别人掌握罪证的感觉，他哼了一声。"我绝非要影响你的前程，也不是让你做良心上过不去的事情。这些信件只是极其偶然地落入我的手中，并不是我收集来的。但既然落到我的手里，我想我可以用这些信件作为一个我们两人之间商谈和妥协的条件。"

考珀伍德脸上并没有一丝笑容。他只是审视着司路士。为了证明他所说的话真实可信，他就上下啪啪地拍着信件，以证明这些信封是真的。

"是的，"司路士先生沉重地说，"我清楚。"

他研究着这捆小小的而又实在的东西，与此同时，考珀伍德留心地看着别处。司路士又开始注视着自己的鞋，仰望着天花板搓搓手，然后又搓搓膝盖。

考珀伍德发现他真是垂头丧气了，模样可笑又可怜。

"得啦，司路士先生，"考珀伍德和气地说，"振作起来！事情并没有你想的那样绝望。现在我向你保证，我决不会做出任何不公正的事情。你是芝加哥的市长，而我是一个普通市民。我只希望你公平做事。我只要求你用人格担保，从今以后决不参与专门针对我的恶意攻击。至于要求其他若干特许证，我认为完全合法。即使你不能与我坦诚相待，至少也不能恶意公开抨击我。我会把这些信件放在我的保险箱里，一直放到下次选举活动结束，到时候我会把它们取出来全部销毁。我对你个人并没有任何成见。我并不要求你签署市议会可能通过的、给我修建高架铁路权利的任何章程。现在，我唯一希望的就是你不要煽动舆论反对我，特别是如果市议会认为应该不顾你的否决而通过一个章程。你能做到吗？"

"但是，我的朋友们呢？市民们呢？共和党呢？难道你看不出他们期盼我对你进行某种形式的打压吗？"司路士非常激动地问道。

"不，我看不出来，"考珀伍德干脆地答道，"无论如何，有各式各样的手段进行公开的斗争。如果你愿意，做做样子是完全做得到的，但不要太认真。不管怎样，我的律师们无论哪一个去拜访你，请你随时和气地接待他们。比如迪肯西兹法官就是个能干又公正的人，范·西克尔将军也不错。你为什么不抽出时间与他们探讨探讨呢？这当然是用一种比较隐蔽的方式。你会发现他们两个都是十分有用的。"

考珀伍德对他微笑着，眼中满是仁慈与鼓励。政治前途已渺茫起来的查斐·萨尔·司路士正处在一种悲伤的身不由己的困境中，他静静地坐在那儿，沉思了一会儿。

"好吧，"最后他说，如释重负似的搓着手，"这应该是我早就料到的结果。我本应明白这一切，我无路可走。"司路士先生不禁热泪盈眶，他抓起帽子，急匆匆向门外走去。当然，人们永远听不到他那反对考珀伍德的宣传了。

# 第四十五章　渴望改变

一种前所未有的强烈的优越感在考珀伍德心里油然而生，一切问题都圆满解决了。他本以为他的敌人是不可战胜的，但他最终扫清了前进道路上的障碍。现在，他的总资产有整整两千万美元。他的美术收藏在西部，说不定在全国也成了最重要的收藏，这自然不包括公司的收藏。他自以为是全国名人了，还有可能是国际名人。但他一直觉得，无论在经济上他最终怎样圆满，他和爱琳还是永远不可能踏进芝加哥的社交界。他做了太多伤害人的事情，他得罪了太多人。他必须牢牢把握芝加哥市内铁路，一如既往。但是，他又想到，由于自己的性情多变，他的婚姻十分不幸，而且他看到这种状况很难改变。一想到这点他就痛苦不已，这在他生平已是第二次。爱琳绝对不像他第一任妻子那样温顺、宽容。再说，他又觉得他应该对她好些。无论如何，他并没有真正讨厌她，尽管在他心里，她已不再像从前一样令人欣慰、兴奋和富有挑逗性了。因为他使她产生的苦恼实在太多了，她对待他的态度过于挑剔了。他特别想同情她，为自己易变的感情而懊悔，但又无计可施。他不能完全束缚自己的性情，正像爱琳不能彻底控制她自己的性格一样。

还有更加糟糕的事情。现在因为考珀伍德对伯里莱茜·弗雷明朝思暮想，越发难以梳理感情的乱麻。自从他第一次遇见她母亲后，这个少女就把他弄得神魂颠倒了，尽管当时他们的眼神还不曾交会过，彼此不曾说过一句话。世上有一种安静的东西，这就是美，这种美也许是一位衣衫褴褛的哲学大师，也许是一位打扮得花枝招展的绝代佳人。伯里莱茜·弗雷明那深蓝色的双眸里，闪耀着这种不受性别、年龄和财富限制的美丽风采。那次前往波珂诺拜访卡特尔家，他并没能让伯里莱茜感兴趣，他很失望。自那以后在他们偶尔相会时，她仍然只是客气地以礼相待，冷若冰霜。但他在追求他认定的目标时总是坚定不移，毫不气馁。以前卡特尔夫人和考珀伍德的关系并不完全属于精神上的友谊，可她始终认为他对她的关切可能是为了她的孩子们以及他们光明的前途。伯里莱茜和罗尔夫对自己母亲与考珀伍德之间的交往是何种性质全然不知。他恪守诺言去照顾他们、帮助他们，把她安置在纽约一所靠近她女儿学校的公寓里，他认为，只要伯里莱茜在附近，他就能度过一段幸福美好的时光。要千方百计接近伯里莱茜。他唯一的愿望就是引起她的关注，博得她的欢心。考珀伍德不愿意承认，这在他最近的生活中占了多大的比重。他打算在纽约建一幢豪华漂亮的房子。

在纽约建房子的念头在他的脑子里日渐加深。他的芝加哥大厦仿佛一座奢华的坟墓，爱琳终日在那里回味着自己的悲惨境遇。再说那所房子除了象征社交上的失意以外，逐渐变得只剩下一个空壳了，根本不能体现他卓越的想象力和超乎寻常的个人魅力。如果在纽约建成第二所房子，它一定格外华丽，完全可以当作自己的一个纪念。在国外考察漫游时他见过许多宏伟的宫殿，都是冥思苦想精心设计的，体现了人类历代的思想与文化。他引以为豪的美术珍藏日益增多，即使不足以作一个伟大纪念馆的全部收藏，也足够以此为基础去逐渐增加了。其中已收集了各个重要流派的名画，更不必说玉石、彩色弥撒书、瓷器、地毯、帷幔、镜框等收集品和最早的一批稀有的雕刻原件了。这些精美绝伦的珍贵物品，这些各代各地天才艺术家的传世艺术品，使他肃然起敬。在所有人中，他格外尊敬那些真诚的艺术家。生活以一种幻象的方式给他们以启迪，他们的心灵就与美妙的曲调和谐统一起来，普通人丝毫不能领悟这些曲调。有时，他紧张地忙碌了一整天极度疲乏的时候，就在深夜里走进那安静的画廊，把电灯打开，让整个房间都展现在明亮的灯光之下，他与一件珍品对坐着，仔细琢磨它的性质、情调、时代的制造者。有时或许是伦勃朗画的一幅忧郁的人头像，即愁苦的《犹太博士的肖像》，或许是一幅卢梭派的美妙反省图。他曾对一幅端庄的荷兰主妇图产生过很大兴趣。这幅画带着哈尔斯鲜明的逼真与和谐的色彩以及益格斯冷静的优美。他坐在那里，非常欣赏原作者的想象力与技巧，有时甚至喊道："奇迹！这完全是个奇迹！"

与此同时，对爱琳而言，事情正在发生另一种变化。她正处于许多女人都曾遇到过的特殊状况之中，即努力想用一个不太理想的男人取代一个相对来说比较伟大的男人，但却发现这种努力是没有用的，或者几乎完全是徒劳的。她和林德交往酿成一个大错。从外貌来看，林德讨人喜欢。他能把人逗开心，这和考珀伍德完全不同。他们已经发生了最后那层关系，他就用一种淡定亲切却又炫耀的态度，坦言相告自己在欧洲和美洲各种各样的通奸。他就是个彻头彻尾的淫棍，同时又是时髦社会的人。除一两个人外，他公开污蔑所有芝加哥交际场中的人（那些人都是爱琳内心羡慕并希望与他们来往的），又经常顺口提到东部、巴黎和伦敦的一些头面人物，这就使她更敬重他。说来也许可悲，她如此容易地就受到他的蛊惑，却没有让她觉得降低了自己的身份。

　　但是，他就是那种亲昵、讨好、多情的人，他是一个浪子、一个骗子，根本没想过要改变她的生活。目前她正为这种没有多大意义的浪漫行为而伤心，这样的话她根本就达不到任何目的，而且可能会使考珀伍德永远和她疏远。表面上，考珀伍德仍然非常亲和友好，但他们的关系现在却蒙上了一层彼此误会和难以捉摸的色彩，这对爱琳来说是一种微妙的精神折磨。在此之前，她是一个受迫害的人，她的忠贞毋庸置疑，考珀伍德却极大程度地辜负了她那长期以来的爱情和忠实。如今，这种情况却彻底改变了。他对不起她是显而易见的，但因为愤懑她放弃了他，结果还是半斤八两，不相上下。不管你怎么认为，女人的忠贞无论是一种正常的自然状况，还是一种社会学发展的偶然现象，至少在这个民族的部分人心里一直是必不可少的。甚至可以说，女人自己就是格外强调和公开赞成忠贞的人。考珀伍德当然清楚，爱琳抛弃了他，并不是缘于她不太爱他或更爱林德，而是因为她特别伤心。爱琳也清楚他知道这种情形。一方面，这让她愤怒，让她反抗；另一方面，这又使她伤心，因为她觉得她徒劳无功地破坏了他对自己的信心。现在他有充分的理由肆意妄为了。她原本有最好的权利凭借她的创伤向他提出要求。这种权利被她扔掉了，如同一个人把武器扔掉了一样。她的自傲和自豪使她不想和他谈论这件事情，同时她又忍受不了他对待这种事情表现出来的那种心不在焉的态度。他的微笑和宽恕，还有他那有趣的俏皮话，都像一种可怕的进攻。

　　她的精神已彻底陷入郁闷之中，因为她已开始与林德吵架了，就因为她仍然对考珀伍德心存敬畏。林德这个精于世故的人打算把她彻底征服，让她忘记她那了不起的丈夫。当她与他相处时，自然被他迷住了，而且兴趣浓厚，随意委身相就，这多半出于她对考珀伍德的气恼，而并非因为她对林德有什么真正的爱情。虽然提到考珀伍德的名字，她就即刻做出生气的样子，加以讥讽和鄙夷，可她依然十分爱他，在精神上与他保持一致，不久林德就慢慢看出这种情况了。对他这样的玩弄女人的高手，这种发现是有些令他难受的。这严重地刺伤了他的自尊心。

"你还爱着他，是吗？"有一次他苦笑着问道。他俩正在金斯莱饭店的包厢里用餐，爱琳面色红润，十分得体地穿着一身铜绿色绸衣，看上去美丽极了。林德让她做好准备，与他一起去欧洲过三个月，但她不同意一同前往。她没有这样的胆量。这会让考珀伍德感到她是永远离他而去，这会给他提供一个极好的理由抛弃她。

"哦，并非如此，"她对林德的质问答道，"我不想去，也不能去。我没有准备。这仅是你个人的打算罢了。我不能离开芝加哥，因为春天马上就要来了，你一个人去吧，你回来时，我一定在这儿等你，或者以后我也会去的。"她微笑了一下。

林德的脸色变得淫欲起来。

"见鬼！"他说道，"我清楚你是什么意思。即使他把你当成一条狗，你也会仍然围着他转。你假装不爱他，其实你疯狂地爱着他。我一直都这么认为。而你对我却漠不关心，因为你做不到。你爱他爱得太强烈了。"

"哦，不要说了！"爱琳喊道，这种攻击大大惹怒了她。"你说这话完全就是个傻瓜。我绝不是那种人。我崇拜他。谁又能不崇拜他呢？"（此时考珀伍德已闻名全市。）"他相当了不起。他从来没有粗暴地对待过我。他是一个完全够格的人，我要替他这样说。"

到目前为止，爱琳已完全了解了林德。她内心深处对他颇为不满，甚至公然讥讽他是一个流浪汉和懒汉，从来不知道赚钱是怎么回事，就会一味花钱。她没有多少能力从心理学方面对社会状态进行研究，但她却认为，考珀伍德具有在商业上顽强长久的进取精神，加上一般美国人对游手好闲的蔑视态度，因此她看不起林德。

听着爱琳的这一顿发泄，林德的脸色更加阴暗了。"见你的鬼，"他生气地说道，"我根本没法弄懂你。有时你好像十分爱我；有时你又彻底被他迷住了。现在你要么爱我，要么不爱我。到底怎么样呢？如果你那么爱他，一个月也不能离开他，那么你当然不会格外在乎我。"

话说回来，由于爱琳与考珀伍德长期相处已积累了丰富的经验，林德当然斗不过他。同时，她又担心林德离开，因为她唯恐没有人爱她了。她喜欢林德。在她身处不幸时，他至少能临时充当一个开心的消遣对象。但她清楚，考珀伍德把此事看作她的一个大污点，这就让她冷静下来。想到考珀伍德，想到自己整个被玷污的烦恼经历，她深感不幸，心神不宁。

"真是见鬼！"林德愤怒地重复道，"你喜欢这样待着就待着吧。我绝对不会强迫你的。"

为此事他们一直喋喋不休地争吵，尽管后来和解了，但双方都意识到最后一定是不欢而散。

这之后不久的一天早晨，考珀伍德欢快地走进爱琳的房间，穿好衣服并向爱琳问好。

"喂，"他一面对着镜子站着，整理着衣服和领带，一面愉快地问道，"最近你和林德相处得还好吗？"

"见鬼去吧！"爱琳答道，她因无法控制那常使她极其痛苦的感情而恼羞成怒。

"要不是因为你，就不会有机会让你自作聪明地来数落我和别人相处得如何。我们相处很融洽，融洽极了，当然不会顾及你怎么想。

他起码和你一样是一个人，并且比你还好。我喜欢他。至少他也喜欢我，这就远远超过你了。你为什么还要关心我的事情呢？如果你不关心，那你为什么要谈起他呢？我希望你不要管我。"

"爱琳、爱琳，你在瞎说些什么呀！你别这样发火。我这样问根本就没有别的意思，我只是替自己难过，当然也为你难过。我对你说过，我并不嫉妒。你以为我在批评你吗？我根本不是那种人。我也理解你的心情。一切都十分不错。"

"哦，是的、是的，"她答道，"好啦，你把感情留给自己吧。见鬼去吧！"她的眼中冒出了怒火。

他已完全打扮好了，站在她面前的地毯中央，爱琳看着他，热情、英俊、潇洒，这就是她亲爱的弗兰克。她又后悔她那名不副实的不忠实，并在内心里咒骂他的冷淡。她特别想再骂："你这个狗男人，你没长心肝！"却即刻改变了主意。她喉咙哽塞，鼻子发酸，眼睛里饱含热泪。她很想跑上去说："哦，弗兰克，难道你真的不清楚这一切都是因为什么吗，这一切到底怎么发生的吗？你不再爱我了吗？你不能再爱吗？"但她控制住了。她觉得他也许会清楚的，实际上他当然是清楚的。但无论如何，他绝对不会再忠实于她了。只要他肯说一句，只要他诚心希望她把林德和其他一切男人都忘掉，她就会乐意这样做的。

那天早晨在她的卧房里争吵后不久，有一天考珀伍德对爱琳提出去纽约居住的事情，还说如果去的话，他那不断增加的美术珍藏就会保存得更好，而且能给她提供第二次去社交场中生活的机会。

"那么，你就可以摆脱我，让我离开这里了。"爱琳说道，她对伯里莱茜·弗雷明的事情还不太了解。

"根本不是，"考珀伍德亲切地说，"你看看当前的形势，我们没有多少机会跻身芝加哥的社交界。在这里，因为经济的原因反对我的人太多了！如果我们在纽约有一幢高楼，那么这幢高楼本身就包含一种介绍的性质。归根结底，在真正的交际场中，这帮芝加哥人连狗都不如。走在最前面的是东部人，尤其是纽约人。如果你愿意，我就把这幢房子卖掉，我们可以住在那里，至少有部分时间能住在那里。我在那里能用和这一样多的时间与你在一起，说不定还要多些。"

由于强烈的虚荣心作怪，爱琳情不自禁地被他话里暗示的那种广阔而美丽的前景深深打动了。这幢房子对她来说仿佛就是一场噩梦，是一个充满冷遇与不堪回首的地方。在这里，她曾和莉苔·索尔倍打过架；在这里社交希望只是昙花一现；在这里，有对考珀伍德的爱情复活的漫长的期待，目前来看，显然他的爱情不可能恢复以前的魅力了。他说话时，她用一种特别怀疑的眼神，奇怪甚至是悲哀地注视着他。她情不自禁地想到，在纽约，金钱的作用不可估量，凭借考珀伍德日渐增加的财富和越来越响的名望，或许最终能在那里的交际场中显山露水。"不入虎穴，焉得虎子"这句话一直是她信奉并牢记在心的座右铭，尽管就她目前所渴望的那种生活而言，她有一层纯粹的伪装。爱慕虚荣、容光焕发而又满怀希望的爱琳！可她怎么能清楚真相呢？

"好吧，"她最后说道，"照你的想法去做吧。我想我住在那里，就像单独地住在这里一样。"

考珀伍德当然清楚她心中的希望之光是什么。他明白她脑子里在想着什么，她的梦想简直就是竹篮打水一场空。冷酷的现实生活告诉他，一个有着像爱琳那些不利条件和缺点的女人，打算跻身无情的上流社会是何其困难。他虽有勇气，但无论如何也不能告诉她。他忘不了，从前在宾夕法尼亚东区监狱残酷而孤寂的铁窗里，他曾伏在她的肩头痛哭。他不能忘恩负义，他不能伤害她的心，就如同他不能欺骗自己一样。纽约的高楼大厦，或许能成全她在那里的交际场上出尽风头的美好梦想，可以缓解一下她那迫切的虚荣心，安慰一下她那颗屡屡失望的心，同时他也能有更多的机会接近伯里莱茜·弗雷明。人心的曲折险恶，无论你怎么认为，总是一般人的实际情况和基本特征，考珀伍德自然也没法超脱。对这一点，他看得清清楚楚。

# 第四十六章　深度与高度

　　各种女人纷至沓来，接踵不断，使考珀伍德深陷一种极其困窘的状况之中，头昏脑涨。汉德夫人在自己私通事件暴露的紧急关头跑去欧洲了，现在却又回来希望与他重叙旧情。塞西莉·海格宁不放弃任何一次机会给他写信，对他发誓她的爱情天长地久。弗洛伦斯·柯琪兰甚至在他对她兴趣减少之后，还坚持要与他见面，或想方设法去见他。同时，爱琳也因为自己恋爱上的许多纠纷而烦恼，最近开始喝起酒来。因为她和林德之间出现了不小的裂痕（她虽委身于他，可她对此事却从来没有半点真正的兴趣），由于考珀伍德对她的不贞采取的置之不理的态度，她竟陷入了极度的沉闷和抑郁之中，人到了这步田地，就会对自己进行严肃的自我剖析；那些比较敏感的人，或禁不住任何打击的人，结果都是放荡不羁，甚至沦落到死亡的陷阱里。那些把信心放在幻想之上的人，是不幸的，但如果不是这样的人，也会是不幸的。一方面，幻想破灭后随之而来的就是痛苦；另一方面，又无法放下这没完没了的悔恨。

　　爱琳不愿意和林德一起去欧洲，在他离开后，她就与一个名不见经传的雕刻家结交上了，他叫沃森·斯吉特，与大多数艺术家不同，他是一家大家具公司的继承人，不过他对该公司却没有丝毫兴趣。他曾去国外读书，但返回芝加哥后却特别想在西部传播艺术。他身高体壮，碧眼金发，皮肤细嫩，具有一种古典流派的天然和质朴，十分符合爱琳的心意。他们在利思·格力尔夫妇家里初次邂逅。在林德走后，爱琳倍感孤独寂寞，就与斯吉特亲密起来，但这并不能使她在精神上的需求得到满足。内心深处那个重要标准，那个要求一切都用它来权衡的迷人的理想仍然占据着优势，谁不曾体验过好景难以长久的凄凉回忆呢？那是多么令人魂牵梦萦挥之不去的回忆呀！它仿佛是站在盛大宴会旁边的幽灵一般，那双无处不在的眼睛，用一种悲凉的哲学意味审视着那暂时的筵席。无论她去哪儿，她与考珀伍德在一起生活的情形总是如幽灵一般，与她如影随形。她曾经偶然抽过一次香烟，可如今近乎离不开烟。她也曾经尝过一点葡萄酒、鸡尾酒、白兰地酒掺苏打水，而现在竟然迷上了酒，或者不如说，她陶醉于威士忌酒掺苏打水这种新的混合饮料，并且喝得相当来劲，而这种来劲与她对这东西本身的嗜好根本没有任何关系。坦白地说，饮酒就是一种心理状态，而并不是一种嗜好。曾经很多次，当与林德吵架或精神抑郁时她察觉只要喝上这种酒，她就会处于一种温馨的、静思的、漫不经心的状态之中，她就不再那样悲伤痛苦了。她或许哭泣，但那也只是安静温和地、像下小雨似的宣泄一下。她的悲哀好像一种奇异而迷人的梦中人物。它们在她周围游弋，并不打算与她混为一体，却像是她可以向远处眺望的种种不幸。有时候，她和它们仿佛都是另一种状态下的存在物，尽管烦恼，但并不特别痛苦。（因为她看她自己也处在一种海市蜃楼或颠倒是非的幻象世界里。）这种瓶装的古代忘忧药控制着她。她体悟到它是一种安慰剂或止痛药，于是经过几次偶然的品尝，她意识到喝这种威士忌苏打水本身就相当于一种娱乐，如果它能使她解脱肉体和精神的双重痛苦（它也的确有此功效），那她为什么不该饮用呢？这显然并没有什么不良后果。那其中包含的威士忌酒被掺得几乎和水一样。现在她已养成习惯，当她独自一人在家时，她就到配膳室去，用酒自己动手配制饮料，或者吩咐仆人将一瓶酒和一支吸管放在她的房里。考珀伍德已注意到那里总是放着酒瓶，并且她在吃饭时也大量饮酒，就开始过问此事。

"爱琳你喝得太多了。"有一天晚上他说道。他看着她一边坐在上面铺着刺绣花样的桌旁，一边把一大玻璃杯威士忌苏打水一饮而尽。

"当然不会太多，"她不耐烦地回答，脸有点红，说话也好像不太清醒，"你有必要问吗？"她自己也在怀疑，如果长此以往，它是否会对自己的容颜产生不良的影响呢？这是她唯一关心的事。对容貌，她绝不可能不在乎。

"我早就发现你的房间里摆着那种酒。我怀疑你是否清楚你到底喝了多少酒。"

由于她十分敏感，所以他表达得尽量委婉和机智。

"哎呀，"她生气地答道，"如果我确实喝了很多，又怎么样呢？即使我那样做了，那也无所谓，我喝酒和做其他注定要失败的事情并没有什么区别。"

她觉得像这样逗他，倒也是一种乐事。他的询问还是有一些价值的，因为那表明他仍然关注她。至少他并不是对她完全视而不见。

"我希望你不要那样说，爱琳，"他答道，"我并不反对你喝一点酒。我并不认为我反对与否现在和你无关。但是，你还非常漂亮，你的身体也十分健康，你不该那样糟践自己。你不必那样，那样会加速你的毁灭。你的状况并没有糟糕到那种地步。上帝呀！有许多女人也都面临和你一样的情况。除非你离开我，我是不会抛弃你的。这话我已对你多次说过。我只是难受，我们都变了。我想我也发生了一些变化，但这并不能成为你自我毁灭的借口。我希望你不要因这件事而不顾一切。要看得长远些，或许结果会比你想象的要好。"

他只是用语言安慰她罢了。

"哦！哦！哦！"爱琳猛地摇晃起来，一副痴呆的醉态大喊起来，好像她的心要碎了似的，于是考珀伍德站了起来。他好像是有点被吓住了。

"哦，不要到我身边来！"爱琳突然嚷道，有些奇怪地清醒过来了。"我知道你为什么要来。我清楚你关心我、关心我的容貌到了什么程度。我喝不喝酒，不关你的事。我只要高兴就喝，只要愿意，任何事情我都做得出来，如果它能给我一点帮助，那纯属我的私事，与你没有任何关系。"于是她不顾一切地又掺好一杯，一饮而尽。

考珀伍德摇摇头，满面悲伤地看着她。"这实在是糟糕透了，爱琳，"他说道，"我不明白到底该怎样对待你，反正你不能继续这样下去。威士忌酒根本不会对你有丝毫好处。它只会影响你的容貌摧毁你的健康造成你的不幸。"

"让我所谓的容貌见鬼去吧！"她恼怒地斥责道，"容貌给我带来的好处已经够多的了。"她霎时感到气愤和悲凉，站起来，离开餐桌。一会儿，考珀伍德随之走过去，看到她用粉在眼睛和鼻子上轻轻地擦着。半玻璃杯威士忌和苏打水放在她旁边的梳妆台上。一种不可名状的责任感油然而生却又无计可施。

他有些担心爱琳，与此混杂在一起的是他对伯里莱茜不断涌起的思潮。她是那样出色的少女，那样明确地发展自己的独特个性。使他欣慰的是，最近几次看见她时，她十分轻松、友好而且亲切地与他谈话，因为她根本不轻浮，她是一个富有思想、通情达理的女性，理智而且具有良好的艺术修养。她无忧无虑，置身雅致幽静的环境之中，有时专心思考，有时活泼地参加社交场合流行的各种有趣的活动。她是社交场合中的一个活跃分子，她为社交场合增添的光彩并不亚于社交场合带给她的荣耀。

在波珂诺一个周日的早晨，正值六月底的天气，他准备去东部休息几天，卡特尔别墅所在的高地上安静而凉爽。伯里莱茜朝走廊走来，考珀伍德正坐在那里审阅着他的某个公司的财务报告，考虑着他的事情。现在，他们的相处变得比以前融洽，伯里莱茜在他面前也表现出一种随和友好的神情。她似乎有点喜欢他了。她面带笑容说：

"我现在要去捉麻雀。"

"捉什么？"考珀伍德问道，他抬起头来，故意装作没有听见，其实他格外关注她的一举一动。她穿着一件带皱褶的晨装，与她活动的周边环境十分匹配。

"麻雀，"她答道，极富朝气地把头一甩，"这是六月天哪，老麻雀正在教小麻雀飞呢。"

考珀伍德本来正聚精会神地琢磨着经济上的危机，这时好像被魔杖一挥，变身到另一个王国里去了，在这个世界里，大鸟、雏雀、嫩草和微风比砖石建筑、股票债券都更为重要。他站起身来紧跟着她那轻快的脚步而去，穿越草地，来到一簇赤杨树丛附近，因为她看见一只母麻雀正带着一只小麻雀在那儿试飞。她以前在楼上她的房间里眺望过这种户外小景。考珀伍德猛然意识到，当这一切不息的生命渴望在他周围活动着的时候，他个人的事情在生活的洪流中又算得上什么呢？他注视着她的一举一动。她双手向下伸着，袅娜而优美地跑着，这儿弯一下腰那儿又弯一下腰，一只小麻雀在她前面扑棱着翅膀，最后她猛地迅速往下一冲，于是满面欢欣地转身叫道："看，我把它捉住了！它还想跟我斗一斗呢！哦。你这个小宝贝！"

她小心翼翼地把它捧在手里，鸟头夹在大拇指和食指之间，她一边大笑着亲吻它，一边用另一只手的食指抚摩它。她听见老麻雀在不远的枝头上焦躁不安地叽叽喳喳地叫着，便回头喊道："你别那样吵呀！我不会把它留得太久的。"

考珀伍德潇洒地沐浴在朝阳里，大笑起来，"你不能怪它呀。"他好像带着批评的语气说道。

"哦，它应该清楚我是不会伤害它的。"伯里莱茜响亮地回答，好像她说的全是真话。

"它真的明白吗？"考珀伍德问道，"你为什么要那样认为呢？"

"因为那是真的。难道你认为它们不明白什么时候它们的孩子才真正身处危险吗？"

"但它们怎样才能知道呢？"考珀伍德紧紧追问，她那思维的复杂性和逻辑性把他迷住了，并且激发了他的兴趣。他感到她善于骗人。他对她的思想有些捉摸不透。

她仅用她那双冰冷的、青石板色的眼睛注视了他一会儿。"你认为世界的感觉只有五种吗？"她带着温柔而可爱的神情问道。"当然，它们当然明白。它们明白的。"她转过身，朝那棵树优美地挥挥手，现在树上已安静了。叽叽喳喳的叫声已停止了。"它清楚我并不是一只猫。"

又是那种迷人的笑，鼻翼、眼角和嘴唇都轻微地皱起。"猫"这个字从她的嘴里说出来，带着一种清脆动听的声音，好像把声音一下截断。考珀伍德静静地观察着，把她看作最能干的女人。他看得出来，她完全能够而且打算从各个角度洞察他灵魂的最深处。他既然引起了她的兴趣，他就当然需要它们。她的那双眼睛立刻变得那样捉摸不定，那样坦率而友善，那样冷静而敏锐。"说实在的，你必须知趣点，激发我的兴趣。"她的眼睛似乎在说，而那双眼睛显然绝不反对一种热烈的友情，那种皱着鼻子的笑容也流露出相同的意思。这里决不是一个斯蒂芬妮·普娜塔，也不是一个莉苔·索尔倍。他不能像占有弗洛伦斯·柯琪兰或者塞西莉·海格宁那样占有她。这是一位有个性的女子，她有浪漫、艺术、哲学而又现实的灵魂。他不能像看待其他女人一样看待她，伯里莱茜也开始真正有些重视考珀伍德了。毋庸置疑，他是个了不起的人，她母亲这样说，报纸上也经常提到他的名字，报道他的行踪。

稍后，她和母亲一起前往南安普敦，在那里他们又相会了。考珀伍德和伯里莱茜去海边游泳，同行的还有一个姓格里勒尔的青年人。这是一个天气很好的下午。东、南、西三面都是一片微波荡漾的蓝色大海，他们转过身去看他们的左边，发现是一片可爱的黄色沙滩。伯里莱茜穿着蓝绸浴衣和浴鞋，考珀伍德仔细地欣赏着她，痛惜美景无常，人生如梦，青春永远不断地更新，而老年人注定要退出人生的舞台。现在他已经历尽沧桑、饱尝忧患，但这个思维敏捷、趣味广泛的二十岁姑娘，在一般事情上却异常明显地和他一样聪明。在他们谈论的那些事情当中，她能言善辩，找不出半点瑕疵。她的知识和点评相当成熟和明智，即使稍微有点做作的倾向，也丝毫不过分。由于格里勒尔有点令她讨厌，她就避开他，来到考珀伍德身旁聊天消遣。考珀伍德果敢的个性让她着迷。

"你明白吗？"她这次向他袒露了心迹，"有时我对年轻男人特别讨厌。他们竟那样空虚。我敢断言，他们只是无意中串在一起的鞋子、领带、袜子、手杖而已。沃恩·格里勒尔今天像个能走动的模特儿。他就像一套英国服装挂着一根手杖走来走去罢了。"

"哎呀，"考珀伍德感叹道，"多么尖酸的指责呀！"

"说实在的，"她说道，"他几乎什么都不懂，就只知道马球戏、最新的游泳法、什么人在什么地方、谁准备与谁结婚。这太无聊了！"

她把头向后一扬，吐了一口气，像是要从内心深处把那种无聊的人和空虚的臭气全部吐出去一样。

"你把这话对他说了吗？"考珀伍德好奇地问道。

"当然对他说了。"

"难怪他那样板着脸，"他说道，转身向后看着格里勒尔和卡特尔夫人，他们两人正并肩坐在沙滩椅子上，格里勒尔的脚指头在沙滩上划着，"你是一个特别的女孩儿，伯里莱茜，"他亲昵地说道，"你是那样直率，那样充满活力。"

"我听说，我只是和你一样啊，"她答道，用那双冷静的眼神凝望着他，"总而言之，为什么要让他打扰我呢？他无聊透顶。他在这儿一直盯着我，可我却不需要他。"

她把头一摆，开始向游泳的人越来越少的沙滩跑去，扭头看着考珀伍德，似乎在说，"你为什么不追我呢？"他浑身一阵狂热，富有朝气地跑去，在靠近浅滩那儿追上了她。那儿沙洲突出水浅而清澈。

"哦，看！"伯里莱茜等他来到跟前时叫道，"看鱼呀！哦，哦！"

她跳入水中，离开岸边跑了几英尺，来到一小群像沙丁鱼大小的鲦鱼游着的地方，鱼儿在阳光的照耀下闪着银光。她像之前捉麻雀时一样跑着，努力把鱼群赶到离海岸较近的一个深坑里去，考珀伍德开心得像个十岁的孩子，陪她赶鱼。他快乐地赶着鱼群，一小群逃跑了，但他却把另一群拦住往前赶了一点，让她快来。

"哦！"伯里莱茜在另外一个地方喊道，"现在鱼在这儿呢。快来！快把它们赶到这里来！"

海风吹拂着她的秀发，她的脸庞是明艳的粉红色，她的眼睛在面孔的映照下呈铁蓝色。她低低地弯腰对着水面。考珀伍德也一样，他们伸着双手，一共约有五条鱼在他们前面慌乱地跳跃着，拼命地想逃走。

忽然，他们将鱼逼到绝境，鱼只好钻到水里去了，伯里莱茜还真捉到了一条。考珀伍德差一点就抓到了手里，但却把那条鱼赶到她的手里让她去捉。

"哦，"她跳起来大叫，"妙极啦！还是活的呢。我逮到了！"

她兴奋地跳着，考珀伍德站在她面前，她的独特魅力让他清醒。他内心一阵冲动，要向她倾诉他的爱情，称赞她的可爱之处。

"你，"他说道，在这个字上停顿了一下，尤其着重这个字，"我感觉在这里只有你是最可爱的了。"

她看着捧在手里的鱼，眼神与这种情景十分和谐。他注意到她犹豫了片刻，对此似乎有些束手无策。在此之前，很多男人也曾这样说过。她受到别人的恭维和殷勤是常事。但是，这次却有些不同。她沉默着，一言不发，只用眼睛凝望着他，好像在说："我想你现在最好别再说了。"于是，她看出来他明白了，他的态度变得温柔，又有些心神不宁，她就开心地皱起鼻子，补充道："简直就像进入了童话世界。我觉得好像是在另一片天地里把它捉来的。"考珀伍德逐渐感悟到了，直接的表达方式对她并不合适，可两人之间却千真万确地存在着一种友情，彼此心照不宣。她暗想，如果他现在是个单身汉，她会用迥然不同的态度对他言听计从，因为他太可爱了，而考珀伍德正做着美梦，如果她需要他，他会十分开心地与她结婚。

# 第四十七章　美国火柴

　　考珀伍德通过巧妙的手段给大学捐赠了一架价值三十万美元的望远镜，随即便弄到了大量现金。他的仇人们就一度偃旗息鼓了，这仅仅是因为没有足够的时间想出办法消灭他。报纸仍旧在谴责他，但他那些特许证还有八到十年的使用期，而在这段时期他或许能使自己的实力壮大起来，让对方无能为力。他现在非常忙碌，他的工程师们、经理们和法律顾问们围住他，正以龙卷风般的速度改建着他那几条高架铁路。同时，通过费德拉、卡夫拉斯和阿迪生，他正对芝加哥本地银行，就是那些最反对他的银行实施活期贷款计划，以便在经济危机时伺机报复。目前他操控着自己发行的大量股票和债券，赚钱速度很快，对他的股票，他仅付六厘股息就足够。这是他唯一的原则，同时也是对自己最为有利的。一旦自己的股票赚得超过六厘息时，他就发行新股票在证券交易所抛出，把余额侵占。他从自己的各家公司的现金柜里取出大笔现款，就像临时贷款一样，以后就借他的一些小伙计的手，都记在"建筑费""设备费"或"活动费"上。如同一只狡猾的狼，在他自己营造的一片树林里走动、觅食。

　　在整个高架铁路的计划里有一个弱点，就是注定有一个时期无利可图。它的竞争还可能减少他的地面铁路公司的价值。在这些公司以及在高架铁路公司他所持有的股份是极大的。如果发生突发状况会造成这些股票跌价。那么，其他人所持有的这些同类股票就会大量地在市场上抛出来，如此一来，就会使股票价格跌得更惨，而迫使他去市场收购。他立即开始煞费心机地积蓄一笔准备金，购买政府公债，以备万一。他觉得这笔钱至少应该有八九百万美元，因为他既惧怕暴发危机，又担心金融界的报复，而且既然已经有那么多的财产都赌上了，他可不希望自己被打个猝不及防。

考珀伍德修建高架铁路初期，没有任何迹象表明美国金融市场的严重危机将要到来，但不久就开始出现了新的困难。如今步入了外强中干的垄断时代，煤炭、钢铁、石油、机器和许多其他的商业必需品，统统已被垄断，而皮革、皮鞋、索具等众多商品，几乎无时无刻不被奸诈无情的商人们操控着。在芝加哥，希利哈、汉德、阿尼尔、梅里尔和其他许多人，已经觅到一条独属于他们自己的生财之道，就是去给那些需要现金的投机商做担保，而一些财产较少的富人们也为能分到大富豪们的一杯残羹而心满意足，他们乐意被他们照顾。另外，全国上下都逐渐意识到一帮金融界的巨头们高高在上，他们没有灵魂，没有同情心，他们对平民百姓的情况丝毫不了解，也没有打算了解的想法，因为他们正在着手束缚和奴役平民百姓。广大的平民百姓在这愚昧与贫困的境况里苦苦挣扎，最后满怀悲愤地寄希望于西部一位政治领袖的灵丹妙药。这位预言家发现，黄金越来越少，本国的现金和存款都落入少数人的腰包，他们正为了自己的利益进行操控和暗箱操作，于是他大胆推断，当前境况下最急需的就是更多的货币，这样，取钱就变得容易些，借钱的利息就变得低一些。白银矿太多了，这些白银可以按照十六块银币兑换一块流通金币的比例去铸造。政府发布法令维持金银平价。少数人再也不能以人民的交换媒介作为武器来危害人民的利益。以后可以出现大量的现金，其数量大大超过各家中央银行和掌管这些银行的人们的控制范围。这是心怀慈悲的人的美梦，但就是因为这个梦，争夺政权的混战一触即发，而且很快就开始了。富有的人敏锐地嗅到这位新政治领袖的学说中所含有的改革的危险因素，就开始与他和他所代表的民主党派进行斗争。两党的普通党员以及那些处在社会底层的贫困的人，都欢呼和拥戴他成为上帝派来的救命恩人，是位新摩西来人领导他们走出贫穷与不幸的泥潭。这位宣传新的救世主义和出于善意而为人民提供灵丹妙药的政治领袖是不幸的，他头上戴的是一顶满是荆棘的王冠。

考珀伍德和其他有钱人一样反对这种他认为疯狂的计划，即用法令维持金银平价。他认为这种主义实质上是没收，因为大多数人的利益而没收少数人的财富，他非常反对这个计划，因为他担心日益增长的不安状态预示着一种阶级斗争，导致投资人要付保证金并把钱锁在保险箱里。他马上着手收缩资金的工作，只投资那些最可靠的证券，并把他认为不靠谱的证券全都变成现金。

但为了对付一些紧急情况，他只能四处大量借钱，他这样做时很快就发现，芝加哥和其他地方的那些他仇人控制的银行都愿意接受他的各种股票作为附属担保品，条件是他答应接受活期贷款。他非常高兴地接受了，同时他又担心汉德、希利哈、阿尼尔和梅里尔是否在合谋什么来陷害他，如果他们联合起来突然逼他还款，在经济上刁难他，就会使他一败涂地。"我明白那帮家伙在打什么主意，"他曾对阿迪生说，"好吧，如果他们要打我一个猝不及防，我们一定要提前做好准备。"

考珀伍德所怀疑的问题的确属实。希利哈、汉德和阿尼尔通过他们的代理人和经纪人关注着他的一切事项，他们很快就发现，在白银运动的初期，在真正的金融危机还没到来之前，他正在纽约、伦敦、芝加哥的一些地方借钱。"我认为，"有一天希利哈对他的朋友阿尼尔说，"我们的那位朋友陷得太深了。他似乎走火入魔了，他的这些高架铁路计划让他失去了太多的资金。明年秋天另一次大选就要来了。他清楚我们会全力以赴的。他需要钱将他的铁路电气化。如果我们能精准地调查出他的立足点，他是从哪里借的钱，我们就能轻而易举对付他啦。"

"除非我眼瞎了，"阿尼尔说，"我相信目前他依然处在困境中，最起码也快到那步田地了。这场白银运动正在使股票价格日日低落，迫使银根紧缩。我建议我们这里的各家银行都以活期贷款的方式最大限额地给他借钱。一旦时机成熟，他又没有准备，我们就将他彻底封冻起来。如果我们打探出他在什么地方弄到的借款，那就棒极了。"

阿尼尔先生说这段话并未带有丝毫讽刺的意思，或许在紧急时刻（这不久就要逼近了），他们会答应解救考珀伍德先生，而条件是他永远离开芝加哥。自然会有一帮人为了本市和廉洁的政府的利益来接收他的财产，进而妥善安排。


不幸的是，在此期间，汉德、希利哈和阿尼尔他们本身也被卷入一场小小的商业危机里，危险的白银运动只会给他们带来厄运。这事关系到火柴那样简单的东西，这种商品此时也和许多其他商品一道都被垄断了，垄断产生了非常可观的利润。"美国火柴"是在每个证券交易所里登记的一种股票，售价维持在一百二十美元左右。

赫尔先生和斯特克波尔先生是最早计划合并所有火柴公司以便垄断美国火柴市场的两位天才，他们之前是银行家和经纪人。费尼尔斯·赫尔先生矮小得像只雪貂，他颇有心机，灰褐色的头发稀疏地散在头顶上，右眼皮有一部分因为疾病而严重下垂，让他经常流露出一副与众不同而又阴险的表情。

他的同伴本诺尼·斯特克波尔先生原来是阿肯色州的驿站马车夫，后来又成为马贩子。他是一个相当有魄力并且善于筹谋的人，他身材高大，精通人情世故，善于投机取巧，也不缺乏勇气。他虽不像阿尼尔、汉德和梅里尔那样有很好的头脑，但还算得上机智、能干。他在积累财富的竞争中尽管起步稍微晚了一点，但却竭尽全力，在赫尔的鼎力相助下他制订的计划——成功付诸实践。他们沉醉在发财的梦里，并为此奔波着。他们首先获得了一家火柴公司股票的控制权，随后又着手和其他各家火柴公司的老板谈判。他们合并了各家火柴公司掌握的专利权和制作工艺，并最大限度地扩大经营范围。

但是，这需要大笔资金，无论赫尔还是斯特克波尔都没有这笔钱。他们都来自西部，自然首先去西部寻找资金。他们先后找过汉德、希利哈、阿尼尔和梅里尔，把大批新股票以内部价格出售给他们。由于他们提供的资金，促使公司合并工作迅速地推进。独家制造的专利权从各方垄断过来，他们计划首先占领欧洲市场，最后控制全球市场。与此同时，他们那些财大气粗的后台老板都突然意识到，如果他们用四十五美元买进的股票现在在公开市场里的价格已上升到一百二十美元，将来还可以飙升到三百美元，那简直太美妙了，如果这些垄断的美梦能成为现实，是绝对会有如此高价的。这种股票的命运在此时似乎十分靠谱和令人满意，多买一点是不会错的。在这种情况下每个资本家都暗中竞相购买，势必要将这种股票收足，坐等暴涨时大发横财。

此类游戏是从来不会让其他不了解内幕的金融界人士参与的。经济界的小圈子里很快有谣言传出，说"美国火柴"必定会大幅度上涨。考珀伍德从阿迪生口中得知这个消息，因为阿迪生正处在金融谣言的中心。他们两人就大量买进股票，但是买进的数量并不妨碍他们随时抛售从而得到一点利润。在八个月之内，这种股票价格逐渐上涨，最后突破两百美元大关，高达二百二十美元，阿迪生和考珀伍德就以这个价格把股票卖出，他们在投资上赚了接近一百万美元。

此时，一场预料之中的政治风暴正在酝酿。起初，只是小小的一片乌云，而在一八九五年的最后几个月，阴云从四面涌来，等到一八九六年的春天，乌云密布，笼罩天空，情况变得让人恐惧，暴风雨即将来临。接着在七月，由于民主党提名"自由铸造银币的宣传家"为美国总统候选人，一阵刺骨的冷风就吹到本国保守的金融家们的身上来了。考珀伍德早在几个月以前就极其高明地做了的事情，其他目光短浅的人，遍布从缅因到加利福尼亚、从墨西哥湾到加拿大，现在刚刚开始做。银行存款有一部分被取了回去，薄利的或没有多少把握盈利的证券都向市场抛售了。希利哈、阿尼尔、汉德和梅里尔此时才幡然醒悟，现在他们手中的"美国火柴"的大量股票，多少有点陷入圈套里去了。这种股票数百万地发行出去了，他们既然已大量收进，那么他们就必须支持市场，不然就只能折本卖出。因为很多持有股票的人都需要钱，而这种股票售价又高达二百二十美元，所以电报开始雪花般从全国各地飞来，向芝加哥证券交易所抛售这种股票。非常明显，在这里的这种买卖正在被人操纵着，这种买卖的所有哄抬者聚在一起商讨，最后决定继续支持市场。赫尔先生和斯特克波尔先生是这个垄断集团名义上的首脑，他们受到委托出面购买，可他们又转而请那些主要投资者按比例予以承担。汉德、希利哈、阿尼尔和梅里尔承担着必须以二百二十美元的价格买进这种川流不息的股票的压力，匆忙跑到他们赞助的各家银行去，按每股一百五十美元以上的价格大量抵押给银行，又用抵押所得的资金支付他们被迫买进的其他股票。

但最终，他们赞助的那些银行都已经严重饱和，它们再也不能接受股票了。

"不行、不行、不行！"汉德在电话中向费尼尔斯·赫尔声称道。"在这种冒险买卖上我再不敢向前多走半步了，我绝对不干了！那是一笔完美的生意，我清楚它的一切好处，与你了解的一样清楚。但是，够了就是够了。我还要明白地提醒你，金融危机马上就要来到了。也正因为如此，现在一切股票才全都出笼了。我要维护我在这件事情上的利益。就像我已提醒你的，我答应不把我现在所有的股票抛到市场上去。但超过这一点，我就做不到了。参与此次协商的另外几位先生也一定会竭力维护他们自己的利益。我还有别的事情要做，那些事情对我来说与'美国火柴'同等重要，甚至更为重要。"

希利哈先生也如此，他揉着卷曲的黑髭，思考着他是否将自己手中的股票全部抛出，一股不留。不过，他害怕汉德和阿尼尔责怪他有意破坏市场，引起当地的恐慌。这是一个冒险的事情。阿尼尔和梅里尔最后同意攥紧他们的股票，但他们已经明确告诉赫尔，无论形势如何变化，都决不能让他们多"买进"一股了。

面对这种危机，赫尔先生和斯特克波尔先生这两位可敬的绅士毫无疑问就像两只泄了气的皮球。他们可不像那些傲慢的后台老板那样富有，所以他们自己的财产面临的危险更大。在这场险恶的风暴中，他们只想躲避一下。本诺尼·斯特克波尔这时来到弗兰克·阿尔杰农·考珀伍德的写字间就证明了这一点。他的确到了山穷水尽的地步。但是，考珀伍德却是本市唯一没有卷入这场危机中的富商。本来，斯特克波尔已听汉德和希利哈两人说过，如果考珀伍德有半点表示要介入市场的意思，他们就会退出，但那已是一年多以前的老话了，现在希利哈和汉德都让他和他的同伴听天由命。如果他有把握让这位老板不出卖他，他们就不会反对他在这种危机中与考珀伍德交往。斯特克波尔先生不穿鞋就高达六英尺一英寸，重二百三十磅[1]。他身着一套褐色亚麻布衣服，头戴草帽，手拿一把棕榈叶扇子，还拿着一个小小的老旧黄皮包。那里面装着那些令他头痛欲裂的股票。他浑身都被汗浸透了，落落寡合。毕竟破产就在眼前，这可是一次大大的破产。如果"美国火柴"跌破两百美元大关，他就只好关门大吉，更谈不上什么做银行家和经纪人了，而且就他所记录的账目来看，他和赫尔要赔进去将近两千万美元。这是一个令人绝望的数字。汉德、希利哈、阿尼尔和梅里尔将损失六百万到八百万美元。那些本地银行也会按一定比例分担损失，不过没那么多，因为他们每股的抵押贷款是一百五十美元，损失的差额只会在这个价格和股票可能跌到的最低价格之间。

这位新客人进来时，考珀伍德用一种捉摸不定的眼光打量着他，因为他现在特别了解即将发生什么。就在前几天，他曾向阿迪生预言过可能发生的倒闭。

"考珀伍德先生，"斯特克波尔直言不讳地说道，"这个皮包里装着一万五千股'美国火柴'股票，票值一百五十万美元，此时的市面价值是三百三十万美元，实实在在的三百多美元一股。我不了解你是如何密切关注美国火柴进展的。我们掌控着节省劳动力的机器的全部专利权，并且我们还要与意大利、法国签订协议，把我们的机器和技术租给他们，一个国家每年租金大约一百万美元。我们也将与奥地利、英国做点小生意，当然以后我们还要和其他国家合作。无论我与美国火柴公司是否有关系，这家公司仍然要为全世界制造火柴。我们置身海洋中央，被这场白银风暴困住了，要摆脱这场危机的确还有一点困难。我是个十分坦白的人，我得将目前的真实处境告诉你。如果我们

_____

[1] 1磅合0.453千克。

能渡过这个难关，我们的股票在元旦之前就会猛涨到三百美元。如果你有兴趣，现在你可以立即以一百五十美元每股的价格拿去，这就是说，你在十二月以前不再向市场抛售一股。如果你不愿意这样，"（他停下来看看他能否侥幸看透考珀伍德那难以捉摸的表情）"我希望你能买下这些股票，每股押借给我一百五十美元至少三十天，按一角或一角五分利息，或者利息由你定。"

考珀伍德十指相扣，两个大拇指交互转动着，他感慨人世的艰难与反复无常。他思考着眼前这个例子，的确不是人人都能遇上这样的运气和机会的，现在这个机会近在咫尺，他完全可以报复那帮一直与他作对的人。把这批股票用一百五十美元买进，然后迅速用二百二十美元甚至更低的价格卖出，这样，"美国火柴"倒闭就是分钟的事。一旦售价跌至一百五十美元或更低，他可以再买回来，大赚一笔，完成他与斯特克波尔先生的交易，再赚得一笔利息。于是，他的微笑就像寓言中所说的那只肥猫一样。这事轻松至极，就像他现在转动他的大拇指一样。

"除了你和赫尔先生以外，在芝加哥还有谁在支持这种股票呢？"他轻松地问道，"我想我大概知道，但如果你不反对，我很想验证一下。"

"我不反对，毫不反对，"斯特克波尔先生温顺地答道，"就是汉德先生、希利哈先生、阿尼尔先生和梅里尔先生。"

"我也是这样想的，"考珀伍德说得轻描淡写，"他们为什么不接受你的这些股票呢？是吃饱了吗？"

"吃饱了，"斯特克波尔先生略微迟疑地答道，"但如果要接受这批股票押款，我还有一个请求。就是一股也不能在市场上抛售，或者至少在我如期还款之前不抛售。你与汉德先生以及我所说的其他几位先生之间有一点误会，这我知道。但我已说过我现在的话非常坦率，我身陷困境，在泥潭中向你求救。如果你愿意帮我一把，我一定尽量满足你的要求，而且我永远不会忘记你的大恩大德。"

他打开皮包取出那些证券，长长的、一捆一捆的、绿黄色的股票用拇指粗的松紧带牢牢地扎在一起。全部是一千股一捆。考珀伍德拿起一捆，一上一下地颠着，试着重量，表情十分轻松。

"十分抱歉，斯特克波尔先生，"他想了一下，随后同情地说道，"在这件事情上我帮不了你什么。我还要做很多事情，我不是对任何股票都感兴趣的。你所说的那几位先生，我对他们并没有什么不好的想法。我没有时间怨恨那些讨厌我的人。当然，我确实可以买下这些股票，明天便在市场上抛出，但我并不想做那种事情。真希望我能够帮助你，而且如果我认为我能安全地支持三四个月，我一定支持。实际上，"他充满同情地扬起了眉毛，"你去本市所有的银行都试过了吗？"

"几乎挨家试的。"

"他们都不能帮你，是吗？"

"目前他们都为我们做了力所能及的事。"

"糟糕极了。我深感遗憾。顺便打听一下，你认识米勒德·贝莱先生或爱德华·卡夫拉斯先生吗？"

"我不认识，"斯特克波尔仿佛看到了希望。

"目前这两个人，比一般人想象得更有钱。他们有大量资金可以随时自由支配。你应该找个机会去见见他们。还有一位费德拉，他是我的朋友。只是我不太清楚他现在的经济状况。你在十二选区银行肯定能找到他。也许他会收下一大部分。他的情况比大多数人想的好得多。以前为什么没有人提醒你向这些人借钱呢？我觉得有些奇怪。"（这里所说的这些人除非有考珀伍德吩咐，否则没有一个人有兴趣承担这种贷款，而斯特克波尔当然不了解这种情况，他们与这位大亨显然不是一伙的。）

"真的非常感谢你。我这就去。"斯特克波尔说，把他那不受欢迎的股票塞入皮包里。

考珀伍德做出十分友好的样子，叫来一位速记员，装作替他的客人找出这几位先生的家庭地址。接着他就用支持的语气和斯特克波尔先生告别了。这位蒙在鼓里的"美国火柴"发起人当机立断，不仅要试试贝莱和卡夫拉斯，而且还要试试费德拉。但是，就在他坐车去贝莱先生的写字间时，考珀伍德正忙着用电话与他联系。

"喂，贝莱，"他在电话里对那位有钱的木材商说道，"赫尔—斯特克波尔公司的本诺尼·斯特克波尔刚才到我这里来了。"

"嗯。"

"他随身携带一万五千股'美国火柴'股票，它们票面价格一百美元，今天市价二百二十美元。"

"哦。"

"他打算用一百五十美元一股将这批股票全部抵押掉，或者抵押一部分。"

"嗯。"

"你已了解'美国火柴'的问题了，是吗？"

"不清楚。我只知道它被多方哄抬到目前这种价格。"

"那么，你听我说。它快要完蛋了。'美国火柴'就要破产啦。"

"我知道了。"

"但是，我希望你按每股一百二十美元或更少一点借给这个人五万美元，然后介绍他到爱德华·卡夫拉斯或安东·费德拉那儿去抵押剩下的股票。"

"弗兰克，你知道我并没有多余的五万美元。况且你都说'美国火柴'就要破产啦。"

"我当然清楚你没有，你只要开芝加哥信托公司的支票就可以，阿迪生会承兑的。你把股票直接送给我，别的你就不用管啦。其余的事情我来办，但是，你千万不要提我的名字，另外也不要显得过分热情。切记，每股最多不超过一百二十美元，你听见了吗？如果可能的话，还可以再少点。你清楚我的意思吗？"

"当然清楚。"

"事成之后，如果你有时间，就坐车过来，把经过告诉我。"

"好的。"贝莱先生的口气显得一本正经。

随后，考珀伍德又给卡夫拉斯先生打了电话。他同这位先生和费德拉说了一样的话，不到三刻钟，他就把斯特克波尔先生此行安排得妥妥当当。他要将那些股票按每股一百二十美元或更低的价格抵押进来。支票马上就会开出来，而且他们还要开除了芝加哥信托公司以外的几家银行的支票。考珀伍德完全可以通过拐弯抹角的方式让这些支票延迟承兑，不管那里是否有现金。当然每次抵押的股票都得送给他。他静静地等待着这个不大的计划完成，并且让各家承兑银行全都清楚这些有问题的支票是由他或者是别人担保的，然后他就心安理得地坐下来，等着他手下人把股票送来，最后放入他的私人保险箱里。

# 第四十八章　陷入恐慌

　　一八九六年八月四日，芝加哥证券市场最火爆的"美国火柴"宣布垮台，表面上它的创始人赫尔先生和斯特克波尔先生赔进去了两千万美元。芝加哥震惊了，整个金融界也震惊了！在八月三日的上午十一点钟，从事这种股票经营的芝加哥金融界和经纪界都十分清楚，与这种股票相关的某种不幸的事情正在发酵着。为了"保护"这种股票，同时也为了凑足现金还清债务，这种股票从全国各地纷纷涌来，想在它最后倒闭之前变成现金。证券交易所位于拉萨尔街，像灰色堡垒一样令人畏惧，它周围的一切都在骚动，仿佛是个巨大的蚁穴被无情地搅乱了似的。小职员和行人来去匆匆，胡乱而又盲目地横冲直撞。那些明显在昨天就将"美国火柴"股票抛售干净的经纪人，现在一清早又来到了交易所，锣声一响"美国火柴"就又开始抛售，而且数目很大，从二百股到五百股不等。当然赫尔—斯特克波尔公司的代理人也在市场，他站在争先恐后的、叫声不断的人群的前排，收购那些按他们所期望保持的价格出售的股票。那两位创始人用电话和电报不断地与各方面联系，囊括了他们找来参加哄抬股票价格的各位重要人物和交易所的各个小职员以及代理人。面对眼下的情形，这两个人显然郁郁寡欢。高级金融界精英在情况比较顺利时所特有的那种从容不迫的气场，在这次竞争中早已消失殆尽了。说起来很是可怜，这两个人就像是困在生活激流中的人，现在主要忙着临时对付那些数目虽小却仍旧令人悲伤的事情。从哪里能找到五万美元来对付那些不时向他们抛来的一小份一小份的股票呢？他们两人如同赤手空拳地被命令去堵一条大堤上不断增大的裂缝，而堤坝的里边波涛汹涌，威力极大的海水正在疯狂地汹涌着。

十一点钟，费尼尔斯·赫尔先生从他坐的那张放在红木桌前的椅子上站起来，望着他的同伴。

"我说，"他说道，"我担心我们挺不住了。我们在本市将这种股票抵押出去那么多，可我们又不知道是谁在干着什么见不得人的活计。虽然我确实知道有人在出卖我们，但是我不清楚到底是谁。是否是考珀伍德或是他介绍给我们的那几个人中的一个呢？"

斯特克波尔被过去几个星期的事情弄得心神不宁，极其容易情绪激动。

"我怎么清楚呢，费尼尔斯？"他悲伤地皱着眉头反问道，"我看不会的。没有丝毫迹象表明他们对股票投机感兴趣。不管怎样，我们必须想尽办法弄到钱。我们俩随时都可能被吓得丢了魂儿，而将一切丢下不管。我们的处境极其危险，这不是显而易见的吗？"

他已经第四十次拉他那条过紧的领带，并把衬衫袖子捋上去，因为他感到异常闷热，这使他既没有穿上衣，也没有穿背心。就在这时，赫尔先生的电话铃响了（这部电话与该公司在交易所的私人写字间相通），赫尔匆忙抓起听筒。

"什么事？"他心烦意乱地问道。

"有两千股'美国火柴'，售价二百二十美元，买不买？"

打电话的人站在另一个人看得见的地方，那个人站在可以俯瞰整个证券交易所的中央房间的经纪人长廊的栏杆那里，等着一个他可能得到的信号，迅速传给站在市场里的那个人。因而赫尔先生的一声"买"或"不买"，马上就会转变成交易所里的现金交易。

"你觉得这该怎么办呢？"赫尔问斯特克波尔，一只手蒙住听筒。他那右眼皮比从前更为低垂了。"我们又得买两千股！这些股票到底是从哪里来的呢？"

"算啦，连家底都输光了，"斯特克波尔嗓音沉闷地答道，"这是我们办不了的事，我们确实办不了。不过我的想法是维持二百二十美元的价格，一直到下午三点钟为止，然后我们再将我们的负债计算一下。同时我再想想办法。如果那些银行不肯帮助我们，阿尼尔那帮人又都丢下我们不管，我们就得破产，完蛋。但是，无论如何，我必须得再试试。或许他们不会帮助我们。"

实际上，斯特克波尔先生确实无计可施了，除非汉德、希利哈、梅里尔和阿尼尔几位先生愿意拿出更多的资金来赌一把，但他一想到他们对他和赫尔竟这样弃之不顾、见死不救，他就感到非常伤心和生气。他也曾尝试找卡夫拉斯、费德拉和贝莱，但他们也都铁石心肠。经过这样一番左思右想，斯特克波尔就戴上他的宽边草帽走了出去。这时的温度在荫蔽处接近华氏九十六度 [1]。商业区的花岗石路和柏油路生出一种极其干燥的、土耳其浴室一般的热气。风的影子一点也看不见。天空呈现出淡蓝色，阳光火热地炙烤着高楼墙壁的上部。

在鲁克利大厦的七楼的一套写字间里，汉德先生热得难耐，但更令他烦闷的是来自心里的焦灼。他并非吝啬，但在诸多事务中，最让他感到难以接受的就是经济损失，这是实情。他经常看见由于冒险或错误估计，那帮强大的英雄被扫到无用的历史垃圾堆里去。在考珀伍

---

[1] 约为 35.5℃。

德破坏了他和他妻子的爱情之后，除了他拥有巨额的资产外，他对这个社会几乎毫不留恋，这些资产包括对五十家公司有利可图的投资。但是这些公司必须大量地而且不断地分红给他，所有的公司都得这么做。一想到他们中的一个或许会破产或者变成他财产的窟窿，他就感到身体不适，心神不安，烦恼不已，一连很多天都放心不下，总是想着这事儿，直到他克服了困难才算完事。汉德心中是容忍不了失败的。

实际上，"美国火柴"已经陷入了不可逆转的困境。除了赫尔先生和斯特克波尔先生原来自己留存的一万五千股以外，汉德、阿尼尔、希利哈和梅里尔每人曾用每股四十美元的价格，各买了五千股。但从那以后他们却不得不支持市场，最后每人又各自买了五千多股，价格从一百二十美元到二百二十美元不等，而买得最多的是二百二十美元的股票。汉德实际上亏进去了一百五十万美元，他的心情简直像蝙蝠的翅膀一样灰暗，像他这种到了五十七岁的年纪，在经济上的谋划又总是顺风顺水、放款出去总是能赚得盆满钵满的人，对投机冒险造成的失败是极其畏惧的。别人或许会批评他，说他的精力和判断力都不行了。因而汉德先生在这个炎热的八月的下午，在他写字间的深处，坐在一张雕花红木椅上左思右想。就在今天上午，面对股票的下跌，如果不是阿尼尔和希利哈打来电话阻止他，他早就已经公开地全部抛售出去了。他们在电话中商量最好在还没有采取任何行动之前先召开一次合伙人会议。无论明天发生什么，除非他能找到光明的出路，除非斯特克波尔和赫尔独树一帜地想出一种无须他帮助就能继续支持市场的办法，他就要停止整个生意，他不干了。正在他思虑着应该如何来办这件事情时，斯特克波尔先生来了，他脸色苍白，神情忧郁，大汗淋漓。

"哎呀，汉德先生，"他筋疲力尽地喊道，"我已经尽全力啦。

到目前为止，赫尔和我把市场保持得十分稳定。可是你看到今天上午十点到十一点之间发生的情况了吧。一切都结束了！我们再也借不到一分钱了，我们的股票也抵押光了。我个人的财产都搭进去了，赫尔的财产也搭进去了。外界持有股票的什么人或是所有人，他们正在拆我们的台。今天上午十点钟以后又抛出了一万四千股！这已经很说明问题了。反正现在是无计可施了，除非你们可以再拿出一笔钱来，否则我们是没有办法了。如果我们能组织一个联营的话，还可以再应付一万五千股。"

斯特克波尔先生闭嘴了，因为他看见汉德先生翘起了一个肥大的红指头。

"不必再说了，"他严肃地说，"那是不可能的。我就是这么认为的，在这件事情上我不想再投入一分钱了。我宁愿把我全部的股票抛到市场上去，能收回多少就收回多少。我相信其他人和我的想法是一样的。"

为了稳妥，汉德先生几乎把他所持有的股票全部抵押给了各家银行，就是为了可以挪出资金在别的地方派上用场，他清楚他不敢将他所有的股票都抛掉，就像他知道他势必要补足股票保证金的数目一样。但是，这却是个巨大的威胁。

斯特克波尔先生瞪着大眼看着汉德先生。

"好吧，"他说，"那我倒不如回去，在我们的门上贴出一个通知。我们买下一万四千股把市场支持住，但我们没有一分钱可以支付。除非有银行或有人愿意替我们买下，我们完蛋了，我们破产了。"

汉德先生知道如果斯特克波尔先生真的那么做，那就意味着他的一百五十万美元也灰飞烟灭了，于是犹豫起来。"所有银行你都去过了吗？"他问道，"草原国民银行的劳伦斯有什么想法呢？"

"他们都一样，"斯特克波尔答道。现在他简直已陷入绝境，"跟你一样。他们全都够了，人人如此。全都怪这该死的白银运动，就怪它，别的都没错，这种股票是没有问题的。几个月后它就会自行好转。这是必然的。"

"真的吗？"汉德先生板着面孔有些质疑地说，"我觉得这要看十一月大选的结果啦。"（他是指即将到来的大选）

"是的，我明白，"斯特克波尔先生叹道，摆在他面前的是一种实际的情况而不是一种书本理论。他突然右手握拳大喊，"那个该死的暴发户！那个自由铸造银币的政治家就是这一切的祸根。算了，如果别无良策，我只好走啦！只要我们能抵押到一百二十美元每股就行了。"

"对极了，"汉德答道，"我希望可以办到。对我个人来说，我真的不能再投入一分钱了。但你为什么不去希利哈和阿尼尔那里看看呢？我曾和他们说过，他们的境遇好像和我没有什么不同。但如果他们愿意商量，我也不会拒绝你的。我想不出办法，但也许我们大家在一起商量可能会想出办法阻止明天股票大跌。反正只要别跌价太多就行了。"

汉德先生在考虑着，赫尔先生和斯特克波尔先生可能要被迫用对折或更低的价格抛出他们所有余下的股票。然后，万一那些银行联起手来，就可以替他们（希利哈、他和阿尼尔）收下股票并负担起来，等待以后涨价抛出，那么他和他的朋友们就可能弥补一部分亏损。四巨头操纵下的本地银行可能被迫将银根再紧缩下。但是，这件事情该怎么操控呢？说真的，到底该怎么办呢？

希利哈在斯特克波尔最后去他那里时，经过再三追问和研究，才从斯特克波尔口中了解到他去见考珀伍德的真实情况。就当天的事实来说，希利哈也有过错，他没能让同伙知道他曾在市场上抛售出了两千股"美国火柴"。他当然急于想弄清楚，到底斯特克波尔或者别人有没有怀疑到他也牵涉其中。因此，他详细盘问斯特克波尔有关考珀伍德的情况，而斯特克波尔正为自己的利益而焦虑不安，就全盘托出了。他认为他是有理由的，因为无论如何，他们四巨头已经准备抛弃他了。

"你为什么去他那里呢？"希利哈叫嚷道，装作大为惊讶和十分生气的样子，从某种意义上讲，他的确如此。"我认为，当初我们就有一种共识，无论如何都不能让他插手。你找他帮忙还不如直接找魔鬼帮忙算了。"同时他心里想着，"这简直太幸运了！"这不仅被他这个搞阴谋的两面派活动的人钻了一个空子，而且如果四巨头同意，这也是一个口实，就会为他们抛弃多灾多难的赫尔—斯特克波尔公司找到一个合适的借口。

"哎呀，真实的情况是，"斯特克波尔答道，有点羞愧而又带着反抗意味，"上周四，我有一万五千股股票必须拿出去抵押一笔钱。而你已经不想再要一股，别人也不会再要，银行也不肯收。我偶然间打电话给雷保，他就对我提到考珀伍德。"

上文已经说过，斯特克波尔的确是直接找的考珀伍德，但在目前情况下，他只能说谎。

"雷保！"希利哈冷笑道，"他是考珀伍德的人，他和其他所有人全都是考珀伍德的人。如果你找了他们，那你绝对是遇上了最坏的人了，不用问，这股票就是从那个地方出来的。那个家伙或他的那帮手下将我们出卖啦！你应该清楚他绝对能干出那种事。他对我们恨之入骨。那么你这就算完啦？再也想不出什么办法来啦？"

"再也没有办法了。"斯特克波尔郑重地说道。

"哎呀，那糟糕透顶。你到考珀伍德那里去，简直是傻透了！但我们还得想想办法。"

希利哈的想法与汉德的不谋而合，就是要让赫尔和斯特克波尔把他们的全部股票都白白地给各家银行，为了使各家银行在压力下能有精力收下他和其他几个人所抵押的股票，直到该公司可以有力地加以重组时为止，同时他又非常憎恨考珀伍德，因为考珀伍德竟然幸运地赚了那么多钱，这本来是属于他的。现在的危机显然与他有关。斯特克波尔走后，希利哈马上打电话给汉德和阿尼尔，告诉他们要开个会，于是一个小时后，他们就与希利哈一起聚在阿尼尔写字间里商议这种相当有趣的新发展。事实上，这些先生整个下午都变得越来越焦躁了。并不是因为他们不能顾及他们自己的亏损，而是由于这样的破产令人遗憾，这即使算不上一场灾难，也算是一件令人痛心疾首的事，更不必说此事对他们自身、对作为金融中心的这个大城市的名誉所产生的影响了，而现在考珀伍德却聪明地借此大发横财，这件事情更增加了他们的烦恼。汉德和阿尼尔听说这件事时，都愤愤不平，而梅里尔却像平常一样思考着考珀伍德手段的巧妙和狠毒。他不得不佩服考珀伍德。

在一个真正发达的社会里，大多数人的心中都蛰伏着自尊心，它经常在最困难的情况下凸显出来。当然，这四个人也不例外。希利哈、汉德、阿尼尔和梅里尔四位先生担心芝加哥的名誉，担心东部的金融家们对他们联手地位的评价。一想到他们最近控制的唯一一家大企业竟这样夭折，一想到这家企业可以算是最近在纽约和别的地方创办的若干大业务的一种衬托，他们就感到这真是可悲的致命打击。如果可以避免，芝加哥金融界真不该这样丢脸。当希利哈先生十分激动而恼火地来到会场，详细叙述他刚得知的消息时，他的朋友们都十分注意地听着。

现在已是下午五六点钟，但外面却仍然烈日炎炎，只是街对面的那些大楼墙壁上显出一种阴凉的灰色，点缀着斑驳的树影。报贩的刺耳叫卖声、号外声、人们回家的脚步声和考珀伍德的电车声混成一片。

"让我告诉你们究竟是怎么回事，"希利哈最后说，"我觉得我们简直受够了这个人没有来头的干扰。我要说，无论是赫尔还是斯特克波尔，都没有权利去他那里。他们让自己以及我们都中了考珀伍德的圈套，他在戏弄我们。"希利哈先生说得锋利、冷静而尖锐，表现出一副极为正派的神情。"同时，"他继续说，"任何一个与我们地位相等的有钱人，都会友好地同我们商议一下，给我们或者至少给我们的银行一个机会，来把这些证券接收过来，他一定会为芝加哥的名誉而拉我们一把。就这件事情本身而言，他并没有必要在市场抛出这些股票。他十分明白，一旦赫尔—斯特克波尔公司破产，会产生多么大的影响，全市都会牵涉在内，但他却置之不理。斯特克波尔先生告诉我他与考珀伍德或者不如说与显然是他的手下，曾有过清楚的共识，那就是这种股票一股都不能向市场抛售。我敢断言，实际上在他们所有人的保险箱里都找不到一张股票！在某种程度内，我可以对可怜的斯特克波尔表示同情。他的处境确实极为艰难。但在考珀伍德那里，他毫无理由搞出这样一种诡计。就像我们掌握的情况那样，这个家伙完全是一个破坏分子。如果可能，我们一定要想个办法把他从这里赶走。"

希利哈先生把他那两条圆滚滚的腿向外一踢，整理了一下软领，又摸了摸他那短短的卷曲坚硬的灰白色的小胡子。他那对黑眼睛永远闪烁着仇恨之光。

说到这里，阿尼尔先生用一种有说服力的推论（当时在表面上看不出来）问："你们当中谁知道考珀伍德先生目前的经济情况？当然，我们知道他持有湖街高架铁路和西北公司。我听说他在纽约修建高楼，我想那得花费一大笔钱。我还知道他向芝加哥中央银行借了四十万美元，他还有其他的负债吗？"

"是的，他还欠草原国民银行二十万美元，"希利哈即刻大声回应道，"我先后听说还有几笔欠款，现在记不清了。"

梅里尔先生具有外交官的气质，老练，常常表现出一副巴黎派头，打扮得好像一个花花公子。他坐在大椅子上不停晃动着，用一种精明却略带讨好的眼光审视着其他人。尽管他怨恨考珀伍德已久，因为考珀伍德不肯让市内铁路经过他的百货商店，但他却一直认定考珀伍德是一个天才，他对他保持着浓厚的兴趣。他根本不欣赏这种坑害考珀伍德的阴谋。同时他又感到他在这样的场合应该尽到自己的责任。"我的经济代理人席尔先生不久以前曾借给他几十万，他还有许多其他没还清的债务。"

汉德先生愤怒地不停走动着。

"是的，他欠第三国民银行和湖市银行的款项即使不比这多，也不会太少，"他说道，"我知道他还欠什么地方五十万美元，这没人说过。巴林格上校借给他二十万美元。他还欠安东尼·埃威二十万，他还欠牲畜银行十五万美元。"

阿尼尔计算了一下刚刚提到的这些数目，发现考珀伍德明面上至少有三百万美元的活期债务。

"我没有掌握所有情况，"他最后缓慢而坚定地说道，"如果我们今晚能与这些银行行长谈谈，可能还会发现我们并不了解的其他借款。我并不想残忍对待任何人，但我们现在自身难保。除非今晚大家想出办法，否则赫尔—斯特克波尔公司明天上午一定会破产的。当然，我们在各个银行都有债务，而且我们在道义上必须尽力而为。芝加哥的好名声和它作为一个金融中心的地位都在某种范围内受到了波及。我已通知过斯特克波尔先生和赫尔先生，我个人在这件事情上已贡献了全部力量。我想你们每人也都和我一样，在这种情况下，我们仅有的其他财源就是银行，而据我所知，这些银行都被抵押进来的大量股票拖累住了，至少湖市国民银行和道格拉斯信托公司是这样。"

"几乎所有的银行都是这样。"汉德说道。希利哈和梅里尔两人都点头表示认同。

"据我所知，我们一点不欠考珀伍德先生的情，"阿尼尔先生有点奇怪地犹豫后继续说道，"就像希利哈先生今天在这里所说的，他似乎一有机会就捣乱。我们谈到的他欠各家银行的那些债务显然是真的。那我们为什么不把他的欠款收回来呢？这不仅能增强本地银行的财力，而且说不定还能帮助我们扭转局面。我不相信他有还击的能力。"

阿尼尔先生对考珀伍德并没有私人恩怨。而汉德、梅里尔和希利哈都是他的朋友，他们认为他身上集中着本市的金融领导权。考珀伍德的崛起、他那拿破仑式的气派对他们明显构成了很大的威胁。阿尼尔先生说话时，一直盯着他座位前的写字台，从未抬起头来，他只是用手指有节奏地敲着台面，其余的人略带紧张地看着他，十分清楚地领悟了他话语中的含义。

"一个相当棒的主意，太棒了！"希利哈喊道，"我愿参加能够消灭这个人的一切计划。目前的状况或许正适合实施这个计划。无论如何，这完全有利于解决我们的困难。如果这样的话，那才叫因祸得福。"

"我看没有什么理由不将这些借款收回来，"汉德说，"我同意用这种办法来应付这种局面。"

"我赞成，"梅里尔说，"只是我认为应该把我们所做的所有决定尽量告诉他，这样显得公道一些。"他补充说道。

"为什么现在不把各位银行行长请来？"希利哈建议道，"调查一下他的实际情况。我们顺便还要了解一下帮助赫尔—斯特克波尔公司到底需要多少钱，随后我们就通知考珀伍德先生。"

汉德先生对这个建议点头同意，同时看着一只款式极为笨拙，雕了花却仍旧缺乏艺术性的大金表。"我认为，"他说道，"我们终于找到应付这种局面的措施了。我提议我们把证券交易所的主席坎迪希和秘书克拉迈以及道格拉斯信托公司的西姆斯都找来，这样，我们很快就能做出决定。"

集合地点最后选定在阿尼尔先生家的图书室，他们立刻将电话打出去，送信人也派出去了，电报也发出去了，金融界的领导人物和本地各金库的看家狗都要来，同时好像还要在这个秘密决议上盖章。显而易见的是，决不会有哪个小职员或小领导人胆敢反对这个决议。

# 第四十九章　奥林匹斯山

　　会议已决定在八点钟举行，此时，芝加哥金融界有头有脸的人物已经骚动起来了。汉德、希利哈、梅里尔和阿尼尔全部亲自出马，还能怎样呢？七点半就能听见马蹄嘚嘚、马具叮当的声音，一辆漂亮的敞篷马车赶到代表高消费的大厦门前。于是一位银行行长或一位理事，响应四巨头之一的传唤走出来，前去阿尼尔先生的家。一些有趣的人物都已在路上，塞缪尔·布莱克曼从前是老芝加哥煤气公司的总经理，现在担任草原国民银行理事；哈德森·贝克尔，从前是西芝加哥煤气公司的总经理，现任芝加哥中央国民银行理事；阿蒙德·黎克兹是新闻报社社长兼第三国民银行理事；诺利·西姆斯——道格拉斯信托储蓄公司的总经理；沃尔特赖萨·科顿——以前是一位极为有名的咖啡批发商，现在是数家公司的理事。这个群体由一些严谨又深思熟虑的上流绅士组成，大家都想把端正的形象留给世人。正如大家所了解的，只有那些新的暴发户才在车马服饰上大加炫耀，看上去骄傲自大，不可一世，当然表面上显示风度也是有必要的，因为社会要人和经济霸主的身份需要的就是这种风度。以上提及的许多人加在一起总共三十位绅士，此刻他们在炙热干燥的晚风中，高傲地乘车赶往恢宏而舒适的提摩西·阿尼尔先生的公馆。

此刻，那位重要人物还没有露面招待来宾，而且希利哈、汉德和梅里尔也还没有到场。在这种场合，由如此著名的社会名流亲自招待他们的部下，似乎不太妥当。在这个约定的时刻，那四位先生分别在自己的写字间里，把他们一致同意的计划的细节修改完善，而且不久以后他们还会装出轻轻松松、饶有兴致的样子宣布这个计划。他们没到场时，客人只能暂时自娱自乐。仆人们端上了各种饮料，但这只是小小的安慰。给大家准备的挂草帽的架子，不知是出于何种原因竟无人使用，人们都宁愿自己拿着帽子。在镶板和套着亚麻布的椅子的背景下，呈现出一幅画廊似的缤纷色彩和引人注目的场面。赫尔先生和斯特克波尔先生好像是这次隆重集会所要正式检验的尸体，他们没有来到这个房间，而是躲在这幢房子中的某个房间里，如有必要可以随时叫他们来阐述他们的意见。在谣传金融危机即将到来的沉重压力之下，本市的金融精英和智囊的这场貌似重大的集会，气氛显得格外严肃。阿尼尔还没出场，有关金融方面的风言风语便此起彼伏，比如：

"不一定会来吧？"

"真的严重到了那种地步吗？"

"我了解到的情况是相当危险的，但我不能确定到底到了什么程度。"

"幸运的是，我们并没有买进那种股票。"（这是极少数真正幸运的银行家中的一位说的。）

"这是一个相当关键的时刻，是吗？"

"不一定吧！"

尽管大家都知道汉德、希利哈、阿尼尔和梅里尔是这个投机集团真正的幕后老板，但没有人敢批评他们中的任何一位。不知什么原因，别人竟然把他们看作恩人，认为他们召集这个会议的目的主要是使其他人免遭不幸，而不是为他们自身的利益。各个方面都有类似的话："哦，汉德先生不简单，实在是不简单！"或者是"希利哈先生确实相当有能力！"或者是"你要相信我的话，在此关键时刻，这些人决不会允许任何严重情况搞垮本市的经济的"。为了四巨头中的这一位或那一位的利益，大量的现金和证券都投进去了，银行家之间彼此秘密传播着这个事实。在场的人统统不知道关于考珀伍德以及他的朋友们赚了钱的消息，或是与之相关的谣言，至少到目前为止没有人听说过。

八点半，阿尼尔先生踱步进来，汉德、希利哈和梅里尔接着也都先后出现了。他们搓着手，用手帕擦拭着脸，很随意地环顾四周，面对举步维艰的状况，他们努力表现得若无其事和愉悦欢乐。他们和诸多熟人和老朋友打招呼，向他们的太太孩子问好。阿尼尔先生身穿一套淡黄色的亚麻布衣服，里面是带淡紫色条纹的绸衬衫，手拿一把棕榈叶扇子，很有精神头儿。他那宽宽的脖颈和雄壮的胸部看上去做父亲的派头似乎很足，甚至有点像亚伯拉罕，他圆而发亮的脑袋上汗珠直冒。希利哈先生与他正好相反，在这样炎热的天气里却显得格外坚硬和结实，仿佛他是用黑木头雕出来的。汉德先生与阿尼尔先生很像，但却结实一些，精力也旺盛一些。他临时穿了一件蓝哔叽上衣，裤子有一种花里胡哨的鲜明条纹。他古朴的红色面孔既令人振奋，又庄重严肃，似乎在说："亲爱的孩子们，尽管十分困难，但我们还是要努力干。"梅里尔先生则努力摆出一个大商人的派头，一副高冷、矫揉造作的闲散神情。他向每个人都伸出一只冷漠无力的手，点头微笑，而更多的时候则是默然不语。阿尼尔先生是最为重要的公民，又是最富有的人，因而主席的责任就自然落到了他的头上，大家也都认可他。在会场上的长台前端安排了一个特别大的席位。

当接受希利哈的提议就座后，场内引起了一阵骚动，其他几位大人物也都各自找到座位坐下了。

"诸位，"阿尼尔先生的嗓音低沉沙哑，开始了枯燥无味的开场白，"我要尽力说得简单一些。此次机会极为难得，我们大家能够聚在一起。我认为大家都已得知了赫尔先生和斯特克波尔先生面临的困境。如果今天晚上不能采取某种有效的紧急措施，明天早晨'美国火柴'可能就会突然倒闭。由于若干人士和银行的建议，我们决定召集这次会议。"

阿尼尔先生做出一副十分随意，就像是与别人坐在长椅上推心置腹地谈心的样子。

"这种破产，"他坚定地继续说道，"我相信，如果暴发的话，当然我并不希望发生此事，这样会给一些银行和个人带来很多麻烦。我们当然希望能够极力避免。'美国火柴'的主要债权人是我们本市的一些银行和若干凭这种股票贷款的个人。我这里有一份债权人名单，他们负担的款数总共是一千万美元。"

不知不觉中，阿尼尔先生流露出有钱有势者的傲慢态度，他压根儿就不屑于去解释他是怎样弄到这份名单的，也没有丝毫的不安。他只是笨拙地在口袋里摸索着，最后把名单拿出来，摊开放在他面前的台子上。大家都很好奇那上面是哪些人的名字，金额是多少，以及他是否打算公布出来。

"现在，"阿尼尔先生继续严肃地说道，"在这里我要告诉诸位，斯特克波尔先生、梅里尔先生、汉德先生和我都是这个股票的投资人，我们都感到责无旁贷，必须要尽力而为，这与其说是对我们自己负责、倒不如说是对接受这种股票作为附属担保品的各家银行负责，对芝加哥全市负责。我们对赫尔先生和斯特克波尔先生保持着高度信任。我们本来能更进一步加以帮助，但是鉴于当前的发展态势，我们清楚我们已经办不到了。有一段时间，赫尔先生、斯特克波尔先生和许多银行高级职员们都有理由质疑有人在暗中使坏，现在他们的推断得到了证实。此刻，银行和私人一致行动才能拯救本市的金融信用，所以我们才会召开这次会议。股票将继续放在市场上抛售，赫尔—斯特克波尔公司只好用某种方法清算一下。这完全是有可能实现的。现在，这件事已成定局，除非我们筹措一大笔资金来解决明天早晨的付款要求，否则他们一定会破产。当然造成这种困境的间接原因是白银运动，但我们深信，这是由本地一桩阴险的交易造成的，这件事情尽管才刚刚露出狐狸尾巴，但它确实导致金融界处于紧张状态。现在，我可以将这件事情公开地说出来，它就是考珀伍德先生干的。赫尔先生和斯特克波尔先生盲目地找他寻求帮助，否则，'美国火柴'完全可以渡过难关，而本市也就不存在现在所面临的危机了。"

阿尼尔先生停下来不言语了，那个脾气比一般人更暴躁的诺利·西姆斯先生咬牙切齿地喊道："破坏分子！"现场一阵骚动，紧跟着发出了一些不满的咕噜声。

"他把这种股票弄到手后作为自己的附属担保品，"阿尼尔先生神情严肃地继续说，"虽然双方约定好不得向市场抛售一股，可他却不停地抛出去。这就是昨天和今天发生的事情。共有一万五千多股这种股票进入市场，我们虽然不能彻底地查出外面的来源，但我们有理由相信，这些股票全部出自同一个地方，导致'美国火柴'及赫尔先生和斯特克波尔先生都濒临破产了。"

"流氓！"诺利·西姆斯先生又咬牙切齿地骂道，因为道格拉斯信托公司和"美国火柴"有着密切的合作关系。

"简直不可理喻！"草原国民银行行长劳伦斯先生怒斥道。该银行由于股票跌价最起码要承受三十万美元的损失。考珀伍德从这家银行贷款至少有三十万美元。

"一定能在某个地方找到他破坏市场的依据，"约旦·朱尔斯说，他和考珀伍德在市议会方面和芝加哥总公司的发展方面进行过竞争，从来就没有得到过任何让他满意的进展。他现任芝加哥中央银行的理事，该行是考珀伍德曾巧妙地借钱的银行之一。

"实在是遗憾，大家竟然能容忍他在本市如此捣乱。"桑德兰·斯莱德先生向他的邻座杜安·金斯兰说，金斯兰是汉德先生控制的一家银行的理事。

汉德和希利哈满意地观察着阿尼尔先生的话对大家产生的影响。

阿尼尔先生现在又费力地在口袋里摸索着，摸出一张新的纸条摊开在桌前。

"如果要付诸行动，我觉得我们能做到，"他继续严肃地说道，"现在有些话必须通告大家，我手上有一本备忘录，上面有本地各家银行放给考珀伍德先生的一些贷款，现在这些贷款仍然记在账上，我想知道的是，他还有没有别的贷款，诸位有谁知道这方面的情况。"

他庄重地环顾四周。

科顿先生和奥斯古先生很快就说出了好几笔贷款，都是之前不曾听说过的。现在大家基本上都十分清楚将要发生什么事情了。

"诸位，"阿尼尔先生接着说，"在此次会议之前，我就和我们的一些领导人商议过。他们与我达成了一致，既然有那么多的银行需要资金来渡过这个难关，既然大家都没有特殊义务去照顾考珀伍德先生的利益，那么，如果我们收回他的那些尚未偿还的贷款，并用这笔钱去帮助那些支持赫尔先生和斯特克波尔先生的银行和个人，这不失为一个好的决策。我对考珀伍德先生绝没有私人恩怨，他从来没对我产生过直接的利益伤害，但我很不赞成他在这件事情上所采取的手段。

现在如果哪里都没钱能用来帮助诸位周转，那么就一定会接连发生其他的公司破产。有五六家银行也许要开始挤兑。时间是掌控这种局面的关键要素，可我们却根本没有时间。"

阿尼尔先生停了下来，向会场环顾了一下。会场响起一阵嗡嗡的议论声，基本上都是针对考珀伍德尖酸而恶意的指责和批判。

"要让他为此事付出代价，那才公平，"布莱克曼先生对斯莱德先生说，"大家容忍他频繁地玩弄手段的时间已经够久了。现在到了阻止他的时候了。"

"我认为这件事情今晚就能解决。"斯莱德先生答道。

这时希利哈先生又站了起来。"我认为，"他说，"如果没人反对，那么，阿尼尔先生将以主席的身份要求到会的各位先生正式发表意见并且由他记录下来，以此做出决定。"

对于这一点，高高的、满脸连鬓胡子的金斯兰先生很绅士地站起来，郑重地询问，到底考珀伍德是如何把这些股票弄到手的，到底参加会议的人是否有绝对把握证明这些股票是从他或他的朋友们手中抛出来的。"我不想冤枉任何人。"他最后说。

为了回答这个问题，希利哈先生就把斯特克波尔先生找来，以证明他的话是真实的。斯特克波尔叙述了整个环节，他的话让大家仿佛触电一般，越发地厌恶考珀伍德。

"竟然容许他做这种事情，而他却依然在实业界发展得顺风顺水，这太让人震惊了。"第三国民银行行长沃斯多先生对邻座说。

"我认为，在这种情况下，大家一致采取行动不会遇到什么困难。"草原国民银行行长劳伦斯先生说，无论是过去还是现在汉德都对他格外关照。

"现在，"希利哈插话道，为了可以进一步说明，他一直在等机会，"在出人意料的政治局势引起意外危机的时候，此人利用危机来图谋个人的发展，做出损害其他所有人利益的事情。在他眼里，不在乎本市的福利，也不在乎他所贷款的那些银行的安危。他就是个无赖。如果我们不利用这次机会表现出我们对他和他的手段的看法，我们就没有彻底尽到我们对本市、对彼此应尽的责任。"

"诸位，"阿尼尔先生把考珀伍德的各项借款列成详细的表格后说道，"你们觉得这样办可以吗？我们派人把考珀伍德叫来，向他直接宣布我们作出的决议及理由。我想，大家都会赞成他的。"

"我认为我们应该通知他。"梅里尔先生说，他看到了阿尼尔在这篇漂亮言辞背后挥动着的大棒。

汉德和希利哈彼此交汇了一下眼神，又看看阿尼尔，然后在等待别人发言。一心想给考珀伍德一个致命打击的汉德就趁机第一个站起身来，恶狠狠地说：

"干脆直接告诉他。我认为这是很严重的警告。他要明白，这是本市金融界重要势力的一次统一行动。"

"太对了，"希利哈先生补充道，"我认为，现在他应该清楚，这个社会富有的人对他以及他的卑劣行径持有一种什么态度。"

会场响起了一片赞成的呼声。

"好的，"阿尼尔先生说，"安森，你比我们其他人和他更熟一些。你最好试一试，看是否能打电话找到他，请他过来。顺便告诉他，我们正在这里召开董事会。"

"提摩西，我觉得如果是你和他说，他会把此事看得更正式一些。"梅里尔建议道。

阿尼尔一向是个行动力极强的人，他即刻起身，离开房间，找了一部电话。那部电话就装在这层楼的一间小工作室里，可以避免被人偷听。

这天晚上，考珀伍德正在他的图书室里，琢磨着本周收集的艺术品的目录，同时清醒地觉察到明天"美国火柴"就会宣布破产了。由于他的经纪人和代理人的汇报，他对此刻阿尼尔家里正在召开的会议相当明了。这一天他多次传召一些银行家和经纪人，他们都对自己抵押进来的各种证券可能要跌价而感到忧心，而这天晚上，他的仆人也让他接了五六次电话。打电话来的人中有阿迪生、卡夫拉斯和经纪人普鲁塞（此人已接替了拉弗林，正积极地管理着他的私人投资生意），而且据说还有数家银行（他们的行长正在参加这次会议）打来电话。如果这些银行的行长对考珀伍德怀有敌意，那么他们的部下决不会这样，其中有些人，仅仅因为向他献殷勤就可以从他手中得到实际的好处。他用一种欢快的满意心情思考着自己非常沉重而巧妙地打击了敌人。当他们正在为如何弥补他们明天将要出现的重大损失而绞尽脑汁时，他却庆祝自己相应的收获。等他的全部交易结束时，他能盈利将近一百万美元。他并不觉得他对赫尔和斯特克波尔先生有什么不道德的地方，因为他们已山穷水尽了。就算他不抓住这个机会趁火打劫，希利哈或阿尼尔也绝对会这样干的。

他一边琢磨马上就要到来的金融战的胜利，一边又想着伯里莱茜·弗雷明。即使是大人物的脑袋，也经常想入非非。他日夜思念着伯里莱茜，甚至做梦也想着她。他有时感到自己很好笑，竟被一个小姑娘迷住了，被她那一缕缕的红头发深深地迷住了。最近一段时间他在芝加哥忙碌着，却满脑袋都是她，想着只有他们两人待在一起，想着他们如果快活地结了婚，那他绝对非常的幸福。

然而有些不幸的是，恰好这个夏天，伯里莱茜在纳拉干塞特逗留期间，对美国海军上尉劳伦斯·布拉克斯玛产生了一点兴趣。她发现他在那里旅游，当时他正与新罕布什尔州朴次茅斯军港有些联系。考珀伍德那时候来东部住了几天，为了再看一眼他那日夜思念的情人，可他一看见布拉克斯玛，就意识到他在那里可能会发生什么，于是便坐卧不安。在此之前，他并没有过多地考虑到这个年轻男人与她的关系，他的心思全放在了她的身上，当然不可能考虑有任何东西能长久阻碍他的梦想，伯里莱茜绝对属于他。那个洋溢着青春气息的美丽姑娘最终会了解他，喜爱他。但她是那样的年轻，那样的活泼，这让他有时又不免生疑。他该如何接近她呢？该说什么呢？又该怎么做呢？伯里莱茜根本不会为他的财富和声名所动。她习惯于那种有良好的社会保险制度的社会（她并不太了解这一定程度上是因为他的照顾），比依靠他一个人更好。初次见面时考珀伍德就仔细地观察着布拉克斯玛，欣赏他的外表和才华，觉得他十分能干，但他马上就思考着怎样才能摆脱他。当伯里莱茜和那位上尉一起沿着夏日海滨游廊闲逛时，他目送着他们的背影，第一次感到了寂寞，并且叹了一口气。这种易于变化的爱情有时会变得极为难过。他梦想着自己仍然是个年轻帅气的单身汉。

　　所以，这天晚上这种思想就像一种沉闷的噪音在耳畔回荡，久久没有消失，十一点半时，电话铃响了，他听见一种低沉而平稳的声音：

　　"考珀伍德先生吗？我是阿尼尔。"

　　"是的。"

　　"今晚，本市金融界的主要人物在我家里聚会。大家正在商讨防止明天即将发生金融危机的问题。我觉得你应该了解的，赫尔—斯特克波尔公司正濒临危机。除非今晚大家替他们想出万全之策，否则明天他们绝对要损失两千万美元。我们所考虑的不仅是他们的破产，还有这件事对股市以及各大银行的影响。据我所知，你的一些贷款也牵涉在其中。这里的很多先生叫我打电话请你到我家来，如果你愿意的话，就请你帮助我们决定到底应该怎么办。在天亮之前，我们必须拿出一个紧急方案。"

阿尼尔说话时，考珀伍德的大脑转得好像是一部加足了马力的机器。

"我的贷款吗？"他平和地问道，"那与这个事件并没有任何关系，何况我也不欠赫尔—斯特克波尔公司什么钱。"

"不错。但还有很多银行都替你负担着证券。他们的意思是，除非今夜能想出办法，否则你这些抵押款就要收回来，也就是要收回绝大多数。我们觉得你也许希望来谈一下，你也许能想出一些好办法。"

"我了解了，"考珀伍德以讽刺的口吻回答，"难道就是为了救助赫尔—斯特克波尔公司就要牺牲我，是这样的吗？"

他的两眼冒出怒火，仿佛阿尼尔就站在自己面前似的。

"哎呀，这可不一定是你想象的那样，"阿尼尔谨慎地答道，"但必须要想出个办法来。你不认为你最好过来一趟吗？"

"好的，我一定来，"他爽快地答道，"无论如何，这不是在电话里就能商议的事情。"

他挂断电话，叫来他的轻便马车。在路上，他感谢自己的先见之明，使他在此之前已将好几百万美元的低息政府公债放在芝加哥信托公司的保险库里。一旦事件发展变坏，就可以使用这些公债作为抵押。这帮人最终会见识到，他是何等可靠，何等有力量啊！

他确实是一位当代真正活跃的代表性人物。他走进阿尼尔家时，穿着一套夏季的薄薄的淡黄和灰色相间的斜纹哔叽衣服，头戴蓝白条装饰的草帽，脚穿一双皮子最软的黄色皮鞋，是一位穿戴整洁、打扮出众、超凡脱俗的标准人物。当他被引领进房间的时候，他像狮子一样勇敢地环顾着周围。"真是一个适合开会的好夜晚哪，诸位，"他说，向阿尼尔先生指给他的一张椅子走去。"可我从来没有见过出殡时会有如此多的草帽，各位这是计划给我举行葬礼，这点我相当明白。这还让我怎么做呢？"

他面带友好而满足的微笑，如果换成其他人做出这种姿态，自然会引起大家的嘲讽。但对他而言，这种态度却暗含着一种奇妙的力量，使在场的所有人都满怀怒火和愤恨。他们神经质地、带着完全敌对情绪骚动了一下。他熟识的梅里尔、劳伦斯、西姆斯等几个人向他点了点头，但他们的眼神里全是冷漠。

"你们想怎么样呢，诸位？"一两分钟不祥的沉默过后，他问道。他看见汉德的脸扭向一边，希利哈抬头盯着天花板。

"考珀伍德先生，"阿尼尔先生没有受到考珀伍德那悠然自得的神情的半点影响，冷静地说，"我在电话中已经告知过你，我们召开这次会议，如果可能的话，是为了避免明早可能发生的一场极为严重的事件——赫尔—斯特克波尔公司快要破产了，其未还的贷款还有很多，仅仅在芝加哥就约有七八百万美元。但是，从另一方面来说，如果银行能够继续给他们贷款，他们还有一些资产完全能坚持一段时间，如'美国火柴'股票和其他一些财产，你清楚，我们大家都面临着一种股票下跌的困境，银行也缺乏现金。我们必须想出一个办法来。今天晚上，我们在这里已经认真详尽地讨论了当前局势，并达成一致，你的贷款可以列入能马上收回的那些最有效的资产之中，希利哈先生、梅里尔先生、汉德先生和我都曾竭力避免不幸事件的发生。而你正大量售出他们的股票，以此来破坏市场，我们将来肯定知道该怎样避免这种事情，"（他严厉地盯着考珀伍德）"但现在的事情是要立即兑付现款，而你的贷款数目最大，又是最可有效利用的。你认为你明早能找到钱还债吗？"

他那一双敏锐的蓝眼睛严肃地眨着，其他人好像是一群温和却饥饿的豺狼一样端坐着，观察着这只相当健硕但现已定罪的替罪羊。考珀伍德敏锐地察觉到了众人的态度，他冷静而无所畏惧地环顾四周，将嵌有蓝带的草帽放在膝盖上，潇洒地抓住帽边使它处于平衡状态。他的小胡子往上翘着，一副自鸣得意的傲慢神情。

"我可以偿还我的贷款，"他不慌不忙地答道，"但是，我奉劝你和到会的各位先生都不要催我偿还。"他的话音虽轻，却带着一种不祥的语气。

"为什么呢？"汉德态度转了九十度，面对着他，严厉而缓慢地问道，"你似乎并没有任何关照给予赫尔或斯特克波尔！"他气得满脸通红。

"因为，"考珀伍德笑容满面地答道，对提到他玩的小手段丝毫不理睬，"我十分清楚你们为什么要召开这次会议，诸位先生在这为什么会一言不发呢？因为他们只是你和希利哈先生、阿尼尔先生以及梅里尔先生的傀儡和橡皮图章。我清楚你们四位先生在这种股票上是如何投资的，你们可能会蒙受什么样的损失，而且我还清楚你们就是为了挽救自己免于遭受更大的损失，才决定让我充当替罪羊，我现在要正式告诉你们，"身材高大的他站起身来，巍然挺立在会场中，"你们绝对办不到。你们休想让我做你们的猫爪，替你们去火中取栗，而且也不存在什么橡皮图章会议就能促使这种企图成功。如果你们不知道怎么做，那我来告诉你们，明天早晨关闭芝加哥证券交易所的大门，并且永远关着，不要再打开了。然后就让赫尔—斯特克波尔公司破产，否则，你们四位就拿出钱去支持他们。如果你们办不到，那就让你们的银行来解决。如果在我乐于还款之前，你们明天一开始就向我催债，我一定要让这里的银行统统倒闭。你们会恐惧的，你们想要什么样的恐惧就有什么样的恐惧。再见了，诸位。"

他掏出怀表来看了一眼，随后就迅速地向门口走去，一面走一面戴上帽子。当他趾高气扬地匆忙走下那个宽宽的室内楼梯，一个仆人前去开门时，房间里叽叽喳喳地响起了一阵不满的声音。

"破坏分子！"诺利·西姆斯生气地大叫了一声，这种挑衅的示威让他又惊讶又气愤。

"流氓！"布莱克曼先生断然骂道，"他在哪里发了什么大财，居然如此说话呢？"

"诸位，"阿尼尔先生说，他的心被这种过人的勇敢刺痛了，但考珀伍德的勃然大怒也让他小心谨慎，"意气用事地辩论这种问题显然毫无意义。显而易见，考珀伍德先生是针对那些可以由他控制的贷款说的，对于这些贷款，我一无所知。在我们还没有完全掌握情况之前，我也没有更行之有效的办法。你们中的几位也许能告诉我们究竟还有哪些贷款没有说出来吧。"

然而并没有人说出什么，于是经过一番认真而周密的探讨后，大家还是倾向于小心为妙的观念。各家银行并不想催促弗兰克·阿尔杰农·考珀伍德马上偿还贷款。

# 第五十章　纽约公馆

第二天清晨，"美国火柴"的倒闭事件轰动全市乃至全国，这绝对是一条爆炸性新闻，多年以后还一直印在一些人的脑海里。最后紧急关头大家一致决定，不向考珀伍德催逼归还贷款，最好将赫尔—斯特克波尔公司牺牲掉，关闭证券交易所的大门，停止所有交易。这样起码能保护股票不致有一种可以开出价来的跌落，并让银行一连几天处于空闲状态，而且利用这段时间来整理他们瓦解了的金融，保住自身，以防万一。当然，全市的那些渴望从这次倒闭中发财的小投机家们都恼怒地发起牢骚，但是，他们面对坚强的交易所理事会、好吹捧的报纸、各大银行家与四巨头的同盟根本就无计可施。各家银行行长都谨慎地谈论着"一次只是临时的波动"，汉德、希利哈、梅里尔和阿尼尔则更进一步地用钱来保护他们的利益，而得意非凡的考珀伍德却被那帮小家伙诅咒为"海盗""流氓"和"豺狼"，说实话吧，他们想出什么骂人的话就脱口而出，那帮大人物却正视着这个事实，现在有了一个不可忽视的劲敌。难道他能操控他们吗？难道他已成了芝加哥最有势力的金融寡头了？难道他能当着他们及他们部下的面这样藐视他们的无能，展示自己的优越而不受打击吗？

"我要宣布，"霍思迈·汉德向阿尼尔和希利哈声称，这时阿尼尔公馆会议已经结束，别人都已离开，只有他们四巨头还站在那里商讨着，"今夜我们好像被打败了，但我绝对不能就此罢手。今夜他胜利了，但他不会永远胜利。我要与他斗争到底。你们可以继续参加也可以随时退出，悉听尊便。"

"说得好，说得好！"希利哈喊道，并十分赞同地把手搭在他的肩上。"你可以支配我所有的资金，霍思迈。这个浑蛋最后不会获胜的，我会全力支持你干下去。"

阿尼尔陪梅里尔等人走到门口，表情忧伤，一言不发。几年前，他曾认为这个人只是个无名小辈，现在他竟然如此无礼、傲慢地侮辱了他。考珀伍德不知天高地厚居然直接向本市金融巨头们谈条件，不可一世地当面嘲笑他们，对他们说了那么多该死的话。阿尼尔先生皱着眉头瞪着眼睛，但是，他又有什么办法呢？"我们走着瞧吧，"他对其他的人说，"看将来有什么机会，当前好像真的没有好的办法了，这场危机来得太突然了。霍思迈，你说你不甘心，我也是这样。但是我们必须要等待时机。我们必须在本市政治上打倒他。我坚信，最终我们是能办到的。"在场的人都钦佩他的勇气，尽管明天他和他们必须花几百万美元来保护他们和那些银行。梅里尔第一次决定，从此以后他一定要公开地与考珀伍德进行斗争，可直到现在他依然欣赏考珀伍德的勇气。"但他太目中无人，太骄傲自大了！像极了一头狮子，"他自言自语道，"这个人长了一颗努米底亚狮子的心。"

这的确是事实。

之后一段时间，因为没有迫在眉睫的政治斗争，芝加哥比较平稳，这很像一个武装阵营在双方同意中立的条件下各自活动着。希利哈、汉德、阿尼尔和梅里尔都在暗中瞪大着眼睛。考珀伍德唯恐他的敌人们的计划成功，这是他最担心的。因为从现在到一九〇三年（他的那些特许证到这一年必须重新批准），每两年选举一次，一共三次，如果他们有一次或一连三次选举获得成功，他在政治上就会一蹶不振。从前，他们曾使他只能凭贿赂和伪誓来对付他们，而在以后的斗争中，他们可能会使他或他的那些代理人越来越难收买当选者了。他目前操控着的这批喜好奉承的、贪污的议员们或许会被另一批人取而代之，而这另一批人即使不怎么正派也会对他的敌人有些忠心，这样就会妨碍他那些特许证批准的延长期限了。可他着手的所有大事的实现都靠着把他那些特许证至少延期二十年，最好是延期五十年。这些大事包括他的美术收藏、他的新公馆、他那日益渐长的作为一位金融家的名望、他在社交界恢复地位以及用另一桩美满婚姻来庆贺他的胜利，这个妻子要配合他同登宝座，无论是用贵人娶贱女的方式还是用其他方式。

　　野心在人的意志里是首要且最有力的因素，至于最后怎样演变成压倒这一切的东西，其过程是格外奇异的。现在考珀伍德的年龄是五十七岁，富有的程度超出了一般人最狂妄的梦想，他闻名全市，而且还在某些方面驰名全国，但是，他却仍然感到远远没有达到他的真正目的，他还比不上众多的东部大王那样拥有无限的财力，甚至还比不上芝加哥这里的四五个大富翁，他们在考珀伍德经常嘲讽和鄙夷的一些无趣的行业里惨淡地经营着，获得了惊人的利润。他曾扪心自问，为什么在他前进的道路上会经常遇到强烈的反对和灾难的威胁呢？这是因为他缺德吗？可别人也缺德呀，尽管上层社会强行向他们灌输一些宗教信条和烦琐的理念。难道是因为他没有能力做到，不亲自行动，不完全站出来让所有人都一目了然地看出他就能控制局势吗？有时他以为是这样的。这个拘泥于习俗的无聊社会容不下他那种果断无畏的样子和心不在焉的态度。他那种自满的态度，在很多人眼中变成了一种侮辱和嘲弄。那些较为软弱的人都惧怕他那双严厉的眼睛，就像被烧伤过手的小孩儿怕火一样。尽管他非常虚伪，可还是圆滑得不够，伪装得不够。好了，随便事情怎么样吧，他不必那样做，也不想那样做，这种游戏就得用谎言去应对，但是，他与野心的高峰还相距甚远，他还不曾被人视为金融巨头，他还不能与东部大王们那些华尔街林立的参天红杉并驾齐驱。在他还不能与这些人相提并论之前，在他还不能拥有一座公认的富丽堂皇的公馆之前，在他还不能拥有一个世界驰名的画廊和正值妙龄的美丽绝伦的伯里莱茜之前，千百万美元财产又有何用呢？

考珀伍德的纽约公馆成了他晚年的主要成就之一，其性质犹如一朵盛开的鲜花。多年之后，无论是像他的费城住宅那样经过修改的哥特式，还是照着他的密执安街房屋式样的一种合乎常规的诺曼—法兰西式，似乎都不符合他的口味了。只有他在国外看见的那些中古时代或文艺复兴时期的意大利皇宫才合他的心意，足以成为一座豪华大公馆的范本。他真正梦寐以求的公馆不仅要彰显他有关住宅的个人情趣，而且要具有皇宫、博物馆甚至还有纪念馆的特点。经过多方寻找，考珀伍德在纽约找到了一位建筑师，让他十分满意。这个莱蒙·派因是一个放荡的、会讲故事的花花公子，但首先他是个艺术家，专门留心与众不同的和近乎完美的东西，他们两人整天待在一起，高谈着这座家庭博物馆的诸多细节。一个长而大的画廊占据本宅的西翼，专供陈列名画；另一间美术品陈列室占据南翼，专门摆放雕刻作品和大件美术品；这两翼构成 L 形围绕正宅，而正宅就处在两翼之间的角上。整个建筑都要用富丽的褐色沙石建造，并大量雕花，他们反复研究着内部的装饰，最后决定选用最贵重的木材、绸缎、花毯、玻璃和大理石。各主要房间围绕着一个中心大院，附带建造粉红纹理的雪花石膏做的柱廊院子，中间是一个用雪花石膏和白银装修、用电光照明的喷泉。一长串的兰花或其他鲜花的挂篮占着东墙，烘托出这个富丽的人造王国的光彩耀眼、朝阳灿烂的气氛。二楼的一间休息室全部要用一种薄而透明的桃釉色大理石隔起来，光线只通过这些大理石隔板从外面透射进来。这里有一种恒久不变的日出的情景，里面放一些外国鸟栖息的架子、葡萄架和一些长石凳，还要设计一个波光粼粼的中央水池。派因向他承诺，他百年之后，这个房间就会成为一间最好的陈列馆以展览瓷器、玉石、象牙和其他有价值的小玩意儿。

现在考珀伍德确实正把他的东西运往纽约，并且已说服爱琳来陪伴他。他圆滑又会哄骗，他竟厚着脸皮对她发誓，说他们能在纽约创造一种更加开心的社交生活。他现在的计划就是要假装对婚姻十分满意，只是为了这段过渡时期尽量不受干扰。以后他可能会离婚，或者也可能作出一种安排，让他的生活在社交圈以外得到幸福。

当然，伯里莱茜·弗雷明对这一切一无所知。同时，建造这座豪华气派的大厦终于让她理解了考珀伍德坚强个性的核心是一种艺术精神，于是她对他产生了真正意义上的兴趣。在此之前，她认为他是西部的非法营利之徒，利用她母亲的随和性情，到东部来得到一点社交上的利益，可如今，卡特尔夫人以前对她说的关于考珀伍德气质个性和事业成就的一切话都变成了一系列辉煌的事实。报纸上一再强调这座房子会成为建筑史上的奇迹和工艺史上的稀世珍宝。很显然，考珀伍德夫妇将要竭力走进社交界去。"太可惜了，"卡特尔夫人有一次对伯里莱茜说，"在他做这些事之前他没有和他的妻子先离婚，我担心他们永远得不到社交界的欢迎。如果他有个合适的女人，他一定会大受欢迎，但是她，"卡特尔夫人在芝加哥见过爱琳，所以她质疑地摇着头，"她不是合适的人选，"这就是她的看法，"她既没有那种风度，也没有那种认识。"

"如果他和她生活在一起不是那么幸福，"伯里莱茜若有所思地问，

"那他为什么不离开她呢？她没有了他也不是没有幸福可言。这种不完美的夫妻生活简直太无聊了。我想，她仍旧看重他曾给她的那种地位，"她补充道，"因为她自己并不是相当富有情趣的人。"

"我估计，"卡特尔夫人说，"他们二十年前结的婚，那时的他与今天的他应该是不一样的。她也并不一定粗俗，只是不太聪明。她的一举一动并不一定令他满意。我很不愿看见这种不匹配的婚姻，可这种情况却极其普遍。贝菲，我真的希望你结婚时，一定是一个可能与你和睦相处的人，不过我还认为，我宁愿你不幸福，也不愿看见你穷困。"

这段对话是在中央公园南部清晨早餐闲谈时进行的，当时朝阳正照射在公园的湖面上。贝菲穿着嫩绿和暗金色的衣服，正琢磨着早报上的社交评论。

"我也是这么认为的，我宁愿有钱而不幸福，也不愿意没有钱。"她懒散地说，头并没有抬起来。

她的母亲觉察出了她那傲慢的情绪，有些赞赏地端详着她，她的将来会如何呢？她会有美满的婚姻吗？她能及时结婚吗？直到如今，路易斯维尔的悲惨日子对伯里莱茜没有丝毫的影响。卡特尔夫人必须应付的那帮人，大多数都会友好地对她守口如瓶。但是还有别的人。考珀伍德出现的时候，她几乎就要翻船了！

"说真的，"伯里莱茜若有所思地说，"考珀伍德先生并不只是个唯利是图的生意人，西部那些富有的人，大多都是无聊透顶的。"

"我的宝贝，"卡特尔夫人热烈地喊道，现在，她已变成她女儿的秘密保护人的坚定拥护者了，"你并不完全了解他。我告诉你，他是个极其了不起的人。只要他一天不死，世界上就一定还能听到很多弗兰克·阿尔杰农·考珀伍德的壮举。无论你怎么认为，一个人首先必须赚钱。贫穷的时候，仅仅有好的教养是远远不够的，我看见我的许多朋友都垮了下来。对此我深信不疑。"

一天，在新公馆的脚手架上有一位著名的雕刻家和他的助手们正忙着雕一条希腊式的中楣，上面雕着由花环连缀在一起跳舞的仙女。伯里莱茜和她的母亲碰巧从那里经过。她们驻足观望，考珀伍德陪伴着她们。他的手指向中楣上的人物，用他那向来快乐的态度对伯里莱茜说："如果他们照你的样子雕刻，那就更好了。"

"你实在太有意思啦！"她说，用她那双冷静而奇妙的蓝眼睛盯着他。"它们美得无以言表。"她曾经对他抱有成见，可现在她知道，他和她共同的崇拜对象都是艺术，并且了解他醉心于美丽的事物。

他只是静静地注视着她。

"这个建筑对我只能算是一座博物馆，"他简短地说。这时她的母亲站在远处，听不见他的话。"但是，我要千方百计将它造得完美。即使我不欣赏它，别人也会欣赏的。"

她陷入沉思，又会意地回望着他，于是他脸上流露出笑意。她甚至感受出他是尽量地向她显示他的寂寞和孤独。

# 第五十一章　揭露丑事

考珀伍德提供的金钱，让伯里莱茜能有条件完全地陶醉于娱乐和消遣中，她几乎从不考虑自己的前途。考珀伍德更是极其慷慨。"她还年轻，"有一次他对卡特尔夫人谈论伯里莱茜及她的前途时，曾用一种慷慨大度的语气对她说，"她爱美，就让她尽情享受自己的青春吧。如果她婚姻幸福，她能还你或者还我的。但是，眼下她需要花多少钱就给她多少钱。"他签支票的表情，犹如一个栽培珍稀兰花的园丁。

事实上，卡特尔夫人变得更加宠爱伯里莱茜了，彻底把她视为一位美的使者、一位未来的贵妇，她甚至愿意出卖自己的灵魂来精心栽培她，但由于在服饰等方面需要钱来满足，她就对考珀伍德百般殷勤，装作对把最亲爱的孩子放在不太体面的位置这件事视而不见。

"哦，你太好了，"她曾多次对他说，双眼饱含着感激和欢喜，"我一直不敢相信有谁会这样。"

"唯美主义者就是唯美主义者，"考珀伍德答道，"她们的情况并不多见。我很高兴见到一个如她那般的精神美好的人如此无忧无虑，悠然自在，她一定会前途无量。"

卡特尔夫人意识到布拉克斯玛上尉在伯里莱茜的恋爱的情感上占着最重要的地位，竟傻得用一种友好奉承的态度不断提起这件事情。就布拉克斯玛的模样来说，确实不错。他身材高大，体格健壮，年轻潇洒，又是个动作优雅的舞蹈专家。但更有吸引力的是，他在情调上流露出来的出身门第、社会地位和很多令伯里莱茜最感兴趣的事情。他聪明、庄重具有社交天赋，外表欢快、友好而含情脉脉，在本地的一次舞会上，伯里莱茜第一次遇见了他，那里正流行一种新的名叫"谷仓舞"的舞步，他穿着漂亮的制服，和她一起跳得那样轻盈、和谐，几乎令她痴迷。

"你跳得太有趣了，"她说，"你在海上生活中也常跳舞吗？"

"是的，深海跳舞呀，"他带着一种绝妙的笑容回答，"一切战争都有子弹在飞，同时又有舞会相伴，难道你不了解吗？"

"哦，多么无趣的俏皮话呀！"她答道，"几乎不堪入耳了。"

"可我并不这么认为。我还能编出更坏的俏皮话。"

"对我可不是这样，"她答道，"我不能忍受。"他们继续神采奕奕地跳下去。后来，他跑过来坐在她旁边，他们又去月下散步，他的主要话题就是自己的海军生活及南部的家庭和亲戚。

卡特尔夫人看见他和伯里莱茜待在一起，次日早晨，她就说："我欣赏你那位上尉，贝菲。我和他的几个亲戚十分熟识。他们都是卡罗来纳州人。他肯定会继承到财产的。他们的整个家族都十分富有。你认为他会对你感兴趣吗？"

"哦，可能会的，我确信是这样。"伯里莱茜轻松地答道，她并不太喜欢家长的这种过度关心。眼下她更喜欢随心所欲下去，可这种关心却使她感到事情太急迫了。"但他的大脑里有那么多的机关，我几乎怀疑他是否能对一个女人认真地发生兴趣。他简直就像只战舰，而不像一个人。"

她扮了个鬼脸，于是卡特尔夫人开心地责怪道："你这个淘气的孩子！所有男人都对你有兴趣。那么你认为你根本不爱他吗？"

"哎呀，妈妈，你这是问的什么呀！你为什么要问呢？难道我真的必须爱他吗？"

"哦，也未必，"卡特尔夫人亲密地答道，她打起精神，"但是，你要考虑他的地位，他出身于那么好的家庭，肯定能继承一份相当不错的财产。哦，贝菲，我也不希望匆匆忙忙地糟蹋你的生活，可你千万不要忘了你的前途。你的那些爱好是需要金钱的，除非你和有钱人结婚，否则我不清楚你能从哪里弄到钱。你的父亲完全没有头脑，而你的弟弟罗尔夫则更糟糕。"

她叹了一口气。

对这种说法，有生以来，对于伯里莱茜来说几乎是第一次严肃地意识到。她琢磨着，她能否把布拉克斯玛作为终身伴侣，与他周游世界，或者把她的家重新搬到南部去。但是，她还下不了决心。她母亲对她的忠告像在她生活的酒杯中投了毒。说实话，在这段踌躇不定的时间里，她的灵魂之舟迷迷茫茫地飘向了考珀伍德，因为他曾以积极的态度展现了更多她所真正渴望的东西。她想到了他的财富、想到了他说起他的新公馆时的那种哀怨、想到了他用眼神和暗地里的挑逗来接近她的那种态度。但是，他毕竟老了，而且结婚了，因而谈不上了，而布拉克斯玛却年轻可爱，想到她母亲竟那样没有头脑，竟然提到必须考虑他。就她来说，简直把他弄糟了。那么，难道他们的经济状况真如她母亲所叙述的那样不稳定吗？

之前的一些社交经历在这次危机中变得很有意义。比如，在她遇见布拉克斯玛之前几个星期，她曾拜访过长岛列丁山那里的柯思卡登·巴杰尔夫妇的庄园，曾在山顶别墅休息室里和她的女主人一同小坐，这个别墅俯瞰着长岛海峡那遥远却非常优美的风景。

弗雷德丽·巴杰尔夫人是一位金发碧眼的美人，美丽而又安静，犹如荷兰画上的美女。她穿着一身灰色和银色的便服，头发挽成赛姬式，这时她的裙兜里放着个爪哇篮子，里面装满了准备做的挪威刺绣。

"贝菲，"她说道，"你记得基尔默·杜尔玛吧？去年夏天你在海格提夫妇家里时，他不是也在那儿吗？"

伯里莱茜正坐在一张吉潘德尔式的小写字台边写信，此刻眼睛往上一看，脑海里浮现出那个青年的形象。基尔默·杜尔玛身材高大，自以为是，穿着宽大的不合时节的衣服，走起路来磨磨蹭蹭的，装腔作势、没精打采，胸无大志的样子，他面色红润，两颊饱满，眼睛却有点呆滞，别人对他的提问和意见，他都用一种温顺而矛盾的态度默默地接受。他是银行家、企业家大富翁奥古斯特·杜尔玛的小儿子，他将继承一份约六百万美元到八百万美元的财产。去年在海格提夫妇家里，他曾对她死缠烂打。

巴杰尔夫人好奇地观察了伯里莱茜一会儿，接着又着手进行刺绣。"我邀请他这个周末来这儿。"她故意说道。

"是吗？"伯里莱茜问道，"还有别人吗？"

"当然，"巴杰尔夫人淡然地附和道，"我觉得基尔默并不能使你产生兴趣吧。"

伯里莱茜神秘地微笑着。

"你记得克拉丽莎·福克纳吗，贝菲？"巴杰尔夫人继续说，"她和罗马拉斯·格里结婚了。"

"太好了。她现在在哪里呢？"

"在亚尔，他们租下布利尔宫过冬。罗马拉斯是个傻瓜，但克拉丽莎却聪明绝顶。她写信来说，这个季节她在那里就仿佛接受朝拜一样。巴黎和伦敦的社会名流有一半都顺便到这里观光。她十分可爱，现在居然能做那些事情。先前她还是一个可怜的孩子时，我曾经很替她担心呢。"

伯里莱茜表面上没有反应，但她却能猜出这种比较的全部意义。这完全有必要。人必须及早开始琢磨自己的终身大事。她察觉到一种让人生厌的责任感。星期五中午，基尔默·杜尔玛带着六种猎袋来了，还跟着一个仆人，他对玩马球戏和打猎有一种可笑的狂热，这是最近从贝克斯山那帮猎人那儿得到的"传染病"。巴杰尔夫人把那假借是弗雷明小姐口中说出的一派编得动听的恭维话机智地转述给他，让他漫步走到伯里莱茜面前，建议星期日上马鞍山去游玩。

"哈！哈！你清楚的，我真是太高兴了，又见到你。哈！哈！从上次见到海格提夫妇以后已经很久了。你走后，我们格外思念你。哈哈！我实在太想你了，你明白的。从我遇见你以后，我就玩起马球戏来了，现在我有三匹小马。哈！哈！完全可以成立一个正式的马房啦！"

伯里莱茜鼓足勇气保持镇静。她思考着责任、布利尔宫、克拉丽莎和格里的冬宫，并初次预感到光阴易逝。可此次旅行却让她生厌，谈话是个负担，对付他太费精力，让人感觉不舒服。刚到这儿，她就脱身而逃，在莫理斯丹度过周末，然后她就离开了。巴杰尔夫人这个善于察言观色的人叹了口气。她自己的柯思卡登除他的金钱外，并没有什么了不起，但必须生活下去。有野心的人一定会继承财富或聪明地聚积财富。天晓得哪一个十分讨厌而又狡猾多端的家伙不久就会将杜尔玛勾引走。她觉得伯里莱茜并不容易对付。

伯里莱茜不得不把此事和母亲最近美言布拉克斯玛上尉的情况联系起来，她渐渐发现，她和她母亲并没有什么钱，于是她的生活暴露出一种逐渐衰落的情况，暂且不说她的门第，在某种意义上她也不是社交场上的趋利之徒，从来就没有传闻说她与巨大财富有何关系，从来没有恭维的耳语或公开的宣称提到她是某项财产的继承人。交际场上所有潇洒的小伙子都在为找个性温柔的洋娃娃似的女孩儿到处留心，他们时刻留意，手头有花不完的银行存款。她生性喜欢奢华享乐，对美术织品、盛大宴会、各式各样有势力和成就的人有着极其强烈的兴趣，因此这段时间她一直梦想着伟大的灵魂自由和艺术自由，而这只有在拥有当代最大的私人财富的前提下才能成为现实。同时她朦朦胧胧地产生了一种观念，如果她找到了一个真正喜欢她，而她也完全爱他甚至特别钦佩他的人，一个深情恳切而坦率真诚地需要她的人，她就会爽快而高兴地献身于他。但是这个人是谁呢？她曾为布拉克斯玛着迷，可她那敏锐而有分析力的头脑需要的是一个更强大、更活跃、更铁面无私的人，一个有巨大的魅力的人。但她必须谨小慎微，她必须将这局牌赌赢。

夏季，考珀伍德在纳拉干塞特旅游期间，并没有长时间地受到布拉克斯玛的影响，因为布拉克斯玛接到特别命令，只好匆忙离开赶赴汉普顿停泊处。但到11月，考珀伍德临时丢开自己在芝加哥的烦琐事务，来到纽约中央公园南部卡特尔公寓时，却又邂逅了这位上尉。那天晚上，为了与伯里莱茜共赴舞会，他一身军官装束，英武地赶来。一顶高高的军帽罩在他英俊的面孔上，肩章金光闪闪披肩的翻领向后披着，露出醒目的红绸内衬，身上的挂剑时而铿锵作响，他看上去像极了年轻英俊的情郎。考珀伍德身陷逆境，年老、不适应，与浪漫情绪、精力旺盛形成鲜明的对比，痛苦像夏季的藤蔓缠绕住他的全身。

伯里莱茜穿着一身薄如蝉翼、令人痴迷陶醉的紧身衣，魅力无穷。他在隔壁房间里假装看书，其实在注视着她。唉，他的狡猾手段和足智多谋怎能代替生命的自然发展呢？他怎样做才能让自己令青年人称心如意呢？布拉克斯玛是如此的年轻英俊，风度翩翩。伯里莱茜今晚准备出门时，看上去仿佛充满了青春、希望和欢愉。不久他站起来，借口有事匆忙离开了。但他只是去附近旅馆他自己的房间里静静深思而已。在这种情形下，按一般人的逻辑，按照骑士风度、自我牺牲、高尚的责任感等陈旧观念，本该给青年人提供方便，遵从风俗，顾全道德，主动回避。可考珀伍德可不用这种道德的、利他主义的眼光来对待这一切。"满足自我。"这句话永远是他的座右铭。在这种名言下，不论他可能对陷入情网的伯里莱茜或者对爱情本身怎样同情，但除非到了他确信没有希望时，他是绝不可能心甘情愿退让的。他和她之间本来有几次日渐亲密的趋势，在他看来，她绝不是真正讨厌他。同时，对上尉也不能等闲视之，卡特尔夫人后来曾向他这样流露过。尽管伯里莱茜可能不在乎，可布拉克斯玛却很明显是十分在意的。

"自从他离开后，他的信就像雪片一样飞来，"她在一个下午对考珀伍德说，"我认为他并不是那种善罢甘休的人。"

"他是很有手腕的人。"考珀伍德淡然地说。

在这件事情上，卡特尔夫人非常想听取别人的意见。布拉克斯玛才华横溢。她认识他的一些亲戚。他父亲死后，他最起码能继承六十万美元的遗产。她那段在路易斯维尔的历史怎么办呢？万一以后暴露出来了呢？让伯里莱茜结婚，渡过这种危险，这难道有什么不好吗？

"这确实是一个问题，"考珀伍德平静地说，"她已经爱上他啦？你对这有把握吗？"

"哦，我不想那么说，但这种事情是很容易发展成爱情的，我从不相信谁能吸引住伯里莱茜，她遇事总是反复斟酌，但同时她也清楚她需要寻找光明的出路，而布拉克斯玛先生自然是合格的，我也与他的亲戚克里福德·波特夫妇十分熟识。"

考珀伍德的眉头情不自禁地皱了起来，对伯里莱茜的担心令他痛苦。他暗地发誓，即使在社交上让她遭受严重的伤害，他也要绝对占有她。不过，最后他并没有必要把这个计划付诸行动。

当天晚上，考珀伍德邀请伯里莱茜、布拉克斯玛上尉和卡特尔夫人一起听歌剧，散场后已是午夜，他们坐在纽约一家大饭店的大餐厅里，他现在正扮演着慷慨大度的主人和伯父似的指导人的角色。在剧院，他对伯里莱茜的态度友好、礼貌、关怀备至，同时他也在谋划着伤害布拉克斯玛的方法。他像靡非斯特一样伺候着、审视着卡特尔夫人和伯里莱茜，她们两人坐在前排椅子上，穿着歌剧观众们爱穿的那种外国服装，卡特尔夫人穿着淡柠檬色的绸服，佩戴钻石；伯里莱茜穿着深红和紫色的绸服，头发上插着一把镶宝石的梳子。上尉身着耀眼的军服，殷勤地谈笑着，赞美着歌手们，与伯里莱茜低声私语，偶尔和考珀伍德谈论那些一起在剧场观剧的海军人物。后来，他们离开歌剧院，坐车穿过一条刮着大风的街道，到了瓦道夫饭店，在他们预订的餐台坐好。考珀伍德先生征求意见后订了小菜，点了酒，接着便议论着刚才所听的歌剧《女艺人》。普契尼优美的旋律所表达的咪咪之死和罗多夫的忧伤让他很感兴趣。

"那种临时拼凑的戏班子也许与真正的职业艺术家相差甚远，但它却充分表现了人生。"他说。

"真的，我不太明白，"布拉克斯玛严肃地说，"有关豪放的艺术家，我所了解的仅限从书本上读到的知识，比如那本《泰丽碧》，"他一时想不出别的书名了，就住了嘴，"在巴黎我想就是那样的。"

他凝望着伯里莱茜，等她证实，并希望博得她的微笑。

由于她极易感动而又富于同情，因此在听戏的时候，她时而陶醉在悲欢离合的美的起伏之中；显而易见，她能领悟那种精神，有一次当她沉浸在遐想之中、双手放在膝上、两眼盯着舞台的时候，布拉克斯玛和考珀伍德满怀冲动和热情端详着她那张开的嘴唇和优美的侧面轮廓。伯里莱茜在迷醉的心情消失后，感到他们正注意着她，就继续将那种入迷的姿态持续了一会儿，然后长叹一声，她像刚从梦中醒来。现在，她又想起了这件事情和她对这出歌剧的感想。

"实在是太美啦，"她说，"我难以用语言描述。当然，人们也是那样的。那比无聊的安逸好多了。无论如何，悲剧的人生才是唯美的。"

她注视着考珀伍德，考珀伍德正仔细凝望着她；她又看了布拉克斯玛一眼，布拉克斯玛当时似乎看见自己正站在战舰的舰长桥上指挥着战斗，考珀伍德想起了自己若干关键的困难时期。他的一生真是充满了戏剧性，能够彻底让她满足。

"我不特别喜欢那出戏，"卡特尔夫人插话道，"各种不幸的遭遇已经令人厌倦了。我们在现实生活中看到的戏够多啦！"

考珀伍德和布拉克斯玛两人都微笑着，伯里莱茜若有所思地转脸看着别处。食客的拥挤、瓷器和玻璃杯碰撞的叮当声、侍者的来回走动、乐队的胡乱演奏，略微分散了她的注意，还进来了一些与布拉克斯玛认识而不认识考珀伍德的人，对她点头微笑，也多少分散了她的注意力。

突然，一个喝得半醉、似乎是时髦社会的人从附近男宾咖啡室兼烤肉房走出来，他衣冠不整，肩上随便搭着看戏穿的上装，手里捏着折叠软帽，两眼有点充血，下唇稍微突出，显出狂放不羁的样子，整张脸都是一种无所顾忌的高傲神情，充满着敌意，与其说这个酒鬼是装出来的，倒不如说他是真正醉到那种程度了。他紧绷着脸，茫然地环顾四顾。于是，他看见了考珀伍德他们，就有点犹豫不定地向他们那里走去，就像一个酒后神志不清的人。当他直接面对考珀伍德这张餐桌时,他忽然停住了,仿佛发现了熟人似的走了过去,把一只手搭在卡特尔夫人那赤裸裸的肩膀上。

"哎呀,喂,海蒂!"他嘲讽地喊道。"你来纽约做什么?老相识,你没有放弃你在路易斯维尔的生意吧?喂,我向你诉苦,自从你离开以后,一个像样的姑娘我都没有玩到,一个都没有。要是你在这里开一家妓院的话,请你告诉我一声,好吗?"

他一边强作笑容、傲气十足地弯腰对着她,一边好像在白背心口袋里掏着名片。这时,考珀伍德和布拉克斯玛都明白了他话里的含义,就站了起来。当卡特尔夫人挣扎着摆脱这个陌生人的时候,离得最近的布拉克斯玛就一把将他抓住,这时领班和两个助手也过来了。

"出了什么事?他怎么啦?"他们问道。

此刻,这个酒鬼挑衅地斜睨着他们,清清楚楚地大喊道:"把你的手拿开!你是谁?你到底和此事有什么关系?难道你以为我不知道我在干什么吗?她认识我,不是吗,海蒂?这是路易斯维尔的海蒂·斯达尔呀!你问她!她在路易斯维尔开了个十分漂亮的……"

"你们这帮人干吗大惊小怪的呢?我清楚我在干什么,她认识我。"

他激烈地抵抗着,辩论着。考珀伍德、布拉克斯玛和侍者们形成了一道封锁线,他被推到了门廊,一个警官被叫来了。"应该把这个人抓起来,"考珀伍德在那个警官来到时大声喊道,"他严重地羞辱了我的女客人。他酗酒闹事,我要控告他。这是我的名片。请你告诉我控告的地方。"他将名片递了过去,布拉克斯玛也用军人的眼光瞪着那个陌生人,补充说道:"我要把你打个半死。如果不是你醉了,我真会这么干的。你如果是个上流人,带有名片,我希望你给我一张。以后我要和你谈谈。"他向前探出身子,对肯塔基州路易斯维尔城的比利思·卡德塞先生露出一副冷漠的严厉面孔。

"好的，上尉，"卡德塞嘲讽地斜着眼说，"我有名片。这没有关系。给你。你可以随时来看我。我住在白金汉旅馆，就在五马路和五十街的拐角上。我有权利随便在任何地方、任何时候与任何人说话。你明白吗？"

他在口袋里胡乱地摸着，辩解着，那个警官站在一旁，准备拘留他，他找不到名片，就补充说：

"好的。马上写下来。比利思·卡德塞白金汉旅馆或者写下肯塔基州路易斯维尔城。你随时都能找我，那是海蒂·斯达尔。她认识我。我决不会认错她，这是千真万确的。我经常在她家度过良宵。"

如果那个警官不干涉的话，布拉克斯玛上准备用剑去刺他。伯里莱茜和她的母亲正坐在后面的餐厅里，她母亲极其狼狈，脸色惨白，精神恍惚，被吓得惊恐万状异常苦恼，绞尽脑汁地想能让人相信的蒙骗方法。

"哎呀，实在是太糊涂了！"她说道，"那个可怕的人！真是太可怕了！我以前从未见过他。"

伯里莱茜心烦而又狼狈，那个陌生人对她母亲说话时那种亲密淫荡的表情又恐怖，又可耻，简直难以想象。难道一个醉汉，即使完全误会了，能够那样傲慢、那样执拗、那样乐意解释吗？她听见的事情多么可耻呀！

"啊，妈妈，"她温和而严肃地说，"没关系，这没什么。我们马上回家去。离开这里，你会感觉好受一些的。"

她喊来一个侍者，叫他告诉那两位先生，她们到化妆室去了。她将一张碍事的椅子推开，让她母亲挽着她的臂膀。

"想想看，我竟然受到这样的侮辱。"卡特尔夫人继续嘟囔道。

"在这种大饭店里，当着布拉克斯玛上尉和考珀伍德先生的面！

这可怕极了，我从没遇到过。"

她一边走，一边抽泣地讲述着。伯里莱茜依然有尊严地观察着这个餐厅，满脸高傲，严肃地领着母亲向前走去，可心里却有一种难以忍受的悲痛。怎么会听到这些可耻的话呢？餐厅里女人众多，这个醉汉为什么只选中她的母亲作为对象，说出那些荒谬透顶的话呢？如果他说的事情没有半点依据，她母亲听后为什么会那样精神不振呢？这真是非常奇怪、可悲而又可恼可怕的事情。她十分熟悉的那种热衷于流言蜚语、飞短流长的社交界，对这样一出活剧会说出一些什么话来呢？她第一次意识到了遭受社交界排斥的意义与可怕。

第二天早晨，由于布拉克斯玛上尉曾到杰弗森市场违警罪法庭去了一趟（在法庭那里如果比利思·卡德塞先生不马上答应道歉，他就准备开枪打死他），卡德塞先生就用白金汉旅馆的信纸写了下面这封信，送给中央公园南部三十六号的伊拉·乔治·卡特尔夫人。

亲爱的夫人：

　　昨夜由于醉酒放肆（对此我没有让人满意的合理的解释），我成为此次不幸事件的直接责任人，从而伤害了您、您的女儿和朋友们的感情。为此我万分抱歉。对于我昨晚的所有言行，我深感懊悔，尽管我现在已记不清楚了。喝酒后，我就好争吵而且语言恶毒，在这种心境下，我就说出那些毫无依据的话。在酒醉昏迷之中，我错误地把您认作路易斯维尔一个声名狼藉的女人，哎呀，我却浑然不知。为了这种极为可耻和粗暴的行为，我恳请您原谅，求您饶恕。我不知道到底该怎样赔罪，但您让我怎么办，我就高兴怎么办。我也希望您把这封信视为一种赔罪的小小表示。当然，我明白这种罪过是永远无法弥补的。

比利思·卡德塞

与此同时，布拉克斯玛上尉在这封信还没写或尚未发出之前，就已经基本明白，那些暗指的对卡特尔夫人的攻击是有足够依据的，很多完全清醒的人甚至路易斯维尔城的警察都能证实比利思·卡德塞酒醉时说的话。比利思在写这封信之前，绝对有必要把这点对布拉克斯玛解释得一清二楚。

# 第五十二章　幕后操控

次日清晨，被乏累、烦恼困扰的卡特尔夫人把比利思·卡德塞的那封道歉信交给了伯里莱茜，她认真阅读后认为这封信看起来像是一个人昨夜做了风流韵事然后又想法赔罪，却并不能改变他的观点。卡特尔夫人显然羞愧不已。她分辩得太多了一些。伯里莱茜知道，只要她下定决心，就能追问出来，可她情愿去追问吗？尽管这种想法让她恶心，但她又算得上一个什么人呢？她能认真地去追究吗？

考珀伍德很早就过来了，努力装作若无其事似的。他讲述着他和布拉克斯玛怎样去警察局控告，又说卡德塞一被抓去就清醒了，也不再吹牛，而是卑微地道歉。他看到卡特尔夫人递给他的信，就大声说：

"哦，不错。那时只要我们允许他走，他就特别痛快地同意写这封信的。布拉克斯玛似乎也认定他理应写这封信。我要求法官对他罚款，这样就算了。他喝醉了，不过如此而已。"

在伯里莱茜和她母亲面前，他做出一副一无所知的表情，但当他和她母亲独处时，他的态度就完全不一样了。

"厚着脸皮对付吧，"他嘱咐道，"这算不了什么。布拉克斯玛不相信这个人真正知道什么事情。这封信能彻底消除伯里莱茜的疑心，你要做出若无其事的样子，别的不看，就只看你的态度了。你好像太狼狈了，那是绝对不行的，那样的话，你会把所有实情暴露出来的。"

与此同时，他内心深处却认为这起偶然事件正是一个千载难逢的好机会，这也许是把那位上尉吓跑的唯一机会。表面上，他让她厚脸皮，装作若无其事。卡特尔夫人也多少感到一些欣慰，但她独自一人时，就情不自禁地哭了。伯里莱茜偶然碰到她，看她泪痕满面，就大声说：

"哦，妈妈，你别这样发傻呀！你怎么可以这样呢？如果你因为那件事而神经衰弱，那么我们最好去乡下休整一段时间。"

卡特尔夫人分辩说，自己仅仅是精神受到了刺激。但是，伯里莱茜却认为，既然引起了如此大的风波，这其中肯定有原因。

结果她对布拉克斯玛的态度尽管仍然殷勤却明显有些疏远了。他第二天前来拜访，说他十分难过，准备请她一起出去散散心。她是十分可爱的，却显得冷漠。对她来说，比利思·卡德塞事件虽已告一段落，但她却拒绝了他的邀请。

"母亲和我准备去乡下住几天，"她安静地说，"我不能确定我们什么时候回来，但毫无疑问，如果你还在这儿，我们会见面的。你可一定要来看我们哪。"她转向东边临院的窗户，朝阳正照着窗台上花盆里的花，她顺手摘下一些枯死的叶子。

布拉克斯玛本人充满了美国人传统的浪漫感情，她那亭亭玉立的身影、在当前状况下所表现的镇定自若和高傲自大的神态以及她那显然准备打发他走的姿态深深地把他吸引住了，就像人的大脑经常闪现的场景，他几乎被她那灵魂之谜征服了，这种灵魂之谜是一种化学反应，不但它的牺牲品莫名其妙，而且旁观者也会觉得神秘莫测。他豪迈、虔诚、热切、盲目地向她走去，并高声叫道：

"伯里莱茜·弗雷明小姐！请你不要这样打发我走哇。不要离开我。我并没有做什么坏事。我为你痴狂了，我不能想象有什么事情能影响你我之间的感情。我从前没有勇气告诉你，但现在我要坦言相告了。

自从看见你的第一天起，我就爱上了你，你是一个多么美好的姑娘啊！我并不认为我配得上你，但是，我爱你，我要全身心地爱你。我羡慕你，尊敬你。无论发生什么事情，无论真假，对我没有区别的。做我的妻子吧，好吗？请与我结婚吧！哦，当然，我还不配给你系鞋带，但我有了职位，而且我还希望我能成名。哦，伯里莱茜！"他像演戏似的直挺挺地伸出双臂，并不是向前，而是向下，同时表白道："我不知道离开你我要怎样活下去。难道我压根儿就没有希望吗？"

伯里莱茜是一个艺术家，她把女性的一切优点，诸如戏剧性、可塑性、多面性集于一身，她只需琢磨片刻，就能明了自己该做什么、说什么。无论如何，她爱上尉，只是没有上尉爱她那样热烈，而且不知出于何种缘由，她母亲的这种事情竟极大伤害了她的自尊心，一想到她应该用某种方式拯救自己，她就痛恨不已。尽管她十分明白，他的求婚是出于天真纯洁的感情，但她却对他此时的不明智的求婚感到难过。"说真的，布拉克斯玛先生，"她庄重地看着他答道，"你不应该让我现在就决定这件事。我理解你的心情，不过，我担心我也许在态度上使你产生了一点误解。可我是无意的。我认为，无论如何，你当前最好把对我的兴趣忘记。如果你依然坚持己见，我就不得不下决心采取一种办法，我就不得不要求你将我彻底忘却。我不知道你能否明白我的心情，我说这话，心里太难受了。"

她闭口不言了，极度的忧郁积在心里。但是，她的确太令人感动了，真是一种人见人爱的半希腊式、半东方式的美人，默默含忧，柔情万种。

刹那之间，布拉克斯玛第一次体悟到，自己正在与一个自己不能够理解的女人交流。她那令人出乎意料的矜持，仿佛就是一个谜，他以前从来没有见过像她这般，越冷漠越美丽的女人。在惊奇的刹那间，这个年轻的美国人看见了神话中的希腊诸岛，如西西里亚、沉入海底的阿提兰狄斯、塞浦路斯及其首府巴伐斯的神殿。他的眼中闪现出一种心领神会的奇异光彩；他的脸色忽然红润，后来又渐渐失色了。

"我真的不相信你压根儿不爱我，伯里莱茜小姐，"他十分紧张地继续道，"我始终认为你的确爱我，可现在，"他忽然补充道，带着一股勇气和真正的军人气派，"我绝对不再麻烦你。你应该清楚我，你懂得我的心情。我决不会改变的。难道我们连朋友也不能做了吗？"

他伸出手来，她握着他的手，这时她感到自己是把那种本来可以实现的牧歌式的恋爱画上了句号。

"当然，我们还是朋友，"她说道，"我希望我不久以后就能再看见你。"他走后，她来到隔壁房间，坐在一把柳条椅子里，两肘撑在膝上，双手托着下巴。如此浪漫而情调十足的事情，竟是以这样的一种局面结束！现在他走开了。她不会再看到他了，她也不愿再看到他了。人生之旅充满了悲哀，甚至丑恶。哦，是的，是的，她渐渐看得明明白白了。

大约过了两天，伯里莱茜反复斟酌，最后再也按捺不住了，就来到卡特尔夫人面前，说："妈妈，你为什么不将路易斯维尔这件事情完整地告诉我，让我了解一下事实呢？我发现，肯定有某些事情令你烦恼。难道你不信任我吗？无论如何，我不再是个小孩子了，何况我是你的女儿啊！这会有利于我弄清这件事情，处理好这件事情。"卡特尔夫人一直装出高尚而又慈爱的母亲形象，她女儿如此大胆的态度让她大吃一惊。她脸红心寒了，决定撒谎。

"我告诉你，根本没有任何事情，"她紧张而不悦地声称道，"那从头到尾都是一场特大的误会。我希望那个可怕的人会因为他的那番胡说八道而受到严重的惩罚。他竟然让我在自己的孩子面前受到这般冒犯和侮辱！"

"妈妈，"伯里莱茜那双镇定的蓝眼睛注视着她，问道，"你为什么不把路易斯维尔的一切事情全都告诉我呢？你我之间不应该有什么秘密的呀！也许我还能帮助你。"

卡特尔夫人这时感觉到，女儿不再是一个小孩子了，也不仅仅是交际场上的蝴蝶了，而是一个高尚镇静且富于同情心的女人，并且有比她自己更成熟的直觉，于是她忽然倒在身后的一把雕花的高背椅子里，一只手掏着口袋里的小手帕，一只手把眼睛捂上，开始哭起来。

"我实属被逼无奈，贝菲，我不知道该走哪条路。吉里斯上校提出了那个办法。我想供你和罗尔夫上学，给你们创造一个机会。那话是假的，那个可怕的人所说的话完全是不对的，根本不是那么回事。吉里斯上校和另外几个人让我租给他们单身汉住处，所有事情就是这样发生的。可那并不是我的过错。我根本别无选择，贝菲。"

"那么，考珀伍德先生怎么样呢？"伯里莱茜继而好奇地问道，她最近开始常常想到考珀伍德。他是那样镇静、稳重、富有生气，在某一点上十分机智，就像她自己一样。

"他并没有什么。"卡特尔夫人答道，用一种尊敬的口吻维护着。在她的那些异性朋友中，她对考珀伍德最为欣赏。他从来没有劝她走歪路或利用她的房子作为自己的方便场所。"他帮助我，从来没有做什么不好的事情。他劝我放弃路易斯维尔的房子搬到东部来，便于专门照顾你和罗尔夫。他主动提出帮助我直至你们两人能独立为止，因此我才来到这里。哦，可惜我却那样傻，那样害怕生活！但是，你父亲和卡特尔先生把财产全挥霍光啦。"

她发出一声意味深长的叹息。

"那么，我们确实一无所有了，财产或任何东西全都没有，是吗，妈妈？"

卡特尔夫人摇摇头。

"那我们所花的钱都是考珀伍德先生的吗？"

"是的。"

伯里莱茜住了口，俯瞰着窗外的那一大片公园。这里面有一个不大的池塘，一座树木郁郁葱葱的小山，一座日本塔点缀在前面，当真是风景如画。小山那边就是中央公园西部一家大旅馆高耸的黄墙。可以听见下面大街上电车叮当作响的声音。在公园的路上，还可以看见川流不息的专供游览的车辆正缓缓地流动，那些上流社会的人正在十一月寒冷的下午兜风。

"太贫穷就会遭到社会的冷眼和排斥，"她琢磨着。那么，她应该嫁给富人吗？的确，只要她能办到。那么，她应该嫁给谁呢？嫁给那个海军上尉吗？决不。他的确不太成熟，况且他亲眼看到了她的狼狈样子，那么，嫁给谁呢？哦，那一大群傻瓜、庸人、浪子、一事无成的人与一些严肃、传统、头昏脑涨的富翁们结合起来就构成了上流社会。偶尔在某个地方可以遇上一个真正称心如意的人，但是如果他掌握全部情况，还会对她兴趣不减吗？

"你和布拉克斯玛先生断绝往来了吗？"她母亲好奇而心虚地、满怀希望而又毫无希望地问道。

"我后来没有见过他，"伯里莱茜答道，小心地说着假话，"至于将来到底是否见他，我还不知道，我要考虑考虑，"她站了起来，"但是，你不要担心，妈妈。不过我希望除了依靠考珀伍德先生以外，我们还有其他方式生活下去。"

她走进闺房，对着镜子梳妆，准备应邀赴一个宴会。原来这几年她们全都是依靠考珀伍德的钱维持生计，而且她花他的钱是那样的随意和自由，是那样的高傲和自负，是那样的矜持和傲慢。而他却只用那双好奇的眼睛注视着她。为什么呢？她不用自问这是为什么。现在她终于恍然大悟，他是在玩弄着什么样的手腕，可她竟然没有发现，真是太迟钝，太愚蠢了。她母亲没产生过怀疑吗？她不相信。这个稀奇古怪、荒唐透顶而又不堪忍受的世界呀！她一边浮想联翩，一边好像看见一双眼睛正热烈地注视着她，哦，是考珀伍德。

# 第五十三章  宣布爱情

当前形势下，伯里莱茜有生以来第一次认真地思考着自己能做些什么。她想到了结婚这件事，但她却决定，不仅不派人把布拉克斯玛找来，也不接受一个甚至更不称心的男人的讨厌追求，而最好用一种普通的交际方式告诉她的朋友们，说她母亲将钱丢了，现在她自己必须从事一种职业，或者教授跳舞，或者以跳舞为职业。有一天，她将这个计划镇定地告诉了她的母亲。长期以来，卡特尔夫人确实是个寄生虫，没有任何真正可行的经济计划，听到这话她几乎被吓呆了。想想看，她和她不同寻常的女儿贝菲，连同她的儿子，竟然沦落到了寻常的挣钱糊口的那种平凡无助的田地，而且具有讽刺意味的是这发生在她做了诸多美梦之后。她暗自叹气、哭泣，给考珀伍德写信进行详尽解释，让他回纽约时悄悄看望她。

"难道你不认为目前的生活，我们最好持续一段时间吗？"她建议伯里莱茜道，"想到你那种身份，竟然被迫屈身教授跳舞，真是太令我伤心了。你完全可以找一个合适的人结婚，随后你的一切就好起来了。我无所谓的，我能生活下去。但是你……"卡特尔夫人那双紧张的眼睛显示出她的内心充满了痛苦和烦恼。母亲的慈爱感动了伯里莱茜，她清楚这种爱的真诚。但她母亲简直太傻了，她寄予希望的人实际上却是那样的不可靠！

考珀伍德和卡特尔夫人商谈时，一直觉得伯里莱茜希望凭借某种职业去改变她的生活状态，以免社交界对她的惊人魅力造成伤害，这的确是堂吉诃德式的美好设想。他和卡特尔夫人事先安排好了，当他知道伯里莱茜独自一人在波珂诺时，就一度前往。自从比利思·卡德塞事件发生后，她一直对他采取回避的态度。

　　一月的一天，一个晴朗的日子，下午一点钟他来到波珂诺。大地被白雪覆盖着，四周的美景沐浴在水晶般的亮光之中，无数的光点灿若星辰，闪闪发光直射双眼。这时汽车已在马路上出现了，他乘着一辆八十匹马力的旅行汽车，那上过油漆的深棕色车身光彩熠熠。他穿着皮大衣，戴着黑羊毛圆帽，来到了门前。

　　"喂，贝菲，"他叫道，假装不知道卡特尔夫人不在家，"你好吗？你母亲还好吗？她在家里吗？"

　　伯里莱茜用她那双镇静的眼睛注视着他，目光坦率、锐利而大胆，她对他微微一笑，表示某种似是而非的欢迎。她系着一条蓝斜纹布画家围裙，有多种颜色的调色板在她拇指下闪耀着。原来她正在边绘画边沉思，最近她尤其喜欢思考，她总是想着布拉克斯玛、考珀伍德、基尔默·杜尔玛和五六个别的人，又想着舞台、跳舞和绘画。她的生活几乎就在她眼前的熔炉里，又好像是一条混杂的图画谜语，只要她有耐心，那各个部分就可能组合起来，成为一幅很有意思的画。

　　"请进，"她说，"天气实在是冷啊，是吗？这里的火很好，你可以烤烤取暖。母亲不在这里，她去纽约了。我以为你应该在公寓里找到她。你已在纽约待了很久是吗？"

　　她轻松、开心、柔顺，但有距离感。考珀伍德觉得他们两人之间有一道鸿沟，而且一直横在他们之间。他觉得，即使她可能理解他，喜欢他，却还是有某种东西，如风俗、野心或其他问题让她回避他、疏远他。他环顾了一下房间，看看她正画着的那幅山坡下的雪景图，又向窗外眺望她所画的风景，接着再看看她最近画的、暂时挂在墙上的几幅跳舞素描，全是有趣的妇女短装跳舞图。最后他端详着她，看她身上系着的那条有趣的画家围裙。"喂，伯里莱茜，"他说，"艺术家总是第一。这是你的世界，你永远没法回避它。这些东西画得太美了。"他把一只没有戴手套的手指向一幅合唱队的画。"简言之，我并不是来看你母亲的，我是特地来看你的。她给我写了一封十分奇怪的信。她告诉我，你打算远离社交界、担任教职或类似的事情。我来是因为我想和你谈谈此事。难道你不认为你的决定有点草率吗？"

他现在说话，好像有一种理由迫使他不得不对她这样关心，而且这种理由完全不是为了他自己。

这时伯里莱茜手里握着画笔，站在她的图画旁边，看他一眼，目光中表现出一种冷静、好奇、对抗和暧昧的神情。

"不，我认为并不是那样，"她安静地答道，"你了解这一切，因此我能十分坦率地说话。我知道母亲的本意总是最好的。"她的嘴略微带愁地动了动。

"我觉得她的心肠比她的头脑要好一些。我深信你的动机也是最好的。实际上，我知道是这样的，如果说出别的什么话，那我好像太小气了。（她感到考珀伍德的那双凝视的眼睛好像在某个最深处转动着。）可我又真的以为，我们不能永远那样生活下去了。我们没有钱，我为什么不去做点事情呢？我有什么别的办法可以想呢？"

她住口不说了，考珀伍德安静地凝望着她。她系着她那条家常的、打褶的围裙，一双蓝眼睛从她那蓬松的红发下面望着他，他感到她是他生平见过的最完美的女性，心灵又是那样的敏感、坚定而高尚。她是如此能干，如此卓越，而且她那双眼睛，和他的眼睛一样，毫无惧色。

她的精神也冷静从容。

"伯里莱茜，"他镇静地说，"我来告诉你一件事情。你刚才恭维我，说我给你母亲钱的动机最好。我觉得，我的动机也确实是最好的。但是，我姑且不说我的初衷是什么，现在我却明白那是什么动机。现在，只有我们两人，如果你让我说的话，我就要十分坦诚地与你交谈。我不知道你是否清楚这一点，但是当我第一次见到你母亲的时候，我只是偶尔听说她有一个女儿，当时我并没有特殊的兴趣。起初我去你母亲家里，是以我的一位金融界朋友的客人的身份去的，他特别爱慕你的母亲。一开始我也非常喜欢她，因为我觉得她是天生的贵妇人，富有情趣。有一天，我碰巧在她家里看见了你的一张照片，可我还来不及问起那张照片，她就把它拿走了。也许你还记得那张照片。那是一张侧面照。是你十五六岁时照的。"

"是的，我记得。"伯里莱茜简短地回答，她冷静得好像在听人家自白似的。

"啊，那张照片让我倍感兴趣。我于是打听你的情况，尽量多地了解你的情况。后来我又看到了你的另一张照片，是放大了的，挂在路易斯维尔一家照相馆的橱窗里。我买了下来。至今还放在我在芝加哥的私人办公室里。它就挂在壁炉炉台旁边。"

"我当然记得。"伯里莱茜答道，似乎有些感动，但还是犹豫不决。

"让我给你介绍一下我的身世，好吗？这用不了多少时间。我出生在费城。我们一家人始终住在那里。我一生都在致力银行和市内铁路事业。我的第一任妻子虔诚地信奉宗教，遵守习俗。她比我大六七岁。我快乐了一个时期，大概五六年。我们生了两个孩子，都还健在。后来，我就遇到了我现在的这位妻子，她比我年轻得多，至少小我十岁，长得十分迷人。她在某些方面比我的第一任妻子聪明一些，起码我认为她不那么拘泥于习俗，也比较大方。我爱上了她，在我最后离开费城时，我就与前妻离了婚，与她结婚了。当时，我的确十分爱她。她是我理想中的情人，现在我仍然认为她有很多吸引人的优点。但是，我的关于理想女人的标准在逐渐地改变。我通过多种考验，渐渐发现，她根本不是我理想中的女人，她不懂我。当然我也并不了解自己，但我却认为，也许某个地方会有某个女人能了解我，甚至超过了我对自己的了解程度，她能看出我看不出的问题，而且无论怎样都会爱我。我还要告诉你，我一直是个喜欢女人的人。在这个世界上，我唯一的理想，就是娶我想娶的那个女人。"

"我倒认为，无论哪个女人，要看出你究竟喜欢娶哪个女人，都是极其不容易的。"伯里莱茜古怪地微笑着说。考珀伍德并不在意。

"除非碰巧她正是我谈到的那一个女人，否则，我想，那确实非常困难。"他动情地答道。

"我倒认为，无论何种情况，她都要使婚姻适合于她。"伯里莱茜轻松地补充道，可她的言辞里却含有一点同情的味道。

"我是在开门见山，"考珀伍德认真而有点沉重地说，"我没有替自己辩护，我所结识的那些女人，她们能做某些男人的理想妻子，但却不是我的理想妻子。生活给了我很多教训。是它改变了我。"

"你认为这种改变过程已完全处于停滞状态了吗？"（她巧妙地答道，以那种傲慢的玩笑态度刁难他，迷惑他，向他挑战。）

"不，我可不是那个意思。但是很明显，我的理想已日趋成熟了，我心里一直有这个理想，至今已经很多年了。它还对我的其他事情产生着影响。世界上确实有理想这种东西，就如天文学所描述的，我们的确有颗北极星。"

说这些话时，考珀伍德明白他是在进行一个极为重要的坦白。他到这里来，主要就是要吸引她，掌握她的想法。但实际上几乎是掉转过来了。事实是她在掌握着他。她温顺苗条机智、演戏般地站在他面前，让他表白他的心迹，不过，他并不这样认为，他把她视为能观察感觉和理解的一个伟大、仁慈的母亲般的聪明人。他觉得非常有把握，她应该清楚这是怎么回事。如果他希望让对方了解他，他完全有能力办到。无论他是什么样的人，她都不能小觑他。直到目前，她的答案都能保证如此。

　　"是的，"她说，"我们的确有一颗北极星，可你却仿佛找不到它。你渴望在女人堆里寻觅到你心仪的人物吗？"

　　"我早已找到了。"他答道，他对她的心说实话，对那种机智和复杂感到惊讶。它隐藏得太深了，有时那无底的深度令他大为吃惊。"我希望你仔细地考虑我要说的话，因为它能说明很多事情。我开始对你的照片产生兴趣，就是因为那张照片和我心中的理想一样，即你认为改变得快的那种东西完全符合。那大约是七年前的事了，自那以后，那种理想就从未改变过。当我在你的学校里看见你时，我就毫不怀疑了。尽管我没用任何语言去表达，可事实上却一直如此。或许你认为我没有权利有这种情感，大多数的人都会和你持有相同的意见。可我却有这种情感，而且现在也仍然有这种情感，这就说明了我与你母亲的关系，从前在路易斯维尔她来到我面前，对我倾诉她的困难，我为了你非常乐意帮助她。自那以后，我都是因为这种原因帮助她，只是她并不知道。伯里莱茜，你母亲在某些方面实在太傻了。我始终都在爱着你，爱得几乎发疯了。现在，你站在那里，我意识到了你那惊人的美，你就是我对你所描述的那个心仪的人物。你别感到不舒服，我不可能对你强行大献殷勤的。（伯里莱茜略微动了动。她对他如同对自己一样关心。

他的势力范围如此广，他的权力如此大。既然他那样认真，她就不得不把他当真了。）我做了所有和你和你母亲相关的事情，因为我爱你，因为我希望你变成我认为你应该变成的那种杰出的人物。你当然不知道。就是因为你我才建造第五街的住宅。我想建造一幢配得上你居住的房子。这是做梦吗？是的。我们所做的一切事情好像都包含一点做梦的性质，它的美，如果有点美的话，也皆因为你。我思念你，迷恋着你，才让它变美的。"

他住口不说了，伯里莱茜表面上似乎没有丝毫反应。她起初的冲动就是表示反对，但是，她的虚荣心，她的爱慕艺术之心，她的向往权力之心被触动了。同时，现在她最想知道，究竟他是让她做情妇呢，还是正式娶她为妻。

"我认为，你在质疑我到底是否打算与你结婚，"他好像看透了她的心思，继续说，"在这方面，我和许多人都相同，伯里莱茜。我向你坦白，我想得到你，只要我能得到你，用什么方法都行。我能活下去，就是因为一直渴望你会爱我，就像我爱你一样。以前布拉克斯玛出现在这里时，我憎恨他，但我决不会加以干涉。我已做好充分的准备放弃你。只要和你在一起的男人，无论年轻的还是年老的，我统统都嫉妒。我甚至妒忌你的母亲，因为她能那么贴近你，而我却不能。同时，我希望可以帮助你得到你想要的一切。如果你找到你真正喜爱的人，我也不会打扰你。这就是事情的经过，也是你根本不了解的。但我今天来，并不是因为这件事，也不是为了要将这些事告诉你。"

他停下来，好像希望她说几句话，可她除了说一声"是吗？"就再不作声。

"我来这里的主要目的，就是希望你能像以前一样继续生活下去。无论你对我或者对我刚才告诉你的话怎么想，我都希望你相信，我现在对你所说全是坦诚无私的。我对你的幻想并没有完全消失。如果你恰好有意的话，机遇也许会让你选中我。但我希望你别在意我，你要快快活活地继续生活下去，我曾有过梦想，但我敢说，那是一种错误。昂起头来吧，你完全拥有这样的权利。做一位高贵的小姐吧。你真心爱谁就嫁给谁。我绝对想尽办法让你拥有一份十分不错的嫁妆。我爱你，但从今以后，我要让它成为一种父爱。在我死的时候，我要把你写入我的遗嘱，但现在，你就按以前那种生活继续生活下去吧。除非我认为你会幸福，不然我真的会不安。"

他停下来，仍然盯着她，暂时相信他所说的一切。如果他死了，他会把她列在遗嘱中。如果她继续进行社交，寻找对象，她也许会找到一个钟情的人，但她在没这样做之前，也许会更容易地考虑到他。只要能让她至少表示友好和同情，并赢得她的欢欣和信任，进而让她满意和高兴，那么将她作为一个被保护者所付出的代价又算得了什么呢？

伯里莱茜一直对他有点兴趣，因为他工作有效率，有魄力，坦率，直爽。在性格上原来她确实是偏向他的，因而这次他那特殊的坦诚和格外的慷慨就特别让她感动。也许她怀疑将来他的脾气会影响他的真诚。但她不能质疑他现在的真诚。另外，长期以来他对她的暗暗爱慕，像他这样有势力的人竟一直梦想着拥有自己，这真让她兴奋不已。这安慰了她心生烦恼的虚荣心和对往事的羞耻心。他那毫无掩饰的表白饱含着高尚之情，让人吃惊和感动。她注视着站在那里的他，他已两鬓斑白，这在某些女人心中正是某些男人最动人的点缀，她不禁为一种温存、同情和母亲似的爱深深地感动了。显而易见，他也确实需要这种女人，需要一个修养好、志气大、韵味足、柔情多的女人，或者至少他有权利梦想这种女人。他站在自己的面前，仿佛是一个超人，却又像一个厉害的小伙子，英俊，充满力量，满怀希望，现在好像并不比她大很多，一种不断折磨、激烈的内在力量正在推动着他。他真正爱她爱到何等程度呢？他又能爱到何等程度呢？对其他人他又能爱到什么程度呢？可是你看看他所做的那一切引起她兴趣的事情。他说了如此多的话，做了如此多的事，究竟是什么意思呢？他的那辆棕色的汽车正停在雪地里，光彩熠熠。他是芝加哥声名显赫的弗兰克·阿尔杰农·考珀伍德，可他却在恳求她——一个年轻的姑娘，请她对他好些、不要完全丢开他，这种思想触动了她的理智、骄傲和幻想。

她终于宣布说："现在我更加喜欢你了。我确实信任你。以前我从未真正信任过你。并非因为我认为你在我或在我母亲身上花钱是理所应当的，我并没有那种意思。但我钦佩你，是你栽培了我。我觉得，我明白那是什么原因了，我也了解你的野心。我一直感到我了解一些。可现在你不要再说了。让我考虑一下。我得再斟酌一下你的话，我不清楚我是否能那样做（她发现他的眼睛似乎又在最深处转动着）。但现在我们不要再讨论这个话题了。"

"但是，伯里莱茜，"他补充道，声音里带着真正恳求的意味，"我觉得你不是真正明白了，我一直是格外寂寞的，我是……"

"真的，我真的清楚了，"她答道，把一只手伸了过去，"从今以后，不管怎样，我们要成为朋友，因为我确实喜欢你。然而，在今天，你不能要求我决定别的事情。我办不到。我不希望那样，也不想那样。"

"在我那么高兴地心甘情愿地把一切奉献给你，而我的需要是那么少的时候也不行吗？"

"在我自己还没有考虑好以前，是不行的，尽管我并不想这么说，"她装模作样地答道，"行啦，义父先生。"她大笑着说，把他的手一把推开。考珀伍德的心激烈地跳起来。他情愿牺牲千百万的财产也要把她紧紧地搂在怀里。但事实上他却诚恳地微笑着。

"你不愿上车和我一起去纽约吗？如果你母亲不在公寓，你可以住在尼德兰饭店。"

"不，今天不行，我认为我不久就会来的，我一定告诉你，否则，母亲也一定会告诉你的。"

又谈了一会儿，他就匆匆忙忙地走了出去，恋恋不舍地登上了汽车。当汽车向东飞驰而去的时候，他在黄昏的一片紫色的雪地里向她挥手告别。他计划晚餐时赶到纽约。他想，让她保持这种友好的同情态度也可以，只要这样他也就称心如意了。

# 第五十四章　万事俱备

伯里莱茜接受他的表白的态度是友好的，考珀伍德暂时觉得满意，但她暧昧的态度依旧让他的境遇和之前一样，似乎没有什么改变，由于命运受到突然袭击，他的年轻情敌布拉克斯玛离她而去，并让伯里莱茜了解了他对她的爱情和帮助的真相。但显然她并没有按他的预想接受这一切。他比以往更加意识到自己被一个与常人不同的女人迷住了，这个女人用一种超乎寻常的特殊眼光对待人生，而且她也不会屈服于他的意愿，这胜过一切事物，让他陷入一种绝望的痴迷之中，因为她的气质和美貌渲染了这种事实。他曾经常对自己说："算了吧，如果实在没有别的办法，没有她我也可以勉强生活下去。"但只要这么一想，他的心就像被狠狠地扎了一刀。归根结底，如果你不能拥有你想拥有的女人、得到你想得到的爱情，那么，生命、财富、名望又算得了什么呢？最后，他十分理智而清晰地发现，如同在杯形光轮中一样，名誉、权力、精力的最终目的就是美，而那种美就是由伯里莱茜·弗雷明这种女人的情趣、情调、教养、热忱和梦想等汇集而成的。就是这样的，是的。而除此之外，就只有老去、黑暗和无语。

在此期间，由于若干代理人和顾问的机智、事先活动，那些星期日报纸竞相发表描述他那纽约公馆的奇闻，诸如它的造价、地皮价格、考珀伍德夫妇现在的那些富有的邻居。报纸上刊载着爱琳与考珀伍德的双栏照片和文章，指出将来他们就是大规模款待宾客的豪门贵族，而且因为拥有巨额财产，毋庸置疑，他们是受人欢迎的。事实上，这纯属报纸的闲谈和揣测，普通新闻栏尽管利用他的财富做新闻，但专访十分时髦人物的特别交际栏却对他不屑一顾。芝加哥的某些交际人物正在散布他过去经历的传闻。从一些俱乐部、协会甚至教会的表态上，对这种阴谋可略知一二。这些团体里的会员身份可以让他们在社交界无障碍行事，在并非宗教界的世俗社会中取得更好更高的地位。考珀伍德的属下可算是十分活跃的，但不久他们就发现，他们还不能一时半刻就达到目的。很多人都各自观望，极其想加入进去，并且都具备考珀伍德夫妇不会有的交际条件。一两个高级俱乐部拒绝了考珀伍德。看到自己交给圣托马斯教堂的座位申请书暂时被暗地里放置起来，又看到商业来往中的几位大富豪拒绝了他的请柬，他就开始意识到，他那富丽堂皇的新宅最终除了作为美术陈列馆外，已不具备太多的价值。

与此同时，凭借着许多新的重要信息，考珀伍德的经营经常获得收益，主要是眼下他能操控的和海克赫姆—高洛布公司之间的攻守同盟。看到他从第一次竞选的失败中又夺回胜利的不屈不挠的精神，这些先生们就开始改变态度了，于是声称现在他们非常愿意资助考珀伍德的新企业。从很多别的金融家口中，他们还听到了那场与"美国火柴"破产有关的胜利。

"考珀伍德肯定是个聪明绝顶的人，"高洛布先生搓着双手，微笑着对他的几位股东说，"我真想见见他。"

后来，考珀伍德就打入那个庞大的银行里去了，高洛布先生伸出了一只友好的手。

"我听闻很多有关芝加哥的事情，"他用他那一半德语、一半希伯语来的语调说，"但听到更多的是有关你的事情。你打算把那里的所有市内铁路和高架铁路都独吞下去吗？"

考珀伍德流露出了他那最天真的笑容。"怎么？难道你希望我给你留一点吗？"

"不一定非得那样，但我和你有几个合作也应该不要紧。"

"你一定知道，高洛布先生，你可以随时与我携手，合作的大门总是对你敞开着。"

"我要再认真地考虑一下。我认为这事很有希望，能会见你我感到十分高兴。"

从外界因素来说，考珀伍德经济上的成功完全受益于芝加哥的不断发展，这从一开始他就预料到了，初来乍到，那片潮湿肮脏的平原上放眼望去尽是简陋的棚屋、曲折的人行道、乱七八糟的商店，如今变成了令人惊讶的大城市，人口已经超过一百万。其面积扩大到占了大半个库克县。从前是个荒芜的临时金融区，偶尔有一幢壮丽的商业大楼或一家旅馆，或者什么政府机关；如今却呈现了一些峡谷似的大街，两侧矗立着十五层甚至十八层的大楼，站在大楼的高层，如同置身于瞭望塔上，可以俯瞰下面广大平民区的生活。再往外，就是高级住宅区、公园区、游乐区、工厂和大片大片的火车停车场，在这个地域广大的商业中心，弗兰克·阿尔杰农·考珀伍德的确成了一位相当重要的人物。实在太神奇了，人们在不断发展着，直到如同巨人一般操控着世界，或者像榕树一样，每根树枝都垂下来扎根生长，自己就长成了一片树林，一片复杂庞大的商业森林。他的市内铁路就像一张寄生菌的金钱网，彼此连接在一起，吸吮着本市主要三个区中两个区的血。

一八八六年，他刚刚在此立足时，那些市内铁路资本估计有六七百万美元，不动产发行债券的所有方法都用完了。目前，在他的运作之下，估计有六七千万美元的资本。发行与售出的股票多半都依照百分之二十控制百分之八十的财务计划，考珀伍德掌控着那百分之二十，把它作为抵押附属担保品来借钱。西区公司的股票发行数额已超过三千万，那些铁路巨大的运输力和那些用血汗换来的镍币购买车票的穷人早晚乘车人数的大增，导致这些股票的市价使铁路具有的实际价值约三倍于它的建筑费用，北芝加哥公司一八八六年的实际价值最多一百万多一点，现在增值不会少于七百万，资产估计已接近一千五百万。这条铁路的价值每英里要高出实际建筑费用十万美元。可怜这些挣扎在社会底层的、贫困的苦工们，他们既没有办法计算也不能掌控由于他们的存在和需要创造出来的财富。

这些每百元股票年付百分之十到百分之十二股息的巨资，纵然不被考珀伍德实际拥有，也完全归他掌控。公司账面上看不见的几百万美元借款，都被他变成现金来买房子、地皮、设备、名画和具有纯金价值的政府公债，从而确保他拥有那一笔巨资好像放进金库紧锁起来一样，绝对安全。经过他那些法律顾问们一番辛苦繁忙的工作后，他把所有的外线铁路全都合并起来，称为伊利诺伊统一运输公司，每条铁路都有独立的特许证，资本都独立核算，可他却利用契约和协定的惊人手段操控着，和一切其他财产协调联手成为一个系统，现在他计划把北芝加哥公司和西芝加哥公司组成另一家公司，命名为联合运输公司。凭借接收西芝加哥和北芝加哥两家公司的股息百分之十和百分之十二的股票，而与以二作一的、股息六厘的、百元股的联合运输公司的新股票来代替，他能让当时的股东们更加满意（显然他们因此而更富一些），同时还给他自己创造了接近八百万美元的利润。把他那些特许证再延期二十年、五十年或者一百年，他就可以把这种在有些虚构的价值上产生利息的负担加在芝加哥市民身上，而让自己坐拥约一亿美元的财产。

但是，那些特许证的延期却是一件最困难最复杂的事情。这包括克服或战胜本地最近日益增长的反对他的情绪。起因是那些高架铁路相关的各种小事。除了已修的两条铁路线之外，现在他又增加了联合环线这份财产。他计划不仅把他自己的铁路连接起来，而且还要把别的外面的那些高架铁路连接起来，其中主要的是希利哈先生的南区高架铁路。这样，他就要把在这条新路线上行车的特权出租给他的仇人。尽管他们百般不情愿，却不得不利用这个送上门的大好时机，因为新环线所辖区域是真正热闹而繁华的闹市区，白天或夜晚人人都想来这里一两次。凭借这种方式，考珀伍德从一开始就可以让他的产业获得一笔合算的利息。

这项计划彻底激起了考珀伍德的仇人们的反抗情绪。阿尼尔、汉德、希利哈集团认为，这根本是无所顾忌、穷凶极恶。由海格宁、赫索卜、阿蒙德·黎克兹和杜鲁门·莱斯利·迈克特纳（现在他父亲已经死了，他担任《调查者》的主笔，他一心想把考珀伍德赶出芝加哥）这帮人操控的报纸，起初打着维护民主的旗号大声呼吁起来，以此作为他们的最后防线。他们呼吁群众在考珀伍德的铁路线上有座位、上下班拥挤的高峰期不再拉着吊带站立着，工人早晚乘车的票价统统定价为三美分、在考珀伍德的铁路线上从北到西或从西到北免费自由换车、他的铁路总收入的百分之二十应该上交本市。还计划让群众知晓他们个人的权利和特权等。这种方案显然不利于当前考珀伍德的利益，而他的仇人们大多数热烈支持，但霍思迈·汉德那样的极端保守分子却认为其中包含使人不安的因素。

"关于这种事情我并不怎么清楚，诺曼，"他有一次对希利哈说，

"我并不知道蛊惑群众是怎么回事，但要让他们忘掉此事却是另一回事，这是一个不安定的倾向，芝加哥就是这处不安定的暖床和心脏，但如果这能把他打倒，目前我认为还是可行的，以后报纸也许能使它完全平静下去。"

为什么不能安心让这个社会的强有力的、敬畏上帝的聪明人来替代他们安排所有事情呢？民主的意义难道不就是如此吗？当然是这样了。汉德先生自己就是一个强有力的人。他不禁质疑这一切过激的空话。但是，什么都可以，只要是能损害考珀伍德的利益怎样做都行。

不久，考珀伍德就觉察到，如今的公众情绪已被报纸煽动得完全反对他了。尽管他的那些特许证大多数在一九〇三年元旦以前不会期满，可是，如果事情按照这种情况发展下去的话，那么，他到底是否能再以合法或不合法的手段在下次竞选中获胜，就没有把握了。只要他愿意花上足够的钱，那帮饥不择食的市参议员和市议员们就可能因贪财而被收买，去做他所要求的任何事情，但是，就是脸皮最厚、最贪婪、最腐败的政客，也难以承受宣传的强大攻势和可能引起的舆论众怒，因为报纸不停地煽动，舆论逐渐变得喧哗起来，要在此时跑到市议会去，要求把有效期还有七年的一些特许证延期二十年，好像有点过分了。这是办不到的。就连被收买的市议员们也不愿意在现在的情形下承担此事。在政治上有一些事情是办不到的。

更棘手的是，二十年特许证期限的确不能满足他当前的需要。为了实现当前他所计划的合并北区与西区地面的铁路线，并利用合并的力量，他计划至少发行两亿美元股息六厘的百元票，以替代他眼下七千万美元的股息一分二厘的百元股票。那么，纵使他能获得本州议会现在所准许的二十年期限还是不行的，他必须争取到更长的年限。

"人们没有对这些短期特许证产生什么兴趣。"有一次高洛布先生与考珀伍德商讨此事时说。考珀伍德希望海克赫姆公司确保承担全部发行额。"那些特许证根本靠不住。现在你要是能弄到五十年、一百或百年左右的特许证，那么你的股票就能畅销无阻啦！仅仅在德国，我就清楚我能去哪里卖出五千万美元。"

他用甜言蜜语推辞着。

的确，就这一点考珀伍德也很清楚，即使不比高洛布更多，至少也与他一样。他压根儿没打算给他那些大企业得到一个可怜的二十年的期限，因为比如费城、波士顿、纽约和匹兹堡那些大城市，都是明显地愿意发给它们的公司至少九十九年期限的特许证，而且大概还发给永久特许证。纽约和欧洲的豪门贵族喜爱的就是这种特许证，而高洛布和阿迪生，在地方上又都要求这种特许证。

"我们要把这些特许证延期五十年，这确实是至关重要的。"阿迪生常向他唠叨，这是一个严重而又难办的事。

考珀伍德手下的一些有名的法律顾问经常探求立法方面的新对策，他们迅速解读了这种局势的意义。很快，那个深谋远虑的乔尔·亚弗利先生就提出建议，"你注意到在纽约州议会方面，有关当地种种地方交通运输问题进展如何吗？"这位高级顾问在一天上午，一经通报就走了进去，坐在考珀伍德的面前问道，他两个指头夹着一支抽了一半的雪茄烟，一顶小小的圆呢帽盖在那阴险机智的眼睛上面，显得神气活现。

"没有，我没注意到，"考珀伍德答道，实际上他早就注意到了，而且琢磨了这条新闻，可他不想这样说，"我仅仅看到了一点，但我并没有多加注意。情况如何呢？"

"嗯，纽约州议会计划授权包括四五个人的一个机构，我认为，他们在纽约有一个支部，在布法罗也有一个支部，然后经各有关地方团体的同意，颁发一切新特许证并将旧特许证延期。他们把规定上交给州或市议会。他们可以管理股票过户、股票发行和所有诸如此类的事情。我原来曾考虑过，如果有一天我们认为这里的这种特许证延期的事情没有把握的话，我们就到州立法机关去，看看在本州是否能成立一个那类的公用事业委员会。对此事表示欢迎的绝对不仅仅是我们的公司，当然，除我们外，如果其他公司对此事有一种普遍的或特殊的要求，那就更好了。我们最好不要成为此事的发起人。"

他庄重地注视着考珀伍德，考珀伍德也若有所思地盯着他。

"让我考虑一下，"他说，"这也许有一定的道理。"

在此之后，考珀伍德的大脑里总是琢磨着设立一个这样的委员会。这有可能将他的那些特许证延期五十年甚至一百年。

这项计划，正如考珀伍德后来发现的，是被伊利诺伊州宪法明令禁止的。州宪法规定，"对任何公司、个人均不得授予任何特别的或独占的特权豁免权或特许证"。不过，无论如何，在朋友之间，像宪法这样的小事算不了什么吧？有人已公开质疑了。在立法中有热门，也有布满灰尘的冷门，各种比较陈旧的法律都被归入冷门，早就被人遗忘了。宪法制定者们早期的很多意愿都被决议、致联邦政府申诉书、致州政府申诉书、公约等任意篡改以至于面目全非或彻底失效了。上述这些文件全是精心策划的虚构的事实，但仍旧能导致原始的目的失效。另外，考珀伍德不太重视那类构成本州乡村选票成分的人们的智力和自我保护能力。他从他的法律顾问和别人那里了解到州议会和本州各县各市镇不计其数、引人发笑的生活故事，那些在法庭上、在乡村剥玉米会上（这是州选举获胜的重要场所）、在乡村旅店里、在乡间道路上和农场上的种种生活故事。"有一天，我在帕顿基上火车时……"老将军范·西克尔或前法官迪肯西兹，或前法官亚弗利顺口说起来，接着就讲述一段惊人的故事，不是说乡下的缺德事就是说政治上或社会上的错误观点。这时，本州半数以上的人口都住在本市之内，而他已经能控制住这些人。剩下的一百万人口都分散在十二个市镇和乡村，他对他们不太重视，无论如何，那一小撮乡下人算得了什么呢？那些全是傻头傻脑、打发时日、跳谷仓舞的土包子。

伊利诺伊是个大州，面积与英国本土一样大，土地像埃及一样肥沃，边界上有一个大湖和一条大河，共有两百多万美国自由公民，似乎不太适合公司操纵和控制。可是在此时，你或许在全世界的任何地方都找不到一个州比它在商业上更霸道的了。考珀伍德瞧不起这些呆头呆脑的公民，但作为一个选举的大团体来说，却给他留下了相当深刻的印象。马奎特和乔雷、拉萨尔和亨利本都来过此地，梦想着修筑一条通向太平洋的道路。林肯和道格拉斯这两个奴隶制的反对者和维护者曾在此处争辩过；乔·史密斯作为美国的奇怪教义的宣传者也曾在此处崛起。考珀伍德有时想，这个州实在是太好了！这是人的脑海里的虚构，却是多么奇妙哇！他经常在途中穿过本州到圣路易斯去、到孟菲斯去、到丹佛去，他被它的那种质朴气派所感动。那些小小的、木房子的新市镇，使人联想到美国的传统、偏见、力量和幻想。那白色尖顶的教堂，那绿草如茵、树荫成行的村镇街道，那片生长着玉米而在冬季覆盖着一层薄薄的白雪、一望无垠平整广袤的土地，这一切都让他回想起他的父母，他们在诸多方面是适合生活在这样的世界里的。但是，他仍然踌躇不定，不敢马上大力推行那个计划，那个能调整自己的前途、能使自己联合运输公司的两亿美元发行额、有钱可赚、能给自己在美国和世界的金融寡头中获得一席之地的计划。

此时，受大公司指使的一小撮诡计多端的人在幕后操控、支配着州议会。我们为什么认为他们诡计多端却置之不理呢？也许他们确实诡计多端，但他们也只像别的刁钻的老鼠或畜生一样，一心只向前或向上打洞吧？决定这帮人的最深刻的指导思想就是那最老最早的自我保护意识。

比如，在州参议院一间会议室的门后，参议员约翰·苏瑟克可能与格拉廷县的参议员乔治·马森·威德在谈话。刚才参议员苏瑟克使眼色，留下他那穿得十分考究的同事威德长谈，没过多久参议员威德出于好奇，就信任地期待着。（威德这个人十分和蔼稳重，又颇有经验，肚子稍微大了一些，但身体极好，而且还非常英俊。）

"乔治，你知道，我已对你说过了，一旦昆塞河边改善计划制订出来，就一定会有点好处的。好，这是给你的。埃德·杜鲁斯德昨天到市区来了。（他说这话时，递了一个会意的眼色，像是在说，'别多话。'）这一共五百，你数一数。"

参议员威德从背心口袋里掏出的一沓黄黄绿绿的钞票迅速一闪，就用手指轻轻地数着。忽然他流露出一种心领神会、赞成支持、感激有加、十分赞赏的表情，仿佛在说，'这实在太棒了。'谢谢你，约翰。我几乎将那回事完全忘记了。你真是个好人。如果您再看见埃德，请转达我对他的问候。到那件白尔维争议提出来的时候，你告诉我一声。"

威德先生是位优秀的演说家，每当遇到紧急的立法危机时，他们就请他来鼓动人民投票赞成或反对，而他现在欣然提到的就是这种将来也许会发生事情。生活、政治、需求、饥饿，各个方面的强烈的欲望啊！

苏瑟克先生是一个讨人欢喜的安静而谦逊的人，一般商界巨富都会豢养这种人，他们被视为农村小律师。他完全能胜任他的工作，是个能干而勤奋的领津贴者和代理人。他只有四十五岁，正值中年，十分看重穿着。他冷静、和蔼、有胆识，生就一双追求物欲的眼睛，却并不冷漠和严厉，走路时迈着轻快有力的步伐。他手上有C.W.-1.R.R.铁路公司的很多股票，担任本县一家银行的理事，又是厄芬汉《先驱报》的一个暗中合伙人，因此在他那里也算是个人物，深受当地农村青年的尊敬，但是在所有农村立法上，你再也找不到比他更野心勃勃、更可恶卑劣的人了。

把苏瑟克挖出来的是老将军范·西克尔，他在回忆早年的议会生活时想起了他。进行谈判的是亚弗利。开始，在斯普林菲尔德的全部州计划中，参议员苏瑟克是应该代表 C.W.-1.R.R. 铁路公司的，这是横贯本州，并恰巧把芝加哥和东部、西部、南部连接起来的大干线铁路之一。本州境内的这条铁路很长，打算尽快在芝加哥和别的地方扩充它的特许证，因此深深地陷入了州政治斗争之中。由于一种十分奇怪的巧合，主要由纽约海克赫姆—高洛布公司提供这条铁路的资金，只是至今无人知晓考珀伍德与这家公司的关系罢了。苏瑟克是州参议院里共和党的领袖，亚弗利去他那里征求建议，让他现在就和法官迪肯西兹、C.W.-1.R.R. 铁路公司顾问吉尔森·比克尔联手，负责在本州参众两院取得充分的赞成来通过一个方案，把纽约设立公用事业委员会的建议运用到伊利诺伊州的管理机构中来。值得注意的是这个方案需要增加一条十分有趣和非常重要的小小的附带条件，大概意思就是，对所有持有特许证的公司，从本议案制成法律的那一天起，在五十年之内保证其一切权利、特权和豁免权，自然特许证也包括在内。这实属应该的，因为任何由于设置公用事业委员会而产生的重大变化都可能让那些持有多年有效的特许证的公司深感不安，蒙受其害。

参议员苏瑟克认为，这个方案并没有任何欠妥之处，尽管他对这个建议的真正用意和它实际上是想保护谁的利益并十分清楚。

"是的。"他开门见山地说，"我了解这种形势。可我能从中得到什么好处呢？"

"一旦成了，你能独得五万美元；即使不成功，也可以得到一万美元，只要你真正出了力。如果我们获胜了，凡是你认为对你有帮助的那些朋友们，每一位都能得到两千美元。这能使你满意吧？"

"是的。"参议员苏瑟克答道。

# 第五十五章　考珀伍德与州长

如果不提出来有关特许证延期的那条蛮横的附加条件，在这次会议期间，或许公用事业委员会法案早已就事论事地暗地里通过了，何况提出这条附加条件又缺乏足够的理由，州政府管理机构通过这样新奇的更改可能造成某些人的困难。显然这对某一家公司过分有利。新闻记者们尽职尽责，密布在斯普林菲尔德州议会大厦各会议厅的各个角落，对他们效忠的报纸尽心尽力，这次很快就发现了真相，新闻记者们目光敏锐得像鹰。这帮被那些装作软弱的、哭啼的反对派报纸雇用的可怜虫，不仅参加政客们的会议，还接受竞争公司的雇用，参与州长的机密，参与州参议员和众议员们的秘密，而且四处彼此泄露秘密。参议员史密斯向参议员琼斯，或者众议员史密斯向众议员琼斯暗地里透露了一条新闻、一个谣言、一场梦，琼斯又转而悄悄地告诉了《全球报》的查理·怀特或者《民主主义者报》的埃迪·伯恩斯，于是又进而传给了《新闻报》的罗伯·哈兹里或者《转录报》的哈利·爱蒙兹海。

一夜之间，一家报纸上发表了一条干扰了视线的消息，这条消息来自何处没有人清楚。无论参议员史密斯还是参议员琼斯都没有对任何人讲过。告诉查理·怀特或者埃迪·伯恩斯的秘闻也从没有被披露过。但是，你看，事情就白纸黑字地刊登在报上了，于是追究、议论、反对，一阵风似的没完没了地刮起来。无从知晓，谁也怪不到，但却纠缠不休，而此后的斗争便公开化了。

　　我们也来过问一下那位州长，他此刻正在斯普林菲尔德主持行政会议。他又高又黑，瘦骨嶙峋，整天闷闷不乐，这缘于他从前曾有过一段遭受挫败和不幸的痛苦经历。他出生于瑞典，从小就被带到美国，他别无选择地被迫在贫困的境遇下拼命挣扎、寻求出路。由于精力旺盛，坚韧不拔，他多年从事律师业务，担任各种公职，于是在芝加哥的瑞典人中培养了一批崇拜他的追随者。他担任过市税务局长、市检查员、地方检察官，还做过六七年的州巡回法官。在所有这些任职期间，他始终表现出一种强烈的渴望，一定要做他认为正确的事情，而且做得光明正大。这些品质使得理想主义者对他相当敬重。他为人真诚，对穷人的不幸有一种发自内心的同情，因而他担任巡回法官和地方检察官时就做了很多判决，令有钱有势的人格外不喜欢他。这都是一些对损害赔偿案、欺诈案、铁路权利的判决，在这些案件上，本市本州正千方百计剥夺各家有势力的铁路公司霸占的财产，例如铁路场地、河边地，等等，那些公司并没有合法权利占据这些地方，与此同时，民众读过关于他所作所为的一些新闻报道，听说了他令人振奋的演讲，于是对他抱着极大的幻想。他原本就是一位出色的演说家，宽厚恳切、充满热情、朝气蓬勃。但他又是一个对女色特别贪恋的人。在这一点上，全世界那些朴实、好色的知识分子都能理解，这使一个撒谎的年代感到羞愧，由于愚妄的教条，使它最大的愿望、最大的悲哀和最大的喜悦全都被误解了。所有这一切使得社会上的极端保守分子反对他，认定他是一个危险人物。同时，他凭借精打细算和投资，也积累了一笔可观的财产。可最近由于建造摩天大楼的热潮，他将大部分资产都投入一座建造得特别差劲而又无利可图的办公大楼里去了，由于这种错误的投资，他有破产的危险。即使现在，他还在敲着几家大的证券公司的门，恳求帮助。

这个州长和敌对的金融势力以及报纸一起，构成了对考珀伍德的公用事业委员会的三位一体的障碍，很难突破。报纸一嗅到这个计划的真实目的，就匆忙向读者大声宣布这条骇人听闻的消息。在希利哈、阿尼尔、汉德和梅里尔的写字间和其他金融中心，大家面对这种形势都有些困惑不解，接着就进行了一种高明的推测。

"你看明白他在干什么了吗，霍思迈？"希利哈问汉德，"他意识到我们会在芝加哥操控他。从目前的形势来看，按照本州法律的规定，他不可能去市议会请求一张超过二十年的特许证，而且无论如何，在三四年之内他都不能那样做。他的特许证不是很快就要到期了？他也明白，到了它们真正到期时，我们会鼓动起公众的情绪，使所有市议会都不敢满足他的需求，除非他乐意给本市大笔的报酬。如果他这样做，那么他出售股息六厘的两亿美元联合运输公司股票的计划就会彻底失败了。市场肯定会支持他的。他不会把总收入的百分之二十上交本市，售给乘客全市通用的换车票，却又付两亿美元股票的六厘股息，世人皆知此事。他琢磨出了一个好主意，打算从这件事上赚到整整一个亿。但是，他绝对做不到。我们必须利用报纸的力量把他这个立法计划置于死地。等他到达本地议会时，他必须上交本市那些铁路总收入的百分之二十或三十。从一条路线可以转任何其他路线的免费换车票必须发给乘客。那样的话，我们就把他击败了！我们必须这样做。只要我们把他驱逐出去，我们就能让报纸不再呐喊，公众也就会自然渐渐遗忘这件事。"

在此期间，州长听闻了有关立法的贿赂之事。他根本不是个心胸狭窄的人，没有牵涉到那种反对考珀伍德的经济战里面去，在思想上或感情上也不想受到那些对考珀伍德过分打击的消息的影响，但是，他却陷入了深深的思考。他模模糊糊地体会到了考珀伍德的梦想。别人屡次把引诱良家妇女的罪名加在这位市内铁路大王头上，这在严谨守旧的人看来实在不可理喻，但他却丝毫不介意。在世世代代传统思想的背后，他自己就感受到了神秘的阿佛洛狄忒和她的无穷的魔力。他意识到考珀伍德跑得快了一些，他面临各种巨大的阻力，却竭力去追求巨大的利益，眼下芝加哥市内铁路事业并不糟糕，对此他也明白，如果他做的事情有利于考珀伍德的事业，自己是否会辜负伊利诺伊州广大选民对他的信任呢？难道他就不能光明正大地在众目睽睽之下把这些违反大公无私的基督教理想和民主之梦的令人激扬的因素，包括贪婪的野心、极度的自私统统揭露出来吗？

无论何时何地，在物质占有的冲突中，理想的观点一旦掺入其中，生活就提升到了戏剧的境界，进而也就上升到了艺术的高度。就是这种理念，永远燃烧着特洛伊的烽火，在亚俾拉的马蹄声中和滑铁卢的炮声中永远回响着隆隆的声音。理想在这里出现了危机，一个人的梦想几乎与一市、一州或一国的主要梦想相背而立，一个卑躬屈膝、摇摆不定的民主政体盲目地缓缓挣扎着站起来。在州长看来，个人的理想与人类的理想的冲突彼此对峙着，这种冲突发生在内地一个小农舍星罗棋布的州内，这里的人都是乡下佬、粗人、乡间市集上随意跳舞的提琴手。

经过慎重考虑之后，斯旺森州长决定否决这个议案。考珀伍德依然像以前那样开心，对自己的逻辑和个人主义理念深信不疑。他决定，只要能让自己走向胜利、只要能让自己最终登上他亲手筑造的豪华宝座，一切手段他都要去挨个儿试试。他首先用一种曲折的手段，通过立法机关来活动此事，可步步都受到报纸的攻击，后来他郑重委托许多人，包括州议员们、C.W.-1.R.R.铁路公司的代表们、局外公司的成员去见州长，但斯旺森却不讲情面。他看不出他会凭着良心批准这个议案。最后，有一天，当他坐在芝加哥商务办公室时，衣着整洁、表情欢快的前法官、现任北芝加哥市内铁路公司高等法律顾问的内厄姆·迪肯西兹进来了。这座大楼令人心生烦恼，而这个房间也是不祥的房间，就是这座大楼后来导致了他们破产，这也正是他现在心情抑郁的原因。迪肯西兹身材高大如同巨人，面色红润，衣着讲究，表情庄重而殷勤，他既是思想家，又是辩论家。斯旺森非常了解他的声望和其他情况，只是在个人来往上，他们是初次相识。

"你好吗，州长？我特别高兴又见到你。听说你回芝加哥来了。我从早报上得知，那件苏瑟克公用事业的议案递交到你的手里了。我认为，我得过来就此事和你探讨几句，如果你没有异议的话。三个星期以来，我一直在考虑，在你还没有作出决定以前，到斯普林菲尔德去与你探讨一下。我冒昧地问一句，你是否已决定否决它？"

这位退职的法官身上有一点香气，干净整洁，彬彬有礼，手里提着的一只大黑皮包，此时已放在身边的地板上了。

"是的，法官，"斯旺森答道，"我已决定否决它。我不知道有什么实际的原因去支持它。当前在我看来，这项议案模棱两可，又有些特殊，而此刻并非急需。"

州长略带一点瑞典口音，充满理智和个性。

随后是一阵漫长而安静的、充满了哲学味的商讨，讨论着这种状况所有赞成和反对的理由。州长疲倦起来了，漫不经心了，但是，他却准备容忍去倾听那顺着一条已十分了解的线索谈下去的议论。他当然也清楚迪肯西兹是北芝加哥市内铁路公司的法律顾问。

"我非常高兴听到了你想要说的话，法官，"州长最后说，"我希望你不要认为我没有仔细地斟酌过这件事情，我早已认真思考过了。在斯普林菲尔德那里所做的一切事情，大多数我都是了解的。考珀伍德先生是个非常有能力的人，我责怪他就像我责怪此刻正在那里活动着的其他二十家公司代理人一样。我清楚他所面临的困境。他不能指责我同情他的仇人们，因为他们实际上并不同情我。就连报纸的话我也不信。这是一个关于民主政治的信仰问题，我本人和很多人的理想不一样，我还没有否决那项议案。这并不意味着，绝对不会发生什么事情促使我签署那项议案。我现在的建议是，除非我听到比我已听到的对它更有利的事情，不然的话，我就一定要否决它。"

"州长，"迪肯西兹站起来说道，"我感谢你的好意。我决不会超出你个人的信仰和你个人对公正的认识范围来对你进行劝说。我也已经再三和你谈过了，让这件市内铁路特许证的事情脱离个人感情、公愤、嫉妒、攻击、废话和一切其他正在做的、要使考珀伍德先生的事业蒙受挫折与损失的种种影响，这是多么重要、多么公正啊！我告诉你吧，全是嫉恨。他的仇人们情愿牺牲一切正义与公平的原则，绞尽脑汁地把他排挤出去，归根结底就是这一句话。"

"这或许都是真实情况，"斯旺森说，"但这还涉及另一个原则，你好像没有注意，根据本州宪法，人民有权对根据原来特许证所规定的契约的期限和方式重新考虑和评估。你们建议的是节省个人费用的立法，这就使民众和市内铁路公司的契约没有效力可言，而且是在民众除了服从州的立法权力和控制之外，有权渴望对这些事进行充分而自由的思考的时候，凭借权势或任何其他手段，使州立法机关在此时过问甚至干涉，都是不正当的。这些议案所包含的各种建议应该在下一次选举时向民众提出来，支持或者不支持，都应当取决于民众。这件事应该这样办。如果走进立法机关，进行动员或收买表决票，随后盼望我在这所有事情上签字，最后得到满意的结果，那是不可以的。"

斯旺森既不发火，也不表现出反感。他的态度镇静又果断。

迪肯西兹的手在又宽又高的太阳穴上按了一下。好像正在思考什么事情，考虑着从前没有说过的话和采取过的行动。

"那么，州长，"他说，"无论如何，我都要谢谢你。你实在是太好了。顺便说一下，我看见你这里有一个很大的保险箱。"他把他的那只大皮包拿了起来"我是否可以把这件东西放在这里一两天，麻烦你照看一下？这里面有一些文件，我不想随身带到乡下去。请你把它锁在你的保险箱里，我以后派人来取，好吗？"

"好的。"州长答道。

他取过来，放在下层的空处，把箱门关上，锁住。两人友好地握手分别了。州长又开始静静地思考，法官匆忙去乘车。

第二天上午，大概十一点钟时，斯旺森仍然在他的办公室里忙碌着，苦思冥想着用什么办法能筹集十万美元，来支付这幢大楼的贷款利息、修理费用和其他开支。因为这座大楼入不敷出，所以就成了一个负担。就在此时，他办公室的门开了，非常年轻的秘书递上来一张弗兰克·阿尔杰农·考珀伍德的名片。州长以前从未见过他。考珀伍德神情自若地进来了，精神饱满，精力旺盛。他如同一张崭新的钞票，干净利落，形象鲜明，一丝不苟。

"我想，是斯旺森州长吧？"

"是的，先生。"

两人彼此戒备地对视着。

"我是考珀伍德。我过来和你说几句话。我只耽误你很少的一点时间。我不想重复以前说过的话。我相信你完全了解那些状况。"

"不错，昨天我与迪肯西兹法官交谈过一次。"

"是的，州长。你都了解了，请你允许我向你再说一件事情。我了解过，你可以说是一个穷人了，如今实际上，你全部的钱都冻结在这幢大楼上了。据我所知，你曾去过两个地方，申请过十万美元的贷款，但都被拒绝了，因为你除了这座大楼以外没有足够的担保品，而这座大楼现在是已抵押到极点了。你也肯定清楚，那帮打击你的人现在正在打击我。我是流氓，我自私自利，我是一个雄心勃勃的唯利是图的人。你并不是流氓，却属于危险人物，因为你是一个理想主义者。无论你是否否决这项议案，只要打击我的这帮人又成功地打击你（他们一定会成功的），你就决不会再当选为伊利诺伊州的州长。"

斯旺森那双乌黑的眼睛放出愤懑之光。他点了点头。

"州长，我今天上午到这里来就是向你行贿的，如果能办到的话，你的理想我是不支持的。一句话，我不相信你的理想能变成现实。我敢推断，你所信仰的我都不相信，人生或许与你或我所想的毕竟不尽相同。可与别人比起来，我还是同情你的。只要你肯向我借，我可以借给你十万美元，而且还能另外再借给你二十万、三十万或四十万美元。你根本不需要还我一分钱。显然，如果你想还，也可以，随便你。迪肯西兹法官昨天带到这里来、现在正放在你的保险箱里的那只黑皮包里就有三十万美元现金。他没有胆识向你挑明。请你签署那项议案，让我将那些想打倒我的人打倒。以后你想参加任何政治竞争，不管是本州的还是全国的，我都愿意花上我能运用的一切资金和力量来鼎力支持你。"

考珀伍德的眼睛明亮得如同温和的大牧羊犬。其中含有一种同情的、丰富而深情的恳求意味，甚至还带有一种对那些难以言表的事物的哲学上的思索。斯旺森站了起来，"你真的不是在说你想公开向我行贿，是吗？"他问道。虽然他照样有一种正常的冲动，要爆发一场道学家义正词严的责备，但他当时却不得不察看对方的观点。他们朝着不同的方向前进，走着不同的道路，最终的目的是什么呢？

"考珀伍德先生，"州长继续说，他的面容如同戈雅画中的人物，他的双眼闪耀出一种理解的同情之光，"我认为，我应该憎恶这种状况，但我却不能够，了解了你的观点我非常难过，但是，我既不能帮助你，也不能帮助我自己。我的信仰、我的理想强迫我否决这项议案。一旦我放弃了我的信仰和理想，我的政治生命也就结束了。我也许不会再当选为州长，但那无所谓。我本来可以用你的钱，但我坚决不用。对不起，我只得和你说再见了。"

他慢慢地向保险箱走去打开箱门，取出皮包，最后提了过来。

"你要随身把它带回去。"他补充道。

两人好奇而悲苦地互相对视了片刻，他们两人，一个内心有着经济上、政治上和道义上的烦恼，一个充满着一种无法克服的决心，即使失败也绝不认输。

"州长，"考珀伍德用充满柔和、满意、镇定自若的语气说，"总有一天，你会看见另一个立法机关、另一位州长签署这样项议案。显然，这届议会是办不到了，但将来一定能办到的。我并没有失败，因为我的目标正确，合情合理。在你否定了这项议案之后，请你还是来看我，如果你需要，我一定会将那十万美元现款借给你。”

考珀伍德转身走了出去。斯旺森否决了那项议案。后来他从考珀伍德那里借了十万美元，挽救了破产的命运，此案是有据可查的。

# 第五十六章　严峻考验

斯旺森拒绝签署那项议案，得知这一消息时，希利哈和汉德兴奋地搓着手，由衷感受到了称心如意的快感。

"好啦，霍思迈，"第二天，希利哈在他们喜欢去的那个联合会俱乐部相遇时说道，"看起来我们好像有了一点进展，不是吗？我们那位朋友的小诡计失败了，不是吗？"

他对他那位忠实的朋友微笑着，有些喜出望外。

"这次他的确失败了。我不清楚下一步他会采取怎样的行动。"

"他还能做些什么我看不出来。现在他要明白，不接受一个有损他利益的折中办法，他是弄不到特许证的，但如果他能够接受，他就卖不出他那联合运输公司的股票。这项立法计划他肯定花了整整三十万美元，可他又有什么成绩可炫耀呢？除非我全部估计错误，新的议会绝对害怕牵涉任何与他相关的事情。看不出斯普林菲尔德的政客们还会有谁希望再把报纸的火引到自己身上来。"

希利哈现在意识到虽然自己相当有势力，十分了不起，但实际上只是精于世故而已，他以报纸宣传为法定的理论显然已初见成效。汉德这个人比较老成稳重，对人事无常、变化不定的在下面侵蚀着、破坏着的暗流时刻敏感。尽管他认同希利哈的观点，但却没有十足把握，仅仅觉得情况大抵如此。

在此期间，考珀伍德越来越强烈地意识到，想在社交方面拯救爱琳几乎就是徒劳。"有什么作用呢？"他经常问自己，并默默地思量着爱琳的思想计划和行动。与伯里莱茜那种女人天生的才华、情趣、魅力和微妙进行比照，他觉得，只要伯里莱茜愿意，她就能把现在让他苦恼的、一切愚蠢的社交上的抵抗全都巧妙地抹除。他常想，这纯属女人的玩意儿，在他还没有找到合适的女人之前是很难处理好的。

　　与此同时，爱琳却以她个人的想法来看待这种形势，好像自己不具备一定的交际资格，仅仅凭有钱是没有用的。这让她倍感难过，但她仍然不甘心放弃她的梦想。她反复自问，到底是什么原因造成了女人与女人之间这种巨大的差异呢？这个问题本身就含有答案，可她却并不清楚。她风韵犹存，依旧十分漂亮，而且还是一个擅长按照她自己的方式和情趣梳妆打扮的能手。报纸对西部新来的一位亿万富翁和他所建的豪华公馆曾那样大肆吹捧，以致那些商店老板、店员、饭店仆役都认识她了。在这种地方，只要一说出她的姓名，别人总是略微吃惊地向她致意，快速地互递眼色，紧接着就交头接耳地小声议论，甚至公开评价。这实在太了不起了，而那些最上流的交际小圈子更是了不起，更是完全不一样。群众中的影响和声望对这种小圈子是根本没有任何影响的。真的，如何不同呢？凭考珀伍德在芝加哥说过的话，她始终幻想着，等他们在纽约正式定居时，他就会努力改正他以前的错误，限制他那满不在乎的私通次数，并且要显示出家庭和睦融洽的气氛。但现在，他们真的来了，她却发现，他更关心伊利诺伊州他那扩大了的政治经济纠纷、更关心他的美术珍藏，而对新居中可能会发生什么事情或可以让它发生什么事情没有多少兴致。和往日一样，他晚上总是不在家，总是突然出现，又突然不见人影，这些情形经常让她迷惑。可是，尽管她下定决心，尽管会秘密或公开地发怒，她却无法摆脱考珀伍德的影响，无法摆脱那种萦绕着并证实着一个比她所认识的任何其他人都伟大得多的人物的吸引力。既没有荣光、美德和持久的仁爱，也没有同情，而只是一种泡沫似的、无所畏惧的自满和一种创造性的建设性的美感，正如沐浴着阳光的浪花，闪耀着朝阳的光，稍纵即逝，在大海上起伏漂荡，生死重叠。无论人生怎样暗淡阴沉，都决不会让他的灵魂蒙上阴影。爱琳在他建造的公馆里陷入沉思，无聊地发呆，她想象得出他是什么模样，那兰花庭院内的银色喷泉，那有花鸟的粉红大理石房间的桃色光辉，那琳琅满目、让人大开眼界的美术珍藏，一切全都像他，的确就是他灵魂流露出的情调。想想看，她毕竟不是那个使他百依百顺用坚挺的金钱把他系在自己石榴裙下的女人！想想看，他竟然不愿意继续沦为情欲的奴隶，在她那迷人的灵魂和肉体的马车后紧紧相随。但是她依旧不甘心。

此时经过精心策划，凭自己不怕痛苦的坚韧精神，考珀伍德对卡特尔的家庭重新进行了临时有效的安排。在卡特尔夫人心中，他依然是一位光明的天使。她确实伤感地为考珀伍德祈祷，为他的毫不自私和长期慷慨做证。另外，伯里莱茜却正在两种欲望之间踌躇不定，她既渴望享受奢华，又想遵从当时社会的伦理与道德。考珀伍德是已婚之人，因为他对她表示爱慕，他的金钱就好像染上了污点。她早已考虑到了他与爱琳的关系，考虑到了他们夫妇不融洽和睦的根本原因，而且毫不怀疑，为什么他从来既不介绍她、也不介绍她母亲与爱琳见面。这第二位考珀伍德夫人是一个什么样的女人呢？除一般地谈及之外，考珀伍德从来没有特别提过她。伯里莱茜确实想用什么不惹人注意的方式找到她，十分碰巧的是有一天晚上，她不费吹灰之力就达成心愿了。当时她正在和朋友们一起观看歌剧，她的朋友用手肘轻轻地碰了碰她的臂膀。

"你看见九号包厢里那位穿着白缎子衣服、披着绿色花边围巾的太太了吗？"

"看见了。"伯里莱茜将望远镜一抬。

"她就是弗兰克·阿尔杰农·考珀伍德夫人，那位芝加哥大富翁的妻子。他们在六十八街造了那幢房子。我觉得，他已分期包下了九号包厢。"

伯里莱茜大吃一惊，但却保持着镇静，只淡然地瞥了一眼。不久她就认真地校准望远镜，来认真观察考珀伍德夫人。她惊讶地发现，爱琳的头发有点像她自己的头发，只是略微红些。她审视着她那双眼睛，周围微微显现出黑眼圈，她那润泽的脸庞和她那圆圆的因饮酒过度而有点变厚了的嘴唇。她认为爱琳外表非常漂亮，不比她自己的年龄大太多。到底是年龄，还是什么根深蒂固的知识上的差异使考珀伍德疏远她呢？显然，考珀伍德夫人四十出头了，这一事实并没有让伯里莱茜感到丝毫的满意或觉得有利。她的确没有特别想考虑到这一点。可她确实考虑过，她用心观察的这个女人，她大概把一生当中最美好的青春，把那少女时期最迷人的时光全都奉献给考珀伍德了。可现在他却对她讨厌透顶！爱琳的眼角和嘴边仔细扑过粉，但仍显现出一些小小的皱纹。在她身上，还仿佛流露出不可思议的顽皮和娇生惯养。与她坐在一起的是两个男人，一个是著名的演员，潇洒却不正派，有着行为不检点的下流名声，另一个是年轻的冒牌交际家。当然这两个人伯里莱茜都不认识。她是听她的一位爱说话的年轻朋友说的，碰巧，那位朋友多少了解一些本市的风流韵事。

"我听说，在演艺界她曾引起过极大的轰动，"那朋友说，"如果她打算进入社交界，这样的开端可是不明智的，你认为呢？"

"你听说过她渴望进入社交界吗？"

"从各种迹象上可以看出来，这里有一个包厢，五马路有一幢房子。"

仔细观察爱琳后，伯里莱茜有点迷惑了。但是她依然具有极大的优越感。她的灵魂似乎在爱琳生活的上空盘旋着。结交这类男人明显就是个错误，爱琳缺乏交际的眼光。由于考珀伍德成功地取得了相当高的地位，他有资格流露不满，这点是毫无疑问的。在他事业辉煌之际，妻子不能与他并驾齐驱，或者确切地说，没有让他着迷，没有像长翅膀的胜利女神一样迅速飞在前面。伯里莱茜思忖着，如果她应付这类男人，她绝对不让他真正了解她，她要让他感到惊奇和怀疑。她绝对不让忧虑和失望的皱纹有损她的容貌。她要自我设计，大胆设想，她要隐瞒、躲避。他得讨好她，不管他是什么人。

但现在，她已二十二岁了，还没有结婚，她的背景没能给她强有力的支撑，就连自己所走的路面好像都不结实。布拉克斯玛清楚，比利思·卡德塞和考珀伍德也清楚，在那个致命的晚上，至少有三四个熟人一定都在瓦道夫饭店里。这还能隐瞒多久呢？她肆意接受更为广泛的邀请，并打算看看在艺术界是否有什么门径可行。她试图用这种方法逃避她的母亲和考珀伍德，改变这种局面。她学习了绘画，创作了数幅油画，送到画商处去卖。她的作品微妙、冷静、怪僻，充满幻想。一幅带紫边的雪景；一幅沉思的森林之神，阴沉地面对云雾缭绕的山谷冥思着；一幅潜伏的魔鬼窥探祈祷的玛嘉丽蒂；一幅受巴杰尔夫人的鼓励而绘的荷兰室内画，还有几幅跳舞图。脸色阴暗、态度冷漠的画商答应代销，但同时却抱怨销售困难，新人太多，艺术创作是件长期的苦差事。只要她能坚持画下去，再让他们看看别的东西。这样，她就把念头转到舞蹈上去了。

当时舞蹈这种艺术形式正被介绍到美国来。有一个名叫阿尔西雅·贝克尔的人就用这种方法在社交场中引起了很大的轰动。伯里莱茜一心要追上或超越这个女人的成就，就设计出自己的几套舞蹈。一种她称其为"恐怖舞"，一个名叫宁芙的仙女在春天的森林中跳舞，但最后却被一个牧神孚恩追逐并吓住了；另一种被称作"孔雀舞"，是一种幻想舞蹈，表现骄傲的扬扬得意；还有一种被称为"修女舞"，这是从罗马合唱礼拜中学习借鉴而来的练习舞。在波珂诺，伯里莱茜花费很多的时间去研究服饰、设计姿势等，最后她对巴杰尔夫人暗示出这个计划，声称自己喜欢这种舞蹈，同时又表示这可能或多或少地赚点钱。"怎么，贝菲，你这是说什么话呀！"巴杰尔夫人说，"再说你还有你的远大前程。你为什么不先结婚，随后再从事你的所谓舞蹈艺术呢？这样，你也许会引起极其大的关注的。"

"因为丈夫吗？简直太滑稽了！你打算建议谁和我马上结婚呢？"

"啊，提到这个话题，"巴杰尔夫人答道，话音轻微一扬，含着责怪的意味，心里想着基尔默·杜尔玛，"当然，你的需要并不是那么紧迫吧？如果你要从事职业性的跳舞，我以后可能会与你绝交。"

她露出了一种最可爱而又最懂事的笑容。只要一提出她的意见，巴杰尔夫人总会吸吸鼻子，咳嗽一声，伯里莱茜发现，这种谈话能产生这种影响。在巴杰尔夫人的世界里，贫穷是一个可怕的话题。只要提到穷字，就暗示着一种恐怖，或许就等于错误或罪孽。现在伯里莱茜揣测，别人甚至会更快地表示害怕。

不过，在此之后，有一次她随便调查了一下剧院的雇员状况。这是一种最让人不安和难堪的经历。单是那些沉闷的办公室的色彩和气味、那个虚伪世界里的无礼贪财的仆役、那些难以忍耐的追求者和参加者就够人受的了！那种低俗，那种厚颜无耻，那种卑劣下流，那种淫秽放荡，如同一股令人作呕的气息向她扑面而来，把她吓坏了。哪里还有什么高雅？哪里还有什么优美？在这样混浊的世界里，如何去做才能挺起身来维持自己的人格和尊严呢？

考珀伍德想在公园路给她们买幢房子，作为一个联系场所，将来有利于伯里莱茜，也可以作为他的临时宴会厅。一心享乐，盲目贪图安逸的卡特尔夫人对此求之不得，这可以使她将来在经济上高枕无忧了。

"我了解你的情况，弗兰克，"她说，"我明白你需要一个你能称为家的地方。所有问题都在贝菲身上。在那个无耻的家伙说我那些坏话以后，我几乎不能和她交流。无论我建议什么事情，她好像都不愿意接受。你对她的影响要比我大得多。如果你去说清楚，也许行得通。"

考珀伍德马上看出时机来了，他很满意她母亲敢于承认自己的弱点，于是他就去看伯里莱茜，不过还是用他那套通常的间接引导的方法。

"贝菲，你了解的，"一天下午，他见她单独在家时说，"我一直在考虑，如果我在纽约给你和你母亲买下一幢大房子，你和她能大规模地招待客人，这样可好？既然我不能把钱花在自己身上，我还不如将它花在会花钱的人身上。你完全可以把我看成你的舅舅或叔叔。"他淡然地补充道。

伯里莱茜十分明白他给她设置的这个圈套，同时也觉得为难，她还发现，一幢房子，如果漂亮精心地布置起来，倒是一份不错的资产。交际场上的人都是喜欢固定的豪华住宅的。她看透了这一点。只要母亲过去的事情不记在她的名下，什么样的宴会不可以开呢！可母亲的事却是一个相当大的障碍。这就如同一种神话似的场面，金光闪闪，灿烂辉煌。再说考珀伍德一向是很有外交手段的。他带着殷勤而动人的笑容走过来。他那双手看上去是那样完美。

"如果照你说的那样，房子会把这笔债加大到让我们偿还不起的田地，我想。"她嘲讽地说道，带着一种伤感的、几乎是鄙视的表情。考珀伍德感受到，她那能洞察一切的聪明心眼太了解他那狡猾的诡计了，不禁感到有些畏惧。她认为自己的命运是操控在他手里的，但只要她同意，他那巨大财产的每一美元都将马上服服帖帖地堆在她的脚边。只要是金钱能买到的，她想要什么，就会有什么。她可以让他走，他抬脚就走；叫他来，他立马就到。

"伯里莱茜，"他站起来说，"我明白你的意思。你认为我是打算运用这种手段来增加我的筹码，可实际上并非如此。把整个印度的财富都交与我，我也绝对不会做出对你不利的事情。我已把自己的立场告诉了你。我所有的钱都是你的，你想提出什么条件，就根据什么条件去处理。除你之外，我没有前途，什么前途都没有，艺术当然也不例外。我并不奢望你能和我结婚。把我的全部财产统统拿去吧。将交际场踩在你的脚下吧。别以为我会把它算作一笔账。我绝对不会。我希望你能保持你自己的立场。你只要回答我一个问题，我决不多问半句。"

"是吗？"

"如果我现在是单身，而你也没有与谁恋爱或结婚，你究竟会不会考虑我呢？"

他的眼睛从未像现在这样表现出一种恳求的神情。

她猛然一惊，脸色变得紧张而严肃，接着又很快放松了。

"让我考虑一下，"她说，眼睛微微一亮，头突然一抬，"这几乎就是求婚了，是吗？可你没有权利提出来呀。你并不是单身，而且将来也未必会那样。我为什么要把自己置身于将来去考虑问题呢？"

她冷漠地走了出去，考珀伍德静静地待在那里，独自静思默想。显而易见地，他有几分胜利了。她并未流露出太大的诧异。她肯定喜欢他，愿意嫁给他。

　　症结就是爱琳了。

　　现在，他比任何时候都更明确、更强烈地渴望自己是个真正自由的人。如果他真想将伯里莱茜弄到手，他就必须说服爱琳与他离婚。他默默地思考着这个问题。

# 第五十七章　最后手段

搬到新公馆住了一段时间，爱琳才发现一点证据，得知有伯里莱茜·弗雷明这个人。通常他会有几个女人，可能有些还是她了解的，如斯蒂芬妮、汉德夫人、弗洛伦斯·柯琪兰或者后来的几个女人，但只要她们不来干扰她，她就告诉自己还没到最糟糕的境遇，聊以自慰。说实话，考珀伍德只要是到处胡搞，只要他到处拈花惹草而不被某一个女人纠缠不休，她就不会绝望的，因为，毕竟她已高明地把他缠住过，把他抓住过。她觉得，整整十年他没有发生过特殊的变化，这种情况在以前或以后，没有哪个女人能达到她的水平。莉苔·索尔倍或许已办到了。想起莉苔那个婊子，她就恨得咬牙切齿！不过如今，考珀伍德逐渐老了。总有一天，他就不喜欢变换花样了，至少他会认为不值得再换来换去了。只要他没找到某一个女人、某一个妖精在晚年来迷惑他、征服他，如同她自己早年曾经做过的那样，那么一切可能还是十分不错的。同时，她每天都处于惊恐之中，恐惧有新的发现。但是，这种新的发现不久就随之而来了。

有一天，她去拜望芝加哥雕刻家利格力尔曾给自己介绍过的一个人。她坐在一辆考珀伍德买来给她享用的新法国汽车里，穿过中央公园，她的目光顺着一条岔道瞟到另一辆与她自己汽车相像的汽车。这还是下午很早的时候，这时考珀伍德一般都在华尔街忙碌。可此刻他却在这里，有两个女人与他在一起，在汽车飞驰而过时，爱琳没能看清那两个女人。她让司机停下来，随后开到一簇矮树丛后面能看得见那辆汽车的地方。一位陌生的司机正在修理那辆别致的汽车，考珀伍德和一个高挑的红头发有点像自己的姑娘站在草地上。她表情超脱，洋溢着诗意，洒脱自由。爱琳使劲琢磨那种表情，但她却完全把她的注意力吸引住了。汽车的后座上坐着一位上了年纪的太太，爱琳马上推断出她就是那个姑娘的母亲。可是，她们究竟是谁呢？这时考珀伍德在公园里干什么呢？他们去哪里呢？爱琳因为嫉妒而感到十分恶心，她观察到了考珀伍德脸上的笑容，那种神态和那种含意她再熟悉不过了，多年以前，那副笑容几乎随时都是送给自己的。不久，那辆汽车开走了，她吩咐她的汽车司机，保持一定的距离尾随那辆汽车，而且要避免被发觉。最后，她看见考珀伍德和那两个女人在一家大旅馆门前停下来，她可以不慌不忙地端详他们，伯里莱茜脸庞的每个部分都令她欣赏，那娇嫩的尖尖的下颚、那鲜亮坚毅的蓝眼睛、那直挺而敏锐的鼻子和红褐色的头发。她把领班叫来询问那两个女人的姓名，领班为了报答她赏给的丰厚小费，立刻如实相告。"我想是伊拉·卡特尔夫人和她的女儿弗雷明小姐，伯里莱茜·弗雷明小姐。卡特尔夫人从前是弗雷明夫人。"爱琳最后尾随着他们走出来，乘坐自己的车子一直跟到她们家门口，注意到考珀伍德进去了。第二天，她打电话到那幢公寓去询问，证明他们的确就住在那里。琢磨几天后，她雇了一个侦探，后来才知道，考珀伍德是卡特尔家里的常客，她们坐的那辆汽车原来是他的，停在另一间汽车房里，而且她们确实是社交界里的人。如果爱琳不是目睹了考珀伍德在公园里和饭店里注视着那个姑娘时那种性饥渴的样子，她绝对不会这么来劲地追踪这条线索。

任凭是谁，千万不要嘲讽单恋。它的触角会像癌症一样绝望，它的手紧握着，像死亡一样冰冷。从此以后，爱琳无论是坐在房间里，还是乘车、散步、购物，或是拜见她勉强结识的几位朋友，从早到晚她始终想着这个新的女人。那张娇嫩的白皙的面孔总是在她心头萦绕，挥之不去。她凝望时显得那么超然的那双眼睛在端详什么呢？是爱情吗？是考珀伍德吗？是的！是的！爱琳感觉到，这座房子的高昂价值，她重返社交界的梦想刹那间统统消失殆尽，永不复返了。而自己却已经历了如此多的苦，忍受了如此多的气。考珀伍德已有两个星期不在家了，在房间里她郁郁寡欢，唉声叹气，频繁发怒，然后就酗起酒来。最后她派人把一个演员找来，那个人之前曾在芝加哥向她献殷勤，后来又在这里的戏剧界遇到了他，与其说是欲火中烧，倒不如说是醉酒郁结中的报复，接着又一连胡闹了数天，肆意饮酒、放纵肉欲、相互责骂、痛恨和绝望。最后她终于清醒了。她想知道，考珀伍德现在如果知道了这一切，会如何看待她呢？他还会再爱她吗？他能宽容她吗？但是，他又有什么值得考虑的呢？他活该，这个狗东西！她要给他点厉害看看，她要破坏他的理想，她要让自己的生活成为耻辱，并且也要让他的生活成为耻辱！在所有人的面前她要丢尽他的颜面。他绝对离不了婚！他绝对不能与那样的女子结婚而把她抛弃，绝对不可以，绝对不可以，绝对不可以！

考珀伍德回来时，她就不由分说地对他破口大骂。

他立刻猜出，她已侦查到了自己的行动。同时，他也已经发现她那沉重的神色、发热的面庞和病态的呼吸，显而易见她已经放弃了她再次跻身社交界的梦想，开始了一种近乎淫乱的生活。他认为，自从来到纽约后，她根本没有做出任何恢复社交地位的明智之举。当他不在家时，她依旧和在芝加哥一样，在这里与那些平庸的美术界和戏剧界人士打成一片，他们具有破坏性。几天之内，他必须与她长谈一次，必须直接告诉她自己对伯里莱茜的感情，请她拿出同情和理智来。这很有可能会带来一场灾难。但是最终她还是会屈服的。绝望、自傲、憎恶会使她动摇。此外，现在还能给她一笔数目不小的财产。她可以到欧洲去或者依然在这里享受奢华的生活。只要她愿意，他会永远与她友好下去，帮助她，劝导她。

最后，交谈这样的话题简直就是做梦。在室内两人的谈话听来内容空洞，很不自然。请想象一下，五马路那幢空阔的房子里，在一个暴风骤雨的星期日晚上，那些富丽堂皇的房间里灯火辉煌。此时，考珀伍德正在市区内忙碌，游走在东部的一群金融家之间，因为他们正在影响着他在伊利诺伊州议会里的斗争。爱琳认为，爱情对他可能只是一件次要的事情，一件不再重要、不再令人魂牵梦萦的事情，他当然会觉得有一时的安慰。这天晚上，他坐在花厅里看书，看契利尼的日记，这是某个人推荐给他读的。他时而把书放下，琢磨着芝加哥或斯普林菲尔德的事情，或者记一段笔记。外面下着倾盆大雨，哗啦哗啦地泼洒在五马路电灯照耀下的柏油路上，对面的公园仿佛是柯罗画的阴影一样。爱琳在音乐室里乱弹钢琴，心不在焉。她在回味着过去的事情。她想起了林德，有半年多没有得到他的音信了；还想到了雕刻家沃森·斯吉特，她现在也不知他身在何处。考珀伍德在本市和在家时，她习惯待在家里，或者守在他的身边。从前的习惯的影响力实在太大了，当这种行为不再生效时，养成的习惯却仍然会保持很长一段时间。

"多么可怕的夜晚哪！"她说着走到窗前，从锦缎窗帘后面向外窥探。

"天气太糟糕了，是吗？"当她转身回来时，考珀伍德问道，"你今晚没有想去的地方吗？"

"没有，哦，没有。"爱琳心不在焉地答道。她心神不安地从钢琴那里站起来，走到大画廊去，她站在最近才挂上的一幅拉菲尔·桑齐阿画的《神圣家族》面前，静静地欣赏着那恬静的人物面孔。这面孔是中古式的、圣母式的、意大利式的。那个妇人看上去十分柔弱，没有血色，缺乏勇气，总之，如同没有生命。真的有这样的女人吗？艺术家为什么要画她们呢？但那幅基督画像却十分可爱。爱琳是讨厌艺术的。她只喜欢热热闹闹的鲜活的东西，而不喜欢画的东西。她回到音乐室，又来到兰花厅，正要上楼准备喝一杯酒再读一本小说时，考珀伍德对她说：

"你厌烦了，是吗？"

"哦，不。我已经习惯了寂寞的夜晚。"她淡定地答道，没有丝毫嘲讽的意思。

他无情地使生活与自己的理论相匹配，让事实适合于他的思想形式，可他也想温存，如同一道彩虹横在深谷的上空。他本来想说："可怜的姑娘，你跟着我真的让你受苦了，是吗？"但是，他即刻就意识到了她会如何理解这句话。他将手中的书放在膝盖上思考着，望着那无休止的雨洒落在大理石的美人鱼、海神和一些骑着鱼的仙女雕像上。

"在这种情形下，你当真再也不会快乐了吗？"他问道，"如果我完全离开了，你甚至会感到好过一些，是吗？"

那唯一会让他心烦的问题忽然闪现在他的大脑里，并提醒他现在是最好的机会。

"你会的。"她答道，因为她的厌倦仅仅掩饰了她的不幸，更不幸的是，她再也不能引起他的任何兴趣，再也不能激起他的感情冲动。

"你为什么要这样说呢？"他问道。

"因为我清楚你会的。我明白你为什么要问。你心中非常清楚你在意的并不是我要做什么，而是你要做什么。因为你厌倦我了，就琢磨着把我像一匹老马一样赶出去，所以你就问我那样会不会觉得好受一些。你是一个什么样的骗子呀！弗兰克！你实在太阴险狡诈了！怪不得你能成为亿万富翁。如果你能长期活下去，你会慢慢吞掉整个世界的。你千万不要以为我不知道纽约的伯里莱茜·弗雷明以及你如今如何对她大献殷勤。这一切我全都知道。我清楚，这几个月以来你是怎样纠缠她，而且在很久以前，你就开始纠缠她。现在你觉得她了不起，因为她年轻貌美，出入于交际场。我看见你在瓦道夫饭店、在公园倾听她的每一句话，用崇拜的目光赏识地望着她。你都这样一把年纪了，却像个十足的傻瓜！每一个小姑娘，只要她两颊红红的，脸蛋像个洋娃娃，就能将你玩得团团转。莉苔·索尔倍这样做过；斯蒂芬妮·普娜塔这样做过；弗洛伦斯·柯琪兰这样做过，还有塞西莉·海格宁。天知道你还有多少女人是我没听说过的。我认为，汉德夫人那个娼妓还在芝加哥和你同居过。现在却是伯里莱茜·弗雷明和她那个固执的母亲了。据我了解，目前你还没有把她弄到手，兴许是她的母亲太精明了。但最后你可能会得手的。她们追求的与其说是你这个人，还不如说是你的钱。啊，我是太不幸了，但这并不是你能拯救的事。凡是你能做出来的让我不幸的事，你都事无巨细地做到了，现在你却说我离开你后，会更加快乐。你真是个聪明绝顶的家伙！我了解你就像我了解自己的十根手指头一样，你在任何时候，用任何方法都骗不了我。对这件事情，我无能为力，我不能阻止你和女人相好而不闹笑话，为什么让人们到处议论你呢？因为一个女人被别人看到与你待在一起，就彻底能永远注定她的名声了。现在，整个百老汇都知道你在追求伯里莱茜·弗雷明。她的名字马上就会像你从前玩过的那些女人名字一样好听。她还不如委身于你。如果她真的名声很好，现在也算完了。你相信这话好啦。"

考珀伍德被这些话严重地刺激到了，他恼怒不已，尤其是她提到伯里莱茜。他在琢磨，应该如何对付这种女人呢？她的话实在不堪入耳，她的那种言辞，她的那种偏执和力量，像极了一个泼妇，千真万确，他和她结婚就是一场大错。但是，控制她的权力现在很大程度上仍然掌握在自己的手中。

"爱琳，"在她讲完后，他冷漠地说，"你说得太多了。简直是胡言乱语。我觉得你变得低俗了。现在我对你说几句话。"他用凌厉而平静的眼神注视着她。"我并不想对你说道歉的话。随你怎么想。我知道你为什么要说那些话。但问题是我希望你彻底搞明白。如果你还算是一个女人，最后的情形也许有点不同。我不爱你了。你如果希望听到另一种说法，那就是我厌倦你，我早就厌倦了。就是因为这个缘故，我才与别的女人往来。如果我不是对你厌倦了，我才不会那样做呢。再说，我已爱上了别人，爱上了伯里莱茜·弗雷明，而且我盼望着继续爱下去。我希望我是自由的，这样的话，我就能在另一种基础上重新组建我的家庭，在死之前得到一些安慰。实际上你也不再爱我了。你不可能爱我。我承认我对你不好。但如果我真爱你，我是不会那样做的，对吗？我对你的爱早已死了，这并不是我的过错，不是吗？当然也不是你的错。我并不责怪你。爱情并不是一堆煤，能随时用风箱将它吹燃，烧出熊熊烈火。爱的火焰熄灭了，那就完了，既然我不爱你，而且不能爱你了，你为什么还希望我留在你的身边呢？你为什么不放手让我们离婚呢？你离开我，幸福或不幸福就像和我在一起一样。为什么不呢？我渴盼重新获得自由。我在这里倍感煎熬，而且这种煎熬已经很久了。我能做出任何你认为公平合理的安排。我可以把这幢房子给你，还有这些画，只是我根本看不出你要这些画有什么用（如果有办法考珀伍德当然不愿舍弃那个画廊）。我完全可以终身支付你想得到的任何费用，或者，我立即就给你一大笔现金。我渴望自由，我希望你能成全我。你为什么不能通情达理，让我实现心愿呢？"

说这通长篇议论时，考珀伍德先坐着，后来站了起来，爱琳听到他说他的爱情已死了，脸上有点失色，用一只手在额上把眼睛遮住。这是他第一次赤裸裸地毅然决然对她宣布此事。就在这时他站了起来。当时他的态度冷漠而果断，还带有一点报复的意味。现在她清楚地意识到，他说的一切都是真的。他对过去的一切没有丝毫感情可言，没有甜蜜温馨的回忆，没有美好时光可以流连，然而，这一切在她的回忆里却是如此璀璨美妙。上帝呀这完全是真的！他的爱情死了！可现在她却不能相信，她不肯相信。这根本不可能是真的。

"弗兰克，"她说，并向他走去，这时他却躲开了，回避她。她双目圆睁，两手颤抖，因为感情的冲动，嘴唇一起一伏地抖动着，"你并不是那个意思，是吗？爱情没有彻底死去，是吗？你一直对我的那种爱情并没有全部死亡吧？弗兰克呀！我发脾气，我憎恨你，我说了一些可怕的难听的话，但那全都是因为我爱你呀！我自始至终都在爱着你，这你是知道的。我感到特别难受，上帝呀！我是多么的难过呀！弗兰克，你不明白，你当然不明白，有多少个不眠之夜，我的枕头都被哭湿了。我哭了又哭。我只好起来，在地板上踱来踱去。我喝威士忌，那可是原装的纯威士忌呀！因为我的心受到了极大的伤害，我想用酒驱赶苦痛。我曾与别的男人来往，左一个，右一个，这你是知道的。但是，哦！弗兰克，弗兰克！你知道，我并不愿意那样，我也不想那样！以后，对于他们，我绝对不屑于去想。那只是因为寂寞，因为孤独，因为你不肯搭理我，不肯对我友好呀。哦，我原来是多么渴望、多么渴望与你亲热地在一起度过一个小时、一个夜晚甚至整整一天哪！有些女人能够默默地忍受，但是我做不到。我的大脑不肯让我沉静下来，弗兰克，我的思维不会让我安静下来。我总是不由自主地回忆，在费城时我是怎样经常跑到你面前去，当你渴望在回家的路上遇见我的时候，或者当我经常去九街或十一街看你的时候。弗兰克呀，我可能实在对不住你的前妻了。我现在才明白，她一定经受过痛苦和辛酸！但那时，我只是个傻里傻气的姑娘，我并不理解。难道你不记得我如何经常去九街看你，我又怎样每天去费城的监狱看你吗？那时你亲口对我说，你一定会永远爱我，你绝对不会忘记我。难道你再也不能爱我，一点也不爱我了吗？你说你的爱情死了，这难道是事实吗？我变得那样年老不堪了吗？弗兰克呀，请你别那样说吧！请你别那样说。我向你乞求！"

她想抓住他，把一只手握在他的手臂上，但是，他却躲到一边去了。他觉得，特别是他现在审视着她的时候，她是他绝对不肯忍受的人，更别提在审美上或在肉体上爱慕她了。她的魅力全无，魔法也已失灵。他急需的是另一种类型、另一种观念的人，但更为重要的是青春、是青春哪！比如，伯里莱茜·弗雷明那种情调和光彩。按他的本性来说，他感到一丝抱歉。他产生了同情，但那就像遥远的羊铃的叮当声，犹如波涛汹涌的大海上在黑夜的浪涛里听见的浮标的啜泣。

"你不了解情况，爱琳，"他说道，"我也无能为力。我的爱情死了。它已全部完蛋了。我回忆不起来了，我也觉察不到了。我希望能让它起死回生，但是我做不到。你必须明白有些事情是可能的，而有些事情却是永远不可能的。"

他看着她，没有丝毫怜悯之心。而在爱琳心中，她相信在他的眼晴里除了冷漠——一位实业家、资本家、阴谋家的冷漠，实在看不出其他什么东西来。想到他这样残忍无情，竟然如此坚定地对她永远关上爱情之门，她变得愤怒、疯狂起来，几乎精神恍惚了。

"哦，你不要说那种话呀！"她痴傻地央求道，"请不要说了。请你别说那样的话。只要，只要你肯相信爱情，爱情是能恢复一点点的。难道你看不出我有多么痛苦吗？难道你还没有看见这种情形吗？"

她跪了下来，搂住他的腰，"弗兰克呀！弗兰克呀！弗兰克呀！"她痛哭着叫喊起来，"我受不了！我受不了！我受不了！我受不了！我就要死啦！"

"别这样沉不住气，爱琳，"他劝说道，"这没有任何作用。我不能对自己撒谎。当然，我也不愿对你撒谎。人生太短暂了。事实就是事实。如果我能爱你，并且相信我爱你，那么，现在我就不这样说了。我不爱你。我为什么要说我爱你呢？"

爱琳的性格一部分是纯粹戏剧性的，一部分是天真幼稚、娇生惯养的，有一部分是纯粹无理性的，还有一部分是深沉隐晦和复杂等了不起的情绪。考珀伍德的话好像是把她置之不理，让她孤独终老。她听后，首先声称愿意妥协，各让一步。她没有与斯蒂芬妮·普娜塔打架，她没有与弗洛伦斯·柯琪兰打架，也没有与塞西莉·海格宁打架，也没有与汉德夫人打架，的确，在莉苔之后，她与谁都没有打架，而且也不愿再打架了。对他和伯里莱茜的交往，她并没有特意侦查，她只是无意间碰见了他们。不错，她也曾与别的男人来往过，然而……伯里莱茜确实十分漂亮，她不得不承认，然而她也还有她自己的美，至少还有那么一点儿。难道他在自己生活中就不能给她留一点空间吗？难道没有两者兼顾的余地吗？听着这种屈辱的失败的倾诉，考珀伍德感到深深地可悲和厌恶，几乎要作呕。怎样才能说服她呢？怎样才能让她明白呢？

"我也希望挽回，爱琳，"他最后心情沉重地说，"但实际上这是不可能的。"

她突然站起来，眼睛发红，只是没有了泪水。

"那么，你真的不爱我了，是吗？一点也不爱了吗？"

"不爱了，爱琳，我真的不爱了。可我的意思并不是说我讨厌你。我并不是说你作为一个女人缺乏魅力。我也不是说不同情你。我同情你，只是我不再爱你了。因为我不能。我以前经常感觉到的那种感情，现在再也感觉不到了。"

她犹豫了一会儿，不知该如何理解这种话。同时，她脸色惨白，精神比这些天更为紧张不安、恍惚不定。现在她彻底感受到了绝望、愤怒和厌倦，但是，她好像被火围住的蝎子一样，只能自己打转，她想，这完全是地狱一般的生活。人生的美好时光在不知不觉中消失了，留下的是衰老，是可怕的孤独！爱情是空的，信仰是空的，一切都是空的，空的！

这时，一束坚定、紧张和意志的光芒照亮了她的眼睛。"那么，好吧，"她冷冷地、有点颤抖地说，"我知道该怎么办，我不想这样活下去了。我不愿活着熬过今夜。无论怎样我不想了，我一定要死。"

这最后一句，绝对不是一种哭诉，而是一种沉静的表白。这可以清晰地证明她的爱情。考珀伍德认为，这是不可能的，是一时的气话，是一种威胁。她转过身，踏上近旁一段极美的，用大理石和青铜做的大楼梯，十五英尺宽，有一些大理石和女神作为中柱，还有一些雕在石头上的跳舞的人物形象。她极其冷静地走进她的房间，拿起一把短剑式的裁纸钢刀。那是一把铜柄小刀，刀刃特别锋利。她从房里出来，沿着考珀伍德还坐在那里的兰花厅上方的阳台走去，走进了温室，那里有水池、鸟雀、长凳和葡萄藤。她把门锁上，坐下来，突然伸出一只裸露的手臂，用刀刺进血管，划开一道几英寸的口子，坐在那里任血涌出来，现在她就是要看看自己到底会不会死，他究竟肯不肯让她死。

考珀伍德仍然坐在她离开他时坐着的地方，满腹疑团，既不能断定，又略感害怕，他不相信她竟会那样冲动，也不相信她会愤怒到那种程度。他并没有被打动，女人们发发脾气是家常便饭，可是……难道她真的打算去死吗？她怎么能够呢？太可笑了。人生就是这样的奇怪，这样的疯狂。但这是爱琳，她刚才说出了这种恐吓的话，也许会上楼去做！不会的。怎么会呢？然而就在他所有怀疑的背后，却滋生出一种厌恶的情绪。他回想起她曾经怎样殴打了莉苔·索尔倍。

他立即上楼，走进她的房间。她并不在那里。他赶快顺着阳台跑去，四处张望，直接来到温室。她一定在那里，因为房门关上了。他试了一下，门被锁住了。

"爱琳，"他叫道，"爱琳！你在里面吗？"没有回答。他听了一听。仍然没有回音。"爱琳！"他又大叫了一遍。"你在里面吗？你到底在胡闹些什么呀？"

"真的！"他后退了一步，意识到，"她也可能做那种事的，也许她已经做了。"除了她先前扭开电灯时惊醒一只巨嘴鸟发出的咔嗒咔嗒的古怪叫声外，他不曾听见任何动静。他的额头直冒汗。他晃着门把手，按铃叫来仆人，要各扇门的钥匙，要凿子和锤头。

"爱琳，"他喊道，"如果你不马上开门，我就想办法把门打开，门是能马上就打开的。"

仍然没有声音。

"该死！"他大声叫道。他变得狼狈起来，被吓住了。仆人将钥匙送来了。这扇门的钥匙插不进去，因为门里边还插着另一把钥匙。"找一把大一些的锤子，"考珀伍德喊道，"快拿来！给我搬张椅子过来！"随后他就用一把大锤子，用最大的力气，把门撬开了。

爱琳坐在这个美丽房间里的一条石凳上，面前是平静如镜的水池，朝阳照耀着室内的一切，热带鸟栖在树枝上，她的头发乱蓬蓬的，脸色惨白，左臂下垂，血管被划破了，浓稠而鲜红的血汩汩而出，流个不停。地板上的一摊血发紫了，令人恐惧，仿佛一块鲜红的布，有些地方已经发黑了。

考珀伍德停了一下，深感震惊。他匆忙飞身上前，抓住她那只手臂，用一方扯破的手帕作绷带系在伤口上，"快去叫人请外科医生，"同时说，"你怎么这样做呢？爱琳？真是出乎我的意料！你居然自杀！这并不是爱情！连疯狂也算不上。这纯粹是一种愚蠢的举动。"

"你并不是真正关心吧？"她问道。

"你怎么能说这种话呢？你怎么能做出这种事情来呢？"

他感到非常生气，但庆幸她没有死，却又有些惭愧，可以说是百感交集。

"你并不是真正关心吧？"她无力地又问了一句。

"爱琳，你说这话就没有什么意思了。我现在不想和你谈这件事。你还割了别的什么地方吗？"他问道，一边摸着她的胸部和身体两侧。

"你为什么不让我死呢？"她仍旧无力地答道，"总有一天我会死的。我想死。"

"好吧，总有一天你会死，"他答道，"但今晚不行。我没有料到你现在想死。这真的太过分了，爱琳，你真让人受不了。"

他挺直身子，看着她，露出镇静和难以置信的神情，眼睛里闪烁着控制的甚至是胜利的光芒。她只是渴望他来，像以前那样尽心尽力。这十分不错。他就照顾她平安地躺在床上，由护士专门看护而以后便可以尽量回避她。如果她真想自杀，他不在家时她可以做到的。但是他对她的自杀还是不相信。

# 第五十八章　抢劫犯

在一八九七年的春夏期间和一八九八年的深秋时分，在芝加哥市和伊利诺伊州，弗兰克·阿尔杰农·考珀伍德和他的敌对势力进行了最后的较量。一八九六年，新州长和一群新议员就职时，考珀伍德当机立断即刻继续斗争，新议会召集会议议事，与斯旺森州长否决原来那个公用事业委员会议案，时间相隔一年。到那时，报纸点燃的舆论历经这么长的时间，可以彻底冷静下去了。他已通过几家友好的金融机构，尤其是海克赫姆—高洛布公司和他们代表的一切潜在势力胁迫新任州长，而且已经初见成效。

此次新任州长是阿契尔，人们有时称他为前参议员阿契尔，与斯旺森不一样，阿契尔是个平凡和理想的特殊混合物，属于既狡猾又忠实和既忠实又狡猾这一类人，这种人运用不怎么可宽恕也不正当的手段往上爬。他是一个长得壮实矮小的人，头发和眼睛全是褐色的，活泼，机智，对公德抱有一般政客的看法，也就是几乎没有公德这回事。在南北战争时，他十四岁就成为小鼓手，十六岁至十八岁当小兵，后来因为军功卓越而屡获殊荣，不断升迁。在后一段时期，他担任全州退伍军人协会的领袖，由于为老军人、为他们的孤儿寡妇做了多种多样的救济工作，因而名声在外，他是英俊的美国人，一个挥舞着旗帜、嚼着香烟、口吐脏话的小个子，而同时又是一位具有昭然若揭的政治野心的人。退伍军人协会里别的人都在总统提名的名单上多少出过些风头，他为什么不能呢？在运用假声上他是一位非常杰出的演说家，并因善交际、好风度、气派足而大受欢迎。可他有与生俱来的商业头脑，所以他对有见识的人并没有太大的吸引力。在寻求州长提名时，他提出一般的建议，于是和考珀伍德结盟的海克赫姆—高洛布和其他几位公司大老板就转而打听他对拟议的公用事业委员会的态度伊始，他不肯独自承担责任。后来，他发现两家相当有势力的铁路公司即 C.W.-1.R.R. 和芝加哥、太平洋公司都和这个议案有关系，而且其他候选人在竞选中把他逼得太紧，他就有点屈服了，私下里声称，如果议会极其赞成这项议案，而报纸又不过于固执地反对，他或许愿意支持这项议案。其他候选人也表示了相同的意见，但阿契尔拥有更多的党羽，因而最后就被提名而顺理成章地当选了。

新议会召集不久，有一天，南芝加哥日报社社长罗泽哈特以来宾的身份坐在一位名叫克拉伦斯·莫利干的州参议员的座位上。罗泽哈特正坐着，一位来自麦纳德县的州参议员拉德里亲切地在他的背上轻轻拍了拍，请他到圆厅去，在那里他冒充莫利干众议员。由拉德里参议员介绍与一个姓吉拉德的陌生人见面。吉拉德先说了几句客套话，接着便直截了当地说：

"莫利干先生，有关这件苏瑟克议案，我打算和你商量一下，这件议案很快就要提到众议院里来了。我们已有七十票，可我们需要九十票。这件议案在参议院里已到了二读阶段，这就显示了我们的力量。我受命在今天上午与你谈妥，当然，这需要经过您的同意。只要议案一签署，你的一票就能得到两千美元。"

碰巧罗泽哈特先生是反对派新吸收的一员，置身于这种局面他显得特别精明。

"对不起，"他说道，"我还不知你的尊姓大名。"

"吉拉德。吉—拉—德。亨利·吉拉德。"他答道。

"谢谢你。我要认真琢磨一下。"这位冒名顶替的莫利干众议员答复道。

恰巧就在这时，真莫利干众议员当场出现了，他的几个同事高声叫着他的名字，他们恰巧逗留在休息室里，距离不远。于是那个冒名的吉拉德先生和那个狡猾的参议员拉德里都有些狼狈地退下了。不必多说了，罗泽哈特先生马上就倾斜到正义的势力那边去了。报纸当然要宣传这个小故事。这是一件非常有趣的事，它使整件事情又遭到报纸大发恶毒的议论。

芝加哥报界立马投入了战斗。他们大声呼吁，说原来的考珀伍德派恶势力又开始行动了。参众两院的议员们都受到了严厉的警告。前州长斯旺森的崇高形象被提出来作为现州长阿契尔的楷模。杜鲁门·莱斯利·迈克特纳的《调查者》上的一篇社论写道："整个计划都含有诡计多端、政治阴谋和欺骗民众的因素。芝加哥的市民和伊利诺伊州的人民全都十分清楚，真正受益的人是谁、是哪一个组织。我们决不需要一个奉行一家私营市内铁道公司命令的公用事业委员会。难道弗兰克·阿尔杰农·考珀伍德的触须又要像挟制上届议会一样来挟制本届议会吗？"

这种集中的火力与其他报纸上的许多敌对的隆隆炮火一齐进攻，激怒了考珀伍德，他放出了一些强硬的话。

"滚他们的蛋，"一天吃饭时他对阿迪生说，"我有权力把我的特许证延期五十年，而且我一定要办到。看看纽约和费城吧，哎呀，东部那两个州的议会正在笑着呢。他们压根儿就不清楚这种情况，完全是汉德、希利哈这帮人秘密勾结的结果。我明白他们在干什么，我知道是谁在幕后操纵。每次只要他们的命令一下，报纸马上像一群狗那样狂吠起来。每当阿尼尔手一动，赫索卜就跳起舞来了。小迈克特纳是汉德的密探。把当前的事情弄得如此卑鄙下流，使用一切手段击垮我。但是，他们打不倒我。我会想出相应的对策的。一个准许五十年特许证的议案将被议会通过，州长也会签署。我要亲自办这件事情。我至少有一万八千名股东想从他们的投资上得到相当不错的报酬，而我当然准备付给他们这种报酬。别人不也在发财吗？其他公司不也在挣着一分和一分二厘的股息吗？我为什么就不能呢？难道芝加哥有什么不好吗？难道我不是雇用了两万人并发给了他们优厚的工资吗？什么人民的权利、公众的义务都他妈的是废话，那些可耻的家伙！难道汉德先生在与他个人利益有关的地方，还承认半点对公众的义务吗？希利哈是这样的吗？阿尼尔也是这样的吗？去他妈的报纸！我清楚我的权力。一个公正的议会一定会给我一张合适的特许证，让本地政治骗子们对我毫无办法。"

不过，到此时，报纸已变得和这帮政客一样精明、一样有势力了。在斯普林菲尔德的州会大厦的大圆屋顶下，在州参众两院的会议厅和会议室里，在旅馆饭店里以及凡是能搜罗到一星半点情报的地方，都有他们的代理人在窥探，在打听。在这次竞选中，他们可真是名利双收。他们奉劝革新派市参议员在各区召开群众大会。他们蛊惑业主们组织起来。他们成立了一个汉德和希利哈领导的包括一百名知名人士的委员会。不久前，斯普林菲尔德的州议会大厦的那些会议厅、会议室、委员会办公室和旅馆的那些走廊几乎每天都有由新教的牧师、革新派市参议员和市民委员会委员组成的代表团跑来演讲，他们装腔作势，口若悬河，然后离开让另一批人来演讲。

"你对这些代表团有什么看法，参议员？"一天上午众议员格林诺夫问格朗狄县参议员乔治·克里斯琴，当时，一群芝加哥牧师由市长和几个有名望的市民陪同，经过圆形大厅前往讨论铁路问题的委员会，那里正在秘密商讨着众议院议案。"难道你不认为对我们的公民自尊心和道德培养的问题他们谈得极其融洽吗？"他抬起头来，两手交叉放在马夹上，做出一副严肃认真、让人尊敬的表情。

"是的，亲爱的牧师，"克里斯琴回答，脸上没有露出一丝笑容。他矮小精悍，脸色发黄，眼睛像雪貂的眼睛一样，嘴上留着很多胡子。"可你也不要忘了，主也是这样让我们做工作的。"

"的确如此，"格林诺夫同意道，"我们必须集思广益，可干活的人却不多。"

"得啦，得啦，牧师。不要把话说得太过分了。你几乎让我发笑了。"克里斯琴说，于是两人分开了，脸上都带着会心却疲倦的笑。

但是，这帮大人先生们的处事圆滑，对使报纸缄口不言毫无作用。讨厌的报纸！这里、那里、随处报道一些零七碎八的谣言、谎话甚至虚构的方案。这样彻底的政治训练，芝加哥的市民从未领教过，也从未领悟政治的精细微妙和诸多细节。参议院议长和众议院议长都分别受到了警告，提醒他们要注意自己的职责和自身形象。每天总有一版专门发表这方面的立法程序，实际上这已成惯例。考珀伍德亲自出场，厚着脸皮，目中无人，逻辑性相当强，眼中充满自信的勇气，他的魅力能快速征服人。如果说他曾戴过大公无私的假面具，那么现在他打算把它扔掉了，他公开露面，亲自来到斯普林菲尔德，住在那家旅馆里。如同战时的将军一样，他将全部兵力集中在他的四周。月光如银的六月之夜，在温暖的氛围中，斯普林菲尔德的街道安静无声，伊利诺伊州的大平原从南到北几百英里都沐浴在皎洁的月光下，乡下人在他们那简陋的房子里都进入了梦乡，可他却坐在那里，与他的那些法律顾问和立法代理人商讨着。

面临如此关键时刻，显然乡下的穷议员就十分可怜了，他既想弄到一笔看起来是合法的、便利的收入，又担心被他人指责为出卖人民的利益，因而进退两难。这帮小城镇的议员中，有些人半辈子都没有见过两千美元的现金，这个问题实在让人无语。人们在密室和旅馆休息室聚集在一起对这件事情议论纷纷。他们晚上却在自己的房间里伫立良久，独自琢磨着这件事。巨商们计划强行达到他们的目的，可民众却在行乞挨饿，这种情形相当不利。小城镇上的一些年轻记者、律师或政治家充满着浪漫幻想和理想主义色彩，都在这里被洗脑成为小小的愤世嫉俗者或收受贿赂者了。人们的信心和慈善心被折磨得几乎所剩无几了。他们逐渐意识到，除了将贿赂收下，别无选择。那些表面上看来也许是极其普通的伊利诺伊州的人东奔西走，质朴的农民和小城镇的参众议员们商讨着、迟疑着、考虑着该如何是好，但是，这其中不为人知的情况却错综复杂，有着黑暗的、可怕而又贪婪的各种各样的人，诸如志向满怀的人，持刀行凶的人，胆大冒险的人以及饿得流口水的人。

但是，因为有了可怕的叫嚣，那些较为谨慎的议员们就变得越来越害怕起来。他们家乡的朋友受了报纸的鼓动，开始给他们写信。政敌们也在跃跃欲试。这就意味着每个人都要做出相当大的牺牲，尽管实际上这钓饵显然极易吃到口中，却有许多人回避了、不安了，当众议员斯巴克思神气十足地从议席上站起来，口袋里装着设案，要求把他的议案详细记录下来的时候，马上就激起了一片喧闹。要求发言的人有一百人之多。另一位众议员迪斯贝克原本是专门负责反对考珀伍德的，他清点人数后，就相信了，虽然敌人要尽了所有手段，可他却至少有一百零二票，这是必要的三分之二的票数，他完全可以推翻议席上可能会提出的任何议案。但他的党羽们由于谨慎，却把议案表决到二读和三读。他们提出了各种各样的修正，一条是把拥挤的上下班时间的车费定为三美分，另一条是按总收入纳税百分之二十议案修正后送到参议院去，在参议院里，修改的地方被删除了，于是这项议案又被送回众议院。在这里，情况显而易见，议案不会通过，这让考珀伍德恼怒不已。

"做不到，弗兰克，"法官迪肯西兹说，"这种游戏太烦琐了。他们家乡的报纸始终用一种监督的眼光在紧盯着他们。他们没法做人。"

所以他们又提出第二项议案，勉强能安抚和缓解一下舆论的情绪，但却远远不能让考珀伍德满意。这项议案是玩弄修改一八六五年旧"肉类与面包法案"的花招，授权给芝加哥市议会颁发五十年特许证，以替代原来的二十年特许证。这就意味着考珀伍德必须返回芝加哥，在那里再进行一场斗争。这是一次沉重的打击，当然总比一无所获好些。如果他在芝加哥市议会关于特许证的问题上再打一次胜仗，那就能称心如意了。但是，他能获胜吗？他原来不就是为了躲避市议会的风险而特意跑到州议会这里的吗？他不得不忍受这样一次难堪的露面。但也说不定，毕竟芝加哥市议员们会比这帮乡下议员们的胆子大得多，更敢作敢为。他们肯定是这样的。

因此，只有上帝知晓经过相关人员怎样竭力地密谈磋商、辩论和鼓舞之后，产生了第二项议案以一百零四票对四十九票被否决的结果。这第二项议案走了一条相当复杂的道路，最后通过法制委员会提了出来。议案获得通过，阿契尔州长经过长时间的反复斟酌、权衡利弊和自我反省后，也签署了。他在智力上是个小人物，他没能预计到被激起的公愤对他具有什么意义，大庭广众之下，考珀伍德就站在他身边，当着敌人的面得意扬扬，不可一世，眼睛里闪烁着严厉而欢心的目光，展示他仍然能操控局面，仍然能鞭挞芝加哥报纸并使其服从。考珀伍德已经承诺，一旦议案通过，他就马上给阿契尔五十万美元的现金报酬，让他快速致富。

# 第五十九章　公共权益

一八九七年六月五日，用一位勇敢无畏的代表的姓命名的米尔斯议案被通过，同年十二月提交芝加哥市议会，因为提出此项议案他得了一小笔财产。在此期间，很多人都在算计、策划、搞政治活动、发表文章。虽然大家都很反感考珀伍德，但与此同时，当地社会生活中却也存在一个镇静而有钱的商业阶层，而且以彻头彻尾的敌视的眼光来审视他。他们正做着生意，他的铁路线从他们门前经过，为他们服务。他们没能发现，他的市内铁路服务和别人可能做出的服务有很大的不同。这种唯利是图的小人，他们从考珀伍德的对抗中，察觉出自己讲求实利是正确的，而且不怕坦率直言。然而，与此相反的还有一些说教者，一些可怜的、没有理性的、随风倒的木头人，他们仅仅了解那些社会上流行的高谈阔论的言辞。还有一些无政府主义者、社会主义者、单一税论者、公有制拥护者，以及一些非常贫苦的人，他们从考珀伍德的财富上，从他的纽约的房子和美术珍藏的荒诞传闻中，意识到他无情地剥削了他们。当时在美国正流行着一种说法，认为政治经济的大裂变即将来临，上层冷漠无情而独断狂妄的大老板们面临垮台。普通民众马上就要过上比较富裕、自由、幸福的生活。到处都在宣扬着全国将实行八小时工作制和公用事业公有制。可是，现在却有一家市内铁路公司，为一百五十万人服务，霸占着人民自己建造的街道，对这些平民的收费高达每年一千六百万美元到一千八百万美元，而回报人民的却正如报上所言，除了差劲的服务，破旧的车辆外，就是在拥挤的上下班高峰期让乘客没有座位，没有通用的换车票（实际上全市共有三百六十二个换车点）。而且本市对它的巨额盈利没有收取应收的税款。工人们在他们那简陋住处的厨房或客房里的煤气灯或煤油灯下看到这段新闻，又在报上其他新闻栏目里读到富人们一掷千金的奢侈生活，就认为自己的一部分财产被人家骗走了。所有的问题都聚焦在这一点上，芝加哥必须迫使弗兰克·阿尔杰农·考珀伍德尽他应尽的义务。决不能再允许他贿赂市参议员；决不允许他弄到一张五十年特许证。由于一些本分人的蜕化变质，他已从州议会买到了五十年特许证。一定要让他向法律与秩序的力量屈服、让步。据说（不过说这种话的人并不知道所言极对）米尔斯议案是动用金钱后才在参众两院获准通过的，就连州长本人也受贿了。关于这一点找不到任何合法的证据，可考珀伍德却被认为是大肆行贿的人。报纸上的漫画把他比作海盗头目，正指挥党羽去凿沉另一艘公共权益的大船。他又被画成小偷，戴着黑眼罩。他还被画成一个诱奸犯，一边掐住芝加哥这位美女的咽喉，一边窃取她的钱包。这场斗争到此为止已名扬天下了。在加拿大的蒙特利尔，在非洲南部的开普敦，在阿根廷的布宜诺斯艾利斯，在大洋洲的墨尔本，在伦敦和巴黎，世人尽知。最终，他成了一位名副其实的举世闻名、名声赫赫的人物了。无论环境如何限制，他以前的梦想总算成真了。

同时，必须承认，那些造成这场对考珀伍德进行猛烈抨击的当地金融界人士，对他们引起后果的最后性质也倍感不安。尽管最终营造了一种显然不利于考珀伍德的舆论，但是，这些巨额利润的获得者极其希望也像考珀伍德一样获取巨大的利益，却千方百计要去宰杀这只会生金蛋的鹅。如海克赫姆、高洛布、费谢尔等都很是惊奇，他们既是东部的大资本家，又是横跨大陆的铁路公司、国际银行等董事会里的头号人物，芝加哥的报纸和反考珀伍德分子竟然闹到了这般地步。难道他们对资本不存丝毫的尊重了吗？难道他们不知道长期的特许证实际上就是一切现代资本主义繁荣的基础吗？现在这里煽动的这些理论，如果不加以制止，就势必要扩散到其他大城市去。

"那些人是非常傻的，"海克赫姆先生有一次对费谢尔·斯通——西门斯公司的费谢尔先生说，"我还看不出来考珀伍德先生和他同辈的其他实业家有什么差异。我认为，他特别精明能干。他所有的公司都赚钱。再没有比北、西两家芝加哥市内铁路公司更好的投资了。我认为，把那里所有的市内铁路统一起来交给他管理，应该是个不错的办法。他一定会给股东赚钱的。他对怎样经营市内铁路好像十分在行。"

"你知道，"费谢尔先生说道，他和海克赫姆一样英俊干净，十分同意他的观点，"我也正在琢磨这件事情。所有争论应该停止。这极其不利于我们的事业，非常不利。他们一旦唱起那种公有制的高调，会很难制止的。他们已谈得太多了。"

费谢尔先生差不多和海克赫姆先生一样健壮肥胖，可个头却小很多。他就像一个活的数学公式。他满脑子都是经济原理和高次方程的运算方法。

现在观看事情的新趋势。提摩西·阿尼尔先生因为肺炎死了，把他在芝加哥的财产遗留给了他的长子爱德华·阿尼尔。费谢尔先生和海克赫姆先生先是通过代表，后来又直接替考珀伍德和梅里尔先生交涉。他们谈了很多关于利润的话题，谈到考珀伍德运营下的市内铁路线比希利哈先生管理下的铁路线利润要大得多。后来，海克赫姆先生很快就与爱德华·阿尼尔先生商谈。尽管爱德华希望像他父亲一样有势力，但远远达不到那种程度。奇怪的是，他反而逐渐佩服考珀伍德了，他看不出这种敦促本地市内铁路线归为市有的政策有何益处。梅里尔先生又替费谢尔先生与汉德先生交涉。"不可以！决不可以！决不可以！让考珀伍德见鬼去吧！"但是现在摩根·弗兰克哈塞先生出面来充当海克赫姆先生和费谢尔先生的最后使者了，他和汉德先生是合伙人，在明尼亚波利斯和圣保罗，他们两人拥有一家七百万美元资本的市内铁路公司。汉德先生为什么要坚持这样呢？为什么要采取如此的报复计划，煽动群众，使所有制成为一种有效的政治意见进而扰乱四处的资本呢？为什么不用他在芝加哥的保有股份，与弗兰克哈塞交换匹兹堡市内铁路股票，一股换一股，之后在外面与考珀伍德一争高下呢？

汉德先生感到迷惑和惊讶，挠一挠他的圆头，在写字台上重重地拍了一下。"决不行！"他喊道，"决不行，不管怎样，只要我还有一口气，只要我还待在芝加哥，就决不行！"后来他还是让步了。世人变化无常，他不得不从最难以理解的地方斟酌。他原本是绝对不相信这回事的。

"希利哈决不同意，"他对弗兰克哈塞断言道，"他宁死都不会赞同可怜的老提摩西，如果他还活着，他也不会同意。"

"千万不要提希利哈啦，"弗兰克哈塞央求道，他是一个谦和的德裔美国人，"我还不够麻烦吗？"

希利哈先生发怒了。决不可以！决不可以！决不可以！他宁愿卖光。但是，他只占少数，何况弗兰克哈塞也会欣然接受费谢尔先生或海克赫姆先生的股份。

那么，请看，在一八九七年的秋天，所有竞争的芝加哥市内铁路线，好像都用一个大金盘子恭敬顺从地奉献给了考珀伍德。

"我们把事情做好了。"在纽约首都俱乐部圣地的宴会上，高洛布先生向考珀伍德先生宣布道。当时是晚上八点半，酒是法国巴冈狄的泡沫红葡萄酒。"今天弗兰克哈塞刚发来一个电报。他的确是一个好人，你应该找时间与他见见面。汉德把股票全卖给弗兰克哈塞了。梅里尔和爱德华·阿尼尔是与我们合作的，把所有事情都处理好了。费谢尔先生会叫他的朋友们把所有当地的股票都聚拢起来。让这三位加入，我们依然控制董事会。当然希利哈不在内。他说他要退出。这好极了，我认为，那不会让你有丝毫惋惜之意的，现在，就全看你能否通过市议会弄到那个五十年特许证了。海克赫姆说，他认为你的管理能力胜过所有的人，他把一切事情全都交给你办。弗兰克哈塞也是这样说的。海克赫姆是言而有信的人。现在你等着瞧好了。这全靠你了。值得祝贺，值得祝贺。击败报纸并不是一件小事，况且还有汉德和希利哈反对你。海克赫姆先生让我代他向你问好，并约定下周请你到他那里吃饭，或者他去你那里吃饭。怎么方便就怎么办。好。就这样。"

这时，瓦尔登·卢卡斯高居芝加哥市长席位，他三十八岁，雄心勃勃。他有良好的群众基础，有吸引公众关注的妙诀或运气。他英俊、健壮而且年轻，是个花花公子，为人精明，体力旺盛，同时又是一个冷静、坦率而注重实干的思想家和演说家，也是一个热切的不可理喻的梦想家，他憧憬着未来政治上的巨大声誉，尤其希望在各方面都处理得恰到好处，让正义的人因他结交而自豪，让邪恶的人不认为他是不可妥协的敌人。打个比方，如果他愿意的话，他是一个年富力强的、踌躇满志的、西部的马基雅弗里。他的确能很好地为反考珀伍德的斗争事业竭尽全力。

考珀伍德略感不安，就去市长办公室拜访他。

"卢卡斯先生，你个人有什么需要呢？我该如何为你效劳？你追求的是未来官运通达吗？"

"考珀伍德先生，我并没有任何事情需要你去做。你不了解我，当然，我也不了解你。你不可能了解我，我这个人过于诚实。"

"上帝呀！"考珀伍德答道，"你确实是个能够自持稳重而且学识渊博的怪人。再见。"

此后不久，加克尔先生来和这位市长交涉，他就是纽约州民主党的领袖，干练、冷静而富有吸引力。加克尔说：

"你看，卢卡斯先生，东部各大银行对芝加哥的竞争兴趣浓厚，比如说，海克赫姆—高洛布公司就希望本市全部市内铁路线都在一种双赢的基础上统一起来，也就是让它们既成为一种对股票的一般客户有吸引力的投资，又对本市市民公平合理。他们认为，二十年的章程为期好像太短了一些。至少五十年他们才能满意，一百年当然最好。就如此大的一笔开支来说，那还是没能满足需要，当前这里执行的政策，只能引到公用事业公有制的路上去，而一般来说，在现在的形势下，全国民主党肯定不会拥护，这样会遭到全国金融家的一致反对。凡是在政治历史上与这种运动立场统一的人，就连在州选提名都不可能，更不必说在全国大选提名了。他肯定不会当选的。我的意思已说得十分明白了，是吗？"

"你说得相当明白。"

"一个人从芝加哥市长的职位上掉下来，就好比从斯普林菲尔德的州长职位上掉下来一样容易，"加克尔先生继续说道，"海克赫姆先生和费谢尔先生让我来拜访你。如果你想再做两年的芝加哥市长，或者想明年担任州长，以致成为总统候选人，你就好自为之吧；同时我觉得，你如果背上了这种公有制计划的包袱，就太不明智了。报纸在抨击考珀伍德时，提出了一个根本不应该提出的问题。"

加克尔先生走后，当地名人爱德华·阿尼尔先生又来了，随后，旧金山民主党领袖雅各布·贝劳先生也来了，他们两人都提出了建议，如果可行的话，结果可能就是彼此支持。此外，还有从明尼阿波利斯和费城来的代表团，那全是些势力相当的共和党人。甚至曾一度反对考珀伍德的湖市国民银行行长和草原国民银行行长都来了，还重读了一些别人已说过的话。情况就是这样。卢卡斯先生疲惫不堪。政治抱负的确难以实现。像他那样对待考珀伍德，是否合算呢？奉行一种拥护人民事业的坚定政策会让他有所成就吗？人民会感谢他吗？人民会记得他吗？如果报纸当前的方针改变了呢？而根据加克尔先生的暗示，这种可能是存在的。政治真是变幻莫测、一片漆黑。

"喂，贝茜，"有天晚上，他向他那漂亮、健壮、头发浅黄的妻子询问，"如果你是我，你该如何做呢？"

贝茜有一双灰色的眼睛，天性快乐，注重实际，十分自负，从娘家那方面来说，她有一些相当富裕的亲戚，她以她丈夫的地位和前途自豪。他养成了习惯，喜欢与她谈论自己的种种困难。

"好的，我来告诉你，瓦利，"她用爱称对丈夫说，"你必须坚持一种观点。我认为，好像这次胜利的一方是和人民站在一起的。我想不明白的是，报纸那样大声呼吁之后，现在他们为何又改变了方向呢？公有制或所有对金融家不公平的事情你都不必提，但同时我却坚持我的观点，五十年特许证似乎太长了，你必须让他们对本市尽点义务，而不需要靠行贿获取特许证。他们至少应该这样办。我希望你沿着你开始所走的路线继续走下去。没有人民你将寸步难行，瓦利。你绝对不能失去人民。如果你得不到人民的善意支持，那些政客们是不会给你任何帮助的，别的什么人也不会给你多少帮助。"

　　看来，有时必须顾及人民。这是势在必行的。

# 第六十章　编织罗网

　　一八九七年，大家都关注一件事情，甚至为此东部的报纸做了大量的报道。这就是关于年初暴发的并一直持续到秋季的那场斯普林菲尔德与考珀伍德的阴谋策划有关的风潮。纽约一家报纸用"弗兰克·阿尔杰农·考珀伍德反对伊利诺伊州"这样的标题宣扬那种形势。名望对人有相当强的吸引力。谁看见那种萦绕在某些人身上的异彩，能够完全坦然处之呢？纵使对伯里莱茜来说，这种异彩也并不是没有价值。有一天，她在考珀伍德的写字台上看见一张芝加哥的报纸，上面刊载着长篇社论，使她兴趣大增。社论中罗列了考珀伍德的种种罪行，尤其是与目前州议会相关的罪行，接着写道："他对普通民众采取一种与生俱来的无法克服的蔑视态度。人们就是他的奴隶，仅仅是拉着他那巨大战车的奴隶。他有生之年从不认为应当直接向人民索取什么。早在费城，当他需要操控公用事业的特许证时，他就暗中勾结一个贪污的财政局长。在芝加哥，他妄图把本市一些应当促使人民利益发展的重大特权收买强占，进而转变成他个人的特权。弗兰克·阿尔杰农·考珀伍德从来不信任人民。在他的心目中，人民只是一块肥沃的田地罢了，是专门用来播撒种子和收获粮食的。他们不过提供了大量的劳动力，他们浑身是泥巴，考珀伍德就是踩着他们的肩膀一步步向上攀爬的。他的心灵深处只有他自己。他的天国大门永远对大多数人关闭，为了不让他们的凄惨和穷困扰乱或减损他那自私自利的幸福。总而言之，弗兰克·阿尔杰农·考珀伍德绝对不信赖人民。"

这种社论的鼓噪，在斯普林菲尔德竞选的后期气焰更加嚣张，不绝于耳，接着芝加哥报纸呐喊，其他地方的报纸也随后叫嚣。这让伯里莱茜的兴趣更为浓厚。当她想象他进行着那些可怕的竞争，奔波于纽约和芝加哥之间，建造着那座奢华精致的公馆，收集着美术珍品，和爱琳吵架，他就渐渐地呈现出了一个超人、一个神的形象。你如何能指望生活的惯例或旧俗的框框来束缚他呢？这些约束不了他，也没法约束。但是，现在他却在追求她，用眼睛寻找她，为她的一笑而感激不尽，还尽量胆大地关注她的思想动态。

无论如何，每一个女人的心灵深处都埋藏着自己的爱人应该是一位英雄的愿望。有些人甚至把木头或石块当成偶像，顶礼膜拜；当然有些人要求真正的伟大人物。但不管是哪一种情况，女人们都在做着这样的梦。

尽管伯里莱茜不想把考珀伍德当成一个正式的爱人来对待，但她却很自我陶醉。此外，由于纽约报纸为他在中西部的激烈斗争而大为光火，斥责他大肆贿赂、常发伪誓、存心违反人民的意愿。考珀伍德现在又即刻赶来，试图向伯里莱茜表明他的正确立场，在她面前证明他行动的正确性。他利用来到卡特尔家的机会或在歌剧院、话剧院的休息时间，一点一点地向她详细叙述他的全部历史。他讲到了汉德、希利哈、阿尼尔的性格，说清楚了那些使得他们在芝加哥抨击他的那种妒忌和报复的不良动机。"不花钱谁也别想从芝加哥市议会得到半点东西，"他深有感触地说，"这只是谁来付钱的问题罢了。"他告诉她，杜鲁门·莱斯利·迈克特纳从前如何企图挤榨他的五万美元以及从那以后报纸如何通过抨击他而令销量直线飙升。他坦白直率地承认他受到了社交界的排斥，一方面是由于爱琳的缺点，另一方面要归咎于自己普罗米修斯式的对抗态度，这种态度还从未有过失败的纪录。

"现在，我要把他们统统击败。"有一天，在广场饭店的餐桌上，当客人快走完时，他对伯里莱茜严肃地说。他那双灰色的眼睛流露出相当难以捉摸的神情。"州长还没有签署我那项五十年特许证的议案"（这是在斯普林菲尔德那儿还没有最后结果之前），"但他会签署的。之后，我还要进行一场斗争，要把那里所有的铁路线合并在一个总的体系下面。这项工作当然要由我来做。有朝一日，如果真的实行公有制，本市还可以收购它。"

"后来呢？"伯里莱茜因为他对她的信任而倍感得意，就亲热地问道。

"哦，我不了解。我认为，我要旅居国外。你似乎对我没有多少兴趣似的。我要继续进行我的名画收集工作。"

"可是，如果你失败了呢？"

"我从不考虑失败，"他平静地说，"无论发生什么事情，我总有足够的钱生活下去。我有点厌倦竞争了。"

他笑了笑，但伯里莱茜清楚，失败的想法是黯淡无光的。他的心思全都集中在胜利上，而且也只在胜利上。

此刻，全国都在宣扬考珀伍德的事情，所以他们的谈话对伯里莱茜产生了很大的影响。同时，一种对他而言是有利的而对她们母女来说是有些不祥的影响在悄悄地蔓延着，她和她母亲逐渐觉察到社交界的那些极端保守分子不再愿意接待她们了。伯里莱茜最后变成了一个十分独特的人物。比利思·卡德塞事件过后大约五个月，在哈里斯·海格提夫妇的一次重要的宴会上，一位从辛辛那提来的客人向海格提夫人指出，说她是一个与谣言息息相关的人。海格提夫人就写信向路易斯维尔的朋友们求证，于是很快得到了证实。此后不久，一个名叫杰拉尔丁·博加的人举行了一个露天宴会，伯里莱茜本来是她妹妹的同学，却异常奇怪地没有被邀请。她相当看重此事。后来海格提夫妇在他们的那次夏季大邀请中，也没有像从前那样把她列入名单之内。兰曼·泽格莱夫妇和卢卡斯、邓米格夫妇也是如此，她并没有受到当面的侮辱，只是别人再也不邀请她了。一天清晨，她又在《国民新闻》上看到柯思卡登·巴杰尔夫人前往意大利了。可她并没有通知伯里莱茜，而巴杰尔夫人被认为是她最好的朋友之一。暗示比公开声明更有效果。伯里莱茜十分明白，潮流正朝哪个方向涌动。

不错，也有很多人持相反的意见，包括那些时尚社会中最为时尚的人。比如巴特里克·吉利宁夫人："不！我不相信，这样做太丢人了！啊，我喜欢贝菲，而且我永远喜欢她。她伶俐过人，只要她愿意，她随时都可以来我们这里。那不是她的过错。本质上她就是位小姐，而且自始至终都是这样。人生实在太残酷无情了。"还有奥古斯达·塔布里斯夫人："那是事实吗？我不能相信。她还是如此可爱，我们不应该抛弃她。我不怕，我也不打算理会那些谣言。如果她真的别无去处，她可以到我们这里来。"还有潘宁登·德鲁利夫人："伯里莱茜·弗雷明的事情是谁说的？我不相信那些话。无论如何我都喜欢她。海格提夫妇竟然和她断绝往来，真是愚蠢的傻瓜！啊，只要她愿意，她完全可以做我的客人，她的确是个可爱的人。好像她母亲的事对她的确有影响。"

但是，在那个无聊的富人社会中，他们都是凭借所有权、追随潮流、时刻机警、无知无识来确保自己的地位，于是贝菲·弗雷明成了不能被接纳的人。她该怎样对付这一切呢？她是在用一种高尚的态度来看待此事的。她相当明白任何外部的、物质的不幸变化对她内部的、精神上的优越都不能产生丝毫影响。真正有个性的人从最初就有自知之明，而且极少自我怀疑。人生对他们来说也许是变化无常的，犹如破坏性的奔涌的潮水一样涨落起伏，但是他们却稳如磐石，安静处之，不为所动。伯里莱茜·弗雷明觉得自己极大程度地超然于周围所有事物之上，因此即使是面临当前的形势，她仍然高昂着头。

为了补救不利的局面，现在她到处留心，非常渴望找到美满的姻缘。布拉克斯玛早已一去不回了。他在东方的某个地方，听说是在中国，他对她的一片痴迷显然已经烟消云散了。基尔默·杜尔玛也完了，被人家抢走了，成了现在不接纳她的那类上流社会人家的俘虏。不过，在她依然出现的那些客厅里（那些地方仅仅是婚姻市场而已），的确有过一两个富家子弟试探性地接近她，但这种接近是注定要失败的，这些青年中有一个叫帕德罗·里塞尔·马卡多的巴西人，他正在牛津读书，曾向她表达自己的真诚和感情，但听说伯里莱茜没有遗产可以继承以后，就转变了。别人还对他神秘地说了些什么事情，还有一位有名的世家子弟威廉·德里克·波多因，他住在华盛顿广场的北边。经过一次舞会、一场日场音乐会和一次娱乐以后，波多因就带着伯里莱茜去见他的母亲和妹妹，她们都被她迷住了。"哦，你这个安静的天使！"有一天他陶醉迷离地对她说，"你愿意嫁给我吗？"贝菲注视着他，有点惊讶。"让我们稍微等等，亲爱的，"她劝说道，"我希望你的确真的爱我。"这以后不久，波多因在俱乐部遇到一位老同学，那人一见面就这样说：

"听我说，波多因。你是我的朋友。我看见你和那位弗雷明小姐在一起。现在，我不知道你们的关系怎样了，我也不想加以干涉，但我要提醒你的是，你了解她各方面的情况吗？"

"你这是什么意思？"波多因困惑地问道，"我希望你说明白。"

"哦，对不起，老朋友。请不要见怪，你是了解我的。我绝不是有意搞破坏。我们是大学同学，当然还有其他交情。不过，就是这个问题，在你还没有进一步了解以前，你需要格外注意。你最好打听一下她的背景。如果那些情况属实，你就会了解的。如果是假的，这些谣言就应该制止。如果我说错了，你就来找我更正。说实话，我已听到谣言了。我可真是出于好意，老朋友我敢向你保证。"

他一再打听，听到的全都是嫉妒的话。波多因先生可以继承百万遗产的事已确定下来。接着他必须去某个地方，而伯里莱茜就只能形单影只了。这是怎么回事呢？如果有什么可解释的话，人们究竟要说些什么呢？太奇怪了。可这对于她的年轻美丽没有丝毫的影响。还有别的人呢。但也说不定她最终会爱上波多因的，他看上去那样风流倜傥，而且毫不矫揉造作。是的，她对他印象不错。

这件事的所有结果并不完全令人失望。伯里莱茜的性格不可捉摸，傲慢自负，有一点忧郁的情调，又有无尽的欢愉和勇气，她有时在欢乐的后面听见了"不真实"的空洞回声。这种生活真令人无奈和头痛。如果没有阳光、空气和水，最美的花也会枯萎。现在，她母亲的过错并不是那么难以理解了。归根结底，难道她不是靠着她的过错而维持了她和子女们达到一定的社交优势吗？"美"如同"梦"一样虚无缥缈、稍纵即逝。重要的不仅仅是人本身，不仅仅是人的内在价值和人的美好梦想，而且还有其他同等重要的东西，比如声誉、财富、绯闻和意外。伯里莱茜的嘴唇嘟了起来。但生活还是可以继续下去的。人可以对社会说谎。青年往往乐观自信，伯里莱茜即使有高尚的心灵，但毕竟还是年轻了一些。她把人生看作一场游戏，一个大好机遇，可以用很多方法享乐。考珀伍德对事物的远见卓识渐渐契合了她的想法。人必须创造出属于自己的事业，开辟出一条宽阔平坦的大路，否则就会毫无生机，只能看着别人车轮滚滚后的漫天飞尘。如果社交界是那么吹毛求疵，如果男人们是那么愚蠢至极，那好，有件事情她能够轻松做到。她必须生活，而要她达到目的，金钱是必不可少的。

考珀伍德变得对她越来越有吸引力了。当然，他确实有吸引力，他比绝大多数的人都好得多，而且势力又那么强大。她开心到极点，正如他所说的那样，无论如何，胜利必定和她站在一起。

# 第六十一章　意外激变

　　终于最令人恐惧的事情摆在了芝加哥面前。一家庞大的垄断公司把触角真正地伸出来了，好像章鱼一样要把它死死搂住。而考珀伍德就是它的眼睛、它的触须和它的力量！他稳固地依靠着海克赫姆—高洛布公司超群的力量，就像耸立在巨大岩石上的纪念雕像。当前他的目的就是一张五十年特许证，这将由总共六十八位市参议员中的四十八票（这样的多数能在市长否决的情况下通过章程）来交给他。这的确是他那面对所有强大阻力而仍然不屈不挠、一往无前方针的一场大胜利！这的确是对他那唇枪舌剑狂风暴雨丝毫不退缩的胆识的一次大褒奖！如果是别人，也许早就放弃这种游戏了，可他却不会。这的确是了不起的意外收获，金融界竟主动对芝加哥公用事业收归市有计划大为震惊，而且竟然将这个庞大的南区市内铁路组织交给他，作为对他坚决反对那些纸上谈兵理论的一种报酬。

　　凭借这帮强有力的支持者的势力，当地各个商业团体邀请他去演讲，比如房地产交易所、业主协会、商业联盟、银行联合会等，这些地方使他有机会介绍自己的状况、阐明自己的观点。但是，他那些讨好的演说在这些地方产生的效应基本上将报纸攻击的言论抵消了。"狗嘴里能吐出象牙来吗？"这就是当时的一般问话。从前得到过汉德和希利哈恩惠的那一派报纸和以前一样俯首帖耳地听命，而没有受到东部资本照顾的其他报纸，大多数也都以支持老百姓为上策。他们进行了一些最彻底、最仔细的数字调查，为了让市民了解以后这个市内铁路托拉斯的巨额利润。那些东部银行的巧妙手段被打破了，到处流传着他们的不良动机。"垄断公司里每人可捞几百万，但芝加哥一分钱也得不到。"这就是《调查者》的观点，社会上某些利他主义者现在已经被煽动起来了，他们开门见山地宣称，打倒考珀伍德是他们对上帝、对人类、对民主义不容辞的职责。天堂的门又被打开了，伟大的光辉就呈现在眼前。另外，市长以下的机关人员组成了小型游击队，他们好像是被关在栏里的饿猪一样，伺机冲向他们关注的所有东西，心中只有一个目标，希望可以吃、尽可能地吃。当有大好机会和争夺特权时，人总是变成最低等的唯利是图者，而同时又上升到最高级的理想。当波涛汹涌到最高的时候，也就是它最可怕的时候。

最后，夏季过去了，市议会召集开会了。秋季冷风渐起，本市的流动空气中都有竞争的味道。尽管考珀伍德绞尽脑汁地迎合奉承，带来的结果仍然是失望，于是他就寄希望于行贿——行之有效的老办法。他规定了价格，起初每张赞成票是两万美元，必要时提高到两万五千美元，甚至三万美元。所有费用大约一百五十万美元。与预算的利润相比，这的确是一笔不小的代价。他打算让一位姓巴伦堡的市参议员（一位值得信赖的中尉）提出章程，接着交给秘书宣读，然后另一个帮手站起来，提议把这项章程递交给街道问题联合委员会去审查，这个常务委员会是由抽调的三十四名委员组成的。他们会在总会议室进行为期一周的审查，并在那里举行公众意见听取会。考珀伍德认为保持大胆无畏的姿态，就必然能使他的党羽强大起来，使他们即使面临严酷的考验也能忍受到底。在家里、在选区俱乐部及会场附近，市参议员们已经被团团围住了。他们的信箱内塞满了信，这些信不是提出强硬要求就是威胁恫吓的。就连他们的孩子都受到了嘲讽，他们的邻居也被鼓动去惩罚他们。牧师们用央求或指责的口气给他们写信。他们一直受到监视，报纸每天都对他们进行谩骂。市长能干而又老练，察觉到自己手里握有一根恐怖的鞭子，这种长时间的竞争和战斗的气氛使他兴奋起来，他毫不犹豫地强烈主张采取最猛烈的手段。

"等事情提出来后再说。"在中心音乐厅召开的一次盛大的会议上对他的朋友们提出建议，到会的有数千人，那时正在讨论击败那些贪污的市参议员的方法。"我认为我们已经让考珀伍德先生陷入绝境。两周以来他无计可施，一旦他的章程来到，我们就能组织民警团、选区大会、游行会等，在星期一提出议案后进行最后一次意见听取会以前，我们应该在星期日晚上组织一次中心的民众大会。我们希望各选区同时举行分区大会。我要告诉大家，尽管我相信市议会里有很多的公正投票人，能阻止考珀伍德这帮人超过我的否决票数而通过这项议案，但是，我并不认为应该使这件事闹到那种地步。一旦这帮流氓亲眼看见两三万美元真实的现金摆在面前，就很难断定他们会做出什么事情来，其中大多数人，即使走运也一辈子赚不到那么多钱的一半。他们并不奢求再次入选芝加哥市议会。因为一次对他们就足够了。他们后面还排着很多别的人，都等着把他们的猪嘴伸到食槽里来。回到你们各自的选区，去精心地组织大会，把你们各自的市参议员叫到你们的面前。不要让他躲避你们，或者进行狡辩，或者坚持他个人的权利或国家官员的权力。要恐吓他，而不是去笼络他。柔声细语对付那种人是不合适的。吓唬他，等你们想办法逼出一句诺言后，你们手里要举着鞭子，让他兑现诺言。我原本是不提倡蛮横手段的，但别无良策，敌人已经武装起来了，马上就要出手，他们正在等待良机。不要让他们找到机会。要做好战斗的准备。我是你们的市长，我会竭尽全力的，但我是孤立的，我只有一票可怜的否决权。你们帮助我，我也一定会帮助你们的。你们为我作战，我也一定为你们作战。"

那项章程提出后的第二天晚上九点钟，西蒙·平斯基先生在十四选区民主党俱乐部会场里表现得十分狼狈。平斯基先生肥胖而无力，面色通红，身穿长长的黑色大礼服，头戴大礼帽，正被他的邻居和商业同行质问着。他是被迫到这里来的，让他对将要犯下的重大罪行和过错承担责任。到目前为止，大家都十分明白，几乎所有的本届市参议员都贪污了，因而两党的仇恨实际上已不复存在。暂时已不再有民主党与共和党的区别了，只有赞成与反对考珀伍德的区别，当然这主要是反对。不幸的是，平斯基先生被《转录报》《调查者》和《纪事报》挑选出来作为接受自己选民提出质问的人之一。他是犹太和美国混血人，在十四选区出生、长大，说话带有较重的美国口音。他中等身材，头发呈黄红色，眼神中带着狡猾，而通常却总是十分亲切。他现在显然紧张极了，恼怒而又迷惑，因为他是被逼无奈地被带到这里来的。他那双有点圆滑的像小猪眼睛一样的眼睛，坚定而无悔地看上了那慷慨赠予的实实在在的三万美元，而这种骚乱却非常有可能夺走他获得这笔收入的权利。这场严峻的拷问是在一间天花板很低的大房间里进行的。五盏朴素的、细细的双管煤气灯吊在天花板上，把整个房间照得相当明亮，灯上还挂了一些拳击比赛、抽彩售货和游艺的广告。长时间没有粉刷的肮脏墙壁上胡乱贴着"西蒙·平斯基联欢会"的标语。他站在房屋一端搭建得十分低矮的讲台上，他的二十多位选区助手围着他，他们全都是比较靠谱的，一律身穿黑色的大礼服。他们个个满面通红，怒气冲冲，神经紧张，严加防范，唯恐出乱子。平斯基先生是带着武器来的。市长的谈话，尤其是说到的枪、绳子、鼓、游行等被广为宣传，公众好像在庆祝一个特别的芝加哥节日，在这一天，市参议员可能成为最重要的、最受欢迎的人。

"嘿,平斯基!"在那一片明显不友好的陌生面孔中有人高声喊道。这并非平斯基党羽的集会,而是一次只想实行市参议员公正原则的一切中间派分子的集体行动,这里甚至还有妇女,她们中有当地的女教友、一两位进步的市政改革家和基督教妇女禁酒联合会的酒吧破坏者。因为受到威胁,平斯基先生才应召来到他们面前,如果他不来,以后这批正直的人也一定会从他家里把他揪出来。

"嘿,平斯基!你这个老贪污犯!你打算从这桩市内铁路买卖上赚多少钱呢?"从后面的某个角落发出了这样的声音。

平斯基先生把脸转向一边,好像被人掐住脖子似的说:"说我受贿的人完全是在诽谤!我一辈子绝对没有拿过一块不正当的钱,十四选区里尽人皆知。"

集合的五百余人齐声喊道:"哈!哈!哈!平斯基绝对没有拿过一块钱!呦!呦!呦!的确不错呀!"

平斯基先生脸色通红,站起身来。"确实如此。为什么我要对一群游民说话呢?他们到这里来,是因为报纸让他们来骂我的,至今我已做了六年的市参议员,人人都知道我。"

一个人的声音:"你竟然说我们是游民。你这个浑蛋!"

另一个人的声音(指他所说的"人人都知道"):"他们当然了解!"

一个身穿工作服、十分瘦小的铅匠说:"嘿!你这个老贪污犯!你打算如何投票呢?是赞成还是反对特许证呢?你究竟怎样投票?"

一位保险公司的职员说:"是的,你究竟怎样投票呢?"

平斯基先生又站起身来。因为紧张显得局促不安,他时而站起来时而坐下。"我对自己的想法是完全有自主权的,不是吗?我有思想的权利。再说，我当市参议员是干什么的呢？宪法……"

一位反对平斯基的共和党员、同时也是一位年轻的律师事务所的职员紧接着说："让宪法滚蛋吧！现在你不要说冠冕堂皇的话了，平斯基。你打算怎样投票呢？赞成还是反对？'是'还是'不'？"

一个反对平斯基的泥水匠说："他哪里敢说呢？他现在已经得到了那个杂种的钱，肯定装在裤子里了。"

平斯基的一位助手，身体笨重得像拳击手似的爱尔兰人在平斯基背后安慰道："别被他们吓住，西蒙，要坚持你的立场。他们伤害不了你的，我们在这里。"

平斯基又站起来。"喂喂，这纯粹是暴行。难道不让我表达我的意见吗？每一个问题都有它的两面性。我认为，无论报纸怎样评论考珀伍德……"

一个做短工的木匠、同时也是《调查者》的读者说："你早已不顾及报纸如何说考珀伍德怎样受贿了，你这个小偷！你还在话里有话呀。你是想出卖我们！"

一个瘦瘦的铅管工怒斥道："是的，你这个浑蛋！你想赚钱后就逃之夭夭，你就是这样打算的，你这个老贪污犯！"

平斯基先生得到背后声音的支持，理直气壮地回击道："我只想得到公平，这就是我的意思。我希望坚持我个人的主张。宪法赋予每个人言论的自由，我当然也有份，我坚决主张那些市内铁路公司是有一些权利的，同时，人民也有权利。"

一个人的声音："有些什么权利呢？"

另一个人的声音："他不清楚。他在锯木厂里是不会知道人民的权利的。"

另一个人的声音："从一堆干草里也不会知道。"

因为平斯基没有被打倒，就继续对抗着说："我是说人民是有权利的。应该让那些公司缴纳合理的捐税。当然，我认为，这种二十年特许证的计划时间好像太短了。当前米尔斯议案给他们五十年，我认为总共……"

五百人异口同声地呐喊道："嗬，你这个强盗！你这个小偷！你这个贪污犯！绞死他！嗬！嗬！嗬！去把绳子拿来！"

平斯基已退缩到防卫圈里，那时有很多市民正逼近他，怒目圆睁，双眼冒火，咬牙切齿，拳头紧握。他请求道："朋友们，请等一下。为什么不让我把话说完呢？"

一个人的声音："我们一定要结了你，你这个无赖！"

一个市民走上前来，这个长胡子的波兰人说："嘿，你打算如何投票呢？快告诉我们！如何投票？嗯？"

第二个市民说道："你这个强盗就是个饭桶。我认识你已经十年了。你做食品杂货生意时就欺骗过我。"

第三个市民用一种单调的声音说："回答我这个问题，平斯基先生，如果十四选区大多数市民不要你投赞成票，你仍然还是要投赞成票吗？"

平斯基有些犹豫。

五百人齐声喊道："看这个流氓！他害怕啦！他不清楚他究竟会不会做这个选区的人民要他做的事。杀死他！砸碎他的脑袋！"

后面一个人的声音："哦，站起来，平斯基。不要害怕。"

当五百人向讲台一拥而上时，平斯基被吓住了。"如果人民不让我那样做，我当然不会做。为什么我非得那样做呢？难道我不是他们的代表吗？"

一个人的声音："是的，在你觉得我们将要你的命的时候。"

另一种声音："你都无法对自己的母亲诚实，你这个野杂种，你办不到！"

平斯基表态道："如果有一半选民要求我不那样做我就不会那样做。"

一个人的声音："好的，我们一定让选民要求你，这可以做到，明天晚上以前，我们一定会让他们中的十分之九都签名。"

一个爱尔兰裔美国人走到平斯基跟前，这个二十六岁的煤气收款员说："如果你投票投得不对，我们势必要将你绞死，我一定亲自到场帮着拉绳子。"

平斯基的助手说："喂，那个小东西是谁？我们等着他，对准要害部位踢他一脚，就能踢死他。"

那个煤气收款员说："你做不到，你这条长着胡萝卜脸的野狗，你出来，让大伙看看。"朋友们开始干涉起来。

这时，会场乱了起来。平斯基被朋友们四面护送着走了出去，满屋都是尖叫声、嘶嘶声、嘘嘘声和"贪污犯！""小偷！""强盗！"等起哄的高声怪叫。

那项章程提出来后，还发生了很多类似的颇具戏剧性的小事件。


自那以后，游行队伍充斥在大街上、各个选区和郊区里，有时甚至出现在商业中心，为了响应市长的号召，突然涌出一些来势汹汹、临时性的团体，一大批无名的、蠢笨的、普通的人，他们是小职员、工人、小商贩和宣传宗教道德的教友，傍晚时分，在下班以后，他们成群结队地东奔西走，在俱乐部聚会，那么他们为什么要这样训练呢？就是希望在决定命运的周一晚上，当市内铁路章程提出来时，能去市议会议事大厅游行，要求冥顽不化的立法者们尽到他们应尽的职责。

一天清晨考珀伍德搭乘他自己的高架铁路车去写字间，路上他看到一些"呆头笨脑""不值一提"的市民的上衣翻领上都佩着一枚小小的徽章，聚精会神地坐着看报，他们当然没有发现面前的这个怪人就是他们所惧怕的恐怖与权力的化身。有一枚徽章上设计的图案是一个绞刑架上悬着活套，还有一枚徽章上刻印着这样的句子："我们会被抢劫吗？"四英尺宽六英尺长的巨幅宣传画贴在布告板上、栅栏上和无窗的墙壁上，几乎到处可见。

市长瓦尔登·卢卡斯

坚 决 反 对

受 贿 者

————————

每一个芝加哥市民都必须到市议会议事大厅去

今 晚

十二月十二日 星期一

————————

从今以后，在市内铁路特许证尚

在斟酌期间，每个星期一晚上都

必须去，要注意使本市的利益不

致丧失于

贿 赂 行 为

————————

市民们，行动起来，打倒受贿者！

报纸上刊载着通栏大标题，在俱乐部、会议厅和教堂，每天都能听到措辞激烈的演讲。当前，人们陶醉在一种斗争的狂热状态。他们不想对这个专门要损害他们利益的巨人让步，他们更不愿被这个东部的妖怪吞噬。要逼迫他给本市缴纳一笔正当的费用。否则，他必须被驱赶出去。五十年特许证不应该发给他，米尔斯议案必须取缔，而且他还必须恭敬有加地、两手干净地去市议会。凡是因为投票而得到了贿赂的市参议员，这次都不应该保障他们的生命安全。

毋庸置疑，身临这种令人生畏的运动，需要很大的勇气和胆识才能去战胜它。那些市参议员也不过是普通人而已。在市议会委员会办公室，在委员们之间考珀伍德来回踱步，竭力解释他行动的合法性，并且声称尽管他愿意买到他的权利，但实实在在地认为这就是他应该得到的东西。市议会的惯例是以物易物，他愿意按惯例行事。那难以动摇、难以征服的反抗态度极大地鼓舞着他的党羽，而三万美元的好处仿佛一堵墙一样挡住了他们的恐惧。与此同时，市参议员都在仔细地考虑以后如何做，掂量着一旦自己被出卖之后，将置于何种地步。

星期一晚上就要进行最后一次力量的角逐，仰望着那座耗资几百万美元建造的巨大而笨重的黑花岗石大楼，就会让人联想起古埃及昏暗阴沉的建筑物。这座大楼兼作市议会议事大厅和县法院。这天晚上，它周围的四条大街挤满了上千人。在群众的心目中，考珀伍德俨然成了令人瞠目结舌的人物，他的财富是无与伦比的，他的心灵是世间最冷酷无情的，他的意图是昭然若揭极其邪恶阴险的。《纪事报》抓住了这一时机，到这一天才用一整版的篇幅详尽而夸张地描绘了考珀伍德的纽约公馆：他的兰花厅、温室、他的粉红和蓝色雪花石膏浴室、大理石和凹雕玉石的华美装饰。还描绘了考珀伍德悠然地坐在旋转沙发椅上的场景，他周围摆放着无数珍贵的书籍、美术藏品。报纸上还模糊地暗示了这种情形，他淫乐的时候，婢妾们在他面前翩翩起舞，做出一些难以入目的淫秽动作。

就在此时，一群饥饿胆大的灰狼聚集在市议会会议室里，好像在朋友家做客一样。房间很大，南面安装着一些高窗，天花板上吊着一个沉重而结构复杂的枝形灯架，六十六张市参议员办公桌排列成半圆形，一张紧挨着一张；室内的黑橡木器具都是精雕细刻、打磨光滑的；墙壁是灰蓝色，上面装饰着金黄色的藤蔓花纹，这样整个议事程序就被赋予了庄严肃穆的气氛，在议长的头顶上方悬挂着一幅前任市长的巨幅油画像，尽管画得不好，颜色暗淡，却能给人留下深刻印象。这个房间构造独特，能使说话人的声音产生共鸣效果。今天晚上，穿过紧闭的窗户遥远的鼓声和游行的脚步声传了进来，市议会门外的走廊里挤满了至少一千人，他们拿着绳子，紧握棍棒，其中还有一支鼓乐队，不时地奏起："万岁！哥伦比亚，幸福的国度！""祖国呀！一切都为了你！"和"迪克西"。市参议员希隆包姆被质问得死去活来，三百名本区选民一直纠缠着他，最后才在市议会门口放了他，还一再警告，扬言要等他退场。他终于被他们深深地镇住了。

"这是怎么回事呢？"当他平安地落座时，他问邻座最亲密的朋友格夫冈市参议员。"这是一个自由的国家吗？"

"我无法解答，"他这位同胞不耐烦地答道，"我从未看见过像我在二十选区所对付的那帮人。哎呀，上帝呀！在这里人人都可以指名道姓地骂你。现在竟然闹到这种地步，报纸竟可以指挥一切了。"

一个角落里，市参议员平斯基和市参议员霍贝康商讨着。两人都十分固执。"我来告诉你实情，乔，"平斯基对他的同事说，"老百姓被卢卡斯这个家伙煽动起来了。昨天晚上我没有回家，我不希望那些家伙跟到我家里去。我和我老婆在商业区住了一夜。可刚才有一个孩子来到杰依克家，他说六点钟的时候，我家四周就已经围了将近五百人。你如何看待这件事呢？"

"我也是，我十分痛恨这种非法折磨人的手段。不过，我不知道警察到底是否能对我们有帮助。这完全是种毫无道理的暴行。考珀伍德的建议是光明正大的。他们到底怎么啦？"

此刻外面又传来《通过乔治亚进军》的歌声，这时阿尔德蒙·齐勒、克纳森、里维尔、罗杰斯、蒂南和克利刚等市参议员陆续地走了进来。在所有市参议员中，或许只有蒂南先生和克利刚先生最为镇静。但是大街上的形势相当严峻。街道上挤满了人，全都高举着火把，佩戴着徽章，上面的图案是绞架上系着活结。

"我说，巴特，"当他俩挤过大群嘲笑的市民最后挤到参议会门前时，蒂南说，"这实在太不像话了。你对此是什么态度呢？"

"滚他妈的蛋！"克利刚答道，他十分生气，性情暴躁态度果断。"我和我的选区并不是受他们指挥的。我他妈的想怎么投票就怎么投票。"

"我也是，"蒂南十分果断地说，"我就是那样。但形势毕竟十分为难，嗯？"

"不错，是十分为难，"克利刚答道，他多少起了一点疑心，担心他的战友可能动摇起来，"但是那绝对不会把我变成胆小鬼。"

"也不会把我变成胆小鬼。"蒂南附和道。

现在，市长进来了，奏着《向首长欢呼》的鼓乐队紧跟其后。他大步踏上讲坛。老百姓在外面走廊里狂喊"乌拉"。在上面的楼厢里坐着一群挑选出来的听众。很多市参议员一抬起头就会看见一大片不友好的面孔。"要注意市长的客人们。"一个市参议员对另一个市议员开玩笑地说。

在讨论小事的时候，有时需要进行小范围的讨论，于是楼厢里的听众就有机会来评论各位社会名流，一会儿认出这一位当地名人，一会又认出那一位。"那就是小约翰·杜宁，那个圆头金发的大汉；那就是平斯基，你看他多像只小老鼠；那就是克利刚，注意他那颗翡翠。

喂，巴特，那颗宝石怎么样呀？你今晚绝对不会再有机会干什么贪污的勾当了，你今晚是不会通过什么章程的。"

支持考珀伍德的市参议员温克勒说："请主席注意，我提议应该拿出办法恢复楼厢秩序，以免议事程序受到不正常的干扰。我认为这是一种违法行为，在这种时候，在人民的利益需要最仔细认真地注意的时候……"

一个人的声音："人民的利益！"

另一个人的声音："坐下来吧！你已被收买啦！"

市参议员温克勒提醒道："请主席注意……"

市长："我不得不要求楼厢的听众安静下来，这样才能使目前提出的事情继续讨论下去。"鼓掌喝彩声四处响起，之后楼厢就渐渐安静下来。

市参议员奎格勒对市参议员苏姆斯基说："真是训练有素，嗯？"

拥护考珀伍德的市参议员巴伦堡站起来，他身材高大，棕色皮肤，穿着考究，面容光滑，他说："在尚未提出讨论由我署名的那项章程之前，我希望议会允许我先做说明。上星期提出那项章程时，我曾提过……"

一个人的声音："我们明白你说过什么。"

市参议员巴伦堡："我说过，我是受人请求才这样做的。我要声明，那是受了许多先生们的请求的，他们已经出席过这个章程的议会……"

一个人的声音："那是不错的，巴伦堡。我们明白你受了谁的请求。你已经说过这个无聊的话啦。"

市参议员巴伦堡："请主席注意……"

一个人的声音："坐下来，巴伦堡。你要把机会让给别的贪污犯发言。"

市长："请群众不要再插话了。"

市参议员赫夫兰涅克跳起来说："这千真万确就是一种违法行为。楼厢里挤满了来恐吓我们的人。现在有一家公用事业公司多年为本市服务，而且服务得相当好，可是，当它带着一条合理的建议来到本会时，人们竟然不给我们考虑的余地。市长煽动他的朋友们挤满楼厢，报纸又鼓动上千人来到这里，这全是想恐吓。我就是一个……"

一个人的声音："怎么啦，比利？难道至今你还没有得到钱吗？"

市参议员赫夫兰涅克是位波兰裔美国人，相貌英俊，甚至显得十分富有艺术气质，他对着楼厢的群众挥动拳头："你绝不敢下来说这种话，你这个胆小如鼠的家伙！"

五十个人异口同声地喊："胡说八道！比利，你应该长出翅膀来。"

市参议员蒂南站起来说："喂，市长先生，难道你认为这还不够吗？"

一个人的声音："喂，看看这位是谁？这不是迈克尔吗？"

另一个人的声音："你打算收多少钱呢，迈克尔？"

市参议员蒂南转过脸对着楼厢喊："我想说，甭管是谁想下楼到这里来和我交谈，我都能战胜他。我不怕什么绳子和枪。这些公司为本市做了一切事情。"

一个人的声音："哇！"

市参议员蒂南："如果不是因为这些市内铁路公司，我们就不会有什么大城市。"

十个人的声音："哇！"

市参议员蒂南勇敢地发表观点："我的意见仅代表我自己，不代表别的人。"

一个人的声音："可能不是的。"

市参议员蒂南："我是为我们要授予的那些特权取得报酬而说话。"

一个人的声音："难道你没有为自己的钱包说话吗？"

市参议员蒂南："我丝毫不在乎楼厢里这帮下流的人和胆小鬼。我说，好好地对待这些公司吧，是它们帮助我们建造了这座大城市。"

五十个人异口同声地说："你就为自己好好做打算，这就是你心中所希望的。今晚你就好好地投票吧，否则你会后悔的。"

事情进展到这一步，除了最强硬的人物以外，很多市参议员都或多或少被这种猛烈的程度吓住了。和这些楼厢里的人或外面的群众斗争是断然不会有好处的。他们的上面坐着市长，新闻记者就在他们的前面，这些记者们用速记法把发言一字一句地记录下来。"我看不出我们能有什么好的办法，"市参议员平斯基对他的邻座市参议员赫夫兰涅克说，"我觉得，我们最好还是不要以身试法。"

市参议员吉勒南此时站起身来。他身材矮小，面色苍白，反应敏捷。他是反对考珀伍德的。事前已经布置好了，由他对这个争端进行第二次而且后来证明也是最后一次的力量考验。他说："请主席注意，我提议对这个问题进行表决，要对巴伦堡的五十年章程递交街道问题联合委员会审查的表决，重新加以考虑，我提议不交该会表决，而交付给市政厅委员会。"

市议员们向来认为这个委员会是最不重要的机构。它的主要任务是给街道命名和规定市政厅职员们的办公时间，既没有津贴，也没有贿赂。议员们对本届大会组织持有一种蔑视的态度，因此市长的朋友们，包括那些所谓的改革者和那帮不靠谱的人，统统都被赶到这个委员会里来了。现在吉勒南提议把这项章程从考珀伍德的朋友们手中拿出来送到这里去，毋庸置疑，章程到了这里就会石沉大海。严峻时刻来到了。

市参议员霍贝康是拥护考珀伍德的那帮人的喉舌，就议会活动这方面来说，他是最为老练的，因此他说："不同意重新表决。"他在一片嘘声中开始了一大段说明。

一个人的声音："你收到多少钱？"

另一个人的声音："你一辈子都是贪污犯。"

市参议员霍贝康转身对着楼厢，眼睛里闪现出轻蔑的目光，"你们专程到这里来恐吓我们，但是，我们是不会被你们恐吓住的。你们太卑劣了，根本不值一提。"

一个人的声音："你听见鼓声了，不是吗？"

第二个人的声音："如果你把票投错了，霍贝康，你就走着瞧吧。我们认识你。"

市参议员蒂南自言自语道："哎，这太不像话了，不是吗？"

这时市长宣布："建议被推翻了。论点没有被接受。"

市参议员奎格勒站起来，有点困惑地说："我们现在对吉勒南的议案进行表决吗？"

一个人的声音："当然要进行表决，你们必须要正确投票。"

市长："是的。秘书点名。"

秘书按姓氏字母顺序开始念名字："奥特瓦斯特？"

拥护考珀伍德的市参议员奥特瓦斯特答道："赞成。"他被吓住了。

市参议员蒂南对市参议员克利刚说："哎呀，有一个宝贝倒啦。"

市参议员克利刚同意道："是的。"

"巴伦堡？"

拥护考珀伍德并提出那项章程的巴伦堡答道："赞成。"

市参议员蒂南问："喂，巴伦堡动摇了吗？"

市参议员克利刚答道："大概是的。"

"凯纳？"

"同意。"

"弗卡提？"

"同意。"

市参议员蒂南不安地说道："看，弗卡提完蛋啦！"

"赫夫兰涅克？"

"同意。"

市参议员蒂南感叹道："赫夫兰涅克也完蛋啦！"

市参议员克利刚愤懑地道："他们的勇气全从他妈的毛孔里钻出去了！"

八十秒钟过去了，名刚好点完。结果是四十一票对二十五票。

考珀伍德惨遭失败。当然，这项章程也将永无翻身之日。

# 第六十二章　情感补偿

或许你曾经看过一个人内心备受巨大悲哀与痛苦的煎熬。你看见他满面怒容，身心交瘁。在一种冷酷的"不幸"气氛下，精神仿佛进入了冬眠状态，这天晚上十点半，考珀伍德坐在密执安街的书房里，独自一人承受失败的痛苦。这次赌博中，他下了相当大的赌注。如果他认为可以在一周后再带一个修改的章程去市议会，或者可以等到风平浪静了再说，这已没有丝毫作用了。他不愿意以这种方式安慰自己。他已经绞尽脑汁，千方百计斗争了那么久。整整一周时间，在会议室里委员会举行意见听取会的时候，他利用各种机会站在那里旁听，他清楚，借助诉讼、禁令、上诉和传票，他可以把这种过渡形势拖延下去，让它在此后许多年成为律师们的发财良机，成为本市无法解决的问题，成为一种无望解决的混乱局面，一直到他和他的敌人们死了很久之后才能了结。可是，这并不能给他多大安慰。这场斗争曾经蓄谋许久，多年以前他就那样专注地着手处理这件事情。然而，现在敌人却被一次大的胜利激励起来了。他的那些市参议员们本来都是强壮、贪婪的斗士，如同古罗马皇帝的精兵那样残忍、没有良心，又像他本人一样不顾一切，但却在他们个人特权的最后堡垒里纷纷倒下，动摇、投降了。他怎样做才能让他们重整旗鼓再去斗争一次呢？怎样对抗那些一度掌控了获胜方法的民众的盛怒呢？也许有人会到这里来，比如海克赫姆、费谢尔或者东部五六位巨人中随便哪一位，来平息他搅起来的风波。至于他本人，他厌烦了，他讨厌芝加哥，讨厌这种没完没了的斗争。最近他才下定决心，假如他可以在这次重大斗争中获胜的话，他决定不再做这样拼命、这么费力的事，不用这样了。他的财产丰厚得使那种事情看起来没有多大价值了。此外，尽管他精力充沛，但毕竟也上了年纪。

自从与爱琳疏远后，他十分寂寞，联系不上任何一个与他的早年生活紧密相关的女人了。心爱的伯里莱茜依然回避着他。尽管她近来流露出一种暖意的同情，但是，那算得上什么呢？或许是宽容，或者是一种责任感，他觉得不过如此。他深刻地展望未来，沉重地痛下决心，无论如何，他必须继续斗争下去，然后……

他坐在那里，郁闷地考虑着，偶尔接一接电话。这时门铃响了，仆人送进来一张名片，说是一个年轻女子交给他的，声称主人一看就明白了。考珀伍德扫了一眼名片，从座位上一跃而起，匆忙冲下楼去见他最渴望的人。

有些心理上的妥协是错综复杂的，是难以描述的，是不可捉摸和探求原委的。自从伯里莱茜·弗雷明遇到考珀伍德起，就被他那种气质、那种令人惊讶而又迷人的个性打动了。从那以后，他渐渐让她形成了一种个人行动自由的理念，形成了一种不顾忌时尚的社交标准的观点。她陪着他度过了这次芝加哥的磨难，她完全被他那异想天开的憧憬迷住了。他正奔向他的目标，成为世界上最伟大的金融巨人。在他最近几次到东部来的时候，她有时觉得，她可以从他的神情上看出这种野心是多么强烈，而最后的目标，却是她自己。他曾经向她许诺。他对她永远大方、真诚、耐心。

于是作为里奇留饭店里朋友们的客人，今晚她赶到芝加哥了，现在正站在考珀伍德的面前。

"哎呀，伯里莱茜！"他真诚地伸出手说，"你什么时候到的？什么风把你刮到这里来啦？"他以前曾尽力让她承诺：一旦对他的感情有所改变，她就要想办法让他明白。而今晚她居然来了，那么究竟是为了什么事情呢？他注意到她那褐色丝绸和天鹅绒的服装，使她看上去就像猫一样温顺。

"是你让我到这里来的，"她答道，声音里带着一种不可捉摸的味道，既像是当面挑战，又像是自白，"我从刚才读到的东西上，认为你现在也许真正需要我了。"

"你的意思是说……"他说到这里便停顿了，用一双生动的眼睛盯着她。

"是说我已经下定决心。而且，我总有一天要还债呀。"

"伯里莱茜！"他带着责备的口气叫道。

"不，我不是那个意思，"她答道，"对不起。我觉得我更了解你了，而且，"她补充说，忽然快活起来，其中含有一点自我安慰的意味，"我自己希望是这样。"

"伯里莱茜！真的吗？"

"难道你不明白吗？"她质问道。

"那么，好吧。"他微笑了，并伸出了双手，而使他吃惊的是，她居然迎上来了。

"我说不明白自己的意思，"她快速低声而热切地补充说，"但是我不得不来啦。我有一种预感：在这里也许你暂时要失败，但是我希望你在必要时去其他地方，去伦敦或巴黎。别人不会认识我们，但是我清楚这一切。"

"伯里莱茜！"他紧贴着她的脸和头发。

"请你不要如此贴近。而且除非你让我变心，你不可以有其他的女人。"

"不会有其他女人的，因为我希望留住你。你可以分享我所有的一切……"

作为答复的是……

和理想居然相反，现实何等难以捉摸！